っう

ドイツ，2008年11月。空軍基地跡地にあった空の燃料貯蔵槽から人骨が発見された。検死の結果，11年前の連続少女殺害事件の被害者だと判明する。折しも，犯人として逮捕された男が刑期を終え，生まれ育った土地へ戻ってきていた。彼はふたりの少女を殺害した罪で服役したが，冤罪だと主張しつづけていた。だが村人たちに受け入れてもらえず，正義という名の暴力をふるわれ，母親までも何者かに歩道橋から突き落とされてしまう。捜査にあたる刑事オリヴァーとピア。閉塞的な村社会を舞台に，人間のおぞましさと魅力を描き切った衝撃の警察小説！

登場人物

オリヴァー・
　フォン・ボーデンシュタイン……ホーフハイム刑事警察署首席警部
ピア・キルヒホフ……同、警部
カイ・オスターマン……同、上級警部
フランク・ベーンケ……同、上級警部
アンドレアス・ハッセ……同、警部
カトリーン・ファヒンガー……同、刑事助手
ニコラ・エンゲル……同、署長、警視
ヘニング・キルヒホフ……法医学者。ピアの元夫
コージマ・フォン・ボーデンシュタイン……オリヴァーの妻
トビアス（トビー）・ザルトリウス……殺人罪で十年間服役していた青年
ハルトムート・ザルトリウス……トビアスの父
リタ・クラーマー……トビアスの母
シュテファニー・シュネーベルガー
ラウラ・ヴァーグナー……｝十一年前の事件の被害者。故人
マンフレート・ヴァーグナー……家具職人。ラウラの父

アンドレア・ヴァーグナー……………ラウラの母
イェニー・ヤギエルスキー……………〈黒馬亭〉の女主人
アメリー・フレーリヒ……………高校生。〈黒馬亭〉のウェイトレス
アルネ・フレーリヒ……………アメリーの父
バルバラ・フレーリヒ……………アメリーの義母
クラウディウス・テアリンデン……………テアリンデン工業社長
クリスティーネ・テアリンデン……………クラウディウスの妻
ラース・テアリンデン……………クラウディウスの息子。銀行員
ティース・テアリンデン……………ラースの双子の兄
ダニエラ・ラウターバッハ……………テアリンデン家の主治医
グレーゴル・ラウターバッハ……………ダニエラの夫。ヘッセン州文化大臣
ナターリエ・ウンガー
（ナージャ・フォン・ブレドウ）……………トビアスの幼なじみ。女優
イェルク・リヒター……………トビアスの幼なじみ。イェニーの兄
ルツ・リヒター……………イェルクの父
マルゴット・リヒター……………ルツの妻
ミヒャエル・ドンブロフスキー
フェーリクス・ピーチュ……………トビアスの幼なじみ

白雪姫には死んでもらう

ネレ・ノイハウス
酒 寄 進 一 訳

創元推理文庫

SCHNEEWITTCHEN MUSS STERBEN

by

Nele Neuhaus

Published in 2010 by List Taschenbuch Verlag
This book is published in Japan by TOKYO SOGENSHA Co., Ltd.
Published by arrangement through Meike Marx Literary Agency, Japan

白雪姫には死んでもらう

ジモーネに捧げる

プロローグ

錆びた鉄の階段は狭く、地下にまっすぐ通じていた。彼は壁のスイッチを手探りした。まもなく二十五ワット電球がその空間をほんのり照らしだした。重い鉄扉を静かに開けた。蝶番《ちょうつがい》には定期的に油を差している。訪ねてきたとき、扉がきしんであの娘を起こしてしまわないように。生暖かい空気、萎《しお》れた花の甘ずっぱいにおいが鼻をくすぐる。背後の扉をそっと閉めて、照明をつけ、一瞬、体をこわばらせる。その部屋の奥行きは約十メートル、横幅は五メートル。殺風景な部屋だが、彼女はここが気に入っているようだ。彼はステレオセットの方へ歩み寄り、プレイボタンを押す。ブライアン・アダムスの荒削りな声が部屋を満たす。彼の好みではない。だがあの娘はファンだった。彼はあの娘の好みを尊重していた。ここに隠れていてもらわなければならないのだから、不自由をさせてはならない。毎度のことだが、あの娘はなにもいわなかった。なにひとつ言葉をかけてくれないし、なにを問いかけても答えない。だが彼にはどうでもいいことだ。部屋のあいだにある衝立《ついたて》をどかす。あの娘はその奥に横たわっていた。静かに美しく、細い鉄枠のベッドの上で。腹の上に重ねた両手。黒い扇のように広がる長い髪。ベッドの横には彼女の靴がそろえてあり、ナイトテーブルには萎れた白百合の花束がガラスの花瓶に挿してある。

「やあ、白雪姫」彼は小声でいった。額《ひたい》に汗がにじむ。暑苦しい。だがこれも彼女の好みだ。娘は寒がりだった。彼はベッドのわきの壁にかけた写真に視線を向けた。新しい写真に替えたい。替えてもいいかと訊きたいが、そのためにはタイミングを見計らわないといけない。さもないと、へそを曲げられてしまう。彼はそっとベッドの端に腰かけた。体の重さでマットレスが沈む。娘が少し身じろいだような気がした。いや、違う。この娘は動かない。彼は手を伸ばして、娘の頰に触れた。数年の歳月が過ぎた頃、娘の肌は黄ばんでこわばり固くなってしまった。いつものように目を閉じている。肌が弾力を失い、バラ色でなくなっても、口元はあいかわらず美しい。その口が彼に言葉をかけ、微笑みかけたこともあった。彼はそのまましばらくそこにすわり、娘を見つめた。この娘の身を守らなければという思いをこれほど強く感じたことはなかった。

「行かなくちゃ」彼は名残惜しかったがそうつぶやいた。「いろいろすることがあるんだ」

立ち上がると、彼は萎れた花束を花瓶から取り、ナイトテーブルに置いてあるコーラのボトルが少しも減っていないことを確かめた。

「なにか欲しいときは、そういっておくれ」

娘の笑顔が見たい、何度そう思ったことだろう。そしてそのたびにがっくり肩を落とす。娘が死んでいることは、もちろんわかっていた。それでも、知らないふりをしてきた。いつかまた微笑んでくれるかもしれないという一縷《いちる》の望みをいまだ捨て切れずにいたからだ。

二〇〇八年十一月六日（木曜日）

彼は別れに際して「じゃあ、また」とはいわなかった。刑務所から出るとき、「じゃあ、また」という者などいない。この十年、出所する日のことを何度、思い描いたことだろう。それこそ数え切れないほどだ。だが門をくぐり、自由の身になるところまでしか考えていなかった。今になってそのことに気づいて戸惑った。これからどうやって生きていくか、まったくの白紙状態だ。そもそも計画など立てようがない。ソーシャルワーカーの親身な忠告がなくても、世界に居場所のないことくらいとっくにわかっている。バラ色の未来などありえない、人生の敗者なのだ。大学入学資格試験を受けたときは医者になる夢があった。だがそれはもう忘れるしかない。服役中に学んだことや機械工の資格でなんとか糊口《ここう》をしのげるといいのだが。とにかくこれから自分の人生と向き合っていかなければならない。

ロッケンベルク刑務所の灰色に塗られた鉄の門が背後で閉まった。そのとき彼は、通りの反対側に彼女が立っていることに気づいた。この十年のあいだ、昔の仲間でまめに手紙を書いて寄越したのは彼女ひとりだけだ。だが、ここに彼女がいることには驚いた。父が迎えにくることになっていたはずなのに。彼女は銀色の四駆のフェンダーに寄りかかり、携帯電話を耳に当てて、しきりにタバコをふかしている。彼は立ち止まった。彼女が気づいてまっすぐ立ち、携帯電話をコートのポケットにしまい、タバコをポイと捨てた。彼は一瞬ためらってから、わずかな私物を入れた小さな旅行カバンを左手に持ち、道路の石畳を横切って彼女の前に立った。

「久しぶりね、トビー」そういって、彼女は微笑んだ。十年は長かった。この十年間、彼女と一度も顔を合わせなかった。彼の方が面会を望まなかったのだ。

「やあ、ナージャ」彼は答えた。彼女はどうしてそんな芸名を使うのだろう。テレビの中の彼女よりも実物の方がずっといいし、若々しい。ふたりは向かい合い、見つめ合った。次の言葉が出てこない。冷たい風に吹かれて、落ち葉がカサカサと石畳に舞った。太陽はどんよりした薄墨色の雲の向こうに顔を隠している。冷え冷えしていた。

「出てこられてよかったわね」ナージャが彼の腰に腕をまわし、頬にキスをした。「うれしいわ。本当よ」

「俺もうれしいよ」口ではそういいながら、トビアスは、それが本心かどうか自分に問いかけた。喜びというのは、今感じているこのよそよそしく不安な気持ちとは違うはずだ。

トビアスが抱こうとしなかったので、ナージャは手を離した。隣の家の娘だった彼女は、かつてトビアスの大親友だった。彼女がそばにいることは、彼の人生にとって当たり前のことだった。血がつながっていなくても、ナージャは妹同然だ。しかし変わってしまった。名前だけではない。そばかすだらけで、歯に矯正装置《ブレース》をつけ、胸が大きくなるのをいやがっていた、男勝りのナターリエ、彼女はいまや人気女優ナージャ・フォン・ブレドウだ。彼女は夢を叶えた。生まれ育った村から飛びだし、名声という階段を頂点まで上りつめた。

トビアス自身はその階段の最初の段にも足をかけていない。今日からムショ帰りとして生きる身だ。罪は償《つぐな》った。だが社会が両手《もろて》を挙げて迎えてくれるはずもない。

「お父さんはどうしても休みが取れなかったのよ」トビアスの戸惑いが伝染したのか、ナージャは一歩さがって、目をそらした。「それで、わたしが代わりに迎えにきたの」

「感謝するよ」トビアスは後部座席に旅行カバンを載せ、助手席にすわった。明るい色のレザーシートには傷ひとつなく、車内は新車のにおいがした。

「うわあ」飛行機のコックピットを連想させる運転席を見て、トビアスは感嘆の声を漏らした。「すごい車だね」

ナージャはふっと笑みを浮かべ、シートベルトをしめると、キーを挿すことなく、ボタンを押すだけでエンジンをかけた。すぐに静かなエンジン音が聞こえた。慣れたハンドルさばきで、彼女はその大きな四駆を駐車スペースからだした。

刑務所の塀のすぐそばに生えている数本の大きなマロニエの木が、トビアスの目にとまった。この十年、独房から見えるそのマロニエだけが、外の世界との接点だった。刑務所の塀の中で、世界がぼんやりと霧の向こうに消えてしまったあとも、四季折々に姿を変えるその木だけが、彼と外界とのあいだをリアルにつないでくれた。そして今、少女殺人の犯人として裁かれた彼は刑期を終え、霧の中へ入っていかなければならない。望むと望まざるとにかかわらず。

「どこへ行こうか？　うちへ来る？」高速道路に乗ると、ナージャがたずねた。最近の手紙ではことあるごとに、自分のところへ来ないかと誘いをかけてきた。フランクフルトに広い住まいがあるという。このままアルテンハイン村へはもどらず、過去に背を向けて生きるほうが楽なのは確かだ。惹かれはしたが、トビアスは断った。

「落ち着いたら寄る。でも、ひとまず家に帰りたい」

＊

ピア・キルヒホフ警部はどしゃぶりの雨に打たれながら、エッシュボルン空軍基地の跡地に立っていた。金髪を二本の三つ編みにして、帽子をかぶり、ダウンジャケットのポケットに両手を突っ込み、鑑識チームが足下の穴に天幕を張るのを投げやりに見ていた。

崩れかけた格納庫の解体作業中、空っぽの燃料貯蔵槽の中に人骨が見つかったのだ。現場監督にとっては腹立たしいことに、ショベルカーの運転手が勝手に警察へ通報してしまった。そのせいで作業は二時間前から中断し、すっかりへそを曲げた現場監督はピアに文句の嵐を浴びせていた。他国籍の作業員の大多数が、警察が到着する前に姿を消したことも手伝っている。現場監督は十五分のあいだに三本目のタバコに火をつけ、上着の襟から雨水が入り込まないように肩を上げ、しきりにぶつぶついっている。

「法医学者を待っているのよ。もうすぐ到着すると思うわ」ピアは無許可で働く労働者にも、解体作業の予定にも興味がなかった。「他の格納庫を先に解体したらどうなの？」

「簡単にいってくれるよ」現場監督はそういって、待機しているショベルカーとトラックを指差した。「わずかな骨のせいで予定が大幅にずれちまった。大損だよ」

ピアは肩をすくめ、体の向きを変えた。

車が一台ガタガタ揺れながらコンクリートの滑走路を走ってきた。継ぎ目から雑草が生え、かつて滑らかだった滑走路はこぶだらけのスキーゲレンデのようだ。空軍基地が閉鎖されたあと、人間の業《ごう》などこれしきのことだといわんばかりに自然が回復していた。

ピアは現場監督をほったらかしにして、パトカーの横に止まったシルバーのベンツのところへ歩いていった。

「ずいぶん時間がかかったじゃないの」ピアは元夫にすげないあいさつをした。「わたしが風邪をひいたら、あなたのせいよ」

法医学者のヘニング・キルヒホフはまったく動じなかった。指定されたつなぎの服をゆっくりと着て、ピカピカに磨いてある黒い革靴をゴム長靴にはきかえ、フードをかぶった。

「講義をしてたんだ。しかも見本市会場のあたりで渋滞に引っかかってね。申し訳ない。それでなにが見つかったんだ？」

「古い燃料貯蔵槽の中の白骨遺体。解体業者が二時間ほど前に発見したのよ」

「動かしてしまったのか？」

「それは大丈夫だと思うわ。コンクリートと土を取り除いて、燃料貯蔵槽の上部をバーナーで切り取ったところで発見されたから」

「よし」ヘニングはうなずくと、鑑識官たちに一礼して、天幕におおわれた穴の中に下りていった。ヘニングはドイツでも数少ない法医人類学者で、人骨のスペシャリストだ。だから今回の仕事にはうってつけだ。

　風にあおられた横なぐりの雨が、だだっぴろい敷地に降りしきっていた。ピアは骨の髄まで凍えていた。野球帽のつばから落ちた雨滴が鼻に当たり、足下の水たまりに氷が張った。作業が中断したあと、格納庫で待機しながら魔法瓶に入れた熱いコーヒーをすすっている作業員たちがうらやましかった。

　ヘニングはいつものように仔細に検分した。人骨を目にすると、時が経つのも忘れ、まわりのこともまったく目に入らなくなる。燃料貯蔵槽の床に膝をつくと、白骨遺体にかがみ込み、骨をひとつひとつ眺めた。

　ピアは天幕の下にもぐり込み、すべらないようにしっかり梯子《はしご》をつかんだ。

「遺骨はすべてそろっている」ヘニングがピアを仰ぎ見た。「女性だ」

「年齢は？　そこにどのくらいの期間、横たわっていたのかしら？」

「正確なことはまだいえない。すっかり白骨化しているから、おそらく数年は経過しているだろう」ヘニングは腰を上げ、梯子を上った。

　鑑識チームが人骨と周囲の土を注意深く回収しはじめた。白骨遺体の徹底的な分析が終わるまで、まだしばらくかかる。

　土木工事ではよく人骨が発見される。そういう場合、どのくらい期間が経っているか正確に割りだすことが重要だ。というのも、過失致死と殺人事件の時効は三十年で、行方不明者と照合する意味があるのは、時効前のときだけということになる。この空軍基地は一九五〇年代に閉鎖された。それまでは燃料貯蔵槽に燃料が入っていたはずだ。一九九一年十月までアメリカ軍基地が隣接していたので、白骨遺体はアメリカ兵の可能性もあるし、錆びついたフェンスの向こうにあった亡命者収容施設のだれかかもしれない。

「コーヒーでも飲まないか？」ヘニングはメガネをふいてから、雨でびしょ濡れになった作業服を脱いだ。

ピアはびっくりして別れた夫を見つめた。勤務中にカフェに誘うとはめずらしい。

「なにかあったの？」

ヘニングは唇をなめてから、深いため息をついた。

「ちょっと弱っていてね。相談に乗ってほしいんだ」

＊

村は谷間にうずくまっていた。高層マンションができれば賑わうと期待し、村人は一九七〇年代に建設を認めた。今、数階建ての醜いアパートが二棟、村を睥睨《へいげい》している。谷の右の斜面には道が二本走り、旧村民が〝億万長者の丘〟と陰口を叩く、広い敷地に囲まれた新村民の邸宅が建ちならんでいる。

両親の家が近づくと、彼の心がざわついた。村を離れて十一年。道路の右側にドンブロフスキーばあさんのハーフティンバー造りの家が左右の家にはさまれて、かろうじて建っている。その少し先の左側には、リヒターの家と食料品店がある。そしてその斜め前が、父の営む食堂

〈金鶏亭〉だ。

ナージャがその前で車を止めたとき、トビアスは息をのんだ。傷んだ正面壁、はがれ落ちた化粧壁、閉じたままの窓のシャッター、はずれかけた雨樋《あまどい》。雑草がアスファルトを侵蝕し、中庭に通じる門の扉が斜めに傾いている。このまま走り抜けてくれ、と思わずナージャに頼みたくなった。早く！　ここを離れてくれ！　だが誘惑に負けなかった。ボソッと礼をいうと、車から降り、後部座席に置いてあった旅行カバンを手に取った。

「なにか必要になったら電話して」ナージャはアクセルを踏んで走り去った。

なにを期待していた？　盛大な歓迎か？　アスファルト敷きの小さな駐車場に、トビアスはぽつんとひとりたたずんだ。かつてこの侘しい聚落《しゅうらく》の中心として賑わった食堂が正面に建っている。輝いていた白壁はボロボロで、ところどころはがれている。〈金鶏亭〉と書かれた看板もまともに読み取れない。玄関の割れた曇りガラスの内側に、色褪せた文字で「休業中」と書かれた札がかかっている。

店をたたんだという話は父から聞いていた。椎間板ヘルニアになったせいだ、と父はいったが、そのつらい決断には別の理由があることをトビアスは直感していた。父のハルトムート・ザルトリウスは食堂の三代目で、身も心もこの店に捧げていた。自ら家畜を始末して料理し、自家製のリンゴワインを醸造し、病気になっても店を休んだことがなかった。おそらくあれから客足が遠のいたのだろう。人殺しの親のところで飲み食いし、祝いごとをする酔狂な者などいるはずがない。

トビアスは大きく息を吸って門をくぐった。扉を直すのは骨が折れそうだ。庭の惨状はさらに衝撃的だった。夏場には大きなマロニエやブドウ棚の木陰にテーブルや椅子を並べ、そのあいだをウェイトレスが忙しく歩きまわる光景が見られたものだ。そこが今は荒れ放題になっている。

　トビアスは無造作に打ち捨てられた粗大ゴミに視線を移した。壊れた家具やがらくたが山と積まれている。ブドウ棚のパーゴラは半ば朽ち果て、ブドウの蔓が入り乱れている。マロニエの落ち葉を掃き集める者もなく、ゴミ容器もしばらく前から道路脇にだしていないようだ。ゴミ袋が山積みにされ、悪臭を放っている。両親はこんなところでどうやって暮らしているんだろう。まだかろうじて残っていた最後の気力まで萎《しぼ》んでいく。

　玄関の外階段に通じる小径《こみち》をゆっくり歩き、手を伸ばして呼び鈴を鳴らした。ドアがおそるおそる開いた。トビアスは心臓が飛びだしそうになった。だが父の顔を見た瞬間、目に涙があふれ、同時にふつふつと怒りがわきあがった。自分自身に対して、そしてトビアスが刑務所に入ったあと両親を見捨てた人々に対して。

「トビアス！」父のやつれた顔に笑みが浮かんだ。あの元気で、自信に満ちていた父はどこへ行ってしまったのだろう。ふさふさしていた黒髪には白髪がまじり、すっかり薄くなっている。父の猫背を見ると、どんな重荷を背負って生きてきたかがわかる。

「や、やあ、片付けようとしたんだが、休みが取れなかったもんでな……」父は微笑むのをやめた。息子の気持ちに気づいて、バツが悪そうに目をそらした。

トビアスは耐えられなくなって、旅行カバンを下ろすと、腕を広げ、かつての父とは似ても似つかぬほどやせ衰えた、半白の髪の男をぎこちなく抱きしめた。

しばらくしてふたりは、気まずくなりながら食卓で向かい合った。いうべきことはたくさんあるのに、なにから話したらいいのかさっぱりわからない。派手な蠟《ろう》引きのテーブルクロスにはパンくずがたまり、窓辺にある鉢植えの植物はとうの昔に生きるための戦いに負けていた。キッチンはがらんとしていて、腐った牛乳とタバコの吸い殻のにおいが鼻につく。家具も壁の絵も一九九七年九月十六日、トビアスが逮捕されたあの日から変わっていない。だが当時はなにもかも清潔でピカピカに磨き上げてあった。母は主婦の鑑《かがみ》のような人だった。どうしてこんなに汚くしているんだろう。

「おふくろは?」トビアスは沈黙を破った。

父がまたむずかしい顔をした。

「じつはな……もっと前にいっておこうと思ったんだが……母さんと話して、おまえには知らせないことにしたんだ。母さんはだいぶ前に……ここを出ていった。だけど、おまえが今日帰ってくることは知っている。会うのを楽しみにしているよ」

トビアスはわけがわからず、父を見た。

「ここを出ていったって、どういうこと?」

「ここで暮らすのは楽じゃなかったんだ。その、おまえが……いなくなってからな。まわりからいろいろいわれて、母さんは耐えられなくなったんだ」その声に非難がましいところは一切なかった。声がかすれて、小さくなった。「四年前に離婚した。あいつは今バート・ゾーデンに住んでいる」

トビアスは、ごくりとつばを飲み込んだ。

「どうして話してくれなかったんだ？」

「話したところで、なにも変わらんからな。おまえの気持ちをかき乱したくなかったんだ」

「ということは、ここで一人暮らしをしていたわけ？」

父はうなずいて、テーブルの上のパンくずを掌《てのひら》でかき集め、左右対称の形にまとめてから、また払った。

「それで豚は？　乳牛は？　ひとりでどうやって家畜の世話をしているんだ？」

「家畜は何年も前に手放した。畑仕事もほとんどしていない。エッシュボルンにある食堂の厨房にいい働き口を見つけてな」

トビアスは両の拳をにぎった。罰せられたのが自分だけだと思っていたとは、なんて浅はかだったんだ！　両親もつらい思いをしていた。そのことにまったく思いいたらなかったとは。刑務所に訪ねてきたときの両親は、実際にはありっこないのどかな暮らしを演出していたんだ。そのためにものすごいエネルギーを使ったに違いない！　はらわたが煮えくりかえり、喉を絞められたかのように息が詰まった。

立ち上がると、トビアスは窓辺に行って、どこを見るともなく外を見やった。数日したら両親とどこかアルテンハインから遠く離れたところへ行き、人生をやり直そうと思っていたが、その夢は泡と消えた。どうやらここにとどまるほかなさそうだ。この家に、この農場に、罪のない両親を苦しめた、この呪わしい聚落に。

＊

〈黒馬亭〉は客でごったがえし、それに見合った喧騒に包まれていた。テーブルやカウンターには、アルテンハインの村民の半数近くが集まっていた。木曜日の夕方にしてはめずらしいことだ。

アメリー・フレーリヒはカツレツの茸クリームソース添えとフライドポテトを三皿、九番テーブルへ運んで、召し上がれといった。屋根ふき職人のウド・ピーチュとその徒弟たちはふだん、彼女の恰好を面白がり、軽口を叩くのに、今日はまったく眼中にない。素っ裸で給仕しても平気なくらいだ。サッカーのチャンピオンズリーグの中継がある夜と変わらないほど、みんな、気が張り詰めている。

ゲルダ・ピーチュが隣の席に身を乗りだして、表通りで食料品店を営むマルゴット・リヒターに声をかけた。アメリーは耳をそばだてた。

「……帰ったところを見たわ」マルゴットがいった。「なにもなかったみたいに平然としてるんだから、呆れたよ！」

アメリーは厨房にもどった。配膳用のカウンターに年上のウェイトレス、ロスヴィータがいた。四番テーブルのフリッツ・ウンガーが注文したステーキが出てくるのを待っている。焼き加減はミディアム、添え物はタマネギとハーブバター。ロスヴィータは健康サンダルを脱いだ右足で左足の凝《こ》ったふくらはぎをマッサージしていた。

「ねえ、今夜はみんな、どうしちゃったの？」アメリーはチラチラと女主人の方をうかがいながらロスヴィータにたずねた。だが飲み物の注文が殺到し、女主人はウェイトレスたちのことにかまっていられない状況だった。

「ザルトリウスの倅《せがれ》が今日、出所してきたんだよ」ロスヴィータは声をひそめて、わけを話してくれた。「十年のムショ務め。女の子をふたり殺しちゃったのさ！」

「うそっ！」アメリーは目を見開いた。ハルトムート・ザルトリウスなら顔見知りだ。彼女の家の下の大きくて、荒れ放題の農場に住んでいる。だが息子がいるなんて知らなかった。

「ああ」ロスヴィータはカウンターの方を顎でしゃくった。そこに家具職人のマンフレート・ヴァーグナーがうつろな目をしてすわっている。今夜は早くも十杯目か十一杯目のビールを手にしている。いつもならそれだけ飲むのに、さらに二時間はかかる。「マンフレートの娘のラウラ、あの娘を殺したのさ、トビアスは。それとシュネーベルガーの娘。ふたりをどうしたか、あのガキはいまだに白状しないんだ」

「ステーキの一丁上がり！」コック助手のクルトが、料理をカウンターに載せた。ロスヴィータは健康サンダルをはき直し、ずんぐりした体で客のあいだをうまくすり抜けながら四番テーブルへ向かった。

トビアス・ザルトリウス。アメリーはその名をはじめて聞いた。彼女は半年前、ベルリンから引っ越してきたばかりだ。だが自分の意志ではなかった。この聚落と住民たちのことなど、まったく興味がない。父親が勤める会社の社長に紹介されて〈黒馬亭〉でアルバイトをしていなかったら、いまでも知り合いはひとりもいないだろう。

「ビール三つに、コーラ・ライトの小をひとつ」飲み物を注いでいる若い女主人のイェニー・ヤギエルスキーが叫んだ。

アメリーは飲み物を盆に載せながら、チラリとマンフレートを見た。彼の娘がザルトリウスの息子に殺された！　すごい話だ、世界一退屈な村に思いがけない奈落が口を開けていた。アメリーはイェニーの兄イェルク・リヒターとふたりの連れのところへビールを持っていった。本当ならイェルクは、妹に代わってカウンターで働くことになっていた。だがまともに働いたためしがない。店主であるイェニーの夫がいないときはなおさらだ。つづいて、コーラ・ライトを四番テーブルのウンガー夫人のところへ運んだ。

厨房に短い中休みが訪れた。客の注文は全部テーブルに出た。ロスヴィータが給仕の合間に仕入れた新しい情報を、興味津々の連中相手に頰を火照《ほて》らせ、胸を揺すりながら披露した。アメリーの他にも、コック助手のクルトとアヒム、コック長のヴォルフガングが耳をそばだてた。元〈金鶏亭〉の斜め向かいにあるマルゴット・リヒターの食料品店——驚いたことに、村民はみんな〝マルゴットの店〟という。店は旦那の所有なのに——で、おしゃべりに花を咲かせていたマルゴットと理髪店の女主人インゲ・ドンブロフスキーが午後、あいつがもどってきたところを目撃したのだ。あいつはシルバーの高級車から降りて、両親の家に向かったという。

「いけずうずうしいとはこのことだね」ロスヴィータは興奮していた。「女の子がふたり死んでるっていうのに、あいつはなにもなかったみたいにもどってくるんだからね！」

「だけど、そしたら、どこへ行けっていうのさ？」ヴォルフガングはそういって、ビールをひと口飲んだ。

「あんたは被害者じゃないから、そんなことがいえるんだよ！」ロスヴィータがかみついた。

「あんたの娘があいつに殺されてたら、あいつを目の前にして黙っていられるかい？」

ヴォルフガングは、関係ないというように肩をすくめた。

「話のつづきを聞かせてくれよ」アヒムがいった。「あいつはそれからどうしたんだい？」

「家に入ったってさ」ロスヴィータはいった。「ひどいありさまに唖然としただろうね」

スイングドアが開いて、イェニー・ヤギエルスキーが厨房に入ってくると、腰に手をやった。母親のマルゴット・リヒターと同じで、従業員というのは油断するとレジから金をくすねたり、精算を誤魔化したりすると信じ込んでいる。もともと太り気味だったイェニーは、立てつづけに三度出産したため、完全にありえない体型になっていた。まるで酒樽だ。

「ロスヴィータ！」そのイェニーが、三十歳は年長のウェイトレスに向かって怒鳴った。「十番テーブルが伝票を待っているよ！」

ロスヴィータはおとなしくその場を離れた。アメリーもあとにつづこうとすると、イェニーに呼び止められた。

「あんたねえ、食欲を減退させるそのピアスをはずして、もっとましな髪型をしてくるようにいってるでしょ。何度いったらわかるの？」しもぶくれの顔が嫌悪感を丸出しにした。「それにそのチャラチャラした服をやめてブラウスを着なさいよ！　それじゃあ、下着で歩いてるのも同然よ！　うちはまっとうな食堂なんだからね。……ベルリンの地下のクラブと勘違いしないで！」

「でも男のお客さんたちは喜んでますよ」アメリーは口答えした。イェニーがじろっとにらんだ。ぶよぶよの首に焼き印のような赤い染みが浮かんだ。

「そんなこと、どうでもいいでしょ！　食品衛生上の規則をちゃんと読むのね」

アメリーはさらにいいかえしそうになったが、ぎりぎりでぐっとこらえた。チリチリになった安パーマと、肉が張り裂けそうなソーセージさながらのふくらはぎをしているくせに、いくら気に入らないからといって、そこまでいうことはないだろう。だが〈黒馬亭〉のアルバイトは捨てられない。

「あんたたちはなに？」イェニーはコックたちに雷を落とした。「なに油を売ってんだい」

アメリーは厨房から出た。ちょうどそのとき、マンフレートがスツールごとひっくり返った。

「おい、マニ」常連のひとりが声をかけた。「まだ九時半だぞ！」他の連中が愉快そうに相好を崩した。毎晩のように繰り返される醜態なので、だれもたいして驚きはしなかった。といっても醜態が見られるのはいつも十一時頃だ。今晩、マンフレートは演出を変えたのだ。ふだんは穏やかな男なのに、だれの助けも借りずにぱっと立ち上がると、自分のグラスをつかんで、床に叩きつけた。客席の会話が途切れた。マンフレートが常連たちの方へふらっと歩いてきた。

「糞ったれども」彼は呂律《ろれつ》がまわらなかった。「なにもなかったみてえに、のんびりしゃべってやがってよ！　どうせてめえらには関係ねえからな！」

マンフレートは椅子の背に手をついて、充血した目で常連をにらみまわした。「だけど、俺はな……あの豚野郎を見ると……思いだしちまうんだよ……」急に口をつぐむと、うなだれた。

イェルク・リヒターが立ち上がって、マンフレートの肩に手を置いた。

「しっかりしろよ、マニ。騒ぎを起こすのはよくないな。アンドレアを電話で呼んでやるよ……」

「触るな！」マンフレートは怒鳴って年下のイェルクを突き飛ばした。イェルクはよろめいて転んでしまった。そのとき椅子のひとつに手をかけたので、そこにすわっていた者も床に転がり、大騒ぎになった。

「あの豚野郎を殺してやる！」マンフレートがまた怒鳴って、腕を振りまわしたので、ビールがいっぱい入ったジョッキが次々とひっくり返り、床に倒れたふたりの上にこぼれ落ちた。

ロスヴィータがあわてて逃げだした。アメリーはレジのそばでわくわくしながらその騒ぎを見ていた。〈黒馬亭〉での大乱闘！　この退屈な聚落でようやく面白いことが起こった！　女主人のイェニーがアメリーのそばを通って厨房に飛び込んだ。

「まっとうな食堂ね」アメリーがそういうと、じろっとにらまれた。

イェニーはすぐにコック助手のクルトとアヒムを連れて、厨房から出てきた。ふたりは酔っぱらったマンフレートをあっさり押さえ込んだ。アメリーは箒《ほうき》とちり取りを取ってきて、常連の席へ行くと、ガラスの破片をはきあつめた。マンフレートは暴れず騒がず引っ立てられたが、玄関でクルトとアヒムの手を振り払って向き直った。体がふらつき、目が血走っていた。もじゃもじゃの鬚に隠れた口元からよだれがたれ、ズボンの股のあたりに黒い染みが広がった。ベロンベロンに酔ってる、とアメリーは思った。マンフレートが小便を漏らすのを見るのははじめてだ。これまで密かにあざ笑っていたが、急にあわれみを覚えた。マンフレートが毎晩、前後不覚になるまで酔いつぶれているのは、娘を殺されたからだろうか。店内が死んだような静けさに包まれた。

「あの豚野郎！」マンフレートが叫んだ。「叩き殺してやる、あの、人殺しの豚野郎！」

マンフレートはうなだれて、すすり泣きをはじめた。

＊

トビアス・ザルトリウスはシャワーを浴びると、用意しておいたタオルをつかんだ。曇った鏡を掌《てのひら》でふき、洗面台の淡い照明を浴びた自分の顔を見た。

この鏡を最後にのぞいたのは一九九七年九月十六日の朝だ。それからしばらくして逮捕された。その夏に大学入学資格試験を終え、大人になった気でいたのに！

トビアスは目を閉じて、ひんやり冷たい鏡に額《ひたい》を当てた。隅々まで知っているこの家にいると、十年のムショ暮らしが嘘のようだ。逮捕される前の数日のことが、昨日のことのように事細かく思いだされる。なんてナイーヴだったんだろう。呆れてしまう。だが当時の記憶には、いまなお黒い穴がぽっかり開いたままだ。裁判所はそれを信じてくれなかった。

トビアスは目を開けて鏡を見つめ、三十歳の角張った顔に一瞬ぎょっとした。指の先で左の耳から顎にかけて伸びる白い傷跡に触れた。その傷は刑務所に入って二週間後につけられたものだ。それがもとで十年間、独房で暮らし、他の受刑者とほとんど接触せずに過ごした。刑務所の厳しいヒエラルキーの中では、少女殺しは幼児殺しに次ぐ最低の犯罪だったのだ。バスルームのドアがまともに閉まらず、すきま風が濡れた体に当たり、トビアスはブルッと震えた。

下の階から声がする。だれか父を訪ねてきたようだ。トビアスは体をふいて、パンツとジーンズをはき、Tシャツを着た。ついさっき家の外を見てまわり、裏手の農地と較べたら、道路側の方がはるかにましだということがわかった。トビアスはすぐにアルテンハインを立ち去ろうと思っていたが、それをあきらめた。父をこんな荒れ放題の家にひとり置いていくわけにはいかない。だがすぐに仕事の口が見つかるとも思えないので、これから数日、敷地の片付けに精をだすことにしたのだ。そのあとどうするかはまた考えればいい。

＊

バスルームを出ると、かつて自分のものだった部屋の、閉じたドアの前を素通りして、昔の習慣からみしみしいうステップを飛ばして階段を下りた。父はキッチンのテーブルに向かっていた。客はトビアスに背を向けていたが、それがだれかはすぐにわかった。

ホーフハイム刑事警察署の殺人課課長オリヴァー・フォン・ボーデンシュタインは午後九時半に帰宅した。出迎えたのは愛犬だけだった。だが愛犬は喜ぶでもなく、後ろめたそうにしている。理由は、においでわかった。

オリヴァーはこの十四時間、ストレスのかかる用事ばかりがつづいた。州刑事局での不毛な会議、ニコラ・エンゲル署長が〝お蔵入りの事件〟と断じたエッシュボルンでの白骨遺体発見、そしてハンブルクへ異動する二十三課の同僚の送別会。オリヴァーの腹が鳴った。大量の酒を飲んだ以外、ポテトチップスを少しかじっただけだ。ぶすっとしながら冷蔵庫を開けたが、食欲をそそるものはなにも入っていない。夕食の用意がなくても、せめてなにか食べ物を買っておいてくれてもいいものを。それよりコージマはどこだろう。

床暖房で黄色く乾いた小便のあとと悪臭を放つ糞を無視して、エントランスホールを横切り、階段を上がって一番下の娘の部屋へ直行した。ゾフィアの小さなベッドはやはり空っぽだった。コージマはいつものように娘を連れて外出している。メモを残したり、ショートメッセージを送ったりしろとはいわない。だが電話くらいくれてもよさそうなものを！

オリヴァーが服を脱いで、シャワーを浴びるためにバスルームに入ったとき、電話が鳴った。もちろんコードレスホンは充電器のところではなく、家のどこかに転がっている。オリヴァーはむかむかしながら電話を捜した。そしてリビングルームに散らばる子どものおもちゃに罵声を吐いた。

カウチの上でようやく電話を見つけたと思ったら、その瞬間に切れた。同時に玄関の鍵を開ける音がして、犬が吠えはじめた。コージマが眠っている赤ん坊を腕に抱えて入ってきた。もう片方の手には大きな花束を持っている。

「あら、いたの？」コージマはすげなくいった。「どうして電話に出なかったの？」

オリヴァーはかっとしていった。

「どこにあるのかわからなかったんだ。どこに行ってたんだ？」

コージマは質問に答えず、パンツ一枚のオリヴァーを無視してキッチンへ向かった。テーブルに花束を置くと、目を覚ましてむずかりだしたゾフィアをオリヴァーに預けた。オリヴァーは赤ん坊を腕に抱いた。プーンと鼻をつくにおいで、おむつを替えていないことがわかった。

「ゾフィアをローレンツとトルディスのところに預けたから迎えにいってちょうだいっていって、何回もショートメッセージを送ったのよ」コージマはコートを脱いだ。疲れ切って苛立っているようだ。だがオリヴァーは、自分に落ち度はないと思った。

「ショートメッセージなんかなかったぞ」

ゾフィアが彼の腕の中で泣きだした。

「携帯電話を切っていたからでしょう。午後は映画博物館でニューギニア写真展のオープニングパーティがあるっていっておいたはずよ」コージマの声には棘があった。「それより今日の夕方は帰宅して、この子の世話をするっていったじゃない。でもあなたは帰ってこないし、携帯電話の電源も切れていたから、仕方なくローレンツにゾフィアを迎えにきてもらったのよ」

今晩早めに帰ってくると約束したのは確かだ。オリヴァーはうっかり忘れていた。腹立たしいかぎりだ。

「おむつの中がいっぱいだぞ」オリヴァーはゾフィアを少し遠ざけながらいった。「それに犬も家の中で用を足した。出かける前に、どうして外にださなかったんだ。それに買い物もしていないじゃないか。こっちは一日じゅう働きづめだったのに、冷蔵庫にろくなものがない」

コージマは答えず、眉を上げてオリヴァーをじろっと見た。オリヴァーは自分が無責任で嫌みったらしい奴に思えた。コージマが泣いているゾフィアを受け取ると、おむつを替えてベッドに寝かしつけるために二階に上がった。

オリヴァーは煮え切らない気持ちのままキッチンに残った。本音と建て前のあいだで心が揺れたが、結局、本音に軍配を上げた。ため息をつくと、食器戸棚から花瓶をだしてきて、水を入れ、花を活けた。そして納戸からバケツとトイレットペーパーをだして、犬が汚したエントランスホールの後始末をした。コージマとは喧嘩をしたくなかったからだ。

＊

「やあ、トビアス」クラウディウス・テアリンデンは親しげに微笑みながら席を立ち、手を差しだした。「家に帰れてよかったな」

トビアスは軽く手をにぎっただけで、なにもいわなかった。かつて親友だったラースの父は何度も刑務所を訪ね、両親の面倒を見ると約束してくれた。だがトビアスは、どうしてそんなに親切にしてくれるのか、いまひとつ得心がいかなかった。というのも、逮捕された当時、容疑が濃厚になったのは、クラウディウスの証言によるからだ。それを悪く思ってか、彼はトビアスにフランクフルト一の刑事弁護士をつけてくれた。それでももっとも重い刑を免《まぬが》れることはできなかった。

「親子水入らずのところを邪魔する気はなかったんだが、ちょっといい話を持ってきたよ」そういって、クラウディウスはまたキッチンの椅子に腰かけた。十年も経ったのに容姿はあまり変わっていない。すらっとしていて、十一月だというのに日焼けしている。だがオールバックの髪にわずかに白髪がまじり、引き締まった顔に少し肉がついていた。「少し落ち着いてからでいいが、もし仕事の口が見つからないようなら、うちに来てはどうかと思っているんだ。どうだい？」

クラウディウスはメガネ越しにトビアスを見つめた。体つきもそれほど大きくなく、見た目がいいわけでもないのに、優れた経営者としての自信がみなぎり、彼の前ではだれでもつい平伏したくなる、そういう生まれつきの威厳を備えていた。トビアスは空いている席につかず、胸元で腕を組んだままドア枠に寄りかかった。たしかにクラウディウスの誘いはありがたいが、なんだか話がうますぎる気がした。

オーダーの高級スーツ、黒いカシミアのコート、ピカピカに磨き上げた革靴。そういう出で立ちのクラウディウスが、みすぼらしいキッチンにいる。なんとも不釣り合いだ。トビアスは無力感を味わった。だがこの男の世話にはなりたくない。視線を父に向けてみた。父は首をすぼめ、目の前に重ねた自分の両手を黙って見つめている。なんだか大地主の訪問を受けた卑屈な小作人のようじゃないか。トビアスはそれが気に入らなかった。父が人前で小さくなる必要なんてない。たとえ村人の半数を借金漬けにしている太っ腹のクラウディウスの前でもだ。ここまで金でがんじがらめにされたら、村人は復讐したくなってもよさそうなのに、クラウディウスの立ち回り方はじつにうまい。アルテンハインの若者の大半が一度は彼のところで働いた経験があるか、彼からなんらかのほどこしを受けている。クラウディウスは感謝以外の見返りはなにひとつ期待していない。村の大人の半数が彼に雇われていたので、この聚落ではまさに神に等しい存在だ。やがてクラウディウスは沈黙に耐えられなくなった。

「まあ、なんだ」といって腰を上げた。すかさず父も立ち上がった。「わたしの家は知っているわけだし、気持ちが固まったら声をかけてくれ」

トビアスはうなずいた。クラウディウスがわきをすり抜けて出ていった。トビアスはキッチンにとどまったが、父は客を玄関まで見送った。

「よかれと思っていってくれたんだぞ」二分後にもどってきた父がいった。

「あいつの世話にはなりたくないんだ」トビアスは荒々しく答えた。「あの王様ぶった態度……家来のところに来てやったぞって感じじゃないか。何様だっていうんだ！」

父はため息をついた。やかんに水を入れると、コンロに載せた。

「俺たちをずいぶん助けてくれたじゃないか」父は小声でいった。「うちは有り金を農地と食堂に注ぎ込んでいて、蓄えがまるでなかった。弁護士は金がかかるし、客足が遠のいちまってな。銀行の返済まで滞《とどこお》って、強制競売にかけられそうになったんだ。クラウディウスがその借金を帳消しにしてくれた」

トビアスは啞然として父を見つめた。

「つまり、この家屋敷は、あいつのものってこと？」

「まあ、厳密にいうとな。しかし契約を交わしている。いつでも買いもどせることになっているし、生きているあいだは居住権がある」

この新事実に、トビアスはなかなか立ち直れなかった。父がいれてくれた紅茶も断った。

「あいつにどれだけ借金しているんだ？」

父はいいしぶった。息子がかっとしやすい質《たち》なのを昔からよく知っていたからだ。「三十五万ユーロ。銀行から借り入れていた金額と同じさ」

「敷地だけでもその倍の価値はあるじゃないか！」トビアスはぐっと気持ちを抑えながらいった。「おやじが困っているのにつけ込んで、安い買い物をしたってわけか」

「他に選択肢はなかったんだ」父は肩をすくめた。「あのままだったら強制競売にかけられていた。路頭に迷うところだったんだ」

トビアスは急にあることを思いついた。「シリングスアッカーはどうなった？」

「おやじ！」

父は目をそらし、やかんを見た。

「うるさいな」父は天井を見上げた。「ただの牧草地じゃないか！」

トビアスにもようやくわかってきた。ひとつひとつの話がつながって像を結んだ。父はクラウディウスにシリングスアッカーを売り払ったのだ。だからおふくろはここを去ったんだ！　あそこはただの牧草地ではない。母が結婚したとき持参金として親からもらったものだ。シリングスアッカーはもともとリンゴ園だった。そして一九九二年に土地利用計画の変更で、工業団地のど真ん中に位置することになり、アルテンハインでもっとも地価の高い土地になった。クラウディウスは何年も前からそこを手に入れようと狙っていた。

「いくらで売ったの？」トビアスは抑揚のない声でたずねた。

「一万ユーロ」父はうなだれた。工業団地の真ん中であれだけの敷地面積があれば、その五十倍はしてもおかしくない！「クラウディウスは新しい工場を建てるのにあの土地が必要だったんだ。あんなに世話になっては、いやとはいえないだろう。手放すしかなかった」

トビアスは歯がみし、怒りのやり場に困って両手に拳を作った。父を非難することはできない。両親を追い詰めたのは自分なのだから。突然、この家に、そしてこの呪わしい村に息が詰まりそうになった。それでも、ここにとどまることになるだろう。十一年前に本当はなにがあったのか突き止めるまでは。

＊

アメリーは午後十一時になる少し前、〈黒馬亭〉の厨房の裏口から外に出た。今晩はもう少し店に残って、噂話を聞いていたかった。しかしイェニー・ヤギエルスキーは青少年保護法を律儀に守った。アメリーは十七歳だから、これ以上遅くまで働かせて、当局に目を付けられたくないのだ。そんな法律、アメリーにはどうでもよかった。ウェイトレスとして働き、金が稼げることがうれしかった。彼女の父親は吝嗇家《りんしょくか》の本性をあらわしていた。母がいつもいっていたとおりだ。新しいノートパソコンが欲しいといったら、今のがまだ動くといって相手にしてくれなかった。このみすぼらしい村にやってきた最初の三ヶ月はお先真っ暗だった。だがここから抜けだせる見込みがなかったので、五ヶ月後に迫った十八歳の誕生日まで少しでも快適に暮らそうと気持ちを切り替えた。二〇〇九年四月二十一日になったら、最初の列車に飛び乗ってベルリンへもどるつもりだ。十八歳になれば成人。もうだれにも邪魔はさせない。

アメリーはタバコに火をつけて、闇の中でティース・テアリンデンを捜した。彼は毎晩このあたりでアメリーを待っていて、家まで送ってくれる。ふたりの交際は村の女たちの恰好の噂話になっていたが、アメリーは意に介さなかった。ティースは三十歳になってもまだ両親と暮らしている。村人のひそひそ話では、ティースは頭がおかしいことになっている。アメリーはデイパックを肩にかけて走りだした。ティースは教会前の街灯の下で待っていた。両手を上着のポケットに突っ込み、うつむいている。アメリーがそばを通り過ぎると、なにもいわず、いっしょに歩きだした。

「今晩は大騒ぎだったわ」そういって、アメリーは〈黒馬亭〉の騒動とトビアス・ザルトリウスのことをティースに話した。

ティースはほとんど返事をすることがない。だがアメリーはもう慣れっこになっていた。ティースは頭が弱いとか、まともにしゃべれないと口さがなくいう者がいるが、それは違う。ティースは馬鹿なのではなく、ただ……変わり者なだけだ。変わり者というなら、アメリーも同じだ。

けちな父親は、短い結婚生活でこしらえた、いかれた娘を再婚相手のバルバラにせっつかれて引き取ったのを早まったと思っているようだ。彼女から見ると、父はまったく骨のない男で、彼の性格にぴったりの業務部長という職にありついて、とにかく目立たないように暮らしていた。

アメリーの方はというと、前科者で派手好みの十七歳、顔には二百グラムを軽く超すピアスをつけ、身につける服はもっぱら黒一色。ヘアスタイルとメイクはトキオ・ホテル（ドイツのロックバンド）のヴォーカリスト、ビル・カウリッツそのものだ。父にとっては身の毛のよだつ娘に違いない。

アメリーがティースと仲よくしていることにも、父のアルネ・フレーリヒはいいたいことがたんまりあるだろうが、それでも交際を禁じようとはしない。実際、禁止してもむだだ。アメリーがおとなしくいうことを聞くわけがない。だが我慢している本当の理由は、ティースが雇い主の息子だからだとにらんでいた。

アメリーはタバコの吸い殻を排水口に捨て、マンフレート・ヴァーグナー、トビアス・ザルトリウス、そして死んだ少女たちのことを声にだして考えながら歩きつづけた。

街灯のある表通りをしばらく歩いてから、ふたりは薄暗い谷間の細道をたどって、教会、墓地、聚落の庭先を通って丘の上の森の縁《ふち》まで上った。十分ほど歩くと森林通りにたどりつく。

村を見下ろす位置にあるこの通りに沿って広い敷地に建つ三軒の邸《やしき》があった。アメリーは真ん中の邸に父、義母、腹違いのふたりの妹と暮らしている。向かって右側の平屋はラウターバッハ邸で、左側の森のそばに立つ、公園のような広い庭に囲まれた古くて大きな屋敷はテアリンデン邸だ。

テアリンデン邸の錬鉄製の門から数百メートルのところには、ザルトリウス農場の裏門がある。そこから表通りまでの斜面全部がザルトリウスの敷地だ。以前は牛や豚のいる立派な農場だったが、今は豚小屋がひとつ残っているだけの汚点だ、とアメリーの父はよく貶《けな》す。

アメリーは外階段の下で足を止めた。ふたりはふだん、ここで別れる。ティースはなにもいわず、そのまま立ち去る。ところが今晩は、アメリーが階段を上ろうとしたとき、沈黙を破った。

「シュネーベルガーはここに住んでた」ティースはぼそりといった。アメリーは驚いて振り返った。はじめてティースをまっすぐ見た。だが、彼の方は見返さなかった。

「マジで？」アメリーは聞き返した。「トビアス・ザルトリウスが殺した娘のひとりって、うちに住んでたの？」

ティースは彼女を見ずにうなずいた。

「そうだよ。白雪姫はここに住んでた」

二〇〇八年十一月七日（金曜日）

トビアス・ザルトリウスは目を開けて、一瞬面食らった。見慣れた独房の白い天井の代わりに、ポスターの中のパメラ・アンダーソンが見下ろしていたからだ。両親の家にいることを思いだしたのはそのあとだった。トビアスは寝そべったまま、斜めに取りつけた天窓から入ってくる外の音に耳を傾けた。教会の鐘が六回鳴って、まだ朝早いことを告げた。どこかで犬の遠吠えがして、やがて別の犬が応え、二匹が吠え合った。

部屋は昔と変わらなかった。勉強机、安い集成材の本棚、引き戸つきの洋服ダンス。そしてフランクフルトと、パメラ・アンダーソンと、一九九六年にウィリアムズ・ルノーに乗ってF1ワールドチャンピオンになったデイモン・ヒルのポスター。一九九七年三月に両親が買ってくれたミニコンポ。赤いソファ。その上で、トビアスは体を起こし、かぶりを振った。刑務所にいたときの方がまだ気持ちを抑えることができた。

苦い思いが押し寄せてくる。あの晩シュテファニーが自分をふったりしなければ、あんなことにならなかったはずだ。彼女は今も生きていたかもしれない。自分がなにをしたかは知っている。何百回となく説明された。はじめは警察、それから弁護士、検察官、裁判官。筋が通っていたし、状況証拠はそろっていた。目撃者もいて、彼の部屋や服や車に血痕まで残されていた。だがまる二時間、記憶が抜けていた。今にいたるまで、そこだけがブラックホールのようだった。

一九九七年九月六日のことはよく覚えている。その日の午前中にロンドンでダイアナ妃の葬儀が行われることになり、ケルプ祭り（教会開基祭を指すこの地方の名称）のパレードは自粛することになった。あのときは世界じゅうの人がテレビの前に釘付けになり、不幸な事故死を遂げた〝イギリスの薔薇《ばら》〟の葬列がロンドン市内を行進するのを見た。だがアルテンハインの村人は、ケルプ祭りをまるまる中止したわけではなかった。あの晩は、みんな、家にとどまるべきだったのに！

トビアスはため息をついて寝返りを打った。自分の鼓動が聞こえそうなほど静かだった。一瞬、自分がいま十九歳で、あんなことはなにも起こっていないような気がした。彼はミュンヘン大学に入学するはずだった。大学入学資格試験は平均評点一・一の好成績だったので、入学許可をもらえるのは確実だった。あのときの幸せな気持ちに、痛ましい記憶が混じり込んだ。

シュナイトハイン村に住む同級生の家の庭で、大学入学資格試験終了の打ち上げパーティが開かれた。トビアスがシュテファニーとキスをしているのを見て、ラウラは目を吊り上げて怒り、わざと彼の目の前でラースに抱きついた。トビアスを嫉妬させようという企みだったが、シュテファニーを腕に抱いていたトビアスは、ラウラなど眼中になかった！

シュテファニーは、彼が本気になった最初の子だ。それはまったくの初体験だった。遊び仲間から白い目で見られても、しつこくあの子を追いかけ、彼女が根負けするまで何週間もアタックした。それからの四週間は彼の人生でもっとも幸福なときだった。

だが、それも九月六日に冷や水を浴びせられるまでのことだった。シュテファニーがミス・ケルプ祭りに選ばれた。ろくでもない名称だ。それまでの数年、いつもラウラが選ばれていた。しかしその年はシュテファニーがラウラの地位を奪ったのだ。ナターリエたち数人の仲間と飲み物を販売するテントで働いていたトビアスは、シュテファニーが男といちゃつくのを見かけた。気づくと彼女は、いつのまにか姿を消していた。トビアスはかなり酒がまわっていた。トビアスがつらい思いでいるのに気づいたナターリエが、捜しにいったら、と声をかけた。トビアスはテントから抜けだした。長く捜す必要はなかった。そして彼女を見つけたとき、嫉妬で頭がおかしくなりそうになった。

どうして彼女はあんなひどいことをしたんだ。みんなの前で俺を笑いものにして、俺の心を傷つけた。なにもかも、あのくだらない劇のくだらない主役のためだった。

トビアスは毛布を払って跳ね起きた。なにかしなければ。なんとかして働こう。あの痛ましい記憶を忘れるために。

*

アメリーはこぬか雨の中、うつむきながら歩いていた。義母がバス停まで車で送るというのを、アメリーは毎朝断っている。だが今朝は急がないとスクールバスに乗り遅れそうだ。十一月はいやな面ばかりが際だつ。霧と雨。けれども、どんよりと重苦しいこの月が嫌いではなかった。寝静まった聚落をひとりで歩くのは気持ちがいい。ｉＰｏｄのイヤホンからはダークウエイブ系のお気に入りのバンド、シャッテンキンダーが、鼓膜が割れんばかりの音量で響いていた。

トビアス・ザルトリウスと殺された少女たちのことが頭から離れず、すっかり夜更かしをしてしまった。ラウラ・ヴァーグナーとシュテファニー・シュネーベルガーは当時十七歳、今の自分と同じ年齢だ。しかもアメリーが住んでいるのは、被害者のひとりが暮らしていた家だという。ティースが〝白雪姫〟と呼んだその少女のことを、もっと詳しく知りたくなっていた。当時、アルテンハインでなにがあったのだろう。

一台の車がすぐ横で停車した。義母に違いない。こうした親切ごかしには虫酸が走る。だが車に乗っていたのは、父親の雇い主クラウディウス・テアリンデンだった。テアリンデンは助手席の窓をおろして、手招きした。アメリーは音楽を止めた。

「乗せていこう」テアリンデンはいった。「びしょ濡れになるぞ!」

アメリーは雨をなんとも思っていなかったが、テアリンデンの車には乗ってみたかった。黒塗りの大きなベンツ。明るい色のレザー仕様で、いまだに新車のにおいがする。最新装備もいかしている。テアリンデンは高級なスーツを着込み、大きな車を乗りまわし、悪趣味な豪邸に住んでいる。ベルリンにいたとき、そういう奴には反吐《へど》が出ると思っていた。成金の典型だ。それなのに、アメリーはこの人物が案外気に入っていた。いや、問題はそれだけではない。アメリーは、自分が正常かどうか心配だった。というのも、親切にしてくれる異性を見ると、最近すぐにセックスのことを考えてしまうからだ。膝に手を乗せたら、こっちにその気があるといやでもわかるはずだ。テアリンデンはどんな反応をするだろう。考えただけでこぼれそうになった笑いをぐっとかみ殺した。

「さあ、乗りなさい！」テアリンデンは手招きした。

アメリーはイヤホンを上着のポケットにしまい、助手席にどさっと体を投げだした。ベンツのずっしり重いドアがガチャッと閉まった。テアリンデンは森林通りを下り、アメリーに微笑んだ。

「どうしたんだね？　なにか考え込んでいたようだが」

アメリーは一瞬、躊躇《ちゅうちょ》してからいった。「訊きたいことがあるんですけど」

「いいとも。なんだね？」

「昔、ふたりの少女が消えたそうですね。ふたりとは知り合いでした？」

テアリンデンがチラッとアメリーを見た。笑みが消えていた。「どうしてそんなことを知りたいんだ？」

「ちょっと興味を惹かれて。犯人が帰ってきてから、みんなそのことばかり話しているでしょう。なんだか面白そうだなと思って」

「ふむ。あれは悲しい事件だった。もちろんふたりとも知っていた。シュテファニーの方は隣人の娘だったし。ラウラのことも、幼い頃から知っていた。彼女の母親はうちで家政婦をしていたからね。ふたりの少女はあのまま見つかっていない。両親がかわいそうだ」

「ふうん。あだ名はあったんですか？」

「だれのことだい?」テアリンデンはその質問にびっくりしたようだ。

「シュテファニーとラウラです」

「さあ、どうかな。なぜそんなことを……いや、待てよ。シュテファニーにはあだ名があった。他の子どもたちは〝白雪姫〟と呼んでいた」

「どうしてですか?」

「ほら、名字がシュネーベルガー、つまり〝雪山〟だからじゃないかな」テアリンデンは眉間にしわを寄せて車の速度を落とした。スクールバスがすでに停留所でウィンカーをつけ、ケーニヒシュタインの学校に通う子どもたちを待っていた。

「いや、違った」テアリンデンがいった。「学校で公演する予定になっていた劇と関係していたんだ。シュテファニーは主役の座を射止めて、白雪姫を演じるはずだったのさ」

「演じるはず?」アメリーは興味を惹かれた。「演じなかったんですか?」

「ああ、その前に、その、行方不明になったんでね」

*

バシンと音をたてて、食パンがトースターから跳ね上がった。ピアは二枚ともバターとヌッテラ（チョコレート風味のヘーゼルナッツペースト）を塗ってサンドにした。バターの塩味とヌッテラの甘みが混ざった独特な味の中毒になっていた。ひと口ごとにその味をかみしめる。食パンのあいだからヌッテラが溶けて流れだし、新聞に落ちそうになったので、指ですくってペロリとなめた。昨日、空軍基地跡地で発見された白骨遺体のことが五行ほどの記事になっていた。フランクフルター・ノイエ・プレッセ紙の地方版は四段抜きでカルテンゼー事件の第十一回公判のことを報じていた。今日は午前九時に出廷して、昨年の初夏にポーランドで起こった事件について証言することになっている。

ふとヘニングのことが脳裏をかすめた。昨日はコーヒー一杯のはずが三杯になってしまった。結婚していた十六年間、こんなに本音で話し合ったことは一度もなかった。だがピアには、彼のジレンマを解決する手立てが見いだせなかった。ポーランドでの冒険のあと、ヘニングはピアの親友ミリアム・ホロヴィッツと恋仲になったが、ファレリー・レープリヒ検察官と縁を切れずにいたのだ。ヘニングはただの出来心だったというが、その結果、ファレリーが妊娠してしまったという。ヘニングは八方塞がりになり、すべてを放りだしてアメリカへ逃げようとまで考えていた。実際、数年前からテネシー大学から誘いがあるのだ。高給が保証され、学問的にも有意義なポストだという。

ヘニングのことを考えながら、ピアがバターヌッテラサンドというカロリー爆弾をもうひとつ食べるかどうか迷っていたとき、クリストフ・ザンダーがバスルームから出てきて、ピアと向かい合わせの席についた。クリストフの髪はまだ濡れていて、シェービングローションのにおいがした。

「今晩、大丈夫かい?」そうたずねて、彼は自分のカップにコーヒーを注いだ。「アニカは喜ぶだろう」

「なにか事件が起こらないかぎり大丈夫よ」ピアは誘惑に負けて、また食パンを二枚トースターにかけた。「九時に法廷で証言をすることになっているけど、他にこれといって用事はないわ」

クリストフはヌッテラとバターを見てニヤニヤ笑い、はるかにまっとうで健康的な黒パンとチーズを口に運んだ。彼に見つめられると、ピアはいまでも胃のあたりがむずむずする。深い褐色の、トフィフィ（ドイツ製のチョコレート）そっくりのつぶらな瞳。はじめて会ったとき、この瞳の虜《とりこ》になった。いまでもその魅力は衰えていない。クリストフには、ことさら目立とうとしなくても人目を惹く存在感がある。ピアのボスほど見た目がいいわけではないが、その顔立ちにはどうしても振り向きたくなるなにかがあった。その魅力はなんといっても、目元から顔じゅうに広がる微笑みだ。それを見ると、ピアはいつでも彼の腕の中に飛び込みたくなる。

ふたりは二年半前に知り合った。クローンベルクのオペル動物園で殺人事件が起き、ピアが捜査におもむいたときのことだ。そこで動物園園長のクリストフに一目惚れした。ヘニングと離婚したあと心を惹かれた最初の男性だ。あいにくオリヴァーはそのとき、クリストフに疑いの目を向けた。だが事件が解決し、クリストフの容疑が晴れると、ふたりは急接近し、恋から愛に発展した。それから二年、ふたりは切っても切れない仲になった。お互いに住まいを構えていたが、もうすぐ生活が変わる。十六年前、妻に先立たれたクリストフが男手ひとつで育てた三人の娘たちが巣立ったからだ。長女のアンドレアは春からハンブルクで就職、三女のアントニアはルーカスとほとんど同棲状態で、次女のアニカは子どもを連れて、その子の男親が暮らすオーストラリアへ移住することになった。今晩、クリストフの家で送別会をして、アニカは明日、シドニー行きの飛行機で旅立つ。

ピアは、クリストフが喜んでいないことを知っていた。四年前、妊娠したアニカを残して帰国した相手ジャレッド・ゴードンが信頼できず心配だったのだ。だが、妊娠したことは知らせなかったのだから、彼に責任はない、とアニカは彼の肩を持った。それにゴードンは海洋生物学で博士号を取得し、今はグレートバリアリーフの島にある研究所で働いている。いわばクリストフの同業者だ。そのことがわかって、クリストフはしぶしぶ、ふたりを祝福した。

ピアが端《はな》から白樺農場《ビルケンホーフ》を手放す気がなかったので、クリストフはバート・ゾーデンの家を来年の一月一日から人に貸すことにした。アニカの送別会はクリストフにとって長年暮らしてきた家とのお別れ会でもあった。引っ越し荷物は荷造りが済み、来週の月曜日に運送屋が来ることになっている。フランクフルトの建築課がピアの小さな家の増改築を許可するまで、家具類はしばらく倉庫に保管する予定だ。というわけで、プライベートに関して、ピアはかなり満足していた。

＊

トビアスは鎧戸《よろいど》をすべて上げ、日の光で浮かびあがった室内の惨状を見て、顔を曇らせた。父は買い物に出かけていた。トビアスは窓のふき掃除からはじめた。ちょうどダイニングルームの窓をふいていたとき、父がもどってきて、うなだれながら彼のそばを通ってキッチンに入った。トビアスは踏み台から下りて、父のあとを追った。

「どうしたの？」空っぽの買い物かごが視界に入った。

「なにも売ってくれなかった」父は小声で答えた。「まあ、いいさ。バート・ゾーデンのスーパーマーケットに行くから」

「だけど昨日までリヒターの店で買い物をしてたんだろう？」

父は軽くうなずいた。トビアスは意を決してワードローブからジャケットをだすと、父の財布が入っている買い物かごを持って家を出た。内心、はらわたが煮えくりかえっていた。リヒターの一家は以前、両親と仲がよかった。なのに今日になって、父を店から追いだすとは！　泣き寝入りするわけにはいかない。通りを横切ろうとしたとき、食堂の正面壁に赤い字が書かれているのが目にとまり、トビアスは振り返った。「ここは人殺し野郎の家」。赤色のスプレーで書かれていた。トビアスはその醜い文字を一瞬黙って見つめた。いやでも通りを歩く人の目に入る。胸の鼓動が激しくなり、胃がきりきり痛んだ。豚ども！　どういうつもりだ？　俺を親の家から追いだそうっていうのか？　次は放火しかねない。

トビアスは十数えてからくるりときびすを返し、まっすぐリヒターの食料品店に向かって通りを横断した。村の女マフィアどもが、大きな窓で鈴なりになって彼を見ていた。店の玄関でチャイムが鳴った。あたかも劇の一幕のように女どもが立っていた。針金のようにガリガリのマルゴット・リヒターは、レジの向こうで鉄棒を背中に通したかのように仁王立ちしている。その背後にごつい体の夫が立っている。だが居丈高というよりも身を隠しているような感じだ。

トビアスは他の面々をざっと見回した。正面にいたのは理髪師で、おもわせぶりなしゃべり方にかけては右に出る者のいないインゲ・ドンブロフスキー。その後ろは昔の倍はデブになり、当然同じくらい口うるさくなっているだろう、ブルドッグ顔のゲルダ・ピーチュ。その横にいるのは、ナージャの母アグネス・ウンガー、すっかりやつれて、白髪頭になっている。この人からあの美しい娘が生まれてきたとは信じがたいほどだ！

「おはよう」トビアスはいった。

氷のように冷たい沈黙。しかしトビアスが商品の棚に向かっても、だれも文句はいわなかった。しんと静まりかえった店内で、冷蔵棚の振動音だけが聞こえた。トビアスは、父がメモしたものをゆっくりかごに入れ、レジに立った。みんな、凍りついたように立ち尽くしていた。トビアスは何食わぬ顔でレジのベルトコンベアーに商品を載せた。ところがマルゴット・リヒターは、胸元で腕を組んだままレジを打とうとしなかった。店の玄関でまたチャイムが鳴った。なにも知らない小包の配達人が入ってきた。異様な空気に気づいて、配達人は足を止めた。トビアスは一歩も譲らなかった。根比べは、トビアスとマルゴット・リヒターだけの問題ではない。これは彼と村人全員との根比べなのだ。

「売ってやれ」ルツ・リヒターが数分後に折れた。

マルゴットは歯がみしながらレジを打った。

「四十二ユーロ七十セント」

トビアスが五十ユーロ紙幣を渡すと、マルゴットはつりを返した。あいさつのひと言もなかった。マルゴットのまなざしには、南の海も凍りつきそうだ。だがそのくらいでひるむトビアスではない。刑務所ではもっと危険な目にあったこともある。

「罪を償《つぐな》ったからもどってきたんだ」トビアスは、唖然としている面々を順に見た。「あんたたちがどう思おうとな」

*

ピアはフランクフルト地方裁判所で開かれた裁判に証人として出廷したあと、午前十一時半頃、署に到着した。

この数週間、捜査十一課はあまり仕事がなかった。捜査対象は、空軍基地跡地の燃料貯蔵槽で発見された白骨遺体だけだが、解剖報告書が出ていないので、カイ・オスターマン上級警部は数年前の行方不明者をのんびり洗っていた。手伝う者はだれもいなかった。フランク・ベーンケ上級警部は月曜日に、自転車走行中の転倒で顔を打撲したということで一週間の休暇を取っている。アンドレアス・ハッセ警部も病欠だが、だれひとり驚く者はいなかった。この数年、数週間から数ヶ月の病欠を繰り返していたからだ。捜査十一課は彼がいなくても支障のないように組んであり、彼がいなくて困る者はいなかった。

ピアは廊下に設置したコーヒーメーカーのそばで署長秘書のシュナイダーとおしゃべりしている一番若手のカトリーン・ファヒンガー刑事助手に出会った。カトリーンといえば、以前はフリル付きのブラウスにチェック柄のパンツと決まっていたが、最近イメージチェンジをした。

フクロウの目そっくりの丸メガネをやめて、モダンな角張ったデザインに替え、タイトなジーンズにロングブーツをはき、ぴったりとしたセーターを着て、うらやましいほどスリムな体をこれみよがしに見せている。彼女が変身した理由をピアは知らない。同僚のプライバシーをろくに知らないことに、またしても気がついた。いずれにせよ捜査十一課のひな鳥は巣立ったのだ。

「ピア！　待って！」

カトリーンに声をかけられて、ピアは足を止めた。

「なに？」

カトリーンはあたりをうかがってから声をひそめていった。

「昨日の晩、数人の友だちとザクセンハウゼンの酒場に行ったんです。そこでだれと会ったと思います？」

「ジョニー・デップじゃないわよね？」ピアは冗談をいった。カトリーンがあの俳優に夢中なのは、捜査十一課のみんなが知っていることだ。

「違います。フランクに出くわしたんです。レストラン〈クラッパーカーン〉のバーで働いていたんです。病気なんかじゃなかったんですよ」

「なにそれ！」

「どうしようかと思いまして。やっぱりボスにいったほうがいいでしょうか？」

ピアは眉間にしわを寄せた。警官が副業を持つ場合、申請して許可を得なければならない。

だが酒場で働くなどもってのほかだ。まず許可が出るはずがない。カトリーンのいうとおりなら、フランクは罰金必至、というか懲罰を受ける危険さえある。

「だれかの代わりにちょっと手伝っているだけじゃないの？」フランクの肩を持つ義理はないが、これが公になったとき、どうなるか想像すると、ピアはあまりいい気持ちがしなかった。

「そんなはずないです」カトリーンは首を横に振った。「わたしに気づいて、すぐにやってきたんです。そして、俺のことを探っているのかっていったんですよ。そんなはずないでしょう！　それからあいつ、いったんです。ばらしたら、ただじゃおかないって！」

当然のことだが、カトリーンは腹を立てていた。ピアは彼女のいったことを一瞬たりとも疑わなかった。フランクのいいそうなことだからだ。彼は相手を説得するのも、口汚くののしるのも得意だ。

「シュナイダーにもそのことを話したの？」ピアは探りを入れた。

「いいえ」カトリーンは首を横に振った。「話したくはなりましたけどね。だって本当に頭にきちゃって！」

「わかるわ。フランクは、人を怒らす天才だもの。ボスに話してみるわね。うまく話をつけてくれると思うけど」

「どうしてですか？」カトリーンが声を荒らげた。「なんであんな奴の肩を持つんですか？　あいつがなにをしても、みんな、見て見ぬふりをして、注意もしないんだから」

カトリーンは歯に衣着せずにいった。たしかにフランクはなぜか大目に見てもらっている。

そのときオリヴァーが廊下に姿をあらわした。

ピアはカトリーンを見ていった。「なにをすべきかは、自分で考えなさい」

「わかりました」そういうと、カトリーンはまなじりを決して、オリヴァーに向かっていった。

「ボス、ちょっと話があるんです。ふたりだけで」

＊

アメリーは学校よりもアルテンハイン少女殺人事件を優先することにした。三時限目の授業が終わると、具合が悪いと仮病を使った。家に帰ると、自分のデスクについて、ノートパソコンをインターネットに接続し、グーグルでトビアス・ザルトリウスを検索した。数百件のヒットがあった。一九九七年の夏の事件とその後の裁判についての報道記事をむさぼるように読んだ。トビアス・ザルトリウスは裁判の結果、刑務所に十年間収容されることになった。だがその裁判は状況証拠だけで進められた。少女たちの遺体が発見されなかったためだ。だがまさにそのことで、トビアスは非難の矢面に立たされた。黙秘したため、刑が重くなったのだ。

アメリーはまだあどけなさの残る黒髪の若者の写真を見た。きっと今はハンサムな大人になっているだろう。写真では手錠をかけられている。だが顔をそむけたり、ジャケットやファイルで隠したりせず、まっすぐカメラを見ている。〝冷酷な殺人鬼〟、彼はそう呼ばれた。傲慢で無情で残虐だというが。

「殺された少女たちの両親は付帯私訴原告として、タウヌス山地の麓の小さな村で営まれている食堂の息子トビアス・Sに対する裁判に出廷した。アンドレア・Wとベアーテ・Sが遺体を遺棄した場所を明かすよう懇願しても優等生のSは自白せず、ふたりの少女をどうしたか一切語らなかった。精神鑑定にかけたところ、平均以上の知性が認められた。Sの行動は作戦か、それとも傲慢さゆえのものか？　裁判官は、自白すれば、罪状を殺人罪から過失致死罪に変えるといったが、それでもSは沈黙を守った。悔悟の念のなさには、報道関係者も呆れるばかりだった。検察側は状況証拠がそろい、実地検証の結果も申し分なかったので、Sの犯罪行為を確信していた。Sは他人を中傷し、記憶が欠落しているといって無実を訴えたが、法廷はその主張に左右されることはなかった。トビアス・Sは判決文を淡々と聞き、控訴したが棄却された」

アメリーは、似た内容の記事を次々と読んでいき、最後に事件発生前の状況を伝える記事を見つけた。

それによると、ラウラ・ヴァーグナーとシュテファニー・シュネーベルガーは一九九七年九月六日から七日にかけての夜、行方不明になった。その日はアルテンハインでケルプ祭りがあり、村じゅうが浮かれていた。まもなくトビアス・ザルトリウスが捜査線上に浮上した。ふたりの少女が夜遅く、ザルトリウス家に入ったきり出てこないのを、隣人が見ていたのだ。元恋人のラウラは玄関の外でトビアスと口論になり、トビアスが手を上げた。ふたりはケルプ祭りで酒を浴びるように飲んでいた。しばらくしてトビアスの新しい恋人シュテファニーがやってきた。トビアス自身は、シュテファニーにふられ、絶望して自室でウォッカをひと瓶飲み干した、とのちに証言している。

　翌日、警察犬がザルトリウスの敷地で血痕を発見した。トビアスの車のトランクルームも血だらけだった。その後、被疑者の服と家の中に付着していた血液と皮膚の断片がふたりの少女のものであることが判明した。トビアスが夜更けに表通りを車で走っているところも目撃されていた。さらにシュテファニーのデイパックが彼の自室で押収され、搾乳場のシンクの下からラウラの首飾りが見つかった。事件が起こる前、トビアスはラウラを捨てて、シュテファニーに走り、今度はシュテファニーがトビアスをふった。酔っぱらっていたトビアスは勢いで凶行に及んだというのだ。

トビアスは裁判のあいだ、ふたりの少女の失踪とは無関係だと一貫して主張したが、法廷はこの記憶の欠落を認めず、トビアスが無実であることを証明する目撃者もあらわれなかった。状況はむしろその逆で、彼の友人たちは、彼がかっとしやすい質《たち》で、女の子を奴隷のように扱っていたと証言し、彼がシュテファニーの浮気に過剰に反応した可能性はあると認めた。こうしてトビアスは、裁判に勝つ見込みを完全に失った。

　不正に敏感なアメリーは、すっかりこの事件の虜になった。彼女自身、身に覚えのない罪を背負わされる経験をこれまで何度もしていたからだ。トビアスの主張が本当なら、彼がどんな思いをしたか痛いほどよくわかる。事件のことをもっと詳しく知りたいが、どうすればいいのかわからない。とにかくトビアスと知り合いになるしかないと思った。

*

午後五時二十分。まだ三十分はホームをうろつきまわらなければならない。仲間と合流して、青少年センターでバンドのリハーサルに参加するつもりだった。仲間は遅くとも五時五十五分の電車に乗ってシュヴァルバッハからやってくるはずだ。ニコ・ベンダーは彼らに会うためにサッカーの練習をさぼった。サッカーが三度の飯よりも好きだが、バンド仲間の方がはるかに大事だ。以前は仲がよかったが、両親のいいつけで、シュヴァルバッハからケーニヒシュタインの学校へ転校させられてから、なんとなく疎遠になっていた。だがドラムが得意なニコは依然、マルクやケヴィンよりもバンドに夢中だった。

ニコはため息をついて、野球帽の男を見た。男は三十分前から同じホームの端にじっとたたずんでいる。雨が降っているのに、屋根の下に入ろうともしない。濡れるのが気にならないようだ。

フランクフルト方面からの電車が到着した。通勤時間帯の八両編成。今いる位置でいいだろうか？　あいつらが先頭の車両に乗っていたら、会いそこねそうだ。ドアが開いて、乗客が降りてきた。傘を開く人、襟を立てて歩道橋の方へ走る人、ニコのそばを通って地下道へ向かう人。仲間は乗っていなかった。

ニコは立ち上がって、ゆっくりホームに沿って歩いた。

そのとき野球帽の男が目にとまった。女性を追って歩道橋の方へ歩いていく。男が女に声をかけた。女は立ち止まると、怯えて買い物袋をその場に落として駆けだした。男が追いすがり、女の腕をつかんだ。女が男を叩いた。

ニコは呆然とした。まるで映画のワンシーンみたいだ！

ホームから人の姿が消えていた。ドアが閉まって、電車が走りだした。男と女は歩道橋にいた。喧嘩をしているように見える。そしてふいに女の姿が消えた。ブレーキ音とタイヤのスリップ音。ドスッとぶつかる音と、なにかが粉々に砕け散る音。ホームの向こうを流れていたまばゆいヘッドライトの列が止まった。

ニコは、自分が犯罪の目撃者になったことに気づき、愕然とした。男は歩道橋から交通量の多いリーメスシュパンゲ通りに女を突き落としたのだ！　そして今度はニコの方へ走ってくる。うつむいて、女のハンドバッグを持っていた。ニコは怖くなって、心臓が飛びだしそうになった。見ていたことに気づかれたら、ただでは済まないだろう。

ニコは無我夢中で駆けだした。脱兎のごとく地下道に走り込み、バート・ゾーデン方面のホームのそばに止めた自分の自転車へ急いだ。もう仲間を待つどころではない。バンドのことも、青少年センターのことも頭にはなかった。自転車に飛び乗ると、懸命にペダルをこいだ。男が地下道の階段を上がってきて、なにか叫んだ。ニコは肩越しに振り返った。男が追ってこないことがわかった。それでも、樫ノ森通りを全速力で走り、家に着いて、やっとひと安心した。

＊

ズルツバッハ北駅そばの十字路は惨憺《さんたん》たる状況だった。自動車七台の玉突き事故。消防隊員がバーナーなどを使って救出活動をし、流れだしたガソリンに砂をかけていた。救急車が数台、縦列駐車して負傷者の手当てをしている。寒くて雨模様だというのに、立入禁止テープの外に野次馬がたむろして、その恐ろしい光景を眺めていた。オリヴァーはその人混みをかきわけて、最初に事故現場に駆けつけたエッシュボルン署のヘンドリック・コッホ上級警部の前に立った。

「いろいろ見てきましたけど、これはひどすぎです」ベテランの上級警部が顔を青くしていた。彼はオリヴァーとピアに状況を説明した。

午後五時二十六分、女性が歩道橋から転落し、シュヴァルバッハ方面から走ってきたBMWのフロントガラスに激突した。ドライバーはブレーキをかけずに、ハンドルを切り、対向車と正面衝突。上下線の道路でともに玉突き事故が起こった。赤信号でズルツバッハ方面の道路に止まっていたドライバーによると、女性は何者かによって突き落とされたという。

「その女性は?」ピアはたずねた。

「生きています」上級警部は答えた。「いまのところ。救急医が救急車の中で応急手当てをしています」

「死亡事故という連絡だったが」

「BMWのドライバーが心不全で死亡したんです。ショック死でしょう。蘇生を試みましたがだめでした」上級警部は十字路の中央を顎でしゃくった。原形をとどめないBMWのわきに遺体が横たえてあった。靴が濡れそぼった毛布から飛びだしている。立入禁止テープのあたりが騒がしくなった。ふたりの巡査が、中に入ろうとした銀髪の女性を押さえている。上級警部の無線機から切れ切れの声が聞こえた。

「死んだドライバーの奥さんのようです」コッホ上級警部は緊張した声でオリヴァーとピアにいった。「ちょっと失礼します」

上級警部は無線機になにかいうと、事故現場を横切った。彼がこれからしなければならない任務を、ピアは代わりたいと思わなかった。人の死を親族に伝えるのは、警察の仕事の中でももっともつらいものだ。心理面の訓練を受け、何年経験を積んでも簡単なことではない。

「突き落とされた女性の様子を見てきてくれ」オリヴァーはいった。「わたしは目撃者に話を聞いてくる」

ピアはうなずいて、重傷者の応急手当てが施されている救急車へ向かった。後部ドアが開いて、救急医が降りてきた。別の事件で会ったことのある医師だった。

「やあ、キルヒホフ警部。なんとか安定したので、これからバート・ゾーデン病院へ搬送します。複数の骨折、顔の裂傷、おそらく内臓も損傷しているでしょう。面会謝絶になります」

「身元のわかるものはなにかありましたか？」

「車のキーが……」救急医は口をつぐんで一歩さがった。救急車が動きだし、サイレンがうるさくて話ができなかったからだ。

ピアは救急医と少し話し、礼をいって同僚たちのところへもどった。女性の上着のポケットからは車のキーしか見つからなかった。五十歳ほどのその女性はハンドバッグを持たず、食料品をいっぱいに入れた買い物袋だけが、歩道橋とホームを捜索したときに見つかっていた。

オリヴァーはそのあいだに、その女性が墜落するところを見た目撃者から事情聴取した。ドライバーは、女性が突き落とされたとはっきり証言した。突き落としたのは男。闇が迫り、雨が降っていたが、間違いないという。

オリヴァーとピアは歩道橋の階段を上った。

「落ちたのはここですね」ピアは歩道橋に印されたチョークの跡を見た。「高さはどのくらいでしょうね？」

「そうだな」オリヴァーは腰高の欄干から身を乗りだして下を見た。「五、六メートルかな。生きているのは奇跡だな。車はかなりの速度で走ってきたはずだし」

歩道橋の上からは、大破した車の列と、点滅する青色とオレンジの警光灯が見え、そこを蛍光色のベストを着た救急隊員が駆けまわっている。まったくシュールな光景だ。風にあおられ、斜めに降りしきる雨の滴《しずく》が、ヘッドライトの光にくっきり浮かんで見える。体のバランスを失い、もう助からないと思ったとき、女性の脳裏にはなにが去来しただろう。あるいは、考える暇もないほどあっという間だっただろうか。

「守護天使がついていたようですね」ピアはそういって、ブルッと身震いした。「これからも彼女を見捨てないことを祈るのみです」

ピアはきびすを返すと、オリヴァーについてホームへ向かった。あの女性はだれだろう。どこから来て、どこへ行こうとしていたのか。ついさっきまでなにごともなく電車に乗っていた。

それなのに数分後、骨が粉々に砕け、救急車に横たわることになるとは。間の悪いことに、会うべきでなかった人と出会い、人生が変わってしまった。男は何者だろう。強盗だろうか。そんな風に見える。

「女性はハンドバッグを持っているものだよな」オリヴァーはピアにいった。「買い物をしているから、金を持っていた。つまり財布を持っていたはずだ」

「人の往来が激しい午後五時半に強盗にあったというんですか？」ピアはホームを見回した。「タイミングとしてよかったのかもしれない。雨が降っていたから、みんな、家路を急いでいただろう。犯人はその女性がATMで金をおろすのを見て、電車に乗る前からつけていたのかもしれない」

「ええ」ピアはホームの監視カメラを指差した。「あれに写っている映像を見てみないといけませんね。うまくすると、レンズが広角で、歩道橋まで写り込んでいるかもしれません」

オリヴァーはうなずいた。今晩、ふたつの家族が悲しい知らせに打ちのめされることになる。強盗がハンドバッグをひったくろうとした、それだけのせいで。悲劇には変わりないが、お粗末な理由で人が死んだり、重傷を負ったりしたかと思うと、オリヴァーはやりきれない思いがした。ふたりの警官が地下道から出てきた。ホームに通じるしげみのそばの駐車場で、女性のポケットから見つかったキーの合う赤いホンダ・シビックを発見してきた。ナンバープレートから、持ち主はノイエンハインに住むリタ・クラーマーと判明した。

バート・ゾーデンのノイエンハイン地区にある醜い高層アパートの駐車スペースに、オリヴァーは慣れたハンドルさばきでBMWを止めた。ピアは、五十近くの名前が並ぶ呼び出しボタンの前で、リタ・クラーマーを見つけるのに手間取った。チャイムを鳴らしても、応答がなかった。しかたなく、別の住人のチャイムを鳴らしてアパートに入れてもらった。その高層アパートは外見が醜いわりに、中は手入れが行き届いていた。

＊

五階に着くと、初老の女性が待っていて、オリヴァーたちの身分証を疑い半分、好奇心半分でジロジロ見た。ピアはチラチラ時計に視線を向けた。もう午後九時だ！　アニカのパーティに顔をだすと約束したのに、捜査があとどのくらいかかるか見当がつかない。本当をいうと、今晩は勤務からはずしてもらっていたのだ。ピアは内心ハッセとベーンケを呪った。

初老の女性はリタ・クラーマーと顔見知りで、住まいの鍵も預かっていた。オリヴァーとピアが警察の人間だと信用し、交通事故の話を聞いて、女性はようやくその鍵をだした。しかし残念ながら、その女性はリタに家族がいるかどうか知らなかった。訪ねてくる人もいないという。住まいも殺風景だった。きれいに片付いているが、必要最低限の家具しかない。リタがどんな人物か示唆するものは皆無だった。プライベートな写真はどこにもなく、壁にかけてある写真は家具量販店で数ユーロで買ってきたような代物だ。オリヴァーとピアは住まいを見てまわり、食器戸棚や引き出しを開けてみた。家族のことや、事件の背景が判明するかもしれないと期待して。だがなにもわからなかった。

「まるでホテルの客室みたいになにもないな」オリヴァーはいった。「ありえない」

ピアはキッチンに入った。電話機の音声メッセージ機能が点滅していることに気づいた。ピアは再生ボタンを押した。残念ながら、そのまま電話が切られ、メッセージは残されていなかった。ピアはディスプレイに映っている電話番号をメモした。ケーニヒシュタインの市内局番だ。さっそく携帯電話をだし、電話をかけてみた。呼び出し音が三回鳴ったが、留守番電話になっていた。

「クリニックですね。でも、もうだれも出ません」

「他にメッセージが残されていないか?」オリヴァーがたずねた。

ピアはボタンをいろいろいじってから、かぶりを振った。

「なんか妙ですね」ピアは受話器をもどすと、キッチンのカレンダーを見た。五月からめくっていないし、なにもメモされていない。コルクボードにはピザの宅配サービスのチラシと、日付が四月の不法駐車の黄ばんだ通知書が貼りつけてあるだけだ。満ち足りた、幸せな人生を過ごしているとはとうてい思えない。

「明日クリニックに電話してみよう」オリヴァーがいった。「今日はここまでだ。わたしは病院に寄って、被害者の容態を確かめて帰る」

ふたりは住まいを出て、初老の女性に鍵を返した。

「病院へまわる前にクリストフの家で降ろしてくれませんか?」ピアはエレベーターの中でた

ずねた。「家は途中なので」

「ああ、そうか、パーティがあったんだな」

「あら、どうして知ってるんですか？」ピアは表玄関のガラスドアを開けたとき、呼び出しボタンをのぞきこんでいる男の背中にぶつかりそうになった。

「ごめんなさい」ピアはいった。「見えなかったものですから」

ピアはチラッと男の顔を見て微笑んだ。

「大丈夫ですよ」男は答えた。

オリヴァーとピアは通り過ぎた。

「部下の動向はつかんでいるんだ」オリヴァーはコートの襟を立てた。

ピアは今朝カトリーンとおしゃべりしたことを思いだし、いい機会だと思った。

「それじゃ、ベーンケが内緒でアルバイトをしていることも知ってますよね」

オリヴァーは眉間にしわを寄せて、さっとピアに視線を向けた。

「いや、そのことは今朝まで知らなかった。きみはどうなんだ？」

「ベーンケがそういうことをわたしに打ち明けるはずがないでしょう」ピアは吐き捨てるようにいった。「プライベートなことはなにも話さないです。特別出動コマンド《SEK》（人質立てこもりなど極所的な凶悪犯罪に対処する警察特殊部隊）の隊員みたいに」

オリヴァーは街灯のほのかな明かりの中でピアを見つめた。

「あいつはいろいろ問題を抱えているんだ。一年前に妻と別居して、自宅のローンが払えなくなり、家を手放すことになったのさ」

ピアは立ち止まって、一瞬言葉を失った。このところフランク・ベーンケが挙動不審だったのはそのせいか。いつもいらいらしていて、機嫌が悪く、怒りっぽかった。だがピアは同情を覚えなかった。むしろ腹立たしかった。

「それで彼のことを大目に見ていたんですか。どうして彼には愚者の自由が認められるんですか？」

「愚者の自由なんて認められていないさ」

「それならあんなに失敗したり、手抜きをしたりしているのに、どうして叱責されないんですか？」

「いずれ立ち直ると思っていたんだ」オリヴァーは肩をすくめた。「しかし無許可でアルバイトをしているとなれば、話は別だ」

「署長に報告するんですか？」

「そうせざるをえないだろう」オリヴァーはため息をついて、また歩きだした。「だがその前にフランクと話し合ってみようと思っている」

二〇〇八年十一月八日（土曜日）

「なんてこと」オリヴァーの話を聞いて、ダニエラ・ラウターバッハ女医は衝撃を受けた。小麦色に日焼けした顔から血の気が引いた。「リタは親友でした。数年前に離婚するまで、隣人でもあったんです」

「目撃証言によりますと、クラーマーさんは歩道橋から突き落とされました」オリヴァーはいった。「そのため殺人未遂で捜査しているのです」

「なんて恐ろしい！　かわいそうなリタ！　容態は？」

「よくありません。生死の境をさまよっています」

ラウターバッハ女医は祈るように両手を合わせ、かぶりを振った。オリヴァーは女医の年齢を四十代終わりから五十代はじめだろうと思った。いかにも女らしい体つきで、輝くような黒髪を束ねて結っている。笑いじわのある温かな栗色の目からは、誠実さと母性愛が感じられる。患者の立場に立って、じっくり時間をかける町医者に違いない。ゆったりしたクリニックはケーニヒシュタインの歩行者天国の宝石店の上にあり、どの部屋も広く明るい色調で、天井が高く、床は寄せ木張りだった。

「診察室においでください」女医はそういった。オリヴァーは女医について、とても広い部屋に入った。どっしりした古風な書斎机がどんと鎮座している。壁には表現主義風の大きな絵が何枚も飾ってある。暗い色調で、和やかな雰囲気の室内にはそぐわないが、刺激的なコントラストをなしていた。

「コーヒーはいかがですか？」

「ああ、それはありがたいです」オリヴァーは口元を綻《ほころ》ばせてうなずいた。「今日はまだ一杯も飲んでいませんので」

「早起きされたんですね」女医はずらりと並ぶ専門書のわきに設置したオートマチックのエスプレッソマシンにカップを置き、抽出ボタンを押した。ガガガッとミルが作動し、挽きたてのコーヒーのかぐわしいにおいが部屋に広がった。

「先生こそ。土曜日だというのに」

昨夜遅く、オリヴァーはクリニックの電話に音声メッセージを残しておいたのだ。そして今朝七時半に女医から返事があった。

「土曜日の午前中は往診をしているのです」女医がオリヴァーにコーヒーを差しだした。オリヴァーはミルクと砂糖を丁重に断った。「そのあと原稿を執筆します。原稿依頼が最近増えていまして。もっと患者に時間を割きたいのですが」

書斎机の方に手招きされて、オリヴァーは患者用の椅子に腰かけた。書斎机の向こうの窓に温泉保養施設とその先のケーニヒシュタイン城が見える。いい眺めだ。

「それで、わたしになんのご用ですか？」コーヒーをひと口飲んでから、女医はたずねた。

「クラーマーさんのアパートを捜索したのですが、家族がいるかどうかもわからなかったのです。事故のことを伝えたいのですが」

「リタはいまでも別れた夫と良好な関係を保っています。彼がリタの世話をしてくれると思います」女医はまたかぶりを振った。「それにしても、だれがそんなひどいことを？」

女医は栗色の瞳でオリヴァーを見つめた。

「それには、わたしたちも関心を寄せています。クラーマーさんには敵がいましたか？」

「リタに？　それはありえません！　リタはいい人です。ひどい目にあったのに、それでも心がねじまがったりしなかったのですから」

「ひどい目？　どういうことでしょうか？」オリヴァーは女医を見つめた。女医はおっとりしていて、オリヴァーは好感を抱いた。

彼のホームドクターは、患者をベルトコンベアーに乗せているような扱い方をする。オリヴァーはそのクリニックを訪ねるたびに、せかすような診察の仕方にいらいらさせられる。

「彼女の息子は刑務所に入っていたんです」そう答えて、ダニエラはため息をついた。「リタにとってはつらいことでした。それが原因で結婚生活も破綻《はたん》したんです」

コーヒーを飲もうとしていたオリヴァーは、そこで手を止めた。

「クラーマーさんの息子が刑務所に？　どういうことですか？」

「刑務所にいたのは過去のことです。二日前に出所しました。彼は十一年前、女の子をふたり殺したのです」

記憶をたどってみたが、オリヴァーはクラーマーという名の殺人犯に覚えがなかった。

「リタは離婚したあと、旧姓を名乗っているんです。あの恐ろしい事件と結びつけられないように」オリヴァーが考えていることがわかったのか、女医はいった。「以前の姓はザルトリウスです」

*

ピアは我が目を疑った。灰色の再生紙に味も素っ気もない官僚言葉で書かれた文章にざっと目を通した。楽しみに待っていたフランクフルト市建築課の書簡が郵便受けに入っているのを見つけたとき、ピアはうれしくて心が躍った。ところがそこに書かれていたことはあまりに思いがけないものだった。クリストフとピアは、白樺農場《ビルケンホーフ》でいっしょに暮らすことを決心し、手狭で、客を泊めるスペースもない今の家を改築することにしたのだ。すぐにも着工したかったので、建築許可が下りるのを首を長くして待っていた。書簡の文面を二度、三度と読み直し、それからその手紙を手から落として、食卓を離れ、バスルームに入った。急いでシャワーを浴びると、バスタオルを体に巻き、鏡の中の自分をげんなりして見つめた。

パーティをあとにしたのは午前三時半だったが、それでも七時に起床し、犬をおもてにだし、他の動物たちに餌をやった。それから雨の上がった合間をぬって、二頭の若駒を調馬し、馬小屋の囲いにたまった糞を片付けた。ピアにはもうパーティで夜更かしするだけの体力がなかった。すでに四十一歳、二十一歳のときのようにはいかない。

肩にかかる長い金髪を梳《す》き、三つ編みにした。こんな悪い知らせを受け取ったあとでは、とても眠れたものではない。キッチンへ行き、役所のうれしくない文書をテーブルから取ると、ベッドルームに入った。

「やあ」クリストフはそうつぶやくと、眠そうに目をしばたたかせた。「何時だい？」

「九時四十五分よ」

クリストフは体を起こすと、こめかみをさすりながらため息をついた。昨日の夜はいつになくたくさん酒を飲んだ。「アニカの飛行機は何時だっけ？」

「今日の午後二時。まだ時間はたっぷりあるわ」

「それはなんだい？」ピアの手の中にある手紙に気づいて、クリストフはたずねた。

「破局よ」ピアは落ち込んで答えた。「建築課からの通知書」

「どういうこと？」

「撤去命令よ！」

「なんだって？」

「前の持ち主は無許可で家を建てていたの！　そして改築申請で寝た子を起こしてしまったというわけ。この土地で建築できるのは四阿《あずまや》と馬小屋だけなんですって。わけがわからないわ」

ピアはベッドの角にすわり込んで首を横に振った。

「数年前から住民票をだして、ゴミの収集もしてもらって、水道代もケーブルテレビ代も払ってきたのに。役所はなにを考えているわけ？　わたしが四阿に住んでいるとでも？」

「見せてごらん」クリストフは頭をかきながらその手紙を読んだ。「不服申し立てをしよう。ありえないことだ。お隣はあんな大邸宅を建てているんだぞ。きみが改築できないなんて！」

隣のナイトテーブルの携帯電話が鳴った。今日が待機日だったピアはしぶしぶ電話に出た。一分ほど黙って話を聞いていた。

「これから行きます」といって、ピアは終了ボタンを押し、携帯電話をベッドに投げた。「くそっ」

「仕事かい？」

「ええ、あいにくだけど。ニーダーヘーヒシュタット警察署に、昨日の事件を目撃した少年がやってきたんですって。男が女を歩道橋から突き落とすのを見たといっているらしいの」

クリストフは、ピアの肩に腕をまわした。ピアは深いため息をついた。クリストフがピアの頬、そして口にキスをした。その少年は、なんで警察に出頭するのを午後まで待てなかったんだろう。ピアは働く気になれなかった。ローテーションでは、今週末の待機はフランク・ベーンケの番だった。けれども彼は病欠中。アンドレアス・ハッセも病欠。あのふたりは本当に許しがたい！　ピアは仰向けに倒れ込み、クリストフの温かい体にすり寄った。彼の手がバスタオルの中に入ってきて、ピアの腹部をなでた。

「とにかく、こんなくだらない手紙のことは忘れるんだ」そうささやいて、クリストフはまたキスをした。「なにか解決策があるはずさ。そんな簡単に家を撤去されてたまるか」

「どこもかしこも問題だらけ」ピアはそうつぶやいて、ニーダーヘーヒシュタット警察署にいる少年をもう一時間待たせることにした。

＊

オリヴァーはバート・ゾーデン病院の向かいに止めた車の中で、ピアが来るのを待った。ダニエラ・ラウターバッハ女医から、リタ・クラーマーの元夫の住所を教えてもらっていた。そして悪い知らせを伝えにいく前に、リタ・クラーマーの容態を確かめるため、もう一度病院に寄ったのだ。彼女はひと晩もちこたえた。手術のあと、集中治療室で人工的昏睡状態にあった。午前十一時半、自分の車をオリヴァーの車に横付けしたピアが水たまりをよけながらやってきた。

「少年はホシのことをかなり正確に記憶していました」ピアは助手席にすわり、シートベルトをしめた。「カイが監視カメラの映像からホシの似顔絵を合成できれば、公開捜査できるでしょう」

「よくやってくれた」オリヴァーはエンジンをかけた。リタ・クラーマーの元夫のところへつきあってくれ、とピアに頼んであった。元夫の住むアルテンハインまでの短いドライブのあいだ、彼はラウターバッハ女医から聞いたことをピアに話した。

ピアはなかなか集中できなかった。気持ちはすぐ建築課の通知書の方へいってしまう。撤去命令！　まさかそんな返事が来るとは！　建築課が本気で家の撤去を迫ってきたらどうしよう？　クリストフとふたり、路頭に迷うじゃないか。

「おい、聞いているのか、ピア」オリヴァーがたずねた。

「聞いてますよ。ザルトリウス。隣人。アルテンハイン。ごめんなさい。家に帰ったの、午前四時だったんです」

ピアは欠伸《あくび》をして目を閉じた。死ぬほど疲れていた。残念ながらオリヴァーのような鉄の規律の持ち合わせはない。オリヴァーは徹夜つづきのきつい捜査活動をしても音をあげない。欠伸を見られてしまっただろうか。

「その事件は十一年前、新聞の見出しを飾った」ボスの声がした。「トビアス・ザルトリウスは状況証拠だけで殺人罪および致死罪でもっとも重い判決を受けた」

「そうなんですか」ピアはつぶやいた。「よく覚えていませんね。遺体が発見されなかった二件の殺人事件ですか。そいつはまだ刑務所にいるんですか？」

「そこなんだ。トビアス・ザルトリウスは木曜日に出所している。アルテンハインにもどった。父親のところにな」

ピアは少し考えてから目を開けた。

「その出所と、彼の母が襲われたことに、なにか関係があるというんですか？」

「信じられない」オリヴァーは愉快そうな目でピアを見た。

「なにがですか？」

「きみの直感は寝不足でも有効なんだな」

「ちゃんと目は覚めています」ピアは欠伸をかみ殺した。

ふたりはアルテンハインに入り、ラウターバッハ女医から教わった住所に着いた。オリヴァーは雑草が生え放題になった元食堂の駐車場に車を入れた。

男がひとり、食堂の正面壁に赤いスプレーで書かれた文字を白ペンキで塗りつぶしている。「ここは人殺し野郎の家」と書かれている。赤い文字がいまだに白ペンキの下から透けて見える。ザルトリウス家の前の歩道に、中年の女が三人立っていた。

「人殺し！」オリヴァーとピアがドアを開けて、車から降りようとしたとき、女のひとりが叫んだ。「ここから出ていきな、この悪党！ ただじゃおかないよ！」

その女は地面につばを吐いた。

「どうしたんですか？」オリヴァーがたずねたが、女たちは彼の方に目も向けず、その場から姿を消した。ペンキを塗っていた男は、女たちの罵声を完璧に無視した。オリヴァーは男に丁重に声をかけ、自分とピアの身分を名乗った。

「さっきの人たちはなんだったんですか？」ピアは興味を覚えてたずねた。

「本人に訊いたらいいでしょう」男はそっけなく答えると、チラッとふたりを見て作業にもどった。身を切る寒さなのに、男はグレーの長袖Tシャツに、ジーンズと作業靴をはいているだけだ。

「ザルトリウスさんと話がしたいのですが」

すると、男が振り返った。ピアは男の顔に見覚えがあった。

「あら、昨日の夜、ノイエンハインのアパートで会いませんでした？」ピアはたずねた。驚いたはずだが、男はそういうそぶりを見せなかった。笑顔も見せず、青い海を彷彿《ほうふつ》とさせるような瞳でピアを見つめた。ピアは思わず顔が火照《ほて》った。

「ええ、そのとおりです」男はいった。「いけませんか？」

「いいえ、そんなことはありません。しかし、どうしてあそこに？」

「母を訪ねたんです。約束をしていたので。でも母は不在で、どうしたのか心配してたところです」

「それでは、あなたがトビアス・ザルトリウス？」

男は眉を吊り上げ、あざけるように口をゆがめた。

「ええ、そうです。少女殺しの犯人です」

トビアスは魅力的な顔立ちだった。左の耳から顎にかけて白い傷跡があるが、醜くなるどころか、それにかえって惹きつけられた。トビアスの目に見つめられて、ピアは奇妙な感覚を味わった。

「あなたのお母さんは昨日の晩、ひどい事故にあいました」オリヴァーがいった。「手術を受け、今は集中治療室にいます。容態は思わしくありません」

ピアは、トビアスの鼻の穴が大きく広がったことに気づいた。トビアスは唇を真一文字に結び、白ペンキを入れたバケツにローラーを投げ入れると、農場に通じる門の方へ歩いていった。オリヴァーとピアはチラリと顔を見合わせてから、あとを追った。農場はゴミの山と化していた。オリヴァーが押し殺した声で悲鳴をあげ、石になったかのように固まった。ピアはボスの方を向いた。

「どうしたんですか?」

「ドブネズミだ!」オリヴァーは吐き捨てるようにいった。顔面が蒼白になっている。「足の上を横切っていった!」

「このゴミの山じゃ無理もないですね」ピアは肩をすくめ、歩きだしたが、オリヴァーは塩の柱(旧約聖書の創世記にあるエピソード。ロトの妻はソドムから逃げだす途中で振り返ってしまったため塩の柱になった)になったかのように立ち尽くしていた。

「ドブネズミが大嫌いなんだ」声が震えていた。

「領地の農場で育ったんでしょう。ドブネズミの一匹や二匹いたんじゃないですか?」

「だから嫌いなんだ」

ピアは呆れてかぶりを振った。まさかボスにこんな弱点があったとは!

「さあ、行きましょう」ピアはいった。「わたしたちを見れば、逃げていきますって。ゴミ置き場のネズミは人間を恐れていますから。わたしの友だちに、おとなしいドブネズミを二匹飼っている子がいました。わたしたち、そのドブネズミと……」

「やめてくれ!」オリヴァーは大きく息を吸った。「先に行ってくれないか!」

「呆れた!」オリヴァーがすぐ後ろをついてきたので、ピアはクスクス笑った。オリヴァーはいつでも逃げられるように、左右のゴミの山に目を光らせながら、家に向かって狭い道を進んだ。

「あら、あそこに一匹! なんて太っているのかしら」ピアはいきなり立ち止まった。オリヴァーはピアの背中にぶつかって、おろおろした。いつも泰然自若としているのが嘘のようだ。

「冗談ですよ」ピアはニヤリとした。だがオリヴァーは笑わなかった。

「もう一度やったら、歩いて帰ってもらうからな。心臓が止まるかと思ったぞ！」

ふたりは歩きつづけた。トビアスは家の中に消えたが、玄関は開けっ放しだった。オリヴァーは家のすぐそばまで行くと、ピアの前に出て、沼地を歩いてきた旅人が硬い大地に上がるときのように、三段ある外階段を上がった。玄関に猫背の初老の男が姿を見せた。すり減ったスリッパとしみのついた灰色のズボンをはき、やせ細った上半身に着古したカーディガンをまとっていた。

「ハルトムート・ザルトリウスさん？」ピアがたずねると、男はうなずいた。男は農場と同じくらいかまわない恰好をしていた。細長い顔には深いしわが寄っていて、碧い瞳がトビアスと似ているが、その瞳からは光が失われていた。

「リタのことで来られたと倅《せがれ》から聞きましたが」ハルトムートの声には力がなかった。

「そうです」ピアはうなずいた。「昨日、ひどい事故にあいまして」

「入ってください」ハルトムートは狭くて薄暗い廊下を通って、ふたりをキッチンに通した。汚れていなければ、居心地良さそうなキッチンだ。トビアスは腕を組んで窓辺に立った。

「ラウターバッハ先生から住所を伺ってきました」オリヴァーはすぐに気を取り直していった。

「目撃証言によると、クラーマーさんは昨日の午後遅く、ズルツバッハ北駅で何者かによって歩道橋から突き落とされ、走ってきた車にぶつかったのです」

「なんてことだ」ハルトムートは色を失い、椅子の背に手をついた。「し……しかし、いったいだれがそんなことを？」

「それは突き止めてみせます」オリヴァーは答えた。

「だれがやったか心当たりはありませんか？　クラーマーさんに敵はいましたか？」

「おふくろに敵がいたなんて」トビアスが背後で口をはさんだ。「敵がいるのは俺さ。ちなみにこの呪われた聚落《しゅうらく》全体が敵だ」

トビアスの声には棘があった。

「具体的に怪しいと思える人は？」ピアはたずねた。

「いませんよ」ハルトムートはすかさず答えた。「そんな恐ろしいことをする奴なんて」

ピアは、あいかわらず窓辺に立っているトビアスに視線を向けた。逆光のため、表情がよく見えないが、眉を吊り上げ、口元を引きつらせているのはわかった。父親とは意見が異なるようだ。ピアは、彼の全身から発散する憤りが肌で感じられるような気がした。トビアスの瞳には、長年抑え込んできた怒りがメラメラと燃えていた。その危険な火は、大火事になるのをじっと待っている。トビアスは疑いなく時限爆弾だ。一方、父の方は人生に疲れ、無気力になっている。家や農場のありさまが、それをよく物語っていた。生きる気力を失い、人生の瓦礫《がれき》の奥に引きこもってしまったのだ。殺人犯の両親であることはただでもつらいことだが、ハルトムートと別れた妻にとって、アルテンハインのような小さな村で耐え忍ぶのはさぞかし肩身の狭いものだっただろう。毎日が針のむしろだったに違いない。ザルトリウスの妻はいつの日かそれに耐えられなくなったのだろう。夫をひとりこの村に残して、きっと良心の呵責《かしやく》を覚えていたはずだ。新たな人生の門出も彼女を幸福にはしなかった。彼女の住まいの、あの愛の欠片《かけら》すらない空虚さが論より証拠だ。

ピアはトビアスを見た。彼は親指の関節をかみながらぼんやりと前を見つめている。まったくの無表情でなにを考えているのだろう。両親を苦しめてしまったことを気にやんでいるのだろうか。オリヴァーはハルトムートに名刺を渡した。ハルトムートはそれをチラッと見てから、カーディガンのポケットにしまった。

「おふたりにクラーマーさんの世話をお願いできますか。本当に容態が悪いので」

「もちろんです。すぐに病院へ行きます」

「そして怪しい者を思いついたら、ためらわずに電話をください」

ハルトムートはうなずいたが、息子の方は反応しなかった。ピアはいやな予感がした。トビアスは、自分の手で犯人を捜しだすつもりではないか、と。

＊

ハルトムート・ザルトリウスは車をガレージに入れた。リタを訪ね、ひどいショックを受けていた。応対した医師は、どうなるかまったくわからないといった。脊椎《せきつい》がほぼ無傷だったのは幸運だったという。だが、人間の体を構成する二百六個の骨のうち、ほぼ半分が折れ、内臓にも甚大な損傷を受けていた。

トビアスは帰宅の途中、一切口を開かず、暗い面持ちでじっと前を見ていた。ふたりは門を通って家の方へ歩いた。だが玄関前の外階段まで来たとき、トビアスは足を止めて、上着の襟を立てた。

「どうした?」ハルトムートは息子にたずねた。

「ちょっと新鮮な空気を吸ってくる」

「これからか? もうすぐ十一時半だぞ。雨が降りしきってる。びしょ濡れになるぞ」

「この十年、雨を体験することもできなかった」トビアスは父親を見つめた。「濡れたって平気さ。それにこの時間なら、そんなに人目につかないだろう」

ハルトムートは少し迷ってから、息子の腕に手をかけた。

「馬鹿なことはするなよ、トビー。お願いだ。約束してくれ」

「大丈夫だよ。心配はいらないさ」トビアスは無理して微笑み、父が家に入るのを待った。それからうなだれてゴミの山の中を歩き、中身が空っぽの家畜小屋と納屋のそばを通り過ぎた。骨が粉々に砕け、集中治療室に横たわる母、チューブや機器に囲まれた母の姿が脳裏を離れない。思った以上に応えた。母が襲われたのは、自分の出所と関係があるのだろうか。医者は母が死ぬ可能性を排除しなかった。もしそうなったら、犯人は人殺しになる。

裏門にたどりつくと、トビアスはふと足を止めた。門は閉まっていて、蔦がからまり、雑草が生い茂っていた。この数年、開けたことがないようだ。明日、ここの草刈りもしよう。

この十年間、新鮮な空気を吸いたい、自分でやるべきことを決めたいと思ってきた。刑務所に入った最初の三週間で、ただ漫然としていたら腑抜けになると気づいた。刑期を終える前に釈放される可能性はない、控訴は棄却された、と弁護士はいった。だからハーゲン放送大学に入学申請し、機械工の職業訓練も受けた。毎日、八時間働き、一時間スポーツをしてから三十分読書をした。気分転換をして単調な日常を少しでもまぎらわすためだった。長年つづけたこの厳格なルールはトビアスの体にしみついていた。いきなり野放図な暮らしをするのは危険に思えた。刑務所に帰りたくなったわけではない。だが自由に慣れるまでまだしばらくかかりそうだ。

トビアスは勢いをつけて門を飛び越え、太い木に巻きついたセイヨウバクチノキの中に降り立った。それから左に足を向け、テアリンデン邸の門の前を通り過ぎた。

錬鉄製の二枚扉の門は閉まっていた。片方の門柱の上に取りつけた防犯カメラは以前なかったものだ。屋敷の裏手はすぐ森になる。五十メートルほど行ったところで、地元の人間が〝彫刻刀〟と呼んでいる細い小《こ》径《みち》に入った。村と墓地をつなぐ小径で、寄り添うように建つ家々の裏庭のそばを通っていた。家の隅々、外階段のひとつひとつ、垣根にいたるまでよく知っている。ステップのひとつひとつも垣根も、なにひとつ変わっていない！　幼い頃から青年になるまで、いったい何度この小径を通ったことだろう。教会を訪ねるとき、スポーツをするとき、友だちのところへ遊びにいくとき。トビアスは両手を革ジャンのポケットに突っ込んだ。

小径の左手に建つ小さな家、そこにマリア・ケッテルばあさんが住んでいた。ばあさんはただひとり、彼に有利な証言をしてくれた人だ。あの日の夜遅く、シュテファニーを見かけたと証言したのだ。しかし法廷はその証言を採用しなかった。ケッテルさんちのマリーばあさんといえば、認知症であることを村では知らぬ者がいなかった。しかも目がひどく悪かった。裁判が行われた当時、すでにばあさんは八十歳を超えていた。とっくに墓地へ引っ越していることだろう。

ばあさんちの敷地の隣はパシュケの家だ。ザルトリウス農場と境が接していて、じつによく手入れが行き届いている。パシュケじいさんは雑草を一本見つけただけで、すぐ除草剤を撒《ま》く。以前は近くの町の建築作業員で、資材置き場からいろいろ手に入れられる立場にあった。ちょうどヘキスト社で働いている者が、当然のように家も庭もヘキストの製品で作ったり、改修したりしているのと同じだ。パシュケ夫妻は、トビアスの友だちフェーリクスの母ゲルダ・ピーチュの両親だ。この村に住む者はみな、どこかで血のつながりがあり、お互いの家のことをよく知っていた。どんな秘密もすぐに方々でささやかれ、違法行為をしたり、失敗をしたり、病気をしたりしようものなら瞬《また》く間に噂話になってしまう土地柄だ。これはアルテンハインが狭くて不便な谷にひらけた村で、あまり開発の手が入らなかったこととも関係している。新しく移り住んでくる者はほとんどなく、この百年近く、村の共同体に大きな変化はまったくなかった。

トビアスは墓地にたどりつくと、小さな木製の門を肩で押した。苦痛にあえぐような音をたてて扉が開いた。墓石のあいだに生えている太い木々は葉を落とし、嵐の様相を呈してきた激しい風にむきだしの枝がしなっている。ゆっくり墓石のあいだを歩く。これまで墓に恐怖を覚えたことはない。むしろ平安を感じたものだ。教会に近づいた。塔の時計が十二回鳴って、真夜中を告げた。立ち止まると、灰色の珪岩でできたずんぐりした塔を見上げた。地に足がつくまでは、ナージャの誘いに甘えたほうがいいかもしれない。アルテンハインではだれも俺を望んでいない。それだけは明らかだ。しかしおやじを見捨てていいものだろうか。トビアスは、両親に負い目を感じていた。少女殺しの有罪判決を受けたとき、両親は彼を見捨てなかった。

トビアスは教会をまわり込んで、正面玄関から入った。右手の方で人の気配を感じてドキッとした。淡い明かりの中、入ってすぐのベンチに黒髪の少女がすわって、タバコをくゆらせていた。トビアスは我が目を疑った。そこにいたのはシュテファニー・シュネーベルガーだった。

＊

男がひとりいきなり教会に入ってきても、アメリーはそれほど驚きはしなかった。男の上着は雨で濡れそぼっている。濡れた黒髪が顔に貼りついている。はじめて見る顔だが、すぐにだれなのかわかった。

「こんばんは」そういって、アメリーはｉＰｏｄのイヤホンを取った。お気に入りのバンド、ダイアリー・オブ・ドリームズのヴォーカル、アードリアン・ヘイツの声がイヤホンから漏れた。アメリーはｉＰｏｄを止めた。しんと静かになった。聞こえるのは降りしきる雨の音だけだ。教会の向こうの通りを車が一台走り過ぎた。ヘッドライトがほんの一瞬、男の顔を照らした。間違いない、トビアス・ザルトリウスだ！　インターネットで彼の写真を見ていた。なかなかいい顔立ちだ。ハンサムな方だといっていい。この聚落の他の連中とは顔の作りが違う。殺人犯にも見えなかった。

「やあ」トビアスはそう答えて、アメリーを妙な目つきでじろじろ見た。「こんなに遅く、ここでなにをしてるんだい？」

「音楽を聴いてるのよ。それからタバコ。雨がひどくなったので、家まで歩いて帰る気がしなかったの」

「なるほど」

「あたし、アメリー・フレーリヒ。あなた、トビアス・ザルトリウスでしょう？」

「ああ。なんでそんなことを訊く？」

「噂を聞いたわ」

「アルテンハインに住んでいたら、当然だろうな」声には皮肉がこもっていた。アメリーをどういう人間と捉えたらいいか考えあぐねているようだ。

「あたし、五月からここに住んでるの。ベルリン育ち。だけど母の新しい男と喧嘩しちゃって、それで父と義母のところに厄介払いされたってわけ」

「おやじさんたちは、きみが夜中に散歩しても平気なんだ」トビアスは壁に寄りかかって、アメリーを見つめた。「殺人犯が村に舞いもどってきたというのに」

アメリーはニヤリとした。「ふたりはまだその噂を聞いてないんじゃないかしら。でも、あたしは夜、あそこで働いてるの」教会横の駐車場の向かいに建つ食堂を顎でしゃくった。「あなた、二日前から話題の中心よ」

「どこで？」

「〈黒馬亭〉」

「ああ、あれか。昔はなかった」

アメリーは、殺人事件が起きた当時、村にはトビアスの父が経営していた〈金鶏亭〉しか食堂がなかったことを思いだした。

「こんな時間になにをしてるの？」アメリーはデイパックからタバコの箱をだして、トビアスに差しだした。トビアスは一瞬ためらったが、タバコを一本取ると、彼女のライターで火をつけた。

「ただ歩いてただけさ」トビアスは壁に片足をついた。「十年間、刑務所の世話になった。あそこじゃ、こんな散歩はできなかったんでね」

ふたりはしばらく黙ってタバコを吸った。〈黒馬亭〉から客が数人出てきた。話し声が聞こえ、それからバタンと車のドアが閉まる音がして、エンジン音が遠のいた。

「怖くないのかい？　夜は暗いのに」

「平気よ」アメリーは首を横に振った。「ベルリン育ちっていったでしょう。仲間とよく空き家に不法侵入して、寝泊まりしてたの。そういうところをねぐらにしてるホームレスと何度もいざこざが起きたわ。警官ともね」

トビアスは鼻から紫煙をだした。

「どこに住んでるんだい?」

「テアリンデン邸の隣の家」

「なんだって?」

「知ってるわ。ティースから聞いたの。昔、白雪姫が住んでたんでしょ?」

トビアスは身をこわばらせた。

「嘘をいうな」トビアスはしばらくしてからいった。声の調子が変わっていた。

「嘘じゃないわ」

「嘘だ。ティースはしゃべらない。絶対に」

「あたしとは話をするわ。しょっちゅうね。友だちだもの」

トビアスはタバコを吸った。タバコの火で顔が明るく照らされた。アメリーは、彼が眉をひそめたことに気づいた。

「友だちって、そういう意味じゃないわ」アメリーはすかさずいった。「ティースはあたしの親友。たったひとりのね……」

二〇〇八年十一月九日（日曜日）

レオノーラ・フォン・ボーデンシュタイン伯爵夫人の七十歳の誕生パーティは、オリヴァーの義理の妹マリー＝ルイーゼの反対を押し切って、古城ホテルではなく、屋内馬場で催された。レオノーラは派手好みではなかった。自分でもそういっているほどだ。慎ましく、自然体が一番。だから厩舎か屋内馬場でのささやかな内輪のパーティを望んだ。采配をふるったのはマリー＝ルイーゼだった。彼女は彼女らしいやり方、つまりプロ意識を貫いた。その結果、息をのむほどすばらしいものになった。

　オリヴァーとコージマは、午前十一時少し過ぎにはゾフィアを連れて、ボーデンシュタイン家の敷地に着いたが、駐車スペースを見つけるのにひと苦労した。歴史的建築物である屋内馬場には石畳が敷き詰められ、ハーフティンバー様式の建物部分も改修され、内部にはわら一本落ちていなかった。入口の大きな扉はいっぱいに開け放たれていた。

「すごい」コージマが歓声をあげた。「マリー＝ルイーゼは、クヴェンティンを夜通し働かせたようね！」

　一八五〇年に建てられたその屋内馬場は、居城に隣接する四角形の厩舎の一辺にあたる。長いあいだに蜘蛛《くも》の巣が張り、ほこりがたまり、ツバメの糞がそこかしこにこびりつき、古色蒼然としていたが、それがすべてきれいさっぱり取り払われていた。馬の囲いも、壁も、見上げんばかりに高い天井も光り輝き、桟入り窓はまばゆく磨き上げられ、狩りの図を描いた壁画まで描きたてのように色鮮やかになっていた。この日のためにたてがみを飾り立てられた馬たちは馬囲いの柵から首をだし、幅広い厩舎の通路で繰り広げられる人々の騒ぎを興味津々に眺めていた。収穫祭のときそっくりに飾りつけたロビーでは、古城ホテルのウェイターたちが客のグラスにシャンパンを注いでいた。

オリヴァーはニヤリとした。弟のクヴェンティンは気さくなタイプの人間だ。農業を営み、領地と厩舎の管理をしている。彼は、古臭いことなど一向に気にせず、古城のてっぺんにあるレストランの采配も妻のマリー＝ルイーゼに任せていた。彼女は、そのレストランをこの地域を越えて知られる星つきの高級店に成長させていた。

オリヴァーとコージマは屋内馬場のロビーで、家族や知人に囲まれた今日の主役を見つけた。オリヴァーがようやく母に誕生日のお祝いをいえたと思ったとき、交流のあるケルクハイム乗馬クラブのホルン合奏団が馬場でパーティのはじまりを告げた。調教師と乗馬学校の生徒たちによる馬場馬術の演技が伯爵夫人に捧げられた。オリヴァーは、写真を撮り歩いていた長男のローレンツと二、三、言葉を交わした。ローレンツのガールフレンド、トルディスはカドリール（集団で行う供覧馬術）や曲馬団の仕切りを任され、あとで障害カドリールに参加することになっているという。

人混みの中でオリヴァーは姉のテレーザに再会した。このパーティのためにわざわざハンブルクから訪ねてきたのだ。久しぶりの再会だったので、話すことが山ほどあった。コージマはゾフィアを抱いて、母のロートキルヒ伯爵夫人と並んで、馬場に設《しつら》えた観覧席からカドリールを鑑賞していた。

「コージマって、十歳は若く見えるわね」テレーザはそういって、シャンパンを飲んだ。「うらやましいくらいよ」

「幼い子どもと、できのいい夫が奇跡を起こすのさ」オリヴァーはそういって、ニヤリとした。

「あいかわらず独りよがりね。女が美しいのは、男のおかげだなんて本気で思っているんだから！」

テレーザはオリヴァーより二歳上で、いまでもエネルギッシュだ。のっぺりした顔はどちらかというと無愛想に見えるし、黒髪に少し白髪がまじっているが、それでも彼女の輝きに翳《かげ》りはなかった。顔のしわの一本一本、白髪の一本一本が苦労の証だ、といっていたことがある。若くして心筋梗塞で夫を亡くし、ハンブルクにある名高いが、かなり零落したコーヒー焙煎会社や、シュレスヴィヒ＝ホルシュタイン州にある大がかりな修復を必要とする一族の城、そしてハンブルクの一等地にある負債の山ともいえる大量の不動産がテレーザに遺された。経営学で博士号を取得していた彼女は夫の死後、三人の子どもを抱え、暗澹《あんたん》たる未来にもめげず、精力的に働き、投資家や銀行との闘いにもひるまなかった。十年後、たゆまぬ努力と優れた手腕によって会社を再建し、私有財産にかかった負債を帳消しにした。従業員の解雇も一切しなかったので、彼女は従業員やパートナー企業からもきわめて受けがよかった。

「そういえば、彼氏は？」クヴェンティンがいった。「姉さん、どうなってるんだい？　変わりはないの？」

テレーザは微笑んだ。「女は黙って楽しむだけよ」

「どうして連れてこなかったんだい？」

「どうせみんなで彼を質問攻めにするに決まっているからよ」テレーザは、馬場馬術の演技を食い入るように見ている両親や親戚の方を顎でしゃくった。「あの方たちまでいるものね」

「やっぱり彼氏がいるんだ」クヴェンティンが食い下がった。「どんな人？　ちょっとは教えてよ」

「だめよ」テレーザは飲み干したシャンパングラスをクヴェンティンに差しだした。「新しいのを持ってきてちょうだい」

「これだからな」クヴェンティンはぶつぶついいながらその場を離れた。

「あなた、コージマとうまくいってないの？」テレーザはオリヴァーの方を向いた。オリヴァーはびっくりして姉を見つめた。

「うまくいってるさ。どうしてまた？」

テレーザは肩をすくめて、コージマから目を離さなかった。「なんだか前と違う気がしたのよ」

オリヴァーは、姉の直感が鋭いことをよく知っていた。このところうまくいっていないことを白状するほかなかった。

「夏に銀婚式を祝ったあと、少し喧嘩をしてしまったんだ。コージマがマヨルカ島に家を借りて、家族で三週間休暇を過ごそうと計画したんだけど、大きな事件が起きて、わたしは一週間後にもどる羽目に陥《おちい》ったんだ。そのことを怒っているみたいで」

「そういうこと」

「わたしがゾフィアの世話を彼女ひとりに任せきりにしている、話が違うと責めるんだよ。でもどうしようもないだろう？　産休を取って、主夫をするわけにはいかないし！」

「でも三週間の休暇くらいちゃんと取れるんじゃないの？　あまりいいたくないけど、公務員なんだから、あなたがいないときは、だれかが代わりを務めるはずでしょう。違うかしら？」

「わたしの職業を見下しているように聞こえるけど？」

「それは気にしすぎというものよ！　だけど、コージマがへそを曲げるのもわかるわ。彼女だって仕事があるわけだし、男性中心主義者が夢にまで見ている専業主婦には向かない人なのよ。彼女が探検をはじめず、あなたの監督下に収まっていることを、むしろ喜ぶべきじゃないかしら」

「ひどいことをいうな！」オリヴァーはびっくりして反論した。「わたしは彼女の仕事をいつも応援している。彼女が働くのはいいことだと思っているんだ」

テレーザはオリヴァーを見つめて、あざけるような笑みを浮かべた。「なにそれ。よくいうわね。でもわたしには通用しないわよ。あなたのことはよくわかっているんだから」

オリヴァーは返す言葉がなく、黙ってコージマに視線を向けた。姉は昔から、人の痛いところをつくのが得意だった。今回も、姉のいうとおりだ。ゾフィアが生まれてから、コージマが世界旅行に出て何週間も家を空けることがなくなったのでほっとしていた。だがそのことを姉の口から聞かされるのはうれしくない。

クヴェンティンがグラスを三つ持ってもどってきた。話題はあたりさわりないものに変わった。馬場馬術の演技が終了すると、マリー＝ルイーゼがビュッフェの用意ができたと宣言した。

スタッフが大急ぎで厩舎の控えの間に設えたものだ。スタンドテーブルが並び、すわりたい人には、白いテーブルクロスをかけ、秋の花をあしらったテーブルと柔らかいクッション付きのベンチも用意してあった。オリヴァーは親戚や古い知り合いと久しぶりに会い、話に花を咲かせ、大いに笑い、すっかりくつろいでいた。そのとき、テレーザと話しているコージマが目にとまった。姉が、夫のいいなりになるものではない、とけしかけていないことを祈った。来年、ゾフィアは幼稚園に入る。そうすればコージマはいまよりも自分の時間が持てるはずだ。ちょうど、新しいドキュメンタリー映画のプロジェクトを抱えていて、かなりの時間を必要としていた。罪滅ぼしにオリヴァーは、これからはもっと早く帰宅して、週末にゾフィアの世話を買ってでようと思った。マヨルカ島の一件以来ふたりのあいだにくすぶっている険悪なムードが、きっと緩和されるだろう。

「パパ」ロザリーがオリヴァーの肩を叩いた。オリヴァーは娘の方を向いた。ロザリーは古城ホテルにあるレストランのフランス人料理長、ジャン＝イヴ・サン＝クレアのところでコック見習いをしていて、今回、ビュッフェ係を仰せつかっていたのだ。そのロザリーが片手にゾフィアを抱いていた。見ると、頭から足の先まで茶色いものがべたべたついている。オリヴァーは、まさかこれってあれじゃないよな、と焦った。

「ねえ、ママが見つからないんだけど」ロザリーはそわそわしながらいった。「この子のおむつを替えてくれないかしら。ママは替わりのおむつを車に置いてきてるはずよ」

「その、顔や手についているのは？」オリヴァーは長い足をどうにかテーブルの下からだした。

「心配しないで。ただのムース・オ・ショコラだから。あたし、また働かなくちゃ」

「さあ、こっちにおいで」そういって、オリヴァーはゾフィアを腕に抱いた。「よしよし」

ゾフィアは小さな両手でオリヴァーの胸をつき、足をバタバタさせた。自由に動けないのが嫌いなのだ。桃のような頰、柔らかい黒髪、ヤグルマギクのような碧い目。食べてしまいたいほどかわいいが、それは見かけだけだ。ゾフィアはコージマの性格を受け継いでいて、とにかく頑固だった。

厩舎から出ると、オリヴァーは中庭を横切った。反対側の鍛冶工房の前へ来たとき、開け放った扉の奥が見えた。驚いたことに、コージマがそこで携帯電話を耳に当てて、行ったり来たりしていた。髪をかきあげ、首をかしげて笑っている。オリヴァーはびっくりした。どうしてそんなところに隠れて電話をしているんだろう。コージマに見られる前に、オリヴァーはそこを足早に通り過ぎた。だが心穏やかではなかった。心の奥に小さな棘が刺さった。

*

いつものように日曜日のミサが終わると、常連が〈黒馬亭〉に集まった。昼間から酒を飲むのは男のつきあい。女は家で日曜日のごちそうをこしらえることになっている。というわけで、アルテンハインの日曜日は俗物たちの集会日だ、とアメリーは思っていた。今日は食堂の経営者アンドレアス・ヤギエルスキーも顔を見せていた。平日、彼はフランクフルトに出店している二軒の高級レストランを切り盛りし、〈黒馬亭〉の経営を妻とその兄に任せていたが、日曜日だけは姿を見せることにしていた。

アメリーはヤギエルスキーが好きになれなかった。図体が大きく、ギョロ目はカエルのようで、唇が分厚い。ベルリンの壁が崩壊したあとアルテンハインに移り住んできた旧東ドイツ出身者のひとりだ。アメリーはその情報をロスヴィータから仕入れた。ヤギエルスキーははじめ〈金鶏亭〉のコックだったが、食堂が左前になりだすと、雇い主を見限って、卑劣なことに〈黒馬亭〉を出店した。しかもメニューはハルトムート・ザルトリウスのところと寸分違わず、それでいてかなり安くし、大きな駐車場まで用意した。こうしてかつてのボスを窮地に陥れ、〈金鶏亭〉の閉店に少なからぬ貢献をしたというのだ。ロスヴィータはザルトリウスに義理立てして最後までとどまったが、今はしぶしぶヤギエルスキーのところで働いている。

アメリーはその朝、念には念を入れて身だしなみを整えた。ピアスをすべてはずし、髪を三つ編みに結い、メイクをおとなしめにした。義母の洋服ダンスにあったサイズがXXSの白いブラウスを借り、自分の洋服ダンスからセクシーなチェック柄のミニスカートを見つけだし、黒いストッキングとロングブーツをはいた。これで完璧だ。鏡の前でサイズが小さすぎるブラウスのボタンをはずし、黒いブラジャーと胸のふくらみが少し見えるようにした。

イェニー・ヤギエルスキーはとくに目くじらを立てず、チラッと見ただけだったが、夫の方はアメリーの胸元をじろじろ見て、目配せをした。アンドレアス・ヤギエルスキーは食堂の中央に置かれた常連客用の丸テーブルにいた。テーブルの席はすべてうまっていて、彼の左右にはクラウディウス・テアリンデンとグレーゴル・ラウターバッハがすわっていた。ふたりは

〈黒馬亭〉にあまり顔を見せないが、今日はやけに愛想がいい。カウンターにも男たちが鈴なりになっていて、イェニーと兄のイェルクは仲よくビールをジョッキに注いでいる。マンフレート・ヴァーグナーは元気を取りもどしていた。床屋に行ったのか、ボサボサの鬚もそり、いつもよりこざっぱりしていた。

ビールの追加分を常連客の席に運んでいったとき、アメリーはトビアス・ザルトリウスの名前を小耳にはさんだ。

「あいかわらずあつかましくて、ずうずうしかったぜ」ルッツ・リヒターがいった。「ここに舞いもどってくるなんて、俺たちを挑発する腹さ」

まわりで、そうだ、そうだ、とつぶやく声がしたが、テアリンデン、ラウターバッハ、ヤギエルスキーの三人だけは黙っていた。

「このままじゃ済まさないぞ」別の男がいった。

「長くいられやしないさ」また別の男がいった。

「俺たちが片を付けてやる」

そういったのは屋根ふき職人のウド・ピーチュだ。他の男たちがうなずいて、思い思いになにかつぶやいた。

「諸君、不穏当なことをいってはいかん」テアリンデンが口をはさんだ。「罪を償《つぐな》ったのだから、父親のところに住む権利がある。彼の望むかぎりな。もちろん問題を起こさなければだ」

男たちが押し黙った。だれひとり反論しなかった。アメリーは、数人がチラッと顔を見合わせたことに気づいた。テアリンデンは、話し合いを終わらせることができても、村に蔓延するトビアスへの反感まで消し去ることはできないようだ。

「ビール八杯、お待ちどおさま〜」アメリーはジョッキを載せた盆が重くなったので、そう声をかけた。

「おお、ありがとう、アメリー」テアリンデンは大らかにうなずいた。アメリーを見るなり、ほんの一瞬顔色を変えたが、すぐにいつもの表情にもどって微笑んでみせた。

アメリーは、イメージチェンジに驚いたなと思った。微笑み返すと、おもねるように小首をかしげ、行儀のいい女の子ならまずしないくらい大胆にテアリンデンの目を見つめた。それから隣のテーブルの片付けをはじめた。テアリンデンにじっと見られているのを感じ、厨房へもどるときにはわざと少しだけ腰を振ってみせた。

アメリーは、男たちがまたすぐにビールを注文しないかと期待した。他にも面白そうな話を盗み聞きしたかったのだ。あの事件に興味を覚えたのは、自分と行方不明の少女につながりがあったからだが、昨日トビアスと知り合ってからは、新しい動機が加わった。トビアスが気に入ったのだ。

＊

トビアスは言葉を失った。ナージャはフランクフルトの西港地区の鯉小路《カルプフェンヴェーク》に住んでいるといっていた。それを聞いたとき、トビアスは改修された古い建物だろうと思った。まさかこんなすごい集合住宅だとは。

中央駅の南に位置するかつての西港地区は新しい高級市街地に生まれ変わっていた。陸地部分には近代的なオフィスビルが立ちならび、今は「鯉小路《カルプフェンヴェーク》」と呼ばれるかつての突堤部分には、八階建ての集合住宅が十二棟そそり立っていた。トビアスは道路脇に車を止めると、花束を小脇に抱えて、かつての港跡にかけられた橋の上からその景観に見とれた。黒々した水面には、桟橋につながれた数隻のヨットが波に揺れていた。

ナージャが電話をかけてきて、夕食に来ないか、と誘ったのは、午後も遅くなってからだった。トビアスはフランクフルト市内まで出かける気がしなかったが、この十年間ずっと力になってくれた彼女の誘いを断るのは悪いと思い、シャワーを浴び、午後七時半に父親の車に乗って出かけた。どんな変化が彼を待ち受けているかも知らずに。まずバート・ゾーデンのスーパーマーケット、テンゲルマンのそばの真新しいロータリー。そしてショッピングモールのマイン＝タウヌス・センターも大きくなっていた。

フランクフルトに入ってからは道に迷いどおしだった。道に不慣れなドライバーにとって、フランクフルト市内は悪夢そのものだ。教えられた番地を見つけるのに手間取り、結局、約束の時間に四十五分遅れてしまった。

「エレベーターで八階に上がってきて」ナージャのはしゃいだ声がインターホンから聞こえた。ドアを解錠する音がして、トビアスは、大理石とガラスで高級感をだしたロビーに足を踏み入れた。ガラス張りのエレベーターが、彼をあっという間に上階へ運んだ。この数年ですっかり姿を変えたフランクフルトの眺望が、水面の向こうに広がった。うっとりするような美しさだ。新しい集合住宅は、まさしくこのために建てられたかのようだった。

「いらっしゃい！」八階に着いて、トビアスがエレベーターから出ると、ナージャがニコニコしながら出迎えた。トビアスはガソリンスタンドで買ってきた、セロファンで包んだ花束をぎこちなく差しだした。

「そんな気を使わなくてよかったのに」ナージャは花束を受け取ると、トビアスの手を取って、住まいに案内した。

トビアスは息をのんだ。ペントハウスは広かった。巨大なパノラマウィンドウから磨き上げられた寄せ木張りの床まで、どこに視線を向けても目を瞠《みは》らされる。暖炉では薪《たきぎ》がパチパチはぜていて、どこかに内蔵されたスピーカーからレナード・コーエンの甘い声がかすかに聞こえていた。おしゃれな照明と火をともしたロウソクが、ただでも広い部屋にさらに奥行き感を与えていた。

トビアスはそのままきびすを返して逃げだしたくなった。けっして他人をうらやむ質《たち》ではない。だがこの夢の住まいを見せつけられると、自分がみじめな落伍者に思え、喉をしめつけられる。住む世界が違う。俺をいったいどうしたいんだ？　彼女は有名人で、金持ちで、めちゃくちゃ美しい。俺みたいなひねくれ者のムショ帰りなんか相手にしないで、裕福で、愉快で、センスのいい奴と夜を過ごせばいいじゃないか。

「上着を脱いで」ナージャはいった。

トビアスは上着を脱ぎ、それが安物で、くたびれていることを恥じた。ナージャは自慢そうに、アイランド型キッチンのある大きなダイニングルームに案内した。キッチンは大理石と特殊鋼でできていて、コンロはガゲナウ製だ。焼いた肉のおいしそうなにおいがしている。トビアスは胃がきゅっと縮むのを感じた。今日は一日、庭の片付けをし、ゴミの分別ばかりして、ほとんどなにも口にしていなかった。ナージャはアメリカ製のクローム仕立ての冷蔵庫からモエ・エ・シャンドンをだしてきて、このアパートはフランクフルトで撮影があるときにホテル住まいがいやだったので買ったものだが、今はここに定住しているといった。それからシャンパンを二客のクリスタルグラスに注いで、一客をトビアスに差しだした。

「来てくれてうれしいわ」ナージャは顔を綻《ほころ》ばせた。

「こっちこそ、招待してくれてありがとう」最初のショックから立ち直ったトビアスはそう答え、微笑み返した。

「あなたに乾杯」ナージャはグラスを当てた。

「いや、きみに乾杯だ。いろいろありがとう」

ナージャはなんて美しいんだろう！　中性的なすっきりした顔立ちに、かわいらしいそばかす。昔は少しきつい感じがしたが、今はずっと柔らかくなっている。瞳がキラキラ輝き、ハニーブロンドの髪が数本、髪留めからほつれて、少し日焼けした華奢《きゃしゃ》なうなじにかかっている。ほっそりした体格だが、やせぎすではない。唇のあいだからのぞいて見える歯は白くて並びがいい。十代のときにあの不愉快きわまりない矯正装置《ブレース》をずっと歯につけていたおかげだ。

ナージャは微笑みながらシャンパンに口をつけた。だがその顔に突然、別の女の顔が重なった。そうだ、大学で医学を学び、医者になって高給がとれるようになったら、シュテファニーとこういう暮らしをしたいと思っていた。トビアスは、彼女こそ生涯愛を捧げる相手だと確信していた。いっしょに未来を築く夢を抱き、子どもを作る夢も……

「どうしたの？」ナージャがたずねた。トビアスは彼女の探るようなまなざしと目が合った。

「なんでもない、どうして？」

「急に顔を引きつらせたから」

「どれだけ長くシャンパンを飲んでいなかったと思うんだ？」トビアスはニヤリと笑ってみせたが、シュテファニーのことを思いだし、ズキンと胸の痛みを感じた。こんなに歳月が経ったのに、彼女のことが忘れられない。

わずか四週間。そう、まやかしの幸福はたったそれだけしかもたず、破局を迎えた。トビアスはいやな思い出を脳裏から払い捨てて、ナージャがきれいに飾った食卓についた。リコッタチーズとほうれん草のフィリングが入ったトルテリーニ。焼き加減がすばらしい牛肉のヒレステーキ、バローロソース添え。パルメザンチーズとルッコラを和えたサラダ。そして芳醇な十五年物のポムロール。

トビアスはナージャとの会話に心配したほど苦労しなかったのでほっとした。彼女は自分の仕事の話をした。それからおかしな出来事や特別な人と出会ったことを話題にした。愉快に話すので、自慢している風には聞こえなかった。

赤ワインを三杯飲んだところで、トビアスは酔いがまわったことに気づいた。ふたりはキッチンを離れ、リビングルームにある革製のカウチにすわった。ナージャは一方の端、トビアスはもう一方の端。いい感じだ。旧友らしい。暖炉の上には、ナージャがはじめて出演した劇場映画のポスターが額に入れて飾ってあった。女優として大成功したことを匂わす唯一の証拠だ。

「きみには本当にびっくりだな」トビアスは感慨にひたりながらいった。「きみのことを誇りに思うよ」

「ありがとう」ナージャはニッコリして、片方の足を曲げて尻の下に入れた。「あの醜いナタリーリエが映画女優になるなんて、あの頃はだれも夢にも思わなかったでしょうね」

「醜くなんてなかったさ」トビアスは反論した。彼女が自分をそう思っていたとは驚きだった。

「どっちにせよ、あなたはわたしに見向きもしなかったわ」

その夜、ふたりとも避けていた微妙な話題にはじめて触れた。

「きみはいつも最高の親友だった」トビアスはいった。「女の子はみんな、きみをうらやましがっていた。いつも俺といっしょにいるといってね」

「でもあなたはキスをしてくれなかったわ……」

ナージャはおどけたが、彼女が当時そのせいで傷ついていたことに、トビアスははじめて気がついた。魅力を感じる少年と親友でいたいと思う少女なんてどこにもいやしない。少年の目から見れば、大変な名誉だとしてもだ。どうしてナージャに恋をしなかったんだろう。トビアスは当時のことを思いだそうとした。たぶん妹のような存在だったからだ。ふたりはいっしょに砂場で遊んだ仲で、いっしょに幼稚園、小学校に通った。トビアスの人生に彼女がいること は当然のことだった。

しかし今は違う。ナージャは変わった。隣にすわっているのはもはや、幼稚園のときからなんでも話せる相棒だったナターリエではない。じつに魅力的な、美しい女性だ。しかもはっきりシグナルを送っている。友情以上のものを求めているのか。本当だろうか。

「なんで結婚しないんだい?」トビアスはいきなりたずねた。声がかすれた。

「いい男に会わなかったからよ」ナージャは肩をすくめ、前屈みになって二客のグラスに赤ワインを注ぎたした。「わたしの仕事って、完全にそういう出会いがないのよ。それに男ってたいてい、成功した女に耐えられないでしょう。虚栄心ばかりのナルシストの同業者なんて、こっちからごめんだし。うまくいくわけがないもの。わたしはこれでいいと思ってるわ」

「きみの活躍はずっと追っていたよ。刑務所では読書とテレビ鑑賞の時間がたっぷりあったから」

「わたしの映画、なにが一番気に入った?」

「そうだなあ」トビアスは微笑んだ。「全部よかった」

「口がうまいんだから」ナージャは小首をかしげた。ほつれた髪が一本、額にかかった。「まったく変わっていないわね」

ナージャはタバコに火をつけて、一回吸うと、昔よくやったようにトビアスの口に差した。ふたりの顔が近づいた。トビアスは手を上げて、ナージャの頬に触れた。彼女の温かい息遣いを感じる。それから自分の唇に重なる彼女の唇。ふたりはほんの少したためらった。

「ムショ帰りと知り合いだなんて知られたら、名前に傷がつくぞ」トビアスはささやいた。

「名前なんてどうでもいいわ」ナージャは荒々しく答え、トビアスの手からタバコを取ると、無造作に背後の灰皿に置いた。ナージャの頰が火照《ほて》り、目が輝いていた。

トビアスは彼女の欲求が自分自身の欲情に呼応しているように思えてきて、彼女を引き寄せた。トビアスの両手が彼女のふとももをすべり、尻をつかんだ。トビアスの胸の鼓動が速くなり、彼女の舌が口の中に入ってくると興奮して体がしびれた。最後に女と寝たのはいつだろう。まともに思いだすことができない。シュテファニー……赤いソファ……。ナージャのキスが激しさを増した。キスをしたまま、ふたりは互いの服を引きはがし、欲望のままに愛し合った。黙々とあえぎながら、優しさの欠片《かけら》もなく。優しさはあとで味わえばいい。

二〇〇八年十一月十日（月曜日）

クラウディウス・テアリンデンは立ったままコーヒーをすすり、キッチンの窓から隣の家を見下ろしていた。急げば、あの娘をまたバス停まで乗せてやれる。うちの業務部長アルネ・フレーリヒから、先妻とのあいだの娘だといって、大人になりかけのあの娘を紹介されたのは数ヶ月前のことだ。そのときはなんとも思わなかった。ピアス。いかれた髪型。奇妙な黒い服。

おまけに無愛想で、ふてくされた態度。ただ唖然とするばかりだった。

だが昨日、〈黒馬亭〉で微笑みかけられたとき、雷に打たれたようなショックを受けた。気持ちが悪いくらいシュテファニー・シュネーベルガーとそっくりだった。アラバスターのように色白の繊細な顔立ち、ふくよかな唇、なんでもお見通しのような黒い瞳、まったく信じられない！

「白雪姫」クラウディウスはつぶやいた。

夜中に彼女の夢を見た。現在と過去がないまぜになった、なんとも奇妙で不吉な夢だった。真夜中に汗びっしょりになって目が覚め、夢だとわかるまでしばらくかかった。

背後で足音がして、クラウディウスは振り返った。妻のクリスティーネがキッチンの入口にあらわれた。こんな早い時間なのに、髪を完璧に整えている。

「早いな」クラウディウスはシンクでカップに湯を注いだ。「なにかあるのか？」

「十時にヴェレーナと会って、いっしょにフランクフルトへ行く約束なの」

「そうか」クリスティーネが一日なにをして過ごそうが、まったく興味がなかった。

「大変ね、あなた。ようやく忘れたところだったのに」

「なんのことだ？」クラウディウスはきょとんとした。

「ザルトリウスよ、ここから出ていけばいいのに」

「どこへ行けばいいというんだ？　ああいう話はどこへ行ってもついてくるものだ」

「それでもよ。ひと悶着あるわよ。村の人たち、ナイフを研いでいるもの」

「それには困っているんだ」クラウディウスはコーヒーカップを食器洗い機に入れた。「それより、リタが金曜日の夕方、事故にあって大怪我をしたそうじゃないか。何者かが歩道橋から突き落としたらしい」

「なんですって？」クリスティーネが目を見開いた。「どうして知っているの？」

「昨日、トビアスと少し話をしたんだ」

「あなたが？　どうしてもっと早く教えてくれなかったの？」クリスティーネは信じられないというように夫を見た。クリスティーネは五十一歳になるが、それでもまだ美しかった。ナチュラルブロンドの髪は流行のボブカットにしてある。小柄で華奢《きゃしゃ》なので、ガウン姿でもエレガントに見えた。

「昨日は顔を合わせなかったじゃないか」

「あなたはあの若者と話をするだけじゃなくて、刑務所を訪ね、両親に救いの手まで差し伸べたじゃない。あの事件に巻き込まれて大変な目にあったことを忘れたの？」

「いや、忘れてはいないさ」クラウディウスはそう答えてから、壁にかかっている時計を見た。六時四十五分。あと十分でアメリーが家を出る。

「トビアスは当時、自分で耳にしたことしか警察にいっていない。おかげで……」クラウディウスは途中でいうのをやめた。「とにかくあれで助かったじゃないか。さもなかったら、ラースは今、あんな地位にはついていなかっただろう」

クラウディウスは妻が突きだした頬に義務感からキスをした。

「そろそろ出かける。今晩は遅くなるかもしれない」

クリスティーネは、玄関のドアが閉まるのを待った。そのあと食器戸棚からカップをだし、エスプレッソマシンに置いてダブルのボタンを押した。カップを両手で包みながら窓辺に立つと、夫の黒塗りのベンツがゆっくりと出ていくのが見えた。しばらくして夫はフレーリヒの家の前で車を止めた。まだ早朝の薄暗い中、赤いブレーキランプがともった。隣人の娘は夫を待ってでもいたかのように、すっと車に乗り込んだ。

クリスティーネは息をのみ、カップをぎゅっとにぎりしめた。アメリー・フレーリヒとはじめて会ったときから、こうなるだろうとわかっていた。シュテファニーと恐ろしいほど似ていることに、クリスティーネはすぐ気づいたのだ。だからアメリーがティースと仲よくすることも快く思っていなかった。障害をもった息子をあの一件から遠ざけておくのは大変だった。また同じことの繰り返しか。忘れかけたあの絶望感がまた心の中に広がった。

「勘弁して」クリスティーネはつぶやいた。「二度とあんな思いはしたくないわ」

＊

カイ・オスターマンが駅の監視カメラから合成した写真はモノクロで、粒子が粗かったが、野球帽の男の顔はかなりはっきり写っていた。残念ながらカメラの角度が悪く、歩道橋での出来事は記録されていなかった。それでも十四歳の少年ニクラス・ベンダーの信頼性のある目撃証言があるので、犯人の身元がわかれば、逮捕できるだろう。

オリヴァーとピアはハルトムート・ザルトリウスと息子に写真を見せるため、アルテンハインへ向かった。ところが何度チャイムを鳴らしても、だれも出なかった。

「向かいの店に行って、写真を見せてみませんか」ピアはいった。「今回の事件はトビアスと関係しているような気がしてならないんです」

オリヴァーはうなずいた。ピアは姉と同じように勘が鋭く、よく当たる。昨日の昼、テレーザと話したことがなかなか脳裏を離れなかった。鍛冶工房でだれに電話していたのか、コージマが自分から話すと思ったが、思惑ははずれた。たぶんたいした話ではないのだろう、だからコージマもすぐそのことを忘れたのだ、とオリヴァーは自分にいいきかせた。彼女はひんぱんに電話をするし、スタッフからも盛んに電話がかかってくる。日曜日でもおかまいなしだ。朝食のとき、オリヴァーはそのことで騒ぎ立てるのをやめた。コージマはふだんどおりに振る舞っているのだからいいじゃないか。代わりに今日一日の計画を話した。映像の編集作業、ナレーターとのミーティング、マインツで撮影チームと昼食。なにもかもいつもどおりだ。コージマはこの二十五年間毎日してきたように、彼にキスをして出かけた。気にするほうがおかしい、とオリヴァーは思った。

小さな食料品店にふたりが足を踏み入れると、チャイムが鳴った。買い物カゴを持った女性が数人、棚の陰に隠れた。おそらく村の噂話に花を咲かせていたのだろう。

「出番ですよ、ボス」ピアは小声でオリヴァーにいった。ボスはハンサムで、ケイリー・グラントはだしのチャーミングさで、ほとんどの女性をイチコロにできる。だが今日はスランプらしい。

「きみに任せる」オリヴァーは答えた。開け放ったドアから中庭が見える。がっしりした体つきの白髪頭の男が、果物と野菜を入れた木箱をライトバンから降ろそうとしている。ピアは肩をすくめ、女性たちの方へ足を向けた。

「おはようございます」ピアは身分証をだした。「ホーフハイム刑事警察署の者です」

疑り深い目と好奇に満ちたまなざし。

「金曜日の夕方、ハルトムート・ザルトリウスさんの別れた奥さんがひどい目にあったんです」ピアはわざと刺激的な言葉を使うのを避けた。「みなさん、リタ・クラーマーさんのことはご存じですよね？」

みんな、うなずいた。

「彼女は走ってくる車に向かって歩道橋から突き落とされたんですが、犯人の写真がこれです」

だれも驚かなかったところを見ると、事故のことはすでに村じゅうで話題になっているようだ。ピアは写真を差しだし、店の女主《あるじ》らしい白いエプロンの女に渡した。

「この男をご存じですか？」

女性は一瞬、目をすがめて写真を見てから、顔を上げ、首を横に振った。

「いいえ。すみませんね。見たことのない顔です」

他の三人も、順に首を横に振った。だがピアは、ひとりが女店主と顔を見合わせた瞬間を見逃さなかった。

「確かですか？　もう一度よく見てください。写真の画質があまりよくないので」

「そんな男は知りません」女店主は写真を返して、眉ひとつ動かさずにピアの視線を受け止めた。嘘をついている。間違いない。

「残念です」ピアは微笑んだ。「ところでお名前は？」

「リヒター。マルゴット・リヒターです」

そのとき男が果物の木箱を三つ抱えて店に入ってきて、その木箱をどさっと床に置いた。

「ルツ、刑事さんですって」マルゴットは、ピアが口を開く前に夫に声をかけた。夫が近くにやってきた。背が高く太っていて、寒さと力仕事のせいで団子鼻の優しげな顔を赤く火照《ほて》らせていた。妻を見るその仕草から、彼が尻に敷かれ、ほとんど頭が上がらないことがわかった。夫は大きな手で写真を取ったが、まともに見る前に、マルゴットが写真をひったくった。

「夫も知りません」

ピアは夫を哀れに思った。あまり楽しい暮らしではないだろう。

「すみません」マルゴットから写真を取り返すと、マルゴットに文句をいわれるよりも先に、夫の鼻先に写真を突きだした。「この男をご存じないですか？　金曜日にかつてあなたの隣人だったリタ・クラーマーさんを走ってくる車の前に突き落とした人物なんです。クラーマーさんは今、集中治療室で生死の境をさまよっています」

ルツ・リヒターは一瞬、面食らい、どう答えたらいいか考えているようだった。嘘はうまくないが、従順な夫だった。落ち着きをなくした目がほんの束の間、妻に向けられた。

「いいや、知りません」

「いいでしょう。ありがとうございました」ピアは微笑んでみせた。「ではごきげんよう」

ピアが店を出ると、オリヴァーがあとにつづいた。

「みんな、知っていますね」

「ああ、間違いない」オリヴァーは表通りを見た。「向こうの理髪店で訊いてみよう」

ふたりは歩道に沿って数メートル行き、小さな古くさい理髪店に入ると、女性の理髪師はちょうど受話器を置いたところで、バツの悪い顔をした。

「おはようございます」ピアはあいさつをして、電話機の方を顎でしゃくった。「リヒターさんから事情は聞きましたね。質問は省きます」

理髪師は鳩が豆鉄砲をくらったような顔をして、ピアからオリヴァーへ視線を移し、その顔をじっと見た。ボスの調子が悪くなければ、理髪師は言い逃れができなかっただろう。

「どうしたんですか？」一分後、表に出ると、ピアは少し腹立たしくなってたずねた。「理髪師にちょっと微笑めば、すぐに落ちて、被疑者の名前と住所と電話番号がわかるのに」

「すまない」オリヴァーは元気がなかった。「今日はどうも本調子じゃなくて」

車が一台、狭い通りを走ってきた。もう一台。それからトラック。ふたりはバックミラーにぶつかりそうになって、あわてて塀に張りついた。

「とにかく、今日の昼ザルトリウス事件の調書を取り寄せてみます」ピアはいった。「賭けてもいいです、絶対になにか関係していますよ」
花屋での聞き込みも功を奏しなかった。幼稚園も、小学校の事務室もだめだった。マルゴット・リヒターはすでに村じゅうに指令を発したようだ。村人たちはスクラムを組んで、仲間を守るためにマフィア顔負けの偽証をした。

＊

アメリーは、ふたつのヤシの鉢植えのあいだに吊ったハンモックに寝そべり、ゆらゆら揺れていた。桟入り窓を雨が流れ落ち、温室の屋根に雨が叩きつける音がしていた。温室はテアリンデン邸の広い庭園に、大きな柳の陰に隠れるようにして建っていた。ここはぬくぬくしていて、居心地がいい。そして油絵の具とテレビン油のにおいがする。

寒さに弱い南国の植物を越冬させるために作られたこの細長い建物は、ティースのアトリエになっていた。描かれたカンヴァスが数百枚、サイズごとに左右の壁に並べてある。空っぽのジャムの瓶がいくつかあって、そこに何十本もの絵筆が挿してあった。

ティースはなにごとも整理整頓をせずにいられない。セイヨウキョウチクトウ、ヤシ、ランタナ、レモンの木、オレンジの木といった鉢植えはすべて錫《すず》の兵隊のように高い順にきれいに並べてある。いいかげんに置かれたものは、ここにはひとつもない。ティースが夏に庭仕事をするときに使う道具も壁にかけてあるか、ていねいに床に置いてある。アメリーはときどき気持ちが悪くなって、わざとタバコの吸い殻をポイ捨てして、ティースを怒らせた。ティースは我慢できない状況に敏感で、即刻直そうとする。アメリーが鉢植えの順番を変えても、絶対に見逃さない。

「めっちゃ興奮しちゃうのよね」アメリーはいった。「もっと調べたいんだけど、どうやったらいいかがわからなくて」

返事は期待していなかったが、それでもチラリとティースをうかがった。彼はイーゼルに向かい、絵を描くことに夢中だ。彼が描くのはもっぱら抽象画で、暗い色調だ。鬱の気がある人の住まいには絶対に向かない、とアメリーは思っていた。

はじめて会ったとき、ティースはごく普通に見えた。顔を石のようにこわばらせていなければ、なかなかいい男だ。瓜実顔で、鼻筋が通り、柔らかでふくよかな唇をしている。美しい母に似ていた。金髪も、北欧人に多い大きな碧い目も、ふさふさした睫毛も明らかに母ゆずりだ。アメリーの一番のお気に入りは彼の両手だ。ピアニストのような繊細な手をしていた。庭仕事をしても、手が荒れることがなかった。ティースが興奮すると、その手が別の生き物のように動きだし、まるでカゴの中で怯える小鳥のように跳ねまわる。だが今はいたって落ち着いている。絵を描いているときはいつもおとなしい。

「問題は」アメリーは話をつづけた。「トビアスがあのふたりの少女をどうしたかなのよねえ。どうしてなにも自供しなかったのかな？　自供すれば、あんなに長いあいだ刑務所に入らなくても済んだはずでしょう。そこが変なのよね。でも、彼ってなかなかいい男だわ。この村の他の連中とぜんぜん違うんだもの」

アメリーは頭の後ろで腕を組むと、目を閉じて、怖いことを面白おかしく想像した。「女の子たちをバラバラにしたのかな？　コンクリート詰めにして畑に埋めちゃったとか」

ティースは絵を描きつづけた。パレットでダークグリーンとルビーレッドを混ぜ、ちょっと考えてからほんの少し白を加えた。アメリーはハンモックの揺れを止めた。

「ねえ、あたし、ピアスがないほうがきれいかな？」

ティースはなにもいわなかった。アメリーは揺れるハンモックからそっと下りて、ティースのそばへ行った。彼の肩越しにカンヴァスをのぞきこんだ。アメリーは、彼がこの二時間描きつづけたものがなにかわかって、口をあんぐり開けた。

「うわっ」アメリーは感心していった。「すっごい」

＊

すり切れた十六冊のファイルが、フランクフルト警察本部の保管庫から届けられ、ピアのデスクの横の箱に収まっていた。一九九七年、マイン・タウヌス郡にはまだ暴力事件を担当する捜査課が存在しなかった。数年前にヘッセン州警察の機構改革が行われるまで、殺人、婦女暴行、過失致死といった重大事件は、フランクフルト刑事警察署捜査十一課が担当していた。だが書類読みは後回しにしなければならない。ニコラ・エンゲル署長が、お気にいりの、なんの役にも立たない捜査会議を午後四時に招集していたからだ。

会議室は暖かくて、息が詰まった。注意を惹く議題がなかったので、眠くて退屈だった。窓の外ではどんよりとした雲から雨が降ってきた。早くも外は薄暗くなっている。

「被疑者の人相写真は今日のうちにマスコミに流すことにする」ニコラがいった。「だれか、被疑者に気づいて通報してくるでしょう」

朝から冴えない顔をして口数の少なかったアンドレアス・ハッセがくしゃみをした。

「治ってから出勤しろよ。うつるじゃないか」隣にすわっていたカイ・オスターマンが目くじらを立てた。だがアンドレアスは返事をしなかった。

「他になにか？」ニコラがみんなを順に見回した。だがだれも目を合わせようとしない。目を合わすと、頭の中をのぞかれるような気がするからだ。地震計なみに敏感な署長は、部屋に緊張感がみなぎっていることに気づいて、その原因を探ろうとするだろう。

「わたしはザルトリウス事件の調書を取り寄せました」ピアが発言した。「クラーマーの事件がトビアス・ザルトリウスの出所と関係があるように思えてならないんです。アルテンハインで聞き込みをしたところ、村人は写真の男に気づいたようなのですが、それを否定しました。その男をみんなでかばおうとしているのです」

「あなたもそう思う？」ニコラは、ずっとぼんやりしているオリヴァーの方を向いた。

「その可能性は大です」オリヴァーはうなずいた。「村人の反応は奇妙でした」

「いいでしょう」ニコラはピアを見た。「調書を調べて。でも、そのことにばかりかかずらってはだめよ。遺骨の分析結果が出るまでにして。そっちが優先事項よ」

「トビアス・ザルトリウスはアルテンハインで憎まれています」ピアはいった。「何者かが家にいたずら書きをしました。土曜日、事故のことを知らせにいったとき、女性が三人、道路の反対側に立って、彼に罵声を浴びせていました」

「あの捜査に関わっていたよ」アンドレアスは二、三度咳払いした。「ザルトリウスって奴は、冷酷な人殺しだ。まったく傲慢で鼻持ちならない美少年で、記憶が欠落していて、なにも思いだせないとか抜かした。状況証拠からあいつの犯行に間違いなかった。嘘をつきとおして、とうとう刑務所送りになったのさ」

「でも罪を償《つぐな》ったわ。社会復帰する権利があるでしょう。それより村人の態度が腑に落ちないのよ。なぜ嘘をつくの？　だれをかばっているのかしら？」

「それが古い調書からわかるっていうのか？」アンドレアスは首を横に振った。「あいつは恋人にふられて、その娘を殴り殺したんだ。それを元恋人に目撃されて、それでその娘も殺した」

いつもはなんの関心も見せないアンドレアスが過激に反応したので、ピアはびっくりした。

「そうかもしれないわね。そのせいで十年間ムショ暮らししたわけですものね。でも、古い供述調書にリタ・クラーマーを歩道橋から突き落とした被疑者が出てくるかもしれないでしょう」

「なんでそんなことを……」

アンドレアスがまたなにかいおうとしたとき、ニコラが議論に終止符を打った。

「キルヒホフ警部は、白骨遺体の分析結果が出るまで調書を調べてちょうだい」

他に話し合うこともなかったので、会議はお開きになった。ニコラは自分の執務室にもどり、捜査十一課の面々は解散した。

「わたしは帰宅する」時計に視線を向けてからオリヴァーがいった。

ピアも、調書を持って、家へ帰ることにした。ここにいても、捜査に大きな進展はなさそうだったからだ。

*

「大臣、トランクをお家まで運びましょうか？」運転手がたずねると、グレーゴル・ラウターバッハは首を横に振った。

「自分で運ぶからいい」グレーゴルは微笑んだ。「気をつけて帰りたまえ、フォルトフーバーくん。明日八時に迎えにくるように」

「かしこまりました。ではお疲れ様でした、大臣」

グレーゴルはうなずいて、小ぶりのトランクをつかんだ。

三日間、家を留守にしていた。ベルリンで用事があり、それからシュトラールズントで各州の文化大臣が一堂に会した会議に出席していた。その会議ではバーデン＝ヴュルテンベルク州とノルトライン＝ヴェストファーレン州の文化大臣が教員補充に関する指針について意見が合わず、紛糾した。玄関の鍵を開け、警報装置を解除したとき、電話の呼び出し音が聞こえ、音声メッセージ機能が作動した。だが電話をかけてきた者はメッセージを残さなかった。グレーゴルはトランクを階段の手前に置くと、照明をつけ、キッチンに入った。食卓の上に載っている郵便物が目にとまった。掃除婦がふたつに分けてきれいに積んでおいてくれたものだ。

ダニエラはまだ帰宅していなかった。記憶が正しければ、今晩マールブルクで開かれる医学会で講演をすることになっている。グレーゴルはリビングルームへ行き、サイドボードに並んだ酒の中から二十四年物のスコッチウィスキー、ブラック・ボウモアを選んだ。彼に取り入ろうとした者からの付け届けだ。キャップを開けると、ツーフィンガー分、グラスに注いだ。

ヘッセン州文化大臣に就任し、ヴィースバーデンで過ごすことが多くなってから、彼とダニエラは偶然か、約束でもしないかぎり会う機会がなくなっていた。同じベッドで寝なくなって、かれこれ十年になる。グレーゴルはイドシュタインに別宅を持ち、週に一度そこで愛人と密会していた。愛人には、ダニエラと別れる気がないことをあらかじめいってあった。だからふたりのあいだで、そのことが話題になることはなかった。ダニエラにも愛人がいるかどうか、グレーゴルは知らない。知りたいとも思わなかった。

ネクタイをゆるめ、背広をソファの肘掛けに無造作に投げると、グレーゴルはスコッチをひと口飲んだ。電話がまた鳴った。三回鳴って、また音声メッセージ機能が作動した。

「グレーゴル」男の焦った声が聞こえた。「いたら、電話に出てくれ。大事な話がある！」

グレーゴルは一瞬ためらった。声で相手がわかった。なにかというとすぐ大騒ぎをする男だ。グレーゴルはため息をついて、受話器を取った。電話の相手はあいさつもせず本題に入った。話を聞いているうちに、グレーゴルはうなじに鳥肌が立ち、思わず体を起こした。野生動物のように危険を敏感にかぎ取った。

「電話をしてくれてありがとう」かすれた声でそういうと、電話を切り、薄暗がりの中、呆然と立ちすくんだ。

エッシュボルンの白骨遺体。アルテンハインに舞いもどったトビアス・ザルトリウス。歩道橋から突き落とされたトビアスの母。そして捜査十一課のやる気満々の女刑事が古い調書を洗い直しているという。なんてことだ。高級ウィスキーが苦く感じられた。

グラスを置くと、急いで階段を上がり、自分のベッドルームに入った。たいしたことはない。ただの偶然だ。そう自分にいいきかせた。だが胸騒ぎは収まらなかった。グレーゴルはベッドにすわり、靴を脱ぎ、後ろに倒れ込んだ。思いだしたくもない光景が走馬灯のように次々と脳裏に蘇った。ささいな判断ミスがこんなとんでもない結果を生んでしまうとは。彼は目を閉じた。疲労感が体全体にまわった。思いは、くねった小径《こみち》を進むように、現在から過去へと舞いもどった。そこは夢と記憶の世界。雪のように白く、血のように赤く、黒檀のように黒い……

二〇〇八年十一月十一日（火曜日）

「白骨遺体は少女のものだった。死亡年齢は十五から十八だ」ヘニング・キルヒホフは急いでいた。ロンドン行きの飛行機の離陸時間が迫っていた。彼はそこである事件の司法解剖を頼まれていたのだ。オリヴァーはデスクの前の椅子にすわって、キルヒホフが必要な書類をトランクに詰めながら、頭蓋骨縫合の融合度、腸骨稜の部分融合など年齢特定に欠かせない特徴について説明するのを聞いていた。

「燃料貯蔵槽に打ち捨てられていた期間は？」オリヴァーが口をはさんだ。

「十年から最長で十五年」ヘニングはライトボックスのそばに行って、レントゲン写真をトントンと叩いた。「上腕を骨折したことがある。ここにはっきり回復した跡がある」

オリヴァーもレントゲン写真を見つめた。黒い背景に骨が白く浮きあがって見えた。

「ああ、そうだ、これも興味深いんだが……」ヘニングは知っていることをすぐ口にするタイプではなかった。時間がないといいながら、話を面白くすることに余念がない。ヘニングはレントゲン写真を数枚めくって蛍光灯にかざした。探していた写真が見つかると、先ほどの上腕骨の写真の横にぶらさげた。

「おそらく顎が小さかったのだろう。左右の上顎の第一小臼歯が抜歯されている」

「その意味するところは？」

「きみの部下から手間を省いてやったということさ」ヘニングは眉を上げてオリヴァーを見た。「行方不明者のデータベースで歯型のデータを照合すれば、すぐに身元がわかる。この少女は一九九七年に捜索願が出ているはずだ。われわれのレントゲン写真を行方不明者の生前のレントゲン写真と比較すればいい。それからこれを見てくれ……」ヘニングは別のレントゲン写真を、ライトボックスにぶらさげた。「遺骨が発見されたばかりのときに、この骨折を見つけたんだ」

エッシュボルン空軍基地跡地で偶然発見されたのがだれか、オリヴァーにもわかってきた。カイ・オスターマンは過去十五年間に失踪し、発見されていない少女や若い女性のリストを作成していた。リストの一番上にあったのが、トビアス・ザルトリウスが殺したふたりの少女の名前だった。

「有機物が付着していなかったので」ヘニングがつづけた。「シークエンシング（遺伝情報を解析するためにDNA中の塩基配列を決定すること）は不可能だったが、ミトコンドリアDNAの抽出に成功して、もうひとつ決め手が見つかった。燃料貯蔵槽に眠っていた少女は……」

ヘニングはそこで黙ってデスクにまわり込み、膨大な書類の山を引っかきまわした。

「ラウラ・ヴァーグナーか、シュテファニー・シュネーベルガーだな」オリヴァーが推理した。

ヘニングが顔を上げ、苦笑いした。

「人の楽しみを奪うことはないだろう、ボーデンシュタイン。ロンドンからもどるまでじらせばよかった。この嵐だ、最寄り駅まで送ってくれるなら、ふたりのうちのどちらか途中で教えてやろう」

*

ピアはデスクにすわって考え込んでいた。昨日は夜遅くまで調書を読みふけり、いくつか腑に落ちない点があった。トビアス・ザルトリウス事件に関する事実資料は明快だった。一見すると、証拠は明らかに彼に不利だった。だが供述調書を読んでいて疑問が浮かんだ。事実資料にはその疑問への答えがなかった。

当時十七歳のシュテファニー・シュネーベルガーと同じく十七歳のラウラ・ヴァーグナーを殺害した罪で、少年刑法が認めている最高刑の判決を受けたとき、トビアスは二十歳だった（ドイツでは十八歳以上二十一歳未満の者には少年刑法か成人刑法のどちらかが適用される）。隣人のひとりが、一九九七年九月六日の夜十時四十五分、ふたりの少女が数分の時間差で順にザルトリウスの家に入っていくのを見たと証言していた。トビアスと元恋人のラウラは路上で激しい口論をした。その前に三人はケルプ祭りに出ていて、目撃証言によれば大量の酒を飲んでいたという。

法廷は、トビアスが激昂して恋人のシュテファニーをジャッキで殴り殺し、それを目撃した元恋人のラウラを同様に殴り殺したと断定した。家の中、トビアスの服、車のトランクルームで見つかったラウラの血痕の量から、きわめて暴力的な行為がなされたに相違なく、犯罪行為の残虐性と隠蔽工作が認められるとされた。家宅捜索の際、シュテファニーのデイパックがトビアスの部屋から、ラウラの首飾りが搾乳場のシンクの下から、そして凶器のジャッキが家畜小屋の裏の肥溜めから発見された。デイパックはシュテファニーがトビアスの部屋で口論になったあと忘れていったものだ、と弁護側は主張したが、重要な論点ではないと退けられた。目撃者たちは、そのあと午後十一時少し過ぎにトビアスが車でアルテンハインを出ていくのを見ている。だが午後十一時四十五分頃、友人のイェルク・リヒターとフェーリクス・ピーチュは玄関でトビアスと話をしたといっている！　彼は血だらけで、いっしょにケルプの木を見張りにいくのを断ったという。

この時間の短さに、ピアは引っかかった。法廷は、トビアスがふたりの少女の遺体を自分の車のトランクルームに入れて運び去ったことを前提にしているが、わずか四十五分でそんなことができるだろうか。ピアはコーヒーを飲み、頰杖をついて考えた。警察の捜査は当時、徹底的だった。聞き込みはアルテンハインの住民のほぼ全員に行われた。それにもかかわらず、なにかが見過ごされている気がしてならなかった。

ドアが開いて、アンドレアス・ハッセが顔をのぞかせた。顔色が悪く、鼻が赤い。洟をかみすぎて炎症を起こしているのだ。

「どう」ピアはいった。「具合は?」

返事の代わりにアンドレアスは立てつづけに二度くしゃみをし、洟をすすって肩をすくめた。

「アンドレアス、家に帰ったらどうなの?」ピアは首を横に振った。「ベッドに入って、安静にしていなさいよ。こっちは今、大忙しなんだから」

「どんな案配だい?」アンドレアスはデスクの横の床に積んだ書類をうろんな目付きで見た。

「なにか見つかったか?」

ピアはアンドレアスが興味を抱いていることにびっくりした。だが、手伝ってくれといわれるのを心配しているだけだろうと勘ぐった。

「まあね。一見すると、徹底的に捜査されたみたいに見えるんだけど、ちょっと引っかかるのよね。捜査を指揮したのはだれ?」

「フランクフルト刑事警察署捜査十一課のブレヒト首席警部だよ。だけど話を聞くなら、一年遅すぎたな。この前の冬に亡くなった。俺は葬儀にも出た」

「そうなの」

「年金生活に入って一年目さ。国にとってはありがたいことだろうな。六十五歳までせっせと年金を払いつづけ、すぐに墓穴に入るなんてな」

ピアはアンドレアスのいつもの悪態を聞き流した。彼がこれまで死にそうな目にあったためしがないことだけは確かだ。

＊

ヘニング・キルヒホフをスタジアム駅で降ろすと、オリヴァーはバイパスを通ってフランクフルター・クロイツ（フランクフルト南西にある複数の高速道路が交差するジャンクションの名称）方面に向かった。ラウラ・ヴァーグナーの両親は近日中に、娘の運命を知ることになる。十一年かかったものの、娘の遺体をようやく葬り、別れを告げることができるのだから、ほっとするだろう。

オリヴァーは物思いに沈んでいた。だから黒塗りのX5のナンバープレートが目に飛び込んでくるまでしばらくかかった。コージマがフランクフルトにいる。なんの用だろう。今朝、映像の編集がなかなか進まなくて、今週いっぱいマインツの放送局で缶詰になりそうだとぼやいていたのに。

オリヴァーはコージマの携帯番号に発信した。こぬか雨が降っているうえに、対向車のはねた水がフロントガラスにかかって視界が悪い。それでも前を走る車のドライバーが携帯電話を耳に当てるのが見えた。コージマの声がスピーカーから聞こえ、オリヴァーは笑みを浮かべた。バックミラーを見ろといおうとして、急に気が変わった。姉の言葉が脳裏をよぎった。コージマを試してみよう。疑いが晴れれば、それでいい。

「やあ、なにをしているところだい？」オリヴァーはたずね、コージマの返事に息をのんだ。

「まだマインツにいるわ。編集作業に手こずっちゃって」ふだんと変わらぬ口調だ。だから余計にオリヴァーはショックを受け、内心震えがきた。ハンドルを強くにぎりしめ、アクセルから足を離し、車間を空けて後続車に追い越させた。彼女が嘘をついた！　嘘をついている！

コージマの車が右のウィンカーをだし、高速道路五号線に曲がった。そのあいだも編集のプランを作り直したので、作業が予定通りにいかないかもしれないとぼやいていた。

「編集室を借りているのは十二時までなのよ」とコージマはいった。

オリヴァーの耳の奥で血がドクドク流れた。コージマ、彼のコージマがこれほどいともたやすく嘘をつくとは。オリヴァーには耐えがたかった。いっそのこと、嘘をつくな、今、後ろを走っているんだぞといってやりたくなった。しかしなにもいえず、ぶつぶつつぶやいただけで、電話を切った。

署までもどる道すがら、彼は放心状態だった。パトカーが並ぶ駐車場でエンジンを切り、しばらく車の中にとどまった。ＢＭＷのルーフに当たる雨音、フロントガラスを流れ落ちる雨水。彼の世界は粉々に砕け散ってしまった。コージマはなぜ嘘をついたんだ？　内緒でなにかしているということだ。それがなんなのか知りたくもない。そういう憂き目にあった男は山ほどいる。だがまさか自分まで！　彼は気を取り直すのに十五分を要した。それから車を降り、署の建物に向かった。

＊

降りつづくこぬか雨の中、トビアスはトラクターのトレーラーにゴミを載せ、干上がった肥溜めの横に置かれたコンテナーまで運んだ。木材、粗大ゴミ、その他のゴミ。廃棄物処理業者は、ゴミを分別しないととんでもない金額になると何度も注意した。くず鉄を引き取るため、スクラップ業者が昼頃やってきた。金の鉱脈が目の前に広がっていることに気づいた業者の目にドルマークが見えるようだった。業者はふたりの助手といっしょにすべてトラックに積んだ。かつて乳牛をつないでいた、錆びついた鎖からはじまって、家畜小屋や納屋にあった大部分の金物まで。業者はトビアスに四百五十ユーロ支払い、来週残りを引き取りにくると約束した。トビアスは、自分の一挙一動が隣のパシュケじいさんに油断なく見張られていることに気づいていた。じいさんはカーテンの陰に隠れてのぞいていたが、たまにドアの隙間からうかがうこともあった。トビアスは無視した。

午後四時半、父が仕事から帰ってきたとき、農場の下半分にあったゴミの山はすっかり片付いていた。

「たくさんあった椅子まで捨てたのか？」父のハルトムートが文句をいった。「あれはまだ使えたじゃないか。それにテーブルだって。塗り直せば……」

トビアスは父を家に連れて入った。それからタバコに火をつけてその日最初の一服をした。外階段の一番上に腰を下ろすと、中央のマロニエの老木を残して、すっかりきれいに片付いた農場を満足して見た。

ナージャ。最初に脳裏をよぎったのは、おとといの夜のことだった。三十歳になっても、セックスに関してはずぶの素人《しろうと》だった。おとといの夜、ナージャと過ごした時間と較べたら、昔の体験など児戯に等しい。この十年間に比較できる体験をしていなかったため、トビアスには本当にすごい体験だったとしか思えなかった。だがそれでも連想できる記憶が見つかった。まったくお粗末だったが。汗臭い彼のベッド、はにかみながらの腰の上げ下げ。かかとに引っかかったままのジーンズとパンツ。部屋には鍵がなかったので、両親がふいに入ってきたりしないかと冷や冷やのしどおしだった。

「ふうっ」トビアスはため息をついた。

大げさかもしれないが、ナージャがはじめて彼を大人にしてくれたのだ。ソファの上で体をひとつにしたあと、ふたりはベッドに入った。トビアスは、あとは眠るだけだと思っていたが、その後も抱き合って愛撫し、言葉を交わした。

ナージャは、ずっと前から彼を愛していたと告白した。トビアスが自分の人生から消えたとき、はじめてそう意識したという。そしてこの数年、だれか男と出会っても、いつのまにかトビアスと較べていた。幼稚園からの友だちとはとても見えない美女からそういう告白をされ、トビアスは面食らい、ものすごい幸福感を味わった。トビアスはもう無理だと思ったが、ナージャに誘われるままに、汗だくになりながらピストン運動を繰り返した。いまだに彼女のにおいがする。唇に、そして手に彼女を感じる。すばらしいのひと言に尽きる。最高だ。すごい。

物思いに耽《ふけ》っていたトビアスは静かな足音に気づかず、いきなり家の陰から人影があらわれたのでびっくりした。

「ティースなのか?」トビアスは驚いてたずねた。立ち上がったが、そばに行って抱きしめようとはしなかった。

ティース・テアリンデンはスキンシップを嫌う。トビアスの方に目を向けることなく、黙って突っ立ったまま、両腕を自分の体に押し当てていた。ティースの障害は外見には関係ない。今のラースもきっと同じような容姿だろう。ティースより二分遅れて生まれてきたのに、兄が病気だったため、いやいやテアリンデン王朝の世継ぎにさせられたラース。一九九七年九月のあの運命の日から、トビアスは大親友のラースと一度も顔を合わせていない。そしてナージャからラースの近況を聞かなかったことに今になって気がついた。昔は、兄弟姉妹のように仲が良かったのに。アストリッド・リンドグレーンの物語にならってカッレとアンデス、そしてナージャはエーヴァ=ロッタを名乗り、白バラ団を結成したものだ。

突然、ティースがトビアスの方に歩み寄り、驚いたことに掌《てのひら》を上にして差しだした。トビアスは、ティースがなにを期待しているかわかった。昔、掌を三回叩くのが仲間のあいさつだった。はじめのうちは仲間だけの秘密だったが、その後も面白くてつづけていた。トビアスがパチンと掌を叩くと、ティースのきれいな顔にふっと笑みが浮かんだ。

「やあ、トビー」抑揚のないちょっと奇妙な声だった。「また会えてうれしい」

＊

アメリーはカウンターをふいていた。〈黒馬亭〉にはまだ客がいなかった。午後五時半は夜の客には早すぎるのだ。不思議なことに、いつもの恰好をしなくても平気だった。母がいっていたとおり、ゴスは生き方の表明ではなく、思春期のただの反抗のあらわれでしかないのだろうか。ベルリンではフリルのついた黒い衣装を着て、ベタな飾りと化粧に派手な髪型をしていると最高に気分がよかったのに。仲間もみんな、同じような恰好をしていた。黒いカラスの群れとなって徒党を組んで町を練り歩き、ロングブーツで街灯のポールを蹴飛ばしたり、ゴミ箱をボールに見立ててサッカーをしたりしても、だれひとり振り返る者はいなかった。教師になにをいわれようが、まともに耳を貸さなかった。あいつらはうるさいことをいう、邪魔くさい連中でしかなかった。

だがこのあいだの日曜日、それが一変した。アメリーの服装や広げた胸元に吸いつく男たちのまなざし。けっこううれしかった。いや、それ以上の感覚だった。クラウディウス・テアリンデンとグレーゴル・ラウターバッハを含む男たちに尻を見られて、天にも昇る心地がした。イェニー・ヤギエルスキーが靴音を響かせて厨房から出てくると、アメリーを見とがめて、眉を吊り上げた。

「かかしが妖婦に変身かい」イェニーが棘のある言い方をした。

「でもこのあいだは評判がよかったですよ」

それからイェニーは、アメリーがちゃんとふき掃除をしたか目で確かめ、カウンターに人差し指をすべらせて満足した。

「グラスをすすいでおくれ。兄がまた放りだしていっちゃったから」

ランチタイムに使われたグラスがまだ数十客、シンクに置きっぱなしだった。アメリーは気にしなかった。肝心なのは、毎晩アルバイト料がもらえることだ。室内は禁煙のはずなのに、イェニーはカウンターの椅子に腰かけて、タバコに火をつけた。他にだれもいなくて、今日のように暇なとき、彼女はよくタバコを一服する。

アメリーは今がチャンスだと思って、トビアス・ザルトリウスのことをたずねてみた。

「もちろん昔からよく知っているさ」イェニーは答えた。「トビーは兄の親友でね、よくうちに遊びにきたよ」イェニーはため息をついて、首を横に振った。「帰ってこなきゃよかったのにね」

「どうしてですか？」

「考えてもごらんよ、マンフレートとアンドレアがどんな心境か。娘を殺した犯人に目の前をうろつかれたんじゃ、たまらないよ！」

アメリーはすすいだグラスをていねいにふいた。

「いったいなにがあったんですか？」アメリーはさりげなくたずねた。せっつくことはない。

イェニーはおしゃべりモードに入っている。

「トビーははじめラウラとつきあっていたけど、そのあとシュテファニーに乗り換えたのさ。シュテファニーは村に引っ越してきたばかりでね。ふたりが行方不明になった問題の日はケルプ祭りの日だった。村じゅうの人間が天幕に集まっていたね。あたしは当時十四歳で、遅くまで起きていられることがうれしかった。じつをいうと、なにが起こったか自分の目では見ていないのよ。翌日になって警察犬やヘリコプターを見かけただけ。ラウラとシュテファニーがいなくなったことを知ったのはそのときよ」

「この村でそんな事件があったなんて」アメリーはいった。

「たしかに大騒ぎだったね」イェニーは太い指にはさんだタバコから煙が上がるのをじっと見据えた。「でも、あれから村は変わっちまった。昔はみんな、仲がよかった。そんな時代はもう終わった。トビーのおやじさんは〈金鶏亭〉の主人だったのよ。あそこは毎晩賑わっていた。大きなホールもあって、カーニバルのはじまりを告げる集会もあそこで開かれていたわ。〈黒馬亭〉はその頃まだなかったの。うちの人は昔、〈金鶏亭〉のコックだったのよ」

　イェニーは黙って、物思いに沈んだ。アメリーはイェニーに灰皿を差しだした。

「警察は兄たちに何時間も事情聴取したわ」イェニーは話をつづけた。「だれも、ふたりの少女のことを知らなかったんだけど、そのあとトビーがふたりを殺したらしいってことになったの。警察がトビーの車からラウラの血痕を見つけ、シュテファニーの持ち物がトビーのベッドの下から発見されてね。そしてシュテファニーを殴った凶器らしきジャッキが、ザルトリウス農場の肥溜めから出てきたのよ」

「強烈ですね。ラウラやシュテファニーとは知り合いだったんですか?」

「ラウラは知ってたわ。フェーリクス、ミヒャエル、トビー、ナターリエ、ラースの五人組といっしょに遊んでたから」

「ナターリエ? ラース?」

「ラースはテアリンデンの息子よ。ナターリエ・ウンガーは有名な女優になったわ。芸名はナージャ・フォン・ブレドウ。テレビで見たことあるんじゃないかしら」イェニーは前を見つめた。「ふたりとも、出世したわ。ラースはなんとかいう銀行で頭角をあらわしたそうよ。詳しくは知らないけど。彼はアルテンハインにぜんぜんもどってこないから。あたしもこの村から出ていきたかったんだけどね。なかなか思ったようにはいかないものよ……」

太っていて、いつも機嫌が悪い女主《あるじ》がかつて陽気な十四歳だったなんて、アメリーには想像もつかなかった。村にとどまって結婚し、だだをこねてばかりいる小さな子ども三人を抱え、その体つきを村人から〝ミシュランマン〟とからかわれる人生。口うるさくなるのも無理はない。

「シュテファニーのことは?」イェニーがまた物思いに沈みそうだったので、アメリーはたずねた。「どんな子だったんですか?」

「そうねえ」イェニーは遠くを見つめた。「美人だったわ。雪のように白く、血のように赤く、黒檀のように黒い」

イェニーがアメリーに視線を向けた。碧い目と金色の睫毛が豚を連想させる。

「あんた、どこかシュテファニーに似ているわ」誉め言葉には聞こえなかった。

「そうなんですか？」アメリーはグラスをふく手を休めた。

「シュテファニーは村の娘とはぜんぜん違っていたのよ。両親と引っ越してきたばかりだったんだけど、トビーが彼女に一目惚れしちゃって、ラウラをふったのよ」イェニーはあざけるような笑い方をした。「うちの兄は、チャンス到来と思ったようね。というか、男の子たちはみんなラウラに首ったけだったの。実際かわいい子だったわ。でも性格は悪かったのよね。そしてシュテファニーにミス・ケルプの地位を奪われて、ものすごくお冠だった」

「シュネーベルガーはどうしてこの村から出ていったんですか？」

「自分の子がひどい目にあった村にとどまっていたいと思う？　事件のあと三ヶ月くらいはここに住んでいたけど、それから姿を消したわ」

「そうなんですか。それでトビーは？　どんなタイプだったんですか？」

「村の女の子はみんな、彼に夢中だったわね。あたしもよ」

イェニーは、若くてやせていて、夢をいっぱい抱いていた頃を思いだしたのか、寂しげに微笑んだ。「トビーはとにかく恰好よくて……クールだったわ。他の男の子と違って傲慢なところもなかったし。仲間でプールに行くとき、あたしがいっしょでもトビーは文句をいわなかったけど、他の連中は口をとがらせて、ガキは家にいろとかいって。とにかくトビーはいい子だったわ。それに頭がよくて、みんな、彼なら出世すると思ってた。でもね、酒を飲むと人が変わるのよ。自分がわからなくなっちゃうの……」

ドアが開いて、男がふたり入ってきた。イェニーは急いでタバコをもみ消した。アメリーはふいたグラスを片付けて、客にメニューを差しだした。そしてもどる途中、テーブルに置きっぱなしの新聞を取った。開いてある地方版に目がとまった。トビアスの母を歩道橋から突き落とした男の顔写真が載っていた。

「嘘っ」アメリーはつぶやいて、目を瞠《みは》った。写真の画質はあまりよくなかったが、それがだれかすぐにわかった。

*

コージマと顔を合わせたくなかったオリヴァーは、署にとどまってなかなか帰宅しなかった。オリヴァーが家に入ると、コージマは二階のバスルームにいた。水のはねる音がする。湯船につかっているのだ。オリヴァーはキッチンで、椅子の背にかけたハンドバッグを見つけた。いままで妻のハンドバッグを黙って開けるなど一度もしたことがなかった。彼女のデスクをのぞこうと思ったこともない。いつも彼女を信頼して、隠しごとなどするはずがないと信じ切っていたのだ。

だが今は違う。オリヴァーは一瞬ためらってから、ハンドバッグを探って、携帯電話を見つけだした。心臓が喉から飛びだしそうなほどドキドキした。コージマは電源を切っていなかった。ひどい裏切り行為なのはわかっていた。だが他にどうしようもない。メニュー画面から着信リストを呼びだし、ショートメッセージをクリックした。昨日の晩九時四十八分に、無記名の送信者からメッセージがあった。「明日九時半、同じ場所」コージマは一分後に返信している。オリヴァーはどこにいただろう。コージマは「わかった。うれしい!!!」感嘆符が三つもついている。オリヴァーはどうして、彼女がそのメールを打ったことに気づかなかったんだろう。胃がキュッと縮んだ。まる一日抱いていた疑惑に間違いはなかったようだ。医者や理髪師へのメールに感嘆符を三つつけることはない。ましてや月曜日の夜十時十分前にそんなに喜ぶはずがない。

オリヴァーは片方の耳で二階の物音をうかがいながら、携帯電話に残っている怪しいメールを他にも探した。しかしコージマは最近、保存メールを消去したらしい。他には一切残っていなかった。オリヴァーは自分の携帯電話をだして、火曜日の午前九時半にコージマとひんぱんに会っているらしい謎の相手の電話番号を保存した。

オリヴァーは携帯電話を閉じて、ハンドバッグにもどした。コージマに騙されていると思うだけで耐えられなかった。結婚して二十五年、オリヴァーはコージマに嘘をついたことなどない。つねに正直でいるのは楽ではなかった。だが嘘やいいかげんな約束は、オリヴァーの性格と彼が受けた厳格な教育が許さなかった。二階に行って、どうして嘘をついたのか問いただそうか。オリヴァーは黒髪を十本の指でかきあげて大きく息を吸った。いいや、やめておこう。もうしばらく見せかけの家族をつづけよう。臆病なのはわかっている。だが自分の人生を両手で押しつぶすことはとてもできない。勘違いという、一縷《いちる》の望みがまだ残っている。

*

彼らは二、三人で連れだってやってきて、合い言葉をいうと裏口から教会に入った。招集は口頭で伝えられた。合い言葉は重要だ。彼は腹を割って話せる仲間だけを集めたかったからだ。こうした秘密の集会をするのは十一年ぶりだ。あのときは村最大の危機を回避した。状況を悪化させないためにも、あらためて措置を施す潮時だった。

彼はオルガンのわきの梁《はり》に隠れて見えない二階席から、一階のベンチにいる者たちがしだいにそわそわしだすのを観察していた。祭壇のロウソクが揺れて、円天井や壁にグロテスクな影を投げかけていた。電灯をつけるのは人目につく。外には深い霧が立ちこめているが、それでも教会の窓から光が煌々と漏れたら見えてしまうだろう。彼は咳払いして、汗で濡れた両手をこすりあわせた。時計を見た。時間だ。全員集まっていた。木製の螺旋《らせん》階段の手すりに手をかけ、彼はゆっくり一階に下りた。一歩下りるたびに、階段がみしっと鳴った。

彼が闇の奥からロウソクの淡い光の中に出ると、ささやき声がぴたりとやんだ。教会の塔の鐘が十一回時を打った。完璧な演出だ。真ん中の通路に進みでて一番前のベンチの前に立つと、見慣れた顔ぶれをざっと見回した。その顔を見て、意気が揚がった。全員の目が向けられている。あのときと同じように真剣なまなざしだ。みんな、この集まりがなにを意味するかわかっているのだ。

「みんな、集まってくれてありがとう」彼は頭の中で練っておいた言葉を口にした。声は小さかったが、隅々まで響きわたった。この教会の音響効果は完璧だ。そのことは聖歌隊の練習でよくわかっていた。「あいつがもどってから、状況は耐えがたいものになっている。これからどう対処すべきか決めるために、今夜はみんなに集まってもらった」

彼はベテランの演説家ではない。人前で話すときはいつもあがってしまう。それでも自分と村に関わる問題をわずかな言葉で伝えることに成功した。ここに参集した者には、なんのための集まりか説明するまでもなかった。彼が自分の決心を口にしたとき、だれも睫毛ひとつ動かさなかった。一瞬、死んだような静けさに包まれた。だれかが、押し殺したような咳をした。彼は背中を流れる汗を感じた。やるしかないと確信していたが、それでも教会で殺人を呼びかけたことに後ろめたさは残った。彼は目の前にいる三十四人の顔を見回した。どれも昔からよく知った顔だ。彼の言葉を外部に漏らす者はひとりもいないだろう。十一年前のあのときもそうだった。彼は緊張の面持ちで反応を待った。

「やるぞ」ようやく三列目から声があがった。

また静かになった。志願者がもうひとり欲しい。少なくとも三人がかりでやらねば。

「俺もやる」また声があがった。集まった者たちのあいだからため息が漏れた。

「よし」彼はほっとした。計画を取りやめるしかないかと一瞬思ったところだ。「ひとまずは警告をする。それでも立ち去らなければ、その次は手加減しない」

二〇〇八年十一月十二日（水曜日）

ニコラ・エンゲルは不満そうに捜査十一課の面々を見据えた。早朝の捜査会議に顔をだしたのは四人だけだった。今朝はフランク・ベーンケの他にカトリーン・ファヒンガーも欠けている。公開捜査がはかばかしくないことをカイ・オスターマンが報告しているあいだ、オリヴァーはぼうっとしてコーヒーをスプーンでかきまわしていた。

オリヴァーは寝不足のようだ、とピアは思った。いったいどうしたというのだろう。この数日、ボスは地に足がついていない。ピアは家族に問題があると直感した。二年前の五月にも、言動がおかしいことがあった。あのときはコージマの健康を心配していたが、それは杞憂に終わった。コージマが妊娠したことに気づいていなかったのだ。

「さて」オリヴァーがなにもいわないので、ニコラが発言した。「空軍基地跡地の遺骨は一九九七年九月に行方不明になったアルテンハインのラウラ・ヴァーグナーと判明したわ。ＤＮＡが一致し、左上腕の骨折も生前のレントゲン写真で確認できた」

ピアとカイは解剖報告書の内容を知っていたが、署長の話がひと区切りつくのをおとなしく待っていた。ニコラは自分の仕事が退屈なのか、なにかというと捜査十一課の捜査に口をはさむ。なにか特別な事件が解明されたとき以外、めったに姿を見せなかった前任者ニーアホフとは雲泥の差だ。

「ひとつ問題があります」ニコラが話し終えるのを待って、ピアが発言した。「トビアス・ザルトリウスはわずか四十五分でどうやってアルテンハインからエッシュボルンに移動し、封鎖されている空軍基地跡地に侵入して、遺体を燃料貯蔵槽に投げ入れ、戻ってくることができたのでしょうか？」

その場がしんと静かになり、オリヴァーを除く全員がピアを見た。

「ザルトリウスはふたりの少女を両親の家で殺したことになっています。ラウラ・ヴァーグナーと自宅に入るところを隣人に目撃されました。その後、シュテファニー・シュネーベルガーがやってきて、トビアスはドアを開けています。次にトビアスを目撃したのは友人たちで、真夜中頃、彼を迎えにいったとのことです」

「なにをいいたいの？」ニコラは質問した。

「トビアス・ザルトリウスは犯人ではなかったのではないでしょうか」

「奴に決まってるさ」アンドレアス・ハッセが反論した。「判決が下りてるんだぞ。忘れたのか？」

「でも状況証拠しかなかったじゃない。調書を読んでいて、いくつかおかしな点に気づいたのよ。午後十時四十五分、シュテファニー・シュネーベルガーがザルトリウスの家に入るところを隣人が見ている。そしてその十五分後、彼の車がアルテンハインを出ていった。ところがその四十五分後、彼は家にいてふたりに目撃されているわ」

「そうさ」アンドレアスはいった。「あいつは少女をふたり殺して、車に乗せて遺体を運び去ったんだ。すべて検証済みだ」

「当時は遺体が近くにあるという前提で捜査されていたでしょ。でも、今はそうでないことがわかっている。彼はどうやって立入禁止の軍事基地に入れたのかしら？」

「若い連中はあそこでよくパーティをしていた。どこかに秘密の抜け穴でもあるんだろう」

「そんなばかな」ピアは首を横に振った。「酔っぱらった人間がひとりでそんなことできるかしら？　そしてふたつ目の遺体はどうしたの？　燃料貯蔵槽では発見されていないのよ！　あまりに時間が足りないわ」

「キルヒホフ警部」ニコラが警告を発した。「わたしたちはその件について捜査しているわけではないのよ。犯人は当時、逮捕されて、罪が認められて判決を言い渡され、その罪を償《つぐな》ったわ。少女の両親のところへ行って、娘の遺体が発見されたことを伝えてきなさい。わかった？」

*

「わかった？」ピアは署長の口まねをした。「このまま泣き寝入りするものですか。当時の捜査が手抜きで、こじつけもいいところなのははっきりしています。だけど、どうしてあんな捜査をしたのかしら？」

ピアに運転を任せていたオリヴァーはなにも答えなかった。オペル社製の小さな覆面パトカーの中で長い足を窮屈そうに曲げ、目を閉じたまま、移動中ひと言も口をきかなかった。「ねえ、どうしたんですか、オリヴァー?」ピアは少しむっとしてたずねた。「一日じゅう、死体みたいにむっつりしている人と走りまわるのは願い下げなんですけど!」

オリヴァーは片目を開けてため息をついた。「コージマが昨日、嘘をついたんだ」

やはり、家族の危機だった。思ったとおりだ。

「それで? 一度も嘘をついたことのない人なんているんですか?」

「わたしがいる」オリヴァーはもうひとつの目も開けた。「わたしは一度もコージマに嘘をついたことがない。ユッタ・カルテンゼーとのときだって、ちゃんと打ち明けた」

オリヴァーは咳払いしてから、昨日なにがあったかピアに話した。ピアは聞いているうちに、だんだん心配になった。たしかに深刻そうな話だ。だがそれでもオリヴァーは、妻の携帯電話をこっそりのぞいたことに良心の呵責《かしやく》を感じている。これだから名誉を重んじる貴族は困る。

「わかってみたら、つまんないことかもしれませんよ」そうはいっても、ピア自身、そう思っていなかった。

コージマ・フォン・ボーデンシュタインは美しく、気性が激しい。ドキュメンタリーのプロデューサーとして独立プロダクションを経営している女性だ。最近、彼女とオリヴァーのあいだにいろいろ軋轢《あつれき》が起きていることを、ピアも知っていた。だがボスはそれを重大なこととは捉えていなかった。今になって足下をすくわれたかのように呆然としている。いかにもオリヴァーらしい。彼は浮世離れしたところがある。毎日直面する人間の暗部に率先して関わっていること自体驚きだった。ピアと違って、オリヴァーは感情に流されることがめったになく、つねに相手と距離を置く。ピアはそれでいいと思っていた。だが、結婚の危機などという下世話なこととは無縁だと高をくくっていたとは。コージマが小さな子どもと家で過ごし、夫の帰りを待つだけの人生に満足すると本気で思っていたのだろうか。コージマはそれまでまったく違う人生を歩んできたというのに。

「居場所を偽ってだれかと密会するなんてひどすぎる」オリヴァーはそのことにこだわっていた。「どうしたらいいかな？」

ピアはすぐに答えなかった。自分だったら、なんとしても真実を突き止めるだろう。おそらく自分のパートナーに食ってかかる。泣き叫んで、罵声を浴びせるかもしれない。内緒でそんなことをするなんて考えられないことだ。

「本人にたずねたらいいでしょう」ピアはそう勧めた。「面と向かって嘘はいえないと思います」

「それはできない」オリヴァーはきっぱり答えた。ピアは内心ため息をついた。

オリヴァーは普通の人間と違う。家庭を維持し守るために、浮気を受け入れ、ひとり静かに心を痛めるタイプの人間だ。自制心に関してはずっと優等生だった。

「携帯電話番号は書きとめてあるんですか？」

「ああ」

「それをもらえるかしら。わたしが電話してみます。相手に電話番号がわからない設定にして」

「いいや、それはやめたほうがいい」

「真実を知りたくないんですか？」

オリヴァーはためらった。

「いいですか。気になるのに、そのままにしておくのは精神衛生上よくないですよ」

「くそっ！　あのとき彼女の車を見つけなかったらよかった！　電話さえかけなければ！」

「でもそうしてしまったんでしょう。そして奥さんは嘘をついた」

オリヴァーは大きく息を吸うと、片手で髪をかきあげた。こんなに呆然としているボスは見たことがない。ヴェーラ・カルテンゼーの娘に薬を飲まされ、脅迫されたときでも、これほどまいってはいなかった。今回の件で、ボスは本当に落ち込んでいる。

「妻が嘘をついていることがはっきりしたら、どうしよう？」

「奥さんの行動がおかしいって変な勘ぐりをしたことが前にもありましたね」ピアはなだめようとしていった。

「今回は違う。きみは、疑いを抱いたら、真実を知りたいと思うかい？」

「絶対に知りたいですね」

「それでもし……」オリヴァーは口をつぐんだ。ピアもなにもいわなかった。ふたりはアルテンハインの工業団地にあるマンフレート・ヴァーグナーの家具工房に到着した。これだから男っていうのは、とピアは思った。みんな、おんなじ。仕事ならなんでもさっさと決断するのに、人間関係や感情がからむと、とたんに弱腰になる。

アメリーは、義母のバルバラが外出するのを待った。今日、一時限目が休校だという嘘を、義母は素直に信じた。アメリーはニヤッとした。こうあっさり信じられては、嘘をつく甲斐もない。すぐ疑いを抱く母と正反対だ。母はアメリーのいうことを一切信じなかった。だから母に嘘をつくことが当たり前になっていた。母は本当のことより、嘘を真に受けることの方が多いくらいだった。

*

バルバラがふたりの子どもを赤いミニに乗せて出かけるのを待って、アメリーはザルトリウス農場へ向かった。まだ暗くて、通りに人影はない。ティースの姿もなかった。心臓をドキドキさせながら薄暗い農場に入り込み、納屋と家畜のいない家畜小屋のそばを通った。塀に沿って角を曲がったとき、アメリーは心臓が止まりそうになった。覆面の男がふたり、目の前に立っていたのだ。悲鳴をあげる前に、男のひとりに口をふさがれた。男は彼女の腕を背後にねじ上げ、塀に押しつけた。あまりの痛さにアメリーは息ができなかった。どうしていきなり襲いかかったりするのよ？　朝の七時半、こんな早い時間にこんなところでなにをしてるの？　アメリーはこれまで何度もあぶない目にあってきた。だから最初のショックが癒えると、不安よりも怒りが勝った。必死に体をまわして、相手の覆面をはがそうとした。覆面が目元のすぐ下までずれた。そのとき、口をふさいでいた相手の手がずれ、手袋と袖のあいだの皮膚が目の前でむきだしになった。アメリーは思いっきりかみついた。男が押し殺した悲鳴をあげ、アメリーを突き倒した。そいつも、もうひとりの仲間も、まさかこんな激しい抵抗にあうとは思っていなかったのだ。ふたりはむきになり、ふたり目の男が彼女の胸を蹴り上げた。アメリーは息ができなくなった。それから拳骨で顔を殴られた。アメリーの目の前に星が飛んだ。このまま横たわってなにもいわないほうがいい、と本能的に思った。足音が遠ざかっていき、静かになった。自分の息遣いしか聞こえなかった。

「くそっ」アメリーは悪態をつき、やっとの思いで体を起こした。服がびしょびしょに濡れて泥だらけだ。生温かい血が顎を伝って両手にしたたる。まったくひどい目にあった。

＊

ヴァーグナーの家具工房とそこに隣接する母屋には、建築途中で資金繰りに行き詰まったらしい印象を受けた。塀は化粧塗りをしていないし、中庭は半分石畳で、残る半分にはアスファルトが敷かれていた。散らかり放題なところはザルトリウス農場と似たり寄ったりだ。そこここに板が積み重ねてあり、何年もそのままらしく苔の生えている板もある。ビニールに包んだドアがいくつも工房の壁に立てかけてあるが、どれもこれも汚れていた。

ピアは母屋の呼び鈴を鳴らし、事務所という札がかかっている金属ドアを叩いた。しかしなんの反応もない。工房の照明がついていたのでドアを押し開けて中に入った。オリヴァーはあとにつづいた。新鮮な木の香りがした。

「こんにちは」ピアは声をかけた。ふたりは乱雑きわまりない工房を横切り、積み上げた板の向こうに若者を見つけた。イヤホンをつけ、音楽のリズムに合わせて首を振っている。片手でなにかさかんに塗っているが、くわえタバコをしている。オリヴァーが肩を叩くと、はっと振り向いてイヤホンを取り、まずいところを見られたという顔をした。

「タバコを消したらどうです？」ピアがいうと、若者はすぐいうとおりにした。「ヴァーグナーさんか奥さんに会いたいんですけど、どこにいます？」

「向こうの事務所じゃないかな」若者はいった。「たぶん」

「ありがとう」ピアは防火規則には触れず、そんなことに頓着していないらしい工房の主《あるじ》を捜した。マンフレート・ヴァーグナーは窓のない狭苦しい事務所にいた。マンフレートは固定電話の受話器を外したままにして大衆紙を読んでいた。客からの注文が入らなくてもかまわないようだ。オリヴァーが開けっ放しのドアをノックすると、マンフレートはしぶしぶ新聞から目を上げた。

「なんだい？」マンフレートは五十代半ばで、早朝だというのに酒臭かった。褐色の作業着はもう何週間も洗濯機と無縁のようだ。

「ヴァーグナーさん？」ピアがいった。「ホーフハイム刑事警察署の者です。あなたと奥さんに話があるんです」

ヴァーグナーが顔面蒼白になった、蛇に魅入られたウサギのようだ。赤く腫れぼったい、生気のない目でピアを見つめた。その瞬間、車が事務所の前に止まって、ドアの閉まる音がした。

「あ……あれは……家内です」ヴァーグナーは口ごもった。アンドレア・ヴァーグナーが工房に入ってきた。コンクリートの床を叩くヒールの音がした。アンドレアはショートヘアで、ブロンドに染めていたが、髪がとても薄かった。以前は美しかったのだろうが、今はすっかりやつれて見える。娘の運命がわからず、悩み苦しんだ結果が、顔のしわにはっきり見て取れた。

「ラウラさんの遺体が発見されたことをお伝えしにきたのです」オリヴァーは、アンドレアに身分を名乗ってからいった。一瞬、その場は沈黙に包まれた。それからマンフレートがすすり泣いた。無精髭を生やした頬に涙をひと粒こぼし、両手で顔をおおった。妻の方は気丈だった。

「どこで見つかったのですか？」とたずねた。

「エッシュボルン空軍基地跡地です」

アンドレアは深いため息をついた。「やっと」

このひと言で、どれだけほっとしているかがわかった。このふたりはいったいどれだけの期間、むだに希望をつなぎ、絶望にうちひしがれてきたことだろう。過去の亡霊に絶えずつきまとわれるのはどういう気分だろう。もうひとりの少女の両親は村を去ったが、ヴァーグナー家は生計の基盤である工房を放棄するわけにはいかなかったようだ。娘がもどってくる可能性がどんどん低くなっても、ふたりはここにとどまるしかなかった。十一年間も安否がわからずにいるなんて、地獄だったに違いない。娘を埋葬し、別れを告げることができれば、少しは救いになるだろう。

＊

「いいのよ、ほっといて」アメリーは断った。「そんなにひどくないわ。あざができるけど、それだけのことよ」

アメリーは服を脱いで、暴漢に蹴られたところをトビアスに見せるのがいやだった。泥だらけになったみじめな姿をさらすだけでもつらい。

「だけど裂傷は縫わないと」

「大丈夫だって」

七時半を少しまわったとき、玄関の前にたたずむアメリーを見て、トビアスは幽霊でも見るような目つきをした。それから、ふたりの暴漢に襲われたと聞いて啞然とした。しかもそれがザルトリウス農場の中だったというのだ！　トビアスは彼女をキッチンの椅子にすわらせ、顔についた血を脱脂綿でぬぐった。鼻血は止まっていたが、眉の上が切れていた。傷口に絆創膏を二枚貼りつけただけだったので、また血がにじんできた。

「助かったわ」アメリーは苦笑いしてタバコを吸った。震えが止まらず、心臓がドキドキしていた。といっても襲われたせいではない。原因はトビアスだ。日の光の中、すぐそばで見ると、想像以上にすてきだった。彼の両手が触れると、アメリーの体に電気が走った。しかも信じられないくらい碧い瞳に心配そうに見つめられ、神経が麻痺しそうだった。かつてアルテンハインの女の子たちがみんな、彼に首ったけだったというのもうなずける！

「だけどあいつら、ここでなにをするつもりだったのかしら」アメリーは考えた。トビアスはコーヒーメーカーのスイッチを入れた。アメリーはあたりを見回した。この家で少女がふたり殺されたのだ。白雪姫とラウラが。

「俺を待ち伏せしていたのさ。そこへきみが来たものだから」トビアスは答えた。カップをふたつテーブルに置くと、砂糖の缶を取ってきて、冷蔵庫から牛乳をだした。

「簡単にいうわね！　怖くないの？」

トビアスは調理台に寄りかかると、胸元で腕を組み、首をかしげながらアメリーを見た。

「どうしろというんだ？　隠れるかい？　逃げるかい？　俺は尻尾をまいたりしない」

「だれだったと思う？」

「はっきりとはわからないが、だいたい想像はつく」

アメリーは、トビアスに見つめられて体が火照《ほて》るのを感じた。どうなっているの？　こんなの、はじめて！　彼の目をまっすぐ見ることができず、結局、どんなに気持ちがざわついているか、トビアスにまで気づかれてしまった。

コーヒーメーカーがゴボゴボと不気味な音をたてて、湯気を上げた。

「カルキを取らないとだめね」アメリーがいった。トビアスの暗い顔にいきなり笑みが浮かんだ。思いがけないことだった。アメリーは彼を見つめた。突然、トビアスを守りたい、救いたいというわけのわからない衝動に駆られた。

「コーヒーメーカーの手入れなんて、あとでいいさ」トビアスはニヤリとした。「まずは外のゴミを片付けなくちゃ」

その瞬間、玄関のチャイムが鳴った。窓辺に立ったトビアスの顔から笑みが消えた。

「またデカだ」と緊張した声でいった。「消えたほうがいい。きみがここにいるところを見られたくない」

アメリーはうなずいて立ち上がった。トビアスは彼女を廊下に連れだすと、奥のドアを指した。

「その先は搾乳場だ。そこを抜けると納屋に行ける。ひとりでわかるかい？」

「平気よ。もう怖くはないわ。こんなに明るくなったんだから、連中も外をうろついてはいないでしょう」アメリーはことさらクールに答えた。ふたりは見つめ合った、アメリーはすぐ目を伏せた。

「ありがとう」トビアスは小声でいった。「きみは勇気がある」

アメリーはそんなことないと手を振り、歩きだした。そのとき、トビアスが呼び止めた。

「ちょっと待った」

「なに？」

「どうしてきみは農場にいたんだ？」

「あたし、新聞の写真を見て、あなたのお母さんを歩道橋から突き落とした男に気づいたのよ」アメリーは少し迷ってから答えた。「マンフレート・ヴァーグナーよ。ラウラの父親」

＊

「また、あんたたちか」トビアス・ザルトリウスは露骨にいやな顔をした。「忙しいんだけど。

なんの用？」

ピアはにおいをかいだ。いれたばかりのコーヒーのにおいが漂っている。

「お客さん？」ピアはたずねた。キッチンの窓に別の人影が見えた、黒い髪の女だった、とオリヴァーがさっきいっていた。

「いいや」トビアスは腕組みしたまま玄関に立っていた。雨が降りだしているのに、ピアたちを中に入れようともしない。まあ、いいだろう。

「ずいぶん精をだしたようね」ピアはそういって微笑んだ。「すっかり片付いたじゃない」

しかしこれも効き目がない。トビアスは取りつく島がなかった。体全体で拒絶している。

「ラウラ・ヴァーグナーの遺体が見つかったことを伝えにきたんだ」オリヴァーがいった。

「どこで？」

「あんたの方がよく知っているんじゃないかな」オリヴァーは冷ややかにいった。「一九九七年九月六日の夜、ラウラの遺体を車のトランクルームに入れて運んだのはあんただろう」

「俺はそんなことしていない」トビアスは眉を吊り上げたが、声は落ち着いていた。「ラウラがここから出ていったあと、顔も見ていない。もう何百回といってきたことだ」

「ラウラの白骨遺体はエッシュボルン空軍基地跡地の解体現場で発見されたわ」ピアはいった。「燃料貯蔵槽の中よ」

トビアスはピアを見て、ごくりとつばを飲み込んだ。目がきょとんとしていた。

「空軍基地か」と小声で独り言をいった。「その発想はなかったな」

トビアスは動揺していた。十一年間、この瞬間が来るのを待っていたに違いない、とピアは思った。いつの日か遺体が発見されるとわかっていたはずだ。そのとき自分がどういう反応をすべきか研究し、驚いてみせるにはどうしたらいいか考えていたはずだ。だがよく考えたら、いまさらどうしてそういう反応をする必要があるだろう。彼はすでに罪を償っている。遺体が発見されようが、もはや関係のないことだ。そのとき、アンドレアス・ハッセの言葉がピアの脳裏をよぎった。傲慢で鼻持ちならない。はたしてそうだろうか？

「ひとつ知りたいのは、あんたがラウラを燃料貯蔵槽に投げ込んだとき、すでに死んでいたかどうかだ」オリヴァーがいった。ピアはトビアスを観察した。顔から血の気が引き、いまにも泣きだしそうに口元を引きつらせている。

「俺には答えられない」トビアスは静かにいった。

「ではだれなら答えられるのかしら？」ピアはたずねた。

「この十一年間、寝ても覚めてもそのことばかり考えていたさ」声を荒らげないように懸命に堪《こら》えている。「あんたらが信じようと信じまいと関係ない。犯人扱いされることにはもう慣れてるからな」

「少女をどうしたか自白していれば、あんたのお母さんはあんな目にあわなかっただろうに」オリヴァーがいった。トビアスはジーンズのポケットに両手を突っ込んだ。

「母を歩道橋から突き落とした奴を突き止めたってこと？」

「いいや、それはまだだ」オリヴァーは認めた。「だがこの村の人間だとにらんでいる」

トビアスは笑った。鼻で笑った感じだ。

「おたくのその鋭い勘を誉めてやるよ。俺が手伝ってもいい。犯人はわかっているからね。だけど、どうして密告しなくちゃいけないんだ？」

「その人間は罪を犯した」オリヴァーは答えた。「知っていることはいわなければ」

「関係ないね」トビアスは首を横に振った。「あんたらは当時の刑事たちよりもましかもしれないけどね。警察が当時まともな捜査をして、真犯人を挙げてくれていたら、おふくろとおやじと俺は、もっとましな暮らしをしてただろう」

ピアが反論しようとすると、オリヴァーが先にいった。「もちろん」彼の声には皮肉がこもっていた。「あんたは無実だった。わかっているさ。刑務所は無実の人間でいっぱいだ」

トビアスは顔をこわばらせて、オリヴァーを見つめた。目には抑え切れない怒りが宿っていた。「結局、サツはみんな同じか。傲慢で、自分が一番だと思ってる。あんたらは、ここでなにが起きているかまったくわかっていない。出ていけ！　俺のことはほっといてくれ！」

ピアとオリヴァーがなにかいう前に、トビアスは玄関のドアを閉めた。

「さっきのはまずかったですよ」車にもどる途中、ピアは非難がましくいった。「彼を完全に敵にまわしてしまいました。まだなにもわかっていないというのに」

「いや、わたしは間違っていない！」オリヴァーは立ち止まった。「あいつの目を見たか？あいつはなにをしでかすかわからない奴だ。母親を歩道橋から突き落としたホシをあいつが知っているなら、そいつの身が危険だ」

「先入観が過ぎませんか。もしかしたら無実かもしれないのに、刑務所に十年も入れられて、ようやく家に帰ってみたら、なにもかも変わってしまっていたんですよ。母親は襲われて、重傷まで負ってしまい、何者かが家に落書きをした。怒るのは当たり前じゃないですか？」

「ピア、頼むぞ！　冤罪だったなんて本気で考えているのか！」

「そこまではいいません。でも古い調書におかしな点があって、疑問をいだいているんです」

「あいつは冷酷な人間だ。村人の反応もわからないではない」

「家に悪口を書いて、ホシをかくまっている連中を擁護するんですか？」ピアは信じられないというようにかぶりを振った。

「味方するなんていっていない」オリヴァーは答えた。ふたりは門のところで長年連れ添った夫婦のように口喧嘩をはじめ、トビアスが家を抜けだし裏門から出ていったことに気づかなかった。

＊

アンドレア・ヴァーグナーは眠ることができなかった。ラウラが見つかった、というかその遺体が。とうとう、とうとうけりがついた。彼女はとっくの昔にあきらめていた。はじめに胸のつかえが取れた。それから悲しみが押し寄せてきた。十一年間、涙と悲しみをじっと胸にしまい、娘を失い悲嘆にくれている夫を気丈に支えてきた。彼女までくずおれるわけにはいかなかった。銀行に借金があったので、工房の経営をつづけなければならなかった。それに幼い子どもたちも抱えていた。だが生活は一変してしまった。マンフレートは生きる気力も喜びも失い、自分をあわれみ、酒に溺れて、粗大ゴミのようになってしまった。そのせいで夫に虫酸《むしず》が走ることもあった。

アンドレアは、十一年間そのままにしていたラウラの部屋のドアを開けた。マンフレートがそのままにすると主張し、アンドレアはそれを受け入れていたのだ。部屋の照明をつけ、ラウラの写真をデスクから取って、ベッドに腰かけた。涙が出るかと思っていたが、そうはならなかった。十一年前のあの日の一コマ一コマが脳裏に蘇る。警察が玄関にやってきて、状況証拠からトビアス・ザルトリウスが娘を殺したとみられると告げた。

どうしてトビアスが? アンドレアは当時、わけがわからなかった。やりそうな奴なら、他に十人は名前をあげられた。ラウラのことを憎んでいる奴がいっぱいいた。村でラウラがどう噂されていたか承知していた。尻軽娘、あばずれ、そう陰口を叩かれていた。マンフレートは長女を盲愛し、ラウラが後ろ指を指されるようなことをしても、いつも大目に見ていた。だがアンドレアにはラウラの欠点が見え、いつか自分でそのことに気づくように願っていた。しかしその機会は訪れなかった。不思議なことに、ラウラのことで、楽しかったことを思いだすのがむずかしい。むしろいやな思い出ばかりがまざまざと脳裏に浮かぶ。ラウラは父親を馬鹿にし、恥じていた。クラウディウス・テアリンデンのように上品で権力を持った父が欲しかったのだ。なにかというとマンフレートに面と向かってそういったものだ。夫は眉ひとつ動かさず、不快な気持ちを押し殺し、美しい娘への愛が翳《かげ》ることは一度としてなかった。だがアンドレアはショックだった。娘がわからなくなり、育て方を間違えたと何度も思った。そして同時に不安を覚えた。雇い主のクラウディウスと関係していることをラウラに知られたらどうしよう、と。

眠れぬ夜を過ごし、娘のことばかり考えていた。それからの数年、心配の種は増える一方だった。ラウラは村の若者たちと羽目をはずす日々を過ごしていたが、トビアスとつきあうようになった日を境に急に人が変わって、いつもにこやかな顔を見せるようになった。トビアスがあの子を幸せにしたのだ。明らかに彼は特別な存在だった。ハンサムで、優等生で、運動も得意だった。そして少年たちから一目置かれていた。トビアスはラウラがずっと待ち望んでいた彼氏だったのだ。彼の恋人となって光り輝いた。半年間はうまくいっていた。だがそれも、シュテファニー・シュネーベルガーがこの村へやってくるまでのことだった。ラウラはすぐ、シュテファニーがライバルになると気づいて、仲よくしようとしたが、うまくいかなかった。トビアスはシュテファニーに夢中になり、ラウラと別れた。この敗北で、ラウラは意気消沈した。あの夏、あの子たちのあいだになにがあったのか、アンドレアは正確にはわかっていない。しかしラウラが友だちをたきつけて、シュテファニーになにかしようとしたことだけは確かだ。ラウラが事務所のコピー機で大量のコピーをしているところに出くわしたことがある。アンドレアがコピーの中身を見ようとすると、あの子はものすごい剣幕で怒った。そのせいでひどい喧嘩になり、ラウラはコピー機に元原稿を一枚忘れていった。そこには一行、太い字でこう書かれていた。〝白雪姫には死んでもらう〟。アンドレアはその紙をたたんで取っておいたが、夫にも警察にも見せなかった。自分の子が人の死を望むなんて、考えただけでぞっとした。ラウラは結局、自分の陰謀の犠牲になったのだと思った。それで口をつぐみ、毎晩、マンフレートが娘を賛美するのを聞きつづけてきたのだ。

「ラウラ」アンドレアはつぶやいて、写真を人差し指でなでた。「あんたはなにをしたの？」

突然、涙がひと粒頬を伝った。そしてまたひと粒。アンドレアは目をしばたたいて、片手で顔をぬぐった。その涙は悲しみのせいではなかった。娘を愛せなかったという悔恨の念から流れたものだった。

＊

午後一時半、彼女の家の前に着いた。それから三時間、当てもなくあたりをうろついた。今日は、自分の胸にしまっておけないほどさまざまなことが押し寄せてきた。はじめは血だらけのアメリー。彼女を見たときの衝撃。アドレナリンがエヴェレストに届くくらい急上昇したのは、彼女の顔にべっとりついた血を見たからではなかった。顔がシュテファニーと瓜二つだったからだ。それでいて、かつて彼を虜《とりこ》にし、惑わし、丸め込んでおいて、冷たく突き放した、あのうぬぼれ屋の小さな美の女王とはまったく違う。アメリーはすごい娘だ。触られてもまったく怖がるそぶりを見せない。

それからあのふたりの刑事がやってきた。ラウラの遺体が発見されたのだ。雨が激しく降りしきっていたので、トビアスは農場の片付けを途中であきらめ、自分の部屋のがらくたに怒りをぶつけた。くだらないポスターを壁からひっぺがし、洋服ダンスや引き出しに入っていたものを片っ端から青いゴミ袋に放り込んだ、もうなにもかもいらない！　気づくと、CDを一枚手にしていた。サラ・ブライトマンとアンドレア・ボチェッリの「タイム・トゥ・セイ・グッバイ」。この曲を聴きながらファーストキスをしたからといって、六月の大学入学資格試験終了のパーティでシュテファニーがプレゼントしてくれたものだ。トビアスはそのCDをかけた。イントロを聴いただけでこれほど空疎な思いをするとは覚悟していなかった。いまだにその思いから解放されていなかったとは。これほど寂しく人恋しく感じたことはなかった。刑務所でも経験しなかったことだ。あの頃はもっとましな時が来ることを夢見ていた。だが今ははっきりしている。そんな時など来はしないと。人生はもう終わったのだ。

ナージャが家に入れてくれるまでしばらく時間がかかった。トビアスは、彼女が不在なのではないかと思ったほどだ。訪ねたのは、彼女と寝るためではない。そんなことは夢にも思っていなかった。それなのに彼女が目の前に立ち、眠そうにまばたきをして、くしゃくしゃの金髪が肩にかかっているのを見たとき、そう、彼女に甘く温かいものを感じたとき、無性に彼女が欲しくなった。

「どうしたの……」ナージャがたずねようとしたとき、トビアスは彼女の口をキスでふさぎ、抱きしめた。ナージャがいやがって、自分を突き飛ばすと思ったが、そうはならなかった。ナージャは彼の雨に濡れた革ジャンを脱がし、シャツのボタンをはずし、Tシャツをまくり上げた。次の瞬間、ふたりは床に横たわり、トビアスは彼女の中に押し入った。彼女の舌を口の中で感じた。彼女の両手が彼の腰を押さえ、もっと激しく、もっと速く突いてと要求した。またたくまに絶頂が近づいた。体じゅうから汗が噴きだす。熱かった。そして彼は力尽き、天にも昇る心地でうめいた。かすかな悲鳴のようなうめき声だった。ほんの数秒、脈の上がったトビアスは彼女の上に横たわった。自分でしたことが理解できなかった。隣で仰向けになると、目を閉じ、水から揚げられた魚のように口を開け閉めして空気を吸った。ナージャのかすかな笑い声を耳にして、彼は目を開けた。

「なんだい？」トビアスは困惑してたずねた。

「わたしたち、もうちょっと練習しなくちゃだめね」ナージャはそう答えると、しなやかな動きで立ち上がり、トビアスに手を差しだした。トビアスはその手をにぎって、かけ声とともに体を起こし、靴とジーンズを脱いでから、彼女のあとについてベッドルームに入った。過去の亡霊は消えていた。ほんの束の間ではあったが。

二〇〇八年十一月十三日（木曜日）

「デカが昨日、俺のところに来たんだ」トビアスは、ナージャがいれてくれた熱いコーヒーに息を吹きかけながらいった。昨日の夜はその話をしたくなかったが、いつまでもいわないわけにはいかない。「ラウラがエッシュボルン空軍基地跡地で見つかった。燃料貯蔵槽の中さ」

「なんですって？」コーヒーを飲みかけていたナージャが身をこわばらせた。ふたりはキッチンにある大理石製のグレーのテーブルについていた。そこでいっしょに夕食を食べたのはつい先だってのことだ。午前七時を少し過ぎたところだった。パノラマウィンドウの向こうは深い闇に包まれている。ナージャは八時にハンブルク行きの飛行機に乗らなければならない。新しいテレビ番組のロケがあり、刑事を演じることになっていた。

「いつ……」ナージャはコーヒーカップを置いた。「つまり……それがラウラだって、どうしてわかったの？」

「それはわからない」トビアスは首を横に振った。「見つかったことしか聞かなかった。はじめ見つかった場所をいおうとしなかった。刑事の奴、俺が知ってるはずだって抜かしやがった」

「なんてこと」ナージャがびっくりして叫んだ。

「ナージャ」トビアスは身を乗りだして、彼女の手に自分の手を重ねた。「俺に出ていってほしいなら、そういってくれ」

「なんでそんなことというの？」

「俺のことが怖いんだろう。見ればわかる」

「馬鹿なことをいわないで」

トビアスは手を離し、立ち上がって彼女に背を向けた。一瞬、自分自身と闘った。夜中に眠れず、ナージャの穏やかな寝息を聞きながら、いつあいそをつかされるだろうと自問した。そのうちナージャは口実を作って彼を避け、嘘をつくようになる。今から見えるようだ。そういう日がいずれ来るに決まっている。自分は彼女にふさわしい男ではない。彼女の世界、彼女の人生に自分の居場所は絶対に見つかるはずがない。

「はっきりさせておかなくてはだめだ。俺は人殺しで、十年間も刑務所の世話になった男だ。なにもなかったみたいに振る舞い、十九歳のふりをしつづけるのは無理だ」トビアスは振り返った。「ラウラとシュテファニーを殺した犯人がまったくわからないんだ。俺じゃなかったとはっきりいう自信もない。やっていないという確たる記憶がないんだ！　今でも思いだせない。ただ……黒い穴がぽっかり開いているだけなんだ。法廷で心理学者がいっていた。ショックを受けたり、激しい感情に襲われたりすると、人間の脳は一種の記憶喪失を起こすことがあるらしい。だけどそんなの信じられない。ラウラをトランクルームに入れて、どこかに運び去ったことを思いだせないなんて。なにも覚えていないんだ。最後の記憶は、シュテファニーに、もう愛していないといわれたことだけだ。そのあとフェーリクスとイェルクが来て、俺はウォッカを浴びるほど飲んで、前後不覚になった。そして突然、警官が来て、俺がラウラとシュテファニーを殺したっていったんだ」

ナージャはすわったまま、翡翠《ひすい》のような緑色の目を大きく見開いてトビアスを見つめていた。

「わかるかい、ナージャ」懇願するような声に変わっていた。トビアスは心の傷がまた疼《うず》き、いままでにない痛みを覚えていた。どうせいつかがっかりさせられるのだから、ナージャとも深い仲になるつもりはなかった。「あのとき本当はなにがあったのか、そのことが気になってしかたがないんだ。俺は人殺しなのか？　そうじゃないのか？」

「トビー」ナージャは小声でいった。「愛してるわ。ずっと前からよ。あなたが犯人かどうかなんて、わたしにはどうでもいいことなの」

トビアスは絶望的な気持ちになって顔をしかめた。ナージャにはとうていわからないことだ。だが自分を信じてくれる人がどうしても欲しかった。自分のいうことを信じてくれる人が。トビアスは社会から排斥されては生きていけない人間だ。いずれ身も心もボロボロになってしまうだろう。

「だけど俺にとっては大事なことなんだ。人生の十一年間を失った。俺には未来なんてないんだ。だれかが俺の人生をだめにした。すべて終わったことにするなんて、とてもできない」

「じゃあ、どうするつもり？」

「真実を知りたい。なんとしても真相を突き止めてみせる」

ナージャは椅子を後ろに引いた。軽やかな足取りでトビアスのところへ歩いてくると、腰に腕をまわして、彼を見上げた。

「わたしはあなたを信じるわ」ナージャは小声でいった。「なんなら、真相を突き止める手伝いをしてあげる。だからアルテンハインにはもどらないで。お願い」

「どこへ行けっていうのさ？」

「ここにいて。テッシンにあるわたしの別荘でもいいし、ハンブルクでもいい」ナージャは微笑んで、計画を練った。「そうよ！　いっしょに来ない？　あの家なら、あなたも気に入ると思うわ。水辺に建っているの」

「おやじをひとりにしてはおけないよ。おふくろの看病もあるし。おふくろがよくなったら、そこを見にいってもいいけど」

「ここからなら、お父さんのところまで車で十五分よ」ナージャの緑色の大きな瞳がすぐ目の前に迫ってきた。彼女はいいにおいがした。シャンプーのにおいだ。ナージャ・フォン・ブレドウから、いっしょに暮らしてと懇願されるなんて、ドイツじゅうの男の半数が夢見ていることだ。なんで迷うことがある？

「トビー、お願い！」ナージャがトビアスの頬を両手ではさんだ。「あなたが心配なの。なにかあったら大変。連中にあなたが襲われるんじゃないかと思うと。襲われたのが女の子でよかった……」

アメリー！　あの子のことをすっかり忘れていた！　あの子はアルテンハインにいる。あの恐ろしい事件の真相が隠されているあの場所に。

「気をつけるよ」トビアスはいった。「心配しないでいい」

「愛してるわ、トビー」

「俺だって」そういって、トビアスはナージャを引き寄せた。

＊

「ボス？」カイ・オスターマンが紙を二枚手にして、自分の部屋のドアのところに立っていた。オリヴァーは足を止めた。「どうした？」

「これ、ファックスで届きました」カイは紙を渡し、オリヴァーの顔を探るような目つきでうかがった。だがオリヴァーがなにもいわなかったので、カイもコメントを差し控えた。

「ありがとう」オリヴァーはそういっただけで、心臓をドキドキさせながら自分の部屋に入った。それは一昨日テレコムに要請してあった、コージマの携帯電話の過去二週間における移動記録だった。仕事上の特権をはじめて個人的なことのために行使したのだ。知りたいという欲求の方が、だれかに公私混同を責められる不安よりも強かった。

オリヴァーはデスクにつくと、気を取り直した。これから読む情報で、幻想は吹っ飛ぶことになる。コージマはたしかに二日にわたってマインツにいた。だがわずか一時間だけだった。しかも一週間は午前中をフランクフルトで過ごしている。オリヴァーはデスクに肘をつき、両の拳に顎を乗せて、少しのあいだ思案した。それから受話器を取ってコージマの事務所に電話をかけた。呼び出し音が二度鳴ってから、なんでも屋のアシスタント、キラ・ガストフーバーが電話口に出た。コージマは今、席をはずしているという。急ぎなら携帯電話にかけたらいいのに、といわれた。

嘘をつくためか、とオリヴァーは思った。そして電話を切ろうとしたとき、電話の向こうから娘の明るい声が聞こえた。すぐにオリヴァーの頭の中で警戒音が鳴り響いた。コージマはふだん、どこへでもゾフィアを連れていく。どうして今日に限って、事務所に預けていったんだろう。オリヴァーの質問に、キラがすかさず答えた。コージマは本当にちょっと席をはずしているだけで、ゾフィアは自分とルネが見ているから心配ない、と。

受話器を置いたあとも、オリヴァーはしばらくすわっていた。頭の中では同じ考えがぐるぐるまわっている。コージマの携帯電話は、フランクフルトの北のはずれグラウブルク通り、エーダー通り、エックハイム街道、エッシェンハイム公園のあたりで五回確認されている。市街図では小さな区域だが、そこには数百件の一戸建てと数千棟の集合住宅がある。コージマはそんなところでなにをしているのだろう。というより、いったいだれがいっしょなのだろう。コージマが自分を騙していることがはっきりしたら、どうすればいいだろう。それになぜ騙そうとするのだろう。ゾフィアが生まれてから、性生活は疎《おろそ》かになっている。赤ん坊がいっしょではその気になれない。コージマはそれで欲求不満になったとでもいうのだろうか。残念ながら、最後にいっしょに寝たのがいつか、思いだせなかった。オリヴァーは記憶をたどった。そうだ！　友だちの誕生パーティに出て、ほろ酔い気分で帰宅した夜だ。自分の予定表をだして、オリヴァーはページをめくった。そしてページをめくるうちに、しだいに暗澹《あんたん》たる気持ちになってきた。ベルンハルトの誕生日を書きそびれたのだろうか。いや、そんなことはなかった。ベルンハルトは九月二十日にラインガウのヨハニスベルク城で五十歳の誕生日を祝っていた。信じられないことだ！　オリヴァーは日数を数えた。コージマと八週間も寝ていないなんて。彼女が浮気したのは自分の責任だろうか。そのときノックの音がして、ニコラ・エンゲルが入ってきた。

「なんだい？」オリヴァーはたずねた。

「ベーンケ上級警部のことだけど」ニコラは顔をこわばらせていた。「ザクセンハウゼンの酒場でアルバイトをしているということ、あなたから報告を受けていたかしら？」

なんてことだ！　自分のことにかまけて、すっかり忘れていた。

「先に彼と直接話してみるつもりだった。ただその機会がなかなかなくて」

「今晩六時半にその機会があるわよ。出頭するように命令したから。とばっちりを受けないように用心することね」

＊

携帯電話が鳴った。税関を抜けて、出口に向かっているところだった。ラース・テアリンデンはアタッシュケースを持つ手を替えて、電話に出た。今日は一日、チューリヒで経営陣の詰問にさらされた。わずか数ヶ月前、同じ件でみんな大喜びだったのに。今日は磔《はりつけ》にされた気分だ。くそっ、俺は千里眼じゃないぞ。マルクス・シェーンハウゼン博士の本名がマティアス・ムッツラーといって、ポツダム出身ではなく、シュヴェービッシェ・アルプの村から出てきた最悪の詐欺師だなんて、わかるわけがないだろう！　銀行の法務部がちゃんと嘘を突き止められなかったからといって、それが俺の責任か？　法務部ではすでにいくつも首が飛んでいる。数億ユーロの損失を穴埋めしないかぎり、次に首が飛ぶのは俺だ。

「二十分で着く」ラースは、曇りガラスが目の前で開いたとき秘書にいった。

ラースは疲れ切っていた。燃え尽きて、神経がすっかりまいって、なにもかもどうでもよくなっていた。三十歳になったばかりだというのに、薬に頼らなければ眠ることができず、食事も喉を通らず、口に入るのは酒だけだった。アル中の一歩手前だったが、そのことは後回しだ。まずは今回の詐欺事件をなんとか乗り切らなくては。といっても、お先真っ暗だった。アメリカ最大の銀行が倒産して、世界経済が揺さぶられていた。リーマン・ブラザーズはまだ序の口だ。スイス最大の銀行のひとつである、ラースの勤務先も去年、世界規模で五千人の人員削減を敢行し、どこもかしこも生きるか死ぬかのむきだしの恐怖に包まれている。電話がまた鳴ったが、彼は携帯をアタッシュケースに入れて無視した。シェーンハウゼンの大手不動産会社が倒産したというニュースが突然彼の元にもたらされたのは、六週間前のことだ。その二日前、ベルリンのホテル・アドロンでシェーンハウゼンといっしょに昼食をとった。そのとき、あの男は破産が間近に迫っていることを知っていたはずだ。あの卑劣きわまりない悪党は姿をくらまし、インターポールによって国際指名手配されている。ラースはすぐに手を打って、ローン・ポートフォリオの大部分を投資会社に売り渡したが、それでも三億五千万ユーロ分が紙くずになった。

女がひとり、彼の行く手をふさいだので、避けようとした。彼は先を急いでいたのだ。だが女はそのまま立ち止まって声をかけてきた。ラースはやっと母だと気づいた。この八年間、顔を見たこともなかった母だ。

「ラース！」母がすがるようにいった。「ラース、お願い、待って！」

母の姿はあいかわらずだった。華奢《きゃしゃ》で身だしなみが整っていて、金髪をボブカットにしている。おとなしめのメイク、開いた襟からのぞいた日焼けした肌に真珠のネックレス。母が控えめに微笑んだ。それを見て、ラースはかっとなった。

「なんの用だよ？　あんたの夫にいわれてきたのか？」

ラースは自分の男親を父と呼ばなかった。

「違うわ、ラース。ちょっと足を止めてちょうだい。お願いよ」

ラースは天を仰いで、いうことをきいた。小さい頃、彼は母を崇拝していた。母が数週間、いや、数日旅行に出て、自分とティースを家政婦に預けただけでも、ラースの心は深く傷ついたものだ。だが、母の愛が欲しいばかりに、ラースはすべてを許した。だが、母からは微笑みと優しい言葉と約束がもらえただけだった。母にはそれ以上の持ち合わせがなく、それしか与えられないのだと気づいたのは、はるかのちになってからだった。クリスティーネ・テアリンデンは中身が空っぽの容器だった。成功した実業家クラウディウス・テアリンデンの完璧な妻であるために、追求したのは精神の欠片《かけら》もない、没個性の美しさだった。

「元気そうね。少しやせたかしら」

母は今も自分に忠実だった。あいかわらずいつもの決まり文句しかいわない。母の愛がまやかしだと気づいたときから、ラースは母を軽蔑していた。

「おふくろ、なんの用だよ」ラースはいらいらしながら質問を繰り返した。

「トビアスが刑務所からもどったの」母は声をひそめていった。「そして警察がラウラの白骨遺体を発見したわ。エッシュボルン空軍基地跡地よ」

ラースは歯をかみしめた。一気に過去へ引きもどされた。フランクフルト空港の到着ロビーでそばかすだらけの十九歳にもどり、むきだしの恐怖に腰が抜けるのではないかと思った。ラウラ！　彼女の顔はけっして忘れないだろう。彼女の笑顔。彼女ののびのびした生き方、ただしそれは悲惨な最期を迎えたが。ラースは、トビアスと話をする時間もなかった。父はそのくらいすばやく決断を下し、ラースをイギリスのオックスフォードシャーの僻地に暮らす友人の屋敷に逃亡させた。自分の将来を考えろ。気をしっかり持って、なにもいうんじゃない。そうすれば、なにも起こりはしないんだから。

ラースは父親のいうとおりにした。知らんぷりをして、口をつぐんだ。トビーの判決を聞いたときは、すでに手遅れだった。十一年間、あの恐ろしい夜のことと、そのとき覚えた恐怖を思いだすまいとして、朝から晩まで仕事に打ち込んできた。ただ忘れるために。そして今、毛皮のコートを着た母がすり寄ってきて、人形のような笑みを浮かべながら古傷を切り裂いた。

「興味ないね、おふくろ」ラースは鋭い口調でいった。「俺には関係ない」

「だけど……」母がまたなにかいおうとした。

「ほっといてくれ！　わかったかい？　二度と会いにこないでくれ！　いままでずっとそうしてきたように、俺のそばに近寄るな！」

そういうと、ラースは背を向け、母をその場に残して駅へ通じる螺旋《らせん》階段を下りた。

＊

ガレージの中でビールをラッパ飲みした。昔と同じだ。トビアスは居心地が悪かった。他のみんなも同じ心境のようだ。なんでのこのこ来てしまったのだろう。友だちのイェルクが午後いきなり電話をかけてきて、昔の仲間と酒を飲もうと誘った。若い頃、イェルクのおじが所有する大きなガレージで、原付自転車を、そしてのちには車をいじくって遊んだものだ。イェルクは腕のいい自動車修理工で、昔はレーサーになる夢を描いていた。ガレージは昔と同じにおいだった。エンジンオイルとラッククニス、レザー、ワックス。みんな、古い作業台や逆さにしたビールケースやタイヤに腰かけた。なにも変わっていなかった。だがトビアスは話の輪に入れなかった。トビアスがいるせいか、話がなかなかはずまない。みんな、彼と握手したが、再会の喜びとはどこか違っていた。だいぶ時間が経ってから、トビアスとイェルクとフェーリクスはようやく昔のように話ができるようになった。フェーリクスは屋根ふき職人になって、父親の下で働いていた。十代から体ががっしりしていたが、重労働と大量のビール摂取によって巨漢といっていい体になっていた。笑うと、顔の贅肉で目が隠れるほどだった。トビアスはその目を見て、ブドウパンを連想した。一方イェルクは昔とあまり変わっていなかった。少し額がはげ上がったかなと思える程度だ。

「ラースはどうしてる？」トビアスはたずねた。

「親の期待どおりにはいかなかったさ」フェーリクスはニヤリとした。「金持ちでも、子どもには苦労するってこと。ひとりは頭がおかしくて、もうひとりは親にそっぽを向いたからな」

「ラースはすごい出世をしたよ」イェルクがいった。「おふくろの話じゃ、どこぞの投資銀行の重役さ。大金持ちってこと。結婚して、子どもがふたりいる。イギリスからもどったあと、グラースヒュッテンに豪邸を構えてるよ」

「神学を学んで、司祭になるっていつもいっていたじゃないか」トビアスはいった。いきなりなんのあいさつもなく消えた親友。彼のことを思いだすと胸が痛む。

「俺だって、屋根ふき職人なんかになりたくなかったさ」フェーリクスはライターでビール瓶の王冠を開けた。「だけど軍隊は不適格になって、警察にも入れてもらえなかった。パン職人の修業も途中で投げちまった。それで結局、まあ……ってことさ……」

フェーリクスはがっくり肩を落としてうなだれた。

「俺は事故っちまって、レーサーの夢はおじゃんさ」沈黙がつづき、いたたまれなくなったとき、イェルクが口を開いた。「だからＦ１に乗らずに、黒馬にかじりついてるんだ。知ってるだろう。妹がヤギエルスキーと結婚したんだ」

トビアスはうなずいた。「おやじから聞いている」

「まあ」イェルクはビールをラッパ飲みした。「結局、夢を実現した奴はひとりもいないってことだ」

「ナターリエは違うぞ」フェーリクスがいった。「有名な女優になりたいって、あいつがいったとき、みんなで笑ったっけな！」

「あいつはこうと決めたらやり抜く奴だったからな」イェルクはいった。「あいつに、ずいぶん仕切られたっけ！　だけどあんな有名人になるとはな」

「そうだよな」トビアスはわずかにニヤリとした。「俺だって、刑務所で機械工の訓練を受けて、経済学を学ぶことになるとは思っていなかった」

仲間は少し困惑気味の顔をしてから笑った。酒が気分を和ませた。ビールも五本目になると、フェーリクスの口も軽くなった。

「あんとき、おまえのところに寄ったなんて、警察にいうんじゃなかったよ。今でも後悔してるんだ」トビアスにそういうと、フェーリクスはずっしりした手をトビアスの肩に置いた。

「本当のことをいっただけだろう」トビアスは肩をすくめた。「どんなことになるかなんて、だれにもわからなかったんだから。だけどもういいさ。俺は帰ってきた。おまえたちが俺を避けなかったんで本当にうれしいよ。他の連中はくそだ」

「なにいってんだよ」イェルクがトビアスのもう一方の肩を叩いた。「俺たち、友だちじゃないか！　覚えてるか？　俺のおじきが何千時間もかけて修理したオペルのクラシックカーをポンコツにしたことがあったっけな。あんときはすごかった！」

トビアスは思いだした、そしてフェーリクスも。そして昔話に花を咲かせた。テアリンデン邸でのパーティ。あのときは女の子たちが服を脱いで、夫人の毛皮のコートを着て家じゅうを走りまわった。警察が駆けつけてくる騒ぎになったミヒャエルの誕生パーティ。墓地での肝試し。サッカークラブのC級ユースで行ったイタリア旅行。ランタンを持って村を練り歩く聖マルティンの日の行列で起こった火事。あのときはフェーリクスが着火剤代わりにガソリンを使ったため、火が消せなくなったのだ。みんな、昔を懐かしみ、大笑いした。イェルクは笑いすぎてこぼれた涙をふいた。

「そういや、覚えてるか？　俺の妹がさ、おやじが持ってた空軍基地跡地の鍵を盗んで、格納庫でレースをしたっけな。あれは最高に面白かった！」

＊

アメリーは自分の机でネットサーフィンをしていた。玄関の呼び鈴が鳴った。ノートパソコンを閉じて、飛び上がった。午後十時四十五分！　いったいなんなの！　おやじたち、家の鍵を忘れたわけ？　一時間前に子どもたちを寝かしつけたばかりだ。もう一度呼び鈴が鳴って子どもたちを起こされたらたまらない。アメリーは靴下のまま階段を駆け下りた。玄関の左右に設置してある監視カメラの小さなモニターをチラッと見た。解像度の悪いモノクロ画像には、明るい髪の男が映っている。アメリーはドアを開けた。男がティースだったのでびっくりした。彼が玄関までやってきたことは今まで一度もない。だから当然、呼び鈴を鳴らしたこともない。だが様子がおかしい。アメリーの驚きは心配に変わった。こんなにそわそわしているティースは見たことがない。両手をブルブルふるわせ、目をキョロキョロさせている。いや、体じゅう震えている。

「どうしたの？」アメリーは小声でたずねた。「なにかあったの？」

答えの代わりに、ティースは筒状にしてリボンで結んだ紙を差しだした。冷たい外階段に立ったアメリーは足がかじかんだが、ティースの方が心配だった。

「家に入る？」

ティースは激しく首を横に振り、だれかにつけられているとでもいうようにあたりをうかがった。

「これ、だれにも見せちゃだめ」ティースはいつものかすれた声でいった。「隠すんだ」

「わかった」アメリーはいった。「そうする」

車のヘッドライトが霧をついて道路を上がってきて、車がラウターバッハ家の門のところで曲がった瞬間、ふたりを照らしだした。ガレージはアメリーが立っている外階段からわずか五メートルくらい下にある。気づいたときにはもうティースの姿がなかった。ダニエラ・ラウターバッハがエンジンを切って、車から降りた。

「あら、アメリー！」ダニエラが親しげに声をかけてきた。

「こんばんは、ラウターバッハ先生」

「そんなところでなにをしているの？　閉めだされたの？」

「アルバイトからもどったところなんです」アメリーはすかさずいった。なぜ嘘をつく気になったのかわからぬままに。

「そうなの。ご両親によろしく。おやすみ！」ダニエラは手を振り、リモコンでガレージのゲートを上げ、中に入ると、またゲートを下ろした。

「ティース？」アメリーがささやいた。「どこなの？」

ティースが玄関の横に生えている大きなイチイの木の陰からぬっと出てきたので、アメリーはぎょっとした。

「どうしたの？　なんで……？」

ティースの顔を見て、アメリーは言葉をのみこんだ。彼の目が恐怖におののいていた。なにをそんなに怯えているのだろう。アメリーは心配になり、ティースをなだめようとして腕に触れた。ティースがビクッとあとずさった。

「絵を、守って」言葉は途切れ途切れで、目がランランと光っていた。「だれも、見ちゃ、だめ。きみも、だめ。約束、して！」

「いいわ。約束する。だけどいったいなにが……」

アメリーが最後までいう前に、ティースは霧のかかった闇の中に姿を消した。アメリーは首を振りながら彼を見送った。ティースの奇妙な行動には面食らったが、彼のことはあるがままに受け入れるしかない。

＊

コージマはリビングルームのカウチでぐっすり眠っていた。犬が膝のあいだで丸くなっていた。オリヴァーがリビングルームに入って、そののどかな光景を見ていると、怠け者の犬は頭を上げずに尻尾だけ振った。コージマはかすかに寝息をたて、読書用メガネが鼻先にずれていて、読んでいた本が胸元に載っていた。いつもなら彼女のところへ行って、驚かさないようにそっとキスをして起こすのだが、ふたりのあいだにできてしまった見えない壁がオリヴァーを押しとどめた。妻を見るといつも感じる優しい気持ちがなぜかわかない。やはりはっきりさせたほうがいい。このままでは疑心暗鬼になって結婚生活がぎすぎすしたものになってしまう。本当なら今、彼女の肩をつかんで揺り起こし、どうして嘘をついたのか詰問すべきだ。だが調和を望む気持ちと耐えがたい真実を知らされることへの不安が彼を押しとどめた。オリヴァーはきびすを返すと、キッチンへ行った。餌がもらえると思ったのか、犬がカウチから飛び降り、あとについてきた。コージマが目を覚まし、寝ぼけ眼でキッチンにあらわれた。オリヴァーは冷蔵庫からヨーグルトをだしたところだった。

「やあ」オリヴァーはいった。

「眠っちゃったみたい」コージマは答えた。オリヴァーはヨーグルトをスプーンですくいながら、コージマをチラチラうかがった。顔にしわがある。いままで気づかなかったことだ。それに首のまわりの肉がたるみ、疲れた目の下が腫れぼったくふくらんでいる。若く見えていたのに年相応の四十五歳の女みたいだ。信頼をなくすと、粗《あら》も見えてくるということか。

「どうしてうちの事務所に電話してきたの？　携帯にかけてくれればよかったのに」コージマは冷蔵庫を物色しながらたずねた。

「どうしてかわからない」オリヴァーは嘘をついて、容器についているヨーグルトをスプーンでこそいだ。「うっかり番号を間違えたんだと思うよ。でもそのあとばたばたしてね。まあ、別にたいした用事じゃなかったから」

「マイン＝タウヌス・センターへちょっと買い物に行っていたの」コージマは冷蔵庫の扉を閉めて欠伸《あくび》した。「キラがゾフィアを見てくれるっていうから。その方が買い物がすぐ済むし」

「ああ、そりゃそうだ」オリヴァーは空になった容器を犬に差しだした。そしてなにを買いにいったのか訊いてみようかと一瞬思った。コージマの言葉を信じていなかったのだ。だがその気にもなれない自分がいることに、オリヴァーは気づいた。
＊

アメリーは預かった絵を洋服ダンスにしまって、またノートパソコンに向かった。けれども、気持ちが集中しなかった。「見てごらん！　ほら、おいで！　ここからだして見るんだ！」絵がそう呼びかけているような気がした。

アメリーはデスクチェアをまわして、洋服ダンスを見つめ、自分の良心と闘った。下で車のドアが閉まる音がして、玄関が開いた。

「ただいま！」父が叫んだ。アメリーは一階に下りて、この家の住人にあいさつした。バルバラも、うざったい子どもたちも、彼女に優しくしてくれるのに、どうしても「うちの家族」と呼べない。あいさつを済ますと、アメリーはベッドに横になって物思いに耽《ふけ》った。隣でトイレの水が流れる音がした。さっきの絵には、なにが描かれているのだろう。ティースは月曜日にアメリーの肖像画を見せてくれた。すごくかっこいいものだった。だがそれ以外は、いつも抽象的な絵しか描かない。ティースはどうしてあの絵を隠そうとしたのだろう。彼にとって大事なものらしい。少なくとも、彼の言葉はそんな風に聞こえた。だれにも見せるなんて、それだけでもかなり妙だ。

アメリーは、家の中が寝静まるのを待って、洋服ダンスから丸く巻いた絵を取りだした。ずっしり重い。巻いてある絵は二枚や三枚ではなさそうだ。それに絵の具のにおいがあまりしない。描いたばかりの絵ではないようだ。がちがちに結んだリボンをほどいた。比較的小さなカンヴァスが八枚。ティースのいつもの描き方とはスタイルがまるで違う。具象的で、人間が正確に描き込まれている。アメリーは最初の一枚を見て、うなじに鳥肌が立ち、戦慄した。門を開け放った大きな納屋の前でふたりの少年が、地面に横たわる金髪の少女をのぞきこんでいる。少女の頭のまわりには血だまりができていた。もうひとり金髪の巻き毛の少年がそばにたたずんでいて、四人目の少年がものすごい形相でこっちへ駆けてくる。四人目の少年はティースだ！　アメリーは夢中で他の絵をめくってみた。

「なんてこと」アメリーはささやいた。門を開け放った同じ納屋、その横の少し屋根が低い家畜小屋、同じ人物たち。ティースは納屋の横にしゃがみ、金髪の巻き毛の少年が厩舎の開けっ放しのドアのそばに立って、中をうかがっている。少年のひとりが金髪の少女を襲い、もうひとりが少女を押さえつけていた。アメリーは息をのみ、さらに絵をめくった。ふたたび納屋、別の少女。長い黒髪で薄い空色の服を着ている。少女は男とキスをしている。男は少女の胸に手を当て、少女は男のふとももに足をからめている。信じられないくらいリアルだ。他の絵にも背後の暗い納屋に隠れている巻き毛の少年が描かれている。写真かと見紛《みまが》うような絵だ。ティースは、細かいところまで描き込んでいる。服の色、少女の首飾り、Tシャツにプリントされたロゴ。信じられない！　絵に描かれているのは間違いなくザルトリウス農場だ。そして一九九七年九月に起こった事件を描いたものだ。アメリーは両手で最後の絵を伸ばし、身をこわばらせた。家の中が静まりかえっていたので、自分の鼓動が聞こえるほどだった。その絵には、黒髪の少女とキスをしていた男が正面から描かれていた。アメリーはその男を知っていた。それもよく知っている男だ。

二〇〇八年十一月十四日（金曜日）

「おはよう」グレーゴル・ラウターバッハ大臣は秘書のイーネス・シューアマン＝リートケに声をかけ、ヘッセン州文化省の大臣室に入った。予定はびっしり埋まっていた。午前八時に事務次官との打ち合わせ。午前十時、議会で来年の予算に関する報告。昼にはヘッセン州と友好関係にあるアメリカのウィスコンシン州の教員代表団と短い会食。執務机に郵便物が載っていた。重要度が高い順に、色の違うホルダーに分けて積み上げてある。一番上にあるのは、彼の署名が必要な書類だ。大臣は上着のボタンをはずして、執務机に向かうと、大事なものから片付けはじめた。七時四十分。次官は時間どおりに来るだろう。彼はいつも約束を守る。

「コーヒーです、大臣」イーネスが入ってきて、湯気を上げるコーヒーを執務机に置いた。

「ありがとう」大臣は微笑んだ。

彼女は知性ある有能な秘書というだけでなく、目の保養になる女性だ。ぴちぴちしていて、黒髪で、大きな黒い瞳をしていて、肌はミルクとハニーのようだ。妻のダニエラに少し似たところがある。大臣はときどき、彼女が主役の官能的な白昼夢を見る。だが現実には後ろ指を指されるような真似はしたことがない。二年前に州の大臣職についたときスタッフを刷新する権利があったのに、イーネスに一目惚れして、そのまま仕事をつづけてもらった。イーネスの方も職にとどまることができたことを感謝して、大臣に絶対の忠誠を尽くし、信じられないほど熱心に働いてくれる。

「今日はまたすてきだね、イーネス」グレーゴルはそういってコーヒーを飲んだ。「グリーンがよく似合う」

「ありがとうございます」イーネスは顔を綻《ほころ》ばせたが、すぐ仕事の顔にもどり、かけ直す必要のある電話の名簿を読み上げた。大臣は、イーネスが作成した文書に署名しながら片方の耳で聞き、うなずいたり、首を横に振ったりした。彼女が名簿の読み上げを終えると、大臣は署名した文書を彼女に渡した。次にイーネスが分類した書簡のホルダーを開いた。明らかに個人宛の書簡が四通。まだ封が切られていない。グレーゴルはペーパーナイフで封を開け最初の二通に目を通して、わきに置いた。そして三通目の手紙を開いたとき、息をのんだ。

おまえが黙っていれば、なにも起こりはしない。

さもないと、おまえが未成年の女生徒とセックスしたときに、納屋でなくしたものを警察に渡すぞ。

白雪姫

口の中が乾いた。大臣はもう一枚の紙を見た。鍵束の写真だ。血が凍るような不安を覚えると同時に汗が噴きだした。これはいたずらではない。本気だ。いろいろな考えが頭の中を駆けめぐった。書いたのはだれだろう。彼があの娘といい仲になったことを知っている者がいるのか。しかし一体全体、どうして今頃になってこんな手紙を寄越したんだ。大臣は心臓が飛びだしそうな気がした。十一年間、あのことを隠しとおしてきた。だがすべてが脳裏に蘇った。あたかも昨日の出来事のように。大臣は立ち上がって窓辺に立つと、どんよりとした十一月の朝の光を受けて少しずつ明るくなっていく、人通りのないルイーゼ広場を見下ろした。大臣はゆっくり呼吸した。気をしっかり持て！　執務机の引き出しから、何年も前から電話番号をメモしているすり切れた手帳をだした。大臣は受話器を手に取った。その手が震えているのを見て自分に腹を立てた。

＊

ごつごつした樫の老木が大きな庭の前方に立っていた。敷地全体を囲む塀から五メートルほど離れたところだ。そこにツリーハウスがあることにいままでまったく気づかなかった。たぶん夏の盛りには葉が生い茂っていたからだろう。腐りかけた梯子《はしご》をミニスカートにタイツという出で立ちで上がるのは簡単なことではない。しかも昨日の雨で梯子がすべりやすくなっていた。ティースがこのタイミングでアトリエから出てこないことを祈るのみだ。彼なら、彼女がなにをしているかすぐに気づくだろう。ようやくツリーハウスにたどりついて、四つん這いで中に入った。頑丈な作りだった。森の中にある狩猟小屋に似ている。

アメリーはそっと体を起こして、振り返った。それからベンチに腰かけ、正面の窓から下を見た。大当たりだ！　彼女はiPodを上着のポケットからだして、昨日の夜、写真に撮った絵を画面に表示した。角度は百パーセント合っている。ここからはザルトリウス農場の納屋と家畜小屋を含む村の半分近くが見渡せる。裸眼でも細かいところまではっきり見えた。十一年前、セイヨウバクチノキはまだ小さな植え込みだったはずだ。だとすれば、絵の作者はあの事件をまさにここから目撃していたことになる。

アメリーはタバコに火をつけて、両足を壁に当てた。ここにいたのはだれだろう？　ティースのはずはない。三枚の絵に本人が描かれているのだから。だれかがここから写真を撮って、ティースがそれを見つけて、絵に描いたのだろうか？　もっと興味を惹く問題は、その絵に描かれた他の人間がだれかという点だ。ラウラ・ヴァーグナーと〝白雪姫〟シュテファニー・シュネーベルガー、これは火を見るより明らかだ。白雪姫と納屋にいた男も知っている。だけど残る三人の少年はだれだろう？　アメリーはタバコを吸いながら、あの絵をどうしたらいいか考えた。警察に渡すのは論外だ。警察には過去にいやな思いばかりさせられてきた。彼女を作った人間のところで暮らすことになったのも警察のせいだ。十二年前から誕生日とクリスマス以外に会うことはほとんどなかったというのに。第二の選択肢は親だが、あいつらも警察に通報するからだめだ。そのときザルトリウス農場で動きがあった。トビアスが納屋に入っていき、少ししておんぼろの赤いトラクターのエンジン音が響いた。雨があがったので、片付けをしようというのだろう。そうだ、彼に絵のことを話したらどうだろう。

*

十一年前の殺人事件について新たな捜査をするつもりはない、とニコラ・エンゲルは明言したが、ピアはあいかわらず十六冊のファイルと格闘していた。それは、建築課からの警告を忘れたいという事情も手伝っていた。ピアの頭の中ではすでに、白樺農場《ビルケンホーフ》に建てる新しい家のイメージまでできあがっていた。ずっと夢に描いてきた快適な我が家ができるはずだった。クリストフの家にある家具も、ピアの夢のマイホームにぴったり合うものだ。楽に十二人がそろってすわれる、傷だらけの古い食卓、サンルームで使われているしわだらけの革のソファ、アンティークの飾り戸棚、おしゃれな寝椅子《レカミエ》……ピアはため息をついた。もしかしたらすべて丸く収まり、建築許可が下りるかもしれない。

ピアはまた目の前の調書の山に意識を集中させ、報告書にさっと目を通してふたりの人物の名前をメモした。このあいだトビアス・ザルトリウスと会ったときから、どうも気になって仕方がなかった。もし彼がずっと真実をいっていたとしたらどうだろう。彼がふたりの少女を殺した犯人でなかったとしたら？　真犯人は自由に歩きまわっているわけだし、誤った判決によって、彼と彼の父親は人生の十一年間を奪われたことになる。ピアはメモの横にアルテンハイン村の平面図を描いた。どこにだれが住んでいるのか。だれとだれが友人関係にあるのか。トビアスと両親は当時、村で一目置かれ、評判がよかった。だが事情聴取された人々の言葉の行間からは嫉妬のような感情がはっきりうかがえる。トビアスはとてもハンサムな若者で、頭がよく、運動神経が優れ、気前がよかった。すばらしい未来が保証されているようなものだった。優等生で、最優秀選手で、女の子にもてる彼を、だれも悪くいわない。ピアは数枚の写真を見つめた。トビアスの地味な友人たちはそのそばかす顔を始終、彼と比較されてどんな気持ちだっただろう。いつも彼の陰に立たされ、きれいな女の子からはつねに第二の選択肢でしかないというのは、どんな気分だったろう。ねたみそねみが、彼らの中になかったといえるだろうか。そしてうまい具合に仕返しの機会が到来したらどうだろう。「……ええ、まあ、トビアスはかっとすることがありました」友人たちはそう証言している。「酒を飲んだときはとくにひどかったです。ものすごく荒れます」

トビアスの担任教員は、とても優秀で、なんでものみこみの早い生徒だといっている。弁がたち、傲慢なくらい自意識が高く、かんしゃく持ちで、かなり早熟だった、とも。また、一人っ子だったので、両親にかわいがられていた。そのせいか、他人との競争が苦手で、負けるとなかなか立ち直れなかった。たしかそう証言していたはずだが。おかしい。どこで読んだのだろう。ピアは調書をめくった。当時、行方不明になったふたりの少女の担任でもあったその教師の供述調書が見当たらない。ピアは先日作ったメモをデスクにだして、今日こしらえた名前のリストと比較してみた。

「どうなっているの？」ピアはいった。

「どうしたんだい?」カイ・オスターマンが口をもぐもぐさせながら、コンピュータのモニター越しにピアを見た。

「シュテファニー・シュネーベルガーとトビアス・ザルトリウスに関するグレーゴル・ラウターバッハの供述調書が見当たらないのよ」ピアは調書をめくりながらいった。「どういうことかしら?」

「別のファイルにあるんじゃないか?」カイは自分の仕事にもどり、ドーナツを口に入れた。ドーナツは彼の大好物だ。どうしてぶくぶくに太らないのか、ピアには不思議でならなかった。カイには、毎日数千カロリーを消費するすばらしい新陳代謝能力が備わっているに違いない。これがピアだったら、歩くより転がったほうが速いなんてことになっているだろう。

「違うわ」ピアは首を横に振った。「なくなっているのよ!」

「ピア」カイは抑え気味の声でいった。「ここは警察署だぞ。ここにはだれも入り込めないし、古い調書を盗む奴なんていているはずがない!」

「わかっているわよ。だけどなくなっているのは確かなの。このあいだ読んだんだもの」ピアは顔をしかめた。古い調書に関心を持つなんて、どこのどいつだろう。重要でない供述調書を盗む必要なんてどこにあるんだろう。彼女のデスクの固定電話が鳴った。ピアは受話器を取った。ヴァラウでライトバンが道路を飛びだし、数回転がったあと炎上し、運転手は重傷を負って、消防隊は車両の中に焼死体を少なくとも二体発見した。ピアはため息をついて、調書を閉じ、メモを引き出しにしまった。この空模様で、ぬかるんだ畑を歩きまわるのはうれしいことではない。

＊

納屋のまわりで風がうなっていた。ヒュウヒュウ音をたてて垂木を抜け、扉をがたがた揺らしていた。トビアス・ザルトリウスはかまわず作業をしていた。午後、不動産屋に電話をし、来週の水曜日に土地を見にきてもらうことになった。それまでに農場と納屋と古い家畜小屋をきれいにしておかなければならない。勢いをつけて、古タイヤを次々トレーラーに載せていった。納屋の奥に古タイヤが何十本も積み上げてある。父親が乾し草やわらをおおうカバーの重しにするため取っておいたものだ。だが今は、乾し草やわらなどない。古タイヤはただのゴミでしかなかった。

トビアスはまる一日、薄れてしまった記憶にこだわっていた。それがなんなのか思いだせず、気が変になりそうだった。昨日の晩、友だちのだれかがガレージでなにかいっていた。なにかをチラッと連想したのに、その記憶が意識の奥底に沈んでしまい、どうしても表面にあらわれてくれない。

息が切れたトビアスは、作業の手を休め、腕で額の汗をぬぐった。そのとき冷たい風が吹き込むのを感じ、人影に気づいてぎょっとした。目出し帽をかぶった黒装束の三人組が納屋に入ってきたのだ。ひとりが重たい鉄の錠を内側から下ろした。三人は黙って立ったままトビアスをじっと見た。手袋をした両手に持つバットを見れば、目的は明らかだ。アドレナリンがトビアスの全身を駆けめぐった。三人のうちふたりは、アメリーを襲った奴らに違いない。奴らがまたやってきたのだ。今度こそ、本来の標的であるトビアスを捕まえるために。

トビアスはあとずさりながら、どうやって逃げたらいいか必死で考えた。納屋には窓もドアもない。乾し草用のロフトに上がる梯子！　助かる道はそこしかなかった。トビアスは、自分の考えていることを悟られないように、そっちを見なかった。パニックに陥《おちい》っていたが、それでもなんとか平静を保とうとした。三人組がかかってくる前に梯子にたどりつかなければ。

相手との距離が五メートルほどになったとき、トビアスはダッシュした。すぐ梯子に取りつき、懸命に上った。バットの激しい一撃がすねに当たった。痛みは感じなかったが、左足の感覚がなくなった。

トビアスは歯を食いしばって梯子を上った。三人組のひとりがすばやく駆けより、トビアスの足をつかんで引っ張った。トビアスは梯子にかじりついて、もう一方の足で男を蹴った。うめき声がして、彼のくるぶしをつかんでいた手の力がゆるんだ。梯子が揺れて、トビアスは宙をつかみ、バランスを崩しそうになった。ステップが三つ欠けていた！　下を見て、三頭の猛犬に追われて木に上った猫の心境がした。なんとか次のステップに手をかけると、懸命に体を引き上げた。感覚のなくなった足がじんじんして、まったく役に立たない。

ようやくロフトに上がった。暴漢がふたり、あとを追って梯子を上ってくる。もうひとりの姿は見えない。トビアスは薄暗がりを見回した。梯子はボルトで固定されているので、倒すことができない！　片足で跳びながら屋根に手が届くところまで行き、瓦を下から押し上げた。

一枚がはがれた。そしてもう一枚。肩越しに後ろを見ると、追っ手のひとりがロフトの縁《ふち》に顔をだしていた。どうしよう！　穴はまだ小さくて、通り抜けられない。トビアスはロフトの床に開いた穴に駆けよった。数メートル下に古タイヤが積んである。一か八かで飛び降りた。追っ手のひとりが大きな黒い蜘蛛《くも》のように手足を動かし、すばやく下りてきた。トビアスは地をはうようにしてトレーラーの奥の暗がりに逃げ込んだ。あたりを手探りして、清掃魔の自分を呪った。身を守るのに使えそうなものがなにもない！　心臓が飛びだしそうだ。さっと身構えると、運を天に任せて駆けだした。

トビアスが錠を上げようとした瞬間、暴漢に追いつかれた。肩と腕をバットでめった打ちにされ、くずおれた彼は体を丸め、腕で頭をかばった。三人組は彼を殴り、足蹴にした。それから腕を無理矢理開き、セーターとTシャツを脱がした。トビアスは歯を食いしばった。泣き言などいうものか、命乞いなどするものかと思った。暴漢のひとりが洗濯ひもをだすのが見えた。トビアスは抗ったが、多勢に無勢だった。手首と足首を背中でしばりあげられ、首をしめられた。まるで荷物かなにかのように奥の壁まで乱暴に引きずられ、悪臭を放つ雑巾を口に押し込まれ、目隠しをされた。

トビアスは地面に横たわったままあえいだ。心臓がドキドキした。少しでも動くと、首にまわした洗濯ひもがしまって息ができなくなる。トビアスは耳をそばだてた。聞こえるのは激しく吹き荒れる嵐の音だけだった。三人組はこれで満足したのだろうか。立ち去ったのか。緊張がほぐれ、筋肉から力を抜いた。

だが安心するのは早かった。ガサッと音がして、ワニスのにおいが鼻をついた。その瞬間、顔を強打され、鼻骨がボキッと折れた。その音が銃声のように頭に響いた。目に涙があふれ、鼻が血で詰まった。雑巾を詰められているので、口で息ができない。暴漢がまったく見えなかったので、さっきよりも何百倍も激しいパニックに襲われた。足と拳骨が雨あられと注がれた。ほんの数秒が何時間にも、何日にも、何週間にも思えた。そのとき、こいつら、俺を殺す気だと思った。

*

〈黒馬亭〉は閑散としていた。いつもトランプをしにくる常連たちも顔ぶれがそろっていない。イェルク・リヒターまで姿を見せないので、イェニー・ヤギエルスキーの機嫌は最低だった。本当はこの夜、幼稚園の父母会に出席するはずだったが、兄があらわれず、おまけにロスヴィータが病欠したため、イェニーはアメリーとふたりで給仕せざるをえなくなった。午後九時半、イェルク・リヒターと友だちのフェーリクス・ピーチュがあらわれた。ふたりはびしょ濡れの上着を脱いで、席についた。それからまもなく、イェルクとよくいっしょにつるんでいるふたりの男が店に入ってきた。イェニーがものすごい形相でイェルクのところへ行ったが、イェルクは二言三言いっただけで、一切取り合わなかった。イェニーは唇を真一文字に結んでカウンターの奥にもどった。頭に血が上っているのか、首のまわりが赤くなっていた。

「ビールと洋梨酒を四杯ずつくれ！」イェルクがアメリーに叫んだ。

「ごめんだね」イェニーが悪態をついた。「あの穀潰しが！」

「でも他の人はお客さんでしょう」アメリーがいった。

「あいつらが金を払ったことあるかい？」イェニーにそういわれて、アメリーは首を横に振った。「なにが客さ。食客っていうんだよ、ああいう手合いは！」

二分もしないうちに、イェルクがカウンターにやってきて、自分でビールを四杯注いだ。イェルクも気が立っていて、小声だったが、イェニーと激しい口論になった。なにがどうなっているのか、アメリーにはわからなかった。店内の空気が張り詰めていた。でぶのフェーリクス・ピーチュは顔を紅潮させ、他のふたりも気色ばんでいた。

そのときトランプの常連が三人、店に入ってきて、円卓に向かいながらカツレツのジャガイモ炒め添えとランプステーキとビールを注文したので、アメリーはそっちに気を取られた。三人は濡れた上着を脱いで、着席した。そのうちのひとりルッツ・リヒターはすぐになにか話しはじめた。男たちは頭を寄せてひそひそしゃべりだした。

アメリーがビールを運んでいくと、リヒターは押し黙り、アメリーが遠くに行くまで待った。アメリーはその奇妙な行動をそれほど気にしなかった。頭の中はティースから預かった絵のことでいっぱいだったのだ。ティースがいっていたように、しばらくそのことを黙っていたほうが得策かもしれないと思いはじめていた。

＊

玄関に入り、濡れた上着と汚れた靴を脱いだ。ワードローブの横の鏡に自分の顔が映り、思わずうつむいた。あれはまずかった。絶対にまずい。テアリンデンに知られたら、雷が落ちるだろう。他のふたりにもだ。

彼はキッチンに入り、冷蔵庫の扉にビール瓶が入っているのを見つけた。体の節々が痛い。明日、手足にあざができるだろう。あいつはひどく暴れた。だがむだだった。三人が相手だったのだから。足音が近づいてきた。

「それで？」背後で妻の好奇心いっぱいの声がした。「どうだったの？」

「計画どおりさ」彼は振り返ることはせず、引き出しから栓抜きをだして椅子にすわった。プシュッと音がして、王冠が飛んだ。彼は怖気をふるった。トビアスの鼻骨が彼の拳骨で折れたときそっくりの音だった。

「それじゃ……？」妻は最後までいわなかった。

そこで彼は向き直って、妻をじろじろ見た。

「たぶんな」彼は答えた。キッチンの椅子が彼の重みに耐えかねてきしんだ。ビールは気の抜けた味がした。仲間のふたりに任せていたら、トビアスは窒息死するところだった。だが意識を失ったトビアスの口から彼がこっそり雑巾を取った。「しっかり思い知らせてやったさ」

妻が眉をひそめた。彼は目をそむけた。

「思い知らせたって、それだけかい」妻はさげすむようにいった。

彼は、死の恐怖に引きつったトビアスの顔を思いだした。目隠しをしてようやく、殴ったり蹴ったりすることができた。自分の気の弱さに腹を立てて、彼はむきになってトビアスを殴り、蹴飛ばした。だが今は、そんな自分を恥じていた。あれは、本当にまずかった！

「意気地なし」妻がいきなりいった。彼はわきあがる怒りを抑えるのに苦労した。妻はなにを期待していたんだ？　人殺しをすればよかったのか？　それも隣人を？　どっちにしろ、警察が村じゅうをかぎまわり、つまらない聞き込みをするだろう！　隠しておくべき秘密があまりに多すぎる。

＊

真夜中を少し過ぎた頃、ハルトムート・ザルトリウスは目を覚ました。テレビがまだついていた。残酷なホラー映画が流れていた。十代の若者たちが目をむいて、悲鳴をあげながら精神異常者から逃げている。精神異常者は斧とチェインソーで若者たちを次々と殺していく。朦朧《もうろう》とした意識の中で、ハルトムートはリモコンを取ってテレビを消した。立ち上がると、膝に痛みが走った。キッチンの明かりがついたままだ。カツレツとジャガイモ炒めをいれたフライパンは蓋《ふた》をしたままコンロに載っていて、手がつけられていなかった。

ハルトムートはキッチンの時計に視線を向けて、何時か確かめた。トビアスのジャケットは玄関のワードローブにかかっていない。だが車のキーは鏡の下の鍵入れに入っている。つまり車で出かけていないということだ。トビアスはちょっとがんばりすぎだ。来週、不動産屋に見せるために、農場をきれいにしておこうという気持ちはわかるが。ハルトムートはなんでもトビアスのいうとおりにうなずいた。だが不動産屋と交渉するなら、そのことを事前にクラウディウス・テアリンデンに話しておかなければならない。いくらトビアスが気に入らないといっても、法的な所有者はクラウディウスなのだ。

ハルトムートは小便をしてから、食卓でタバコを吸った。もう午前零時四十分だ。ため息をついて立ち上がると、廊下で古いカーディガンを着て、玄関を開け、雨が降りしきる寒い闇の中へ出ていった。おかしなことに、家の角の外灯がつかない。三日前トビアスがセンサーを取りつけたはずなのに。ハルトムートはそのまま農場に足を運んだ。家畜小屋も納屋も真っ暗だ。しかし車とトラクターが外に止めたままになっている。トビアスは仲間のところへ行っているのだろうか。いやな予感がして、ハルトムートは家畜小屋のドアを開け、照明のスイッチを押した。カチッと音はしたが、照明はつかなかった。テレビの前でうつらうつらしているあいだに、トビアスになにかあったのでなければいいが！

ハルトムートは搾乳場に入ってみた。配電盤ボックスはここに取りつけてある。搾乳場の照明はついた。母屋の安全回路につながっているからだ。配電盤ボックスのヒューズが三つはずされていた。それを押し込むとすぐ、厩舎と納屋の入口の照明がともった。

ハルトムートは厩舎へ歩いていき、途中、フェルトのスリッパをはいたまま水たまりにはまってしまい、低い声で罵声をあげた。

「トビアス？」ハルトムートは足を止めて、聞き耳を立てた。応答はない。家畜小屋に人の気配はなかった。

ハルトムートはまた歩いた。風が髪の毛をくしゃくしゃにし、カーディガンの隙間から吹き込んだ。ハルトムートはぶるっと震えた。嵐は分厚い雲を吹き飛ばしていた。切れ切れの雲が次々と半月をよぎっていく。淡い月明かりに照らされて、農場の上の方に並べて置いてある三つの大きなゴミのコンテナーが、まるで敵の戦車のように見えた。

納屋の扉が風を受けて開閉しているのを見て、ますます胸騒ぎがした。ハルトムートは扉をつかんだ。ところが急に吹いた強風で、扉が彼の手からもぎとられそうになった。ハルトムートは納屋の内側から全身の力で扉を閉めた。照明が数秒で消えた。だが勝手知った納屋だ。スイッチの場所はすぐに見つかった。

「トビアス！」

蛍光灯がジーッと鳴って明滅した。その瞬間、壁に書かれた赤い文字が目にとまった。**耳を貸さない奴は感ぢるしかない！** ハルトムートは誤字が気になった。

床で丸くなっている人影に気づいたのは、そのあとだった。あまりのショックに体じゅうが震えだした。つまずきながら納屋の奥まで行き、ひざまずいて自分が目にしたものに愕然とした。ハルトムートの目に涙があふれた。トビアスは手足をしばられ、ひもが首に食い込むほどしめられていた。おまけに目隠しをされ、顔と裸にされた上半身には暴行を受けた跡がはっきり残っていた。すでに何時間か経っているはずだ。流れた血が固まっていた。

「なんてことだ、トビー！」ハルトムートは震える手で縛《いまし》めを解いた。むきだしの背中には赤いスプレーで「人殺し！」と書かれていた。息子の肩に触れて、ハルトムートはぎょっとした。

皮膚が氷のように冷たかった。

二〇〇八年十一月十五日（土曜日）

グレーゴル・ラウターバッハは落ち着きなくリビングルームを歩きまわっていた。すでにウィスキーを三杯飲んでいたが、まだアルコールが効かない。

昨日はまる一日、あの差出人不明の手紙の文面を思いださないようにしていた。だが、家に帰ったとたん、不安にさいなまれた。ダニエラはすでにベッドに入っていたので、起こすのをやめた。愛人に電話を入れて、内緒の住まいで落ち合えば、少しはあの手紙のことを忘れられるかと思った。だがその考えも捨てた。今回はひとりで切り抜けるほかない。睡眠薬を飲んでベッドに横たわった。

だが夜中の一時に電話が鳴って眠りから叩き起こされた。こんな時間に電話がかかってくるのは、いい知らせのはずがない。不安のあまり汗でびっしょりになり、気が変になりそうだった。ダニエラが自分の部屋で電話に出た。それからしばらくして廊下を歩く音がした。足音を忍ばせている。夫を起こすまいとしているようだ。玄関の閉まる音を聞いたあと、グレーゴルは起き上がって、一階に下りた。どうやらダニエラは往診することになったようだ。彼女の待機ローテーションは頭に入っていなかった。

そのうち午前三時を少しまわった。グレーゴルは神経がおかしくなる一歩手前だった。あの手紙を送って寄越したのはどこのどいつだ。白雪姫との関係や鍵束をなくしたことを知っているなんて。困ったぞ！　せっかくのキャリアが台無しになる。名声も、人生もこれでおしまいだ！　こんな情報が他人の手に渡ったら、万事休すだ。マスコミはスキャンダルに鵜の目鷹の目だからな！

グレーゴルは汗ばんだ掌《てのひら》をガウンでぬぐった。もう一杯ウィスキーをついだ。今度はスリーフィンガー分。彼はソファにすわった。照明がともっているのはエントランスホールだけで、リビングルームは闇に包まれている。ダニエラにあの手紙のことを話すわけにはいかない。そもそもあのときも相談すべきではなかったのだ。ダニエラは、十七年前に自分の金でこの家を建てた。当時グレーゴルがもらっていたささやかなサラリーでは、とてもではないがこれだけの邸は建てられなかっただろう。彼はただの高等中学校《ギムナジウム》教師だった。その彼をダニエラは愛玩し、社交界や政界に人脈を作った。ダニエラは有能な女医で、ケーニヒシュタイン周辺に住む上流階級にたくさんの患者がいて、彼らがグレーゴルの政治的手腕を評価し、後援してくれた。グレーゴルがいまあるのは、すべて妻のおかげだ。かつて妻に見放されそうになったとき、そのことが骨身にしみた。結局、ダニエラは許してくれた。あのときほどほっと胸をなでおろしたことはない。ダニエラは五十八歳になるが、いまだにまぶしい存在だ。その事実が、彼をたえず不安に陥れた。あのときからふたりはいっしょに寝なくなったが、それでも彼はダニエラを心から愛していた。彼がこれまで出会い、ベッドをともにした女は数多《あまた》いるが、彼女たちとはただの肉体関係しかなかった。

グレーゴルはダニエラを失いたくなかった。いや、絶対に失ってはならない。どんなことがあっても。ダニエラは彼のことを知りすぎている。彼の弱点も、劣等感も、なんとか隠しとおしてきた不安の発作も知り尽くしている。

玄関の鍵を開ける音がして、グレーゴルはビクッとした。立ち上がって玄関へ足を向けた。

「起きていたの？」ダニエラが驚いていった。いつものように落ち着いている。グレーゴルは時化《しけ》の中で灯台を見つけた船乗りの心境だった。

ダニエラはグレーゴルをしげしげと見つめてから、においをかいだ。「お酒を飲んだのね。なにかあったの？」

まったく勘がいい！　彼女に隠しごとができたためしがない。グレーゴルは階段の一段目に腰を下ろした。

「眠れないんだ」グレーゴルはそれだけいって、説明もいいわけもしなかった。突然、母の愛が欲しい、抱いて、慰めてほしいという、自分でも驚くほど激しい衝動に駆られた。

「ロラゼパムをあげるわ」ダニエラはいった。

「そうじゃないんだ！」グレーゴルは立ち上がった。ふらっと体が揺れ、ダニエラの方に手を伸ばした。「欲しいのは薬じゃない。わたしは……」

グレーゴルは、彼女の驚いたまなざしに気づいて、その先がいえなかった。急に自分がみじめでお粗末な人間に思えた。

「なにが欲しいの？」ダニエラは小声でたずねた。

「きみのそばで寝させてくれないか」グレーゴルは声を押し殺してささやいた。「お願いだ」

＊

ピアは食卓をはさんで、真向かいにすわっている女性を見つめた。アンドレア・ヴァーグナーに、ラウラの遺体を返せることになったと伝えたところだ。死んだ少女の母がしっかりしているようだったので、ピアはラウラとトビアスの関係について質問した。

「どうしてそんなことを知りたいんですか？」アンドレアはけげんそうにたずねた。

「この数日、当時の調書をひっくり返しているんです」ピアは答えた。「当時、なにか見落とされていたような気がして。トビアスにラウラが見つかったことを伝えたとき、彼は本当になにも知らなかったような顔をしたんです。勘違いしないでください。彼が無実だとまでいうつもりはありません」

アンドレアは生気のない目でピアを見た。なかなか口を開かなかった。

「あたしはもう、あのことを考えるのをやめていたんです」アンドレアはいった。「村じゅうの目がある中で生きていくのは、それだけで大変なことです。うちのふたりの子は死んだ姉の影を背負って育ちました。ふたりが普通の子ども時代を過ごせるようにずいぶん気を使いました。でも毎晩〈黒馬亭〉で泥酔する夫にすっかり振りまわされて。うちの人は、あのことをどうしても受け入れられなかったんです」

事実とはいえ、聞くのはつらい話だった。

「あたしはあのことが話題にならないようにしました。さもなかったら、ここでは生きてこられなかったでしょう」アンドレアはテーブルに載っている紙の束を指した。「これは請求書や支払い督促状です。この家と工房を強制競売にかけるわけにはいかなかったし、ザルトリウスみたいになりたくなかったので、あたしはバート・ゾーデンのスーパーマーケットに働きに出たんです。なんとかこうやって生きていくしかないんです。うちの人のように過去に生きることはできません」

ピアはなにもいわなかった。事件に巻き込まれた家族が道を踏み外し、二度と立ち直れなくなるのを見るのは、これがはじめてではない。希望のないまま毎朝起床して、働きつづけるのにどれだけのエネルギーを必要としたことか。アンドレアの人生に、喜びといえるものはあったのだろうか。

「あたしはトビアスのことを生まれたときから知ってます」アンドレアはつづけた。「家族ぐるみのつきあいをしていましたから。まあ、この村ではごく普通のことですが。うちの人は消防団の団長とスポーツクラブのユース・トレーナーでした。トビアスはチーム一のフォワードで、うちの人はいつもトビアスのことを自慢していました」やつれて、青白い顔に笑みが一瞬浮かんだが、すぐにまた消えた。アンドレアはため息をついた。「まさかあんなことをするとは、だれも想像すらできなかったでしょう。あたしも想像できませんでした。でも人は見かけによらないといいますし」

「ええ、そのとおりです」ピアはうなずいた。ヴァーグナー家は本当に尋常でない体験をした。ピアはこれ以上、古傷に触れることをやめた。それに解決済みのこの事件について、いろいろ質問できるほど情報がない。ただなんとなく腑に落ちないだけなのだ。

アンドレアに別れを告げ、家の外に出ると、ピアは荒れ果てた中庭を横切って自分の車に向かった。工房の中から電動鋸《のこぎり》の耳障りな音が聞こえてきた。ふと立ち止まり、向きを変えて工房のドアを開けた。夫にも、もうすぐ娘の棺《ひつぎ》を担ぎ、あのおぞましい人生の一章に終止符が打てると伝えたくなった。もしかしたらこれから地に足のついた人生が送れるようになるかもしれない。

マンフレート・ヴァーグナーはピアの方に背を向けて作業台に向かい、帯鋸で板を切っていた。マンフレートが鋸を止めたとき、ピアは声をかけた。マンフレートは防音イヤーマフをつけず、薄汚れた野球帽しかかぶっていなかった。口には燃え尽きた葉巻をくわえていた。彼はピアをじろっと見て、次の板を取ろうと腰をかがめた。そのボロのズボンが少し下がって、毛むくじゃらで、お世辞にも美しいとはいえない背中が見えた。

「なんの用だい？」マンフレートはつっけんどんにいった。「忙しいんだが」

このあいだ会ったときから鬚をそっていないようだ。服からは汗臭いにおいがつんと漂ってくる。ピアはぞっとして一歩あとずさった。こんなだらしない男と毎日顔をつきあわせていないといけないなんて冗談じゃない。アンドレアに同情を禁じえなかった。

「ヴァーグナーさん、奥さんを訪ねていたところです、でも、あなたにも直接伝えておこうかと思いまして」ピアは話しはじめた。

マンフレートは体を起こしてピアの方を向いた。

「お嬢さんの……」ピアは口をつぐんだ。野球帽！　鬚！　間違いない。目の前にいるのは、監視カメラから複写した写真で捜している男だ。

「なんだい？」マンフレートはむきになったとも、あきらめ切ったとも取れる表情でピアを見つめ、ピアの考えがわかったのか、顔を真っ青にしてあとずさった。後ろめたそうな顔をしている。

「あれは……あれは事故だったんだ」マンフレートは口ごもって両手を上げた。「本当だ。あんなことをするつもりはなかったんだ。俺は、俺は話がしたかっただけなんだ。本当だ！」

ピアは大きく息を吸った。リタ・クラーマーの事件と一九九七年秋の事件に関係があると見たピアの勘は当たっていたのだ。

「だ、だけど、あの、薄汚い人殺し野郎が出所して、この村にもどってきたって聞いた。昔はリタと仲のいい友だちだった。だから、あの野郎がここから出ていくよう説得してもらおうと思ったんだ……それなのにリタは逃げだして……俺を殴ったり蹴ったりしたもんだから、ついかっとなって」

マンフレートは先がいえなかった。

「奥さんはご存じなんですか？」ピアは質問した。マンフレートは黙ってかぶりを振った。がっくり肩を落としている。

「はじめは黙っていた。だけど、あいつが写真を見て」

もちろんアンドレアは夫だと気づいたのだ。というより、村人みんなが気づいていた。そして彼を守るために、みんなで口をつぐんだ。マンフレートは村の仲間、残酷な形で娘を失った男だからだ。村人は、ザルトリウス一家に加えられた不幸を当然の報《むく》いとしか思っていないのだろう。

「村のみんなが口に鍵をかければ、ばれないと思ったんですか？」マンフレートへの同情はすっかり消え去っていた。

「いいや」マンフレートはささやいた。「お、俺は……警察に自首しようと思ったんだ」

突然、苦しみと怒りが彼の心を支配し、作業台を拳骨で叩いた。「あの薄汚い人殺し野郎が自由の身になったのに、俺のラウラ、あの子は永遠に生き返らないんだ！　リタが話を聞こうとしなかったんで、頭に血が上って、そして欄干が低かったもんだから」

＊

アンドレア・ヴァーグナーは胸元で腕を組み、表情のない顔で中庭に立って、ふたりの巡査が夫を連行するのを見ていた。彼女の夫を見るまなざしが、なにを考えているか雄弁に物語っていた。ふたりのあいだには愛情の欠片《かけら》も残っていなかったのだ。ふたりには子どもの存在と日々の暮らしがあったにすぎない。それに離婚してもなんの展望もなかった。アンドレアは、問題に立ち向かおうとせず、酒に逃げた夫をさげすんでいた。

ピアはこの災難つづきの女性に本気で同情を覚えた。ヴァーグナー家の未来がましになる見込みはもはやなかった。ピアはパトカーが中庭から走り去るのを見送った。オリヴァーにはすでに連絡がいっていて、あとでマンフレートを取り調べることになっている。

ピアは車に乗り込むと、シートベルトをしめ、車の向きを変えて、テアリンデン工業の敷地が大半を占める小さな工業団地を去った。高い柵の向こうに広がる広大な敷地に、手入れの行きとどいた芝生と駐車場に囲まれるようにして大きな工場が建っている。見上げるように高い半円形の巨大なガラス張りの本社ビルを訪ねるには、遮断機と守衛所を通過しなければならない。たくさんのトラックがその遮断機の前に並び、遮断機の先でトラックが一台、警備員のチェックを受けている。

左折のウィンカーをだし、国道五一九号線でホーフハイムに向かおうとしたとき、ピアは急に気が変わってザルトリウス親子を訪ねるため、ハンドルを右に切った。

朝霧が消え、すがすがしい晴天になった。十一月だというのに晩夏の名残を感じる。アルテンハインは死んだように静まりかえっていた。ピアは、二匹の犬を連れて散歩する若い女性と、自分の農場に入ろうとして、背の高い門に手をかけ、初老の女性と話をしている老人を見かけた。まだ駐車場がガラガラの〈黒馬亭〉と教会の前を走り過ぎた。急な右カーブで、灰色の猫がゆっくり道を横切ったので、ピアはブレーキを踏んだ。

いまはたたんでしまったザルトリウスの食堂の前に、シルバーのポルシェ・カイエンが停車していた。フランクフルト・ナンバーだ。ピアはその横に車を止め、大きく開け放った門をくぐって農場に入った。ゴミの山はもう見当たらず、ドブネズミたちも、もっと餌のある場所に引っ越していた。ピアは外階段を上がって、チャイムを鳴らした。

ハルトムートがドアを開けた。隣に金髪の女性が立っていた。ピアは目を疑った。テレビ番組「事件現場」にシュタイン刑事役で登場している、ドイツでは知らぬ人のいない女優ナージャ・フォン・ブレドウだ。どうしてここに？

「わたしが見つけるわ」彼女は、いつにもまして元気のないハルトムートにいった。

「助かるよ。じゃあ、またあとで」

ブレドウはチラッとピアを見ただけで、あいさつもなければ、うなずきかけることもなくわきをすり抜けていった。ピアは彼女を目で追ってから、トビアスの父に顔を向けた。

「ナターリエは隣人の娘なんです」ハルトムートは、ピアが驚いていることに気づいて、訊かれもしないのに自分から説明した。「あの娘と倅《せがれ》は砂場でいっしょに遊んだ仲でしてね。倅が刑務所に入っているあいだも連絡を絶やさなかった。あの娘だけです、気にかけてくれたのは」

「そうでしたか」ピアはうなずいた。どんなに有名な女優にだって子ども時代はある。アルテンハインで大きくなったからって、なんの不思議があるだろう。

「なんのご用です？」

「息子さんは？」

「いません。散歩に出ました。入ってください」

ピアはハルトムートに従ってキッチンに入った。ここもこのあいだと較べるとだいぶ片付いている。人はみな、どうして警官をキッチンに通すのだろう。

＊

アメリーは上着のポケットに両手を突っ込み、物思いに沈みながら森の縁《ふち》を歩いていた。昨夜の激しい雨が嘘のような、静かで穏やかな一日がはじまった。果樹園の上にうっすらともやが漂い、日の光が薄墨色の雲の中から差し込み、森のあちこちを秋色に輝かせている。赤や黄や茶色に染まった木の葉。ドングリや湿った土のにおい。だれかが野焼きをしているのか煙のにおいもする。

都会っ子のアメリーはすがすがしい空気を胸いっぱいに吸った。こんなに生きているのを実感したことはない。田舎暮らしにもいい面があることを認めるしかなかった。谷間に村が横たわっている。遠くから見ると聚落《しゅうらく》はなんてのどかなんだろう！　赤いコガネムシのような車が一台、はうようにして道を走り、家並みが密集しているあたりに消えた。

道ばたの古い十字架のそばに置かれた木のベンチに、男がひとりすわっていた。近づいてみると、トビアスだったので、アメリーはびっくりした。

「あら」そういって、アメリーは彼の前で立ち止まった。トビアスが顔を上げた。その顔を見て、アメリーは愕然となった。暗紫色の内出血が彼の顔の左半分をおおっている。顔が腫れていて片目が見えないくらいだ。鼻もジャガイモのようにふくれあがり、眉の裂傷が縫ってある。

「やあ」トビアスは答えた。ふたりは一瞬顔を見合わせた。美しい紺碧《こんぺき》の目がうつろで、ひどい苦痛を味わったことはだれの目にも明らかだった。「やられたよ。昨日の晩、納屋で」

「あらまあ」アメリーは隣にすわった。しばらくのあいだ、ふたりはなにもいわなかった。

「警察に行くべきだと思うけど」アメリーはためらいがちにいった。

トビアスは吐き捨てるようにいった。「やなこった。タバコ、あるかい?」

アメリーはデイパックを探って、つぶれたタバコの箱とライターをだした。そして二本のタバコに火をつけ、一本を彼に差しだした。

「昨日の晩、夜おそくに、イェニー・ヤギエルスキーの兄貴が仲間のでぶのフェーリクスといっしょに〈黒馬亭〉に来たわ。ふたりは他のふたりと店の隅にすわって、なんか様子が変だった」アメリーはトビアスの方を見ずにいった。「それからいつものトランプの常連のうちピーチュのおやじさん、食料品店のリヒター、トラウゴット・ドンブロフスキーの三人がなかなか顔をださなくて、九時四十五分頃姿を見せたわ」

「ふむ」トビアスはそういっただけで、タバコを吸った。

「あの中にホシがいるんじゃないかしら」

「まず間違いないな」トビアスはどうでもいいとでもいうように答えた。

「でも、犯人の目星がついてるなら……」アメリーが首をまわすと、トビアスと目が合った。

アメリーはすぐ目をそむけた。顔をまっすぐ見ながら話すことはとてもできない。

「どうして俺の味方をするんだ?」トビアスが唐突にたずねた。「俺はふたりの少女を殺して十年も刑務所に入っていたんだぞ」

トビアスの声に不機嫌な様子はなかった。人生に疲れ、さじを投げているようだった。

「あたし、三週間拘禁をくらったことがあるの。友だちをかばって、警察に見つかった麻薬を、自分のだって主張したせいでね」アメリーはいった。

「なにがいいたいんだ？」

「あなたがふたりの少女を殺したなんて信じられないってこと」

「それはありがとう」トビアスはおじぎをしてから顔をしかめた。「だけど裁判では俺に不利な証拠が山ほどあったんだぞ」

「わかってる」アメリーは肩をすくめた。もう一度タバコを吸うと、小径《こみち》の向こうの野原に吸い殻を投げ捨てた。トビアスに絵のことを話さなくてはと思った。だけど、どう切りだしたらいいだろう。アメリーはからめ手から攻めることにした。

「ラウターバッハさんもその頃ここに住んでたの？」

「ああ」トビアスは驚いて答えた。「どうしてそんなことを訊くんだ？」

「絵があるの。それも、何枚も。それを見たことがあるんだ。その三枚にラウターバッハさんが描かれてたね」

トビアスはきょとんとしてアメリーを見つめた。

「つまり、本当はなにがあったか見てた人がいるんじゃないかなと思ってるの」アメリーは少しためらってからいった。「絵はティースから預かって……」

アメリーは口をつぐんだ。車が一台、猛スピードで細い道を走ってきた。シルバーの四駆。

ポルシェ・カイエンがふたりの前で止まると、太いタイヤの下で砂利がきしんだ。美しい金髪の女性が降りてきた。アメリーはさっと立って、デイパックを肩に担いだ。

「待ってくれ！」トビアスはアメリーの方に腕を伸ばし、顔を痛そうに引きつらせながら立ち上がった。「それってなんの絵なんだ？　ティースとどういう関係があるんだ？　ナージャは俺の親友だ。話しても大丈夫だ」

「いいえ、やめておく」アメリーはじっとナージャを見つめた。やせていて、細いジーンズと丸首セーターに、高級ブランドのロゴが入ったベージュのダウンジャケットがよく似合うエレガントな女性だ。艶やかな金髪はドレッドにしている。なんだか心配そうな顔つきだ。

「こんにちは！」そういって、女性は近づいてきた。アメリーをうさんくさそうに見てから、トビアスの方に顔を向けた。

「なんてこと！」ナージャはトビアスの頬にそっと手を当てた。その親しげな仕草に、アメリーは胸がズキッと痛くなり、ナージャに嫌悪感を覚えた。

「またね」アメリーはすかさずそういうと、ふたりをそこに残して立ち去った。

＊

ピアはマンフレート・ヴァーグナーが自白し逮捕されたことを、ハルトムート・ザルトリウスに伝えた。食卓にすわるのは、今日これで二度目だ。コーヒーを丁重に断った。

「別れた奥さんの容態は？」ピアはザルトリウスにたずねた。

「あいかわらずです。医者ははっきりしたことをいってくれなくて」

ピアはハルトムートのやつれた顔を見つめた。この男もヴァーグナー夫妻と同じように苦しんだのだ。いや、同じとはいえない。被害者の両親は同情され、みんなから支えてもらえるが、犯人の両親はのけ者にされ、息子の罪ゆえに罰せられる。ピアは、なぜここへ足を運んだのか自分でもわからなかった。ここでなにがしたいのだろう。

「あれから村の人はあなたたちをほっといてくれていますか？」ピアはたずねた。ハルトムートがふっと苦笑した。それから引き出しを開け、くしゃくしゃになった紙をだして、ピアに渡した。

「今朝、ビールのケースに放り込んであったものです。トビアスは投げ捨てましたが、ゴミ箱から拾いだしました」

「人殺し野郎、痛い目にあう前にここから失せろ」と書いてあった。

「脅迫状じゃないですか」ピアはいった。「差出人は不明なんですね？」

「もちろんです」ハルトムートは肩をすくめ、ふたたび席についた。「昨日、倅が納屋で襲われたんです」声が震えていた。懸命に自制している。だが、目が涙でうるんでいた。

「だれがやったんですか？」ピアは質問した。

「みんなですよ」ハルトムートはお手上げという仕草をした。「目だし帽をかぶって、バットを持っていたそうです。あいつを納屋で見つけたときは、てっきり、死んでいると思いました」

ハルトムートは唇をかんで、うつむいた。

「なぜ警察に通報しなかったんですか？」

「そんなことをしてなんになります。連中はやめっこない」ハルトムートはあきらめ切った様子でかぶりを振った。「倅は農場を片付けて、買い手を見つけようとしているんです」

「ザルトリウスさん」ピアは脅迫状をもう一度手に取った。「息子さんの事件の調書を見ました。腑に落ちないところがあるんです。弁護士はどうして控訴しなかったのでしょう」

「しましたよ。だけど、裁判所が棄却したんです。状況証拠に目撃証言、すべて明白だといってね」ハルトムートは片手で顔をぬぐった。彼にはなんの気力も残っていなかった。

「しかしラウラの遺体が発見されました」ピアはいった。「わずか四十五分で少女の遺体を車のトランクルームに積み、ここからエッシュボルンの閉鎖されている空軍基地まで運んで古い燃料貯蔵槽に投げ込み戻ってくるというのはむずかしいと思うんです」

ハルトムートは顔を上げて、ピアを見た。うつろな碧《あお》い目に小さな希望の光が宿ったが、すぐにまた消えた。

「いまさらなんになります。新しい証拠はなにもない。仮にそれが見つかったとしても、ここの連中にとって、倅はやっぱり殺人犯なんです。それは永遠に変わりません」

「息子さんをしばらくよそへやってはどうですか。せめてラウラの葬儀が済んで、村人の気持ちが落ち着くまで」

「どこへ行けというんです？　うちに、そんな金はありません。倅はそう簡単に仕事にありつけないでしょう。ムショ帰りを雇う奴なんていませんからね。大学を卒業していたって無理でしょう」

「お母さんの家にしばらく移ってはいかがです」ピアは提案してみたが、ハルトムートはかぶりを振った。

「倅は三十歳です。気持ちはうれしいですが、命令することはできません」

*

「あなたたちがベンチにすわっているのを見たとき、デジャヴかと思ったわ」ナージャは首を横に振った。トビアスはまたベンチに腰を下ろし、そっと鼻に触った。せっかくの晴天なのに、昨日の夜味わった死の恐怖が暗い影を落としていた。男たちが暴行をやめ、立ち去ったとき、彼の命は風前の灯《ともしび》だった。暴漢のひとりがもどってきて、口に詰め込んだ雑巾を引っぱりだしてくれなかったら、おそらく窒息死していただろう。彼らは本気だったのだ。トビアスは自分が死にかけたと実感して身震いした。怪我は痛いし、見るに堪えないが、命に関わるほどのものではなかった。父が昨日の夜、ラウターバッハ女医に電話をかけた。女医はすぐに駆けつけて、治療してくれた。骨折の手当てをして眉毛のあたりの裂傷を縫い、鎮痛剤を置いていった。女医は、夫が裁判に巻き込まれたことをなんとも思っていないようだった。

「そう思わない？」ナージャの声が彼の意識に割り込んだ。

「えっ、なにが？」トビアスはたずねた。ナージャは美しい顔に心配そうな表情を浮かべている。本当はハンブルクで撮影があったが、トビアスの方が大切だったようだ。トビアスが電話をかけたあとすぐ、車に飛び乗ったに違いない。持つべきものはやはり親友だ！

「さっきの子、シュテファニーにそっくりだったわね。信じられない！」ナージャはそういって、トビアスの手をにぎった。ナージャは親指で彼の掌を優しくなでた。トビアスが喜ぶだろうと思ってそうしたのだが、ナージャの思惑ははずれた。

「ああ、アメリーは本当に信じられない子だ」トビアスは答えた。「信じられないくらい勇敢で、負けん気が強い」

トビアスは、暴漢に襲われたときのアメリーを思いだしていた。他の少女だったら泣きながら家に駆けもどるか、警察を呼んでいるだろう。それより、さっき彼女はなにをいおうとしていたんだろう。ティースがなにかいったといっていたけど。

「あの子が気に入ったの？」ナージャはたずねた。もし彼女がかわいいとか考えていたのだとしたら、トビアスはきっとうまくいいつくろったはずだ。

「ああ」トビアスは答えた。「好きだね。あの子は……どこか違う」

「だれと違うわけ？　わたしと？」

はっとして、トビアスは顔を上げた。びっくりしているナージャと目が合い、トビアスは微笑もうとしたが、苦笑いになってしまった。

「ここにいる人間とは違うっていいたかったのさ」トビアスはナージャの手をにぎった。「でもアメリーは十七歳だ。妹みたいなものさ」

「それなら、あなたの碧い目で、その妹の気持ちを惑わさないようにしなさいね」ナージャは手を離すと、足を組み、首をかしげてトビアスを見つめた。「あなたたって、もてるってことがまるっきりわかってないんだから」

その言葉で、トビアスは昔のことを思いだした。ナージャが他の少女を悪くいうとき、そこに嫉妬心があることを、どうして一度も気づかなかったのだろう。

「やめてくれよ」トビアスはそういって顔の前で手を振った。「アメリーは〈黒馬亭〉でアルバイトをしていて、そこで小耳にはさんだことを教えてくれるんだ。新聞の顔写真がマンフレート・ヴァーグナーだってことにも気づいた。おふくろを歩道橋から突き落としたのは、あいつだったんだ」

「なんですって?」

「そうなんだ。それに昨夜、俺を襲ったのは、ピーチュのおやじに、リヒターのおやじ、そしてミヒャエルのおやじだったんじゃないかっていってた。三人は昨日、かなり遅くなってからトランプをしに店にやってきたらしい」

ナージャは啞然としてトビアスを見つめた。「そんなことを真に受けるの?」

「ああ。それにだれかがあの事件を目撃していて、俺の無実を証明できたかもしれないともいってた。ちょうどきみが来たとき、ティースとラウターバッハのことを話題にして、なにか絵があるといってた」

「それってすごい話じゃない!」ナージャは飛び上がると、数歩、車に駆けよった。それから振り返って、怖い顔でトビアスを見た。「でもそれなら、なんでだれもそのことをいわなかったわけ？」

「それがわかれば苦労しないよ」トビアスは背中を後ろにもたせかけ、そっと両足を伸ばした。鎮痛剤を飲んでいても、体を少し動かすだけで痛みが走った。「とにかくアメリーはなにかつかんだみたいなんだ。シュテファニーは当時、教師だったラウターバッハとつきあっているみたいなことをほのめかしていた。あいつのことは覚えているだろう？」

「もちろん」ナージャはうなずいて、トビアスを見つめた。

「はじめは、恰好をつけたくてシュテファニーはあんなことをいっただけだと思ってたけど、ケルプ祭りでふたりがいっしょに物陰にいるところを見たんだ。俺が家に帰ったのは、それが原因さ。俺は……」当時の気持ちをうまく言葉にできず、トビアスは押し黙った。ラウターバッハはあいだに紙一枚はさめないほどくっついて、シュテファニーの尻に手をまわしていた。彼女が他の奴とつきあっているという事実を知らされただけで、トビアスは深い穴にのみこまれたような心境になったのだ。

「かっとなったのね」ナージャがそのあとをつづけた。

「違う。俺はかっとなりはしなかった。なんというか、心が傷ついて、悲しかったんだ。シュテファニーを本気で愛していたからね！」

「これが世間に知られたら大変なことになるわ」ナージャは小声で笑った。少し悪意がこもっていた。「〝児童性愛者が文化大臣〟なんて見出しはどう？」

「ふたりがそこまで深い仲だったと思うのかい？」

ナージャは笑うのをやめた。なにを考えているのかわからない、奇妙な目付きをしてから肩をすくめた。

「その可能性はあったんじゃないかしら。あいつ、自分の白雪姫に首ったけだったもの。演技の才能なんてゼロに等しかったのに、あの子に主役の座を与えてしまうくらいにね！　シュテファニーと道ばたで出会っただけで、あいつ、舌なめずりしていたわ」

気づくと、ふたりがずっと避けていた話題になっていた。トビアスは当時、演劇部のクリスマス公演で、シュテファニーが主役になったことを不思議に思わなかった。外見だけですでに理想的な白雪姫だ。そのことに気づいた夜のことを、トビアスはいまでも鮮明に覚えている。彼の車に乗ったシュテファニーは、白いサマードレスを着ていて、赤い口紅をつけ、黒髪を風になびかせていた。雪のように白く、血のように赤く、黒檀のように黒い、自分でそういってシュテファニーは笑った。あの夜、ふたりはどこへドライブしたのだっけ？　その瞬間、あることが脳裏をよぎった。昨日から、ずっと頭の中でもやもやしていたことだ！……〝おれの妹がさ、おやじが持ってた空軍基地跡地の鍵を盗んで、格納庫でレースをしたっけな〟木曜日の夜、イェルクがガレージでいっていた。それはよく覚えている！　あの夜も、あそこへ行くことになっていた。ただシュテファニーは、ふたりだけで一足先に行こうといったのだ。イェルクの父ルッツは電信電話局で働いていて、一九七〇年代から八〇年代は空軍基地跡地の管理をしていた！　小さい頃、ルッツが仕事で跡地へ行くとき、イェルクとトビアスたち仲間はいっしょに連れていってもらって廃墟でよく遊んだ。少し大きくなると、そこでこっそり自動車競争やパーティをやった。そしてラウラの白骨遺体が、そこで発見された。偶然だろうか？

＊

高級車に乗ってきた金髪女とトビアスの方を、アメリーがもう一度振り返ったとき、どこからともなく人影があらわれた。

「やだ、ティース！」アメリーは素っ頓狂な声をあげ、頬の涙をそっとふいた。「びっくりするじゃない」

ティースは音もなくあらわれ、いつのまにか姿を消すので、アメリーはときどきぞっとすることがあった。だがそのとき、ティースの顔色が悪いことに気づいた。目元に隈ができ、目が熱っぽく光っている。全身をふるわせ、腕で上半身を抱きしめている。アメリーは、まるで狂人みたいだと思い、すぐにそう思った自分を恥じた。

「どうしたの？　具合がよくないの？」アメリーはたずねた。

ティースは反応せず、そわそわとあたりをうかがっている。息遣いが荒く、まるで走ってきたかのようにあえいでいた。突然、上半身を抱えていた腕を伸ばして、アメリーの手をつかんだ。アメリーはびっくりした。いままでされたことがない。ティースは人に触るのを嫌っていた。

「白雪姫を守れなかった」ティースはかすれた声で緊張しながらいった。「でもきみは守る」

ティースはあいかわらずあたりをうかがい、とくに森の縁を見上げた。まるでそこからなにか危険が迫っているとでもいうように。アメリーはぞっとした。バラバラのパズルのピースがいきなり彼女の頭の中で像を結んだのだ。

「あなた、事件を見てたのね。そうなのね？」アメリーはささやいた。

ティースは急にきびすを返すと、アメリーの手を引っ張った。アメリーは引きずられるようにして、つまずきながらぬかるみになった窪みやびっしり生い茂った藪を抜けた。

安全と思える森にたどりつくと、ティースは速度を少し落とした。だがそれでも、タバコを吸いすぎで、運動不足のアメリーにはつらかった。ティースは手をがっしりつかんで放さず、アメリーがつまずいて倒れると、すぐに引っ張り上げた。上りがつづいた。枯れ枝が足下でボキボキ折れる音がする。カササギが樅《もみ》の梢《こずえ》でがなりたてた。ティースがいきなり足を止めた。アメリーは肩で息をしながらあたりを見回した。木のあいだに見える下り斜面の先にテアリンデン邸の真っ赤な屋根が見えた。汗が顔を流れ落ち、アメリーは咳き込んだ。ティースはどうしてわざわざこんな遠回りをしたのだろう。庭園を通り抜けたほうがはるかに楽なのに。ティースは手を離して、赤錆びた、小さな門を開けた。ギギッと耳障りな音がした。アメリーがあとについて門を通ると、そこは温室の真後ろだった。ティースがまた手をつかもうとしたので、アメリーはさっと手を引いた。

「いったいどうなってるの？」アメリーは、そういっていやな予感を払いのけようとしたが、ティースはやはりおかしかった。いつも無気力なのに、そんな様子は微塵もなく、まっすぐ避けることなくアメリーの目を見ている。その目付きに、アメリーはぎょっとした。

「だれにもいわないなら」ティースは小声でいった。「秘密を見せてあげる。こっち!」

ティースはマットの下から鍵をだして、温室の扉を開けた。アメリーは逃げだしたくなったが、ティースは友だちだ。自分を信頼してくれている。そう思い直して、よく知っている温室の中に入った。ティースは内側からドアを閉めて振り返った。

「いったいどうしちゃったの?」アメリーはたずねた。「なにかあったの?」

ティースは答えなかった。温室の奥へ行くと、大きなヤシの鉢をわきにどかし、その下の板を壁に立てかけた。好奇心に負けて近づいたアメリーは、そこに跳ね上げ式のドアがあることに気づいてびっくりした。ティースがそのドアを持ち上げて、アメリーの方に向き直った。

「こっち」ティースが下りろという仕草をした。

アメリーは錆びた細い鉄の階段に足を乗せた。階段は急で、まっすぐ闇の中へつづいていた。ティースが頭上の跳ね上げ式ドアを閉め、壁のスイッチを押すと電球の淡い光がともった。アメリーのそばをすり抜けると、ティースは分厚い鉄扉を開けた。乾燥した暖かい空気が流れでた。アメリーは、そこが大きな地下室だったのでびっくりした。明るい色の絨毯《じゅうたん》が敷かれ、壁はオレンジ色に塗られていた。部屋の奥の居心地がよさそうなソファのわきには、本でいっぱいの本棚がある。

部屋は衝立《ついたて》のようなものでふたつに仕切られていた。アメリーは心臓が飛びだしそうなほどドキドキした。ティースがなにをするつもりなのか皆目見当がつかないが、それでも襲われるという不安は感じなかった。それにいざとなれば、階段を駆け上がって庭園に逃げればいい。

「こっち」ティースは衝立をわきにどかした。アンティークベッドがアメリーの目にとまった。ヘッドボードは丈の高い木製だ。壁には写真がかけてある。ティースらしく縦横均等になっている。

「こっちだよ。白雪姫のことは何度も話したろう」

アメリーはそばに近づいて、息をのんだ。そこにあったミイラの顔にぞっとしつつも魅せられた。

*

「どうしたの？」ナージャが彼の前にしゃがんで両手を彼の膝にそっと置いた。だが彼はその手を払って立ち上がり、数メートル歩いて足を止めた。これが本当ならとんでもないことだ！

「ラウラの遺体は空軍基地跡地の燃料貯蔵槽にあった」トビアスは声を押し殺していった。

「俺たち、あそこでよくパーティをしたじゃないか。覚えているだろう？　イェルクのおやじが門の鍵を持っていた」

「なにをいいたいの？」ナージャはそばにやってきて、けげんそうに彼をのぞきこんだ。

「俺は、ラウラを燃料貯蔵槽に投げ込んでいない」トビアスは激昂して答えると、歯ぎしりした。「くそっ」トビアスは両手に拳を作った。「本当はなにがあったんだ。俺の両親は人生を台無しにされた。俺は十年も刑務所に入れられた。そしてラウラのおやじがおふくろを歩道橋から突き落とした！　もう我慢できない！」トビアスは叫んだ。そのあいだナージャは黙ってそばにいた。

「わたしと来て、トビー。お願い」

「だめだ！　わからないのか？　まさにそれが奴らの狙いなんだ。くそ野郎ども！」

「昨日、襲われたんでしょう。次は手を抜かないかもしれないわよ」

「俺を殺すっていうのか？」トビアスはナージャを見つめた。ナージャの下唇がかすかに震え、大きな緑色の目が涙でうるんでいた。ナージャを怒鳴りつけるのはお門違いもいいところだ。ずっと気にかけてくれたのは彼女だけじゃないか。そうだ。刑務所にも訪ねてきてくれた。ただ自分の方が会おうとしなかっただけだ。突然、怒りがしぼみ、トビアスは良心が痛んだ。

「すまない」トビアスは小声でいうと、腕を伸ばした。「きみを怒鳴るつもりはなかった。さあ、こっちへ来てくれ」

ナージャはトビアスに抱きついて、顔を胸にうずめた。

「きみのいうとおりかもしれない」トビアスは彼女の髪に口を触れながらささやいた。「どうせ時間は元にもどせないんだし」

ナージャは顔を上げて、トビアスを見つめた。「トビー、あなたのことが心配なの」声がかすかに震えていた。「せっかくあなたがわたしのものになったのに、また失うなんて、いや！」

トビアスは顔をしかめた。目を閉じてほおずりした。はたしてふたりはうまくやっていけるのだろうか。二度とがっかりさせられたくない。それくらいなら一生ひとりの方がましだ。

＊

取調室で席についていたマンフレート・ヴァーグナーは悲惨のかたまりのようだった。ピアとオリヴァーが入ると、おずおずと顔を上げた。赤く腫れぼったい、酒飲み特有のうつろな目でふたりを見つめた。

「あなたは、複数の重犯罪で裁かれることになります」オリヴァーは録音機のスイッチを入れ、調書を取るにあたって必要な事項を列挙してからいった。「傷害、危険な交通妨害、それから過失致死罪ないしは殺人罪に該当すると検察は判断しています」

マンフレートの顔からさらに血の気が引いた。ピアに視線を向けてから、またオリヴァーを見た。

「だ、だけど、リタはまだ生きてるじゃないか」

マンフレートは口ごもりながらいった。

「そのとおりです」オリヴァーはいった。「しかし彼女と衝突した車の運転手が事故現場で心不全によって死亡したのです。しかもそれにつづく玉突き事故もあります。重い責任を負うことになるでしょう。しかも自首してきませんでしたからね」

「自首するつもりだったんだ」マンフレートは泣きそうな声でいった。「だ、だけど、みんなによせっていわれて」

「だれのこと?」ピアはたずねた。マンフレートに感じていた同情はすっかり消えていた。彼は大切な人を失いはしたが、だからといってトビアスの母を襲っていいことにはならない。

マンフレートは肩をすくめて、ピアを見ようとしなかった。

「みんなだ」その言い方は、脅迫状の差出人とトビアスを襲った犯人のことをたずねたときのハルトムート・ザルトリウスの返事とそっくりだった。

「あら、あなたは、いつもみんなのいうことをきくんですか？」少しきつい言い方だったが、マンフレートには効いたようだ。

「あんたたちになにがわかるんだ！　俺のラウラは特別な子だった。成功したはずなんだ。あの子はとても美しかった。本当に自分の子なのかと疑いたくなるほどだった。その子が死んだんだよ。ゴミかなにかのように投げ捨てられたなんて。うちは幸せな一家だった。ちょうど工業団地に工房を開いたところで、仕事はうまくいっていたんだ。村の人ともうまくいっていた。みんなと仲よくしてた。それなのに、ラウラともうひとりの女友だちが行方不明になった。トビアスが殺したんだ。あの冷酷な豚野郎が。俺は、どうしてラウラを殺したのか、そして遺体をどこへやったのか何度たずねたかしれない。なのにあいつは教えてくれなかった」

マンフレートは背中を丸めて、さめざめと泣いた。オリヴァーが録音機を停止させようとしたので、ピアはそれを止めた。マンフレートの涙は本当に、失った娘を嘆いてのものだろうか。ただの自己憐憫《れんびん》ではないだろうか。

「芝居はやめなさい」ピアはいった。

マンフレートは顔を上げて、いきなり尻を蹴られでもしたみたいに、びっくりしてピアを見つめた。「俺は娘をなくしたんだ」声が震えはじめていた。

「わかっているわ」ピアが鋭く口をはさんだ。「そのことは気の毒だと思います。けれどもあなたには、まだふたりの子どもと奥さんがいるでしょう。あなたがリタ・クラーマーを襲えば、家族がどんな思いをするか考えてみたんですか？」

マンフレートは黙っていた。だが突然、顔を引きつらせた。

「この十一年、俺がどんな思いでいたか、あんたなんかにわかるものか！」マンフレートは怒りをあらわにして叫んだ。

「でもあなたの奥さんがどんなに苦労したかは知っています」ピアはすげなく答えた。「奥さんは子どもだけでなく、夫まで失ったんです。あなたは毎晩酒に溺れて、奥さんを顧《かえり》みなかったんですからね！　奥さんは、生き延びるために必死に闘っています。あなたはなにをしているんですか？」

マンフレートの両目がきらっと光った。ピアは痛いところをついたのだ。

「あんたには関係ない」

「自首しないように勧めたのはだれですか？」

「友だちだよ」

「あなたが毎晩、〈黒馬亭〉で酔っぱらい、人生をだめにしているのを黙って見ていた人たちと同じですか？」

マンフレートは口を開けたが、なにもいわなかった。敵意むきだしの目に不安がよぎり、オリヴァーに視線を向けた。

「そうは問屋が卸すか」ためらいがちな声だった。「弁護士のいないところでは、もうなにもいわないぞ」

マンフレートは頑固な子どものように胸元で腕を組み、顎を引いた。ピアはボスを見て、眉をひそめた。オリヴァーは録音機のストップボタンを押した。

「家に帰って結構です」オリヴァーはいった。

「俺は……豚箱に入れられるんじゃないのか？」マンフレートはかすれた声でたずねた。

「いいえ」オリヴァーは立ち上がった。「あなたの居場所はわかっていますので。検察はあなたを起訴するでしょうから、いずれにせよ弁護士が必要になりますね」

オリヴァーがドアを開けると、マンフレートは巡査に伴われて、ふらふらしながらオリヴァーのそばを通って出ていった。オリヴァーは彼を見送った。

「哀れですね」ピアは横に立っていった。「しかし完全にあわれむ気にはなれませんけど」

「どうしてあんなきつい言い方をしたんだ？」オリヴァーはたずねた。

「まだいろいろ裏がありそうな気がするからです」ピアは答えた。「あの聚落にはなにかあります。それもトビアスの事件からずっと。それだけは間違いありませんよ」

二〇〇八年十一月十六日（日曜日）

オリヴァーは祝いごとをする気分ではなかったが、ごく内輪のパーティだというので、仕方なくソムリエをすることにした。長男のローレンツが二十五歳の誕生日を迎えた。前の晩、彼は大勢の友人たちと、以前彼がDJをしていたクラブで夜明けまでパーティをすることになっていたので、日曜日の昼は家族だけで祝いたいと本人が望んだのだ。コージマの母がバート・ホンブルクから来て、オリヴァーの両親と弟のクヴェンティンも三人の娘と同席した。マリー＝ルイーゼは古城レストランを切り盛りしなければならなかったので欠席した。それからローレンツの恋人トルディスの母で、獣医のインカ・ハンゼンも招待された。みんな、白いテーブルクロスをかけ、秋らしく飾ったダイニングテーブルを囲んだ。料理長のサン＝クレアはこの日のために一番弟子に暇をだした。ロザリーは早朝から頬を真っ赤に染め、パニック寸前になりながら、立入禁止にしたキッチンで立ち働いた。結果はすばらしかった。フォアグラソテーのアーモンドクリームとレモン添え、クレソンのクリームスープにエビとウズラの卵のマリネ。メイン料理は鹿の背肉ローストのエンドウ豆とメレンゲ添え、こんがり焼けたカネロニ（筒形に巻いたパスタ料理）と、ニンジンとショウガのピュレーが副菜だった。ロザリー自身驚くほどのできで、師匠でもこれほどうまくはできそうになかった。みんな、コック長に賞賛の拍手を贈った。オリヴァーは責任の重圧にすっかり憔悴し切った長女を抱きしめた。

「これでおまえを手放せなくなった」そう軽口をたたいて、オリヴァーはロザリーの額《ひたい》にキスをした。「本当にすばらしかったぞ」

「ありがとう、パパ。それじゃ、お酒をいただこうかしら！」

「祝いの席だから、今日は許そう」オリヴァーは微笑んだ。「他に欲しい人は……」

「シャンパンが飲みたい」ローレンツが口をはさんで、妹に目配せした。なにか決めていたことがあるらしく、ロザリーはさっとキッチンにもどった。ローレンツとトルディスもあとにつづいた。オリヴァーはすわって、コージマと視線を交わした。その日の午前中、こっそりコージマの様子をうかがっていた。十時頃、ロザリーに家から丁重に追いだされると、ふたりは穏やかな日よりだったので、タウヌス山地までドライブし、グラースコップフ山のまわりを散歩した。コージマはいつもと変わりなく振る舞っていた。散歩をしていたとき、彼の手を取ることもした。心が揺れたが、それでも疑いを問いただす勇気が出なかった。

ロザリー、ローレンツ、トルディスの三人がシャンパングラスをたくさん載せた盆を持ってダイニングルームにもどってきた。一人に一客ずつ、まだ十代の三人の姪にもグラスを渡したので、三人は興奮してクスクス笑った。口うるさいマリー＝ルイーゼがいないのをいいことに、クヴェンティンが片目をつぶった。

「みなさん」ローレンツは厳かにあいさつした。「トルディスとぼくは今日、この機会に婚約することを宣言します！」

ローレンツはトルディスの肩に腕をまわし、ふたりは満足そうに微笑み合った。

「心配しないでほしい、父さん」ローレンツはニヤニヤしながら父の方を向いた。「結婚しなくちゃならない事情ができたわけじゃないから。ただ結婚したいんだ！」

「これはいい」クヴェンティンはいった。椅子が床をこする音がして、みんなが立ち上がり、ふたりを祝福した。オリヴァーも息子と婚約者を抱いた。ふたりの婚約には特段驚かなかったが、ローレンツが秘密を守りとおしたことには舌を巻いた。オリヴァーはコージマと目が合い、そばに行った。コージマは目尻の涙をぬぐった。

「ほらね」コージマは目を細めた。「うちの長男もやっぱり俗物だったわね。結婚するなんて」

「もう充分羽目をはずしたんだから、潮時さ」オリヴァーは答えた。ローレンツは大学入学資格試験のあと、かなり長いあいだDJをしたり、ラジオ局とテレビ局でアルバイトをしたりしていた。オリヴァーは父親として意見をいおうとしたが、コージマはどっかと構え、いつか自分の進むべき道を見つけるから放っておこうといった。ローレンツは今では大きな民間ラジオ局で毎日三時間、番組の司会をしている。副業として、記念講演やスポーツ大会などのイベントで司会を務め、びっくりするほどの収入を得ていた。

みんなふたたび席についた。和やかな雰囲気だった。ロザリーもキッチンから出てきて、シャンパンを飲んだ。

「オリヴァー」オリヴァーの母が身を乗りだしていった。「水を一杯もらえないかしら？」

「もちろん」オリヴァーは椅子を引いて立ち上がり、ロザリーが精をだしてかなり片付いていているキッチンを通り、食料保存庫からミネラルウォーターを二本取りだした。

ちょうどそのとき、ガレージに通じるドアに引っかけてあるジャケットから携帯電話の着信音が聞こえた。知っている音。コージマの携帯電話だ！　オリヴァーは迷ったが、誘惑に負けた。ミネラルウォーターを片手に抱えると、もう一方の手でジャケットのポケットを探った。携帯電話は内ポケットに入っていた。画面をだして、メールのボタンを押した。

「心の君、一日じゅうきみのことばかり思っている！　明日の昼食、どうかな？　いつもの時間にいつもの場所で。楽しみにしている！」

　画面に浮かんでいる文字がにじんで見えた。オリヴァーは膝の力が抜けた。鳩尾《みぞおち》を殴られたような失望感だ。ニコニコしながら、手に手を取って散歩をした。あれは嘘だったのか？　コージマはだれかがショートメッセージを読んだことに気づくだろう。新着メールの記号が画面から消えていた。それでいい。これで彼女の方からなにかいってくるだろう。携帯電話をポケットにもどすと、気持ちが落ち着くのを待って、ダイニングルームにもどった。

　コージマはゾフィアを膝に乗せてすわっていた。なにごともないかのように冗談をいっている。いっそのこと、みんながいる前で、愛人のメッセージが携帯電話に入っていると伝えてやりたかった。だがそのとき、ローレンツ、トルディス、ロザリーが目にとまった。あやふやな疑惑でこのすてきな一日を台無しにするのは忍びない。そしらぬふりをするほかなかった。

＊

トビアスは目を開けて、うめき声を漏らした。頭がズキズキして吐き気がする。ベッドから身を乗りだして、だれかが置いておいてくれたバケツに吐いた。嘔吐物が鼻の曲がりそうなにおいを発した。すぐにまたベッドに倒れ込み、手で口をぬぐった。舌の感覚が麻痺していた。頭の中で回転木馬がまわり、一向に止まろうとしない。

どうなってんだ？　家にはどうやって帰り着いたんだろう？

朦朧《もうろう》とした頭の中にさまざまなイメージが浮かんでは消えた。イェルクとフェーリクス、他にも古い仲間がいた。ガレージ、ウォッカとレッドブルのちゃんぽん。女の子も大勢いた。トビアスをチラチラうかがっては、なにかヒソヒソ話して、クスクス笑った。トビアスは動物園の動物になった気がした。あれはいつのことだ？　今、何時だろう？

やっとの思いで上体を起こすと、足をベッドからだした。部屋がぐるぐるまわる。アメリーもいた。いや、どうかな。なんだか頭の中がグチャグチャだ。トビアスは立ち上がると、斜めの天井に手をつきながらよろよろとドアの方へ向かった。ドアを開けると、壁に手をつきながら廊下を歩いた。こんなにひどい二日酔いははじめてだ！　バスルームで小便をするにも、便器にすわるしかない。立っていたら倒れ込んでしまいそうだ。Tシャツはタバコの煙と汗と嘔吐物のにおいがした。吐き気がする。便器からなんとか腰を上げると、鏡をのぞきこんで自分の顔に愕然とした。目のまわりの血腫が顔全体に広がり、無精髭を生やした色白の頬に紫色の斑点ができていた。まるでゾンビのようだ。気分もゾンビだ。廊下で足音がして、ドアをノックする音が聞こえた。

「トビアス?」父だった。

「ああ、入っていいよ」トビアスは蛇口をまわして冷たい水を両手にすくい、少し口にふくんだ。気持ち悪い味がした。ドアが開いた。父が心配そうにトビアスを見つめた。

「具合はどうだ?」

トビアスはまた便器にすわった。

「最低だよ」頭が鉛のように重く、上げるのにひと苦労した。父を見ようとしたが、すぐに視線を落とした。まだ目がまわる。「何時?」

「三時半。日曜日の午後だ」

「なんてことだ」トビアスは頭をかいた。「どうしちゃったんだ、俺は」

記憶が蘇った。ほんの断片だが。ナージャと会った。丘の上の森の縁《ふち》。ふたりで話をした。そのあと、ナージャはどうしても空港へ行かなければならないといって、家まで車に乗せてくれた。だがそのあとは? イェルク。フェーリクス。ガレージ。大量の酒。たくさんの女の子。居心地はよくなかった。当然じゃないか。どうしてあそこへ足を運んだりしたんだろう?

「アメリー・フレーリヒのおやじさんから電話があった」父がいった。アメリー! 彼女に会わなくちゃと思ったんだ。そうだ! なにか大事な話をしていた。でもそのときナージャがあらわれて、アメリーは走り去った。

「昨日、アメリーが家に帰らなかったそうだ」父の押し殺した声に、トビアスは耳をそばだてた。「両親は心配して警察に通報するといっていた」

トビアスは父を見つめた。一瞬、意味がわからなかった。アメリーが家に帰らなかった。そして自分は酒を飲んだ。大酒を飲んだ。あのときと同じだ。胸がしめつけられた。

「ま、まさか、俺が……」トビアスはその先がいえなかった。

「ラウターバッハ先生が昨日の夜、教会前のバス停でおまえを見つけたんだ。急患が出て帰ってきたところだったらしい。夜中の一時半。おまえをうちまで運んでくれたのも先生だ。おまえを車から降ろして、部屋まで運び上げるのは大変だった。それから、おまえはアメリーの名前を何度も口にしていた……」

トビアスは目を閉じて、両手で顔をおおった。思いだそうとしたがだめだった。なにも記憶にない。ガレージに集まった仲間、クスクス笑いながら肘をつつきあう女の子たち。アメリーもいただろうか。いなかった。それともいただろうか。いや、いなかった。頼む、頼むから、いなかったことを思いださせてくれ。

二〇〇八年十一月十七日（月曜日）

捜査十一課の捜査官が会議室の大きな会議机を囲んでいた。アンドレアス・ハッセをのぞく全員が集まっていた。フランク・ベーンケも、いつにもまして苦虫をかみつぶしたような顔でその場にいた。

「すみません」ピアはそういって、空いている席につき、上着を脱いだ。ニコラ・エンゲルはわざと腕時計に視線を向けた。

「八時二十分」棘のある声だった。「うちはテレビドラマの『ローゼンハイム・コップ』ではないのよ。農場の仕事が大変なのはわかるけど、勤務に差し支えのないようにしてもらわないとね！」

ピアはかっと頭に血が上るのを感じた。なんて言い草だ！

「薬局に寄って、風邪薬を買っていたんです」ピアも棘のある言い方をした。「それとも病欠したほうがよかったでしょうか？」

ふたりは一瞬にらみ合った。

「さて、全員そろったようね」ニコラはわびを入れることなく発言した。「少女が失踪したわ。エッシュボルン署から今朝連絡が入ったところよ」

ピアはみんなを見回した。フランクは椅子にのけぞるようにすわり、ガムをクチャクチャかみながらカトリーンの方をにらんでいる。カトリーンは唇を真一文字に結んで、敵意をむきだしにしてにらみかえしていた。ピアは、オリヴァーが先週、ニコラにせっつかれてフランクと話し合ったことを思いだした。どういう結論になったのだろう。いずれにせよ、カトリーンがボスに密告したことをフランクは知っているようだ。ふたりが険悪な状態なのはだれの目にも明らかだった。

オリヴァーは上席にすわって、じっと天板を見つめていた。顔に表情がない。目の下に隈があり、眉をひそめている。なにか問題を抱えているようだ。カイ・オスターマンもいつになく渋い顔をしている。彼は板挟みになっていた。フランクは古い仲間だ。いつも彼の尻ぬぐいをしている。だが最近、フランクはそれに甘えているところがあって、そのことが気にくわないのだ。その一方でカイはカトリーンとも気が合っている。どちらの味方につくべきか悩んでいるのだろう。

「ヴァラウの件は片付いたの？」ニコラがたずねた。

ピアは自分が訊かれていることに気づかず、一瞬反応が遅れた。

「あっ、はい」そして事故現場にたむろする鑑識官と法医学者を思いだして顔をしかめた。

「死者がふたり出ました。しかしまだ身元が確認できていません」

「どういうこと？」

「パーティにちょうどいい豚の丸焼き状態になっていたものですから。車は全焼しました。パーティサービス用のガスボンベが数本、荷台に積まれていて、熱せられて爆発したんです」

ニコラは表情を変えなかった。「わかったわ。リタ・クラーマー事件も検察庁に書類送検されたことだし」ニコラはオリヴァーの方を向いた。「行方不明の少女の捜索を担当してもらいましょう。もうじきひょっこり帰ってくるかもしれないけれど。青少年の失踪の九十八パーセントは数時間から数日で解決しているものね」

オリヴァーは咳払いした。「しかし二パーセントは未解決です」

「少女の両親や友人に聞き込みをしなさい。わたしはこれから連邦刑事局と打ち合わせ。状況はその都度報告するように」

　ニコラは立ち上がって、みんなにうなずくと、会議室をあとにした。

「なにがあった?」ドアが閉まると、オリヴァーがカイにたずねた。

「バート・ゾーデン在住のアメリー・フレーリヒ、十七歳」カイは答えた。「両親から昨日、捜索願が出ました。土曜日の午前中に顔を合わせたのが最後だそうです。過去にも家出を繰り返していたので様子を見ていたそうです」

「よし」オリヴァーはうなずいた。「ピアとわたしは少女の両親のところへ行く。ベーンケ、きみとファヒンガーは……」

「いやです」オリヴァーが驚いて目が点になるほどの勢いでカトリーンがいった。「ベーンケ上級警部と行動するのは絶対にいやです」

「わたしがフランクと行きましょう」カイがあわてて取りなそうとした。

　一瞬、会議室が静寂に包まれた。フランクはガムをかみながら、ニヤニヤしていた。

「捜査官ひとりひとりの都合を考慮しなければならないのか?」オリヴァーはたずねた。眉間のしわが深くなっていた。めずらしいことにはらわたが煮えくりかえっているようだ。カトリーンは下唇を突きだした。明らかに不満なようだ。

「いいか、みんな」オリヴァーの声は恐ろしく静かだった。「きみたちのあいだにどんないざこざがあろうと、そんなことは関係ない。われわれには仕事がある。そしてわたしの指示に従ってもらう。これまできみたちを寛容に扱いすぎたのかもしれない。だがわたしはきみたちの道化ではない！　ファヒンガーとベーンケには、少女の学校で教師や同級生から事情を聞いてきてもらう。それが済んだら少女の家の隣人に聞き込みだ。わかったか？」

沈黙が返事だった。オリヴァーはいままで一度もしたことのないことをした。机を拳で叩いたのだ。

「わかったかと訊いてるんだ」

「はい」カトリーンは冷淡に答えると、立ち上がって、上着とバッグを手に持った。フランクも腰を上げた。ふたりは会議室を出ていき、カイも自分の部屋に向かった。

オリヴァーは深く息を吸ってピアを見つめた。

「いやあ」そういって息を吐くと、オリヴァーはニヤリとした。「清々した」

＊

「アルテンハイン？」ピアは驚いてたずねた。「オスターマンはバート・ゾーデン在住といっていましたよ」

「森林通り二二番地」オリヴァーはナビを指した。といっても、過去にたびたび案内を間違えたので、鵜呑みにはしていなかった。「アルテンハインにあるんだ。バート・ゾーデンの飛び地だよ」

ピアはいやな予感がした。アルテンハイン。トビアス・ザルトリウス。認めたくはないが、あの若者に情が移っていた。そしてまたしても少女がひとり失踪した。彼が関係していないことを祈るのみだ。彼にアリバイがあろうがなかろうが、村人がどう考えるか手に取るようにわかる。アルネとバルバラ・フレーリヒが告げた住所に着いたとき、ピアはどきっとした。その家はザルトリウス農場の裏口から数メートルのところにあった。寄せ棟屋根にいくつも屋根窓のある、かわいらしい、レンガ造りの家の前で、ふたりは車を止めた。両親はすでにふたりが来るのを待っていた。主《あるじ》のアルネ・フレーリヒは〝喜ばしい〟という意味の姓とは裏腹に、生真面目そうな男だった。年齢は四十五歳くらいで、額がはげ上がり、髪は砂色で、金属縁《ぶち》のメガネをかけていた。顔にはこれといって目立つところはなかった。太ってもいないし、やせてもいない。背丈もごく普通で、かえって奇妙に思えるくらい平均的な人物だった。妻の方はせいぜい三十代はじめ。夫とは好対照で、じつに魅力的だった。金髪がキラキラ輝き、表情豊かな目をしている。顔立ちは均整がとれていて、口が大きく、鼻が軽く上を向いている。夫のどこがよくていっしょになったのだろう?

ふたりは心配そうだったが、気をしっかり持っていた。子どもが行方不明になった親というのはたいていヒステリックになるものだが、そんな様子は欠片《かけら》もない。妻のバルバラはピアに写真を渡した。アメリーはじつに目立つ女の子だ。といっても、母親とはまったくタイプが違う。大きな黒い目をカジャル(化粧用に塗る黒い粉)やアイライナーで強調し、眉や下唇や顎のくぼみにピアスをつけ、黒髪はまるで板かなにかのように頭から立っている。派手な化粧の下にはかわいらしい少女の顔があった。

「娘は何度も家出をしているんです」父親のアルネが、どうして届け出がこんなに遅かったのかというオリヴァーの質問に答えた。「アメリーは先妻とのあいだの子でして、なんといいますか、むずかしい年頃なんです。半年前、うちに引き取ったのですが、その前はベルリンにいる先妻のところで暮らしていました。ただ、まあ、いろいろと警察のお世話になることがありまして」

「どのような？」オリヴァーはたずねた。アルネは答えづらそうにいった。

「万引き、麻薬、近所迷惑、浮浪生活。何週間も家に帰らないこともありました。先妻は愛想をつかしまして、アメリーをうちで引き取れないか相談してきたのです。そういうわけで、心当たりのところに電話をかけて、様子を見ていたのです」

「でもそうこうするうちに、服を持って出ていないことに気づいたんです」バルバラがいった。「ウェイトレスのアルバイトで稼いだお金も持っていかなかったんです。おかしいでしょう。それから身分証も置いてありました」

「アメリーはだれかと喧嘩をしていましたか？　学校か、友だちとのあいだで問題を抱えていたとか」オリヴァーはいつもどおりの質問をした。

「とんでもないです」バルバラは答えた。「最近はいい面がよく出ていました。こういう激しい髪型をやめて、わたしの服を借りて着るようになっていたんです。前は黒い服ばかり着ていましたが、最近はスカートとブラウスで……」バルバラは口をつぐんだ。

「急に変わったのはボーイフレンドでもできたのですか？」ピアがたずねた。「インターネットでだれかと知り合って、その人のところへ行ったとか」

アルネとバルバラはけげんそうに顔を見合わせ、肩をすくめた。

「あの子には自由気ままにさせていたんです」アルネがふたたび口を開いた。「最近はとても聞き分けがよかったので。自分で金を稼ぎたいというものですから、うちの社長のテアリンデンさんに〈黒馬亭〉を紹介してもらったんです」

「学校の方は？」

「女友だちはあまりいません」バルバラは答えた。「ひとりでいるのが好きな子なので。学校についてはあまり話してくれませんでした。この九月に転入したばかりですし。親しくしていたのは隣人の息子ティース・テアリンデンくらいのものです」

一瞬アルネが唇を真一文字に結んだ。ふたりが仲よくしているのを快く思っていないようだ。

「親しいというのはどういう意味でしょうか？」ピアがさらに問い詰めた。「恋人同士とか？」

「違います」バルバラは首を横に振った。「ティースは、その、変わっているんです。自閉症でして、両親の家で暮らしています。あっちに見える庭の世話をしているんです」

オリヴァーの要請で、バルバラはふたりをアメリーの部屋に案内した。窓がふたつある、広くて居心地のいい部屋だった。窓のひとつは通りに向いていた。壁はむきだしで、アメリーの年頃の少女が飾るようなポップ歌手のポスターは一枚もなかった。アメリーはここを通過点としか思っていなかった、とバルバラは説明した。

「来年十八歳になったらすぐ、ベルリンにもどるつもりだといっていました」バルバラはいかにも残念そうにいった。

「あなたのお嬢さんたちとは？」ピアは部屋を歩きまわり、デスクの引き出しを開けた。

「うまくいっていました。わたしはあまり口うるさくいわないようにしていました。アメリーは内にこもるタイプでしたので。でも最近は信頼関係が築けていたと思います。わたしの子どもたちをけっこう邪険にしていましたが、子どもたちの方は慕っていました。わたしが家にいないとき、子どもたちとプレイモービルで何時間も遊んだり、本を読んでくれたりしていたようです」

ピアはうなずいた。「コンピュータを預からせていただきます。アメリーさんは日記をつけていましたか？」

ピアはノートパソコンを持ち上げたとき、いやな予感が的中したのに気づいた。デスクマットにハートのマークが刻まれ、その下にトビアスの名前が飾り文字で書かれていたのだ。

＊

「ティースのことが心配なのよ」クリスティーネ・テアリンデンがいった。夫は会議中に電話で呼びもどされて腹を立てていた。「行動が、おかしいのよ」

クラウディウスは首を横に振って半地下に下りた。ティースの部屋のドアを開けると、「おかしい」という妻の表現がまだ控えめだったことがわかった。ティースは目がすわっていて、素っ裸で部屋の中央の床にしゃがみ込んでいた。まわりを子どものおもちゃで囲み、拳で何度も何度も顔を叩いていた。鼻血が顎まで流れ落ち、小便のにおいがする。あまりに衝撃的な光景だ。とっくに忘れかけていた過去がクラウディウスの脳裏に蘇り、胸が痛んだ。長男が発達障害だということを、彼は長いあいだどうしても受け入れられなかった。自閉症という診断に、彼は耳をふさいだ。反復を繰り返すティースの行動、いや、それより、なにもかも引きちぎり、糞尿をこすりつける行動に怖気をふるった。クリスティーネとクラウディウスは当時、呆然とするばかりで、ティースを監禁し、人と、とくに双子の弟ラースと会わないようにするという解決策しか思いつかなかった。だがティースは成長とともにますます粗暴になっていった。クラウディウスは仕方なく息子の病気と面と向かい合う覚悟をした。医師や療法家に相談した結果、回復の見込みはないといわれた。隣人ダニエラ・ラウターバッハは、ティースが多少とも病気とうまくつきあっていくために必要なことを説明した。重要なのは慣れ親しんだ環境にいること。そしてできるかぎりその環境を変えず、突発的なことが起こらないように気を配ること。同様にいざというとき引きこもることができる彼だけの決まりごとが守られた世界を用意することも重要だといわれた。しばらくは小康状態がつづいた。だがそれも双子が十二歳の誕生日を迎えるまでだった。その日、気が動転するようななにかが起こり、ティースは興奮して弟を殺しそうになり、自身も重傷を負った。クラウディウスにとってはもう限界だった。手足を振りまわし叫び声をあげる我が子を小児精神病院に入れた。入院期間は三年に及んだ。ティースは精神安定剤を投与され、状況は改善された。検査の結果、ティースには人並み外れた知性があることが判明した。だがせっかくの知性も宝の持ち腐れだった。彼は囚人さながら自分の世界に閉じこもり、周囲の人々を完全に排除していたからだ。

三年後、ティースはひさしぶりに病院から出て、帰宅した。彼はおとなしかったが、まるで耳が聞こえないかのようだった。すぐに半地下の部屋に入ると、昔のおもちゃをだしてきた。何時間もそのおもちゃで遊んだ。奇妙な光景だった。薬のおかげで、それ以来ティースは一度も発作を起こさなかった。やがて少しだけ心を開き、庭師の手伝いをしたり、絵を描きはじめたりした。食事はあいかわらずテディベアが描かれた皿から子供用のスプーンでとっていたが、ティースを家に置くことを両親に勧めた。それから十五年、大きな問題は起きなかった。医師たちはこの展開に満足し、ティースは食べたり飲んだり、日常の暮らしはごく普通だった。ティースは自由に村を歩きまわり、ほとんどの時間を庭で過ごし、だれの助けも借りずに、ツゲや花壇や地中海性の植物を配した整形式庭園に改造した。そして絵を描いた。ときには疲労困憊《こんぱい》するほど熱中して。大サイズの絵は圧倒的な迫力があった。独特な構図、あとずさりたくなるような暗いイメージ。自閉症患者の隠された内面からの息苦しいほどのメッセージがそこにはあった。

絵の個展を開くことに、ティースは反対しなかった。両親に伴われて二度展覧会を訪れたこともあった。また絵を手放すことも意外にいやがらなかった。こうしてティースは絵を描きつづけ、庭園の手入れをし、すべてがうまくいくようになった。やがて、興奮することなく人とつきあえるようになり、ときには言葉を発することもあった。ほんの少しだが心の扉を開けられるようになっていた。そんな矢先に、なんということだ！　クラウディウスは絶句して息子を見つめた。見ているだけで心が引きちぎられそうだった。

「ティース」優しく声をかけてから、少し語調を強くした。「ティース！」

「薬を飲もうとしないのよ」クリスティーネが背後でささやいた。「トイレに捨ててあるのを、イメルダが見つけたの」

クラウディウスは部屋に入り、おもちゃの円陣の外で膝をついた。「ティース」と小声でいった。「どうしたんだ？」

「どしたん」ティースは抑揚のない声でいいながら、時計回りに顔を殴りつづけた。「どしたん……どしたん……どしたん……」

クラウディウスは、ティースが拳になにかにぎっていることに気づいた。クラウディウスが息子の腕をつかもうとすると、ティースがいきなり飛び上がって、父に襲いかかった。クラウディウスは不意をつかれ、本能的に身をかばった。しかしティースはもう小さな子どもではない。庭仕事で筋肉を鍛えた立派な大人だ。目が血走り、顎からよだれと血がしたたり落ちていた。クラウディウスは必死に抵抗し、妻のヒステリックな悲鳴が霧の向こうから聞こえてくるように耳に届いた。クラウディウスは無理矢理ティースの手をつかみ、にぎっているものを奪い取ると、四つん這いになってドアに向かった。ティースは追ってこなかった。ただぞっとする悲鳴をあげ、体を丸めて床にはいつくばった。

「アメリ」ティースはつぶやいた。「アメリ、アメリ、アメリ、アメリ、どしたん……どしたん……どしたん……パーパ……パーパ……パーパ……」

クラウディウスは息も絶え絶えになりながら立ち上がった。全身が震えていた。妻が彼を見つめていた。両手で口をふさぎ、目に涙をあふれさせている。クラウディウスはティースからもぎ取った紙を広げ、心臓が止まりそうになった。くしゃくしゃになった写真からシュテファニー・シュネーベルガーが笑いかけていた。

*

フレーリヒ夫妻は土曜日の午前中、ふたりの娘を連れてラインガウ地方に住む友人を訪ね、夜遅く帰宅した。アメリーは夜、〈黒馬亭〉でアルバイトをしていた。真夜中になっても帰ってこなかったので、アルネは食堂に電話をかけ、アメリーは午後十時少し過ぎに帰った、と女主人から知らされた。夫妻はそのあと、娘のクラスメイトや知り合いで、電話番号のわかる人に片っ端から問い合わせた。だがすべてむだに終わった。アメリーを見かけた者も話をした者もいなかった。

オリヴァーとピアは〈黒馬亭〉のイェニー・ヤギエルスキーに事情聴取した。アルネがいったとおりだった。アメリーはずっと気もそぞろで、厨房に入っては始終電話をかけていたという。午後十時に電話がかかってくると、そのまま出ていった。そして日曜日、いつも昼から仕事に来ていたのに、姿をあらわさなかった。いいえ、だれからの電話かはわからない、と女主人はいった。他の従業員もなにひとつ知らなかった。その晩、食堂は地獄のような忙しさだったのだ。

「ちょっとそこの店で止めてください」表通りを走っていたとき、ピアはオリヴァーにいった。

「あそこで聞き込みしても損はないと思うんですけど」

聞き込みをするにはいいタイミングだった。マルゴット・リヒターの小さな店は月曜日の昼近く、アルテンハインに住む女性たちの井戸端会議の場所になっていた。「このあいだと同じじゃない」理髪師のインゲ・ドンブロフスキーがいうと、そこにいた女たちがそろってうなずいた。「決めつける気はないんだけど、パシュケのところのヴィリが、アメリーをザルトリウスの農場で見かけたっていっていたわよ」

「あたしも見たよ。あの子、ザルトリウスの家に入っていったよ」他の女がいった。女は斜め向かいに住んでいて、農場がよく見えるのだと付け加えた。

「それよりあの娘、例のばか息子と懇《ねんご》ろだったじゃない」フルーツの棚のあたりにいた太った女が話にまざった。

「そうそう」三、四人の女が相づちを打った。

「だれとですって?」ピアはたずねた。

「ティース・テアリンデンさ」インゲがまたいった。「頭がおかしくて、夜中に村や森をはいかいしているんだよ。あいつがあの娘になにかしたとしても、驚かないね」

数人の女がうなずいた。アルテンハインでは簡単に被疑者が浮かぶようだ。オリヴァーもピアも、なにひとついわず、女たちがしゃべるにまかせていた。刑事がいることを忘れたのか、女たちは好奇心というナイフを研いだ。

「テアリンデンさんはあいつを施設に入れておくべきだったのさ」女のひとりがむきになっていった。「だけどここじゃあ、だれもあの人に意見できないからね」

「あたりまえだろう。仕事の心配をしなくちゃならなくなるもんね！」

「テアリンデンさんに最後に盾突いたのは、アルベルト・シュネーベルガーだったね。そのあと娘が消えて、あの人もここから出ていったっけ」

「そういえば、テアリンデンさんがザルトリウスを助けたのは変だったね。ふたりとも、なにかあの事件と関係していたのかもね」

「ラースがあのあとすぐアルテンハインを出ていったしね」

「そうだ、聞いてよ、テアリンデンさんがあの人殺しに仕事の世話をするっていったそうだよ！　信じられないよ！　あいつがここから消える算段をするならわかるけどさ！」

その瞬間、急に店の中が静かになった。自分たちのいったことがなにを意味するか気づいたようだ。そして突然、思い思いにしゃべりだした。ピアは、なにも知らないふりをすることにした。

「すみません！」そう叫んで、ピアはみんなの注目が自分に向くようにした。「そのテアリンデンさんて、どういう方なんですか？」

女たちは、そこにいるのが自分たちだけでないことに気づいてはっとした。客がひとりふたりと、足早に店を出ていった。ほとんどの客の買い物カゴは空っぽだった。マルゴット・リヒターだけがレジの向こうに取り残された。それまで、彼女だけが会話にまじらずにいた。店の経営をしている者らしく、耳をふさぎ、だれの敵にも味方にもならなかったのだ。

「そういうつもりじゃなかったんですけど」ピアはあやまった。マルゴットは平然としていた。

「どうせまた来るわ。クラウディウスはこの上の工業団地にあるテアリンデン工業の社長よ。一族と会社は百年以上前から、このアルテンハインに根を下ろしていてね、あの人がいなかったら、村は立ちゆかないと思うわ」

「どういうわけで？」

「テアリンデン家はとにかく太っ腹でね、いろんな団体や教会や小学校や図書館を資金的に援助しているのよ。それがあの一族の伝統なの。村人の半分は上の工場で働いているわ。クリスタがばか息子っていった息子の片割れは、ティースって名前でね、おとなしいものよ。ハエも殺さないでしょうね。ティースがあの娘になにかしたなんて、あたしには想像もできないわね」

「ところで、アメリー・フレーリヒはご存じですか？」

「ええ、もちろん」マルゴットは苦笑いした。「あの派手な恰好は見逃しようがないでしょう！　うちの娘が切り盛りしている〈黒馬亭〉でアルバイトをしているし」

ピアはうなずいてメモをとった。ボスは上の空だ。ぼんやり立ったまま、なにもいわない。

「あなたは、少女になにがあったと思いますか？」

マルゴットは少しためらってから、チラリと右に視線を向けた。ピアには、だれを疑っているかすぐ察しがついた。レジのある位置からは〈金鶏亭〉がよく見えた。テアリンデンの息子のことは話のついでに出たもので、みんな、本心では、かつて同様の犯行をしたトビアスのことを疑っているのだ。

「なにがあったかなんて、あたしにはわからないわ」マルゴットは返事を避けた。「そのうち帰ってくるんじゃないかしら」

＊

「トビアス・ザルトリウスはリンチにあう危険があります」捜査十一課にもどったとき、ピアは本気で心配していた。「金曜日の夜、納屋で襲われました。それに、父親が差出人不明の脅迫状を受け取っています。建物にいたずら書きをしたのなんて、ほんの序の口です」

カイ・オスターマンはすでにアメリーのノートパソコンと日記の分析に取りかかっていた。あいにく日記は暗号で書かれていて、まずそれを解読する必要があった。カトリーン・ファヒンガーとフランク・ベーンケはオリヴァーたちとほぼ同時にさしたる収穫もなく署にもどってきた。アメリーには親しい友人がなく、人づきあいも悪かったらしい。話をするのは同じアルテンハインに住むふたりのクラスメイトとバスでいっしょになったときくらいだった。ただそのうちのひとりは、アメリーが最近、トビアスと十一年前の事件に興味を持っていて、いろいろたずねられたと話した。そしてトビアスと話をしているのも見た。それも何度も、と証言した。

カイがファックス用紙を持って会議室に入ってきた。

「アメリーの携帯電話の通話記録が届きました。土曜日の夜十時十一分が最後の通話です。彼女はアルテンハインの固定電話にかけています。すでに相手を確認しました」

「ザルトリウスか？」オリヴァーは勘を働かせた。

「ええ、そうです。接続時間は七秒。話はしていませんね。それ以前にも十二回その電話番号に発信していますが、すぐに切っています。午後十時十一分、携帯電話の電源が切られました。アルテンハインには基地局がひとつしかないため、移動記録はとれませんでした。なお基地局の受信範囲はおよそ半径五キロです」

「受信記録はつかめなかったんだな？」オリヴァーがたずねると、カイはうなずいた。

「コンピュータの方は？」

「まだパスワードが解読できていません」カイがげっそりした顔をした。「しかし日記の方はペラペラめくってみて、いくつか解読できる箇所がありました。トビアス、ティース、クラウディウスの名がひんぱんに登場します」

「どういう関連で？」

「ザルトリウスとクラウディウスに興味を持っていたようです。どういう類《たぐい》のものかまではつかめませんでした」

「わかった」オリヴァーは一同を見回した。てきぱきことを進めるボスが帰ってきた。「少女が失踪してから四十時間が経つ。総動員令をかける。機動隊の百人隊最低二隊、警察犬、赤外線カメラ搭載のヘリコプター。ベーンケ、特捜班を編成してくれ。わたしは手の空いている捜査官を全員招集して、村民全員への聞き込みを行う。ファヒンガー、きみはバスとタクシーの方を洗ってくれ。問題の時間は土曜日午後十時から日曜日午前二時のあいだだ。質問は？」

「ティースとその父にも話を聞いたほうがいいと思います」ピアはいった。「それからトビアス」

「ああ。それはこれから、われわれでやる」オリヴァーは一同を見回した。「そうだ、オスターマン。新聞、ラジオ、テレビなどに行方不明者のデータを流してくれ。十八時にふたたびここに集合だ」

＊

一時間後、アルテンハインは警官だらけになった。捜索用に特別訓練を受けた警察犬が群れで投入された。四週間前のにおいでもかぎわけ、追跡できる特殊犬だ。機動隊の百人隊は村の周囲の牧草地や森の縁を四角形に区分けして虱潰《しらみつぶ》しに捜索した。赤外線カメラを搭載したヘリコプターは梢《こずえ》すれすれの低空飛行をし、特捜班「アメリー」として編成された刑事たちはアルテンハインにある家のチャイムを片っ端から押してまわった。全員が懸命の捜査を行った。少女がすぐ無事に見つかるだろうと期待しつつ。しかしその期待が過大なものであることも彼らは重々承知していた。

オリヴァーの電話がほぼ間断なく鳴りつづけた。運転はピアに任せて、集中して捜索活動を指揮した。フレーリヒ家の前の通りを封鎖して、マスコミや野次馬が近づけないようにしろ。警察犬担当者はアメリーが最後に姿を見られている〈黒馬亭〉から捜索をはじめろ。ああ、友だちはフレーリヒ家を訪ねてかまわない。司祭もだ。そうだ、村の出口の交通監視カメラをチェックしろ。だめだ。民間人の捜索活動への協力は断れ。車がちょうど〈金鶏亭〉の前で止まったとき、ニコラが電話をかけてきて、進捗状況を確かめた。

「なにか連絡することができたら、真っ先に報告する」オリヴァーはそういうと、すぐ携帯電話を切った。

ハルトムート・ザルトリウスは玄関のドアを開けたが、チェーンははずさなかった。

「息子さんと話がしたいのですが」オリヴァーはいった。「中に入れてくれませんか？」

「女の子の帰りが遅いだけで、いつも倅《せがれ》が疑われることになるのかい？」ぞんざいな言い方というより、好戦的だった。

「もう聞いているんですか？」

「ああ。もちろん。そういうことはすぐ耳に入る」

「トビアスを疑っているわけではありません」ハルトムートがいらいらしていることに気づいて、オリヴァーは穏やかに話した。「しかしアメリーは失踪した夜、十三回もお宅に電話をかけているんです」

ドアがいったん閉まり、チェーンをはずす音がして、また開いた。ハルトムートは肩をこわばらせ、懸命に気をしっかり持とうとしていた。息子の方は目も当てられないありさまだった。リビングルームのソファにがっくり肩を落としてすわっていた。内出血で顔が変わっていた。オリヴァーとピアが入ってくると、軽くうなずいた。

「土曜日の夜十時から日曜日の朝まで、どこにいましたか？」オリヴァーはたずねた。

「やっぱりじゃないか！」ハルトムートが腹を立てた。「倅は夜ずっと家にいた。その前の晩、納屋で襲われて、半死半生の目にあったんだ！」

オリヴァーはあわてなかった。「アメリーは土曜日の夜十時十一分にあなたの電話番号にかけているんです。だれか出たようですが、通話時間は短かったので話はしていないと思われます。その前にもアメリーは数回ここに電話をかけています」

「だれも出ないと、音声メッセージ機能が作動するようになってるんだ」ハルトムートはいった。「迷惑電話がひどいんでね」

ピアはトビアスを観察した。トビアスはなにを見るというでもなく前を見つめ、話をまともに聞いていなかった。巷《ちまた》で彼に対してどんな噂がたっているかわかっているようだ。

「どういうわけで、アメリーはお宅に電話をかけたりしたんでしょう？」ピアは直接トビアスにたずねた。トビアスは肩をすくめた。

「ザルトリウスさん」ピアはせっつくようにいった。「あなたとコンタクトのあるお隣の娘さんが失踪したんですよ。あなたと結びつけられるのは仕方のないことでしょう。わたしたちはあなたを助けたいだけなのです」

「わかっているとも」ハルトムートが毒のある言い方をした。「以前も、あんたの同僚たちがそういったよ。助けたいだけだ、少女たちをどこに隠したかいってしまえってね！　だがだれも倅の言い分を信じなかった。出ていってくれ。トビアスは土曜日の晩ずっと家にいた！」

「もういいよ、おやじ」トビアスは顔をしかめながら上体を起こした。「無理をしないでくれ」

トビアスはピアを見つめた。目が真っ赤に充血していた。

「土曜日の昼、アメリーと偶然会った。丘の上の森の縁だった。なにか話したいことがあるといっていた。当時の事件についてなにか突き止めたみたいだった。だけどそのとき、ナージャが来て、アメリーは立ち去った。だからそのあと俺に電話をかけてきたんだと思う。俺は携帯電話を持っていないから、うちの固定電話にかけてきたのさ」

ピアは土曜日にナージャ・フォン・ブレドウとすれ違ったこと、そして彼女がポルシェ・カイエンに乗っていたことを思いだした。トビアスの証言は嘘ではないようだ。

「アメリーはどういう話をしたのですか？」オリヴァーが質問した。

「残念ながらあまり多くは話してくれなかった」トビアスは答えた。「当時、事件を目撃した者がいるといっていた。それからティースの名前と、なにかの絵にラウターバッハの旦那が描かれているといっていた」

「だれですって？」

「グレーゴル・ラウターバッハ」

「文化大臣の？」

「ああ、そうだよ。アメリーの家の隣に住んでるんだ。ラウラとシュテファニーの担任だった」

「あなたの先生でもあったんでしょう？」ピアはふと、消えた調書で読んだことを思いだした。

「ああ」トビアスはうなずいた。「高等中学校《ギムナジウム》の上級三学年のあいだドイツ語を教わった」

「アメリーは大臣についてなにを突き止めたというんでしょう？」

「さあ。ナージャがあらわれて、アメリーはあとで話すといって口をつぐんだから」

「アメリーが立ち去ったあと、あなたはどうしました?」

「ナージャと少し話してから、車に乗せてもらってここにもどった。三十分ほどキッチンにいてから、ナージャはハンブルクに飛ばなくちゃならないといって帰っていった」トビアスは顔をしかめ、ボサボサの髪をかきあげた。「俺は友だちのところへ行った。そこで酒を飲んだ。かなり大量に」

トビアスは顔を上げた。表情のない顔だった。「いつどうやって家に帰ったか覚えていない。二十四時間まるまる記憶がない」

ハルトムートは絶望してかぶりを振った。泣きそうな顔だ。静寂の中、マナーモードにしていたオリヴァーの携帯電話がやたらと大きな音で振動した。オリヴァーは携帯電話を耳に当て、少し聞いてから簡単に、よくやったといった。それからピアと視線を合わせた。

「ザルトリウスさん、息子さんが帰宅したのは何時でしたか?」オリヴァーがトビアスの父を見た。ハルトムートはためらった。

「本当のことをいいなよ、おやじ」トビアスの声には元気がなかった。

「日曜日の午前一時半頃だよ」ハルトムートがいった。「ラウターバッハ先生が連れてきてくれた。急患があって、その帰りに拾ったといっていた」

「どこでですか?」

「教会前のバス停です」

「土曜日は車を運転しましたか?」オリヴァーはトビアスにたずねた。

「いいや、歩きだった」

「土曜日に会ったという友だちの名前は?」ピアはペンをだして、トビアスがあげた名をメモした。

「会って裏を取ってみます」オリヴァーは真剣な顔でいった。「それと、いつでも連絡がとれるところにいてください」

*

オリヴァーにかかってきた電話は、捜索班の指揮者からで、アメリーのデイパックが見つかったという連絡だった。デイパックは〈黒馬亭〉の駐車場と教会のあいだのしげみの中に落ちていた。ドクター・ラウターバッハが土曜日の夜、トビアスを拾ったというバス停のそばだった。

「以前と同じですね」ピアは発見場所から数メートルのところに車を止めてからいった。「トビアスは当時も酒に酔って記憶をなくしていました。検察庁と裁判所はその主張を退《しりぞ》けたわけですが」

「彼の言い分を信じるのか?」オリヴァーがたずねた。ピアは考えた。トビアスは本当のことをいっているような気がする。彼はアメリーに好意を持っている。しかし、十一年前に殺したとされるふたりの少女にも好意を持っていなかったか。当時は嫉妬とどうしようもない虚栄心が事件の引き金とされた。アメリーに関してはそれがない。アメリーは本当に、昔の事件と直接関係するなにかを見つけたのだろうか。それともトビアスの作り話だろうか。

「当時の事件についてはなんともいえません」ピアは答えた。「でも今日のトビアスは嘘をついていなかったと思います。本当に記憶がないんですよ」

オリヴァーはコメントを避けた。ピアの直感は何度も真犯人を突き止めている。オリヴァーは高く買っていた。それに引き替え、自分の推理は何度、的をはずしたことか。それでも、トビアスがかつての事件で無実で、今回も無関係だとは思えなかった。ピアはそう考えているようだが。

ディパックにはアメリーの財布、iPod、化粧道具などが入っていたが、携帯電話はなかった。ただひとつはっきりしたのは、彼女が家出をしたわけではないということだ。なにか事件に巻き込まれたのだ。警察犬は駐車場で臭跡を失い、犬にとっては興奮する遊びである次の出動を警察犬担当者とともにその場で待った。事前に図面を描いていたので、村の位置関係をよく把握していたピアが、駐車場に徐々に集まってきた捜査官と話をした。聞き込み捜査も芳《かんば》しくなかった。

「警察犬が森の縁で臭跡を発見しました。少女が住んでいるあたりの通り、隣人の家と庭園のまわりでも見つかりました」指揮官が報告した。

「その隣人の名は?」ピアはたずねた。

「テアリンデンです」指揮官は答えた。「夫人の話では、アメリーはよくその家の息子を訪ねていたようです。重要な手がかりとは思えません」指揮官はがっくり肩を落とした。捜索活動で手がかりが見つからないときほど徒労を感じるときはない。

＊

カイ・オスターマンはアメリーのコンピュータのパスワードを解除することに成功した。インターネットのアクセス履歴をチェックした。SchülerVZ（インターネット上のドイツの生徒向けソーシャルネットワーク）、Facebook、MySpace、Wer-kennt-wen（ドイツで開発されたソーシャルネットワーク）にも個人ページはあったが、期待に反してほとんど更新がなく、他のユーザーとの交信もほとんどなかった。代わりに、一九九七年の事件とトビアス・ザルトリウスの判決についてずいぶん詳細に調べていた。アルテンハインの住民にも関心があったらしく、さまざまなサーチエンジンに名前が入力されていた。とくに強い関心を寄せていたのはテアリンデン家だった。カイはがっかりした。チャットの相手とか、ネット上の不審人物が浮かび上がって捜査が進展するだろうと期待していたのだ。

　オリヴァーが招集した短時間の捜査会議では、二十五人の捜査官が会議室にひしめいたが、ほとんど成果らしいものはなかった。日が落ちたため、結果をだせないまま捜索は中止された。ヘリコプターに搭載した赤外線カメラで見つかったのも、人目につかない林間駐車場で車の中にいた恋人同士や、ハンターの弾が心臓をはずし、逃げたはいいものの瀕死の状態になっていた鹿くらいだった。アルテンハインの教会前に午後十時十六分に停車した、バート・ゾーデン発ケーニヒシュタイン行き八〇三番バスの運転手と、その直後に同地点を通過した反対方向のバス運転手にも事情聴取したが、ふたりとも黒髪の少女には気づかなかったという。この地域のタクシーセンターでも、該当する時間に少女を乗せたという記録はなかった。捜査二十三課のひとりが、土曜日の夜、犬の散歩をした男から、バス停のベンチにすわっている男を見かけたという証言を得た。十二時半頃だという。

「ザルトリウスの家と地所を捜索すべきじゃないですか」フランク・ベーンケが提案した。

「どうして？　なんの手がかりもないでしょう」ピアはすぐ反論した。だが、そういう判断も間違いではないと内心では思っていた。状況はトビアスに不利だった。彼の友だちによると、トビアスは午後七時頃ガレージにやってきたという。イェルク・リヒターが午後遅く電話で誘ったのだ。トビアスは酒を飲みはしたが、前後不覚になるほどには深酒しなかったらしい。そして午後十時頃、ガレージから出ていった。最初は小便に立ったと思ったが、それっきりもどってこなかったという。

「おい、人殺しの前科者と関わりのある十七歳の少女が行方不明になってるんだぞ」フランクが声を荒らげた。「俺には同い年の娘がいる。親の心境がよくわかるんだよ！」

「親の心境がわかるのに子どもがいないとだめなの？」ピアはいいかえした。「捜索令状を申請するなら、どうしてテアリンデンの邸《やしき》を放っておくのよ。警察犬が臭跡を一番多く見つけたのはあそこでしょう！」

「たしかにそのとおりだ」オリヴァーが止めに入った。「しかし義母によれば、アメリーはひんぱんに隣人の家を訪ねていたというじゃないか。臭跡が重要な手がかりになるかどうかは疑問だ」

　ピアは押し黙った。トビアスは、不利になることを承知で、父親に本当のことを語るようにいった。トビアスは黙っていることもできたし、アリバイ作りに父親を利用することもできたはずだ。そうしなかったのは、それがうまくいかないとわかっていたからだろうか。

「アメリーはかつての事件に関わるなにかを突き止めたのだと思います」ピアはしばらくしてからいった。「そしてそれは、多くの人が秘密にしておきたいことではないかと思うんです」

「くだらないね」フランクはかぶりを振った。「あいつは酔っぱらうと自制心をなくすんだ。パーティから帰る途中、アメリーと出会って、襲ったに決まってる」

　ピアは眉を吊り上げた。フランクはいつも短絡的すぎる。

「じゃあ、遺体はどうしたの？　彼には車がなかったのよ」

「そういってるだけだ」フランクはホワイトボードの方を顎でしゃくった。「その娘を見てみろよ」

　みんながいっせいに、ホワイトボードに貼りつけたアメリーの顔写真を見た。

「当時殺された娘にそっくりじゃないか。あいつは病気なんだよ」

「もういい」オリヴァーがいった。「ファヒンガー、ザルトリウスの家と車と敷地の捜索令状を取ってくれ。カイ、きみは引きつづき日記を調べろ。他のみんなは明日八時から捜索を再開してもらいたい。捜索範囲を広げる」

　椅子を引く音がして、全員解散した。まだ少し楽観的な気分が残っていた。捜査官の大半はフランクの意見に同調していて、ザルトリウス家の家宅捜索に期待をかけていた。ピアはみんなが会議室から出ていくのを待って、ボスと話をしようと思っていた。だがあいにく入れ替わりに、ニコラ・エンゲルが背広とネクタイ姿の紳士をふたり連れて入ってきた。

「ちょっと待って」ニコラが、立ち去ろうとしていたフランクに声をかけた。ピアはカトリーン・ファヒンガーと目が合い、ふたりして会議室を出た。

「ファヒンガー？　外で少し待っていてちょうだい」そういって、ニコラはドアを閉めた。

「さあて」カトリーンが廊下でいった。「どういうことになりますかね」

「あれは何者？」ピアは驚いてたずねた。

「内部捜査官です」カトリーンは満足そうにいった。「これであいつもぎゃふんといわされますね」

ピアはようやく、フランクが酒場でアルバイトしていたことと、カトリーンが彼と組むのを拒んだことを思いだした。

「あなたに対する態度、ひどかったけど、どうしたの？」ピアはたずねた。

カトリーンは眉をひそめた。「いうまでもないでしょう。あいつには反吐《へど》が出ます。みんなの前で馬鹿にしたんですよ。あたしは黙っていました。でもいっておきますけど、あいつが今度もお咎《とが》めなしだったら、あたしは配置転換を願いでるつもりです。ああいう手合いにはもううんざりですから」

ピアはうなずいた。気持ちはわかる。今度ばかりはフランクも言い逃れできないだろう。理由はわからないが、ニコラは前から彼のことを嫌っていた。たぶんフランクフルト時代の因縁があるのだろう。悪いが、くそったれの同僚はお先真っ暗だ。ピアは気の毒だとも思わなかった。

二〇〇八年十一月十八日（火曜日）

執務机に新聞が載っていた。またしてもアルテンハインで少女がひとり失踪した。しかもラウラ・ヴァーグナーの白骨遺体が発見された直後だ。ラース・テアリンデンの執務室はガラス張りで、ディーリングルームや彼の秘書室から丸見えなので、両手で顔をおおいたい気持ちをぐっとこらえた。ドイツになんて帰ってくるんじゃなかった！　二年前、高額の報酬に吊られてもともと高給だったロンドンの金融派生商品担当ディーラーを辞めて、スイスの大手銀行の役員になり、フランクフルトへ移ってきた。転職したときはずいぶん評判になったものだ。わずか二十八歳だったが、ウォールストリート・ジャーナルから〝ドイツの奇跡〟ともてはやされ、前途洋々に思えた。しかし自分は最高だという幻想に足下をすくわれた。現実という大地に墜落し、その挙げ句、昔の自分がいかに卑怯者だったか思いださせられてしまった。ラースは深いため息をついた。彼のたった一度の痛恨の判断ミスは、ケルプ祭りのあの夜、みんなのあとをこっそりつけてしまったことだ。あのときはラウラに愛を告白したい一心でどうかしていたのだ！　せめてあのとき……ラースは激しく首を振って新聞をたたみ、くず入れに投げ捨てた。だが過去に逆らっても仕方がない。今は直面する問題に全神経を集中させなくては。あんなくだらない過去のことをうだうだ考えている場合ではない。家族がある。そして多額の借金。タウヌスの大邸宅の購入資金はまだ返済していない。マヨルカ島の別宅も同じくだ。それにフェラーリと妻の四駆のリース料も口座から月々引き落とされる。そう、あのときと同じようにラースは渦にのみこまれていた。だが今回の渦はあっという間に彼を水底に引きずり込もうとしている。アルテンハインなんてくそくらえだ！

＊

三時間前から彼は鯉小路《カルプフェンヴェーク》の高層住宅の前で港の水面を見つめていた。凍てつく寒さも、彼の傷だらけの顔を不審げに見ながら通り過ぎる住民の視線も気にならなかった。家にいるのが耐えられなかった。話ができる相手はナージャ以外思いつかなかった。人と話をしていなければ、頭がおかしくなりそうだった。アメリーが失踪し、警察がアルテンハインですべての石をひっくり返すくらいの大捜索をしている。あのときと同じだ。そしてあのときと同じように、自分は無実だと思っていた。だが一抹の不安がないわけではない。それは小さな鋭い牙となって彼の心を苦しめた。酒のせいだ！　もう二度と一滴も飲まないぞ。そのとき背後で靴音がした。トビアスは顔を上げた。ナージャだ。携帯電話を耳に当てて足早にやってくる。トビアスは、そもそも歓迎してもらえるかどうか心配になった。彼女を見るたびに、自分のみすぼらしさを痛感させられてしまう。着古した安物の革ジャンと変わり果てた顔。自分が浮浪者のような気がしてならない。ここから立ち去って、二度と近寄らないほうがいいのではないか。

「トビー！」ナージャは携帯電話をしまい、驚いて駆けよってきた。「こんな寒いところでなにをしてるの？」

「アメリーが消えた」トビアスは答えた。「警察が俺のところに来たんだ」

トビアスはやっとの思いで立ち上がった。両足が氷のようにかじかんでいる。背中に痛みが走った。

「どういうこと？」

トビアスは両手をもんで、息を吹きかけた。

「だからさ、一度少女殺人をすれば、ずっと少女殺人をするだろうっていうのさ。それにアメリーが消息を絶った時間帯のアリバイがない」

ナージャは彼を見つめた。「とにかく家に入って」ナージャは玄関の鍵を挿して、扉を開けた。トビアスはぎこちない足取りで、ナージャのあとから建物に入った。

「きみはどこに行ってたんだ？」ガラス張りのエレベーターでペントハウスまで上がったとき、トビアスはたずねた。「二、三時間待ったぞ」

「ハンブルクに行っていたのよ。いっておいたでしょう」ナージャは首を横に振った。そして心配そうにトビアスの手に自分の手を重ねた。「やっぱり携帯電話がいるわね」

そのときようやく、ナージャが土曜日に撮影の仕事でハンブルクへ飛んだことを思いだした。

ナージャはトビアスが革ジャンを脱ぐのを手伝ってから、彼をキッチンに案内した。

「すわって」ナージャはいった。「コーヒーをいれるわ。それにしてもなんてことかしら!」

ナージャはコートを椅子の背にかけた。携帯電話からポリフォニーの呼び出し音がしたが、無視してエスプレッソマシンの用意をした。

「アメリーのことが本当に心配なんだ」トビアスはいった。「彼女は当時の事件についてなにかつかんでいた。だけど、それがなんなのかわからないし、だれに話したかも聞いていない。俺を助けようとして、事件に巻き込まれたとしたら、すべて俺の責任だ」

「でも、過去を探ってくれって頼んだわけじゃないんでしょう」ナージャはコーヒーカップをふたつテーブルに置き、冷蔵庫からミルクをだして、トビアスの真向かいにすわった。化粧をしていない彼女は、目の下に隈ができていて、疲れているようだ。

「ほら」ナージャはトビアスの手に自分の手を重ねた。「コーヒーを飲んで。それからお風呂に入って体を温めるといいわ」

どうして今の気持ちが、ナージャにはわからないんだ? コーヒーなんていらないし、風呂だってお断りだ! トビアスは、無実だとナージャにいってほしかったのだ。そしてアメリーになにがあったか、ふたりで考えたかった。それなのに、ナージャはコーヒーを飲んで、風呂に入れという。それが今、重要なことでもあるかのように!

彼女の携帯電話がふたたび鳴った。しばらくしてリビングの固定電話も鳴った。ため息をつくと、ナージャは電話に出るため立ち上がった。トビアスはテーブルを見つめた。刑事は自分の言い分を信じてくれなかった。それでも、自分のことより、アメリーの身が心配だった。ナージャがもどってきて、背後からトビアスの首に抱きついた。彼の耳と無精髭の生えた頬にキスをした。トビアスは彼女を払いのけたくなったが、ぐっと我慢した。今は優しい気持ちになれない。わからないのか？　首の洗濯ひもが巻かれた跡をナージャの人差し指がなでた。トビアスは鳥肌が立った。それをやめさせるために彼女の手首をつかみ、椅子を引いて、彼女を膝にすわらせた。

「俺は土曜日の夜、イェルクやフェーリクスたちと、イェルクのおじさんのガレージにいたんだ」トビアスはささやいた。「最初はビールを飲んで、それからレッドブルとウォッカをまぜたやつを飲んだ。それで完全に酔っぱらって、日曜日の午後目を覚ましたときには、ひどい二日酔いになって、そのあとのことをなにも記憶していなかったんだ」

ナージャの瞳がすぐ目の前に迫ってきて、トビアスを食い入るように見つめた。

「ふうん」ナージャはそれしかいわなかった。考えていることはトビアスにもわかった。

「俺を疑っているのか」トビアスはナージャを突き放した。「きみまで俺がアメリーを……殺したと思ってるんだな、ラウラとシュテファニーのときみたいに！　そうなんだろう？」

「そんなことないわ！　そんなこと思うはずがないでしょう。どうしてあなたがアメリーに危害を加える必要があるのよ。あの子はあなたを助けようとしていたんでしょう！」

「そうなんだ。俺にもわけがわからないんだ」トビアスは冷蔵庫に寄りかかり、髪をかきあげた。「はっきりしてるのは、午後九時半から日曜日の午後三時半まで記憶がないってことなんだ。物理的には犯行が可能だったことになる。デカもそう見てるのさ。そのうえ、アメリーは十回以上も俺に電話をかけてきたらしい。おやじの話だと、俺はラウターバッハ先生の車に乗せられて夜中の一時半頃、家にもどった。先生が、酔っぱらってる俺を教会前のバス停で見つけたんだってさ」

「まずいわね」ナージャはそういって椅子に腰かけた。

「だろう」トビアスは少し気持ちが落ち着いて、テーブルにあったタバコを取って、火をつけた。「いつでも連絡がつくようにしろって、デカにいわれたよ」

「でも、どうして?」

「容疑がかかってるのさ。決まってる」

「だ、だけど、そんな無茶苦茶な」

「奴らはどんな無茶もできるのさ。以前だってできたんだからな。おかげで、こっちは十一年をむだにした」

トビアスはタバコの煙を吸い込むと、紫煙の向こうにかすむナージャを見つめた。短い晴天は終わりを告げ、十一月はいやな面を前面にだしてきた。たれこめた黒雲から激しい雨が降り注ぎ、大きな窓ガラスに叩きつけている。平和橋はうっすらと輪郭が見えるだけだった。

「本当のことを知っている奴がいるはずなんだ」そういって、トビアスはコーヒーカップに手を伸ばした。

「なんのこと?」ナージャは小首をかしげてトビアスを見た。トビアスは目を上げた。おっとりすまし顔の彼女が気にくわなかった。「アメリーだよ」トビアスがそう答えると、ナージャの眉が一瞬吊り上がった。「あの娘はなにか危険なものを見つけたんだ。きっとティースから問題の絵をもらったんだ。そこになにが描かれているかは教えてくれなかったけど。だれかが彼女を危険だと思ったんじゃないかな」

*

テアリンデン邸の金メッキされた突起のついた高い門は固く閉ざされていた。何度チャイムを鳴らしても、だれも開けようとしなかった。ただ赤いセンサーが点灯している小型防犯カメラが、彼女の動きに合わせて首を振っていた。ピアは車の中にいるボスに向かって肩をすくめてみせた。ここに来る前にクラウディウス・テアリンデンの会社にも電話を入れたが、それも空振りだった。秘書によると、家庭の事情で会社を休んでいるという。

「ザルトリウスのところへまわろう」オリヴァーはエンジンをかけると、車を少し後退させて、向きを変えた。「テアリンデンは逃げやしないさ……」

　ふたりは、警官がうろつきまわっているザルトリウス農場の裏門を抜けた。家宅捜索令状は即座にだされた。カトリーンは昨夜遅く、そのことをピアに連絡してきた。だがそのとき一番話したかったのは、じつは内部捜査の結果についてだった。これまでフランクが享受していた温情は終わりを告げた。オリヴァーがあいだを取り持とうとしたが、なにも変えられなかった。フランクは無許可で副業についていたかどで処分を受けざるをえなくなった。懲戒処分、おそらく降格させられる。しかも今後、カトリーン・ファヒンガーに対して不適当な態度を取ったり、脅威を与えたりするようなことがあったら、即刻停職処分にすると、ニコラ・エンゲルは言い渡したという。ピアだったらフランクに対する苦情を申し出ることはしないだろう。臆病なせいだろうか、それとも仲間意識のなせるわざだろうか。正直いって、カトリーンの勇気には舌を巻く。同僚を公職監査委員会に訴えることなどなかなかできることではない。みんな、カトリーンを見くびっていたのだ。

〈金鶏亭〉前の駐車場はパトカーで満車になり、反対側の歩道には雨模様にもかかわらず、野次馬がたむろしていた。年配の人が六、七人。他にすることがないのだろうか。オリヴァーとピアは車から降りた。ハルトムート・ザルトリウスはちょうど、元食堂の正面壁に書かれた新しいいたずら書きをたわしでこすり落としているところだった。むだなあがきというしかない。

〝注意、ここは人殺し野郎の家！〟というのが、いたずら書きの文面だった。

「石けんじゃ落ちないでしょう」オリヴァーはいった。ハルトムートが振り返った。目に涙を浮かべている。髪が濡れそぼり、雨水を吸った青い作業服を着ている。哀れを絵に描いたようだった。

「どうしてそっとしておいてくれないんだ？」ハルトムートは絶望していた。「昔はみんな仲がよかった。子どもたちも仲よく遊んでいた。それが今は憎悪のかたまりしかない！」

「家に入りましょう」ピアはそっと声をかけた。「あとでだれかにこれを消させますから」

ハルトムートはたわしをバケツの中に落とした。「あんたらの部下は家も農場も虱潰《しらみつぶ》しに捜索している」その声には訴えるような響きがあった。「おかげで村じゅう、その話でもち切りだ。俺の倅《せがれ》をどうしようっていうんだ？」

「家にいますか？」

「いいや」ハルトムートは肩をすくめた。「どこへ行ったのやら。もうなにもかもわからなくなった」

ハルトムートの視線がふとピアとオリヴァーの背後に向けられた。いきなりびっくりするほどの怒りを爆発させると、バケツをつかんで駐車場を駆けだした。ほんの一瞬、昔のように堂堂とした男にもどった。

「どっかへ行っちまえ、このくそったれ野郎ども！」そう怒鳴りちらすと、ハルトムートはバケツに入っていた石けん液を通りの向こうの野次馬に向かってぶちまけた。「うせろ！　俺たちにかまうんじゃない！」

ハルトムートの声が裏返った。オリヴァーが腕をつかんで止めなかったら、ハルトムートは物見高い連中に殴りかかっていただろう。だが怒りの爆発は起こったときと同じようにすぐにしぼんだ。ハルトムートはオリヴァーの腕の中で、空気の抜けた風船みたいに小さくなった。

「すまない」彼はかすかに笑みを浮かべながら小声でいった。「もっと前からこうしていればよかった」

＊

鑑識チームが家宅捜索をしているあいだ、ハルトムートは裏口を開けて、ピアとオリヴァーをひなびた感じの食堂に通した。一見すると昼休み中のようだ。椅子はみな、テーブルに上げてあり、床にはほこりひとつ落ちていなかった。合成皮革のファイルに綴じ込まれたメニューが、レジの横にきれいに積んである。カウンターはピカピカに磨いてあり、ビールの注ぎ口もキラキラ輝き、スツールもきれいに並べてあった。ピアは室内を見回して背筋が寒くなった。ここだけ時間が止まったように見える。

「俺は毎日ここに来るんだ」ハルトムートはいった。「祖父の代からここで農場をやりながら〈金鶏亭〉を経営してきた。ここを捨てて出ていくことなんてできない」

ハルトムートはカウンターの近くの丸テーブルに載せていた椅子を下ろし、オリヴァーとピアにすわるよう手招きした。

「なにか飲むかい？　コーヒーでいいかな？」

「ああ、それはありがたい」オリヴァーは微笑んだ。ハルトムートはカウンターの向こうで忙しく立ち働いた。食器戸棚からカップをだし、コーヒー豆をコーヒーメーカーに入れた。何千回としてきたことなのだろう、慣れた手つきでそつがない。そのあいだ、自分で家畜を始末し、料理をこしらえ、自家製のリンゴワインを醸造していた昔のことを生き生きと語った。

「フランクフルトからわざわざ客が来るほどだったんだ」ハルトムートは誇らしげにいった。

「みんな、うちのリンゴワインが目当てだった。いろいろあったな。二階の大ホールでは毎週宴会が開かれたものさ。親の代には映画上映会やボクシングなんかもやったんだ。当時はみんな車なんて持ってなかったから、遠くに食べにいくことなんてなかった」

オリヴァーとピアは黙って視線を交わした。ここは彼の王国。ハルトムートは、客を喜ばせることだけを考える昔の店主にもどっていた。卑屈で、影が薄かったのが嘘のようだ。このときはじめてピアは、この男が失ったものの大きさに気づき、深い同情の念を覚えた。例の事件のあとどうして村から出ていかなかったのか訊こうと思っていたが、たずねるのをやめた。ハルトムートは一族が何世代にもわたって暮らしてきたこの村から離れられないのだ。中庭のマロニエと同じように、ここに深く根を下ろしているのだ。

「農場がきれいになりましたね」オリヴァーがいった。「大変だったでしょう」

「トビアスががんばってくれたんだ。全部売り払えといってる」ハルトムートは答えた。「ここではもう生きていけないのはわかってるんだ。だけど、この農場はもう俺のもんじゃないから」

「だれの所有なんですか？」

「トビアスの弁護にものすごい金がかかったんだ」ハルトムートはすすんで話した。「食堂の厨房を新しくして、トラクターとか農機具を買うのに借金をしていたこともあって、金に困ったのさ。三年間は分割払いしてきたんだが……客足が遠のいちまって、店をたたむしかなかった。クラウディウスがいなかったら、今頃、路頭に迷っていたよ」

「クラウディウス・テアリンデン？」ピアはそう聞き返して手帳をだした。このあいだアンドレア・ヴァーグナーのいっていたことがわかった。ザルトリウスのような憂き目にあいたくないということだった。クラウディウス・テアリンデンに首根っこをつかまれるくらいなら、働きに出たほうがましだという意味だったのだ。

「ああ。俺たちを気にかけてくれたのはクラウディウスだけだった。弁護士の面倒もみてくれて、刑務所にトビアスをよく訪ねていた」

「そうなんですか」

「テアリンデン家はこの村でうちと同じくらいの古株さ。クラウディウスのひいじいさんは村の鍛冶屋で、ちょっとした発明をしてから機械工房を立ち上げた。クラウディウスのじいさんがそれを会社にして、丘の上の森の縁《ふち》に邸《やしき》を建てた。テアリンデン家はいつも連帯感が強くて、村のためにいろいろ貢献してきたんだ。今はもうその必要がなくなったが、それでもクラウディウスはみんなのことを気にかけている。そして金に困ると助けてくれるんだ。彼の資金援助がなかったら、村にある団体なんて、どれも立ちゆかないだろう。数年前、消防団に新しい消防車を寄付したし、スポーツクラブの会長で、サッカーチームの一軍と二軍のスポンサーでもある。人工芝のグラウンドができたのも、彼のおかげだ」

ハルトムートは遠くを見るような目付きをした。オリヴァーとピアは、彼のおしゃべりの邪魔をしなかった。しばらくしてハルトムートはまた話をつづけた。

「クラウディウスはトビアスを雇ってくれるとまでいってるんだ。他に仕事が見つかるまでね。息子のラースはトビアスの親友だったし。うちのふたり目の息子みたいに年じゅう出入りしていた。トビアスもテアリンデンのところで息子みたいに歓迎されていたよ」

「ラース」ピアがいった。「精神病者なんですよね」

「いや、違う。それはラースじゃない。長男のティースだよ。だが精神病者じゃない。自閉症さ」

「たしか」ピアから昔の事件について情報を得ていたオリヴァーがいった。「クラウディウス・テアリンデンも当時容疑をかけられましたね。テアリンデンがラウラとなにかあった、と息子さんが主張したとかで。その意味では、彼はトビアスを面白く思っていなかったのではないですか？」

「クラウディウスとラウラのあいだになにかあったなんて思えないね」ハルトムートはしばし考えてから答えた。「あの娘はかわいらしくて、少し生意気だった。母親が邸の家政婦だったんだ。だからラウラはよく邸に遊びにいっていただけさ。ラウラは、クラウディウスが色目を使うってトビアスに話していたらしいけど、それもあいつの気をひくためだったんじゃないかな。トビアスにふられたとき、あの娘はかなり腹を立てていたからな。だけどトビアスはシュテファニーに夢中だったから、ラウラにはつけいる隙なんてまるでなかった。シュテファニーって娘はまるで違うタイプだった。もう立派な若い女だった。とっても美人でませていたな」

「白雪姫」ピアはいった。

「そう、その役を手に入れてから、そんな風に呼ばれていた」

「役って？」オリヴァーが質問した。

「学校で劇をやることになっていたのさ。他の娘たちは嫉妬していた。シュテファニーは新顔なのに、みんなの憧れの役を射止めたわけだからね」

「けれどもラウラとシュテファニーは友だちだったのではないんですか？」ピアがたずねた。

「ふたりとナターリエは同級生だった。仲がよくて、いつもいっしょにつるんでいたよ」ハルトムートは平和な頃を思いだしているようだった。

「つるんでいたのはだれですか？」

「ラウラ、ナターリエ、それから男の子たち。トビアス、イェルク、フェーリクス、ミヒャエルとか。シュテファニーはアルテンハインに引っ越してくると、すぐその仲間になった」

「トビアスはシュテファニーが好きになってラウラと別れたんですよね？」

「ああ」

「そしてそのあと、シュテファニーがトビアスをふった。理由はなんですか？」

「さあ、なにかな」ハルトムートは肩をすくめた。「若者のことなんてわかるものかね。シュテファニーが担任の教師を誘惑したって噂があったけどね」

「グレーゴル・ラウターバッハを？」

「ああ」ハルトムートは顔を曇らせた。「裁判ではそれが殺人の動機にされた。トビアスは教師に嫉妬して、それが原因でシュテファニーを殺したって。ばかげた話だ」

「シュテファニーが主役を演じられなくなったあと、だれが代役を務めたんですか？」

「たしかナターリエだったと思うがね」

ピアはオリヴァーに視線を向けた。

「ナターリエ、つまりナージャですね」ピアはいった。「あの人はずっとあなたの息子さんと親しくしていますね。どうしてですか？」

「ウンガー家はうちの隣人なんだ」ハルトムートは答えた。「ナターリエはトビアスにとって妹みたいな存在だったのさ。それから親友になった。あの娘は倅のいい相棒だった。男勝りで、女々しいところがなかったから。まったくお転婆でな。倅も、他の男の子たちも、あの娘を男扱いしていた。あの娘はモペットを乗りまわし、木登りをして、男の子にまじって喧嘩もした」

「クラウディウス・テアリンデンに話をもどしますが」オリヴァーがそう話しかけたとき、フランクが鑑識官をふたり連れて食堂の裏口から勢いよく入ってきた。今朝、オリヴァーは家宅捜索の指揮を彼に任せていた。フランクがテーブルの前に立つと、ふたりの鑑識官が副官のようにわきをかためた。

「息子さんの部屋で面白いものを見つけましたよ、ザルトリウスさん」

フランクは勝ち誇った目付きをしていた。警官であることを笠に着て高飛車にものがいえることを楽しんでいる節がある。まったく卑劣な奴だ、とピアは思った。

魔法でもかけられたように、ハルトムートはまた卑屈になった。

「これ」フランクはハルトムートから目を離さずにいった。「息子さんのジーンズのポケットに入っていた」フランクは鼻息荒くいった。「これは息子さんのかな？　ん？　まさかな！　裏側にサインペンでイニシャルが書いてある。見てみろ！」

オリヴァーは遅ればせながら咳払いして、人差し指を立てて注意した。ピアは、ボスにキスをしたいくらいうれしかった。思わずニヤニヤしてしまいそうだった。オリヴァーはなにもいわず、フランクがボスでないことを思い知らせた。しかも鑑識官のいる前で。フランクは歯ぎしりしながら、押収したものを入れたビニール袋をボスに渡した。

「ごくろう」オリヴァーは彼を見もせずにいった。「捜索をつづけてくれたまえ」

フランクの頬のこけた顔から血の気が引いたと思ったら、かっと血が上った。いいところだったのに事情聴取の邪魔をするとは、まったくろくでもない奴！　フランクの視線を感じたが、ピアは知らんぷりをした。オリヴァーはビニール袋の中身を確かめて、眉間にしわを寄せた。

「アメリー・フレーリヒの携帯電話らしいな」フランクたちが立ち去ってから、オリヴァーは真剣な口調でいった。「どうして息子さんのズボンのポケットに？」

ハルトムートは顔を真っ青にして、あわててかぶりを振った。

「お、俺にはさっぱりわからない」ハルトムートはささやいた。「本当だ」

＊

ナージャの携帯電話が鳴って振動した。だがチラッと画面を見ただけで彼女は放りだした。

「出たらいいじゃないか」トビアスは毎回聞かされる着信音の音楽が神経に障っていた。「まったくうるさくてかなわない」

ナージャは携帯電話を取って、通話ボタンを押した。

「もしもし、ハルトムート」ナージャはそういって、トビアスを見つめた。トビアスははっとした。おやじがナージャになんの用だろう。

「えっ？　あら、ええ、わかるわ」ナージャはトビアスから目を離さずに話しつづけた。「いいえ……あいにくだけど。ここにはいないわ……ええ、どこにいるのかしらね。わたしはついさっきハンブルクからもどったところなの……ええ、もちろんよ。連絡があったら伝えるわ」

ナージャは電話を切った。一瞬、静寂に包まれた。

「嘘をついたんだ」トビアスはいった。「どうして？」

ナージャはすぐには答えなかった。目を伏せてため息をついた。ふたたび顔を上げたとき、目に涙が浮かんでいた。

「警察が家宅捜索してるんですって」ナージャは押し殺した声でいった。「あなたと話したがっているそうよ」

家宅捜索？　どうしてだ？　トビアスはいきなり立ち上がった。おやじをひとりにしておけない。もう忍耐の限界だ。

「お願い、トビー！」ナージャは哀願した。「行かないで！　逮捕されたらどうするの？」

「俺が逮捕されるってだれかがいってるのか？　二、三質問されるだけさ」

「そんなことないわ！」ナージャは急に立ち上がった。椅子が大理石の床に倒れて大きな音がした。顔が引きつり、目から涙があふれている。

「どうしたんだよ？」

ナージャはトビアスの首にかじりついた。トビアスは面食らって彼女の背中をなで、抱きしめた。

「警察はあなたのジーンズからアメリーの携帯電話を見つけたのよ」首のあたりで、ナージャのくぐもった声がした。トビアスは言葉を失った。愕然として、ナージャを引きはがした。なにかの間違いだ！　アメリーの携帯電話がどうして自分のジーンズに？

「行かないで」ナージャが哀願した。「どこかへ行きましょう！　ほとぼりが冷めるまで姿をくらますのよ！」

トビアスは黙って前を見据えた。気をしっかり持とうとした。拳を固め、またゆるめた。記憶を失っている数時間のあいだにいったいなにがあったんだ？

「あなた、逮捕されるわ！」ナージャは気を取り直してそういうと、手の甲で頬の涙をぬぐった。「あなただってわかっているでしょう！　もうチャンスなんてないのよ」

ナージャのいうとおりなのはわかっている。不思議なことに、前と状況がそっくりだ。あのときはラウラの首飾りが搾乳場で見つかり、犯行の証拠になった。トビアスはパニックに陥《おちい》って背筋が寒くなり、椅子にどさっとすわり込んだ。絵に描いたような犯人であることは間違いない。アメリーの携帯電話がズボンのポケットにあったという事実を盾に、奴らはトビアスの首に縄をかけるだろう。昔の苦痛がいきなり蘇った。自分への不信が血管に、体内に、そして脳内の隅々まで腐った膿のようにしみわたった。人殺し、人殺し、人殺し！　自分でもそう思いたくなるくらい、ずっといわれつづけてきた。トビアスはナージャを見つめた。

「わかった」とかすれた声でささやいた。「もどるのはやめる。だけど、俺が本当に人殺しをしていたらどうするんだ？」

＊

「携帯電話のことはマスコミにもだれにもいうな！」オリヴァーは命じた。家宅捜索に加わった捜査官全員が門のまわりに集まっていた。滝のような雨が降っていた。しかもこの二十四時間のうちに気温が十度も下がった。雨は雪まじりになっていた。

「どうしてだめなんですか？」フランク・ベーンケがむっとしていった。「俺たちがぐずぐずしているあいだに高飛びされますよ！」

「魔女狩りが行われる危険があるからだ」オリヴァーはいった。「村の空気が熱くなっている。まずトビアスと話がしたい。それまでは箝口令を敷く。わかったな？」

捜査官たちはうなずいた。フランクだけが腕組みをして首を横に振った。さっきの屈辱にフランクの腹の虫がおさまらないことを、オリヴァーは承知していた。それに鑑識の家宅捜索に加わるというのは、明らかに降格を意味する。フランクもそのことをはっきり理解していた。オリヴァーは前もってふたりだけで話をし、フランクに失望したと伝えてあった。過去十二年、激しやすいフランクの失態をいつも尻ぬぐいしてきた。しかしそれも、もうおしまいだとはっきりいった。家庭の事情があるといっても、服務規程違反の弁解にはならない。フランクが指示に従えばよし、さもなければ停職は免《まぬが》れない。きびすを返すと、オリヴァーはピアを追うようにして車へ向かった。

「トビアスを公開捜索するぞ」オリヴァーはエンジンをかけたものの、すぐには車を発進させなかった。「くそっ！　アメリーの手がかりが他にも農場で見つかるな。間違いない！」

「ホシは彼だと思ってるんですね？」ピアは携帯電話をだして、カイ・オスターマンにかけた。ワイパーがフロントガラスの水を払った。暖房がフル回転して温風を吐きだした。オリヴァーは下唇をかんで考え込んだ。正直なところ、まだぜんぜん状況がつかめていない。事件に神経を集中させようとすると、なぜか知らない男とベッドに入っているコージマの姿が目に浮かんでしまう。昨日もまた会っていたのだろうか。夜遅く帰宅すると、コージマはすでにベッドで寝ていた。その機会をとらえて、彼女の携帯電話の中身をチェックしたが、電話番号リストもショートメッセージもすべて消去されていた。今回は良心の呵責《かしやく》を覚えなかった。彼女のバッグやコートを探るのも平気だった。そして疑うのはやっぱりやめようと思いかけたとき、彼女の財布の二枚のクレジットカードのあいだにコンドームをふたつ発見してしまったのだ。

「オリヴァー！」ピアの声にはっと我に返った。「カイがアメリーの日記に興味深い記述を見つけました。隣人が毎朝、彼女をバス停まで車で送るため待ち構えていたんですって」

「それで？」

「その隣人はクラウディウス・テアリンデンなんです」

オリヴァーはピンとこなかった。思考が止まっている。捜査を指揮する気持ちの余裕がなかった。

「彼の話を聞いてみないと」ピアは少しいらついた様子でいった。「トビアスを真犯人と特定するには、まだアメリーの周辺でなにが起こっていたか知らなすぎます」

「ああ、そうだな」オリヴァーは車をバックさせて、道路に出た。

「危ない！　バスが！」ピアが叫んだが、遅すぎた。ブレーキの音。金属がぶつかる音。車がものすごい衝撃を受けた。オリヴァーは横の窓に頭をしたたかに打ちつけた。

「やっちゃったわ」ピアはシートベルトをはずすと、車から降りた。オリヴァーは朦朧《もうろう》としながら肩越しに後ろを向いた。雨に濡れた窓の向こうに大きな車の輪郭が見えた。なにか生温かいものが顔を伝った。頬に触れた手に血がついていた。そのときになって、ようやくなにが起こったか実感した。降りしきる雨の中、怒っているバスの運転手と話をしなければならないと思うだけで、うんざりした。もうなにもかもうんざりだ。オリヴァーはドアを開けた。

「大変、出血しているじゃないですか！」ピアがびっくりしていったかと思うと、すぐに吹きだした。背後の雨に濡れた通りでは、人だかりができていた。家宅捜索をしていた捜査官たちが集まってきて、BMWとバスの被害状況を検分しようとした。

「笑うことはないだろう」オリヴァーはふくれっ面をしてピアを見た。

「ごめんなさい」さっきまで緊張していたピアは、反動で笑いの発作を起こしていた。「貴族は血が青いっていうじゃないですか。でもボスの血が赤いものですから」

＊

ピアがなんとか走行可能なBMWを運転して、テアリンデン邸の開け放った門をくぐったのは、もうだいぶ日が落ちてからだった。ラウターバッハ女医が〝分院〟と呼んでいる車で事故現場を通りかかったのはまったくの偶然だった。アルテンハインの旧市庁舎に開いているクリニックでは普通、水曜日の午後しか診察を受けつけていなかったが、その日は往診のために患者のカルテをクリニックに取りに出かけたところで、事故に出くわしたのだった。女医はさっそくオリヴァーの頭の怪我を診察し、脳震盪《しんとう》を起こしている危険があるので、今日は横になっていたほうがいいと勧めた。しかしオリヴァーは女医の言葉を頑として聞き入れなかった。ひとしきり笑ったあと、ピアはボスがなにを考え込んでいるか察した。口にはださないが、明らかにコージマのことを考えている。

ふたりは背の低い街灯に照らされた坂道をくねくねと走った。立派な古い木やツゲの垣根や冬枯れした花壇のある庭園の中を抜けた。カーブを曲がり切ると、もやの立ちこめた宵闇の中、邸が姿を見せた。出窓や塔やとがった破風を配した大きな古い大邸宅で、窓の明かりが人を誘うように光っていた。中庭に入ると、三段ある外階段の前で車を止めた。太い木の円柱に支えられた張り出し屋根の下で、ハロウィーンのカボチャがニヤニヤ笑いながらふたりを出迎えた。ピアはチャイムを鳴らした。すぐに邸の中で何頭もの犬の吠え声がした。玄関の古風な磨《す》りガラスを通して、吠えながらドアに飛びかかる犬の群れが見えた。一番高いところまで届いたのは、狂ったように吠えている脚の長いジャックラッセルテリアだった。凍てつく風に巻かれて、小さな雪の結晶になりかけた細かい雨が張り出し屋根の下まで飛んできた。ピアがあらためてチャイムを鳴らすと、犬の吠え声は耳をつんざく激しいものになった。

「早くだれか出てくれないかしら」そういいながら、ピアはデニムジャケットの襟を立てた。

「そのうちにあらわれるだろう」オリヴァーは木の手すりにもたれて、ぼんやりしている。ピアは眉を吊り上げてオリヴァーをにらんだ。オリヴァーの禁欲的ともいえる忍耐力には、ほとほと愛想が尽きていた。ようやく足音が聞こえ、犬が吠えるのをやめてさっと姿を消した。玄関が開いた。姿を見せたのは、丸首セーターの上に毛皮で縁取りをしたベストを着ていて、膝まであるチェック柄のスカートと流行のくるぶしまでのブーツをはいている。ピアは一目見たとき、二十代半ばかと思った。女は年齢不詳ののっぺりした顔をしていて、人形のように碧い大きな目でピアたちをおずおずと見た。

「テアリンデン夫人？」オリヴァーが黙っていたので、ピアは刑事章を見せようと、ダウンベストやデニムジャケットを探った。女がうなずいた。「わたしはキルヒホフといいます。こちらはボーデンシュタインです。ホーフハイム刑事警察署の者です。ご主人はご在宅ですか？」

「いいえ、あいにくですが」クリスティーネ・テアリンデンはニコニコしながら手を差しだした。五十歳は過ぎているはずだ。若やいだ服装が急に変装のように思えた。「どのようなご用件ですか？」

クリスティーネはふたりを家に招き入れようとしなかった。開いているドアを通して、ピアは家の中をのぞいた。赤い絨毯《じゅうたん》を敷いた幅の広い階段。チェス盤のようなチェック柄に大理石を敷き詰めたエントランスホール、サフラン色の壁紙を貼った、見上げるように高い壁には暗い感じの油絵が飾ってあった。

「ご存じと思いますが、土曜日の夜から隣人の娘さんが行方不明なのです」ピアは話しはじめた。「昨日、臭跡を追っていた警察犬が何度もお宅に行き着きまして、理由を伺いにきたのです」

「無理はありません。アメリーはよくうちに来ていましたから」クリスティーネの声は鳥のさえずりのようだった。視線をピアからオリヴァーに移し、またピアにもどした。「あの娘はうちのティースと仲がいいのです」

クリスティーネは完璧なボブカットを無意識にそっとなでつけ、またもや黙って後ろに控えているオリヴァーをうかがった。彼の額《ひたい》の絆創膏が薄明かりに照らされて白く輝いていた。

「仲がいいのですか？　息子さんのガールフレンドということですか？」

「いえ、いえ、それは違います。ふたりは気が合っているだけです」クリスティーネは控えめに答えた。「あの娘は人見知りしないのか、息子をなんとも思わないのです。じつはうちの息子には少し変なところがありまして」

話しているのはピアなのに、クリスティーネはオリヴァーの方ばかり気にしている。まるで助け船を期待しているかのように。ピアはこういうタイプの女性をよく知っている。途方に暮れた仕草と媚《こび》を売るふりを完璧にマスターし、男の保護者意識を目覚めさせるのが巧みな女だ。だが根っからそういうタイプの女は、ごくわずかしかいない。たいていは有効な洗脳手段として、そういう振る舞いを時間とともに身につけるのだ。

「息子さんと話せますか」ピアはいった。「アメリーのことでなにか伺えるとありがたいのです」

「残念ですが、それはできません」クリスティーネはベストの毛皮の縁飾りをつまみ、金髪をなでた。「ティースは昨日発作を起こしまして、医者を呼ばなければならなかったのです」

「発作といいますと?」ピアは食い下がった。警察があいまいな返事で満足すると思っていたら、大間違いだ。ピアの質問は痛いところをついたようだ。

「まあ、その、なんというか。ティースはとても不安定でして、生活環境が少し変わっただけでも、ひどく動揺してしまうんです」

できあがった文章を暗唱しているかのように言葉がすらすら出てくる。だが驚くほど言葉に感情が籠もっていなかった。どうやら隣人の娘になにがあろうが、ほとんど興味がないらしい。アメリーがどうなったか形だけでもたずねるのが普通だろうに、それすらしない。食料品店で村の女性たちが、ティースを犯人であるかのように噂していたことを、ピアは思いだした。

「息子さんはふだんなにをしているのですか?」ピアは質問した。「お仕事は?」

「働いてはいません。人見知りが激しいので」クリスティーネは答えた。「ティースはうちや近隣の庭の手入れをしています。とても優秀な庭師なんです」

ピアはふと、一九六〇年代のエドガー・ウォーレス物の映画をネタにラインハルト・マイ(ドイツのシンガーソングライター、一九四二年生まれ)が書いた古い歌詞を思いだした。「人殺しはいつも庭師」。そんな単純なものだろうか? テアリンデン家の人間はもっとなにか知っていて、障害を持った息子を守るため、隠しているのかもしれない。

＊

雨がとうとう雪に変わった。アスファルトの道路がうっすら雪化粧をしている。ピアはノーマルタイヤの重たいBMWをテアリンデン工業の前に止めるのにかなり苦労した。

「タイヤを交換しないと」ピアはボスにいった。「冬のあいだは冬タイヤですよ」

「えっ、なんだって？」オリヴァーは眉間にしわを寄せた。またなにか考えごとをしていたのだ。だが少女失踪事件のことでないのは確かだ。オリヴァーの携帯電話が鳴った。

「どうも、エンゲル署長……」オリヴァーは画面を確かめてから電話に出た。

「冬だっていったんです」ピアはつぶやいて、窓を下ろし、守衛に刑事章を呈示した。「テアリンデン社長と会う約束をしています」

それはかならずしも正確ではなかったが、守衛は黙ってうなずき、暖房してある小さな守衛所に入って、遮断機を上げた。ピアはスリップしないように気をつけながらアクセルを踏み、ガラス張りの本社ビルの手前にある、ガラガラの駐車場に向かった。玄関の前に黒塗りのベンツSクラスが止まっていた。ピアはその後ろに車を止めて外に出た。オリヴァーはいいかげんエンゲル署長との話を切り上げられないのだろうか。ピアの足は氷のかたまりのように冷え切っていた。アルテンハインからここまでは距離が短すぎて、暖房が充分に効かなかったのだ。雪が激しくなった。ホーフハイムまで車で帰れるだろうか。そのとき、黒いベンツの後部左のフェンダーに醜いへこみがあることに気づいた。錆が出ていないところを見ると、それほど前の傷ではないようだ。

背後で車のドアが閉まる音がしたので、ピアは振り返った。オリヴァーは玄関のドアを開けてピアを待っていた。ふたりはエントランスホールに足を踏み入れた。磨きのかかったウォールナット材のカウンターの向こうに若い男性がすわっていて、その背後の真っ白な高い壁面にテアリンデンという金文字が燦然《さんぜん》と輝いていた。シンプルだが、存在感がある。ピアはその受付係に来訪の理由を告げた。少し電話で話をしたあと、受付係はピアたちをホールの奥のエレベーターに案内した。ふたりは黙って五階に上がった。身だしなみのいい中年の女性が待っていた。帰宅するところだったのか、すでにコートを着て、ショールを巻き、バッグを肩にかけていた。仕事への義務感からか、その女性が社長室へ案内した。

これまで耳にしたクラウディウス・テアリンデンの噂から、ピアは豪放磊落《らいらく》な家長をイメージしていた。だから書類の山になった執務机の向こうにすわっている、背広とネクタイ姿のごく普通の人物を見て、ほんの少しがっかりした。クラウディウスは立ち上がり、背広のボタンをしめてふたりを出迎えた。

「こんばんは、テアリンデンさん」あれほど放心状態だったオリヴァーが急に覚醒した。「遅い時間に申し訳ないです。今日、何度もお会いしようとしたのです」

「こんばんは」クラウディウスはそういって微笑んだ。「秘書からメモをもらっていました。明日の朝、連絡するつもりでした」

クラウディウスの年齢は五十代半ばか後半だ。ふさふさの黒髪はこめかみのあたりだけ白髪まじりになっている。近くで見ると、普通の男性ではないと、ピアは認識を新たにした。決してハンサムではない。鼻が大きすぎるし、顎が角張っている。男にしては唇が厚い。それでもピアを魅了するオーラがあった。

「なんてことです。手が冷え切っているではないですか！」ピアに温かく乾いた手を差しだしたクラウディウスがほんの一瞬、ピアの手にもう片方の手を置いた。ピアは感電したようなしびれを感じた。クラウディウスはほんのちょっとだけ驚いた表情を見せた。

「コーヒーかホットココアを持ってこさせましょうか。体が温まりますよ」

「いいえ、結構です」クラウディウスに見つめられて戸惑ったピアは、思わず顔を火照《ほて》らせた。ふたりは必要以上に顔を見合わせた。どうなっているんだろう？　ただの静電気だろうか、それとも別のなにかだろうか？

ピアとオリヴァーが質問するよりも先に、クラウディウスがアメリーの消息をたずねた。

「大変心配しているのです」クラウディウスは大まじめにいった。「アメリーは業務部長の娘でして、よく知っているものですから」

ピアは、クラウディウスがアメリーに色目を使っていたと仮定して、厳しい質問を浴びせるつもりだったが、突然その気が失せてしまった。

「残念ながら、まだなにも手がかりがないのです」オリヴァーはそういって、前置きなしに本題に入った。「あなたは刑務所にトビアス・ザルトリウスを訪ねたそうですね。どのような理由があってのことだったのですか？　それになぜ彼の両親の負債を肩代わりしたのですか？」

ピアはベストのポケットに両手を入れて、なにを質問するつもりだったか思いだそうとした。だがまるで初期化されたハードディスクのように頭の中が空っぽだった。

「あの恐ろしい事件以降、ハルトムートとリタは村八分になっていたんです」クラウディウスは答えた。「わたしは、あまりに酷だと思ったんです。息子のしたことは、親の責任とはかぎらないじゃないですか」

「トビアスは当時、ラウラの失踪にあなたが関わっているといったそうですね。そのせいでいろいろと迷惑を被《こうむ》ったのではないですか？」

クラウディウスはうなずいた。ズボンのポケットに両手を突っ込み、首をかしげた。オリヴァーの身長が頭ひとつ高く、見下ろされる恰好になっているのに、少しもひるむ様子がなかった。

「別になんとも思いませんでしたよ。トビアスは切羽詰まっていましたから、なりふりかまわなかったのです。それに、ラウラには二度、非常に困らされたことがあったのは事実ですから。母親がうちの家政婦をしていた関係で、あの娘はよくうちに来ていまして、わたしを愛していると妄想してしまったことがあるんです」

「どういう状況になったのですか？」オリヴァーが問いただした。

「一度目はわたしが風呂に入っているすきに、あの娘がわたしのベッドにもぐり込んだのです」クラウディウスはこともなげにいった。「二度目はリビングルームにいたわたしの前で裸になりました。妻は旅行中で、ラウラはそのことを知っていたんです。いっしょに寝たいといわれましたよ」

なぜかその言葉に、ピアは神経を逆なでされた。クラウディウスを見るのをやめて、社長室の調度品を眺めた。どっしりした木製の大きな執務机は、側面に彫り物があり、四本の大きなライオンの脚に支えられていた。とても古くて高価なデスクなのだろうが、こんなに醜いものは見たことがないとピアは思った。執務机の横にはアンティークの地球儀があり、壁面には暗いイメージの表現主義的な絵が金縁の額に収まって飾られていた。テアリンデン邸で夫人の肩越しに見た絵と似ている。

「それからどうなったのですか？」オリヴァーはたずねた。

「わたしは拒絶しました。あの娘は泣きながら駆け去りました。ちょうどそのとき、息子がリビングに入ってきました」

ピアは咳払いした。ようやく気を取り直してたずねた。

「あなたはアメリー・フレーリヒをしばしば車に乗せていたそうですね。彼女の日記に書いてありました。あなたに待ち伏せされているようだと」

「待ち伏せなどしていませんよ」クラウディウスは口元を綻《ほころ》ばせた。「ただあの娘がバス停へ歩いているときや、村から坂を上っているときにたまたま通りかかって、車に乗せたことはあります」

クラウディウスのしゃべり方は落ち着いていて、嘘をついているようには思えなかった。

「アメリーに〈黒馬亭〉のアルバイトを世話しましたね。なぜですか？」

「アメリーが金を稼ぎたいといっていたからです。それに〈黒馬亭〉の主人がちょうどウェイトレスを探していましたので」クラウディウスは肩をすくめた。「わたしは村人をみんな知っています。できるだけ、みんなのためになりたいのです」

ピアはクラウディウスを観察した。彼の探るような視線にさらされたが、ピアも負けじと見返した。ピアが質問をし、クラウディウスが答えた。だが同時に、ふたりのあいだにまったく違う感情が芽生えた。クラウディウスに惹きつけられる。どういうわけだろう。彼の黒い瞳だろうか。彼の心地いい朗々たる声だろうか。彼から流れだす自信のオーラだろうか。大人の女である自分でもこんな気持ちになるのだから、アメリーのような少女が惹きつけられても不思議はない。

「アメリーに最後に会ったのはいつですか？」今度はオリヴァーがたずねた。

「はっきりとは思いだせませんね」

「このあいだの土曜日の晩はどこにいましたか？　正確には午後十時から午前二時にかけての時間帯について伺いたいのですが」

クラウディウスはポケットから両手をだし、胸元で腕組みした。左手の甲に血のにじんだかなり真新しい傷跡があった。

「夜は妻とフランクフルトで食事をしました」クラウディウスはしばし考えてから答えた。

「クリスティーネがひどい頭痛を訴えたので、先に家に送りとどけてから、車でここへ来て、妻の装飾品を金庫にしまいました」

「フランクフルトからもどったのは何時頃ですか？」

「十時半頃でした」

「それでは〈黒馬亭〉の前を二度通過したことになりますね」ピアがいった。

「ええ」クラウディウスはオリヴァーの質問には適当に返事をするのに、ピアの質問になると、テレビのクイズ番組で出題者がだした最後の質問の答えを必死に考えているような感じだ。ピアは困惑した。そしてオリヴァーもそのことに気づいているようだった。

「それでなにも気になることはありませんでしたか？」オリヴァーはたずねた。「路上でだれか見かけませんでしたか？　散歩をしている人とか」

「いいえ、なにも気づきませんでした」クラウディウスは考えながら答えた。「毎日何度も通るところですから、とくにまわりに気をつけることもありませんし」

「手の怪我ですが、どうされたのですか？」ピアはたずねた。

クラウディウスの顔が曇った。笑みが消えた。「息子と取っ組み合いをしまして」

ティース、それだ！　どうしてここへ足を運んだのか、あやうく忘れるところだった！　オリヴァーもそのことを失念していたようだが、ここでうまく質問を修正した。

「そうでした。奥さんから、息子のティースさんが昨晩、発作を起こされたと伺いました」

クラウディウスはためらいがちにうなずいた。

「どのような発作だったのでしょうか？　てんかんですか？」

「いいえ。ティースは自閉症なのです。完全に自分の世界で生きていて、慣れた環境に変化があると、危険を感じ、過剰に反応してしまうんです」クラウディウスはため息をついた。「アメリーがいなくなったことが、発作の引き金ではないかと心配しているところです」

「村では、ティースが今回の事件に関係しているような噂が流れていますね」ピアはいった。

「根も葉もないことです」クラウディウスはいきり立つこともなく反論した。その噂をとっくに知っていて、相手にしていないという感じだった。「ティースはあの娘をとても気に入っていました。しかし村人の中には、ティースを病院に入れるべきだと考えている者がいます。わたしに面と向かっていうことはありませんが、ちゃんとわかっています」

「ティースさんと話がしたいのですが」

「あいにくいまのところ無理です」クラウディウスは申し訳ないというようにかぶりを振った。

「精神病院に入院させるほかなかったもので」

「そこではどういう扱いをされるのですか？」ピアは、拘束されて、電気ショック治療を受ける人を頭の中で思い描いた。

「息子を落ち着かせようとしてくれています」

「話ができるようになるまでどのくらいかかりますか？」

クラウディウスは肩をすくめた。「さあ。この数年、あんなにひどい発作を起こしたことはありませんでした。相当に退行してしまった恐れがあります。そうなったら破局です。わたしたちにとっても、息子にとっても」

担当の医師たちが、話をするのに青信号をともしたら連絡する、とクラウディウスは約束した。オリヴァーとピアをエレベーターまで案内し、別れの握手をしたときふたたび微笑んだ。

「おふたりに会えてうれしかったです」今回は握手をしても感電しなかったが、エレベーターのドアが閉まったとき、奇妙なめまいを感じ、下へ降りるあいだになんとか気を取り直そうとした。

「あいつ、きみにずいぶん秋波を送っていたな」オリヴァーはいった。「きみもまんざらではなかったようだし」ひやかし半分な言い方だった。

「なにいってるんですか！」そういって、ピアはジャケットのファスナーを顎まで上げた。

「彼の内面を探っていただけです」

「それで？　結果は？」

「なにも包み隠さなかったみたいですね」

「そうなのかい？　わたしには逆に思えたがな」

「どうしてですか？　いやな質問にもすぐ答えていたじゃないですか。ラウラとのことだって、わざわざ話す必要がなかったのに」

「まさにそこが彼のトリックさ。息子がアメリーの失踪と前後して発作を起こすなんて、偶然にしてはできすぎていると思わないか？」

エレベーターが一階で止まり、扉が開いた。

「肝心の手がかりがつかめなかったですね」ピアはいきなり本題にもどった。「だれひとりアメリーを見かけていないなんて」

「みんな、いいたくないだけかもしれない」オリヴァーはいった。

ふたりはエントランスホールを横切り、受付係の若い男に会釈して外に出た。凍てつく風に吹かれた。ピアは車のキーのリモコンを押した。BMWのドアロックが解除された。

「もう一度テアリンデン夫人と話してみる必要があるな」オリヴァーは助手席側のドアのところで足を止め、ルーフ越しにピアを見つめた。

「ティースとその父を疑っているんですね」

「その可能性はあるだろう。ティースがアメリーになにかした。父親はそのことを伏せるため、息子を精神病院に隠したという筋書きさ」

ふたりは乗車した。ピアはエンジンをかけて、張り出した屋根の下から出た。すぐに雪がフロントガラスをおおい、敏感なセンサーのおかげでワイパーが作動した。

「ティースを治療している医師がだれか突き止めないと」オリヴァーは考えながらいった。

「テアリンデン夫妻は土曜日の晩、本当にフランクフルトで食事をしたかどうかも裏を取るぞ」

ピアは黙ってうなずいた。クラウディウスとの出会いは複雑な思いをピアに残した。ふだんはそう簡単に幻惑されることなどない。あんなにあの男を気にするとは、どうしたわけだろう。

＊

午後九時半にもどると、署に詰めていたのは守衛だけだった。ケルクハイムに入ると、雪は雨に変わった。オリヴァーは頭を負傷していたのに、ひとりで帰宅すると言い張った。ピアも今日はそのまま家に帰るつもりだった。クリストフが帰りを待っているはずだ。しかしクラウディウス・テアリンデンのせいで、どうも気持ちが落ち着かない。もう少し仕事をつづけることにした。

ピアは人気のない廊下と階段を通って自分の部屋に入ると、明かりをつけ、デスクに向かった。クリスティーネ・テアリンデンから、長年ティースを治療してきた医師の名前を教わった。それがラウターバッハ女医でも、別段驚くほどのことではなかった。女医はテアリンデン家の隣人で、なにかあればすぐ駆けつけることができる。

ピアはパスワードをキーボードに打ち込んだ。クラウディウスの元を辞したあと、彼との会話を何度も頭の中で反芻《はんすう》した。一語一句疎《おろそ》かにせず、おもわせぶりな物言いも全部、記憶に蘇らせた。オリヴァーはクラウディウスがアメリーの失踪に関係しているとにらんでいるが、ピアにはそう思えなかった。クラウディウスの魅力にやられて、客観性に曇りが生じたのだろうか。

テアリンデンの名をサーチエンジンに打ち込む。数千件がヒットした。三十分ほどして、彼の会社と家族のこと、そして彼がさまざまな社会貢献や慈善事業に関わっていることがわかった。またさまざまな団体や組織の監査役員や評議員を務め、社会的に恵まれない家庭の才能ある若者に奨学金を与えている。テアリンデンはとくに若者にご執心だ。どうしてだろう。彼の公式声明によれば、恵まれた人間としてなにか社会に還元したいのだという。崇高な志だ。なにも文句はいえない。だがその裏になにか隠されてはいないだろうか。ラウラ・ヴァーグナーに二度言い寄られ、拒絶した。本当だろうか。ピアはサーチエンジンが見つけだした彼の写真をクリックした。心にさざ波を立てた男の写真をじっくり見る。夫人が若作りしていたのは、彼の好みが若い娘だとわかっているからだろうか。アメリーに接近しようとしていやがられたため、なにかしたのかもしれない。ピアは下唇をかんだ。そうは思いたくなかった。

インターネットからログアウトして、今度は警察照会システム《POLAS》に彼の名を打ち込んだ。なにも記録はない。前科なし。とそのとき、右下で点滅しているリンクが目にとまった。ピアは体に力が入った。二〇〇八年十一月十六日日曜日午前一時十五分にだれかがクラウディウスのことを通報していた。モニターにリンクページをだして読むうちに、心臓がドキドキしてきた。

「そういうこと」ピアはつぶやいた。

二〇〇八年十一月十九日（水曜日）

午前六時半、いつもどおりに目覚まし時計が鳴ったが、起きるのに時計のベルは必要なかった。この数日、そんな朝がつづいていた。グレーゴル・ラウターバッハはとっくに目を覚ましていた。ダニエラに詰問されるのが怖くて、眠れなかったのだ。

グレーゴルは上体を起こし、両足をベッドからだした。びっしょり汗をかいていて、疲労感が残っていた。過密スケジュールの一日が待っているかと思うと、気力が萎《な》えてしまう。頭の片隅に時限爆弾を抱えながらどうして集中することなどできるだろう。昨日またしても差出人不明の手紙が大臣室に届いた。文面はさらに深刻なものだった。

おまえが肥溜めに投げ込んだジャッキにおまえの指紋が残っていたらどうする？　警察が真相を突き止めれば、今度はおまえが罪を問われる番だ！

こんなに詳しく知っているなんて、何者だ？　手紙を書いたのはだれだ？　それも十一年も経った今頃。

グレーゴルは立ち上がり、足を引きずるようにして隣室のバスルームに入った。両手を洗面台につき、鏡の中の無精髭が生えた寝不足の顔を見つめた。

ほとぼりが冷めるまで病気ということにしたほうがよくないだろうか。いや、それはできない。いままでどおりにやるほかない。これしきのことでぐらついてどうする。州文化大臣が野心の最終着地点ではない。まだまだ上を目指せるはずだ。過去の影に怯えるなんて。たった一度の過ち、それも十一年も前の過ちに人生を台無しにされてなるものか。

グレーゴルは肩をこわばらせ、固い決意を込めた視線を鏡に向けた。今の地位なら、昔は夢にも思わなかった手づるがある。利用しないでどうする。

＊

ピアがテアリンデン邸の閉じた門のチャイムを鳴らしたのは、まだ暗いうちだった。早朝にもかかわらず、インターホンからテアリンデン夫人の声がした。幽霊の手に引かれるようにすっと門扉が左右に開いた。ピアは覆面パトカーの助手席にすわった。ハンドルをにぎっているのはオリヴァーだった。後ろにパトカーとレッカー車を引き連れて、新雪の積もった坂道にわだちの跡を残した。クリスティーネ・テアリンデンは微笑みながら玄関で待っていた。状況にそぐわない歓迎を受けたが、ピアは適当に流した。主《あるじ》のクラウディウスにとっては、少なくともいい朝にはならないだろう。

「ご主人と話がしたいのですが」

「夫には伝えてあります。すぐに来るでしょう。どうぞ中にお入りください」

ピアは黙ってうなずいた。オリヴァーもなにもいわなかった。ピアは昨日のうちにオリヴァーに電話をかけ、そのあと三十分ほど担当検事と電話で話をした。担当検事は逮捕令状の請求まではできないといったが、テアリンデンの車の捜索令状を裁判所に申請した。ふたりは豪華なエントランスホールに立って待った。クリスティーネは姿を消し、どこか遠くで犬の吠え声がした。

「おはようございます！」

オリヴァーとピアは顔を上げた。クラウディウスが背広とネクタイ姿の隙のない恰好をして二階から下りてきた。彼のまなざしに、今回ピアは寒気を感じた。

「ずいぶん朝が早いのですね」クラウディウスは口元を綻《ほころ》ばせながらふたりの前で立ち止まった。手は差しださなかった。

「あなたのベンツのフェンダーに傷がありますね。どこでつけたのですか?」ピアは単刀直入にたずねた。

「なんですって?」クラウディウスは驚いて眉をひそめた。「なんのことか、わたしにはさっぱりわからないのですが」

「では思いだすお手伝いをしましょう」ピアは彼から目を離さなかった。「日曜日、農道沿いに住む住人が、夜中に車に当て逃げされたと警察に訴えたのです。その人は午後十一時五十分に家の前に車を止め、午前零時三十三分、たまたまバルコニーでタバコを吸っていたとき、車が衝突する音を聞いたそうです。事故を起こした車が見え、ナンバープレートも確認しました。MTK-T 801」

クラウディウスはなにもいわなかった。首のあたりからしだいに顔が赤くなった。

「翌朝、その人のところに電話がありました」ピアは、クラウディウスが愕然とするのを確かめてから容赦なくつづけた。「電話の主はあなたですね。あなたは示談を申し出ました。その人は訴えを取り下げました。しかし残念ながら警察のコンピュータに記録が残されていたのです」

クラウディウスは無表情にピアを見つめた。

「どうしようというのですか？」クラウディウスは声を荒らげまいとしながらたずねた。

「昨日あなたは嘘をつきましたね」そういって、ピアはにっこり微笑んだ。「農道がどこにあるか説明する必要はないでしょう。もう一度伺います。あなたは会社から帰るとき、〈黒馬亭〉の前を通りましたか、それとも抜け道の農道を使いましたか？」

「これはなんの真似だ？」クラウディウスはオリヴァーの方を向いた。だがオリヴァーは黙っていた。「わたしをどうしようというんだ？」

「アメリー・フレーリヒはその夜、失踪しました」ピアはオリヴァーの代わりに答えた。「彼女が最後に目撃されたのは〈黒馬亭〉です。あなたが会社へ行くのにそこを通ったのとほぼ同じ時刻、つまり十時半頃です。それから二時間後の十二時半、あなたはアルテンハインにもどりましたね。ただしあなたが主張したのとは違って、別のルートでした」

クラウディウスは下唇を突きだし、目をすがめてピアをにらみつけた。「つまりわたしが会社の従業員の娘をつけねらい、無理矢理車に乗せて殺害したといいたいのか」

「それは自白ですか？」ピアは冷ややかにたずねた。

だが、クラウディウスは愉快そうに微笑んだ。

「とんでもない」

「では十時半から十二時半までのあいだ、なにをしていたのか教えていただきましょう。あるいはそれは十時半ではなく、十時十五分でしたか？」

「十時半だ。わたしは会社にいた」

「奥さんの装飾品を金庫にしまうのに、二時間も必要だったのですか？」ピアは首を横に振った。「からかっているのですか？」

状況は逆転した。追い詰められたことはクラウディウス本人もわかっていた。だがそれでも、逆上することはなかった。

「食事はだれととったのですか？」ピアはたずねた。「そして場所は？」

クラウディウスはうんともすんともいわなかった。そのとき、ピアはヴァーグナーの工房からもどるとき、テアリンデン工業の門に防犯カメラが取りつけてあったのを思いだした。

「おたくの会社の門に防犯カメラがありましたね。映像を見せてもらいましょうか。あなたが本当のことをいっているかどうか、白黒はっきりつくでしょう」

「うまいことを思いつきましたな」クラウディウスは見上げたものだというようにいった。

「気に入った。だがあいにく防犯カメラは四週間前から故障している」

「ではお宅の門に設置されたカメラは？」

「映像は記録していない」

「それは困りましたね」ピアはことさら残念そうにかぶりを振った。「アメリーが失踪した時間帯にアリバイがないことになります。あなたの手には、だれかと争ったような傷跡がありますし」

「なるほど」クラウディウスは焦ることなく、眉をひそめた。「それで？　わたしが別の道をとって帰ったというそれだけの理由で逮捕するのかね？」

ピアは彼の挑戦的なまなざしを受けて立った。クラウディウスは嘘つきだ。しかも逮捕するには証拠が不充分だということを熟知している。

「逮捕はしません。ただし臨時拘束します」ピアは笑みを浮かべた。「理由は、あなたが別の道をとって帰ったからではありません。あなたが嘘をついたからです。問題の時間帯について信憑性のあるアリバイを示してくだされば、釈放いたします」

「わかった」クラウディウスは肩をすくめた。「しかし手錠は断る。ニッケルアレルギーなのでね」

「あなたが逃走するとは考えていません」ピアはそっけなく答えた。「ところでうちの手錠はステンレス製です」

*

部屋を出ようとしたちょうどそのとき、デスクの電話が鳴った。役員会議に出る前に、ラース・テアリンデンは詐欺師ムッツラーとの商談に関わった、クレディ・スイス証券の金融派生商品担当ディーラーから電話をもらうことになっていた。アタッシュケースを置いて、彼は電話に出た。

「ラース、わたしよ」母の声だった。できることならこのまま受話器を下ろしたかった。

「頼むよ、おふくろ。邪魔しないでくれ。今は時間がないんだ」

「警察が今朝お父さんを連行したのよ」

ラースはまず背筋が凍り、それからかっと体が熱くなった。

「よかったじゃないか」ラースはむごい言い方をした。「おやじはアルテンハインに君臨するお優しき神様とは違うんだから。じつのところ金がすべてだものな。今まで罰せられずにこられたことの方がおかしいくらいだ」

ラースはデスクをまわり込み、椅子に腰を下ろした。

「だけど、ラース！ お父さんはあなたのためを思ってしたのよ！」

「違うだろう」ラースは冷淡にいった。「おやじの頭にあるのは自分と会社のことだけさ。あのときだって、状況をうまく利用しただけだ。いつだってそうやって甘い汁を吸ってきたじゃないか。そして俺をやりたくもない仕事につかせた。おふくろ、おやじがどうなろうと知ったことか」

またしても父親がラースの人生に割り込んできた。仕事と未来を救うため、全精力を傾注しなければならない大事なときに！ 怒り心頭に発した。どうして放っておいてくれないんだ。とっくに忘れたつもりだったさまざまな光景が、頼みもしないのに次々と脳裏に浮かんでくる。それとともに蘇った記憶と感情にラースは圧倒された。父親が母の留守中、屋根裏の客室で、家政婦だったラウラの母と何度も寝ていたことを知っていた。だが父親はそれだけで満足しなかった。従業員や村人を自分の臣下であるかのように見下し、彼らの娘たちまでベッドに連れ込んでいた。初夜権。中世の領主でもあるまいし！

母親が涙ながらに訴える言葉を聞きながら、ラースはあの夜のことを思いだしていた。堅信礼（自己の信仰告白をして教会の正会員となるキリスト教の儀式）準備の講習会を受けて家に帰ったとき、廊下でラウラと鉢合わせしそうになった。ラウラは泣きながら彼の横をすり抜け、外へ飛びだした。そのとき父はシャツをズボンに入れながらリビングルームから出てきた。顔は紅潮し、髪はボサボサだった。

あのときはまだなんのことかわからなかった。豚野郎め！　ラウラはあのときまだ十四歳だった。それから一年後ラースは父を非難した。だが父はラウラと寝たことを否定した。言い寄ってきたのはラウラの方で、自分は拒絶したというのだ。ラースは父の言い分を信じた。十七歳の彼には、父親に裏があることなど見抜けるわけがなかったのだ。ずっとあとになって、父の言い分を疑うようになった。それまでにうんざりするほど嘘をつかれたからだ。

「ラース？」母親はたずねた。「聞いているの？」

「あのとき警察に本当のことを話せばよかったんだ」ラースは懸命に気持ちを抑えながら答えた。「だけど俺は実の父親から嘘をつくようにいわれた。おやじは自分の名に傷がつくのを恐れただけだった！　そしてどうだい？　おやじはまた少女を誘拐したってわけか。きっとそのまま行方不明になるんだろう」

「なんてひどいことをいうの」母が愕然としていった。クリスティーネは自己欺瞞《ぎまん》の達人だ。見聞きしたくないものに耳をふさぎ、目をつむる。

「いいかげんに目を覚ませよ、おふくろ！」ラースはきつい言い方をした。「もっといいたいことはあるけど、それはいわない。俺にとってはもう終わった話なんだ。わかるか？　おしまいなんだよ。終わりにしなくちゃならないんだ。もう電話をかけてこないでくれ」

＊

クラウディウス・テアリンデンが土曜日の晩、妻や友人たちと過ごしたというレストランはグイオレット通りにあった。ドイツ銀行のガラス張りのツインタワーの真向かい。テアリンデン夫人が前の晩、ピアに証言した。

「ここで降ろしてくれ。きみは車をどこかに止めて、あとから来てくれ」オリヴァーはいった。ピアはタウヌス公園からグイオレット通りに三度も曲がってみたが、高級レストラン〈エボニー・クラブ〉の駐車場は満車のままだった。英国風の制服を着た車両係が店の玄関に待機していて、順番に客の車を預かり、地下駐車場に止めてきてくれるという。ピアが車を道路脇に寄せると、オリヴァーは降車して、ざあざあ降りの中、首をひっこめながら玄関に向かって走った。「ご案内をお待ちください」という看板を無視したが、だれにも見とがめられなかった。案内係とウェイターの半数が、予約をせずにやってきたどこぞの著名人とその取り巻きたちを相手に大騒ぎしていた。昼時のレストランは人でごったがえしていた。経済危機の最中でも、周囲の銀行のマネージャーたちは豪華ランチを楽しむことをやめないということだ。

オリヴァーは興味津々に店内を見回した。〈エボニー・クラブ〉の名はよく耳にする。コロニアルスタイルのこの店は、フランクフルトでもっとも値段の張る、現在一番人気のスポットだ。

そのとき少し奥の二階席にいるふたり連れが目にとまった。オリヴァーは息をのんだ。コージマ。いやになるほどハンサムな相手の話にじっと耳を傾けている。男は大きな動作でなにか熱っぽく語っている。コージマは少し前屈みになって、両手で頬杖をついている。その仕草を見て、オリヴァーの頭の中でいっせいに警鐘が打ち鳴らされた。コージマは顔にかかった前髪を払い、男のいったことに反応して笑った。オリヴァーは人が行き交うホールで立ちすくんだ。ウェイターたちは彼のことが見えないのか、忙しそうにそばを通り過ぎるばかりだった。コージマは今朝、一日じゅうマインツのスタジオに籠もることになるといっていた。急に計画を変えたのだろうか。それとも嘘をついたのか。フランクフルトには数千のレストランがある。よりによって昼に、オリヴァーがここへ聞き込みにくるとは思わなかったのだろう。

「なにかご用でしょうか？」ふっくらした若いウェイトレスがオリヴァーの前に立ち、せっかちに微笑んだ。彼の心臓は早鐘のように打っていた。全身が震え、吐きそうなほど気分が悪くなった。

「いいえ」オリヴァーはコージマとその連れから目を離さずに答えた。

ウェイトレスは妙な目付きをした。だが今は、どう思われようとかまわなかった。二十メートルと離れていないところに、妻が感嘆符を三つもつけて会う約束をした相手とすわっている。オリヴァーは必死で息を整えた。このままその席へ行き、横面をひっぱたくことができたらどんなに胸がすくだろう。しかし鉄壁の自制心と上品な振る舞いを教え込まれてきた彼には、ただ立ち尽くし呆然としていることしかできなかった。彼の中の鋭い観察者には、体をすり寄せ、熱い視線を交わし合うふたりの親密の度合いが、いやというほどよくわかった。

ウェイトレスが、著名人一行にどうにか席の工面をしたばかりの案内係に耳打ちしているのを、目の片隅でとらえた。コージマとその連れのところへ行くか、このまま立ち去るか、ふたつにひとつだ。なにも知らないふりはできそうにないので、後者を選択し、きびすを返してごったがえしているレストランをあとにした。

外に出たとき、オリヴァーは一瞬、道路の反対側にある建設現場の板囲いを見つめ、それから麻痺したかのようにグイオレット通りを歩いた。脈があがり、吐き気にさいなまれた。コージマと連れの姿が網膜に焼き付いて、チラチラ浮かんだまま消えてくれない。裏切られているという予感はあったが、それがついに現実のものになったのだ。

いきなりだれかが行く手をさえぎった。オリヴァーはよけようとした。ところが傘を持ったその女も同じようにわきにどいた。そのためオリヴァーは足を止めるしかなかった。

「もう聞き込みが終わったんですか？」朦朧《もうろう》とした意識の向こうからピアの声がして、オリヴァーは現実に引きもどされた。「テアリンデンは土曜日に来ていました？」

テアリンデン！　オリヴァーはすっかり忘れていた。

「そ、その……訊かなかった」

「大丈夫ですか？」ピアは探るような目つきでオリヴァーを見た。「幽霊でも見たみたいな顔をしていますけど」

「コージマがいるんだ」オリヴァーは小さな声で答えた。「他の男と。今朝、彼女がいっていた予定では……」

オリヴァーは先がいえなかった。喉が詰まり、そばにあった家の玄関先に、濡れているのもかまわずすわり込んだ。ピアは黙ってあわれむようにオリヴァーを見つめた。オリヴァーはうつむいた。

「タバコをくれないか」オリヴァーはかすれた声でいった。

ピアがジャケットのポケットに手を突っ込み、なにもいわずにタバコの箱とライターを差しだした。オリヴァーはこの十五年間禁煙し、一度も吸いたいとは思わなかった。だがニコチンへの欲求が心の奥底にまどろんでいることを今は自覚せざるをえなかった。

「車はケッテンホーフ小路に止めてあります。ブレンターノ通りとの角です」ピアは車のキーをオリヴァーに渡した。「中で待っていてください。こんなところにいたら体を壊しますよ」

オリヴァーはキーを取ることも、返事をすることもしなかった。びしょ濡れになり、通行人からばかにされようと、オリヴァーにはどうでもよかった。もうなにもかもいやになった。とっくに予感していたことなのに、それでもコージマの嘘やショートメッセージがあとで笑い話になるような他愛のない秘密であることを願い、彼女が他の男と仲よくしているところを自分の目で見る覚悟などまるでしていなかった。

オリヴァーは一心不乱にタバコをふかし、胸いっぱいに煙を吸い込んだ。吸っているのがマルボロではなく、マリファナ入りの紙巻きタバコであるかのようにめまいがした。頭の中で回転木馬がぐるぐるまわった。やがてその動きがゆっくりになり、ぴたりと止まった。オリヴァーの頭の中は空っぽだった。フランクフルトのど真ん中の、どこかの外階段にすわって、底なしの寂しさを味わっていた。

＊

ラース・テアリンデンは叩きつけるように受話器を置くと、数分のあいだ、じっと椅子にすわった。役員たちが上で待っている。焦げ付いた三億五千万ユーロをどうやって回収するつもりか問いただすため、チューリヒからわざわざやってきたお偉方たちだ。残念ながら解決策はない。役員たちは彼の申し開きを聞いたあと、にこやかに笑いながら彼をずたずたに切り裂くに違いない。あの傲慢なくそ野郎ども。一年前には巨額の商談をまとめた彼の肩を叩いて祝福したくせに。

ふたたび電話が鳴った。今度は内線だ。ラースは無視した。デスクの一番上の引き出しを開け、社名入りの便箋と、羽振りが良かった時代に頭取から贈られた、契約のときだけに使っていたモンブランの万年筆を取りだした。一分ほどクリーム色の便箋を見つめ、それから書きはじめた。そして書いた文面を読み直すことなく折りたたむと、クッション封筒に入れた。その封筒に宛先を書くと、立ち上がってアタッシュケースとコートを持って部屋を出た。

「今日のうちに投函してくれ」そういってラースはその封筒を秘書のデスクにポイと投げた。

「かしこまりました」秘書はとげとげしく答えた。彼女はかつて社長補佐だった。だから部長秘書に格下げされたことをいまだに根にもっているのだ。「会議をお忘れではありませんよね？」

「わかっている」ラースはそのまま歩いた。秘書には目もくれなかった。

「すでに七分遅刻していますが！」

ラースは廊下に出た。エレベーターまできっかり二十四歩。エレベーターの扉が開いている。彼を待っているかのようだ。十三階では七分前から役員たちが集まっている。ラースの未来、名声、そして全人生が彼らの胸三寸にかかっている。彼のあとからバックオフィスの女性従業員がふたりエレベーターに乗り込んできた。多少顔見知りだったので、ラースはぼんやりとうなずいた。ふたりの女性従業員はクスクス笑い、肘をつつきながら会釈した。扉が音もなく閉まった。ラースは、扉の鏡面に映った、げっそりやつれた男を見てはっとした。どんよりした、無気力なまなざし。疲れていた。疲労困憊《こんぱい》し、燃え尽きていた。

「どちらへ行かれるのですか？」目が丸々としたブルネットの従業員がたずねた。「上ですか、下ですか？」

長い人工爪をつけた彼女の指がデジタル操作盤の上で指示を待っていた。ラースは鏡面に映った自分の顔から目が離せなかった。

「下に行く」ラースは答えた。「一番下まで」

＊

ピアは〈エボニー・クラブ〉に入り、彼女のためにドアを大きく開けたドアマンにうなずいた。つい最近クリストフと彼女はここで、ヘニングとミリアムのふたりといっしょに食事をしたばかりだ。ヘニングは五百ユーロを支払った。ピアから見たら浪費以外のなにものでもなかった。エレガントさも、謎めいたメニューも、一本あたり十万円を超すものまであるワインリストも興味がなかった。ピアにとってワインは銘柄ではなく、味が最優先だ。街角のピザ屋でだされるバルドリーノやキャンティで充分だった。

案内係が脚の高い椅子から下りて、にこやかに微笑みながらピアのところへやってきた。ピアはなにもいわず案内係の鼻先に刑事章をつきつけた。案内係の笑顔が、一気にクールダウンした。マハラジャ・メニューを注文してくれると思った客が、目の前で迷惑なガマガエルに変身したのだから仕方ない。刑事警察はどこでもあまり歓迎されない。それが昼時で忙しい高級レストランであればなおさらだ。

「どのようなご用件か、お聞かせ願えますか？」案内係がたずねた。

「それはできない相談ね」ピアはそっけなくいった。「マネージャーはどちら？」

笑顔が完全に消え、同時に言葉遣いまでぞんざいになった。

「ここで待っていてもらいましょうか」案内係はその場から離れた。

ピアはこっそりあたりを見回した。本当だ！　コージマが十歳くらい若い男と仲よくすわっている。男はくたくたの背広を着て、ノーネクタイだ。だらしない恰好は自意識のあらわれだ。ボサボサのダークブロンドの髪は肩にかかるほど長く、顔は角張っていて、顎が極端にとがり、無精髭を生やしている。それから特異な形をした鷲鼻は風雪にさらされたせいか（ピアは酒のせいじゃないかとも勘ぐったが）皮膚が硬くなっている。コージマはその男に向かってなにか生き生きと話しかけている。男の方はそれに見惚れ、ニコニコしながらコージマを見つめていた。仕事の打ち合わせではない。ましてや旧友が偶然再会して席をいっしょにしているのとも違う。だれが見ても、恋仲だとわかるだろう。ふたりはベッドから出てきたところか、これからベッドに入るところで、軽い朝食をとり、気分を高めようとしているとしか思えない。ピアはボスが気の毒になったが、それでも二十五年間、相も変わらぬ結婚生活を送ってきて、少しアヴァンチュールを楽しみたくなったコージマの心境もわからないではなかった。

マネージャーがあらわれた。年齢は三十代半ばらしいが、薄くなったベージュの髪と、しもぶくれの顔のせいで少しふけて見えた。

「長くはお邪魔いたしません。ええと、お名前は……」握手もせず、名乗ろうともしない失礼なマネージャーを、ピアはじろじろ見た。

「ヤギエルスキーです」ピアを見下ろしながらそう名乗ると、マネージャーは案内係に定位置にもどるよう合図した。「どういうご用件です？　今は昼時で忙しいのですが」

ヤギエルスキー。聞き覚えがある。

「あら、ご自分で料理をなさるんですか？」ピアは皮肉っぽくいった。

「いいえ」ヤギエルスキーは苦々しげに唇を曲げた。そのあいだも周囲に目を光らせ、急にきびすを返すと、若いウェイトレスを厳しく叱責した。

「教育の行きとどいたスタッフはなかなか見つからないもので」ヤギエルスキーは笑みを見せることなくピアにいった。「若い連中は本当にだめです。やる気というものがなくて」

新しい客が入ってきて、ピアたちは邪魔をする恰好になった。ピアはそのとき、ヤギエルスキーという名をどこで耳にしたか気がついた。〈黒馬亭〉の女主人と同じ名だ。ピアはそのことをたずねて、名前が同じなのが偶然でないことを確認した。アンドレアス・ヤギエルスキーは〈黒馬亭〉と〈エボニー・クラブ〉、そしてフランクフルトのもう一軒のレストランを取り仕切っていた。

「それで用向きは？」ヤギエルスキーがたずねた。礼儀正しく振る舞うのは不得手なようだ。ふたりはあいかわらずロビーに立っていた。

「クラウディウス・テアリンデン氏が先週の土曜日の晩、奥さんといっしょにここへ食事に来たかどうか確かめたいのです」

片方の眉が吊り上がった。「警察はなぜそのようなことを知りたいのです？」

「そのことに関心があるからです」ピアは傲慢な態度に苛立ってきた。「それで？」

少しためらってからうなずいた。「ええ、来ていましたよ」

「奥さんとだけですか？」

「そこまで正確には覚えていませんな」

「案内係が覚えていませんかね。予約を記録していたりしませんか？」

ヤギエルスキーはしぶしぶ案内係に予約帳を持ってくるようにいった。そして手を伸ばし、案内係が椅子から下りて近寄ってくるのを黙って待った。ヤギエルスキーは人差し指をなめてから、革装のノートをゆっくりめくった。

「ああ、これだな。四人で来られましたね。思いだしましたよ」

「いっしょにいたのはどなたですか？　名前は？」ピアはたたみかけた。客の一団が店を出ようとした。ヤギエルスキーは仕方なくピアをカウンターに案内した。

「用件もわからず答えるわけにはいきませんな」ヤギエルスキーは声をひそめた。

「あのですね」ピアは我慢の限界だった。「わたしはあなたのところのウェイトレス、アメリーの失踪事件を担当しているんです。アメリーが最後に目撃されたのは〈黒馬亭〉です。そのあとアメリーを見かけた目撃者を捜しているんです」

ヤギエルスキーはピアを見つめながら少し考え、名前を教えても問題ないだろうと判断した。

「ラウターバッハ夫妻がいっしょでした」

ピアは驚いた。クラウディウスはどうしてそのことを黙っていたのだろう？　昨日の晩、彼の社長室では、妻といっしょに食事をしたとしかいわなかった。奇妙だ。

コージマの連れが席で支払いを済ませている。ウェイトレスがニコニコしている。チップを相当はずんだのだろう。連れが腰を上げ、コージマの椅子を後ろに引いた。外見はボスと正反対だが、そういうところは似ている。

「あちらの赤毛の婦人の連れはどなたかご存じ？」ピアはふと思い立ってヤギエルスキーにたずねた。

ヤギエルスキーは、ピアがだれを指したのかわかっているのか、顔も上げなかった。ピアは、コージマが店を出るときに気づかれないよう、そっちに背を向けた。

「ええ、もちろんです」その男を知らない人間がいるなんて信じられないというような声をだした。「アレクサンデル・ガヴリロフさまです。あの方も、捜査に関係しているのですか？」

「ええ、まあね」そういって、ピアは微笑んだ。「協力感謝します」

＊

オリヴァーはあいかわらず外階段にすわってタバコを吸っていた。足下にはタバコの吸い殻がたまっている。ピアは黙ってボスの前に立ち、そのめずらしい光景を目に焼き付けた。

「それで？」オリヴァーは顔を上げた。顔面蒼白だ。

「びっくりですよ。テアリンデン夫妻はラウターバッハ夫妻と食事をしていたんです。それから〈エボニー・クラブ〉のマネージャーは〈黒馬亭〉の持ち主です。偶然だと思えます？」

「いいや」

「他に訊きたいことはありますか？」ピアはわざとたずねた。

「妻を……見たか？」

「ええ、見ました」ピアは、オリヴァーの横に置いてあったタバコの箱を取って、一本口にくわえた。「さあ、行きましょう。こんなところでお尻を冷やしたくないですから」

オリヴァーはぎこちなく立ち上がって、もう一度タバコを吸うと、吸い殻を雨に濡れた通りに投げ捨てた。

ピアは歩きながら、横目でオリヴァーを見た。あのふたりについて、いまだに人畜無害の説明を期待しているのだろうか？

「アレクサンデル・ガヴリロフ」ピアはそういって立ち止まった。「極地探検家で登山家の」

「なんだって？」オリヴァーは面食らってピアを見つめた。

「奥さんといっしょにいた男ですよ」ピアは頭の中で、百パーセント肉体関係がありますね、と付け加えた。

オリヴァーは片手で顔をぬぐった。

「なるほど」彼は独り言のようにいった。「なんとなく見覚えがあると思ったんだ。コージマから紹介されたことがある。このあいだの映画封切りのときだ。実現しなかったけど、数年前いっしょにプロジェクトを立ち上げていた」

「ただの仕事の打ち合わせかもしれませんね」ピアは思ってもいないことをいった。「まだ話せないような計画を立てているとか。取り越し苦労かもしれませんよ」

オリヴァーは眉を吊り上げてピアを見た。彼の目が一瞬ぎらりと光ったが、またすぐ消えた。

「わたしの頭には目があるんだ。なにを見たかはわかっている。いつからかはわからないが、妻はあの男とベッドをともにした。蛇の生殺しよりはましだ」

オリヴァーが早足で歩きだした。ピアは駆け足にでもならないかぎり追いつけそうになかった。

＊

ティースはすべてを知っている。警察が関心を持った。早く手を打たないと、すべてを失うぞ！

モニターの文字が目の前に浮かんでいた。その電子メールは省内の彼の公式メールアドレスに送られてきていた！　秘書に読まれたら大変なことになっていた。秘書は毎朝電子メールをプリントアウトして、提出することになっている。今朝、秘書よりも早く執務室に着いたのはただの偶然だった。ラウターバッハ大臣は下唇をかんで、送信者をクリックした。

Schneewittchen1997@hotmail.com

いったい何者だ？　だれだ、だれなんだ！　最初の書簡を受け取ったときから、そのことで頭を悩ませている。夜昼関係なく、それ以外のことに頭がまわらない。大臣は怖気をふるった。ノックの音がして、ドアが開いた。大臣は煮え湯をかけられたかのように飛び上がった。イーネス・シューアマン＝リートケはびっくりして、朝のあいさつができなかった。

「どうかなさったんですか、大臣？」秘書は気遣わしげにたずねた。

「なんでもない」大臣はかすれた声でそういうと、ふたたび椅子に沈み込んだ。「インフルエンザにでもかかったみたいだ」

「今日の予定はキャンセルしましょうか？」

「なにか重要なものは？」

「大丈夫です。とくに急ぎの用件はありませんので。フォルトフーバーに電話して、大臣をおうちへお送りするよう伝えます」

「ああ、ありがとう、イーネス」大臣はうなずいて、少し咳き込んでみせた。秘書は出ていった。大臣は電子メールを見つめた。白雪姫《シュネーヴィトヒエン》。いろいろな考えが渦巻いた。それからメールを閉じ、受信欄にある着信拒否のラジオボタンをクリックした。

＊

バルバラ・フレーリヒは食卓につき、クロスワードパズルをしたが、少しも身が入らなかった。三日三晩アメリーの行方がわからず、神経がまいっていた。

日曜日に、ふたりの娘をホーフハイムに住む自分の両親のところに預けた。アルネは月曜日、社長から休んでもいいといわれたのに、仕事に出かけた。家にいてもすることがないといって。この数日は本当につらかった。アメリーの消息はあれっきりつかめない。生きているかどうかもわからないのだ。アメリーの実母はベルリンから三度も電話を寄越した。もちろん心配したからというより義務感からだ。

最初の二日間は、それまでほとんど会ったこともないような村の女たちが、入れ替わり立ち替わりやってきて慰めてくれようとした。だが彼女たちにキッチンにいすわられて、かえってバルバラは気疲れした。

しかも昨日の晩はアルネと激しい口論にまでなった。ふたりが知り合ってからはじめてのことだった。自分の長女だというのに、アルネは少しも関心を示さず、行方不明になったことを喜んでいる節まであり、腹に据えかねたのだ。だが厳密にいうと、口論にはなっていなかった。バルバラがガミガミいうのを、アルネは黙って聞いているだけだったからだ。いつものごとく。

「警察が見つけてくれるさ」アルネはポツリとそういうと、バスルームに入った。

キッチンに取り残されたバルバラは唖然とした。夫が別人に思えた。毎日の生活に逃避するなんて卑怯の極みだ。これがもしアメリーでなくて、ティムとヤーナだったら別の反応をするのだろうか。夫はただ目立ちたくないだけなのだ。アルネは十分もすると、いびきをかきだす。ベッドでいっしょに寝ていても黙っていた。それっきりふたりは口をきかなくなった。静かに規則正しいいびき。すべてうまくいっているかのように。バルバラはこれまでの人生で、恐ろしくはてしないこの夜ほど孤独を感じたことはなかった。

玄関でチャイムが鳴った。バルバラははっとして立ち上がった。またしても、親切ごかしにやってきて、あとで噂話をしようという腹の村の女だろう。バルバラは玄関を開けた。そこに立っていたのは知らない女だった。

「こんにちは、フレーリヒさん」女はいった。短い黒髪、色白の生真面目そうな顔、目に隈ができ、四角いメガネをかけていた。「刑事警察署のマレン・ケーニヒ警部です」

警部は刑事章を呈示した。「入ってもよろしいですか?」

「ええ、もちろん。どうぞ」バルバラはドキドキした。生真面目な顔をしているが、悪い知らせを持ってきたのだろうか。「アメリーのことでなにかわかったんですか？」

「いいえ、残念ながらなにも。しかし、アメリーさんがお友だちのティースから絵を受け取っていることを、同僚が突き止めたんです。しかしアメリーさんの部屋にはなかったようです」

「絵なんて、わたしも知りませんけど」バルバラはかぶりを振った。警部がなにも新しい情報を持ってこなかったのでがっかりしていた。

「アメリーさんの部屋をもう一度確認させていただいてもいいですか？　絵が本当に存在するなら、非常に重要な手がかりになりそうですので」

「ええ、もちろん。こちらへどうぞ」

バルバラは警部を案内して階段を上がり、アメリーの部屋のドアを開け、警部が作りつけの戸棚の中や、ベッドやデスクの下を探るのをドアのところから見ていた。

「隠しドアがあります」警部はそういってバルバラの方を向いた。「開けてもいいですか？」

「もちろんです。そんなドアがあるなんて、ちっとも知りませんでした」

「屋根裏部屋にはデッドスペースができるので、こういう物置場がよく作られるのです」警部がはじめて少し微笑んだ。「とくに家に納戸がない場合にはよく」

警部はしゃがんで扉を開け、屋根と壁のあいだの小さな隙間にもぐり込んだ。冷たい空気が部屋に流れ込んだ。しばらくして警部が出てきた。紙にくるみ、赤いリボンで結んだ太い筒のようなものを手に持っていた。

「あらやだ」バルバラはいった。「本当にあったんですね」

警部は立ち上がると、ズボンのほこりを払った。「この絵は預からせていただきます。必要なら、受領証を書きますが」

「いいえ、その必要はありません」バルバラはすぐにいった。「その絵がアメリーを見つけだす手がかりになるなら、どうぞ持っていってください」

「ありがとう」警部はバルバラの腕に手を置いた。「どうか心配なさらないで。わたしたちはあらゆる手を尽くして、アメリーさんを見つけだしますから。お約束します」

心のこもった言葉に、バルバラは涙が出そうになった。ありがとうと伝えたくて、黙ってこっくりうなずいた。アルネに電話をして、絵のことを話そうかと思ったが、彼の態度に腹を立てていたので、結局そのままにしてしまった。だがしばらくして紅茶をいれようとしたとき、絵を見せてもらわなかったことを思いだした。

＊

トビアスはそわそわしながら、ナージャの住まいのリビングルームを歩きまわっていた。壁にかけた大型テレビは消音モードにしてあった。警察はアメリー・F、十七歳の失踪事件との関連で彼を捜している。画面の下のテロップにそう出ていた。ナージャとトビアスは、これからどうしたらいいか夜半まで相談した。絵を捜しにいくというアイデアは、ナージャがだしたものだった。真夜中にナージャは寝入ったが、トビアスは寝付けず、記憶を取りもどそうとむだなあがきをした。ただひとつはっきりしているのは、警察に出頭すれば、その場で逮捕されるということだ。アメリーの携帯電話がどうして自分のジーンズに入っていたのか納得のいく説明ができないし、あいかわらず土曜日から日曜日にかけての夜の記憶が定かでない。

アメリーは一九九七年に起こったあの事件についてきっとなにか手がかりをつかんだのだ。だれかが危険を感じるほどの手がかり。だが、そのだれかとは何者だろう。トビアスの脳裏にはクラウディウス・テアリンデンの名が何度もちらついた。十一年間、あの男はたったひとりの味方のように振る舞ってきた。刑務所にいたとき、彼の訪問をうれしく感じたことすらある。

俺はなんてばかだったんだ！　あいつは自分の得になることしかしないじゃないか。

だがトビアスは、ラウラとシュテファニーの失踪事件の裏にテアリンデンがいるとまでは考えなかった。しかし両親が金銭的に行き詰まったとき、あいつはそこに付け入った。それも、前から欲しかったもの、シリングスアッカーを手に入れるために。今ではそこにテアリンデン工業の新しい本社ビルが建っている。

トビアスはタバコに火をつけた。カウチの前のテーブルに載っている灰皿はすでに吸い殻の山になっている。窓辺に立って、マイン川の黒い川面を見つめた。

時間が遅々として進まない。ナージャが出かけてからどのくらい時間が経っただろう。三時間？　四時間？　うまくいっているといいんだが！

彼女の計画はトビアスがすがれるたった一本のわらだ。土曜日にアメリーがいっていた絵が本当に存在すれば、自分の無実を証明し、アメリーを誘拐した奴の正体も明らかにできるかもしれない。アメリーはまだ生きているだろうか。

まさか……トビアスはかぶりを振った。しかしその考えを振り払うことができなかった。心理学者や精神鑑定士や裁判所が当時証明してみせたことが、本当だったらどうしよう。新聞がこぞって書き立てたように、酒を飲みすぎると、本当に怪物に変身してしまうのかもしれない。以前はたしかに粗暴なところがあったし、敗北をなかなか受け入れることができなかった。学校の成績であれ、女の子であれ、スポーツでの成果であれ、自分の望むものはなんでも手に入った。それが当然と思い、後ろを顧みることは皆無に等しかった。それでもみんなから好かれ、仲間の中心として輝いていた。ただの思い込みだったのだろうか。自分のことしか考えず、まわりが見えず、鼻高々になっていただけか。

イェルクやフェーリクスたちと再会して、朧気《おぼろげ》な記憶が呼び覚まされた。ささいなことだと思い、とっくの昔に忘れていた記憶。トビアスは当時、ラウラをミヒャエルから横取りし、悪いとも思わなかった。女の子は見栄を張るための飾りだった。いったい何度、なにも考えずに人の気持ちを傷つけたことだろう。そのたびに人を悲しませ、どれほどの怒りを買ったことか。そのことにはじめて気づいたのは、シュテファニーにふられたときだ。トビアスはそれを受け入れられず、彼女の前でひざまずいて懇願した。それでも彼女に笑い飛ばされ、それで……。アメリーにもなにかしたのだろうか。どうしてあの娘の携帯電話がズボンのポケットに？

トビアスはソファに腰を下ろし、両の掌《てのひら》でこめかみを押さえ、記憶の断片をなんとかつなぎ合わせようとした。だがどうしてもうまくいかない。というより、試せば試すほど、辻褄が合わなくなる。頭がおかしくなりそうだった。

クリニックは患者でいっぱいだったが、ラウターバッハ女医はオリヴァーとピアを長く待たせなかった。

「頭の具合はどうですか？」女医が親しげにたずねた。

「問題ありません」オリヴァーは反射的に額《ひたい》の絆創膏に触れた。「少し頭痛がするだけです」

「よければ、もう一度診察しますけど」

「結構です。あまりお手間を取らせたくないので」

「まあ、いいでしょう。なにかあれば、ここにいますので」

オリヴァーは微笑みながらうなずいた。ホームドクターを替えてもいいかなと思った。女医は、診療助手が受付カウンターに置いておいた三通の処方箋に急いで署名し、それからオリヴァーたちを診察室に案内した。足を前にだすたびに、寄せ木張りの床がミシミシ鳴った。女医は診察用の椅子にすわるよう手で指し示した。

「ティース・テアリンデンのことを伺いたいのです」オリヴァーは腰かけたが、ピアはそのまま立っていた。

女医はデスクの向こうからオリヴァーをじっと見据えた。「なにをお知りになりたいんです？」

「母親の話では、ティースは発作を起こして、今は精神病院に入院しているそうですね」

「そのとおりです。それ以上のことは、あいにくお話しするわけにはいきません。ご存じのように守秘義務がありますので。ティースはわたしの患者なのです」

「彼は過去にもアメリーのあとをつけたことがあるそうですね」ピアがボスの後ろから発言した。

「あとをつけたのではなく、付き添ったのです」女医はいい直した。「ティースはアメリーのことをとても好いていました。付き添うのは、好きになった証です。アメリーもはじめからそのことがわかっていました。じつに心の細やかな娘です。ティースにとっては幸運でした」

「ティースの父は、息子と格闘になって手にひっかき傷を作ったといっています」ピアはいった。「ティースには暴力をふるう傾向があるのですか？」

女医は屈託なく笑った。「それもまた、あなた方にお話しするわけにいかない内容に近いです。あなた方はどうやらティースがアメリーになにかしたと考えているようですが、それは絶対にありえません。ティースは自閉症患者であって、常人と行動の仕方が違うだけなのです。彼には感情を表にだしたり、口で説明したりする力がないのです。そのため……発作を起こすんです。でもごくごく稀《まれ》なことです。彼の両親は誠心誠意、彼の看病をしていますし、ここ数年投与している薬がよく効いています」

「ティースは精神障害だということですか？」

「とんでもない！」女医は激しくかぶりを振った。「ティースはきわめて高い知性を持っていて、絵にもすばらしい才能を発揮しています」

ダニエラは、テアリンデンの自宅や会社にかかっているのとそっくりの抽象画を指差した。

「それをティースが？」ピアは驚いて絵を見た。一見なにが描いてあるかわからないが、それがいくつもの人間の顔だと気づいて背筋が寒くなった。苦悩し、怯え、おののく顔ばかり。息詰まるような濃密な絵だ。毎日、この顔を見て、よく平気でいられるものだ。

「昨年の夏、夫がヴィースバーデンで個展を企画したんです。展示した作品四十三枚がすべて売り切れ、大成功でした」

自慢そうな口ぶりだ。女医は隣人の息子を好いているのだろう。だがそれでも、ティースの心の状況を具体的に把握するため、プロらしい距離の取り方をしているようだ。

「クラウディウス・テアリンデンはトビアスに判決が下ったあと、ザルトリウス家を何年も援助していたそうですね」今度はオリヴァーがいった。「トビアスに弁護士、しかも有能な弁護士を世話したのも彼ですね。そこまでしたのは、なにか後ろめたいことがあったからでしょうか。どう思われます？」

「後ろめたいこと？」女医の顔から笑みが消えた。

「たとえば、ティースが当時、ふたりの少女の失踪に関係したことを知っていたとか」

一瞬、その場が静かになった。閉めたドアの向こうから、鳴りっぱなしの電話の呼び出し音がくぐもって聞こえた。

女医は眉根を寄せた。「そういう風に見たことはありませんでした。ティースがシュテファニー・シュネーベルガーに夢中だったのは事実です。当時、シュテファニーととても長い時間を過ごしました。アメリーの場合と……」女医は口をつぐんだ。オリヴァーがなにをいいたいのかわかったのだ。「なんてこと！　いいえ、信じられません！」

「ティースと大至急、話をする必要があるのです」ピアがここぞとばかりにいった。「アメリーの居場所を見つける唯一の手がかりなんです」

「わかります。しかし困りましたね。命に関わる危険がありましたので、精神病院での拘束を指示したのです」女医は両方の掌を合わせ、人差し指を唇に当てながら思案した。「ティースとの面会を許可する権限は、わたしにはないのです」

「しかしもしティースが暴力をふるっていたら、アメリーは危険な状態にいることになるのですよ！」ピアはいった。「どこかに閉じ込められて、自分では出られないのかもしれません」

女医はピアを見た。心配してか、目が曇った。

「そうですね」女医はいった。「バート・ゾーデン精神病院の院長に電話を入れます」

「それからもうひとつ」ピアはふと思いだしたかのようにいった。「トビアスの話では、一九九七年の事件との関連で、アメリーがあなたのご主人のことを話題にしたそうです。ご主人はシュテファニー・シュネーベルガーに惹かれて、劇の主役に抜擢したという噂が当時流れたそうですね」

女医は電話機に伸ばした手を下ろした。

「トビアスはだれかれかまわず罪をなすりつけようとしました。なんとか自分の罪を免《まぬが》れようとしたのでしょう。気持ちはわかります。しかし他の人の容疑はすでに晴れています。夫は当時、演劇部の顧問で、シュテファニーの才能に惚れ込んでいました。それは事実です。それには彼女の外見も手伝っていました。白雪姫には理想的な容姿でしたから」

女医はあらためて受話器に手を伸ばした。

「土曜日にフランクフルトの〈エボニー・クラブ〉にいましたね。店を出たのは何時頃でしょうか？」オリヴァーがたずねた。「覚えていらっしゃいますか？」

女医は一瞬、顔色を変えた。「え、ええ、ちゃんと覚えていますとも。午後九時半でした」

「みなさん、クラウディウス・テアリンデンといっしょにアルテンハインへもどったのですか？」

「いいえ。わたしはその晩、待機する順番に当たっていたので、自分の車で出かけていました。そして九時半に急患が出て、ケーニヒシュタインへ呼ばれたのです」

「なるほど。テアリンデン夫妻とご主人は？　店を出たのはいつですか？」

「クリスティーネはわたしといっしょに店を出ました。ティースのことが心配だったのです。ひどいインフルエンザに感染してベッドに伏せっていましたので。わたしはバス停でクリスティーネを降ろし、その足でケーニヒシュタインへ向かいました。午前二時に帰宅したとき、夫はすでに寝ていました」

オリヴァーとピアはチラッと顔を見合わせた。土曜日の夜についての話は嘘だらけということになる。なぜだろう？

「あなたは急患の治療を終えたあと、まっすぐ家に帰られたわけではありませんよね？」オリヴァーはたずねた。女医は動じなかった。

「ええ。ケーニヒシュタインからもどったのは、午前一時少し過ぎでした」女医はため息をついた。「バス停のベンチに男の人が横たわっているのを見つけて、車を止めました。それがだれかすぐにわかったからです」女医はゆっくり首を横に振った。その黒い瞳に同情の色が浮かんでいた。「トビアスは泥酔していて、すっかり体が冷え切っていました。嘔吐していて、意識がなかったのです。彼を車に乗せるのに十分くらいかかりました。それから、家へ連れていき、ハルトムートに手伝ってもらってベッドに寝かしたんです」

「そのときトビアスはあなたになにかいいましたか？」ピアは質問した。

「いいえ」女医は答えた。「彼はうんともすんともいいませんでした。救急車を呼んで病院へ搬送させようかとも考えましたが、本人がそれを望まないだろうと考え直しました」

「なぜそう思ったのですか？」

「前日、納屋で襲われ、大怪我をしたトビアスを治療したばかりだったのです」女医は前屈みになって、オリヴァーが顔を赤らめるほどじっとのぞきこんだ。「彼がしたことはともかく、彼が哀れでなりません。刑務所に十年入ったくらいでは足りないという人もいますが、トビアスはこれからの人生ずっと罪を背負っていくのです」

「彼がアメリーの失踪に関わっているかもしれないという証拠が出ているのです」オリヴァーはいった。「あなたは彼をよくご存じですね。可能性はあると思いますか？」

女医は椅子の背に寄りかかり、まる一分オリヴァーから目をそむけずに黙ってからいった。

「関係ないと願いたいです。確信を持ってそういえるといいのですが、それができません」

＊

ショートカットヘアのかつらを取り、無造作に床に落とした。指が震えて、赤いリボンの結び目がうまくほどけない。じれったくなってリボンをはさみで切った。彼女はドキドキしながら絵を机に広げた。絵は全部で八枚。そこになにが描かれているかわかると、ショックで息をのんだ。

あのろくでなしは、一九九七年九月六日の事件を写真のような正確さでカンヴァスに描いていた。ささいな部分も疎《おろそ》かにしていない、緑色のTシャツにプリントされた安っぽいロゴや子豚のイラストまではっきり見て取れる！

彼女は唇をかんだ。血管がドクドクいうのが聞こえた。記憶が一気に息を吹き返した。ラウラの目に浮かぶ屈辱感と激しい後悔の気持ち。ざまを見ろ、このいけすかないあばずれが！彼女は別の絵を上にして両手でなでた。当時と同じようにものすごいパニックに襲われた。神をも畏れぬ所業、取り乱した心、冷酷な怒り。彼女は体を起こして深呼吸した。三回、四回。落ち着け。まだ破局にいたったわけじゃない。だがとてつもない破壊力がある。細心の注意を払って準備した計画がすべてぶちこわしになるところだった。それだけはなんとしても阻止しなければ！

彼女は震える手でタバコに火をつけた。これが警察の手に落ちていたらどうなっていたことか！　胃のあたりが変な気持ちだ。これからどうしたらいい？　絵はこれで全部だろうか。いや、ティースは他にも描いているかもしれない。ようやくここまできたのに。危険の芽は摘み取らねば。フィルターのところまで性急にタバコを吸った。そしてすべきことを決めた。いままでつねにひとりで決断を下してきた。はさみをつかむと、絵を一枚一枚細かく切り刻んで、シュレッダーにかけ、中からゴミ袋を取りだし、ハンドバッグをひっつかんだ。冷静にやれ。そうすれば、なにもかもうまくいく。

＊

カイ・オスターマンはがっくり肩を落として、アメリーの日記がどうしても解読できないとこぼした。はじめは高をくくっていた。しかしほとんどお手上げ状態だった。どういうシステムの暗号なのか、まずそこからわからない。どうやら同じ文字をさまざまな意味で使っている。だから暗号がどうしても解読できないのだ。フランク・ベーンケが部屋に入ってきた。

「それで？」カイはたずねた。オリヴァーは、朝から拘束されているクラウディウス・テアリンデンの尋問をフランクに任せたのだ。

「黙秘さ。傲慢な豚野郎だ」欲求不満のたまったフランクは椅子にどさっとすわり込み、両手を後頭部に当てた。「ボスはいうだけだからな！　あいつの口を割れといったって、どうやればいいんだ？　挑発もしたし、猫なで声も使った、脅しもかけた。でもあいつはニヤニヤしながらすわっているんだからな！　できることなら、あいつの鼻面をぶん殴りたいよ！」

「それをやったらおしまいだ」カイはチラッと同僚を見た。フランクはすぐに身構えた。

「俺がどつぼにはまっていることをわざわざ思い出させなくたっていいだろう！」フランクはキーボードが跳ねるほど激しくデスクを叩いた。「ボスは、俺がここを辞める気になるように嫌がらせをしてるんじゃないかって気がするよ！」

「なにをいってるんだよ。それにボスは、口を割らせろとはいわなかったぞ。ねじ上げろっていったんだ」

「ああ、ああ。ボスがお姫様といっしょにやってきて、簡単に口を割らせるためにな！」フランクは顔を真っ赤にして怒った。「俺は汚い仕事ばかりさせられる」

カイはフランクに同情を覚えていた。警察学校時代からの仲間だ。いっしょに組んでパトロールをしたし、カイがある事件で膝から下を失うまでは、特別出動コマンド《SEK》の同僚でもあった。フランクはその後数年、特別出動コマンドにいて、それからフランクフルト刑事警察署へ異動になり、捜査十一課に配属された。彼は優秀な刑事だった。だが過去形でいうしかない。私生活で問題を抱えるようになってから、仕事も雑になった。フランクは両手で頬杖をつき、物思いに耽《ふけ》った。

そのときドアが開き、カトリーン・ファヒンガーが入ってきた。頬を紅潮させて怒っている。

「ねえ、気は確か？　あいつとふたりだけにして、帰ってこないなんて！　どういうつもり？」

「おまえの方が尋問がうまいと思ってね！」フランクは皮肉っぽくいった。カイはいがみ合うふたりを交互に見た。

「役回りを決めていたでしょう」カトリーンはそのことをフランクに思いださせた。「それなのに勝手に出ていっちゃうんだから。だけど、あいつ、あたしには口を割ったわよ」カトリーンの声には勝ち誇った響きがあった。

「それはお見事！　それじゃボスのところに走っていって報告したらいいだろ、とんま！」

「なんですって？」カトリーンはフランクの前で腰に手をやった。

「とんまっていったんだよ！」フランクは大声で繰り返した。「はっきりいってやるが、おまえはこすっからい独善的な女だ！　ちくったのはおまえだろ。絶対に忘れないからな！」

「フランク！」カイが叫んで立ち上がった。

「それは脅迫？」カトリーンはひるまず、さげすむように笑った。「あんたなんて怖くないわ……口先ばっかなんだから！　くだらない言い訳をいって、人に仕事を押しつけてばっかり！　奥さんに逃げられるのも当然ね。あんたなんかと結婚する女の気が知れないわ」

フランクは顔を真っ赤にして、両の拳を固めた。

「おい！」カイが心配して口をはさんだ。「落ち着けよ！」

だが手遅れだった。たまりにたまった怒りが爆発し、フランクはパッと立ち上がると、椅子を蹴飛ばし、カトリーンを乱暴に突き飛ばした。カトリーンは戸棚にぶつかり、メガネが床に落ちた。フランクはわざと靴のかかとでそのメガネを踏みつぶした。カトリーンは立ち上がると、冷笑した。

「これであんたもおしまいね、同僚さん」

フランクは完全に頭に血が上った。カイが止めに入るよりも早く、カトリーンに飛びかかり、顔を殴った。カトリーンは反射的にフランクの股に膝蹴りを入れた。フランクはうめき声をあげて床にはいつくばった。ちょうどその瞬間、オリヴァーがドアを開けた。彼の視線がカトリーンからフランクへと動いた。

「なにが起こっているのか、だれか説明してくれないか？」オリヴァーは押し殺した声でたずねた。

「この人がわたしに襲いかかって、メガネを払い落としたんです」そう答えると、カトリーンは踏みつぶされたメガネを指した。「わたしは身を守っただけです」

「そうなのか？」オリヴァーはカイを見た。カイは呆然と両手を上げ、床にはいつくばっているフランクをチラッと見てからうなずいた。

「わかった」オリヴァーはいった。「幼稚園みたいな騒ぎはもううんざりだ。ベーンケ、立て」

フランクは従った。顔が苦痛と憎悪でゆがんでいた。フランクは口を開けたが、オリヴァーはなにもいわせなかった。

「署長とわたしがいったことはわかっているな。きみをこの場で停職処分にする！」

ベーンケは黙ってオリヴァーを見つめ、それから椅子の背にかけていた上着をひったくった。

「刑事章と拳銃を置いていけ」オリヴァーは命じた。

フランクはホルスターごと拳銃をはずし、身分証といっしょに無造作にデスクへ投げた。

「みんな、くたばれ」そう怒鳴ると、フランクはオリヴァーを押しのけて出ていった。一瞬、静けさに包まれた。

「テアリンデンの尋問はどうなった?」オリヴァーは、なにごともなかったかのようにカトリーンの方を向いた。

「〈エボニー・クラブ〉の所有者は彼でした。〈黒馬亭〉とアンドレアス・ヤギエルスキーがマネージャーのもう一軒のレストランも同じく彼のものです」

「それで? 他には?」

「それ以上のことはなにもいおうとしません。それでいくつか説明がつくと思います」

「ほう? どういうことがだ?」

「〈黒馬亭〉の開店でザルトリウスの店がつぶれなかったら、テアリンデンがハルトムート・ザルトリウスに資金援助をする必要も生じなかったということです。わたしにいわせれば、テアリンデンは慈愛に満ちたサマリア人なんかじゃぜんぜんない。あの男はザルトリウスを潰しておきながら、アルテンハインから立ち去ることができないように仕組んだんです。あの男はそうやって、他の村人もがんじがらめにしているはずです。レストランのマネージャーにすえられたヤギエルスキーなんかもそのひとりでしょう。まるでマフィアですね。あの男はみんなを守り、代わりにみんなは口をつぐむ」

オリヴァーはカトリーンを見つめ、しばらく眉間にしわを寄せてからうなずいた。

「よくやった」オリヴァーは誉めた。「でかしたぞ」

＊

玄関のドアが開いたとき、トビアスは感電したかのようにカウチから跳ね起きた。ナージャが入ってきた。片手にビニール袋を持ち、もう一方の手でコートを脱ごうとした。

「どうだった？」トビアスは脱ぐのを手伝い、コートをワードローブにかけた。「なにか見つかったかい？」何時間も緊張のしどおしで、結果が気になって仕方がなかった。

ナージャはキッチンに入り、袋をテーブルに置いて、椅子にすわった。

「なにもなかったわ」ナージャは疲れ切った様子でかぶりを振り、ポニーテールをほどいて、髪の毛をかきあげた。「家じゅう捜してみたけどね。アメリーの作り話じゃないの？」

トビアスはナージャを見つめた。

「そんなはずはない！　どうしてそんな作り話をする必要があった？」

「そんなのわかるわけがないでしょう。あなたの気を惹こうとしたのかもね」ナージャは肩をすくめた。目の下に隈ができている。ナージャも応《こた》えているようだ、とトビアスは思った。

「とにかく食事にしましょう」ナージャはビニール袋に手を伸ばした。「中華料理をテイクアウトしてきたわ」

まる一日なにも口にしていなかったが、トビアスは紙パックからにおってくるおいしそうなにおいにも食欲をそそられなかった。こんなときにどうして食事のことなど考えられるだろう。

絵はアメリーの作り話のはずがない。絶対にそんなはずはない！　あの娘はそんな嘘をついて気を惹こうとするタイプじゃない。ナージャは完全に勘違いしている。ナージャが紙パックの蓋《ふた》を開け、割り箸で食事をはじめるのを、トビアスは黙って見つめた。

「警察が俺を捜している」トビアスはいった。

「わかってるわ」ナージャは食べ物をほおばりながら答えた。「あなたを助けるために、わたしだって必死にがんばってるわ」

トビアスは唇をかんだ。なんてことだ。ナージャに文句をいうなんて。しかしなにもせずこうやってふさぎこんでいるだけでは、頭が変になりそうだ。できることなら自分でアメリーを捜しにいきたいくらいだ。しかし一歩外に出たら、その場で逮捕されるだろう。今は我慢して、ナージャに頼るほかない。

*

オリヴァーは通りの反対側に車を止めると、エンジンを切り、そのまま運転席にとどまった。そこから、明かりのともったキッチンの窓に忙しく立ち働くコージマの姿が見える。彼はあれからフランクの件でニコラ・エンゲルと話し合いをした。問題の一件は野火のようにまたたくまに署内の噂になった。署長はフランクを停職処分にした。だがそれによってオリヴァーはいよいよ人手不足に陥《おちい》った。フランクだけでなく、アンドレアスも欠けていたからだ。

家に帰る途中、オリヴァーはコージマにどういう態度をとったらいいか悩んだ。黙って荷物をまとめて、家を出ていくか？　いいや、本人の口から本当のことを聞かずにはおけない。怒りはなかった。ただ深い失望を味わわされていた。数分ためらってから車を降り、雨に濡れた通りをゆっくり横切った。コージマといっしょに建て、二十年間幸せに住んできた家。隅々まで知っているはずのその家が突然、我が家と思えなくなった。毎晩、帰宅するのが楽しみだった。コージマと子どもたちが待つ家。愛犬がいて、夏には庭仕事が待っている。だが今は玄関のドアを開けるのも怖い。いったいいつから、コージマは自分の隣で寝ながら密かに別の男と愛撫し、キスをし、抱かれるところを夢見ていたのだろう。今日あの男といっしょにいるところを見さえしなければ。しかしもう手遅れだ。心の中で、なぜだ、という叫び声が聞こえる。なぜだ？　いつからなんだ？　どこで？　どうやって？

自分がこんな憂き目にあうなんて、夢にも思わなかった。結婚生活はうまくいっていた。そう、ゾフィアが生まれるまでは。あのあとコージマは変わった。彼女はそれ以前から、遠い土地を探検することで自由と冒険への憧れを充足させ、残りの日常をなんとかやりくりしていた。それがわかっていたから、長期間別々に暮らすのはつらくても、なにもいわず旅へ送りだしていた。だがゾフィアが生まれてからの二年間、コージマはずっと旅に出ていない。彼女はそのことで不満を抱いているそぶりを見せなかった。だが振り返ってみると、いろいろふたりのあいだに変化があった。以前は喧嘩などしたことがなかったのに、今はよくぶつかる。いつでもささいなことがきっかけだ。互いに相手をそしり、相手の悪いところをあげつらう。オリヴァーは鍵を持ったまま玄関の前に立っていた。急にめらめらと怒りの炎が燃え上がった。彼女は何週間も妊娠したことを黙っていた。自分ひとりで出産を決め、オリヴァーは結論だけ聞かされた。赤ん坊が生まれれば、放浪生活はしばらくおあずけになることくらいわかっていたはずなのに。

オリヴァーはドアの鍵を開けた。犬がケージから飛びだし、うれしそうに飛びついてきた。コージマがキッチンから出てきた。オリヴァーは愕然とした。

「おかえりなさい」コージマは微笑んだ。「遅かったのね。食べてきたの？」

コージマは青磁色のカシミアのセーターを着ている。今日の昼、〈エボニー・クラブ〉で着ていたのと同じだ。そして何食わぬ顔をしている。

「いいや」オリヴァーは答えた。「腹はすいていない」

「でも食べたかったら、冷蔵庫にミートボールとパスタサラダがあるからどうぞ」

コージマはきびすを返してキッチンにもどろうとした。

「今日、マインツにいなかっただろう」オリヴァーはいった。コージマが立ち止まって向き直った。もう嘘はごめんだった。だからコージマがなにかいいだす前に話をつづけた。「今日の昼〈エボニー・クラブ〉で見かけた。アレクサンデル・ガヴリロフといっしょだった。嘘をついてもだめだ」

コージマは腕組みしてオリヴァーを見つめた。静かだった。犬も異様な緊張に気づいたのか、黙ってケージにもどった。

「先週もほとんどマインツにいなかったんじゃないか。数日前、偶然きみの車の後ろを走っていたんだ。電話をかけたら、きみがそれに出るのが見えた。だけど、きみはマインツにいるといった」

オリヴァーは口をつぐんだ。心のどこかでは、それでもコージマが笑いだし、誤解を解いてくれることを願っていた。だがコージマは笑いもしなければ、否定もしなかった。腕組みをしたまま黙って立っていた。罪の意識すら感じられない。

「正直にいってくれ、コージマ」その声は自分の耳にもみじめに聞こえた。「きみは……きみは……ガヴリロフと関係を持ったのか？」

「ええ」コージマは静かに答えた。

オリヴァーの世界が瓦解した。だがオリヴァーもコージマと同じように平静を装った。

「なぜだ？」オリヴァーは悲愴な声でたずねた。

「やめてよ、オリヴァー。わたしからなにを聞きたいの？」

「真実だ」

「この夏、ヴィースバーデンであった美術展の特別招待日に偶然彼と会ったのよ。彼はフランクフルトに事務所を開いて、新しいプロジェクトのためにスポンサーを探していたの。何度か電話で話をしたわ。彼にはアイデアがあり、わたしはその探検を撮影する。あなたはそのことが気に入らないだろうと思ったから、はじめは彼のイメージを聞くだけにしたの。だから彼と会うことも黙っていたのよ。で、まあ、なんとなく、そうなっちゃったわけ。出来心のつもりだったんだけど、そのうち……」コージマは黙ってかぶりを振った。

コージマが他の男に会って、関係を持ちはじめたのに、少しも気づかなかったなんて信じられなかった。そんなに間抜けでお人好しだったのか。それとも自分のことにかまけすぎて気がまわらなかったのか。ロザリーが反抗期のとき家じゅうに音を響かせた歌のフレーズが脳裏に蘇った。「わたしと彼のなにが違うというの？　それがなにか正直にいってごらんよ。もう手遅れだけど、あなたはなにかなくしたものがあるでしょう？」お粗末な内容だと思っていたが、今なら多くの真実が含まれていることがわかる。

オリヴァーはコージマをそこに残して階段を上がり、ベッドルームに入った。あと一分ああしていたら、爆発して、小さな子どもを抱える既婚の女性に言い寄るガヴリロフとかいう冒険家のことを口汚くののしっていただろう。そいつはきっと、世界じゅうに愛人がいるに違いない。とんだ食わせものだ！

オリヴァーはワードローブを片っ端から開けて、上の棚から旅行カバンを引っぱりだし、下着にシャツ、ネクタイを詰め、スーツも二着放り込んだ。それからバスルームへ行き、自分の洗面道具をまとめた。わずか十分で旅行カバンを引きずりながら階段を下りてきた。コージマはさっきと同じ場所に立っていた。

「どこへ行くの？」コージマが小声でたずねた。

「出ていくのさ」オリヴァーは彼女を一顧だにせず玄関を開けて、夜の闇の中へと出ていった。

二〇〇八年十一月二十日（木曜日）

午前六時十五分、オリヴァーは携帯電話の呼び出し音で深い眠りから叩き起こされた。朦朧《もうろう》としながら明かりのスイッチを探した。そしてそこが自宅のベッドの中でないことを思いだした。うまく寝付けず、いろいろ変な夢にうなされた。マットレスが柔らかすぎ、羽布団が暖かすぎ、汗をかいては冷え、また汗をかいた。

しつこく鳴っていた携帯電話がいったん切れてまた鳴った。オリヴァーはベッドから転がりでた。よく知らない部屋なので暗闇ではどこになにがあるかわからず、足の親指をテーブルの脚にぶつけて悪態をついた。ようやくドアの横のスイッチを押し、椅子に投げかけた上着の内ポケットに携帯電話が入っているのを見つけた。

林務官がルッペルツハインとケーニヒシュタインのあいだ、アイヒコップフ山の麓《ふもと》の林間駐車場に止まっていた車の中で男性の遺体を発見した。鑑識チームはすでに現場に向かっていて、オリヴァーにも現場を見てほしいという。もちろん、かまわない。それが仕事だ。体の節々が痛くて顔をしかめながらベッドにもどって、腰を沈めた。

昨夜のことは悪夢のようだった。一時間近くあてもなく車を走らせ、気づくとボーデンシュタイン家の敷地の前を通りかかっていた。真夜中近くにあらわれて、ひと晩泊めてくれという息子に、父と母はなにも問いただそうとしなかった。母は屋根裏の客間のひとつに寝床を作り、そのあとオリヴァーをそっとしておいてくれた。彼の顔を見て、遊びに立ち寄ったのでないことくらいは察しがついたはずだ。両親の思いやりがありがたかった。今はとてもではないが、コージマが浮気したことを話す気になれない。

ため息をついて立ち上がると、旅行カバンから洗面道具の袋をだし、廊下の向かい側にあるバスルームに入った。狭くて、冷え冷えしていた。見た目は贅沢そうでも、少しもそんなことのなかった子ども時代を思いだす。いつも金欠だったので、両親は倹約に倹約を重ねていた。子どもの頃を過ごした山の上の城では、冬のあいだ、たった二部屋しか暖房しなかった。他の部屋はすべて「微温設定」だった。母は室温十八度のことをそう呼んでいた。

オリヴァーはTシャツの鼻が曲がるようなにおいをかいだ。シャワーを浴びないわけにはいかない。自宅の暖房や柔らかいタオルがすでに懐かしい。記録的な速さでシャワーを浴びると、ごわごわのタオルで体をふき、アリベルト製ミラー付洗面化粧台の淡い蛍光灯の光の下、指をふるわせながら髭を剃った。

一階のキッチンには父がいて、傷だらけの木のテーブルでコーヒーを飲みながら、フランクフルター・アルゲマイネ・ツァイトゥング紙を読んでいた。

「おはよう」父は顔を上げると、親しげにうなずいた。「コーヒーを飲むかい？」

「おはよう。いいね」オリヴァーはすわった。

父は立ち上がって食器棚からカップをだすと、コーヒーを注いだ。どうして真夜中にあらわれて、客間に泊まったのか、父は一度もたずねなかった。両親は昔から口数が少ない。オリヴァーも、朝っぱらから結婚の危機について話す気になれなかった。だから父と息子は、黙ってコーヒーをすすった。昔から家では毎日マイセン磁器で飲食していた。これも倹約のためだった。そのマイセン磁器は先祖代々のもので、それを使えば新しい食器を買わずに済むという判断だった。直しの跡がなければ、きっと途方もなく高価なものに違いない。

オリヴァーのコーヒーカップも欠けたところがあり、取っ手をつけ直してあった。オリヴァーは立ち上がると、カップを流しに置いて、ごちそうさまといった。父はうなずいて、わきに置いていた新聞をまた読みはじめた。

「家の鍵を持っていくといい」父はさりげなくいった。「ドアの横の鍵入れに入っている。赤いキーホルダーがそうだ」

「ありがとう」オリヴァーは鍵を取った。「それじゃまた」

オリヴァーが夕方もどってくることは、父にとって至極当然のことらしい。

＊

オリヴァーがネポムクカーブを過ぎ、林間駐車場に車をすべり込ませると、ヘッドライトと点滅する青色警光灯が十一月の朝の薄闇を照らしていた。パトカーの横に車を止めると、徒歩で現場に向かった。湿った地面と落ち葉のにおいがする。暗記している数少ない詩の一節が脳裏をよぎった。**今ひとりぼっちなら、これからもひとりぼっちだろう、枯葉舞うとき、並木路**

を定めなくさまようことだろう（ドイツの詩人ライナー・マリア・リルケの詩「秋の日」の一節）。侘しさが猛り狂った犬のように彼の心を襲った。このままどこかに身を隠したいという衝動に駆られたが、オリヴァーは思いを押し殺して歩きつづけ、仕事の顔をした。

「おはよう」ちょうどカメラを取りだしていた鑑識課課長クリスティアン・クレーガーに声をかけた。「どんな状況だ？」

「警察無線でみんな大騒ぎしているよ」クレーガーはかぶりを振りながらニヤリとした。「まるでガキだ！」

「どういうことだ？」オリヴァーは、警官がどんどん集まってくるのを見てあっけにとられた。早朝にもかかわらず、砂利を敷き詰めた駐車場にはすでにパトカーが五台も止まっていて、六台目がちょうど道路を曲がってきた。離れたところからでも騒々しい声が聞こえる。制服姿の巡査も白いオーバーオールを着た鑑識の連中も、みんな興奮している。

「フェラーリなんですよ！」巡査のひとりが目を輝かせながらいった。「599 GTBフィオラーノ！　国際モーターショーでしか見たことがないです！」

オリヴァーは警官の人だかりをかきわけた。本当だ！　林間駐車場の一番奥で、真っ赤なフェラーリがヘッドライトの光を浴びて輝いていた。集まっている警官たちはそのスーパーカーに乗っている死者には目もくれず、排気量や馬力やタイヤやホイールやトルクや加速度のことを夢中で話している。腕の太さほどあるクロームメッキの排気管から窓までパイプが延びていて、窓の隙間が内側から銀色の絶縁テープでていねいに目張りされていた。

「一台二十五万ユーロはするぞ」若い警官がいった。「すげえよな」

「だがひと晩で相当値を下げたな」オリヴァーはそっけなくいった。

「どうしてですか？」

「きみは気づいていないようだが、車内に死体がある」オリヴァーは赤いスーパーカーを見て夢中になるような性格をしていなかった。「だれかナンバープレートを確認した者は？」

「はい」後ろに控えていた若い婦警が返事をした。男の巡査たちのように大騒ぎする気になれなかったようだ。「車はリースで、契約者はフランクフルトの銀行マンとのことです」

「ふむ」オリヴァーは、クレーガーが写真を撮り、部下といっしょに運転席のドアを開けるところを見ていた。

「経済危機の最初の犠牲者だな」だれかが軽口をたたいた。そしてまた、フェラーリ・フィオラーノのリース料を払うには、どのくらいの月収が必要か、巡査たちが侃々諤々《かんかんがくがく》の議論をはじめた。オリヴァーは、また一台パトカーが駐車場に入ってくるのを見た。そのあとから覆面パトカーが二台つづいた。

「駐車場を立入禁止にしたまえ」オリヴァーは若い婦警に指示した。「それから関係のない警官たちをここから追い払ってくれ」

婦警はうなずいて、元気よく行動に移った。数分後、駐車場は閉鎖された。オリヴァーは開けられた運転席のそばにしゃがんで死体を検分した。金髪の男はまだ若い。三十代半ばくらいだろうか。背広にネクタイ姿で、高級腕時計をしている。頭が横を向き、一見したところ眠っているかのようだ。

「おはよう、ボーデンシュタイン」背後で聞き慣れた声がした。オリヴァーは振り返った。

「やあ、キルヒホフ」オリヴァーは腰を上げて一礼した。

「ピアはいないのか？」

「ああ、今日はひとりだ」オリヴァーは皮肉っぽく答えた。「がっかりかい？」

ヘニング・キルヒホフはふっと笑みをこぼしただけで、なにもいわなかった。いいかえす気分ではないようだ。メガネの奥の目が赤く充血している。どうやらあまり寝ていないらしい。オリヴァーはキルヒホフに場所を空け、クレーガーのところへ行った。クレーガーはフェラーリの助手席にあったアタッシュケースを開けてみているところだった。

「どうだ？」オリヴァーがたずねた。

クレーガーが死者の札入れを差しだした。オリヴァーは身分証を見て身をこわばらせた。もう一度名前を確かめた。こんな偶然があるだろうか？

＊

精神病院の院長は、医療上の守秘義務が許す範囲で、ティース・テアリンデンの病状について説明した。ピアはこれから会うのがどんな男か気になってドキドキした。たいして話を聞けないだろうと覚悟はしていた。おそらくなにも答えないでしょう、と院長はいった。

ピアはしばらくのあいだ、ドアの窓越しにティースを観察した。とても美男子で、金髪がふさふさしていて、感じのいい口をしている。内側にデーモンを抱えているようにはとても見えない。彼の内面の苦しみが垣間見えるのは、彼が描く絵の中だけだ。明るく快適な部屋にすわり、せっせと絵を描いている。薬で今は落ち着いているといっても、鉛筆や絵筆のような鋭利なものを与えるわけにはいかなかったので、画材はクレヨンだが、本人は一向に気にしていなかった。

院長や看護師に付き添われてピアが部屋に入っても、ティースは顔も上げなかった。院長がピアを紹介し、どうしてここを訪ねてきたか、そしてなぜ話をしたいか説明した。顔が絵につきそうなほど前屈みになっていたティースが椅子の背にもたれかかり、クレヨンをテーブルに置いた。といっても、色とりどりのクレヨンは無造作に置かれていたわけではなく、整列した兵隊のようにきれいに並べられていた。ピアは彼の前に椅子を持ってきてすわり、じっと彼を観察した。

「ぼく、アメリーになにもしてない」ピアが口を開く前に、ティースが妙に淡々とした口調でいった。「誓うよ。ぼく、アメリーになにもしてない、なにもしてない」

「だれもあなたが悪いと思っていないわ」ピアは優しく答えた。

ティースは両手をぶらぶらさせて、上半身を前後に揺らした。そのあいだも、目の前の絵をじっと見つめている。

「アメリーが好きなんでしょう。よくあなたのところへ来ていたのよね？」

ティースが大きくうなずいた。

「アメリーを守ってた。守ってた」

ピアは、少し離れたところにすわっている院長と顔を見合わせた。ティースはまたクレヨンを取って描きはじめた。静寂に包まれた。ピアは次にどんな質問をしたらいいか考えた。院長からは普通に話をするようにいわれた。間違えても子ども扱いをしてはいけない、と。だがそれは簡単なことではなかった。

「アメリーに最後に会ったのはいつ？」

ティースは反応せず、憑かれたように絵を描きつづけ、クレヨンを替えた。

「アメリーとふたりでどんな話をしたの？」

いつもの事情聴取とは勝手が違った。ティースの顔からはなにも読み取れず、その表情は大理石像のように硬直していた。返事をもらえなかったので、ピアも質問をやめた。数分が過ぎた。自閉症患者にとって時間はなんの意味も持たない。彼らは自分の世界で生きている、と院長から説明を受けていた。忍耐が求められるのだ。しかし午前十一時には、アルテンハイン墓地でラウラ・ヴァーグナーの葬儀が行われ、オリヴァーとそこで落ち合う約束になっている。

ピアが立ち上がり、出ていこうとしたとき、ティースがいきなり口を開いた。

「彼女を見たのは夜だった。鷲の巣から見た」明晰な話し方だった。正確な文章になっている。ただ抑揚がなく、ロボットが話しているかのようだった。「彼女は納屋のそばに立っていた。声をかけようと思った。でもそうしたら来たんだ……あの男が。ふたりは話をして、クスクス笑って納屋に入っていった。なにをしているか、だれにも見られないように。でも、ぼくには見えた」

ピアは面食らって、院長を見た。院長も肩をすくめた。納屋？　鷲の巣？　男って、だれ？

「だけど話してはいけないんだ」ティースはつづけた。「さもないと病院に入れられる。そして一生だしてもらえない」

ティースがいきなり顔を上げて、明るい碧い目でピアを見た。ラウターバッハ女医の診察室で見た絵の中の顔とそっくりの絶望のまなざしをしていた。

「話してはいけないんだ。話してはいけない。さもないと病院に入れられる」ティースは描き終わった絵をピアに差しだした。「話してはいけない。話してはいけない」

絵を見て、ピアは慄然とした。長い黒髪の少女。逃げていく男。菱形の器物で黒髪の少女の頭を殴る別の男。

「これはアメリーではないわね？」ピアは小声でたずねた。

「話してはいけない」ティースはかすれた声でささやいた。「話してはいけない。描くだけ」

ピアはティースがなにを説明しようとしているかに気づいて、胸の鼓動が激しくなった。ティースに口止めした者がいるのだ。ティースが伝えたいのはアメリーのことではない。絵の中にいるのはアメリーではなく、シュテファニー・シュネーベルガーと殺人犯なのだ！

ティースはまたピアに背を向け、クレヨンを持って新しい絵をせっせと描きだした。また自分の世界にもどってしまったようだ。あいかわらず緊張した顔つきをしている。だが上半身を前後に揺するのはやめていた。ティースがこの数年、どういう境遇にあったのか、ピアにもしだいにわかってきた。何者かに圧力をかけられ、十一年前に目撃したことを他言しないよう脅迫されていたのだ。今、警察に真相を伝えたことが、そのだれかに知られたら、ティースは大変な危険にさらされるだろう。身の安全を確保しなければならない。医師がいるから安心といえるかどうか。

「まあ、それじゃ。とにかくありがとう」ピアが立ち上がると、院長と看護師も腰を上げた。

「白雪姫には死んでもらう、彼女はいった」ティースがその瞬間いった。「でもだれもひどいことはできない。ぼくが見守っているから」

*

こぬか雨と霧がアルテンハインを包んでも、ラウラ・ヴァーグナーの遺体を墓まで見送るのをやめる者はいなかった。〈黒馬亭〉前の駐車場に止まっている車の数は数え切れないほどだった。ピアは道路脇に車を止めて、弔鐘が打ち鳴らされている教会へ足早に向かった。オリヴァーは教会正面の屋根の下でピアを待っていた。

「ティースは当時すべてを目撃していました」ピアは新事実をすぐに伝えた。「アメリーがトビアスにいったように、彼は本当に絵を描いていたんです。何者かが彼に圧力をかけています。目撃したことを他言したら、病院から出られなくするといわれているようです」

「アメリーについてなにかいったか？」オリヴァーはいらいらしていた。なにかあったに違いない。

「だめでした。わかったのは、彼がなにもしていないということだけです。でもシュテファニーのことを証言しました。絵を描いて」

ピアはバッグから折りたたんだ紙をだし、オリヴァーに差しだした。

オリヴァーは絵を見て眉根を寄せ、菱形のものを指した。「これはジャッキだ。凶器だな」

ピアは興奮してうなずいた。

「圧力をかけているのはだれかしら？　ひょっとして父親？」

「そうかもしれない。自分の息子がそういう犯罪に関わったとなれば、彼は面子《メンツ》を失う」

「ティースは犯行に関わっていません」ピアは反論した。「目撃しただけです」

「ティースのことをいっているわけじゃない」オリヴァーはいった。教会の鐘が鳴りやんだ。

「今朝、自殺の連絡を受けた。ネポムクカーブの駐車場で男がひとり自分の車の中で自殺していた。ティースの弟ラースだったよ」

「なんですって？」ピアは言葉を失った。

「ああ」オリヴァーはうなずいた。「ラースがシュテファニーを殺した犯人で、兄がそれを目撃したのだとしたらどうだ？」

「ラースは少女たちが失踪した直後、英国に留学していますね」ピアは一九九七年九月に起きたことを時間軸に沿って思い返した。ティースの弟の名は古い調書に一度も出てこなかった。

「もしかしたらクラウディウスはそうやって息子が捜査線上に浮かんでこないようにしたんじゃないかな。そしてもうひとりの息子に圧力をかけたんだ」オリヴァーはそう推理した。

「でもティースは、白雪姫を守っているといっていましたけど」

オリヴァーは肩をすくめた。事件は解明に向かうどころか、ますます混迷の度合いを増している。ふたりは教会をまわって墓地へ向かった。傘をさした参列者たちが墓穴のまわりに集まっていた。白いナデシコのブーケで飾られた真っ白な棺《ひつぎ》がその墓穴に下ろされた。葬儀社の人間が後ろにさがると、牧師が説教をはじめた。

マンフレート・ヴァーグナーは妻とふたりの若い息子と並んで一番前に立っていた。マンフレートを見張っているふたりの警官は少し離れたところに控えている。鉛筆のように細いヒールの靴をはいた若い女がオリヴァーとピアの横をすり抜けていった。明るい金髪を後ろで束ね、体にぴったり合った喪服を着て、霧が立ちこめた薄暗い天気だというのに大きなサングラスをかけている。

「ナージャ・フォン・ブレドウですね」ピアはボスに耳打ちした。「このアルテンハイン出身で、ラウラ・ヴァーグナーと友だちだったんです」

「ああ、そう」オリヴァーは上の空だった。「ところで、ラウターバッハ文化大臣のことは、署長がどうにかするといってる。アメリーが失踪した土曜日、テアリンデンといっしょだったからな」

ピアの携帯電話が鳴りだした。あわてて取りだすと、ピアはみんなににらまれないように教会の裏にまわって、電話に出た。

「ピア、俺だ」カイ・オスターマンの声だった。「たしかこのあいだ供述調書の一部がないといっていたよな」

「ええ、そうよ」

「よく聞いてくれ。いいたくないが、アンドレアスがあの古い調書をしきりに気にしていたことを思いだしたんだ。あいつ、病欠を申請した日の夜遅く署に来ていた。俺は……」

突然、〈黒馬亭〉の屋根に設置されていたサイレンが鳴り響き、電話の声が聞こえなくなった。ピアは片方の耳をふさいで、カイにもっと大きな声で話すようにいった。サイレンとともに、男が三人、参列者たちから離れ、ピアのそばを通って駐車場へ走った。

「……びっくりした……処方箋……だけど俺たちの部屋に」ピアは聞きつづけた。「……わからない……どういうこと……どうしたんだ」

「サイレンよ」ピアは懸命にカイの声を聞き取ろうとした。「どこかで火事が起きたみたい。ねえ、もう一度いって。アンドレアスがどうしたというの？」

カイはもう一度はじめから話した。ピアは自分の耳を疑った。

「たまげたわ。ありがとう。またあとで」

ピアは携帯電話をしまうと、考え込みながらオリヴァーのところへもどった。

＊

トビアスは納屋のそばを通って、家畜小屋に入った。アルテンハインじゅうの人間が墓地に集まっている。トビアスを見とがめる者はだれもいないだろう。近所に目を光らせている隣人のパシュケでさえ留守のはずだ。ナージャは裏門で彼を車から降ろし、ラウラの葬儀に参列するため墓地へ向かった。

トビアスは搾乳場の扉を開けて家に入った。身を隠さなくてはならないとは最低だ。そんな人生を歩みたくなかった。階段を上がろうとしたとき、すっと影のように父親がキッチンのドアのところにあらわれた。

「トビアス！　よかった！」父親が叫んだ。「心配したぞ！　どこにいたんだ？」

「おやじ」トビアスは父親を抱きしめた。「ナージャのところだよ。デカは俺のいうことなんて信じないだろう。すぐ豚箱に放り込まれるに決まっているからね」

父親はうなずいた。

「服を取りにきたんだ。ナージャは葬式に出てから、俺を迎えにくることになってる」

そのときトビアスは、父が平日の午前中なのに仕事に出ていないことに気づいた。

「クビになっちまったよ」父親は肩をすくめた。「なんかいろいろ難癖つけられてな。ボスはドンブロフスキーの娘婿なんだ」

トビアスはいわんとすることがわかって、喉がしめつけられるようだった。自分のせいで、父は職を失ったのだ！

「まあ、いいさ、どうせ辞めようと思っていたんだ」父親は気軽な感じでいった。「またちゃんと料理をしようと思ってな。冷凍ものを解凍して腹を満たすだけの食事には飽き飽きした」

それから思いだしたようにいった。「今日、おまえ宛の手紙が郵便受けに入っていたぞ」

父親はきびすを返してキッチンに入った。トビアスもあとにつづいた。手紙には差出人の名前がなかった。また嫌がらせの手紙かもしれない。トビアスはそのままゴミ箱に捨てようと思ったが、食卓で封筒の封を切り、上品なクリーム色の便箋を開いた。印刷されたスイスの銀行の名に首をかしげてから、手書きの文面を読みはじめた。最初の数行で、鳩尾《みぞおち》を拳骨で殴られたような衝撃を受けた。

「だれからの手紙だい？」父親がたずねた。外では消防車が一台、青色警光灯をともし、サイレンを響かせながら通り過ぎた。窓ガラスがビリビリ鳴った。トビアスははっとして、顔を上げた。

「ラースからだ」彼の声はかすれていた。「ラース・テアリンデンから」

＊

テアリンデン邸の門は大きく開かれていた。鼻をつく煙のにおいが、閉じた車の窓ガラスを通して車内に流れ込んでくる。消防車が何台も芝生を横切り、雨水を含んだ地面に深いわだちの跡を残した。だが火の手があがったのは邸《やしき》ではない。裏手にある別の建物だ。

ピアは邸の前庭に車を止め、オリヴァーとともに歩いて火災現場に向かった。煙が目に沁みて涙が出た。消防団はすでに鎮火に成功したようだ。どこにも火は見えず、黒々とした煙がもくもくと窓からふきでているだけだ。クリスティーネ・テアリンデンは喪服を着ていた。火事に気づいたとき、葬儀に参列していたか、これから墓地へ向かうところだったのだろう。のたうつホースと花壇や芝生を踏みつぶす消防団員を呆然と見ていた。その横に隣人がいた。ラウターバッハ女医だ。オリヴァーは女医をみて、昨夜の変な夢を思いだした。オリヴァーが何を考えているのか気づいたかのように女医が振り返って、オリヴァーとピアのところへやってきた。

「こんにちは」女医は笑みを見せることもなくそっけなくいった。キラキラした褐色の瞳が今日は凍ったチョコレートのように見える。「ティースからはうまく話が聞けました?」

「だめでした」ピアは答えた。「どうしたんですか? なんの建物が燃えているんですか?」

「温室。ティースのアトリエです。絵がすべて燃えてしまったと知ったら、ティースがどんな反応をするか、クリスティーネは心配しています」

「夫人にはもうひとつ悲しい知らせがあります」オリヴァーはいった。女医は形のいい眉の片方を上げた。

「これ以上ひどい話はないと思いますけど」女医の声には棘があった。「そういえば、クラウディウスはまだ警察署にいるそうですね。なぜなのですか?」

オリヴァーがそれに理解を求めようとしたとき、ピアが先にいった。

「それなりの理由があるんです。残念なことですが、テアリンデン夫人にご子息が亡くなったことを伝えなければなりません」

「えっ? ティースが死んだの?」女医はピアを見た。愕然とした顔になる直前、チラッと安堵の色が見えた。奇妙なことだ。

「いいえ、ティースではありません」ピアは答えた。「ラースです」

オリヴァーはあとをピアに任せた。女医に気に入られたいと思っている自分に当惑していた。これまで女医が自分に寄せてくれた好意と自分の今の精神状態が相まってそういう心境になるのだろうか。女医から目をそらすことができず、微笑みかけてほしいと馬鹿な願望を抱いてしまう。

「車に排気ガスを引き込んでの中毒死でした」ピアがいった。「今朝発見したところです」

「ラースが？　なんてこと」

この悪い知らせに友だちのクリスティーネがどんな思いをするかわかったのだろう、女医の氷のような目が軟化し、途方に暮れた様子をして肩をこわばらせた。

「わたしが伝えます」女医は意を決していった。「その方がいいでしょう。わたしが彼女の面倒を見ます。あとで電話をくださいな」

女医はきびすを返し、燃えてしまった温室を片時も目を離さず見つめているクリスティーネのところへ歩いていった。女医は両腕をクリスティーネの肩に置いて、静かに語りかけた。クリスティーネは押し殺した悲鳴をあげてよろめいた。しかし女医がしっかり抱いて離さなかった。

「行きましょう」ピアはいった。「任せておけば大丈夫ですよ」

オリヴァーはふたりの女性から目をそらすと、ピアのあとについて、荒れ果てた庭園を立ち去った。ふたりがちょうど車にもどったとき、女性がひとり歩いてきた。はじめのうち、それがだれかわからなかった。

「こんにちは、フレーリヒさん」ピアはアメリーの義母に声をかけた。「お元気ですか？」

「ぜんぜん元気ではないです」バルバラ・フレーリヒは顔が青白かったが、気をしっかり持っていた。「テアリンデンさんが車に乗っているのを見かけたので、どうなさったかなと思いまして。それよりなにかわかりましたか？　女性の刑事さんが持っていった絵は手がかりになりました？」

「絵ってなんですか？」ピアは驚いてたずねた。バルバラはきょとんとしてピアたちを見た。

「き……昨日、刑事さんが来たんです」バルバラは口ごもった。「あ……あなたの指示で来たといってました。ティースがアメリーに渡したという絵を捜しに」

オリヴァーとピアはチラッと顔を見合わせた。

「だれも差し向けていません」ピアは眉根を寄せて答えた。奇妙なことばかり起こる！

「でも刑事さんはそう……」バルバラはそういいかけて口をつぐんだ。

「絵を見ましたか？」オリヴァーは質問した。

「いいえ、刑事さんは家捜しして、アメリーの部屋にある物入れを見つけたんです。そこに丸めた絵が本当にあったんです。アメリーがそこに隠したに違いありません……絵になにが描いてあるかは見ませんでした。刑事さんは持っていくとき、受領証を書こうとしました」

「その刑事の人相は？」ピアはたずねた。バルバラはうかつなことをしたことに気づいた。肩を落とすと、車のフェンダーに寄りかかり、拳を唇に当てた。ピアはそばに行って肩に腕をまわした。

「け、刑事章を持ってたんです」バルバラはささやき、懸命に涙を堪《こら》えた。「と、とても礼儀正しい人でした……非常に重要な手がかりになるだろうっていったんです。アメリーが見つかるならって」

「気にしないでください」ピアは慰めた。「人相を思いだせますか？」

「短い黒髪。メガネ。やせていました」バルバラは肩をすくめた。怯えたまなざしだった。

「アメリーはまだ生きているんでしょうか？」

「生きていますよ」ピアは意に反してそう答えた。「見つけだしてみせます。あまり心配しないでください」

＊

「ティースの絵には真犯人が描かれているんですよ。間違いありません」ピアはしばらくしてボスにいった。ふたりはノイエンハイン方面へ車を走らせていた。「ティースはアメリーに保管を頼んだんです。でもアメリーは他人にその絵のことを話すという過ちを犯したんです」

「それだな」オリヴァーはうなずいた。「話した相手はトビアス・ザルトリウス。そして彼がフレーリヒ家に使いをだして絵を奪ってこさせたんだ。とっくに絵は廃棄されているだろう」

「絵に自分が描かれていても、トビアスにはもう関係ないでしょう」ピアは反論した。「罪は償《つぐな》ったのですから。いまさら証拠隠滅の必要がありますか？　いいえ、これはその絵が人目にさらされると困るだれかの仕業です」

「だれだっていうんだ？」

ピアは自分の推理を口にするのをためらった。クラウディウス・テアリンデンから受けた第一印象はそれほど悪いものではなかったからだ。

「ティースの父親」ピアはいった。

「可能性はあるな。だがわたしたちがまだマークしていない人間かもしれない。ここを左だ」

「どこへ行こうっていうんです？」ピアは左折のウィンカーをつけ、対向車が通り過ぎるのを待って横道に入った。

「ハッセのところだ。この道の左側の一番奥の家に住んでいる。森の縁《ふち》だ」

ピアがさっきカイ・オスターマンから聞いた話をしたとき、ボスは顔色ひとつ変えなかった。さっそく真相を確かめるつもりらしい。しばらくしてピアは小さな庭のこぢんまりした家の前で車を止めた。アンドレアス・ハッセがよく、定年の日にローンが払い終わるといっている家だ。彼はそういって、公務員の低賃金を愚痴るのが口癖だ。ふたりは車を降りて、玄関に向かった。オリヴァーがチャイムを鳴らした。アンドレアスはドアを開けたとたん、顔を真っ青にし、がっくりうなだれた。カイの勘は当たったのだ。信じられない。

「入ってもいいかね？」オリヴァーはたずねた。ふたりは薄暗い玄関口に入った。リノリウムの床がすり減っている。料理のにおいとタバコの煙。ラジオの音が聞こえる。アンドレアスはキッチンのドアを閉めた。そしてなにひとつ否定することなく、あっさり白状した。

「友人に便宜を図ったんです」アンドレアスは後ろめたそうにいった。「まさかこんな事態になるとは思いもしなかったもので」

「アンドレアス、気は確か？」ピアは我を失った。「調書を抜き取って隠したっていうの？」

「古い事件の調書なんて、なんの意味も持たないと思ったんだ。事件はもう結審したわけだし……」自分のいっていることの意味に気づいたのか、アンドレアスはそこで押し黙った。

「これがなにを意味するかわかっているな」オリヴァーは真剣な面持ちでいった。「査問委員会にかけなければならない。持ちだした調書はどこだ？」

アンドレアスは途方に暮れて手を上げた。「廃棄しました」

「なぜなの？」ピアには理解できなかった。

気づかれないと、本気で思っていたのだろうか？

「ピア、ザルトリウスはふたりの少女を殺しておきながら、ありとあらゆる人間に罪を着せようとしたんだ。友だちや教師にまで！　俺は当時のあいつを知っている。はじめから捜査に関わっていたんだ！　冷酷な豚野郎だった。そしてまた昔の話を蒸し返して……」

「よくいうわね！」ピアはがなりたてた。「わたしは、あの事件が腑に落ちないといったでしょう。トビアスはあの事件と無関係だったのよ！」

「きみが便宜を図ったという友人の名は？」オリヴァーが質問した。アンドレアスは少しためらってから、「グレーゴル・ラウターバッハ」といってうなだれた。

＊

〈黒馬亭〉は満席だった。葬儀に参列した人々が会食に訪れたのだ。だがコーヒーを飲み、オープンサンドをほおばりながら話題にしたのは、ラウラ・ヴァーグナーのことよりも、テアリンデン家の火事のことだった。さまざまな臆測が飛び交った。ミヒャエル・ドンブロフスキーは有志で活動する村の消防団団長で、消火の指揮にあたった。消防車を倉庫にもどす途中、〈黒馬亭〉に立ち寄ったのだ。煙のにおいが服や髪にしみついていた。

「刑事警察は放火だとにらんでるぜ」ミヒャエルは、店の奥の小さなテーブルにすわっていた暗い面持ちの友だち、フェーリクス・ピーチュとイェルク・リヒターにいった。「しかしどこのどいつがどうして放火なんてしたのか、そこが問題だよな」そのときはじめて、友だちの様子がおかしいことに気づいた。「どうしたんだよ？」

「トビーを捜さないと」イェルクがいった。「もう終わりにしなくちゃ」

フェーリクスもうなずいた。

「なに考えてんだよ？」ミヒャエルがたずねた。

「おまえ、わかんないのか？　あんときと同じことが繰り返されてんだよ」イェルクは食べかけたチーズサンドを皿にもどしてかぶりを振った。

「もう一度あんな思いをするのはごめんんだ」

「俺も」フェーリクスが賛同した。「他にどうしようもないだろう」

「本気か？」ミヒャエルはふたりの顔を順に見つめた。「俺たち、どうなるかわかってんだろうな？　三人ともだぞ」

フェーリクスとイェルクはうなずいた。ふたりとも、どういう結果を生むか重々承知していた。

「ナージャはなんていってる？」

「ナージャなんて関係ない」イェルクはそういって大きく息を吸った。「俺たちはグズグズしすぎた。このままだとまた死人が出る」

「ずっと恐怖に怯えるくらいなら、その恐怖を終わらせたほうがましだ」フェーリクスがいった。

「くそっ」ミヒャエルは顔をこすった。「俺はやだからな！　だ、だって、もう昔の話じゃないか。そのまま知らないふりはできないのか？」

イェルクはミヒャエルを見つめてから、はっきりと首を横に振った。「俺にはできない。ナージャが墓地でいってた。トビーは家にいるらしい。これから行って、洗いざらい打ち明けようと思ってる」

「俺も行く」フェーリクスはいった。

ミヒャエルはまだ逡巡していた。もっとうまい手はないかと考えたがだめだった。「俺はまた火災現場にもどらないといけない」

「もどればいいさ。話したあとでな」イェルクはいった。「そんなに長くはかからない。さあ、行くぞ」

*

ダニエラ・ラウターバッハは腕組みし、呆れ果てて夫を見つめていた。ダニエラが隣の家からもどると、夫が食卓に向かってすわっていた。顔から血の気が引き、何歳も老けて見える。ダニエラが上着を脱ごうとすると、夫が話しはじめた。差出人不明の脅迫状、電子メール、写真。滝のように言葉が流れだす。悲痛、絶望、不運、不安。ダニエラは唖然としながら話に耳を傾け、夫の最後の哀願にすぐには言葉が出なかった。大きなキッチンが静寂に包まれた。

「どうしてほしいわけ？」彼女は冷ややかにたずねた。「もういやというほど助けてきたわ」

「きみがなにもしなければ、ここまで追い込まれなかった」

その言葉にダニエラは切れた。この数年、彼女の心の内にまどろんでいた熱くたぎった怒りがとうとう爆発した。この腰抜け、恰好ばかりつける大言壮語のほら吹き。この男のためにしてきたことはなんだったのだろう！　なにかにつまずくと、すぐに逃げ込んできて、ダニエラのスカートにすがってめそめそ泣くばかり。以前はこの男に意見を訊かれ、助けを求められるのがうれしかった。この男はかわいらしい魔法使いの弟子、彼女にとっての若返りの泉、彼女の作品だった。二十年近く前にはじめて会ったとき、当時わずか二十一歳のこの男の才能に目をつけた。ダニエラはすでに医師として成功していた。彼よりも二十歳も年長で、遺産を相続して金には困っていなかった。はじめのうちは、ベッドの中の遊び相手くらいにしか思っていなかったが、やがて貧乏労働者の息子である彼に学費をだしてやり、芸術や文化や政治のイロハを教えた。ダニエラはコネを使って彼を高等中学校《ギムナジウム》教師の職につけ、政治への道も切り開いてやった。その成果が州文化大臣の地位だ。しかし十一年前のあの事件のとき、こんな男は放逐すればよかったのだ。こいつには救いの手を差し伸べるだけの価値はなかった。恩知らずの馬鹿者。

「わたしのいうとおりジャッキを森に埋めればよかったのよ。ジャッキに素手で触ってザルトリウスの肥溜めに投げ込むなんて愚の骨頂。あれさえしなければ、なにも心配いらなかったのに」ダニエラはいった。「でもあなたは、あれで頭が切れてるつもりだったのよね。トビアスが刑務所に入ったのはあなたのせいよ。あなたのせい。わたしのせいではないわ！」

ダニエラの言葉を浴びて、彼はむち打たれでもしたかのように背中を丸めた。「ミスをしてしまったんだ、ダニー！　脅迫されているんだよ、どうしよう！」

「未成年の女の子となんか寝るからいけないんでしょ」ダニエラは冷ややかにいった。「それなのに、今になって目撃者を始末しろっていうの？　わたしの患者で、お隣の息子でもあるのよ！　あなたってどういう人間？」

「そんなこと、頼んじゃいない」グレーゴルはささやいた。「ティースと話がしたいだけなんだ。それだけなんだよ。あいつにはこれからも口をつぐんでいてもらわなくちゃ。きみは彼のホームドクターだろう。きみなら彼に会えるじゃないか」

「いやよ」ダニエラははっきり首を横に振った。「ごめんだわ。ティースのことはそっとしておきなさい。それでなくても苦しんでいるんだから。しばらくどこかに潜伏したらどう？　ほとぼりが冷めるまでドーヴィルの別荘に行ったらいいじゃない」

「クラウディウスが身柄を拘束されたんだ！」グレーゴルは興奮していった。

「知っているわ」ダニエラはうなずいた。「問題はなぜかよ。土曜日の夜、あなたたちは本当になにもやっていないの？」

「お願いだ、ダニー」グレーゴルはすがるようにいった。椅子からすべり下りて、彼女の前でひざまずいた。「ティースと話をさせてくれ」

「あなたにはなにも返事をしないでしょうね」

「そうともかぎらないだろう。きみがいっしょなら」

「余計に話さないわよ」ダニエラは、怯えた小さな子どものような夫を見下ろした。いったい何度嘘をつかれ、騙されたことだろう。友人たちは結婚をする前からこうなることを予言していた。グレーゴルは二十歳も若く、美男子で、弁舌さわやかで、カリスマ性があった。彼にもともと備わっていないものを見たつもりになって、女はみんな、彼に夢中になる。実際にはか弱い男だとわかっているのはダニエラひとりだ。そのことが、そして彼に依存されることが、彼女の元気の素だった。ダニエラは、二度とそういうことはしないという条件付きで彼を許した。女生徒との交際はタブーだ。愛人をとっかえひっかえ作ることはどうでもいい。ダニエラはその女たちを鼻で笑った。グレーゴルの秘密、不安、コンプレックスを知っているのは彼女だけだからだ。彼女は本人よりも彼のことをよく知っていた。

「お願いだ」グレーゴルはまた大きな目でダニエラを見つめながら哀願した。「助けてくれ、ダニー。見捨てないでくれ！　人生がかかっているんだよ！」

ダニエラは深いため息をついた。今回は助けるつもりがなかったのに、さっきまでの腹立しさが消えた。毎度のことだ。彼のことを怒っても長続きしない。今はたしかに人生がかかっている。ダニエラはかがみ込み、彼の頭をなでて、ふさふさした柔らかい髪を指でかきあげた。

「わかったわ。できるだけのことはする。だけど今は荷物をまとめて、数日フランスに逃げていてちょうだい。いいわね？」

グレーゴルは彼女を見上げて、手にキスをした。

「ありがとう。ありがとう、ダニー。きみがいなければ、ぼくはなにもできない」

ダニエラは顔を綻《ほころ》ばせた。怒りはすっかり収まった。深く静かな喜びがふくれあがるのを感じた。すべてが元の鞘に収まった。ふたりで立ち向かえば、外からの圧力など怖くはない。グレーゴルがちゃんと恩を感じているかぎりは。

＊

「文化大臣？」ピアは予想外の答えに度肝を抜かれた。「どうして文化大臣と知り合いなの？」

「俺の妻は大臣の奥さんの姪なんだ」アンドレアス・ハッセはいった。「家族の祝いごとでよく会う機会がある。それにお互いにアルテンハインの男声合唱団のメンバーだし」

「呆れてものがいえないぞ」オリヴァーはいった。「きみには失望した、ハッセ」

アンドレアスはオリヴァーを見ると、顎を突きだした。「そうかい？」声がわなないている。

「もともと俺のことなんか買ってなかったじゃないか」

「なんだって？」オリヴァーは眉をひそめた。

捜査十一課にいられなくなるのも間近だとわかって、アンドレアスは開き直った。

「あんたは俺とろくに口もきかなかった。俺は捜査十一課課長になるはずだったんだぞ。それなのに、あんたがフランクフルトからやってきて、傲慢に振る舞い、俺たち田舎の警官はなっていないとでもいうように、なにもかも好き勝手に変えやがった。あんたには、俺たちなんかどうでもよかったんだ。どうせフォン・ボーデンシュタインさまの足下にも及ばない、役立たずのデカだからね！　いまに吠え面かくなよ。あんたの椅子の脚が鋸《のこぎり》で切られているのを知らないくせに」

オリヴァーは顔につばを吐かれたかのようにアンドレアスを見つめた。先に口を開いたのはピアだった。

「頭、おかしいんじゃないの？」ピアが怒鳴ると、アンドレアスが鼻で笑った。

「おまえも気をつけるんだな。署では、おまえらがつきあってるってもっぱらの噂だぞ！　服務規程違反なのは、フランクのアルバイトと同じさ。そこのお殿様は気づかなかったようだがな！」

「黙りなさい！」ピアが鋭くいった。アンドレアスはみだらな笑みを浮かべた。

「俺には最初っからわかっていたさ。他の奴が気づいたのは、あんたらが名前で呼び合うようになってからだけどな」

オリヴァーは黙って背を向けると、家から出ていった。ピアはアンドレアスにかなりひどい罵声を浴びせて、ボスのあとを追った。オリヴァーは車の中にいなかった。ピアは道路をたどって、森の縁のベンチにすわり、両手で顔をおおっているオリヴァーを見つけた。ピアは少し迷ったが、黙って隣にすわった。ベンチは霧で濡れていた。

「あんなろくでなしの戯《ざ》れ言なんかに耳を貸すことないですよ」ピアはいった。

オリヴァーは答えず、そのまますわっていた。

「どうしてこうなにもかもうまくいかないんだ?」しばらくしてオリヴァーがつぶやいた。

「ハッセは文化大臣と結託して調書の一部を盗んだ。ベーンケは何年間もこっそり酒場でアルバイトをしていた。妻は何ヶ月も前から他の男と寝て、わたしを騙していた……」

オリヴァーは顔を上げた。その顔に深い絶望が刻まれているのを見て、ピアは息をのんだ。

「どうしてわたしだけが知らずにいたんだ? わたしは本当にそんな傲慢な人間なのか? 自分のこともままならないのに仕事をつづけられるだろうか?」

ピアは彼の横顔の鋭い輪郭を見て、深い同情を覚えた。アンドレアスや他の連中が傲慢だと感じているものは、オリヴァーの流儀なのだ。他人のことに口をださず、権威を振りかざさない。関心のあることでも、同僚にぶしつけな質問をしない。だがそれは無関心なのではなく、謙虚だからだ。

「わたしだって、ベーンケがアルバイトをしていることは知らなかったです」ピアは小声でいった。「ハッセが調書を盗みだしたってことには、わたしも茫然自失ですよ」それからニヤリとした。「それにわたしたちがそんな関係だったなんて、ぜんぜん気づきませんでした」

オリヴァーは笑いともため息ともつかない声を漏らし、それから力なくかぶりを振った。

「なんだか人生ボロボロだ」オリヴァーは前を見つめた。「コージマがわたしを騙していたって、そのことで頭がいっぱいで。どうしてなんだ？　彼女はなにが不満だったんだ？　わたしはなにを間違えたんだろう？」

オリヴァーは前屈みになり、両手で頭を抱えた。ピアは唇をかんだ。どういう言葉をかけたらいいのだろう。こんな状況ではなにをいってもきれいごとにしかならない。少し迷ってから、ピアは彼の腕に手を乗せて、ぎゅっとつかんだ。

「ボタンの掛け違えをしたんですよ。でも人間関係の問題って、一方にだけ非があるってことはまずないでしょ。理由を探すよりも、これからどうしたらいいか考えるほうがいいんじゃないですか？」

オリヴァーはうなじをなでてから上体を起こした。

「彼女と寝たのがいつか、カレンダーを見ないと思いだせなかった」オリヴァーは憤《いきどお》りながらいった。「しかしよちよち歩きの小さな子どもがいたんではできるわけないじゃないか」

ピアは居心地が悪くなった。去年から気心が通じ合うようになったとはいえ、ボスとプライベートな話をするのは、いまだに気恥ずかしい。ピアは上着のポケットからタバコの箱をだしてボスに差しだした。タバコを取ると、オリヴァーは火をつけ、何度か吸ってからまた話しはじめた。

「こんな状態をいつまでつづけろっていうんだ？　あいつに他の男がいるなんてちっとも知らずに、間抜けなわたしはあいつの隣で寝ていた。そんな夜が幾晩あったんだ？　そんなことを考えると、頭が変になりそうだ！」

絶望する気持ちがだんだん怒りに変わった。いい兆候だ！　ピアもタバコに火をつけた。

「なんでも訊いたらいいんですよ。すぐに訊くのが一番。そうしないと、本当におかしくなりますよ」

「それで？　彼女がそれに答えたら？　ああ、くそっ！　いっそのこと……」オリヴァーはタバコを靴のかかとで踏み消した。

「そうしたらいいじゃないですか。少しは気分が晴れると思いますけど」

「そういうことをいうかな？」オリヴァーは驚いてピアを見た。口元にかすかに笑みが浮かんでいた。

「だって他にだれもいわなそうだから。昔、クラスメイトとつきあって、ふられたことがあるんです。そいつを殺してやりたいと思ったくらい、わたしは悲しかった。そうしたらミリアムがわたしを無理矢理パーティに連れていって、そこでちょっといい男と出会ったんです。その人がわたしのことをとても誉めてくれましてね。そうしたら、なんていうか、ちょっと気が晴れました。男は星の数ほどいるもの。女もね」

オリヴァーの携帯電話が鳴った。

「ファヒンガーだった」電話を切ると、オリヴァーはいった。「ハルトムート・ザルトリウスから電話だ。トビアスが帰ってきたらしい」

オリヴァーはベンチから立ち上がった。

「まだいてくれるといいが。ザルトリウスからの電話は二時間前だった。ファヒンガーはついさっき当直からそのことを知らされたそうだ」

*

ザルトリウス家の中庭に通じる門は大きく開け放たれていた。ふたりは中庭を横切り、玄関のチャイムを鳴らした。だが反応がない。

「ドアの鍵、開いていますね」ピアはそういって、ドアを開けた。「こんにちは」と声をかけた。「ザルトリウスさん？」

返事はなかった。ピアは玄関に入って、もう一度声をかけてみた。

「また逃げられたかしら」ピアはがっかりして振り向き、玄関の前で待っていたオリヴァーのところにもどった。「父親もいないです。まいりましたね」

「農場の方を見てみよう」オリヴァーは携帯電話をだした。「応援を呼ぶ」

ピアは家の裏手へ向かった。トビアスはラウラ・ヴァーグナーの葬儀の日にもどってきた。もちろん墓地には姿を見せていない。しかし同じ時刻にティース・テアリンデンのアトリエが燃えた。着火剤で放火されたことが、消防団と火災担当の捜査課の調べでわかっている。トビアスが温室に火をつけて、姿をくらましたと思われても仕方のない状況だ。

「……サイレンを鳴らすな。わかったか？」オリヴァーの話し声が聞こえた。ピアは、オリヴァーがそばに来るのを待った。

「トビアスは、村人が墓地にいるあいだならこっそり放火できるとわかっていたはずです」ピアは自分の推理を口にだしていった。「ただ父親が電話をしてきたというのが解せないですね」

「わたしにもわけがわからない」オリヴァーはざっと農場を見回した。このあいだ来たときは納屋や家畜小屋の門や扉は全部閉まっていた。脅迫状が舞い込み、トビアスが襲われたのだから無理もない。だが今はすべて大きく開けっ放しになっている。どういうわけだろう。ちょうど家の裏手にまわり込んだとき、農場の上の方に人影を見つけた。男がふたり、裏門から出ていった。そのすぐあと車のドアがしまる音がして、エンジン音がした。ピアはいやな予感がした。

「あれはトビアスと父親じゃなかったです」ピアは上着に手を突っ込み、拳銃を抜いた。「なんだか様子が変です」

ふたりは搾乳場に通じるドアをそっと開けて、中をのぞきこんだ。それから古い家畜小屋へ向かった。開けっ放しの扉のそばで、ふたりは黙って目で合図を送り、ピアが拳銃を構えて、中に飛び込んだ。ピアは見回して身をこわばらせた。隅の腰かけにトビアスがすわっていた。目を閉じて、壁に寄りかかっている。

「しまった」ピアはつぶやいた。「手遅れだったみたい」

＊

ドアから壁まで八歩。壁から棚までは四歩。彼女の目はすでに暗闇に慣れていた。淀《よど》んだ空気のにおいが鼻につく。この地下室にも細い窓があるが、なにかがその前に置いてあり、日中でも隙間からわずかばかりの光が差し込むだけだった。だがおかげで昼と夜の区別はついた。二本のロウソクはとっくに燃え尽きてしまったが、棚に載っている箱にまだ何本か残っている。水のボトルはあと四本だけだ。どのくらいもたさないといけないか見当もつかないので、少しずつ飲むほかなかった。ビスケットはもう残り少ない。ソーセージの缶詰とチョコレートも底をつきそうだ。それ以外に食べるものはなかった。何キロかやせることになるだろう。

ほとんどの時間、彼女は眠った。前後不覚に眠った。目が覚めると絶望に駆られ、両の拳でドアを叩き、むせび泣き、助けを呼んだ。そしてまた落ち込んで悪臭を発するマットレスに何時間も横たわり、ティースやトビアスの顔を思い浮かべた。詩を暗唱し、腕立て伏せや太極拳の型の稽古をした（といっても暗闇だったので、体の平衡を保つのはむずかしかった）。それから知っている歌を片っ端から声を張りあげて歌いもした。なにもしないでいると、頭がおかしくなりそうだ。いつかだれかがやってきて、外にだしてくれるはずだ。彼女はそれを固く信じていた。慈しみ深い神が、十八歳の誕生日を目前にした自分を見殺しにするはずがない。

アメリーはマットレスの上で寝返りを打ち、闇を見つめた。最後のチョコレートのひとかけが舌の上でとろける。あっさりかんで飲み込んではもったいない。鉛のように重い疲労感がゆっくりと体に広がり、記憶や思考が黒い穴に吸い込まれていく。なにがあったのか思いだそうと、何度も頭をひねってみた。どうしてこんなぞっとする場所に閉じ込められているのだろう。覚えているのは、トビアスに何度も連絡を取ろうとしたことだけだ。けれどもどうしてそんなことをしようとしたのか、それすら思いだせなかった。

＊

トビアスが目を開けたので、ピアはぎょっとした。彼は身じろぎひとつせず、ただじっとピアを見つめた。顔の内出血は目立たなくなっていたが、ぐったりしている。

「どうしたの？」ピアは拳銃をホルダーにもどした。「いままでどこにいたの？」

トビアスは答えなかった。目の下に濃い隈ができている。このあいだ見たときとは見違えるほどやせ細っている。全身の力でやっと持ち上げたみたいに腕を上げると、トビアスは折りたたんだ一枚の紙をピアに差しだした。

「なんなの？」

トビアスがなにもいわなかったので、ピアはその紙を取って開いた。オリヴァーもそばに来て、ふたりはいっしょに文面を読んだ。

トビー、いきなりこんな手紙が届いて、さぞかしびっくりしていることだろう。この十一年のあいだ、罪悪感にさいなまれない日は一日としてなかった。きみは、ぼくの負うべき罪を背負い、ぼくはそれを見て見ぬふりをした。ぼくは自分がもっともさげすんでいた人間になりさがってしまった。ぼくは神に仕えたかったのに、そうはならなかった。邪神の奴隷になりはてたんだ。十一年のあいだ、ぼくは逃げつづけ、悪徳に目をつむってきた。だけど今は過去を振り返っている。逃走は終わりだ。ぼくは破滅した。父にいわれてはじめて嘘をついたとき、大切にしていたものをすべて捨て、悪魔と契約を結んでしまったんだ。ぼくは親友であるきみを裏切り、売り渡した。その代償は終わることのない苦しみだった。鏡に映った自分の顔を見るたびに、きみが見えた。ぼくはなんて卑怯者だったんだろう！　ラウラを殺したのはぼくだ。わざとじゃない。つまらない事故だったんだ。でも彼女は死んだ。ぼくは父のいうことを聞いて口をつぐんだ。きみが有罪になるとはっきりしたときにも。ぼくは道を誤り、地獄に堕ちた。あのときから幸せだったときなんて一度もない。できることなら許してほしい、トビー。ぼくは自分が許せない。神の裁きを受けたい。

ラース

ピアは手紙を下ろした。ラース・テアリンデンの別れの手紙は昨日の日付で、働いていた銀行の便箋が使われていた。だが、なにがこの告白と自殺の引き金になったのだろう。

「ラース・テアリンデンは昨日、自殺した」オリヴァーはそういって咳払いした。「今朝、遺体を発見した」

トビアスは反応せず、黙って前を見つめていた。

「まあ、なんだ」オリヴァーはピアから手紙を取った。「クラウディウス・テアリンデンがきみの両親の負債を肩代わりし、刑務所にきみを訪ねた理由も少しはわかった」

「さあ、こっちへ」ピアはトビアスの腕に触れた。トビアスはTシャツにジーンズ姿で、体が冷え切っていた。「体を壊すわ。家に入りましょう」

「あいつら、ラウラを強姦したんだ」トビアスが突然、小声でいった。「この家畜小屋の中で」

オリヴァーとピアは驚いて顔を見合わせた。

「だれのことだ?」オリヴァーは質問した。

「フェーリクス、イェルク、ミヒャエル。俺の友だちだった。あいつら、酔っぱらっていた。ラウラはあの夜、ずっと挑発していた。たがはずれたんだ。ラウラは逃げようとしてつまずいて転んで死んでしまった」トビアスは淡々と話した。感情の欠片《かけら》もなかった。

「どうしてわかったの?」

「あいつらがここに来て、話していった」

「十一年遅かったわね」ピアはいった。トビアスはため息をついた。

「あいつら、俺の車のトランクルームにラウラを乗せて、空軍基地跡地の燃料貯蔵槽に投げ込んだんだ。ラースは逃げた。それっきり会っていない。親友だったのに。そして今日この手紙だ……」

トビアスの碧い目がピアに向けられた。彼が無実だという勘は、やはり当たっていたのだ。

「シュテファニーはどうなった？」オリヴァーはたずねた。「アメリーはどこだ？」

トビアスは大きく息を吸って首を横に振った。

「俺は知らない。本当だ。まったくわからないんだ」

だれかが背後から家畜小屋に入ってきた。オリヴァーとピアが振り向いた。ハルトムート・ザルトリウスだった。死んだように顔が青ざめ、必死で気持ちを抑えていた。

「ラースが死んだよ、おやじ」トビアスは小さな声でいった。

ハルトムートは息子の前でしゃがみ、ぎこちなく抱いた。トビアスは目を閉じて、父親に体を預けた。ピアはその光景に胸を打たれた。ふたりの茨《いばら》の道にいつか終わりはあるのだろうか。

オリヴァーの携帯電話が鳴って、静寂を破った。オリヴァーは外に出た。

「あんたら……倅《せがれ》を逮捕するのか？」ハルトムートは怯えた声でいいながら、ピアを見上げた。

「いくつか質問があります」ピアはためらいながら答えた。「残念ながら、トビアスにはまだアメリー・フレーリヒ失踪事件の嫌疑がかかっているんです。その疑いが晴れれば……」

「ピア！」オリヴァーが外から呼んだ。ピアは振り返ってボスのところへ行った。応援要請したパトカーがちょうど到着して、巡査がふたり近くにやってきた。

「オスターマンからだった」オリヴァーは携帯電話に電話番号を打ち込みながらいった。「アメリーの日記の暗号を解き明かした。最後のページに、アトリエの地下室でティースから白雪姫のミイラを見せられたと書いてあったそうだ……もしもし……ボーデンシュタインだ……クレーガー、部下を連れてテアリンデン邸に来てくれ。今日、火事があったところだ。そうだ、急いでくれ！」

オリヴァーはピアを見た。考えていることは、ピアにもわかった。

「アメリーがそこにいるかもしれないということですね」

オリヴァーは緊張した面持ちでうなずき、それから顎をなでて考えながら眉根を寄せた。

「ベーンケに電話して、数人連れてさっき名前のあがった三人を署に連行するようにいうんだ」オリヴァーはピアに指示した。「それからパトカーをラウターバッハのところに、えーと、自宅とヴィースバーデンの州文化省に向かわせろ。今日のうちに話をしたい。クラウディウスとも話さなければ。彼はまだ息子の自殺を知らない。それからそこの地下室で本当になにか見つかれば、法医学者が必要になる」

「ベーンケは停職処分になってますけど」ピアがボスに思いださせた。「カトリーンに任せましょうか。それからトビアスはどうしますか？」

「巡査たちに署へ連行させよう。われわれがもどるのをそこで待ってもらう」

ピアはうなずくと、携帯電話を手に取って、指示をだした。フェーリクス・ピーチュ、ミヒャエル・ドンブロフスキー、イェルク・リヒター三人の名前をカトリーンに告げてから、家畜小屋にもどった。トビアスは父に支えられてどうにか立ち上がったところだった。

「そこの巡査が署へ連行します」ピアはトビアスにいった。「準備ができたら中庭に来てください」

トビアスはこっくりうなずいた。

「ピア！」オリヴァーがせっついた。「早く！」

「ではまたあとで会いましょう」ピアはふたりの巡査にうなずいて外に出た。

＊

ラウターバッハ邸の前にちょうどパトカーが一台止まった。オリヴァーとピアはその横を車ですり抜け、テアリンデン邸の門から数メートル入ったところで車を降り、いまだにくすぶっている温室の方へと芝生を横切った。煤で黒ずんだ側壁が立っているが、屋根は半分近く崩れ落ちていた。

「中に用があるんだ」オリヴァーは、火災現場の監視をしている消防団員にいった。

「無茶です」消防団員はかぶりを振った。「壁はいつ倒れてもおかしくない状態ですし、屋根も安定していません。中に人を入れるわけにはいきません」

「そんなことをいっている場合じゃないんだ」オリヴァーはいった。「ここに地下室があることがわかった。そこに行方不明の少女がいる可能性がある」

そういうことなら話は違う。消防団員は仲間と相談して、電話をかけた。オリヴァーも電話をしながら焼け落ちた温室をぐるっとひとまわりした。オリヴァーはじっとしていられなかった。待たされるのはつらいことだ。ようやく鑑識チームが到着した。そのすぐあと消防車と技術救援活動隊の紺色の車両がやってきた。

ピアはパトカーからの連絡でラウターバッハ家が留守であることを知った。さっそくカイ・

オスターマンに州文化省の大臣秘書室の電話番号を調べてもらい電話をかけた。大臣は病気で庁舎に出ていないことを知らされた。大臣はいったいどこへ行ったのか？　ピアはフェンダーに寄りかかってタバコに火をつけると、ひっきりなしに電話をかけるオリヴァーに話しかけるタイミングをうかがった。

その頃、消防団と技術救援活動隊が崩れずに残った温室の屋根と壁を調べはじめた。重機を使ってくすぶっている瓦礫《がれき》を撤去し、日が暮れはじめたのでサーチライトを点灯した。カトリーン・ファヒンガーがフェーリクス・ピーチュたち三人の身柄を確保したと電話で連絡してきた。三人とも抵抗しなかったという。カトリーンはもうひとつ知らせがあるといった。それを聞いて、ピアは興奮した。カイがアメリー・フレーリヒのｉＰｏｄに保存されていた五百枚の写真を調べ、ティースが預けたと見られる絵の写真を数枚発見したというのだ。ピアは大型車両のわだちでぬかるみと化した芝生を横切り、オリヴァーを捜した。

ボスはぼんやりと温室を見つめ、タバコをふかしていた。絵の写真が見つかったことをピアが伝えたちょうどそのとき、焼け跡の中にいた男たちが声をあげて手招きした。オリヴァーははっと我に返って吸い殻を捨てると、焼け跡に入っていった。ピアもすぐあとにつづいた。二、三時間炎に包まれた温室はまだかなり熱を持っていた。

「見つけました！」消防団長があらわれないので、現場の指揮をとっていた消防団員がいった。

「跳ね上げ式ドアです！　うまく開けられました！」

＊

道路は乾いていた。フランクフルター・クロイツを過ぎると、高速道路五号線の渋滞は解消した。時速制限区域から出るなり、ナージャはアクセルを踏んだ。車の速度は時速二百キロに達した。

トビアスは助手席にすわっていた。ふたりで車に乗ってから、彼はずっと目を閉じ、ひと言も口をきかなかった。すっかりまいっていた。今日の午後知ったことで頭の中はいっぱいだった。フェーリクス、ミヒャエル、イェルク。友だちだと思っていたのに！　そして兄弟同然だったラース！　彼らがラウラを殺して、死体を燃料貯蔵槽に隠し、口をつぐんだ。彼らはトビアスを地獄に堕とし、十一年間黙っていた。どうして急に打ち明ける気になったんだろう。なぜ今頃になって？　失望のどん底だ。数日前、いっしょに酒をくみ交わし、大いに笑って思い出話に耽《ふけ》ったばかりじゃないか。あいつらは、トビアスをどんな目にあわせたかわかっていながら知らんぷりをしていた！　トビアスは深いため息をつくと、ナージャの手を強くにぎりしめて目を開けた。

「ラースが死んだなんて信じられない」そうささやくと、トビアスは何度も咳き込んだ。

「本当にありえないことよね。でもわたしは、あなたが無実だとずっと信じていたわ」

トビアスは無理に微笑んでみせた。失望と苦痛と憤激の下から希望の小さな芽が顔をのぞかせた。ナージャとふたりなら、やり直せるかもしれない。過去の影を払いのけ、すべての真実を明るみにだせれば、ふたりにも未来がありそうだ。

「デカが怒るだろうな」トビアスはいった。

「なにいっているのよ」ナージャは彼に目配せした。「数日でもどるんだからいいじゃない。あなたのお父さんはわたしの携帯電話の番号を知っているわけだし。あなたには静養が必要なのよ。みんな、わかってくれるわ」

トビアスはうなずいた。ふっと緊張がほぐれた。心の中に巣くい、むしばんでいた苦しみが少しだけ和らいだ。

「きみがいてくれてよかった」トビアスはナージャにいった。「本当だ。きみはすばらしい」

ナージャは視線を道路に向けながらまた微笑んだ。

「あなたとわたし、いっしょになる運命だったの。わたしにはずっと前からわかっていたわ」

トビアスは彼女の手を唇に持っていって、優しく口づけした。これから数日のんびりできる。ナージャは予定をキャンセルした。邪魔は入らない。だれにも気がねはいらない。静かな音楽、心地よい室温、柔らかい革のシート。どっと疲れが押し寄せてきた。トビアスはため息をつくと目を閉じた。しばらくして睡魔に襲われた。

*

錆びた鉄の階段は狭かった。急なその階段は地下までまっすぐ通じている。彼は壁のスイッチを手探りした。数秒して二十五ワット電球が小部屋をぼんやり照らしだした。オリヴァーは心臓が飛びだしそうなほどドキドキした。焼け跡を片付け、人が入れるようになるまで、数時間かかった。技術救援活動隊のショベルカーが瓦礫を取り除き、隊員たちが力を合わせて鋼鉄の跳ね上げ式ドアを持ち上げた。防護服を着た隊員のひとりが階段を下りて、異状がないことを確かめた。地下室は火事の被害をまったく受けていなかった。

オリヴァーは、ピア、クレーガー、ヘニングの三人が階段を下りてきて隣に立つのを待った。オリヴァーがどっしりした鉄扉の取っ手に手をかけると、扉は音もなく開いた。暖かい空気が中から流れだし、萎《しお》れた花の甘い香りがした。

「アメリー？」オリヴァーが呼んだ。背後で懐中電灯が点灯し、意外に広い長方形の部屋を照らした。

「昔の防空壕だな」クレーガーがいった。照明のスイッチを押すと、天井の蛍光灯がジーッと音をたて、明滅しながら点灯した。「上の温室になにかあっても、地下室に電気が来るように別回線になっている」

地下室の調度は質素だった。ソファ、ステレオセット が載っている棚。部屋の奥は古風なスペイン風の衝立《ついたて》で区切られている。アメリーがいる気配はない。それとも手遅れだったか？

「ふうっ」クレーガーがつぶやいた。「これは暑い」

オリヴァーは部屋の奥へ向かった。汗が顔を伝って流れ落ちた。

「アメリー？」

オリヴァーは衝立をどかした。細い鉄枠のベッドに目がとまり、息をのんだ。そこに横たわっている少女は死んでいた。長い黒髪が扇のように白い枕の上に広がっている。少女は白い服を着て、両手を腹の上で重ねていた。ひからびた唇に塗られた赤い口紅がグロテスクだ。靴が一足ベッドの横に並べてある。ナイトテーブルの上の花瓶には萎れた白百合の花束が挿してある。その横にはコーラの瓶。ベッドに横たわっている少女がアメリーでないと気づくまでに、数秒かかった。

「白雪姫」オリヴァーの横でピアが小声でいった。「こんなところにいたのね」

＊

午後九時を少しまわったとき、オリヴァーとピアは署に帰り着いた。守衛所の前で三人の警官が暴れまわる酔っぱらいを取り押さえていた。酔っぱらいは、同じく泥酔している連れの女性を罵倒していた。ピアは自動販売機でコーラ・ライトを買うと、二階の会議室へ向かった。オリヴァーはテーブルにかがみ込むようにして、カトリーンがプリントアウトした絵の写真を見ていた。カイとカトリーンはオリヴァーの真向かいにすわっていた。ピアが入室すると、オリヴァーが顔を上げた。疲れ切った顔をしている。だが今、休憩を取ることはないだろう。捜査は山場を迎えたところだし、休まず働くことで、個人的な悩みを忘れようとしているはずだ。

「三人組はそろって尋問しよう」オリヴァーはそう決めて、時計に視線を向けた。「クラウディウスとも話さなければ。それからトビアス・ザルトリウスともだ」

「トビアス？」カトリーンは驚いてたずねた。

「留置場にいるはずだが」

「聞いていません」

「わたしもです」カイもいった。オリヴァーの視線を感じてピアは眉をひそめた。

「ザルトリウスの農場で今日の昼、彼をここへ連行するようにパトカーの連中にいわなかったんですか？」

「いいや。彼らにはラウターバッハのところへ行くようにいった」オリヴァーは答えた。「きみが別のパトカーを呼ぶと思ったんだ」

「わたしは、ボスが電話するものとばかり」

「オスターマン、ザルトリウスに電話をかけてくれ」オリヴァーがいった。「トビアスにすぐ出頭するようにいうんだ」

オリヴァーは写真をひっつかんで、会議室を出た。ピアは天を仰ぎながら、あとについていった。

「取調室に入る前に絵を見せてもらえますか？」ピアがオリヴァーにいった。オリヴァーは歩く速度を落とすことなく黙って写真を差しだした。自分の失態に腹を立てていたのだ。だが事態がこう錯綜すれば、誤解も生じるものだ。取調室にはまだだれもいなかった。オリヴァーは外に出ていき、またしばらくしてもどってきた。

「なにもかもうまくいかない」オリヴァーが目を吊り上げてうなった。ピアは黙っていた。シュテファニーの死体を十一年間守ってきたティースのことを考えていた。なぜあんなことをしたのだろう。父親に命じられたのだろうか。ラース・テアリンデンが今になってトビアスに手紙を書き残して自殺したのも解せないし、ティースのアトリエが今日焼け落ちたのもおかしい。だれか白雪姫の居場所を知っていたのだろうか。それとも放火はティースの絵を狙ったものだろうか。もしそうだとすれば、警官を騙《かた》ってバルバラ・フレーリヒを訪ねた者と同一人物の可能性がある。それより、アメリーはどこにいるのだろう。ティースは彼女に白雪姫のミイラを見せてから家に帰した。さもなければアメリーはそのことを日記に記すことができなかったはずだ。彼女はトビアスになにを話したのだろう。なぜ彼女は失踪したのだろう。彼女の失踪はそもそも昔の事件と関係しているのだろうか。

無数の疑問が脳裏をよぎるが、情報が増えるばかりで、どうしてもひとつの像を結ばない。オリヴァーがまた電話をかけた。今度はニコラと話している。オリヴァーは渋い顔をして「ああ」とか「いいや」というばかりだ。ピアはため息をついた。事件全体が悪夢と化してきた。捜査が甘いからではない。事件そのものが複雑怪奇なのだ。オリヴァーの視線を感じて、ピアは顔を上げた。

「この事件が解決したら、断固たる処置を取るといってたよ。いいや、そう脅しをかけてきた」オリヴァーは上を向いて笑いだした。もちろん陽気さの欠片もない笑いだった。「今日、匿名の電話があったそうだ」

「はあ」ピアにはまったく興味がなかった。早くクラウディウス・テアリンデンに尋問して、彼の知っていることを聴きだしたいと思っていた。むだな情報をもらっても、頭がこんがらがるだけだ。

「わたしたちが関係を持っているとだれかが署長に告げ口したんだ」オリヴァーは両手で髪をかきあげた。「わたしたちがいっしょのところを目撃したそうだ」

「それは無理もないでしょう」ピアはすげなく答えた。「わたしたち、いつもいっしょにこの界隈を飛びまわっていますもの」

ノックの音がしたので、ふたりはおしゃべりをやめた。トビアスの三人の友人が連れてこられた。三人が席につくと、ピアも椅子にすわった。オリヴァーは立ったまま、三人を順に観察した。事件から十一年も経った今になって、どうして白状したのだろう。オリヴァーは、供述が録音されることを告げる役をピアに任せた。それから八枚の写真を机に置いた。フェーリクス・ピーチュ、ミヒャエル・ドンブロフスキー、イェルク・リヒターの三人は絵を見て、顔面が蒼白になった。

「この絵を知っているかね？」

三人は首を横に振った。

「だが描いてあるものがなにかはわかるね？」

三人はうなずいた。

オリヴァーは腕組みをした。いつものように悠然と構えている。彼のこの自制心にはまったく舌を巻く。ボスをよく知らなければ、実際にはどんな精神状態か想像もつかないだろう。

「この絵に描かれているのがだれで、なにか教えてもらおうか？」

三人は一瞬押し黙った。それからイェルクが口を開き、順に名前をあげた。ラウラ、フェーリクス、ミヒャエル、ラースそして自分。

「緑色のTシャツを着ているこの男は?」ピアはたずねた。三人がチラリと顔を見合わせた。

「これは男じゃないです」イェルクがいった。「ナターリエ。つまりナージャです。彼女は昔ショートヘアだったんです」

ピアは、シュテファニー・シュネーベルガーの殺人が描かれている四枚の写真をだした。

「これはだれ?」ピアはシュテファニーを抱いている人物を人差し指で叩いた。イェルクはいいよどんだ。

「ラウターバッハのようです。シュテファニーのあとをつけたんじゃないでしょうか」

「あの夜なにがあったの?」ピアは質問した。

「村でケルプ祭りがありました」イェルクがいった。「俺たち、一日じゅう遊びまわって、酔っぱらってました。ラウラはシュテファニーに嫉妬してました。ミス・ケルプの座まで奪われてしまったからです。それでトビーの気を惹こうとして、俺たちにしきりに色目を使ったんです。いや、あれはもう誘惑でした。トビーはドリンクコーナーのテントで働いてました。ナージャといっしょでした。でも、いつのまにかトビーの姿が消えてたんです。シュテファニーと喧嘩をしたみたいで。ラウラがトビーを追いかけ、俺たちはラウラのあとを追ったんです」

イェルクはそこで間を置いた。

「俺たちは丘の方からまわったんです。表通りからではなく、森林通りから。そしてザルトリウス農場の裏で様子を見てたんです。そしたら突然ラウラが搾乳場を抜けて家畜小屋に飛び込んできて、泣き叫びながらフェーリクスの横面を張ったんです。それで……ちょっと……気が立っちゃいまして」

「ラウラを強姦したのね」ピアが単刀直入にいった。

「あいつ、一日じゅうしつこく言い寄ってきてたんですよ」

「本人の了解の上でしたこと？」

「まあ」イェルクは下唇をかんだ。「どっちかというと了解してませんでした」

「ラウラを襲ったのはだれとだれ？」

「俺と、それからフェーリクス」

「つづけて」

「ラウラは暴れました。それから逃げだしたんです。俺は追いかけました。そしたら突然ラースがあらわれまして。ラウラは彼の足下に横たわってました。あたりが血だらけでした。たぶんラウラはラースにも襲われると思ったんです。それで逃げようとして転んで、門を止めるための石に頭をぶつけたんです。ラースは気が動転して、なにかうわごとのようにいいながら駆け去りました。お、俺たちもあわてて逃げようとしたら、いつもと変わらずクールなナージャに、ラウラをどこかに隠してしまえば、だれにもわからないっていわれたんです」

「ナージャは急にどこからあらわれたんだ？」オリヴァーはたずねた。

「彼女は、彼女はずっとそこにいました」

「ナージャは、あなたたちがラウラ・ヴァーグナーを強姦するのを見ていたのか？」

「はい」

「しかしなぜラウラの死体を隠したりしたんだ？　事故だったんだろう？」

「まあ、そうはいっても、俺たち……ひどいことしましたからね。ラウラは横たわったままで、血が飛び散ってて。どうしてあんなことをしたのか、自分でもわからないんです」

「それからなにをしたか正確にいってもらおう」

「トビーのゴルフが止まっていました。キーは差したままでした。いつもそうなんです。フェーリクスがラウラをトランクルームに乗せました。それで俺が空軍基地跡地に運ぼうって思いついたんです。数日前にそこでちょっとレースをやったばかりで、おやじが所有していた鍵をまだ持ってたんです。俺たちはラウラを穴に放り込んでもどってきました。ナージャは俺たちを待ってました。ケルプ祭りの最中だったんで、だれも俺たちがいないことに気づきませんでした。みんな、酔っぱらってましたから。そのあとトビーのところへ行って、いっしょにケルプの木の番をしにいかないかって誘ったんです。でもあいつは行きたがりませんでした」

「シュテファニー・シュネーベルガーの件は？」

シュテファニーのことは、三人とも知らなかった。絵を見るかぎり、ナージャがシュテファニーをジャッキで殴ったように見える。

「ナージャはシュテファニーのことをめちゃくちゃ憎んでましたから」フェーリクスがいった。

「トビーがシュテファニーにどうしようもないほど熱を上げちゃったんです。それからナージャは劇の主役をシュテファニーに横からかっさらわれましたし」

「そういえばケルプ祭りの夜、シュテファニーはラウターバッハといちゃついていました」イェルクが思いだした。「あいつはシュテファニーに首ったけでした。だれの目にも明らかでした。トビーはふたりがテントの前でいちゃいちゃしているのを見て、それでいたたまれず家に帰ったんです。俺がシュテファニーを最後に見たのは、テントの前でラウターバッハといちゃついてたときで」

フェーリクスもうなずいた。ミヒャエルはじっと黙っていた。彼はひと言も口をきかず、青白い顔ですわったまま前を見ていた。

「ナージャがその絵を知っていた可能性は?」ピアはたずねた。

「あると思います。先週の土曜日、アメリーがなにかつかんだってトビーがいってました。なにかの絵があって、そこにラウターバッハが描いてあるといったらしいんです。トビーはナージャにも話したと思います」

ピアの携帯電話が鳴った。カイ・オスターマンからだったので電話に出た。

「邪魔をしてすまない」カイはいった。「問題が発生した。トビアスがいなくなった」

＊

オリヴァーは尋問を中断して、取調室を出た。ピアは写真をクリアファイルにしまって、ボスのあとを追った。オリヴァーは廊下で待っていた。壁に寄りかかり目をつむっていた。

「ナージャは絵になにが描かれているかわかっていたはずだ」オリヴァーはいった。「彼女は今朝、ラウラの葬儀にあらわれた。そのときティースのアトリエが燃えた」

「バルバラ・フレーリヒのところにあらわれた警官もナージャでしょう」ピアがいった。

「わたしもそう思う」オリヴァーは目を開けた。「そして他に絵が出てこないように、念には念を入れて、村じゅうの人間が墓地に集まっているときを狙って温室に放火したんだ」

オリヴァーははずみをつけて壁から離れると、廊下を進み、階段を上がった。

「ふたりの少女が失踪した真相をつかまれたのは、ナージャにとっては迷惑千万だったはずです」ピアはいった。「アメリーは彼女を知っていました。疑うことはなかったでしょう。土曜日の晩、〈黒馬亭〉から出てきたアメリーを、難なく車に誘い込むことができたはずです」

オリヴァーはうなずいた。ナージャ・フォン・ブレドウがシュテファニー・シュネーベルガーを殺した犯人で、そのことが発覚することを恐れて、アメリーを誘拐した可能性が高くなった。もしかしたらすでに殺しているかもしれない。カイは自分の部屋で受話器を手にしていた。

「おやじさんと話をして、すぐパトカーを急行させました。トビアスは今日の午後、ガールフレンドと車で出かけたそうです。そのガールフレンドがうちの署までトビアスを送りとどけるといったとのことです。しかしいまだに姿を見せていないところをみると、ふたりして逃げたようですね」

オリヴァーが眉をひそめた。

「ガールフレンドと?」ピアがすぐにたずねると、カイはうなずいた。

「ザルトリウスとはその電話で話したの?」

「ええ」

ピアはいやな予感を覚えながら、カイのデスクをまわり込み、電話機をつかむと、リダイアルボタンを押し、スピーカーフォンに切り替えた。呼び出し音が三回鳴ったところで、ハルトムート・ザルトリウスが出た。ピアはすかさずたずねた。

「トビアスのガールフレンドってだれ?」

「ナージャ。だけど、倅をそっちへ……」

「ナージャの携帯電話の番号はご存じ? 車のナンバーは?」

「ええ、もちろん知ってます。だけどいったいぜんたいなにが……」

「お願いです、ザルトリウスさん。番号を教えてください」ピアはオリヴァーと顔を見合わせた。トビアスはナージャといっしょにいる。しかも彼女の正体にまったく気づいていない。携帯の番号をメモすると、ピアはいったん電話を切り、ナージャの携帯番号に発信した。

この電話はただいま受信できません……

「公開捜査に踏み切るぞ」オリヴァーがきっぱりいった。「それから携帯電話の所在地をできるだけ早く割りだせ。ナージャが住んでいるのはどこだ?」

「調べます」カイは椅子をまわしてデスクに向かうと、さっそく電話をかけた。

「クラウディウス・テアリンデンはどうしますか?」ピアは質問した。

「待たせればいい」オリヴァーは魔法瓶からカップにコーヒーを注ぎ、ベーンケの椅子に腰かけた。「ラウターバッハの方が重要だ」

グレーゴル・ラウターバッハは一九九七年九月六日の晩、ケルプ祭りでシュテファニー・シュネーベルガーといちゃつき、そのあといっしょにザルトリウス家の納屋に入った。絵の中の一枚に描かれたふたりの人間がもみあう場面は、ナージャがシュテファニーと喧嘩をしているのではなく、ラウターバッハがシュテファニーと性行為をしているようにも見える。それを盗み見たナージャは、機会を見つけて憎いライバルをジャッキで殴ったのだろうか？　ティース・テアリンデンはそこで起こったことを目撃していた。ティースがふたつの事件の目撃者であることを知っているのはだれだろう。ピアの携帯電話が鳴った。ヘニングからだった。シュテファニーのミイラ化遺体を司法解剖するところだという。

「凶器が欲しい」疲れて、ピリピリしている声だ。ピアは壁にかけた時計を見た。午後十時半。ヘニングがまだ残業しているなんて。問題を抱えていることをミリアムに打ち明けたのだろうか。

「持っていかせるわ」ピアは答えた。「ねえ、ミイラから他人のDNAを検出することはできる？　その娘、死の直前に性行為をしているはずなんだけど」

「やってみよう。死体の状態はとてもいい。長年あの空間に安置されていたことが功を奏したな。ほとんどの部位が腐っていない」

「所見を早くもらいたいんだけど。かなり切羽詰まっているのよ」これでも過小表現といえるだろう。手の空いている捜査官を総動員してアメリーを捜している最中でありながら、十一年前の二件の殺人事件の再捜査までする羽目に陥った。しかも後者はたったの四人態勢だ。

「切羽詰まっていないときなんてあるのかい?」ヘニングがいった。「急ぐよ」

オリヴァーはコーヒーを飲み干すと、ピアにいった。

「行くぞ。捜査をつづける」

*

オリヴァーは両親の敷地前の駐車場に車を止めると、しばらく運転席にすわっていた。もう真夜中を少しまわっていた。疲労困憊していたが、気が高ぶってとてもではないが眠れそうにない。フェーリクス・ピーチュ、イェルク・リヒター、ミヒャエル・ドンブロフスキーの三人は取り調べのあと帰宅させるつもりだったが、燃料貯蔵槽に投げ込まれたとき、ラウラははたして死んでいたのか、というきわめて重要な問題に気がついた。三人は数分間押し黙っていた。答えようによっては、強姦罪と死体遺棄だけでは済まなくなるかもしれないと気づいたのだ。ピアが彼らの犯罪を正確にいった。殺人罪。すると、ミヒャエルが泣きだした。オリヴァーにとっては自白したも同然だった。さっそく三人の逮捕令状を請求するようカイにいった。三人がその前に自供したことは示唆に富んでいた。ナージャ・フォン・ブレドウは何年ものあいだ昔の仲間である三人にまったく連絡を寄越さなかった。それなのにトビアスが出所する直前になって村にあらわれ、三人に口をつぐんでいるように強力な圧力をかけてきたというのだ。三人とも十一年前の真相を明るみにだしたいとは思っていなかった。少女失踪事件がまたしても起こらなかったら、きっとそのまま黙っていただろう。友だちに罪を着せたことはずっと心に引っかかっていたが、トビアスへの魔女狩りが村ではじまったときも、自分たちがそういう目にあうかと思うと怖くなり、臆病風に吹かれて警察に出頭しなかったのだ。イェルクが先週の土曜日にトビアスを飲み会に誘ったのも、友情からではなかった。トビアスを誘い、酒に酔わせるようナージャにいわれたからだ。オリヴァーは、どうして大の大人が三人もナージャのいいなりになったのかたずねた。それに対するイェルクの言葉が意味深長だった。

「あいつは昔から、人を怖がらせるのがうまかったんです」他のふたりもうなずいた。

「あいつはなるべくして女優になったんですよ。欲しいものは必ず手に入れてました。後先考えず」

ナージャはアメリーを危険人物とみなして襲ったのだ。しかも殺人もいとわないとしたら、いい結果は望めそうにない。

オリヴァーは車の中で物思いに沈んだ。

なんて一日だ！　ラース・テアリンデンの死体、ティースのアトリエの火事、ハッセの信じがたいあてこすり、そしてダニエラ・ラウターバッハに会った……そのとき、ダニエラに連絡を入れるつもりだったことを思いだした。携帯電話をだしてから、コートの内ポケットに手を入れ、ダニエラの名刺を捜した。オリヴァーは胸をときめかせながら、彼女の声が聞こえるのを待った。しかし空振りに終わった。留守番電話機能が作動した。ピーッという音のあと、何時でもいいから折り返し電話が欲しい、とメッセージを残した。コーヒーを飲みすぎたせいかトイレに行きたくなった。さもなかったら車にいつづけただろう。だがそろそろ家に入る潮時だ。そのとき視界の片隅に人の気配があり、相手がいきなり窓を叩いたので、オリヴァーは死ぬほどびっくりした。

「パパ?」長女のロザリーだった。

「ロザリー!」オリヴァーはドアを開けて車から降りた。「どうしてここに?」

「もう仕事は終わったもの。パパはなんでここにいるの? どうして家に帰らないの?」

オリヴァーはため息をついて、車に寄りかかった。へとへとに疲れていたし、いま抱えている自分の問題を娘に話す気にはなれなかった。一日じゅう、コージマのことを忘れていられたのに、またしても自分は負け犬だという気持ちになった。

「パパが昨日の夜こっちに泊まったっておばあちゃんから聞いたの。なにがあったの?」ロザリーは心配そうに父を見た。たったひとつしかない街灯の淡い光の中、娘の顔は異様に青ざめて見えた。どうして真実を告げてはいけないんだ。ロザリーはもうそういうことがわかる年だ。どうせいずれわかることでもある。

「昨日の晩、おまえの母さんが別の男と関係を持ったことを打ち明けたんだ。だからしばらく別のところで寝泊まりすることにしたのさ」

「えっ?」ロザリーは顔を引きつらせた。「それって……嘘っ、信じられない」

ロザリーは本気でショックを受けていた。母親の浮気を知っていたわけではないらしい。オリヴァーはそのことがわかってほっとした。

「まあな」オリヴァーは肩をすくめた。「父さんもはじめは信じられなかった。しかししばらく前からつづいていたらしい」

ロザリーは鼻から息を吐いて首を横に振った。大人らしい振る舞いは影をひそめ、すっかり小さな少女にもどってしまった。聞かされた真実が理解できず、受け止めることができなかったのだ。オリヴァーは娘に口当たりのいい言葉をかけるつもりはなかった。いずれ気持ちの整理はつくのだから。しかしコージマとはもう元の鞘にもどれないだろう。そのくらいオリヴァーの傷は深かった。

「これからどうするの？　つまり、その、その……」ロザリーはその先がいえなかった。すっかり途方に暮れ、呆然としている。いきなり娘の頬を涙が伝った。オリヴァーはすすり泣く娘を腕に抱き、彼女の髪に口を当てた。ロザリーは目を閉じてため息をついた。オリヴァーも泣きたいくらいだった。コージマのこと、自分のこと、ふたりで築いてきた人生のことを思って！

「いずれ答えは見つかるさ」オリヴァーはつぶやいて、ロザリーの頭をなでた。「だがまず気持ちを整理しなくちゃな」

「だけどママはなんでそんなことをしたの？」ロザリーはすすり泣いた。「理解できない！」

ふたりはしばらくそこにたたずんでいた。オリヴァーは涙で濡れた娘の顔を両手で包んだ。

「家にお帰り」オリヴァーは小声でいった。「心配はいらない。母さんと父さんなら、きっとなんとかなる。そうだろう？」

「でもパパをひとりにしておけないわ！　それに、もうすぐクリスマスよ。パパがいなかったら、家族のお祝いにならないじゃない！」ロザリーらしい絶望の仕方だ。子どものときから、家族や友だちのあいだで起こるすべてのことに責任を感じていた。そしてひとりでは背負い切れない重荷を抱え込んでしまうことまでよくあった。

「クリスマスまでまだ数週間ある。それに父さんはひとりじゃないぞ」オリヴァーはいった。「おじいちゃんも、おばあちゃんもいる。クヴェンティンとマリー＝ルイーゼだって。そんなにひどいことじゃない」

「だけど悲しいはずでしょう」

これにには反論しようがなかった。

「今はいろいろ忙しくて、悲しんでいる暇もない」

「ほんとに？」ロザリーは唇をふるわせた。「パパが悲しくて寂しがっているかと思うと耐えられないの」

「心配しないでいい。いつだって電話で話せるし、ショートメッセージを送れるじゃないか。だがそろそろ寝ないとだめだろう。父さんもだ。明日また話そう、それでいいかい？」

ロザリーはしょんぼりうなずいて、洟をすすった。オリヴァーの頬にキスをして、もう一度抱きしめると、自分の車に乗ってエンジンをかけた。オリヴァーは駐車場にたたずんでロザリーを見送った。まもなく娘の車のテールランプが森の向こうに消えた。ため息をつくと、オリヴァーは体の向きを変えて歩きだした。結婚が破綻《はたん》しても、子どもが慕ってくれるという実感に心が軽くなり、慰められた。

二〇〇八年十一月二十一日（金曜日）

はっとして飛び上がった。胸の鼓動が激しくなった。目を見開いてあたりを見回したが、あいかわらず真っ暗闇だ。なにかで目を覚ました。物音がしたはずだ。それとも夢だったんだろうか。アメリーは暗闇に目をこらし、じっと耳をすました。なんの気配もない。ただの思い込みか。ため息をついて、かびくさいマットレスから体を起こすと、くるぶしをつかみ、冷え切った足をもんだ。きっとだれかが見つけてくれる、この悪夢を生き延びるんだと自分にいいきかせてきたが、心の片隅では希望を失いかけていた。アメリーをここに閉じ込めたのがだれかはわからないが、解放する気のないことは確かだ。ひんぱんに襲ってくるパニックをなんとか堪《こら》えてきたが、もう気力も萎《な》え、横になったまま死を待つばかりになっていた。死んだほうがましだ、と母に何度も怒りをぶつけたことがあるが、それがどんなに軽はずみなことだったか今ならわかる。母に刃向かい、投げやりな態度をとったことを心底後悔していた。生きて外に出られたら、生き方をすべて変えたいと思った。もっとましな生き方をするんだ。口答えもしない、家出もしないし、恩知らずなこともしない。

なんとかハッピーエンドになってくれないだろうか。いつだってそういうものだ。いつもでなくても、たいていはそういうもののはずだ。アメリーは新聞やテレビで、悲劇で終わったニュースを見たことを思いだして、ぞっとした。森に埋められた少女の死体、箱に閉じ込められた少女の死体、強姦された少女の死体、拷問された少女の死体。くそっ、くそっ、くそっ。死にたくない。こんな薄汚い穴蔵では死にたくない。こんな闇の中でひとり寂しく死ぬなんてごめんだ。すぐには餓死しないだろうが、喉が渇いた。もう水が残り少ない。最後の水をちびちび飲んでいる状況だ。

アメリーははっとした。やっぱり音がする！　気の迷いじゃない。足音、ドアの向こうだ！　だんだん近づいてきて止まった。ドアの鍵を開ける音。アメリーは立ち上がろうとしたが、この数日のあいだに冷気と湿気でこわばってしまった体がいうことをきかない。まばゆい光が部屋に差し、ほんの数秒間、部屋の中を照らした。アメリーは目がくらんだ。目をしばたたいたが、なにもわからない。あっという間に扉が閉まり、カチャッと鍵が閉まった。足音が遠のいていく。失望感が蛸の足のように彼女の体にがんじがらめに巻きついた。結局、水はもらえなかった！　そのとき息遣いが聞こえた。だれかいるんだろうか。うなじに鳥肌が立ち、心臓が早鐘のように打った。だれだろう。人間？　動物？　不安で息が詰まる。アメリーは湿った壁に体を押し当てた。そして勇気をふるい、かすれた声でささやいた。

「だれ？」

「アメリー？」

信じられない気持ちで、アメリーは息をのんだ。うれしくて、心がはずんだ。

「ティース？」アメリーはささやいて、壁に手をついて立ち上がった。

その地下室を隅々まで知っているはずなのに、暗闇の中で平衡を保つのはたやすいことではなかった。腕を伸ばして二歩進んだところで、温かい体に触れた。緊張した息遣いが聞こえる。彼女はティースの腕をつかんだ。彼はあとずさることなく、彼女の手をしっかりつかんだ。

「ティース！」アメリーはたまらず涙を流した。「ここでなにをしてるの？　ティース、ティース、うれしい！　本当にうれしい！」

アメリーはティースに腕をまわすと、思いっきり泣きくずれた。そのくらいほっとしたのだ。これでもう、ひとりではない。ティースは抱かれるがままになっていた。いやそれだけではない。アメリーは、ティースに抱かれるのを感じた。おそるおそる、ぎこちなく。やがてしっかり抱かれ、髪にほおずりされた。アメリーは不安を忘れた。

＊

またしても携帯電話の呼び出し音で起こされた。ピアは早起きで、情け容赦がない。午前六時二十分。ティースが夜中、精神病院から消えたという。

「院長から電話があったんです。すでに精神病院に寄って、当直医と夜勤の看護師に事情聴取しました。看護師は、午後十一時二十七分に最後の巡回を行い、ティースがベッドで寝ているのを確認したそうです。そして午前五時十二分、次の巡回のとき、いないことに気づいたということです」

「どういうことなんだ?」オリヴァーはしぶしぶベッドから出た。眠ったのはせいぜい三時間。へろへろだった。床についたと思ったら、ローレンツの電話で叩き起こされ、そのあとまたロザリーから電話があった。今から車で会いにくるというロザリーをなだめるのにひと苦労した。うめき声をあげながら上体を起こし、どうにか立ち上がった。ものにぶつかることなく照明のスイッチまでたどりついた。

「皆目見当がつきません。病院を隅から隅まで捜しましたが、ティースはどこにもいませんでした。しかも彼の部屋の鍵は閉まっていました。ただ消えてなくなったみたいなんです。他の連中と同じように。最悪です」

ナージャ、トビアスのふたりも、ドイツ全域の新聞、ラジオ、テレビで公開捜査したが、まったく行方がつかめなかった。

オリヴァーはふらつきながらバスルームに入った。夜中のうちに暖房を入れ、半開きにしてあった窓を閉めておいたのは先見の明があったといえるだろう。鏡に映った自分の顔は情けないものだった。ピアの報告を聞きながら、オリヴァーは別のことを考えていた。ティースが危険にさらされていることがわかっていたのに、精神病院にいれば安全だと思ったのは浅はかというしかない! 手抜かりは、この二十四時間で二度目だ。このままだと次に停職処分を受けるのは自分だ! 電話を切ると、汗びっしょりのTシャツとパンツを脱いで、たっぷりシャワーを浴びた。時間がどんどん流れていく。事件の全貌がどうしてもつかめない。最優先すべきなのはなんだろう。どこから手をつけたらいいんだ。ナージャ・フォン・ブレドウとグレーゴル・ラウターバッハはこの悲劇のキーパーソンと思われる。なんとしても見つけださねば。

＊

クラウディウス・テアリンデンは息子ラースが自殺したことを聞かされても、表情を変えなかった。勾留されて三日と二晩、いつもの平然とした態度は消え、めっきり口数が少なくなっていた。木曜日に、勾留は不当だと弁護士が抗議したが、カイ・オスターマンが、証拠を隠滅される恐れがあると捜査判事を説得して勾留延長をした。だがアメリーが失踪した時間にアリバイがないだけでは、これ以上の勾留延長は無理だ。もっと具体的な証拠がいる。

「あいつは軟弱すぎたんだ」クラウディウスのコメントはそれだけだった。シャツの襟元を開け、無精髭を生やし、髪の毛もボサボサだ。それでも案山子《かかし》くらいのカリスマ性はまだ残っていた。ピアはクラウディウスのどこにそんなに魅力があるのか考えたが、答えは出なかった。

「でもあなたは違う」ピアは皮肉を込めていった。「あなたはやることはやる男。目的のためなら、嘘をつこうが、誤魔化そうが気にもしない。ラースは良心の呵責《かしゃく》に耐え切れず自殺したのよ。トビアスから十一年もの歳月を奪い、さらにティースに死んだ娘の世話をさせるなんて」

「あの子にそんなことをさせた覚えはない」クラウディウスはその日はじめてまっすぐピアを見た。

「この期《ご》に及んでまだそんなことをいうの？」ピアは腹が立って、かぶりを振った。「まさか温室の下に地下室があることを知らなかったなんていわせないわよ」

「いや、知らなかった。温室には二十年以上足を踏み入れたことがない」

ピアは椅子を引いて、クラウディウスの前にすわった。

「昨日、その地下室でシュテファニーのミイラが発見されたのよ」

「なんだって？」クラウディウスの瞳にはじめて不安の色が浮かんだ。鉄壁の自制心にかすかなひび割れが生じた。

「ティースは当時、ふたりの娘を殺した犯人を目撃した」クラウディウスから目を離さず、ピアは話しつづけた。「そのことを何者かが知って、ティースを脅していたようね。黙っていないと、病院に入れてしまうぞってね。それがあなただと、わたしはにらんでいるのよ」

クラウディウスは首を横に振った。

「ティースは今朝、病院から姿を消したわ。当時、なにを見たか明かしてくれたあとに」

「嘘だ」クラウディウスはいった。「ティースがあんたに話をするはずがない」

「ええ、話はしてくれなかった。でもね、彼の証言は言葉じゃなかったのよ。あのときなにがあったか写真のように克明な絵を描いてくれたわ」

クラウディウスがついに反応した。瞳が左右に揺れ、両手を神経質に動かした。ピアは内心、やったと思った。これでやっと落とせるかもしれない。少しでも早くしなければ。

「アメリーはどこ？」

「だれだって？」

「いいかげんにしなさい！　あなたがここに勾留されているのは、あなたの隣人であり、部下でもあるアルネ・フレーリヒの娘が行方不明になったからでしょう」

「ああ、そうだった。うっかりしていた。だがあの娘の居場所なんて、わたしは知らない。どうして知っているはずがある」

「ティースはアメリーにシュテファニーのミイラを見せ、殺人現場を描いた絵を預けたのよ。アメリーはアルテンハインの暗部を解明するところだった。あなたは、困ると思ったんじゃないの？」

「なんの話だね。暗部？」クラウディウスはせせら笑った。「ソープオペラの見すぎだな！　ところで、わたしはもうすぐ釈放されるはずだ。具体的な証拠があってもな。どうせ証拠はなにひとつ見つからないだろうが」

ピアも負けていなかった。「あなたは当時、ラウラの死に関わることをだれにもいうなと息子のラースを説き伏せたでしょう。ただの事故だったはずなのに。わたしたちはあなたの勾留延長を検討しているわ」

「息子を守ろうとしたのが罪なのかね？」

「いいえ、でも裁判の妨害をしたことになるわ。偽証罪も適用されるでしょう。どちらでも好きな方を選んでいいわよ」

「そんなの、もう時効じゃないか」クラウディウスは冷ややかにピアを見つめた。クラウディウスはやはり甘くない。ピアの自信がぐらついた。

「〈エボニー・クラブ〉を出たあと、あなたとラウターバッハはどこにいたんですか？」

「あんたには関係ないだろう。あんな娘、見ちゃいない」

「どこにいたんですか？　どうして事故現場から逃げたんですか？」ピアの声がきつくなった。

「だれも通報しないと高をくくってたわけ？」

クラウディウスは返事をしなかった。かっとして口をすべらすかと思ったがだめだった。それとも本当に関係ないのだろうか。車を捜索した科学捜査研究所は、アメリーが乗っていた証拠を見つけられなかった。

車の当て逃げだけでは、これ以上の勾留は無理だ。他の件はすでに時効になっている。悔しいことだが。

＊

通い慣れた表通りを走った。リヒターの食料品店と〈金鶏亭〉を通り過ぎ、児童公園を左折して森林通りに入る。街灯がともっていた。この時期は日が昇るのが遅い。早朝ならラウターバッハが自宅にいるのではないか、とオリヴァーは期待していた。彼はどうしてアンドレアス・ハッセに書類の廃棄を頼んだのだろう。一九九七年九月、彼はどういう役を演じたのだろう。ラウターバッハ邸に着くと、指示したはずなのに、パトカーも覆面パトカーも見あたらない。指令センターに電話をかけて怒りをぶちまけようとしたとき、ガレージの扉が開いて、車のテールランプがついた。オリヴァーは車を降りて、敷地の斜面を上った。ダークグレーのべンツの運転席にいるのがダニエラ・ラウターバッハだったので、オリヴァーは胸がときめいた。ダニエラはオリヴァーの横で車を止め、外に出た。見たところ、昨夜はあまり寝ていないようだ。

「おはようございます。こんなに朝早くどうされたのですか？」

「テアリンデン夫人の様子を聞きたいと思いまして。どうなったか、ひと晩じゅう気になっていたんです」もちろん真っ赤な嘘だ。だが隣人の様子を気にかけていると知れば、ダニエラも好意を抱くだろう。図星だった。彼女の褐色の瞳が輝き、寝不足の顔にうっすら笑みが浮かんだ。

「意気消沈しています。あんな形で息子さんを亡くしたんですから。そのうえ、ティースのアトリエが燃えて、温室の地下で死体が見つかるなんて。ひどいことがちょっと重なりすぎました」ダニエラはあわれむようにかぶりを振った。

「夫人の世話をするために妹さんが来てくれるまで、ひと晩じゅうずっと付き添っていました」

「あなたは友人や患者のために本当に親身になるのですね。立派なことです」オリヴァーはいった。「あなたのような方は本当にめずらしいです」

オリヴァーの誉め言葉に気をよくしたようだ。女医はまた笑みを浮かべた。温もりのある笑み。腕に抱かれて慰めてほしくなるような母の微笑みだった。

「ときどき相手の運命に感情移入しすぎるんです」ダニエラはため息をついた。「でも仕方ありません。だれかが苦しんでいるのを見ると、助けずにいられないのです」

凍てつく朝の風が吹いて、オリヴァーはゾクッと身震いした。ダニエラはすぐに気がついた。

「ここでは寒いですね。まだ質問があるようなら家に入りませんか？」

オリヴァーは女医のあとについてガレージの階段を上り、大きなエントランスホールに立った。無用に広いところは一九八〇年代の典型的な間取りだ。

「ご主人はご在宅ですか？」オリヴァーはさりげなくたずねて、家の中を見回した。

「いいえ」ダニエラはほんの一瞬躊躇《ちゅうちょ》した。「公用で旅行中です」

嘘だということはわかったが、オリヴァーは聞き流した。夫がどういう犯罪に関わっているか、きっと気づいていないのだろうと思って。

「至急お話がしたいのですが」オリヴァーはいった。「ご主人が当時シュテファニー・シュネーベルガーとつきあっていたことがわかりまして」

とたんに笑みが消え、女医は顔をそむけた。

「知っています。グレーゴルが当時告白しました。あの娘が失踪したあとですが」夫の不義を人に話すのはつらそうだ。

「ザルトリウス家の納屋なんかで逢い引きするものだから、当時疑われる羽目にも陥《おちい》りました」苦々しげな声だ。ダニエラの目が曇った。まだその古傷が疼《うず》くのだろう。オリヴァーはふと自分の今の状況を思った。ダニエラは十一年経っても夫を許していない。そのときの屈辱をきっといつまでも忘れていないのだろう。

「けれどもどうしてそんなことを話題にするんですか?」ダニエラは困惑気味にたずねた。

「アメリーは過去の事件を調べていて、なにかを突き止めたようなんです。ご主人がそれを知ったら、アメリーを危険だと思うかもしれませんので」

ダニエラは信じがたいというようにオリヴァーを見つめた。

「まさか主人がアメリーの失踪に関係しているとでも?」

「いいえ、被疑者というわけではありません。しかし至急、話を伺いたいのです。訴追を受ける可能性のあることをなさっていますので」

「どういうことか伺えますか?」

「ご主人はわたしの部下に、一九九七年の供述調書を盗みだすよう依頼したようなのです」

ダニエラは明らかにショックを受けたようだ。顔が真っ青になった。

「嘘でしょう」女医は首を横に振った。「信じられません。なんでそんなことを?」

「わたしもそのことを伺いたいのです。ご主人はどちらにいらっしゃるのですか? すぐに連絡をくださらないと、公開捜査に踏み切らざるをえません。お立場を考えれば、それは避けたいのです」

ダニエラはうなずいた。大きく息を吸って、鉄壁の自制心で感情の高ぶりを抑えつけているようだ。ふたたびオリヴァーを見たとき、彼女の目にはそれまでと違った感情が宿っていた。恐れ、それとも怒り? あるいはその両方?

「主人に電話で伝えます」ダニエラは感情的にならないように必死に気持ちを抑えている。

「なにかの誤解です。きっとそうです」

「わたしもそう思います。しかし、できるだけ早くはっきりさせたほうがいいと思うのです」
＊

昨夜は夢も見ないほど熟睡した。じつにひさしぶりのことだ。トビアスは仰向けになると、欠伸《あくび》をしながら上体を起こした。どこにいるのか一瞬わからなかった。ここに到着したのは昨日の夜遅くだった。ナージャは吹雪の中、インターラーケンで高速道路を下りた。途中、チェインをつけ、ノロノロ車を走らせた。曲がりくねった急な山道をどんどん上りつづけた。トビアスはへとへとに疲れて、山小屋の中を見る元気も残っていなかった。食欲もなく、彼女につづいて梯子《はしご》を上り、ロフトの大半を占めるベッドに倒れ込んだ。枕に頭を乗せるなり、寝入ってしまった。熟睡したおかげで、今は頭がすっきりしている。

「ナージャ？」

声をかけたが、返事がない。トビアスは膝立ちになって、ベッドの上の小さな天窓から外を見た。紺碧《こんぺき》の空に雪、そして彼方の雄大な山並み。そのパノラマを見て息をのんだ。こんな高い山に来るのは生まれてはじめてだ。子ども時代、海に行くこともスキー旅行をすることもほとんどなかった。突然、雪に触ってみたくなって、梯子を伝い下りた。

その山小屋はこぢんまりしていて、居心地がよかった。壁も天井も板張りで、部屋の角にL字形のベンチとテーブルがあり、朝食の用意ができていた。コーヒーのにおいが漂い、暖炉では赤々と燃える薪《まき》がはぜた。

トビアスは微笑んだ。ジーンズをはき、セーターと革ジャンを着て、靴に足を突っ込むと、ドアを開けて戸外に出た。まばゆい光に目がくらんで、一瞬、立ち止まった。ガラスのように張り詰めた、冷たい空気を胸いっぱいに吸った。そのとき雪玉が顔のど真ん中に命中した。

「おはよう!」ナージャがニコニコしながら手を振った。階段の下数メートルのところにいて、雪や太陽に負けないくらい顔を輝かせていた。トビアスはニヤリとして、一気に階段を飛び降り、膝まで粉雪に埋もれた。ナージャは彼に飛びついた。頬を紅潮させ、毛皮で縁取《ふちど》ったフードの中の顔は、いままで見たことがないほど美しかった。

「わお、ここ、すごいな!」トビアスは歓声をあげた。

「気に入った?」

「ああ!　こんなところ、テレビでしか見たことがないよ」

トビアスは急な斜面に張りつき、屋根の大きくせりだした山小屋をぐるっとひとまわりした。雪が靴の下でキュッキュッと鳴った。ナージャは彼の手をにぎった。

「見て」ナージャはいった。「あっちに見えるのがベルンアルプスで一番有名な峰よ。ユングフラウ、アイガー、メンヒ。この眺めが大好きなの」

それからナージャは下の谷を指差した。肉眼でははっきり見えないくらい下に、いくつかの家が寄り添うように建っていた。その先には日の光を浴びて青く輝く細長い湖が見えた。

「ここの標高はどのくらいなんだ?」トビアスは興味を抱いてたずねた。

「千八百メートル。わたしたち以外には氷河とカモシカしかいないわ」

ナージャは笑いながらトビアスの首にかじりつき、冷たく柔らかい彼にキスをした。トビアスも彼女をしっかり抱きよせて、お返しのキスをした。心も軽く、解放された気分だ。ここ数年抱きつづけた不安ははるか下の谷底に置き去りにしてきたような気がした。

＊

捜査に大わらわになり、自分の問題を考えている暇などまったくなかった。それはかえってうれしいくらいだった。この数年、オリヴァーはほぼ毎日、どん底に落ちた人間と対峙してきた。だが自分も大差ないことに今回はじめて気づかされた。いままでそのことから目をそむけていたのだ。ダニエラ・ラウターバッハは夫のことをほとんど知らなかった。オリヴァーがコージマのことを知らなかったのと同じだ。ショックなことだが、二十五年間いっしょに暮らし、ベッドをともにし、力を合わせて子育てをしてきても、じつは相手のことがわかっていなかったということが本当にあるのだ。相手が人殺しだったり、小児愛好者だったり、強姦者だったりするのをまったく気づかずに何年も暮らし、青天の霹靂《へきれき》のように突然真実を知らされるというケースが。

オリヴァーはフレーリヒの家とザルトリウス農場の裏門のそばを通り抜け、森林通りのはずれの急カーブまで行くと、テアリンデン邸にハンドルを切った。知らない女性が玄関のドアを開けた。クリスティーネの妹に違いない。だがまったく似ていない。目の前の女性は背が高くて、すらっとしている。そのまなざしを見るかぎり気が強そうだ。

「なんでしょうか？」緑色の瞳で、まっすぐ探るように見つめてくる。オリヴァーは身分を名乗り、クリスティーネ・テアリンデンと話がしたいと告げた。

「呼んできます」女性はいった。「わたしはハイディ・ブリュックナー、妹です」

クリスティーネより少なくとも十歳は若いようだ。それに姉とは対照的にまったく飾らない。艶のある褐色の髪を三つ編みにし、頰骨のはった均整のとれたなめらかな顔には化粧をしていなかった。ハイディ・ブリュックナーはオリヴァーを家に招き入れ、玄関のドアを閉めた。

「ここでお待ちください」

ハイディはその場を離れ、しばらくもどってこなかった。

オリヴァーは壁にかかっている絵を順に鑑賞した。明らかにティースの作品だ。終末のような陰鬱としたタッチは、ダニエラ・ラウターバッハの診察室にかかっていた絵とそっくりだ。引きつった顔、叫んでいるような口、縛《いまし》めを受けた両手、不安に怯え、苦痛に満ちたまなざし。

近づいてくる足音に気づいて、オリヴァーは振り返った。クリスティーネは、記憶の中の彼女と同じだった。完璧にとかした金髪、しわひとつない顔に浮かべた、さりげない笑み。

「お悔やみ申し上げます」オリヴァーはそういって、クリスティーネに手を差しだした。

「ありがとう。ごていねいにどうも」数日前、夫を臨時拘束したのは自分だが、うらんではいないようだ。息子の自殺にも外見上はまったく動じていない。アトリエの火事にも、シュテファニー・シュネーベルガーのミイラが発見されたことにも。これには驚きだ。心に鍵をかける達人なのだろうか。それとも強い鎮静剤を飲み、すべてを現実のものと受け止めていないのだろうか?

「ティースさんが今朝、病院から消えました」オリヴァーはいった。「帰宅していませんか?」

「いいえ」おどおどした声だが、それほど心配していないようだ。いまだにここに連絡が来ていないのはおかしい。オリヴァーはティースについて少し話が聞きたいといい、半地下にある彼の部屋に案内してもらった。ハイディは少し遅れてついてきた。なにもいわないが、注意深く見守っている。

ティースの部屋は明るく感じがよかった。家は斜面に建っているので、半地下といっても村の眺望が楽しめる大きな窓がついていた。棚には本が並び、カウチにはぬいぐるみが載っている。ベッドはきれいに整えてあり、まわりにはなにも落ちていなかった。十歳の少年の部屋という感じだ。三十歳の男の部屋とは思えない。

部屋の中でとくに目につくのは、壁にかかった絵だけだった。ティースが描いた家族の肖像画だ。それを見れば、彼が偉大な画家であることがわかる。肖像画は人物の顔の特徴をうまくつかんでいるだけでなく、その人の人間性まであぶりだしていた。クラウディウス・テアリンデンは一見、優しく微笑んでいるが、その姿勢や目付き、そして背景の色からなにか危険を感じさせる。母はピンクで明るく描かれているが、平面的だ。奥行きのない絵はそのまま本当の自分を持ち合わせない女性そのものだ。まったく感心させられる。三枚目の絵は自画像かと思ったが、オリヴァーは、双子の弟ラースがいることを思いだした。それはまたまったく違ったタッチで描かれていた。ほとんど輪郭がなく、まだあどけない顔立ちで、自信のなさそうな目付きをした若者として描かれている。

「あの子はなにもできないんです」クリスティーネは、ティースがどういう子かというオリヴァーの質問に答えた。「ひとりで生きていくことはできません。お金を所持していないし、車も運転できません。病気のため、免許証を取ることができなかったのです。まあ、それでよかったのですが。あの子は危険を認識することができませんので」

「人間は？」オリヴァーはクリスティーネを見た。

「どういう意味でしょうか？」クリスティーネは困惑し、口元をゆがめた。

「人間を認識する力はどうだろうと思いましてね。自分に好意を持っている人間とそうでない人間の区別はつけられますか？」

「さあ、それは、どうでしょう。ティースは話をしませんので。他人との接触を嫌うのです」

「自分に好意を持っている人間とそうでない人間の区別はちゃんとつけられますよ」ハイディがドアのところからいった。「ティースは精神障害者ではありません。本当のところ、あの子がどういう状況なのかは、だれにもわからないことです」

オリヴァーはびっくりした。クリスティーネは答えなかった。窓辺に立って、どんより曇った十一月の天気を眺めた。

「自閉症というのは」ハイディがつづけた。「とらえどころがないんです。姉さんたちは、あの子と向き合うのをやめて、あの子がおとなしくして問題を起こさないように薬漬けにしたのよね」

クリスティーネは振り返った。あいかわらず表情のない顔が凍りついたように見えた。

「すみません」クリスティーネはいった。「犬を放さなくては。もう八時半ですので」

クリスティーネは部屋を出ていった。階段を上る彼女の靴の音が響いた。

「逃げましたね」ハイディはあきらめ切った様子でいった。「姉はいつもああなのです。もう変わりようがないでしょう」

オリヴァーはハイディを見た。姉妹の仲はよくないようだ。だがそれならなぜ妹は世話をしにきたのだろう。

「ついてきてください」ハイディはいった。「お見せしたいものがあります」

オリヴァーはあとについて階段を上り、エントランスホールにもどった。ハイディは少し立ち止まって、姉が近くにいないかどうか確かめ、それから足早にワードローブへ行って、フックにかかっているバッグをつかんだ。

「本当は知り合いの薬剤師に渡そうと思っていたものです」ハイディは小声でいった。「でも警察に預けたほうがよさそうです」

「なんですか？」オリヴァーは興味を覚えてたずねた。

「処方箋です」ハイディは折りたたんだ紙をオリヴァーに差しだした。「ティースはこれを何年も服用していたんです」

＊

ピアは暗い顔でデスクに向かい、ピーチュ、ドンブロフスキー、リヒター三人の供述調書をコンピュータに打ち込んでいた。クラウディウス・テアリンデンを勾留延長できなかったのが悔しくてならなかった。彼の弁護士が書面で不当勾留を訴え、依頼人の即時釈放を求めた。ニコラと協議して、ピアはテアリンデンを釈放した。ピアの電話が鳴った。

「被害者の少女は証拠品のジャッキで頭を殴られている」ヘニングはあいさつもせず、陰気な声でいった。「性器から他人のDNAが検出された。だが正確な解析にはまだ時間がかかる」

「すばらしいわ」ピアは答えた。「ジャッキの方はどう？　指紋を検出できる？」

「科学捜査研究所の方でやれるか訊いてみる」ヘニングは間を置いてからいった。「ピア……」

「なに？」

「ミリアムから連絡はなかったかい？」

「ないけど、どうして？」

「あの馬鹿女が昨日ミリアムに電話をして、わたしの子を身ごもっているといったんだ」

「ひっどい。それで？」

「まあ」ヘニングはため息をついた。「ミリアムは静かだった。その可能性はあるのかって訊かれたんで、正直にいうほかなかった。彼女はなにもいわず、バッグを取って出ていった」

ピアは説教したくなったが、今のヘニングには耐えられそうにないので、我慢することにした。もう縁を切った相手ではあるが、それでも哀れに思えた。

「レープリヒがあなたを騙しているとは考えられない？　わたしだったら調べてみるけど。そもそも本当に妊娠しているの？　だとしたら、相手は別の男の可能性もあるでしょう？」

「問題はそこじゃないんだ」

「じゃあ、なにが問題なのよ？」

ヘニングは返事を少しためらってからいった。

「わたしはミリアムを騙したんだ。とんだ阿呆だ。きっと許してくれない」

＊

オリヴァーは、ラウターバッハ女医が書いた処方箋を見た。さまざまな薬が列記されている。リタリン、ドロペリドール、フルフェナジン、フェンタニル、ロラゼパム。オリヴァーはずぶの素人だが、自閉症が精神安定剤や抗鬱剤で治せる病気でないことくらいは知っている。

「薬で問題を解決するほうが、地味にセラピーを受けるよりもずっと簡単ですからね」ハイディ・ブリュックナーは声をひそめていった。だが言葉のはしばしから怒りを感じることができた。「姉はいつも楽な道を選ぶんです。双子が幼かったときも、夫と旅行ばかりして、まともに子育てをしませんでした。ティースとラースは小さいうちからほったらかしにされたんです。当時、家政婦はいましたが、ドイツ語ができなかったので、母親の代わりにはなりませんでした」

「なにをおっしゃりたいのです?」

ハイディ・ブリュックナーは鼻から息を吐いた。

「ティースの問題はこの家で作られたということです。あの子が問題を抱えていたのは、すぐにわかりました。ものを壊すし、怒りっぽくて、聞き分けが悪かったんです。四、五歳まで言葉を発しませんでした。どうせ話す相手はいませんでしたし。両親は家にいたためしがなかったんです。ふたりはティースにセラピーを受けさせようとはせず、いつも薬に頼っていました。ティースは何週間も精神安定剤を投与されて、ぼうっとすわっていました。薬の投与をやめると、ティースは心の抑えがきかなくなるので、ふたりはあの子を小児精神病院に何年も預けっぱなしにしたんです。無茶苦茶です。あの子は繊細で高い能力を持っているのに、精神障害者と暮らさなければならなかったんです!」

「どうしてだれも救いの手を差し伸べなかったんですか?」オリヴァーがたずねた。

「だれにできるというんです?」皮肉のこもった言い方だった。「ティースは普通の人間や、状況のわかる教師と接触する機会が一度も与えられなかったんです」

「つまりティースは自閉症患者ではないということですか?」

「いいえ、自閉症です。でも自閉症は明確に定義できる病気ではないんです。重度の精神障害を伴うものからアスペルガー症候群の初期症状まで多岐にわたってます。でも、患者は制限されているとはいえ、独自の生活を営むことができます。成人した自閉症患者の多くは、自分の特異なところと折り合いをつけることを学びます」ハイディは首を横に振った。「ティースは自己中心的な両親の犠牲者なんです。そしてラースも大差ありませんでした」

「ほう」

「ラースは子どものとき異常に内気でした。めったに口をきかず、宗教に心酔して、牧師になりたがっていました」ハイディは事実だけを淡々と話した。「でもティースが会社を継げないことは明らかだったので、義兄はラースに期待を寄せたんです。神学の道に進むことを禁じ、イギリスに留学させて、経営学を専攻させました。ラースは一度も幸せな顔をしませんでした。そして死んでしまったわけです」

「そんなに詳しく知っていながら、あなたはなにもしなかったのですか？」オリヴァーはいぶかしく思ってたずねた。

「何年も前から口をはさんでいました」ハイディは肩をすくめた。「姉が聞く耳を持たなかったので、義兄に直談判したこともあります。一九九四年のことです。いまでもよく覚えています。わたしは東南アジアで開発援助隊員として働いていて、もどってきたときでした。でも状況はそれほど変わりませんでした。義兄は兄のヴィルヘルムを数年前に亡くして会社を引き継ぎ、この大邸宅に引っ越していました。クリスティーネを支えるために少しここにとどまりたかったんですけど」

ハイディは吐き捨てるようにいった。

「義兄はそれが気に入らなかったんです。わたしが煙たかったようです。わたしはここに二週間とどまって、この家のドラマを観察しました。クリスティーネはゴルフ場通いの毎日で、子どもたちのことは新しい家政婦とあのダニエラ先生に任せ切りでした。ある日、わたしは義兄と口論になりました。姉はマヨルカ島にバカンスに行っていました。彼女はよくそこへ行くんです。そこに建てた家の方が」ハイディはあざ笑った。「息子たちよりも大事だったんです。わたしは散歩に出て、半地下から家に入りました。そしてリビングルームで義兄が家政婦の娘といっしょにいるところに出くわしてしまったんです。わたしは目を疑いました。その娘はせいぜい十四歳か十五歳で……」

ハイディはそこで言葉をとぎらせ、ぞっとするとでもいうように首を振った。オリヴァーは耳をそばだてた。ハイディの話はクラウディウスの証言と内容が重なる。だが一点だけ食い違っていた。

「わたしは、義兄を怒鳴りつけました。だって、義兄は寝そべっていたんです。女の子はすぐ逃げだしました。義兄は顔を真っ赤にして、シャツをズボンに入れながらわたしの前から立ち去ろうとしました。言い訳のしようがない状況でした。そしてそこに突然、ラースがあらわれたんです。あのときの彼の顔は一生忘れられません。その日からわたしがここで迷惑がられるようになったことは、充分ご想像がつくでしょう。姉には義兄をなじる気がまるでありませんでした。わたしがなにを目撃したか電話で知らせても、姉は信じようとしなかったんです。わたしが嫉妬して嘘をついている、と姉はいいました。わたしたちが顔を合わせるのはじつは十四年ぶりなんです。正直いって、ここに長くとどまるつもりはありません」

ハイディはため息をついた。

「姉を許そうと何度も思いました。たぶん気にはなっていたんですね。いつかとんでもないことになるのではないかと。でもまさかここまでひどいことになるとは」

「それで今は?」

ハイディは、オリヴァーの質問の意味を理解した。

「今朝思い知らされました。血のつながりだけでは、だれも守ることができないのです。姉はあいかわらずあのダニエラ先生にすべてを任せているんです。わたしがここにいても意味はありません」

「あなたはラウターバッハ先生のことが好きではないんですか?」オリヴァーはたずねた。

「ええ。以前からどこか変だと思っていました。どんな人のことも過剰に世話をするんです。それにご主人を母親のように保護するあのやり方。奇妙というか、ほとんど病的です」ハイディは顔にかかったひと筋の髪を手で払った。オリヴァーは彼女が左手に結婚指輪をはめていることに気づいた。ほんの一瞬がっかりして、妙なことを考えている自分に呆れた。この女性をろくに知らないし、捜査が終わればもう会うこともない。

「その山のような薬の量を見てからは、前よりもあの女医のことが気に入らなくなっています」ハイディがつづけた。「わたしは薬剤師ではありませんが、ティースの病気がどういうものかはよく知っています。あの女医に説明を受けるまでもありません」

「今朝、先生に会ったんですか?」

「ええ、ほんの少しの時間、姉の様子を見にきました」

「あなたがここに来たのはいつですか？」

「昨日の夜九時半頃です。姉から電話をもらって、事情がわかると、すぐここへ車で駆けつけたんです。ショッテンからは一時間の距離ですので」

「ということは、先生は夜中ここにいなかったのですね？」オリヴァーは驚いてたずねた。

「ええ。あの人が来たのは朝の七時半頃です。コーヒーを一杯飲んで、すぐに出ていきました。なぜですか？」ハイディは緑色の瞳でオリヴァーをけげんそうに見つめた。オリヴァーはそれには答えなかった。別々に得た情報の断片に齟齬《そご》が生じた。ダニエラはオリヴァーに嘘をついた。それはこれがはじめてではないだろう。

「ここにわたしの電話番号が載っています」オリヴァーはハイディに名刺を差しだした。「包み隠さず話してくださってありがとうございます。大いに助かりました」

「どういたしまして」ハイディはうなずいて、手を差しだした。彼女の手は温かくしっかりしていた。オリヴァーはためらいがちにたずねた。

「また質問をしたくなるかもしれません。連絡先をいただけませんか？」

ハイディはふっと笑みを浮かべた。財布をだすと、そこから名刺を抜いてオリヴァーに渡した。

「いつまでもここにはいないと思います。義兄が帰宅したら、その場でわたしを追いだすでしょうから」

朝食のあと、ふたりは二、三時間、深い雪をかきわけ、ベルンアルプスの雄大な景色を堪能した。だがそのあといきなり天候がくずれた。高山ではよくあることだ。まぶしいくらいの青空は数分で雲におおわれ、激しい吹雪になった。

＊

ふたりは手に手を取って山小屋に逃げ帰り、息を切らして濡れそぼった服を脱ぐと、素っ裸のままロフトに上がった。ストーブの熱がロフトにたまっていた。ふたりは体を寄せ合ってベッドに横たわった。風が山小屋のまわりを吹き荒れ、窓枠をガタガタ揺らした。ふたりは顔を見合わせた。ナージャの瞳がすぐ目の前にある。彼女の息が顔にかかった。トビアスは彼女の顔にかかった髪を払った。ナージャが体をすべらせて、トビアスの体に舌をはわせた。トビアスは目を閉じた。体じゅうから汗が吹きだす。あえぎ声が漏れ、筋肉が引きつるほどこわばった。トビアスはナージャを抱きよせた。興奮しているナージャの顔があった。彼女は激しく動き、トビアスを求めた。彼女の汗が彼の体にしたたる。トビアスはあふれるような快感に酔いしれ、激しい衝動に突き動かされた。壁が揺れ、床が振動しているような錯覚を味わった。

疲れ切り、幸せな余韻にひたりながら、ふたりはしばらく並んで横たわり、胸の鼓動が平常にもどるのを待った。トビアスはナージャの顔を両手で包み、長くて優しいキスをした。

「最高だった」トビアスは小声でいった。

「そうね。これからずっとこうあってほしいわ」ナージャはかすれた声でささやいた。「あなたとわたし、ふたりだけ」

ナージャはトビアスの肩にキスをすると、微笑みながら彼にすがりついた。トビアスはふたりの体に毛布をかけ、目を閉じた。そうだな。ずっとこうあってほしい。筋肉が弛緩して疲れを感じた。


とそのとき、アメリーの顔が浮かんだ。拳骨で殴られたような衝撃を感じて、トビアスは急に目が冴えた。アメリーはいまだに行方知れずで、もしかしたら生死の境をさまよっているかもしれない。そんなときに、こんなにぬくぬくしていていいんだろうか。

「どうしたの？」ナージャは眠そうな声でつぶやいた。ベッドの中で別の女性の話は御法度だ。だがナージャは、アメリーのことを心配していたじゃないか。

「ちょっとアメリーのことが気になってね。どこに行っちゃったんだろう。無事ならいいんだけど」


ナージャの反応は思いがけないものだった。身をこわばらせたかと思うと、いきなり起き上がって、ものすごい勢いで彼を突き飛ばした。彼女の美しい顔が怒りに引きつっていた。

「あんた、おかしいんじゃないの！」ナージャは我を忘れて叫んだ。「わたしを抱きながら、別の女の話をするなんて！　わたしじゃ不足ってこと？」


ナージャは拳を固め、トビアスがたじたじになるほどの力で彼を叩いた。彼は必死で自分の身をかばった。ナージャが突然切れたことに面食らい、ただ彼女を見ているしかなかった。

「最低！」ナージャは叫んだ。涙があふれるようにこぼれた。「どうして他の女のことばかり考えるのよ？　いつも他の女の話を聞かされていたわたしの身にもなってみてよね！　わたしがどれだけ傷ついていたか、あんたは考えてもみなかったでしょう。そしてわたしとベッドをともにしたそばから、あの、あのあばずれのことを話題にするなんて!」

＊

深く湿った霧が晴れ、タウヌスの山並みが顔をだした。国道八号線はグラースヒュッテンを過ぎたところで森を抜ける。明るい日の光がふたりを出迎えた。オリヴァーはサンバイザーを下げた。

「ラウターバッハは姿をあらわすだろう」オリヴァーはピアにいった。「彼は政治家だ。名を汚すわけにはいかない。ダニエラがすでに電話をかけているはずだ」

「そうだといいですけど」ピアはボスの楽観主義には乗れなかった。「いずれにせよ、クラウディウス・テアリンデンには監視をつけました」

燃料貯蔵槽に放り込んだとき、ラウラはまだ生きていた、とイェルク・リヒターが自白してから、捜査十一課、検察庁、裁判所のあいだで盛んに電話連絡がかわされた。ラウラは助けてくれと必死に泣き叫んだが、イェルクたちは貯蔵槽に放り込んだ。ラウラの件が再審理され、トビアスが無罪になるのはほぼ確実になった。もちろん彼が姿をあらわしたらの話だ。いまのところまったく行方が知れない。

オリヴァーは左折してクレフテルという小さな村を抜け、ヘフトリヒへ向かった。シュテファニーの両親が十年前に買った農家はヘフトリヒの町に入る手前にあった。自家製無農薬野菜直売所の大きな案内板があった。清潔この上ない農場だった。

オリヴァーとピアは車を降りて、あたりを見回した。かつてここは一九六〇年代に開墾された農業共同体の農場だったが、機能重視で味気なかった当時の面影はどこにもなかった。建物は増改築され、真ん中の売店は前面に屋根が張りだし、秋の草花が客を出迎えていた。どの建物の屋根にも、ソーラーパネルが載っている。猫が二匹、玄関の階段の上で脚を投げだし、ひさしぶりの日の光を楽しんでいる。昼休みなのか、売店は閉まっていた。母屋の呼び鈴を鳴らしてもだれも出なかった。

オリヴァーとピアは光が燦々《さんさん》と差し込む牛小屋に入ってみた。ゆったり歩きまわれる大きな囲いの中で、雌牛が子牛とともに立ったり横たわったりして、のんびりわらを反芻《はんすう》していた。狭苦しい囲いで牛を飼う一般の牧場と較べるとなんてのどかな眺めだろう！　裏手でいっしょに馬の世話をしている八歳か九歳くらいのふたりの少女を見つけた。

「こんにちは！」ピアが声をかけた。ふたりの顔は瓜二つだった。死んだシュテファニーの妹に間違いない。同じ黒髪、同じ大きな褐色の瞳。「お父さんとお母さんはいるかしら？」

「ママは馬小屋よ」そういって、少女のひとりが牛小屋の裏の細長い馬小屋を指差した。

「パパはトラクターで糞を捨てにいっているわ」

「そうなの。ありがとう」

オリヴァーとピアが馬小屋に入ったとき、ベアーテ・シュネーベルガーは小屋の中をはいていた。空っぽの囲いでネズミのにおいをかいでいたジャックラッセルテリアが急に吠えたので、ベアーテが顔を上げた。

「こんにちは！」オリヴァーはそう声をかけて、念のため立ち止まった。ジャックラッセルテリアは小型犬だが、甘く見るのは禁物だ。

「こっちへ来ても大丈夫です」ベアーテは作業の手を休めずニッコリした。「ボビーは吠えるだけで、かんだりしませんから」

オリヴァーは自分とピアの身分を名乗った。作業の手を止めたベアーテの顔から笑みが消えた。美しい女性だが、均整のとれた顔に苦悩の跡がくっきりと刻まれていた。

「シュテファニーさんが発見されたことをお伝えしにきました」オリヴァーはいった。

ベアーテは大きな褐色の瞳でオリヴァーを見てうなずいた。ラウラの母と同じように、その言葉を静かにしっかり受け止めた。

「家の方へどうぞ。夫を呼びます。数分で来るでしょう」

ベアーテは箒《ほうき》を囲いの扉に立てかけて、ダウンベストのポケットから携帯電話をだした。

「アルベルト。家にもどってこられない？　警察が来ているの。シュテファニーが発見されたわ」

＊

かすかに水の流れる音がして、アメリーは目を覚ました。夢かと思った。喉が渇いていた。

苦しいくらいにひどく喉が渇いていた。舌が上顎に張りつき、口の中がからからだ。二、三時間前、ティースとアメリーは最後に残った二枚のビスケットと最後の水を分け合ってしまい、もう口に入れられるものはなにもなかった。アメリーは、自分の小便で喉の渇きを癒した人の話を聞いたことがあった。

細い光の筋が差し込んでいる。外は日中のようだ。地下室の反対側に棚の輪郭が見えた。ティースは隣で丸くなり、アメリーの膝を枕にしてぐっすり眠っている。ティースはどうやってここに入ってきたんだろう。ふたりをここに閉じ込めたのはだれだ。そもそもここはどこだろう。アメリーは意気消沈した。泣きたくなったが、ティースを起こしたくない。彼の頭の重みで足がしびれていたが、それも我慢した。乾いた唇をやはり乾いた舌でなめた。

聞こえる！　かすかに水の流れ落ちる音がする。蛇口から水が流れでているようだ。ここから出られたら、もう二度と水を無駄遣いしないと心の中で誓った。これまで気が抜けたコーラを、瓶に半分残っていても平気で捨てていた。今なら生温い、気の抜けたコーラがひと口飲めるだけでも大喜びだ！

アメリーは部屋に視線を泳がせ、ドアに目をとめた。自分の目を疑った。ドアの下から水がしみこんでくる。あわててティースをどかしたが、片方の足がしびれていうことをきかない。四つん這いになって床をはった。床はすでに濡れていた。アメリーは犬のようにその水をなめ、顔を水で濡らして笑った。神様が願いを聞きとどけてくれたんだ。ドアの下からどんどん水が流れ込む。ピチャピチャ音をたて三段ある階段を流れ落ちる。かわいらしい滝のようだ。アメリーは笑うのをやめ、体を起こした。

「もう充分なんですけど、神様」アメリーはささやいた。

だが神は聞き入れなかった。やがてコンクリートの床が水浸しになった。アメリーは恐怖で全身が震えだした。さっきまで水が欲しいと思っていた。その願いは満たされたが、こんなのはいやだ！

ティースが目を覚ました。膝を抱くようにしてマットレスにすわり、上体を前後に揺らした。

アメリーは懸命に知恵を絞り、棚のところへ行って揺らしてみた。錆びてはいるが、頑丈そうだ。蛇口を開けたのはアメリーとティースをここに閉じ込めた奴に違いない。地下室の中でも一番低いところにあるのか、床には排水口がない。細い光の筋が差し込む窓は天井ギリギリにある。このままだと部屋は水でいっぱいになる。濡れ鼠になって溺れる！　アメリーは必死にまわりを見た。

くそっ！　気が変になることもなく、餓死することも、喉の渇きで絶命することもなく生き延びてきたのに、あっさり溺れ死ぬなんてまっぴらだ！

アメリーはティースの腕をがっしりつかんで叫んだ。

「立って！　ほら、ティース！　マットレスをそこの棚に上げるのよ。手伝って！」

驚いたことに、ティースは体を揺するのをやめて立ち上がった。ふたりは力を合わせて、重たいマットレスを棚のてっぺんに載せた。水はそこまでたまらないかもしれない。それなら助かる。時間が稼げれば発見される可能性も大きくなる。水が流れっぱなしだと、だれか気づくかもしれない。隣人とか、水道局とか。この際だれでもいい！　アメリーは棚を倒さないように用心しながら上がった。

アメリーは棚の上から、ティースに手を差しだした。この錆びついた古い棚、ふたりが乗ってももってくれるといいんだけど！　しばらくしてふたりはマットレスに並んですわった。水はすでに地下室の床を埋め尽くし、変わらぬ勢いでドアの隙間から流れ込んでいた。あとは助けを待つしかない。アメリーは体重を分散するため、マットレスに横たわった。

「そういえば、これって昔の願望だわ」アメリーはブラックユーモアをいった。「あたしね、小さい頃、高いところにベッドが欲しかったのよね。こんなところで願いが叶うなんて」

＊

ベアーテ・シュネーベルガーはオリヴァーとピアをダイニングルームに案内し、心地よい熱を発するタイル張り暖炉のそばにある、どっしりしたダイニングテーブルの席を勧めた。四つあった小さな部屋の壁を抜いて大きなひと部屋にし、壁の梁《はり》だけが残してあった。その結果、全体にモダンで、びっくりするほど居心地のいい空間になっていた。

「主人はすぐ来ますので、少々お待ちください」ベアーテはいった。「紅茶をいれてきます」

ベアーテはアイランド型キッチンに向かった。オリヴァーとピアは顔を見合わせた。ラウラの失踪で家庭崩壊したヴァーグナー家と違って、シュネーベルガー夫妻は傷つきながらも人生をやり直すことに成功したようだ。双子の娘は、あの事件のあとに生まれたに違いない。

五分もしないうちに、白髪頭の背の高いやせた男性が入ってきた。チェック柄のシャツと青い作業ズボンをはいている。アルベルト・シュネーベルガーはまずピアと握手し、それからオリヴァーに手を差しだした。彼も落ち着いていて、まじめそうだ。ベアーテがいれた紅茶が食卓に並ぶと、オリヴァーは詳しい報告をはじめた。アルベルトは妻がすわっている椅子の後ろに立ち、彼女の肩に軽く両手を置いていた。ふたりの悲しみが手に取るようにわかった。だが、ようやく娘の運命がわかったことでほっとしてもいた。

「犯人がだれかわかったんですか？」ベアーテはたずねた。

「いいえ、まだはっきりしていません」オリヴァーはいった。「ただトビアス・ザルトリウスでなかったことだけは確かです」

「無実なのに罰せられたということですか？」

「ええ。そういうことになります」

みんな、しばらく黙っていた。アルベルトは大きな窓ガラスの向こうで、別の馬の世話をしているふたりの娘をじっと見つめた。

「テアリンデンの誘いに乗って、アルテンハインに引っ越すべきではなかったんです」アルベルトがいきなりいった。「わたしたちはフランクフルトに住んでいましたが、田舎に家を探していたんです。シュテファニーが不良とつきあうようになっていたものですから」

「クラウディウス・テアリンデンとはどういう知り合いだったのですか？」

「知り合いだったのは、彼の兄ヴィルヘルムです。わたしたちは大学がいっしょで、その後、仕事のパートナーになりました。クラウディウスと知り合ったのはヴィルヘルムの死後です。わたしの会社は彼の会社に製品を納めました。そのうちつきあいが深くなりまして、わたしはそれを友情だと誤解してしまったんです。クラウディウスは彼の邸《やしき》の隣の家をわたしたちに貸したのです」アルベルトは深いため息をついて妻の隣にすわった。「彼はわたしの会社に関心があったんです。そのことはわかっていました。うちの会社のノウハウと特許は彼の構想に理想的で、喉から手が出るほど欲しかったのです。当時、彼は会社を株式上場しようとしていたときで、わたしに企業買収の話を持ちかけてきました。他にも関心を持つ投資家がいて、テアリンデンよりも資金力がありました」

アルベルトは紅茶をすすった。

「娘が行方不明になったのは、そのあとでした」アルベルトの声は淡々としていたが、あの恐ろしい出来事を思いだすだけでもつらそうだった。

「テアリンデン夫妻はとてもよくしてくれました。本当の友だちだと、そのときは思ったものです。わたしは経営に携われる状況ではありませんでした。あらゆる手を尽くしてシュテファニーを捜しました。さまざまな機関に働きかけ、ラジオやテレビにも協力を求めました。テアリンデンがあらためて企業買収をしたいといってきたとき、わたしはそれを受け入れました。わたしにはもう会社のことなどどうでもよかったのです。シュテファニーのことしか頭にありませんでした。娘が見つかるんじゃないかと希望をつないでいたんです」

アルベルトは咳払いして、気をしっかり持とうとした。妻が彼の手を軽くにぎった。

「テアリンデンには会社の組織を一切変えず、従業員を全員そのまま雇用することを条件にしました。しかしそうはならなかったのです。テアリンデンは契約の甘いところを見つけ、会社を解体し、必要のない部署を売却して、百三十人いた従業員のうち八十人を解雇したんです。わたしにはなす術《すべ》がありませんでした。本当にショックでしたよ。わたしのよく知る人たちが突然失業したんですからね。あのときもう少し会社のことを考えていたら、あんなことにはならなかったでしょう」

　アルベルトは手で顔をこすった。

「家内とわたしはアルテンハインを去ることにしました。あんな人間のそばに住んで、悪事の限りを見ているなんてとても耐えられなかったのです。あいつは太っ腹なふりをして、そのじつ会社や村の人たちに圧力をかけ、巧みに操っているんです」

「テアリンデンがあなたの会社を手に入れるために、娘さんになにかしたと思いますか？」ピアがたずねた。

「シュテファニーの……遺体があいつの敷地で見つかったのなら、その可能性もあるでしょう」アルベルトは声が震え、唇を真一文字に結んだ。「正直いって家内とわたしには、トビアスがうちの娘に危害を加えたなんて思えませんでした。しかし状況証拠と目撃証言がありましたから。はじめはティースが怪しいと思ったんです。彼はいつもシュテファニーを影のように追いかけまわしていましたので……」

　アルベルトは肩をすくめた。

「テアリンデンがそこまでしたかどうかはわかりません。しかしあいつはうちの不幸を利用したんです。あいつは良心の欠片《かけら》もない山師の嘘つきです。欲しいものを手に入れるためなら死体を乗り越えることも厭《いと》わない奴です」

＊

オリヴァーの携帯電話が鳴った。ピアに運転を任せていたオリヴァーは、画面を確認することなく電話に出た。いきなりコージマの声が聞こえて、オリヴァーはびくっとした。

「話がしたいの」コージマはいった。「冷静に」

「今は時間がない。捜査の真っ最中なんだ。あとで電話をする」オリヴァーは別れの言葉もかけずに電話を切った。こんなことはいままでしたことがない。

オリヴァーたちはすでに谷を抜けていた。穏やかな日の光が差さなくなり、薄墨色のどんよりした霧に包まれた。そのままふたりは黙ってグラースヒュッテンを走り抜けた。

「きみだったらどうする?」オリヴァーがいきなりたずねた。ピアはためらった。元夫のヘニングが検察官ファレリー・レープリヒとつきあっていると知ったときの失望が、まだ記憶に残っていたからだ。しかもそれはもう二年以上前のことだ。ピアが現場を押さえるまで、ヘニングはそのことを否定していた。もしその時点でまだ結婚が破綻《はたん》していなかったとしても、それでおしまいになっていただろう。ピアがオリヴァーの立場だったら、二度とコージマを信頼できないだろう。出来心の浮気ならまだしも、情事を重ねるというのは話がぜんぜん違う。

「話し合ったほうがいいんじゃないですか」ピアはボスにいった。「小さな子がいるわけですし。二十五年の結婚生活を簡単に捨ててしまうというのはどうも」

「すばらしいアドバイスだ」オリヴァーは皮肉っぽく答えた。「ありがとう。それで、本当はどう思っているんだい？」

「本当に知りたいんですか？」

「もちろんだ。そうでなかったらたずねたりしない」

ピアは大きく息を吸った。

「一度壊れたらおしまいです。接着剤でくっつけても元どおりにはなりません。それがわたしの考えです。もし違う答えを期待していたのならごめんなさい」

「いや、いいさ」驚いたことにオリヴァーは微笑んだ。「正直にいってくれてありがとう」

また彼の携帯電話が鳴った。今度は不意打ちを受けないよう画面で発信者を確認した。

「オスターマンだ」そういって、オリヴァーは電話に出た。数秒黙って聞いてからいった。「署長に電話で伝えておいてくれ。取り調べに同席してもらいたい」

「トビアスですか？」

「いいや」オリヴァーは深く息をついた。「文化大臣閣下のお出ましだ。弁護士といっしょにわれわれを待っている」

＊

ふたりはラウターバッハ大臣と弁護士が待つ取調室の前で打ち合わせた。オリヴァーは和やかな雰囲気で事を進めようとは思っていなかった。大臣でも特別扱いされないことを自覚すべきだ。

「尋問はどういう風に進めるつもり？」ニコラ・エンゲルがたずねた。

「思いっきり圧力をかける」オリヴァーは答えた。「もうあまり時間がない。アメリーが失踪してから一週間になる。彼女を生きて救いだすつもりなら手ぬるいことはできない」

ニコラはうなずいた。オリヴァーたちは片方の壁にミラー加工した大きなガラス窓のある殺風景な部屋に入った。中央の机に大臣とその弁護士がついていた。オリヴァーとピアが日頃顔も見たくないと思っている弁護士だ。アンデルス弁護士は殺人や過失致死の嫌疑をかけられた著名人を専門に弁護している。彼は裁判に負けても一向に気にしない。それよりもニュースに名が出て、裁判を連邦裁判所まで持っていくことにばかり執着している。

大臣は状況が深刻であることがわかっているのか、すすんで自供した。一九九七年九月六日に起こったことについては、見るからにうちひしがれ、蚊の鳴くようなか細い声で話した。その夜、彼は生徒のシュテファニーといっしょにザルトリウス農場の納屋で落ち合った。肉体関係を持つつもりはないとはっきり告げるためだったという。そして話を終えると、自宅に帰った。

「翌日、シュテファニーとラウラが行方不明になったことを知った」大臣はいった。「何者かから電話があって、トビアスがふたりを殺したと警察がにらんでいることを教えられた。その後、妻がうちのゴミのコンテナーの中から血のついたジャッキを見つけたんだ。わたしは妻に詰問されて、ケルプ祭りの夜シュテファニーに言い寄られたので教え諭したことを打ち明けた。わたしたちは、トビアスが怒りにまかせてシュテファニーをジャッキで殴り殺したあと、うちのゴミのコンテナーにジャッキを投げ込んだのだろうという結論に達してね。妻は、わたしが事件に巻き込まれるのを嫌って、ジャッキをどこかに捨てるようにいった。どうしてそんなことをしたか、いまではよくわからないが、とっさの判断で、ザルトリウス農場の肥溜めに投げ込んだんだ」

オリヴァー、ピア、ニコラの三人は黙って話を聞いていた。アンデルス弁護士も黙って腕を組んで、唇をなめながら関心がなさそうに正面の鏡をじっと見つめていた。

「わたしは……てっきり、トビアスがシュテファニーを殴り殺したと思ったんだ」大臣は自供をつづけた。「わたしたちがいっしょにいるところを彼に見られてね、シュテファニーは彼に別れるといった。トビアスはジャッキをうちのゴミのコンテナーに投げ込んで、わたしが疑われるように仕組んだんだと思う。復讐だったんだ」

オリヴァーは大臣を鋭く見据えた。「嘘だな」

「いいや、嘘なものか」大臣はゴクンと唾を飲み込んだ。チラッと弁護士に視線を向けたが、弁護士はあいかわらず鏡に映った自分を見ていた。

「トビアスはラウラ・ヴァーグナー殺害と無関係だったことがわかっている」オリヴァーは容赦なかった。「シュテファニーのミイラ化遺体が発見され、ジャッキも証拠物件保管所から取り寄せて科学捜査研究所で解析を進めている。指紋を検出することにも成功した。それに死体の性器から他人のＤＮＡが発見された。体液だ。それがあなたのＤＮＡと一致したら、もう言い逃れはできないな、大臣」

大臣は椅子の上でもぞもぞし、舌の先で神経質に唇をなめた。

「当時、シュテファニーの年は？」オリヴァーはたずねた。

「十七だった」

「あなたは？」

「三十七」大臣は消え入りそうな声でささやいた。青白かった頬が紅潮し、がっくりうなだれた。

「一九九七年九月六日にシュテファニーと性交した。そうだね？」

大臣が固まった。

「はったりはやめていただきたい」弁護士がようやく助け船をだした。「その娘がだれと寝たかなんてわかりっこないはずだ」

「一九九七年九月六日の夜、あなたはなにを着ていたかな？」オリヴァーはひるむことなく、大臣をにらみつけた。大臣は面食らってオリヴァーを見ると肩をすくめた。

「お教えしよう。ジーンズをはき、空色のシャツを着ていて、その下は、ケルプ祭り実行委員会が作った緑色のＴシャツ、靴は薄茶色だった」

「それがなんだというんだね？」弁護士は質問した。

「これを見ていただきたい」オリヴァーは弁護士の抗議を無視して、プリントアウトしたティースの絵をファイルからだし、順番に大臣に見せた。「この絵はティース・テアリンデンが描いたものだ。彼はふたりの少女の殺しの現場を目撃していた。これは彼なりの目撃証言といえる」

オリヴァーはその絵に描かれているひとりの人物を人差し指でつついた。

「これはだれかな？」大臣は絵を見て肩をすくめた。「あなただ、大臣。あなたは納屋の前でシュテファニーとキスをし、それから彼女と寝た」

「違う」大臣はつぶやいた。顔が真っ青だ。「違う、そんなの嘘だ！」

「あなたは彼女の教師だった」オリヴァーはかまわずつづけた。「シュテファニーはあなたに逆らえない立場にあった。あなたのしたことは処罰の対象になる。あなたは突然そのことに気づき、シュテファニーがふたりの関係をいいふらすのではないかと恐れた。未成年の女生徒と関係を結んだとあっては、教師生活はおしまいだからね」

大臣は首を横に振った。

「あなたはシュテファニーを殺し、凶器のジャッキを肥溜めに投げ込んで帰宅した。家で夫人にすべてを告白すると、夫人は口をつぐんでいるように勧めた。完全とはいえないまでも、あなたの思惑どおりに事は進んだ。トビアスは殺人容疑で逮捕され、有罪になった。ただひとつ残った問題はシュテファニーの死体が消えたことだ。だれかがあなたとシュテファニーを見ていたことになる」

大臣はあいかわらず首を横に振りつづけた。

「あなたはティース・テアリンデンが見ていたのではないかと疑った。彼の口をふさぐため、主治医でもあるあなたの夫人は大量の薬を投与した。それはうまくいっていた。この十一年間。だがそれもトビアス・ザルトリウスが出所するまでだった。あなたはわれわれ捜査十一課の捜査官のひとりアンドレアス・ハッセと知り合いで、彼からわれわれが昔の事件に関心を寄せ、調書を取り寄せたことを教わると、彼に自分の供述調書を盗みだすように依頼した」

「嘘だ」大臣はかすれた声でささやいた。額に玉の汗が浮かんでいた。

「嘘ではないわ」今度はピアがいった。「ハッセはすでに自白して、停職処分になったわ。そういう姑息なことをしなければ、あなたもここにいることはなかったでしょう」

「これはいったいどういうことかね？」弁護士が口をはさんだ。「たとえわたしの依頼人が当時、女生徒と寝たとしても、とっくに時効になっている」

「しかし殺人は時効になっていないわ」

「わたしはシュテファニーを殺していない！」

「ではなぜ供述調書を廃棄するよう、ハッセに依頼したの？」

「そ、そ、それは……自分の名前をだしたくなかったからだ」大臣はいった。汗が頬を流れた。

「なにか飲み物をもらえないか？」

ニコラが黙って立ち上がって部屋を出ていき、しばらくしてペットボトル入りの水とグラスを持ってもどってきた。ニコラはそれを大臣の前に置くと、また席にすわった。大臣はペットボトルを開け、グラスに注ぐと、一気に飲み干した。

「アメリー・フレーリヒはどこ？」ピアはたずねた。「ティースはどこにいるの？」

「なんでわたしにわかる？」大臣は聞き返した。

「当時、ティースが目撃していたことを知っていたでしょう」ピアは答えた。「それに、アメリーが一九九七年の事件に興味を抱いていることも知っていた。あなたにとっては脅威だったはずよ。あなたがアメリーの失踪となにか関係があると思われても仕方ないわね。あなたとテアリンデンはアメリーが行方知れずになったとき、彼女の姿が最後に目撃された場所の近くにいたじゃない」

大臣は蛍光灯のまばゆい光を浴びて、まるでゾンビのようだ。顔は汗でてかり、掌《てのひら》で神経質に膝をこすっている。弁護士が彼の腕に手を置いた。

「大臣」オリヴァーは立ち上がって机に両手をつき、身を乗りだした。凄んでみせたのは有効だった。「シュテファニーから発見されたＤＮＡとあなたのＤＮＡを照合する。もし一致した場合、仮に時効であろうとも、あなたは未成年との性行為の責任を取るしかなくなる。もはや大臣職にとどまることはできないだろう。あなたを裁判にかけるためにあらゆる手段を取ると、この場ではっきりいっておく。そのうえ、あなたが口をつぐんだせいで、あなたの生徒でもあった若者が無実の罪で十年間刑務所に入れられたと判明すれば、報道関係者はどういう反応をするかな？」

オリヴァーは黙って様子を見た。大臣は体をブルブルふるわせていた。彼が怯えているのはどっちだろう。罪に問われることだろうか、それともマスコミによる公開処刑の方だろうか。「もう一度だけチャンスをやろう」オリヴァーは静かにいった。「アメリーとティースを見つけだすのに協力すれば、検察庁への書類送検は見送る。よく考えて弁護士と相談することだ。ここでいったん十分間の休憩を取る」

＊

「まったく許しがたい奴ね」そういって、ピアはガラス窓の向こうの大臣を苦々しげに見つめた。「犯人はあいつよ。あいつがシュテファニーを殺したんだわ。そしてアメリーを誘拐した。間違いないわ」

大臣とアンデルス弁護士がなにを話しているかは聞こえなかった。弁護士がマイクのスイッチを切るよう強く要求したからだ。

「テアリンデンとグルだな」オリヴァーは眉間にしわを寄せながら紙コップの水を口に入れた。

「しかし、アメリーがなにか知っていると、どうしてわかったんだろう？」

「さあ、どうしてでしょうね」ピアは肩をすくめた。「アメリーがテアリンデンに絵のことを話したんじゃないですか？　いや、そうじゃないかもしれません」

「ああ、わたしにもそうは思えない。まだなにかある。大臣を怯えさせた要因がなにかあるはずだ」

「ハッセではないの？」ニコラが背後からいった。

「彼は絵のことを知りません」ピアが反論した。「絵を見つけたのは、彼が欠勤してからです」

「ふうん。そうすると、接点がないわね」

「ちょっと待った」オリヴァーがいった。「ナージャ・フォン・ブレドウはどうだ？　彼女はあの三人がラウラを強姦したとき、そばにいた。シュテファニーとラウターバッハの絵でも背後に描かれている」

ニコラとピアはけげんそうにオリヴァーを見た。

「ナージャがずっと農場にいたとしたらどうだろう？　三人がラウラを隠しにいったとき、ナージャは行動をともにしていない。ナージャは絵の存在を知っていた。トビアスが、彼女に話したといっていたじゃないか！」

ニコラとピアは同時に、オリヴァーのいいたいことを理解した。もしナージャがラウターバッハを脅迫し、これまで明らかになったような行動に出るよう仕向けていたとしたらどうだろう。

「よし取り調べ再開だ」オリヴァーは紙コップをゴミ箱に捨てた。「これで落とせるぞ」

＊

水かさが上がった。じわじわと。最後の日の光で水が棚の三段目に達しているのが見えた。水の侵入を防ごうと分厚い毛布をドアの隙間につめたが、すぐに水圧で押しだされてしまった。やがて真っ暗闇になり、水が蛇口から流れだす音が聞こえるだけになった。水がいつ棚の上まで来るか予測しようとしたが、まったくわからない。ティースは隣で横になっている。荒い息をし、ときどき咳き込むこともあった。肌に触るとものすごく熱い。寒くてじめじめした環境で風邪を引いたようだ。アメリーは、ティースが最近病気になったときのことを思いだした。彼に耐えられるわけがない。ティースは繊細なのだ！　アメリーは何度か声をかけてみたが、ティースの返事はなかった。

「ティース」アメリーはささやいた。アメリーも、寒さで歯がガチガチいって、まともに口がきけなかった。「ティース、なにかいってよ！」

返事はない。そしてアメリーはとうとう気力を失った。この数日、闇の中で必死に堪えてきた自制心が崩壊した。涙があふれでた。もう希望はない。ここでみじめに溺れ死ぬんだ！　白雪姫も見つからずにいた。自分の方が運に恵まれているなんてどうしていえるだろう。アメリーは恐怖に包まれた。そのときはっとした。背中になにかが触れた。ティースが片腕で彼女を抱いて、足をからませ、自分の方へ引き寄せたのだ。彼から発する熱で、アメリーは体が温まった。

「泣かないで、アメリー」ティースが彼女の耳元でささやいた。「泣かないで。ぼくがいる」

*

「あなたはどうして絵の存在を知ったんだ？」

オリヴァーは前置きなしにそうたずねた。ラウターバッハ大臣の精神状態が手に取るようにわかった。大臣はけっして強い男ではない。プレッシャーに弱そうだ。この数日、翻弄されつづけた。そう長くは耐えられないだろう。

「何者かから手紙と電子メールが届いた」そう答えると、グレーゴルは弁護士に黙っているように手で合図した。「あの夜、納屋で鍵束をなくしたんだ。手紙にはその鍵束の写真が入っていた。それでシュテファニーとわたしがだれかに見られていたことに気づいたんだ」

「なにを見られたんだね？」

「わかっているだろう」グレーゴルは目を上げた。自分をあわれんでいるような目をしている。

「シュテファニーはずっと前からわたしに言い寄っていたんだ。わ、わたしは、あんな娘と寝たいなどと思っていなかった。だがあんまりしつこいので、つい」

オリヴァーは黙って待った。大臣は泣きそうな声で話をつづけた。

「そ、そのとき、鍵束をなくしてしまい、わたしはそれを捜そうとした。妻のクリニックの鍵も入っていたので、なくしたことを知られたら、大目玉をくらうと思ったんだ！」

大臣は顔を上げた。わかってくれとでもいうように。オリヴァーは、さげすむべき奴と思ったが、気持ちが顔に出ないように必死で堪えた。

「シュテファニーは、姿を消したほうがいい、鍵束を捜してあとで届けるといったんだ」

「あなたはそうしたというわけか？」

「ああ。家に帰った」

オリヴァーはそのまま聞き流した。

「あなたは手紙と電子メールを受け取った。そこにはなんと書いてあったんだ?」

「ティースがすべてを知っている、と。それから、わたしが黙っていれば、なにも起こりはしない、とも」

「黙っているって、なにについてだね?」

大臣は肩をすくめて首を振った。

「だれがその手紙を書いたかということ?」

ふたたび肩をすくめた。

「だれか思い当たる節はあるはずだ、大臣!」オリヴァーはまた身を乗りだした。「黙っていると、心証が悪くなる!」

「いや、まったく見当がつかないんだ!」大臣は掛け値なしに絶望していた。だれの助けも得られず、窮地に立たされて本性をあらわした。彼は妻が盾になってくれないとなにもできない男だったのだ。「なにがなんだかわけがわからないんだ! 家内はそういう絵が存在するかもしれないといった。だがティースに電子メールや手紙を書くことなんてできるはずがない」

「奥さんがそういったのは、いつのことだ?」

「さあ、いつだったか」大臣は両手に額《ひたい》を乗せ、首を横に振った。「よく覚えていない」

「思いだしてもらおう。アメリーが失踪する前か後か? そして奥さんはどうしてそのことを知っていたんだ? だれからそのことを知った?」

「勘弁してくれ。そんなこと、知るもんか!」大臣は泣きそうだった。「本当に知らないいんだ！」

「よく考えてもらおう！」オリヴァーは椅子の背にもたれかかった。「アメリーが失踪した土曜日の夜、あなたは奥さんやテアリンデン夫妻とフランクフルトの〈エボニー・クラブ〉で食事をした。奥さんとテアリンデン夫人は午後九時半頃店をでて、あなたはクラウディウス・テアリンデンとともにもどった。〈エボニー・クラブ〉を出たあと、なにをしたんだ？」

大臣は必死に考えた。そして警察が想像以上に裏を取っていることに気づいた。

「たぶん、フランクフルトへ向かう車の中で聞いたんだと思う。ティースがわたしの描かれている絵を隣の娘に渡したらしい、とクラウディウスがいっていた。その日の午後、だれかから電話があって、そう伝えられたそうだ。だがそれっきりそのことについて話す機会はなかった。ダニエラとクリスティーネは午後九時半にレストランを出た。わたしはヤギエルスキーにアメリー・フレーリヒのことをたずねた。あの娘が〈黒馬亭〉で働いていることを知っていたんでね。ヤギエルスキーは彼の妻に電話をして、その夜も働いていることを確かめた。クラウディウスとわたしは村にもどり、〈黒馬亭〉前の駐車場であの娘が通るのを待った。だがあらわれなかった」

「アメリーを待ち伏せて、なにをするつもりだったんだ？」

「手紙を送って寄越したのがあの娘か確かめたかったんだ」

「それで？　確かめられたのか？」

「確かめることはできなかった。わたしたちは車にいた。十一時か十一時半頃、そこにナターリエがあらわれた。ナージャのことだよ。今はナージャ・フォン・ブレドウと名乗っている」

オリヴァーは顔を上げて、ピアと顔を見合わせた。

「ナターリエは駐車場をうろつきまわった」大臣はつづけた。「しげみの中をしきりにのぞいてからバス停の方へ行った。そのとき、バス停のそばに男がすわっているのが見えた。ナターリエは男を起こそうとしたが、男は反応しなかった。ナターリエはそのあと立ち去った。クラウディウスは携帯電話でヤギエルスキーにアメリーがまだいるかたずねたが、すでに帰ったことがわかり、われわれは彼の会社に向かった。クラウディウスは、近いうちに警察の手入れがあることを恐れていた。家宅捜索で見つかっては困る書類をいくつか会社から持ちだすことにしていたんだ」

「それはどういう内容の書類だね？」オリヴァーはたずねた。

大臣は少し抵抗したが、長くはつづかなかった。クラウディウスは多額の賄賂《わいろ》によって何年にもわたって甘い汁を吸っていたのだ。彼はもともと裕福だったが、本格的に財産を築いたのは一九九〇年代末、会社を大きくして、株式上場してからだった。そのことによって政治経済に大きな影響力を持つようになった。大もうけをもたらしたのは公式には輸出禁止国だったイランや北朝鮮との取引だった。

「あの夜、クラウディウスはその手の関係書類を隠したんだ」大臣はいった。直接自分に関係ない話になったので、元気を取りもどした。「クラウディウスは書類を廃棄したくないといったので、イドシュタインにあるわたしのアパートに持っていった」

「ほほう」

「わたしはアメリーやティースの失踪とは関係ないんだ。それにだれも殺してはいない」

「それはこれからわかることだ」オリヴァーは絵をまとめると、ファイルにもどした。「帰宅して結構。しかし警察の監視下に置かれる。通話も記録する。それからいつでも連絡が取れるようにしてもらう。家を出るときはいかなる場合でも事前に連絡するように」

大臣はおとなしくうなずいた。「名前は当分マスコミに流さないでほしいんだが」

「あいにく約束はできない」オリヴァーは手を伸ばした。「イドシュタインのアパートの鍵をいただきたい」

二〇〇八年十一月二十二日（土曜日）

ピアは眠れない夜を過ごした。そして午前五時十五分に張り込みの捜査官から、ナージャ・フォン・ブレドウがひとりでフランクフルトの自宅にもどったという電話連絡を受けたときにはすでに起きていた。

「すぐに行くわ。わたしの到着を待って」

ピアは腕に抱えたわらを馬の囲いに投げ入れ、携帯電話をしまった。だが夜中に悶々としていたのには、もうひとつわけがあった。明日は日曜だが、午後三時三十分にフランクフルト市建築課の担当職員が白樺農場《ビルケンホーフ》を訪れることになっているのだ。建物の撤去指示が撤回されないと、ピアとクリストフは動物たちとともに路頭に迷うことになる。

クリストフはこの数日、その件でさまざまな働きかけをしたが、彼の楽観主義はみるみる影をひそめた。白樺農場《ビルケンホーフ》の売り主は、この土地を遠距離送電線が通っているため建物の建築が許可されないことをピアに黙っていたのだ。戦後のいつかはわからないが、売り主の父親はまずここに納屋を建て、それから建築許可を取らずに増築していった。ピアが違法建築であることを知らずに改築申請をだすまで、六十年間だれもそのことに気づかなかったのだ。ピアは急いで鶏に餌を与えてから、オリヴァーに電話をかけた。彼が出なかったので、ショートメッセージを送信して、自宅と思えなくなった家にもどり、足音を忍ばせながらベッドルームに入った。

「出かけるのかい？」クリストフがたずねた。

「ええ。起こしちゃった？」ピアは照明をつけた。

「いや、わたしも眠れなかったんだ」クリストフは頬杖をついてピアを見つめた。「この家を解体することになったら、どうしたらいいだろうって夜通し考えていたよ」

「わたしも」ピアはベッドの角に腰をおろした。「とにかくこの農場を売った奴を訴えてやるわ。違法だってことを隠していたんだから！」

「まずそのことを証明しないといけない。こういうことに詳しい友人に今日、相談してみる。それまではなにもしないほうがいい」

ピアはため息をついた。「あなたがいてくれて、本当によかった」ピアは小声でいった。「ひとりだったら途方に暮れていたわ」

「しかしわたしがきみの人生にあらわれなかったら、改築申請なんてしなかっただろうから、こんな目にあわずに済んだかもしれない」クリストフはニヤリとした。「くよくよしてもはじまらない。家のことはわたしに任せて、仕事に行ってくれ。いいかな？」

「わかった」ピアは微笑むと、クリストフの方に体を寄せてキスをした。「今日もいつ帰れるかわからないわ」

「気にすることはないさ」クリストフも口元を綻《ほころ》ばせた。「わたしも動物園で仕事がある」

＊

遠目にも彼女だとわかった。街灯の明かりの下、駐車場に止めた車の横に立っていた。赤い髪がもやの立ちこめた暗がりにはっきりと浮かんでいる。オリヴァーは一瞬ためらってから、意を決して近づいていった。コージマは電話を切られたくらいで引き下がる女ではない。こういう形で待ち伏せされることは予想がついてもよさそうだったのに。虚をつかれたオリヴァーは受け身に立たされてしまったと感じた。

「なんの用だ？」つっけんどんにたずねた。「今は時間がない」

「電話をかけ直すといったのにかけてくれなかったじゃない」コージマは答えた。「どうしても話がしたいの」

「急にどうした風の吹き回しだ？」オリヴァーは立ち止まって、彼女の青白く冷静な顔を見つめた。胸の鼓動が激しくなり、やっとの思いで気持ちを抑えた。「何週間もその必要を感じなかったんだろう。ロシア人の話し相手がいたわけだからな」

オリヴァーは車のキーをだした。だがコージマは車のドアの前に立ちふさがった。

「説明をしたいのよ……」コージマはいった。だがオリヴァーには話を聞く気がなかった。夜中ほとんど眠れなかったうえに、すぐ出勤しなければならない。大事な話をするにはあまりに間が悪い。

「今は聞きたくない」とオリヴァーはさえぎった。「本当に時間がないんだ」

「オリヴァー、信じてちょうだい。あなたを傷つけるつもりはなかったのよ！」コージマは手を伸ばしたが、オリヴァーがさがったので、その手を下ろした。朝の冷え冷えとした空気に、彼女の息が白くなった。「深い仲になるつもりはなかったの。だけど……」

「やめろ！」オリヴァーはいきなり叫んだ。「きみはわたしを傷つけたんだ！　こんなひどい思いをしたのははじめてだ！　言い訳は聞きたくない。なんといおうと、きみがすべてをだめにしたことに変わりはないからな！　すべてをだ！」

コージマは押し黙った。

「きみは何度嘘をついたかわかったものじゃない。ずっとわたしを騙してきたんじゃないのか？」オリヴァーは歯を食いしばっていった。「旅行中なにをしていたことか。信じやすい間抜けな夫が子どもの世話をしながらきみの帰りを待っているあいだ、きみはいったい何回そういうことをしたんだ？　信じ切っていたわたしを、きみはあざ笑いさえしていたのかもしれないな！」

心の中にわだかまっていた言葉がどす黒い熔岩となってあふれだした。たまりにたまった失望が堰を切って出てきたのだ。コージマは顔色ひとつ変えず、黙って聞いていた。

「ゾフィアはわたしの子どもではないかもしれないな。きみが日頃つきあっている映画業界の軽薄な奴らのだれかが父親なんじゃないか？」

オリヴァーは自分でもひどい言い方だと気づいて口をつぐんだ。だが口にだしてしまった以上、もう取り返しはきかない。

「わたしは家族のためならどんなことでもするつもりだった」オリヴァーは押し殺した声でいった。「それなのに、きみはわたしに嘘をつき騙した。もうきみを信用することはできない」

コージマは肩をこわばらせた。

「あなたがそういう反応をするだろうと思ったわ。自分が正しいと思っていて、妥協しないだろうってね。あなたはいつも自分中心にしかものごとを見ないのよね」

「他にどういう見方ができるっていうんだ？　きみのロシア人の愛人の視点かい？　自分中心なのは、きみの方じゃないか！　二十年間、きみはわたしに相談もせず、何週間も旅行に出てばかりだった。いい気はしなかった。だけど仕事がきみの一部だったから、受け入れていたんだ。それから妊娠した。きみは、わたしが子どもを欲しいかどうか訊きもせず、自分で決断して、その事実をわたしにつきつけた。小さな子どもを抱えたら世界旅行なんてできなくなることくらいわかっていただろう。そして退屈しのぎに情事に走り、そのうえ、わたしがエゴイストだって非難するのか？　こんなに悲しくなかったら、腹を抱えて笑ってしまうほどだ！」

「ローレンツとロジーが小さかった頃は、それでもわたしは働くことができたわ。あなたが子どもの世話をしてくれたじゃない」コージマがいいかえした。「でもそのことを議論するつもりはないの。もう起こってしまったことだから。間違いを犯したのは確かだけど、でもだからって、許してと懺悔《ざんげ》するつもりもないの」

「それならなんで来たんだ？」コートのポケットに入れてある携帯電話が鳴った。オリヴァーはそれを無視した。

「クリスマスのあと四週間、ガヴリロフの北極海航路探検に同行するつもりよ。そのあいだゾフィアの面倒をあなたに見てもらわないといけないから」

オリヴァーは言葉をなくしてコージマを見据えた。コージマは謝るために来たのではなかったのだ。彼女は自分の未来をすでに決定していた。そこでは、オリヴァーはただのベビーシッターでしかないのだ。オリヴァーの膝から力が抜けた。

「本気じゃないよな？」オリヴァーはささやいた。

「本気よ。数週間前に契約書に署名したの。あなたの気に沿わないことはわかっていたけど」

コージマは肩をすくめた。「こんなことになってしまって本当に申し訳ないと思っているわ。だけどこの数ヶ月、真剣に考えたの。この記録映画を撮らなかったら一生後悔するなって……」

コージマは話しつづけたが、オリヴァーの耳にはひと言も入ってこなかった。もっとも重要なことが判明した。彼女の心はとっくの昔に彼を離れ、これ以上ともに人生を歩む気などさらさらなかったのだ、と。もともとオリヴァーも、彼女とこれからもやっていけるという絶対の自信はなかった。それでも性格が正反対のふたりはちょうどスープと塩のように絶妙の関係だと信じていたのに。もう元の鞘にはもどれそうにない。オリヴァーは心臓が痛いほどしめつけられた。

今回もまたコージマに先を越された。彼女の方が先に決断を下し、彼の方が受け入れるしかないのだ。ものごとの方向を決めるのはいつも彼女だった。金を持っていて、ケルクハイムの土地を買い、家を建てたのも彼女だ。オリヴァーの稼ぎではとてもできなかっただろう。つらいことだが、十一月のどんよりしたこの朝、コージマは美しく自意識のある刺激的な伴侶ではなく、自分の意志と計画を断固として押し通す女性にしか見えなかった。なんて愚かで見る目がなかったのだろう！

オリヴァーの耳の奥で血液の流れる音がした。コージマは話すのをやめ、返事を待っているかのように彼をじっと見た。オリヴァーは目をしばたたいた。彼女の顔、車、駐車場、すべてがかすんで見える。コージマは去っていくだろう。他の男とともに。彼女は自分の人生を生きる。そこにオリヴァーの居場所はないのだ。突然、嫉妬と憎悪で矢も盾もたまらなくなった。コージマに一歩近づくと、手首をつかんだ。コージマはびっくりして一歩さがろうとしたが、オリヴァーの手が万力のようにがっちりつかんで放さなかった。高飛車な態度が一気に消え、コージマは怯えた目をして悲鳴をあげようとした。

＊

午前六時半、ピアはひとりでナージャ・フォン・ブレドウの住まいを訪ねることにした。オリヴァーは携帯電話に出ないし、ショートメッセージにも返信を寄越さない。チャイムを鳴らそうとしたとき、玄関が開いて男がひとり出てきた。ピアと見張りについていたふたりの私服警官は、その男と入れ違いに中に入ろうとした。

「待った！」丸いメガネをかけ、少し白髪の目立つ五十代半ばのその男が、ピアたちの前に立ちはだかった。「どういうつもりだ！　だれのところへ行くんだ？」

「あなたには関係のないことよ」ピアはすげなく答えた。

「そんなことはない」男はエレベーターの前に立つと、腕組みしてピアたちを見下すようににらんだ。「わたしはここの管理組合の理事長だ。勝手に入らせるわけにはいかない」

「わたしたちは刑事警察のものよ」

「ほう、そうかい？　身分証は？」

ピアはかっと頭に血が上った。刑事章を男の鼻先に突きだし、なにもいわず階段に向かった。

「あなたは下で待機していて」ピアは警官のひとりにいった。「わたしたちは上に行くわよ」

ふたりがペントハウスのドアの前に立ったとたん、そのドアが開いた。ナージャは少し驚いた顔をした。

「下で待っているようにいったはずだけど」ナージャは愛想のない言い方をした。「でも上がってきたのなら、スーツケースを運んでもらおうかしら」

「旅行？」ピアは、ナージャが自分をタクシーの運転手と勘違いしていることに気づいた。

「家に帰ってきたばかりで」

「あなたに関係ないでしょう」ナージャがむっとしていった。

「いいえ、関係は大ありよ」ピアは刑事章を見せた。「ホーフハイム刑事警察署のピア・キルヒホフよ」

ナージャはピアをじろじろ見て、下唇を突きだした。毛皮の襟がついた褐色のヴェレンステイン製ブルゾン、ジーンズにブーツという出で立ちだ。髪をひっつめ、厚化粧で隠してはいるが赤く充血した目の下に隈ができている。

「あいにくだけど、すぐに空港へ行かなくてはならないのよ」

「では予約を変更してもらわなくてはならないわね。いくつか質問があるので」

「そんな時間はないわ」ナージャはエレベーターのボタンを押した。

「どこへ行っていたの？」

「旅行よ」

「そうなの。それで、トビアス・ザルトリウスは？」

ナージャは驚いて、緑色の目でピアを見つめた。

「どうしてわたしが知っているというの？」本当に驚いているように見えるが、彼女が人気女優であることを忘れてはいけない。

「ラウラ・ヴァーグナーの葬儀の後、いっしょに車で出たでしょう。彼を署へ送るといって」

「だれがそんなことをいったの?」

「トビアスの父親よ。それでトビアス・ザルトリウスは?」

エレベーターが来て、扉が開いた。ナージャはピアの方を向いてあざ笑った。

「あんな人のいうことを真に受けるとはね」

ナージャはピアの連れに視線を向けた。「〝警察はあなたの友だち、ヘルパー〟、なのよね。スーツケースをエレベーターに入れてくださらない?」

警官が本当にスーツケースを持とうとしたので、ピアの堪忍袋の緒が切れた。

「アメリーはどこ? あの娘をどうしたの?」

「わたし?」ナージャは目を丸くした。「どうしてわたしがなにかしなくちゃならないのよ?」

「ティース・テアリンデンが証拠の絵をアメリーに渡したからよ。そこにはあなたが描かれていた。しかもあなたの友だちラウラが襲われたとき、そばにいただけでなく、グレーゴル・ラウターバッハがザルトリウス農場の納屋でシュテファニーとセックスするところものぞいていたでしょう。そしてそのあとシュテファニーをジャッキで殴り殺した」

驚いたことにナージャが笑いだした。

「よくまあそんな話をでっちあげたわね?」

ピアはやっとの思いで気持ちを抑えた。できることならこの場でナージャをつかんで、びんたしたいくらいだった。

「あなたの友だちイェルク、フェーリクス、ミヒャエルが自供したわ。あなたが三人にラウラを隠すようにいったとき、ラウラはまだ息があったそうね。それでアメリーがティースの絵から真実を突き止めるんじゃないかと恐れたんでしょう。アメリーを消す必要があった」

「勘弁してよ」ナージャはまったく動じなかった。「そんなめちゃくちゃな話、脚本家でも思いつかないわよ。わたしはアメリーに一度しか会ったことがないわ。今どこにいるかなんて知るわけがないでしょう」

「嘘をいわないで。土曜日にあなたは〈黒馬亭〉前の駐車場で、アメリーのデイパックをしげみに投げ捨てたでしょう」

「あら、本当?」ナージャは、もううんざりだとでもいうように眉を吊り上げてピアをにらんだ。「だれがそんなこといっているのかしら?」

「目撃されたのよ」

「わたしにもいろいろできることがあるけど、一度に別の場所にいることは無理だわ。わたしは土曜日、ハンブルクにいたのよ。証人もいるわ」

「だれ?」

「名前と電話番号を教えてもいいわよ」

「ハンブルクではなにを?」

「働いていたのよ」

「それはありえないわね。あなたのマネージャーに確かめたけど、あなたはその日の夜、撮影をキャンセルしているわ」

ナージャは高級腕時計をチラッと見て、顔をしかめた。

「ハンブルクで俳優のトルステン・ゴットヴァルトと北ドイツ放送主催の記念公演で司会をしたのよ。観客は四百人くらいいたかしらね。観客全員の電話番号はわからないけど、監督やトルステンの連絡先はあげられるわ。だからその時間にアルテンハインの駐車場をうろつくことなんてできなかった証拠にはなるでしょう?」

「まったく口が減らないこと」ピアが鋭くいった。「スーツケースをひとつ選びなさい。わたしたちの車に運ばせるから」

「あら、すてき。警察がタクシーの代わりをしてくれるなんて」

「ええ、喜んで」ピアはそっけなく答えた。「でも、行き先は留置場よ」

「笑わせないで!」ナージャは、まずい状況だとようやく気づいて眉間に深いしわを寄せた。

「ハンブルクで大事な用事があるのよ」

「あきらめなさい。あなたを臨時拘束するわ」

「理由を聞かせてもらえる?」

「ラウラ・ヴァーグナーの殺人をそそのかし、見て見ぬふりをしたからよ」ピアは冷笑した。

「当然、脚本を読んで知っているわよね。そういうのを殺人幇助というのよ」

＊

ふたりの私服警官がナージャを後部座席に乗せて署へ向かったあと、ピアはあらためてオリヴァーに電話をかけた。オリヴァーがようやく電話に出た。

「なにをしていたんですか？」ピアはむっとしてたずねた。携帯電話を耳と肩ではさみ、シートベルトをつかんだ。「一時間半前から連絡していたんですよ！　フランクフルトまで来る必要はないです。ナージャを拘束して、署へ連行させました」

オリヴァーはなにか答えたが、声がうわずっていて、なにをいっているのか聞き取れなかった。

「よく聞こえないんですけど」ピアはいらいらした。「どうしたんですか？」

「事故を起こした……レッカー車を待っている……見本市会場方面出口……ガソリンスタンド」

「よりによってこんなときに！　そこで待っていてください。迎えにいきます」

ピアは悪態をつきながら通話を終え、車をだした。孤立無援になった気がした。それもよりによって間違いが許されず、全体を見渡していなければいけないこんなときに。少しでも軽率なことをしたら捜査は行き詰まってしまうだろう！　ピアはアクセルを踏んだ。早朝だったので、市内の通りはガラガラだった。高級住宅街から中央駅へ出て、そこから見本市会場まで昼間なら三十分かかるところを、わずか十分で移動した。ラジオからはエイミー・マクドナルドの歌が流れていた。はじめは気に入ったが、いやになるほど長くかかっていたので、ピアはうんざりした。午前八時少し前、少し晴れてきた朝靄《あさもや》の中、対向車線にレッカー車のオレンジ色の警光灯が見えた。ＢＭＷの残骸を牽引する準備をしている。ピアはヴェストクロイツでＵターンして、数分後レッカー車とパトカーの前で車を止めた。オリヴァーは青白い顔でガードレールに腰かけ、膝に肘を乗せてぼうっと遠くを見ていた。

「なにがあったの？」ピアは自分の身分をいってから警官にたずね、目の端でボスを見た。

「動物をよけようとしたそうです。車は鉄くずになりましたが、本人は別状ないようです。病院には行かないといっています」

「あとはわたしに任せて。ありがとう」

ピアは向き直った。レッカー車が動きだしたが、オリヴァーは顔を上げようともしなかった。

「ヘイ」ピアは彼の前に立った。なんといって声をかけたらいいだろう。家には帰らないだろう。それより今休みを取られたら困る。オリヴァーは嘆息した。すっかりしょげている。

「コージマが四週間旅に出る。クリスマスのあと」オリヴァーは消え入るような声でいった。

「わたしや子どもたちよりも仕事が大事なんだとさ。すでに数週間前に契約書に署名していたんだ」

ピアにはいうべき言葉が見つからなかった。なんとかなるとか、元気をだしてとか、そんなおざなりな言葉など、なんの救いにもならない。オリヴァーが気の毒だったが、時間がない。署ではナージャが待っているし、駆りだされた捜査官たちも待機している。

「行きましょう、オリヴァー」腕をつかんで車まで引っ張っていきたかったが、ピアはぐっと我慢した。「いつまでも道ばたにしゃがんでいるわけにはいかないわ」

オリヴァーは目を閉じて、親指と人差し指で鼻の付け根をもんだ。

「二十六年間、殺人犯を相手にしてきた」声がかすれていた。「だけど人を殺したくなるときの動機を本当にはわかっていなかった。今朝はじめて、それがどういうものなのか実感したよ。父と弟が駆けつけてくれなかったら駐車場でコージマを絞め殺すところだった」

オリヴァーは凍えたかのように自分の体を抱いて、充血した目でピアを見つめた。「最低だ」

＊

カイ・オスターマンが招集した捜査官は会議室に入り切れないほどだった。事故を起こしたオリヴァーには、陣頭指揮を任せられそうもないので、ピアが采配をとった。静粛にするようみんなにいうと、簡単に状況を説明し、事実を列挙し、最優先事項はアメリー・フレーリヒとティース・テアリンデンの所在を明らかにすることだとかんで含めるようにいった。ベーンケがいなかったので、だれもピアに盾突かず、みんな、神妙に話を聞いた。ピアは、ニコラといっしょに後ろの壁に寄りかかっているオリヴァーに視線を向けた。ピアはガソリンスタンドでコーヒーを買い、コニャックのミニボトルをそこに注ぎ入れた。オリヴァーはなにもいわず黙ってそれを飲んだ。少し元気を取りもどしたようだが、いまだにショックから立ち直っていなかった。

「本星《ほんぼし》はグレーゴル・ラウターバッハ、クラウディウス・テアリンデン、ナージャ・フォン・ブレドウの三人」そういうと、ピアはスクリーンのそばに立った。カイがアルテンハインとその周辺の地図を投影した。「当時アルテンハインでなにがあったか、真相がわかると一番困るのがこの三人よ。テアリンデンとラウターバッハは問題の夜ここから村に入った」ピアは農道を指した。

「ふたりはその前にイドシュタインにいたけど、そこの住まいはすでに家宅捜索したわ。これから〈黒馬亭〉に重点を置く。店の主人とその妻はテアリンデンと一蓮托生なので、彼に便宜を図ったことも考えられる。アメリーは店から出ていない可能性もある。それから駐車場周辺の住民に聞き込みをする。カイ、逮捕令状は？」

カイはうなずいた。

「よろしい。イェルク・リヒター、フェーリクス・ピーチュ、ミヒャエル・ドンブロフスキーを署に連行する。カトリーンに任せるわ。巡査を数人連れていって。それからふたり組のチームをふたつ作って、クラウディウス・テアリンデンとグレーゴル・ラウターバッハを同時にたずねてもらう。ラウターバッハには逮捕令状が出ている」

「ラウターバッハとテアリンデンのところへ行くのは？」捜査官のひとりがたずねた。

「ラウターバッハはボーデンシュタイン首席警部とエンゲル署長に任せる」ピアは答えた。

「テアリンデンのところにはわたしが行く」

「だれと？」

いい質問だ。ベーンケとハッセはいない。ピアは目の前にすわっている捜査官の顔をざっと見回して、ひとりに決めた。

「スヴェンにいっしょに来てもらう」

声をかけられたスヴェン・ヤンゼン警部が目を大きく見開いて、自分を指した。ピアはうなずいた。

「他に？」

質問はなかった。会議は終わり、話し声や椅子を引く音がした。ピアは人の波をかきわけてオリヴァーとニコラのところへ行った。

「署長にも仕事を頼んでしまいましたけど、よろしかったですか？」

「ええ、もちろんよ」ニコラはうなずいて、ピアを脇に引っ張ってたずねた。「ヤンゼン警部を選んだのはどうして？」

「直感です」ピアは肩をすくめた。「彼のボスから、仕事ぶりがいいと聞いていましたので」

ニコラはうなずいた。ニコラの妙な目付きを見て、ピアは決心がぐらついたが、もう遅い。スヴェンがピアたちのところへやってきた。階段を下りながら、ピアはふたりの被疑者を同時に訪ねるタイミングと、質問内容の打ち合わせをした。駐車場で別れようとしたとき、オリヴァーがピアを呼び止めた。

「よくやってくれた。感謝するよ」

＊

オリヴァーとニコラは車の中で黙ってピアからの連絡を待った。ピアからテアリンデンの玄関に着いたという電話が入ると、ふたりは車から出て、ピアがテアリンデン家のチャイムを鳴らすのと同時にラウターバッハ邸のチャイムを押した。少ししてラウターバッハ大臣がドアを開けた。胸元に国際ホテルチェーンのロゴが入ったタオル地のガウンを羽織っていた。

「なんの用だ?」大臣は腫れぼったい目でふたりを見つめた。「なにもかも話したはずだが」

「もう少し訊きたいことがあるんです」オリヴァーはていねいにいった。「奥さんは?」

「ミュンヘンで医学会があって、そっちへ行っている。どうしてそんなことを訊くんだ?」

「ただなんとなく」

携帯電話を耳に当てていたニコラがオリヴァーにうなずいた。ピアとスヴェン・ヤンゼンがテアリンデン邸の玄関に入った。打ち合わせどおり、オリヴァーがグレーゴルに最初の質問をした。

「大臣。あなたがアメリー を待ち伏せした夜の件をもう一度伺います」

大臣はおずおずとうなずいて、ニコラを見た。ニコラが携帯電話を耳に当てているのが気になるようだ。

「あなたはナージャ・フォン・ブレドウの姿を見ましたね」

大臣はふたたびうなずいた。

「確かですか?」

「ああ、間違いない」

「フォン・ブレドウだとどうしてわかったのですか?」

「いや、その。見ればわかる」

そのとき、ニコラがオリヴァーに携帯電話を渡したので、大臣は息をのんだ。オリヴァーは、スヴェンが送信したショートメッセージにさっと目を通した。クラウディウスは大臣の主張に反して、土曜日の夜、〈黒馬亭〉前の駐車場でだれも見ていないといった。たくさんの人が〈黒馬亭〉に出入りするのは見た。それからバス停のそばにすわり込んでいる人影も見たが、それがだれかはわからなかったという。

「弱りましたね」オリヴァーは大きく息を吸った。「あなたはテアリンデンともう少しちゃんと口裏を合わせておくべきでしたね。あなたと違って、テアリンデンはフォン・ブレドウを見かけていないようですね」

大臣は顔を紅潮させた。少し口ごもりながら、ナージャを見た、誓ってもいいとまでいった。

「彼女はその夜ハンブルクにいたんですよ」とオリヴァーはさえぎった。グレーゴルがアメリーの失踪に関係している可能性は高いとにらんだ。だがその一方で、ナージャが嘘をついていたらどうするという不安もないではなかった。ふたりが共通の危険を排除するために手を組んでいる可能性はないだろうか。あるいはクラウディウスが嘘をついている可能性は？　オリヴァーの脳裏にさまざまな考えがよぎった。突然、なにか大事なことを見落としているような気がしてならなくなった。オリヴァーは、けげんな顔をしているニコラと顔を見合わせた。なんということだ。このあとぶつけるはずの言葉が出てこない。オリヴァーがためらっていることに気づいて、ニコラがいった。

「嘘をついていますね、大臣。なぜですか？　どうして駐車場でナージャ・フォン・ブレドウを見たなどというのですか？」

「弁護士のいないところではもうなにもいわないぞ」大臣は神経がまいってしまったのか、目の焦点が定まらない。

「いいでしょう」ニコラはうなずいた。「弁護士にホーフハイム署へ来るよう連絡してください。これからあなたを連行します」

「わたしを逮捕することはできないはずだ」大臣が抵抗した。「わたしには不可侵権がある」

オリヴァーの携帯電話が鳴った。カトリーン・ファヒンガーからだった。ヒステリーのように叫んでいる。

「……どうしたらいいんですか？　いきなり銃をだして、自分の頭を撃ったんです！　やだ、やだ！　こっちはめちゃくちゃです！」

「カトリーン、落ち着け！」逮捕状を呈示するのはニコラに任せて、オリヴァーは背を向けた。

「今どこだ？」

電話の向こうで悲鳴と暴れる音が聞こえた。

「イェルク・リヒターを逮捕するところだったんです」カトリーンの声は震えていた。思いがけない展開に気が動転している。「両親の家を訪ねて逮捕令状を呈示したんです。そしたらいきなり父親が引き出しから拳銃をだして、自分の頭に向けて引き金を引いたんです！　そして今度は母親がその拳銃を持って、息子を連行するのを邪魔してるんです！　どうしたらいいんですか？」

若い部下のパニックに陥《おちい》った声を聞いて、オリヴァーはぱっと目が覚めたように頭が働きだした。

「なにもするな、カトリーン」オリヴァーはいった。「数分でそっちへ行く」

＊

アルテンハインの表通りは立入禁止になっていた。リヒターの食料品店の前に警光灯をつけた救急車が二台停車していて、パトカーが数台、道をさえぎるように止めてあった。野次馬が立入禁止テープの向こうに群がっている。オリヴァーは中庭でカトリーン・ファヒンガーを見つけた。カトリーンは店の裏口に通じる外階段にしゃがんでいた。顔から血の気が引いていて、動くこともできないほど放心している。オリヴァーは彼女の肩にさっと腕をまわして、怪我がないかどうか確かめた。家の中は上を下への大騒ぎになっていた。救急医と救急隊員がタイル張りの廊下で血の海に沈んでいるルツ・リヒターの治療にあたり、別の救急医が妻の様子を見ていた。

「なにがあったんだ？」オリヴァーがたずねた。「拳銃はどこだ？」

「ここです」巡査が拳銃を入れたビニール袋を差しだした。「防犯用に保持していた拳銃です。夫は生きています。妻の方はショック状態です」

「イェルク・リヒターは？」

「署に連行中です」

オリヴァーは振り返った。閉まったドアにはめられた飾り入りのガラスの向こうに救急隊員のユニフォームが動いている。ドアを開けてリビングルームの中を見るなり、彼は一瞬身をこわばらせた。部屋の中は啞然とするほどごてごてしていた。壁には猟の戦利品やサーベルや古い銃や兜《かぶと》や武器がところせましと飾られ、カウンター、棚、ソファテーブル、その他さまざまな小机や床にまで錫《すず》の食器やリンゴワイン用のゴブレットなどのがらくたがぎっしり並んでいた。マルゴット・リヒターは顔をこわばらせて総プラッシュ張りの安楽椅子にすわって点滴を受け、そばに女性の救急隊員がいて点滴バッグを持っていた。

「話はできるか？」オリヴァーは質問した。救急医はうなずいた。

「リヒター夫人」調度品が邪魔したが、オリヴァーはなんとかマルゴットの前で膝をついた。「なにがあったのです？　ご主人はなぜあんなことをしたのですか？」

「うちの息子は逮捕させないからね」マルゴットがつぶやいた。そのやせ細った体からいつもの元気も悪意もすっかり失せたのか、両目が深く落ちくぼんでいた。「なにもしてないんだから」

「ではだれが悪いというのですか？」

「悪いのは全部うちの亭主よ」マルゴットは目をキョロキョロさせ、チラッとオリヴァーを見てからまた遠くに視線を向けた。「イェルクはあの娘を引き上げてやろうとしたの。なのにうちの亭主が放っておけといったのよ。そしてひとりで空軍基地跡地まで行って、燃料貯蔵槽の蓋を締めて、その上に土までかぶせたの」

「ご主人はなぜそのようなことを？」

「事件をもみ消したかったからよ。ラウラがうちの息子の人生を台無しにするかもしれなかったでしょ。たいしたことじゃないのに。ただのお遊びだったんだから」

オリヴァーは自分の耳を疑った。

「あの小娘は自分の友だちのことを警察に訴えようとしたのよ。そもそも自分が悪かったくせに。あの娘は男の子たちをひと晩じゅう、誘惑していたんだから」マルゴットはそのまま過去から現在に話題を変えた。「うまくいっていたのに。イェルクが当時のことを警察に話してしまうなんてね。まったく間抜けだよ！」

「あなたの息子には良心があったんだ」オリヴァーは冷たくいいはなつと、立ち上がった。マルゴットへの同情は最後のひとかけまで消え去った。「うまくいっていたどころか、その逆だよ！　あなたの息子がしたことは男にあるまじき行為だ。強姦と殺人は重大犯罪だ」

「ふんっ！」マルゴットは首を振った。「もうだれも昔の話なんかしてなかったんだ。あのトビアスが帰ってきたせいだ。そのせいでみんな、びびっちまってさ。なにもいわなけりゃわかりっこなかったものを……まったく情けない奴らだよ！」

＊

土曜の夜のアリバイが確かめられた、とピアが告げると、ナージャは当然だとでもいうようにうなずいた。

「ほら、いったとおりでしょ」ナージャはチラリと腕時計を見た。「もう帰っていいわね」

「いいえ、まだよ」ピアはかぶりを振った。「まだ訊きたいことがあるの」

「じゃあ、早く済ませて」ナージャはかったるそうに大きな目でピアを見た。神経質な様子は微塵もない。だがピアには、彼女が役に徹しているように思えてならなかった。女優ナージャ・フォン・ブレドウの美しく、非の打ちどころのない仮面の奥に隠れたナターリエは、どんな顔をしているのだろう。そもそも本当のナターリエなど存在するのだろうか。

「あの夜、あなたはイェルク・リヒターにトビアスを飲みに誘って、できるだけ引き留めておくよう頼んだわね。どうして?」

「トビアスが心配だったからよ」ナージャはすらすら答えた。「彼、納屋で襲われたでしょ。友だちのところにいれば安全だと思ったの」

「本当?」ピアは調書を開いて、オスターマンが暗号解読したアメリーの日記をだした。「アメリーは最後の数日、日記を書いているの。どんな内容か知りたくない?」

「どうせ読んできかせるつもりなんでしょ」ナージャは目をギロッとさせて足を組んだ。

「まあね」ピアは微笑んだ。「……あの金髪女がトビアスに駆けよったときの血相の変え方ったらなかった。それにあたしを見たときのあの目つき！　嫉妬のかたまり。あたしを取って食おうという勢いだったわ。あたしがあのあとティースにナージャの名前をいうと、ティースはパニックを起こした。なんかおかしい……」

ピアは目を上げた。

「アメリーがトビアスと仲よくしているのが気に入らなかったようね。あなたはイェルクを見張りにつけ、アメリーが行方不明になるように手をまわしたんじゃないの？」

「なにそれ！」ナージャの顔から不敵な笑みが消え、怒りで目がギラッと光った。ピアは、イェルクの証言を思いだした。ナージャには小さい頃から、人を怖がらせるなにかがあった、と彼はいっていた。

「あなたは嫉妬していた。もしかしたら、アメリーがよくトビアスのところへ来ていたことも聞いていて、トビアスと彼女がつきあうようになるのを恐れていたんじゃないかしら。ねえ、フォン・ブレドウさん、実際、あの子はシュテファニーにかなり似ているものね。トビアスはシュテファニーに首ったけだったわけでしょう」

ナージャは少し身を乗りだした。

「あなたに恋愛のなにがわかるのよ」ナージャは、大げさなくらい声を低くし、大きな目をしてささやいた。演技指導どおりに演じているかのようだ。「わたしは、ずっとトビアスを愛してきたのよ。彼が刑務所から出てくるのを十年間待った。これからの人生を切り開いていくのに、彼にはわたしの助けと愛がいるのよ」

「それは少し独りよがりではないかしら。あなたの愛は一方通行のようだけど」ピアはそれが図星だと気づいた。「あなた、彼を信用できないんでしょう。わずか二十四時間でも」

ナージャは唇をかみしめた。ほんの一瞬、その美しい顔がゆがんだ。

「トビアスとわたしがどういう仲だろうと、あなたにはどうでもいいことでしょう」ナージャは息まいた。「土曜日の夜のこととどういう関係があるのよ。わたしはこの村にいなかった。あの小娘の居場所なんて知らない。はい、おしまい」

「あなたの愛する人は今どこにいるのかしら?」ピアはさらにナージャの傷口を押し開いた。

「知らないわ」ナージャはまばたきもせずにメラメラ燃える緑の目をピアに向けた。「わたしは彼を愛しているけど、ベビーシッターじゃないわ。そろそろ、行っていいかしら?」

ピアは行き詰まった。アメリー失踪事件にナージャが関係している証拠が見つからない。

「婦警に変装してフレーリヒ夫人のところにあらわれただろう」背後からオリヴァーがいった。

「官名詐称になるね。しかも、アメリーがティースから預かった絵を盗んだ。そして他にも絵が残されているのを恐れて温室に放火した」

ナージャはオリヴァーの方を向きもせずにいった。

「アメリーの部屋に入って絵を見つけるために、かつらをかぶって警察を騙《かた》ったことは認めるわ。でも、放火なんてした覚えはないわ」

「絵はどうしたんだね」

「小さく切って、シュレッダーにかけたわ」

「なるほど。あなたが殺人犯であるという証拠だからね」ピアは書類の中から絵のコピーをだして、ナージャの前に並べた。

「とんでもない」ナージャは椅子にもたれかかり、薄ら笑いした。「絵はわたしが無実であることの証明になるわ。ティースはじつに見事な観察者よ。あなたたちとは大違い」

「どういうことかしら?」

「あなたには緑は緑としか見えない。短い髪は短い髪。シュテファニーを殴り殺している人物をよく見て。それから強姦されているラウラを見ている人物と較べて」ナージャは前屈みになってしばらく絵を見てから、ひとりの人物をトントンと指で叩いた。「ほら、これ。シュテファニーのそばにいる人物は黒髪でしょ。でもラウラの絵の方の髪はずっと明るくて、ウェーブがかかっている。いいことを教えてあげるわ。あの夜、祭りの関係者はみんな、おそろいの緑色のTシャツを着ていたのよ。しかも同じロゴがプリントされていた。なんて言葉だったかは思いだせないけど」

オリヴァーは両方の絵を見比べた。

「たしかに。それでは、この殺人犯はだれなんだ?」

「ラウターバッハよ」ナージャはそういって、オリヴァーの予測を裏付けた。「わたしは納屋の裏手でシュテファニーが来るのを待ちかまえていたの。ちょっと話したいことがあったのよ。白雪姫の役のこと。あの娘にとって、白雪姫の役はどうでもいいものだった。ただラウターバッハといっしょにいられる時間が欲しかっただけなのよ」

「ちょっと待った」オリヴァーが口をはさんだ。「ラウターバッハの証言によると、シュテファニーとの性行為はたった一度、あの夜だけだったはずだが」

「真っ赤な嘘よ。ふたりは夏の間じゅう、つきあっていたもの。シュテファニーは表向き、トビアスとつきあっているみたいに見せかけてね。ラウターバッハはシュテファニーに夢中で、シュテファニーはそれがうれしかったのよ。それであの夜、わたしはシュテファニーがザルトリウスの家から出てくるのを待っていたの。でも声をかけようとしたとき、ラウターバッハがやってきたものだから、わたしは納屋に隠れたわけ。わたし、目を疑ったわ。あのふたり、納屋に入ってきて、セックスをはじめたの。それもわたしから数メートルと離れていないところでね。逃げるに逃げられないし、たっぷり三十分は濡れ場を見させられ、おまけにあのふたり、わたしのことを貶《けな》したのよ」

「それで怒って、シュテファニーを殴り殺したということか」オリヴァーは思いつきでいった。

「やめてよ。わたしは、ひと言も口をきかなかったわ。そしたらラウターバッハの奴、鍵束をどこかに落としたって騒ぎだしたの。四つん這いになって必死で鍵を捜しはじめ、泣きそうな声をあげたのよ。シュテファニーがげらげら笑った。それで、ラウターバッハが青筋を立てて怒りだしたのよ」ナージャは意地悪く笑った。「あいつ、奥さんにまったく頭が上がらないのよね。金は奥さんににぎられているし、家も奥さんのものでしょ。あいつは、ただのみじめったらしい、お粗末ですけべな教師だった。生徒の前で偉ぶっていただけ。家ではなんの発言権もなかった」

オリヴァーはドキッとした。自分にも身に覚えがある。金を持っているのは妻のコージマ。自分にはほとんど発言権がない。そして今朝、コージマを殺したいという衝動に駆られた。

「そうしているうちにシュテファニーが腹を立てたの。もっとロマンチックな逢い引きを空想していたんでしょ。でも、すてきな恋人が臆病なろくでなしだとわかっちゃったのよ。それで、奥さんを呼んできて、いっしょに鍵を捜してもらったら、なんて憎まれ口をきいたわけ。もちろん冗談だったんだけど、ラウターバッハには冗談がわからなかった。シュテファニーはさらにあいつをからかって、しまいには自分たちの関係を奥さんにばらすといったのよ。ラウターバッハは完全に気が動転してしまって、納屋を出ていこうとしたシュテファニーをつかんで、喧嘩になったの。シュテファニーはあいつにつばを吐き、あいつはシュテファニーにびんたをくらわせた。シュテファニーはかんかんに怒った。奥さんに本当にばらすと思ったあいつは、手元にあった道具をつかんで殴ったのよ。三回」

ピアはうなずいた。シュテファニーの頭蓋骨には三ヵ所殴打の跡があった。だがそれでもまだナージャが無実である証拠にはならないし、むしろ共犯者である可能性が残る。

「それからあいつ、脱兎のごとく駆け去ったわ。ちなみに緑色のTシャツを着てね。空色のシャツはセックスのときに脱ぎ捨てたまま忘れていった。わたしは鍵束を見つけ、納屋を出たんだけど、そしたらシュテファニーのそばにティースがしゃがんでいたの。わたしは『大事な白雪姫をしっかり見守ってあげなさい』といって、そこから姿を消したわ。それから凶器のジャッキをラウターバッハの家のゴミのコンテナーに捨てた。以上。これが本当の話」

「それでは、トビアスがラウラとシュテファニーを殺していないことを知っていたわけね」ピアがいった。「トビアスを愛していたのなら、彼が刑務所に入れられるのをなぜ黙って見ていたの？」

ナージャはすぐには答えなかった。背筋を伸ばしてすわったまま、絵のコピーの一枚を指でいじっていた。

「あの頃、わたしは彼にものすごく腹を立てていたのよ」ナージャが話しはじめた。「トビーがだれと話をして、なにをして、どんなに愛しているか、そしてどうやって飽きたかっていちいち聞かされていたの。それも何年にもわたってね。彼は好きになった娘をどうやったらベッドに連れ込めるかとか、どうやったら別れられるか、そういうことまでわたしに相談していたのよ。わたしが、彼の大親友だったから。ふざけんじゃないわよ!」

ナージャはゲラゲラ笑った。

「わたしは彼にとって女じゃなかったわけ。彼にとっては、いて当たり前の存在だった。でもラウラとつきあうようになると、わたしと映画を観にいくことも、プールに行くこともしなくなって、パーティにも呼んでくれなくなった。わたしはのけ者扱い。トビーにはまったく自覚がなかったけど!」

ナージャは唇を突きだし、目に涙を浮かべた。突然、嫉妬深い、すねた少女になっていた。彼女は村で一番かっこいい少年の信頼を勝ちえた代わりに、彼を恋人にする可能性を完璧に失っていたのだ。どんなに彼といっしょの時間を過ごしても、彼女の魂は失望という傷を負った。そしてその後もずっとそれを抱えてきたのだ。

「そしてそこに、あの救いようのないシュテファニーがあらわれたのよ」ナージャの声は淡々としていたが、指では絵の一枚をちぎっていた。そこに彼女の内面があらわれていた。「あの娘、わたしたちのグループに無理矢理入り込んできて、トビーを引っかけたの。すべてが一変したわ。そのうえ、ラウターバッハに手をだして、わたしがやるはずだった白雪姫の役まで横取りしたのよ。トビーはなにをいってもきかなくなって、彼の頭の中にあるのはシュテファニーだけ。シュテファニー、シュテファニー！」

ナージャは憎しみに顔をゆがめ、首を振った。

「仲間はみんな、警察があんなに間抜けだと思わなかったのよ。犯人がトビーだと思うなんてね。わたしは、トビーが二、三週間、牢屋に放り込まれて終わると思ったの。でも裁判にかけられることがわかって、そのときはすべて手遅れだったわ。わたしたちはみんな、嘘をつきすぎたし、大事なことを黙っていた。わたしは、刑務所に入った彼にせっせと手紙を書いて、彼が出てくるのを待ったわ。わたしの力ですべて元どおりにしてあげるつもりだった。彼のためならなんでもするつもりだったわ。そして村にもどるのを止めたんだけど、彼はいうことをきいてくれなかったのよ」

「止めた？　止めなければならなかったのではないかね」オリヴァーがいった。「この悲劇できみがどういう役割を担ったか、トビアスに見抜かれるのを恐れたんだろう。それを阻止したかった。だから親身になっているふりをしたんだ」

ナージャは冷たく微笑み、口をつぐんだ。

「しかしトビアスは父親の元に帰った」オリヴァーはつづけた。「きみはそれを阻止できなかった。運の悪いことに、シュテファニーそっくりの少女まであらわれた」

「あのばか娘、あいつが首を突っ込まなければよかったのよ」ナージャは歯ぎしりした。「トビーとわたしはどこかで新しい人生をはじめるはずだったのよ。わたしには金がたっぷりあるんだから。村の出来事はいつかただのいやな思い出に変わるはずだったのに」

「では真実を打ち明ける気はまったくなかったのね」ピアがかぶりを振った。「それでいい関係が築けると思うとはね」

ナージャはピアをチラリと見た。

「きみはアメリーが邪魔になった」オリヴァーがいった。「そこでラウターバッハに匿名の脅迫状や電子メールを送った。ラウターバッハが保身のためにどういう行動に出るか予想がついたからだ」

ナージャは肩をすくめた。

「きみのせいで、むごい事件が起きたんだぞ」

「わたしは、トビーが傷つかないようにしたかったのよ。彼は充分傷ついたし、わたしは……」

「ふざけるな！」オリヴァーは一喝すると、机までやってきて、ナージャの正面にすわった。ナージャは否が応でも彼を見なければならなくなった。「きみは当時なにをしたか、トビアスに知られたくなかった。言い方を変えれば、きみがなにをしなかったか知られたくなかったんだ。きみだけでも真実をいっていれば、彼が刑務所に入れられることはなかったのに、病的なうぬぼれと幼稚な嫉妬心から口をつぐんだ。それに、彼の家族が村八分になり、壊れていくのを黙って見ていた。彼を自分のものにするために彼の人生の十一年間を奪った。きみは恋愛といっているが、ただのエゴイズムじゃないか。最低の動機だな」

「あんたにはわからないのよ！」ナージャは突然喚《わめ》きだした。「つねにはねつけられる者の心境なんてわかりっこないわ！」

「今度も彼にはねつけられたということか」オリヴァーはじっとナージャの顔を見つめた。憎悪にゆがんでいたナージャの顔が泣きそうな表情になったかと思うと、今度はふてくされた顔つきになった。「彼はきみに深い恩義を感じた。だがそれでは充分ではなかった。彼は結局きみを愛していなかった。そしていつもだれかが、都合よく恋のライバルを排除してくれるわけではない」

ナージャはオリヴァーをにらんだ。取調室が一瞬、死んだように静かになった。

「トビアス・ザルトリウスになにをしたんだ？」オリヴァーがたずねた。

「思い知らせてやったわ」ナージャは答えた。「わたしのものにならないのなら、だれのものにもならないようにするしかないでしょ」

＊

「あれは完全に病気ね」数名の警官にナージャを留置場へ連れていかせたあと、ピアは啞然としていった。ナージャは、釈放されないと知って、大声をだして暴れた。オリヴァーは逃亡の危険があるという理由で逮捕令状をとったのだ。事実ナージャは国外にいくつも家やアパートを所有していた。

「頭がいかれている」オリヴァーもいった。「間違いない。トビアス・ザルトリウスにいくら尽くしても愛してもらえないとわかったところで、彼を殺したな」

「トビアスは死んでいるっていうんですか？」

「その恐れはあると思っている」グレーゴル・ラウターバッハが連れてこられたので、オリヴァーは椅子から立ち上がった。アンデルス弁護士は数秒遅れで取調室に入ってきた。

「依頼人と話がしたい」弁護士が要求した。

「あとで話せばいいでしょう」そう答えて、オリヴァーは、悲惨のかたまりのような恰好でプラスチックの椅子にすわったラウターバッハを見つめた。「それでは、大臣。腹蔵なく話してください。ナージャ・フォン・ブレドウが、あなたを有罪にするに足る証言をした。一九九七年九月六日の夜、あなたは、ザルトリウス農場の納屋の前でジャッキを使ってシュテファニー・シュネーベルガーを殴り殺した。シュテファニーに情事のことを話されると心配したからだ。シュテファニーにそう脅迫されたから。違うかな？」

「黙秘する」弁護士が大臣の代わりに答えた。

「あなたはティース・テアリンデンが目撃者だと知り、黙っているように圧力を加えた」

ピアの携帯電話が鳴った。ピアは画面を見て立ち上がり、机から離れた。電話をかけてきたのはヘニングだった。彼はダニエラがだしたティースの処方箋を調べていた。

「知り合いの精神病学者と話をした」ヘニングはいった。「自閉症に非常に詳しくて、処方箋をファックスしたら、衝撃を受けていたよ。アスペルガー症候群の患者には完全に逆効果だぞうだ」

「どの程度？」そうたずねながら、ピアはもう一方の耳をそばだてた。ボスが声を張りあげて、ノーコメント一点張りの大臣と弁護士に対して言葉の集中砲火を浴びせたのだ。まるで裁判所の前でマスコミに囲まれているかのように。

「中枢神経系に作用する抗精神病薬や抗不安薬と併せてベンゾジアゼピンを与えると、相乗効果が生じる。きみたちが見つけた一連の向精神薬は、そもそも妄想や幻覚を伴う急性精神障害に使用されるもので、抗不安薬やベンゾジアゼピンは不安抑制のための薬だ。しかしベンゾジアゼピンには、別の興味深い効果がある。健忘作用があるんだ。つまり薬が効いているあいだ記憶をなくすということだ。いずれにせよ自閉症患者に長期にわたってこのような投薬をつづけた医者は開業免許を剝奪されることになる。少なくとも重い傷害罪にあたる」

「あなたの知り合いはその所見を文書にまとめてくれるかしら？」

「ああ、大丈夫だ」

それがなにを意味するか理解したピアは、興奮して心臓の鼓動が激しくなった。ダニエラは十一年にわたって意識を変える薬をティースに与えつづけていたのだ。それもティースの精神をコントロールするために。両親は息子のためだと信じていたに違いない。ダニエラがなぜそのような行動を取ったかは明々白々だ。夫を守ろうとしたのだ。

オリヴァーがちょうどドアを開けた。大臣は両手で顔をおおい、子どものように泣きじゃくり、アンデルス弁護士はアタッシュケースをつかんでいた。警官が入ってきて、泣いている大臣を連れていった。

「自供したよ」オリヴァーは会心の笑みを浮かべていた。「故意かどうかは別として、シュテファニーを殴り殺したのは彼だ。トビアスはやはり無実だった」

「ずっとそう思っていました」ピアはいった。「それよりアメリーとティースのことですけど、ふたりを誘拐した犯人がわかりました。わたしたち、まんまと騙されていたんです」

＊

寒い、寒い、寒い。凍てつく風が吹き荒れ、雪片が小さな針のように顔に突き刺さる。行く手にはなにも見えない。見渡す限り白銀の世界だ。両の目から涙があふれ、目がかすむ。足も鼻も耳も指先も感覚がない。吹雪の中、道に迷わないよう道路沿いの反射鏡をたどった。時間の感覚はもうまるでない。偶然通りかかった除雪車に拾ってもらえるという期待もついえていた。どうして歩きつづけているんだ。どこへ行こうとしているんだ。薄いスニーカーの中で凍りついた足を雪から抜くだけでもひと苦労だ。白銀の地獄を一歩進むにも超人的な努力を要した。またもや転んで、雪の中で四つん這いになった。涙が頰を伝い落ち、途中で氷になった。トビアスは前のめりになって、そのまま倒れ込んだ。体の節々が悲鳴をあげている。彼女に鉄の火かき棒で殴られた左腕は完全に感覚を失っていた。彼女は狂ったように襲いかかり、ものすごい形相で殴り蹴り、つばを吐いた。それから山小屋を飛びだし、それっきり帰ってこなかった。彼をスイス・アルプスの山奥にひとり置き去りにして。トビアスは素っ裸のまま何時間も床に倒れていた。あまりのショックで動くこともできなかった。彼女がもどってくることを期待しつつ恐れた。しかしそうはならなかった。

いったいどういうことなんだろう。紺碧《こんぺき》の空の下、雪に囲まれ、ふたりで楽しい一日を過ごした。いっしょに料理をし、食事をし、情熱的に愛し合った。ところが青天の霹靂《へきれき》のように、ナージャは切れた。いったいどうしてだろう。彼女は友だちだった。もっとも親しい最高の旧友。仲間を見捨てるはずがない。そのときピカッと輝く稲光のように記憶が蘇った。「アメリー」かじかんだトビアスの唇から声が漏れた。あのときも、アメリーのことが心配で、彼女の名前を口にした。そうしたらナージャがいきなり怒りだしたのだ。トビアスはこめかみを拳で押しながら必死で考えた。朦朧《もうろう》とした頭の中で、それまで思いもしなかったつながりがしだいに見えてきた。ナージャは前からトビアスを愛していた。だが彼の方は一度もそのことに気づかなかった。彼女に女友達と楽しく過ごした話を何度もした。彼女はきっとそのたびに傷ついていたに違いない！　だが一度たりともそんなそぶりは見せず、いい仲間らしくいろいろアドバイスしてくれた。

トビアスはふっと頭を上げた。吹雪はやんでいた。そのまま雪の中に横たわっていたいという気持ちを払い捨て、トビアスはあえぎながら膝で立ち、目をこすった。間違いない！　下の谷間に明かりが見える！　彼は懸命に歩いた。ナージャは当時、トビアスの恋人に嫉妬していたのだ。ラウラとシュテファニーに対しても。森の縁《ふち》でアメリーが気に入ったかとナージャにさりげなく訊かれたときも、トビアスはなんの疑いもなく「ああ」と答えた。有名な女優のナージャが十七歳の少女に嫉妬するなんて、だれが思うだろう。アメリーを誘拐したのはナージャだろうか。なんてことだ！　絶望的な気持ちに駆られて、彼は必死に谷を下った。ナージャは一日先に山を下りている。アメリーがティースの絵を持っていて、自分の無実をはらそうとしているとナージャに話してしまった。アメリーにもしものことがあったら、自分の責任だ。トビアスは立ち止まると、怒りにまかせ、声を限りに叫んだ。彼は叫んだ、やがて喉が痛くなり、声がかれた。

*

ダニエラ・ラウターバッハは地面にのみこまれたように姿を消していた。クリニックではミュンヘンで開かれる医学会に出席しているという話だったが、調べてみると、そこに顔を見せた形跡がまったくない。彼女の携帯電話の電源は切られ、車も所在不明だった。目も当てられない状況だ。ダニエラが精神病院からティースを連れだした可能性が生じた。彼女はその精神病院の非常勤の医師でもあり、病棟に彼女がいてもだれも怪しまない。問題の土曜日の夜、ダニエラは急患があったといったが、その事実はなかった。彼女は嘘をついて、その時間に〈黒馬亭〉の前で網を張ったに違いない。アメリーはダニエラと顔見知りだったから、なんの疑いもなく彼女の車に乗っただろう。そしてトビアスに嫌疑がかかるように、ダニエラはアメリーの携帯電話を彼のジーンズのポケットにひそませ、家に連れ帰った。シナリオは完璧だった。しかも偶然が重なった。これでアメリーとティースを生きたまま見つけだせる可能性はゼロに近くなった。

オリヴァーとピアは午後十時、会議室でダニエラの指名手配とナージャ・フォン・ブレドウの拘束を報じるテレビニュースを見ていた。署の前では新聞記者たちと二組のテレビクルーが、ナージャの新しい情報を求めていまだにうろついている。

「家に帰ろうかしら」ピアは欠伸をして伸びをした。「どこに住んでいるか知らないけど、送っていきましょうか？」

「いや、いい。帰ってくれ」オリヴァーは答えた。「署の車を使うからいい」

「大丈夫ですか？」

「ああ」オリヴァーは肩をすくめた。「なんとかなるさ」

ピアはオリヴァーを心配そうに見てから、上着とバッグをつかんで会議室を出た。オリヴァーは腰を上げて、テレビを消した。昼間はバタバタと忙しかったので、コージマのことを忘れていられたが、今朝の記憶が不愉快で苦々しい波となってふたたび揺りもどしてきた。どうしてあんなに自制心をなくしてしまったのだろう。オリヴァーは会議室の蛍光灯を消し、廊下をゆっくり歩きながら自分の部屋にもどった。両親の家の客間にはもどる気がしないし、酒場にも行く気になれない。そのくらいなら部屋で夜明かしするのも大差ない。ドアを閉めると、差し込む外からの光でうっすらと明るい部屋の中に立ち尽くした。夫としても警官としても失格だ。コージマは三十五歳の男の方を選んだ。アメリー、ティース、トビアスの三人はオリヴァーの詰めが甘かったため、すでに帰らぬ人になっているに違いない。オリヴァーが通り過ぎてきた過去は瓦礫《がれき》の山だ。未来もバラ色とはいいがたい。

＊

身を乗りだして腕を伸ばすと、指先に水面が触れた。水かさは少しずつ上がっている。やはり排水口がないのだ。水に浸かるのももうすぐだ。水は天井近くの窓から流れだすだろうから、溺れ死ぬことはないだろうが、濡れ鼠になって凍えてしまう。地下室はいまでも身を切る寒さだ。それにティースの具合がますます悪くなっている。体じゅうが震え、汗をかき、高熱を発している。たいていはアメリーに腕をまわしながら眠っていたが、目を覚ますと、ティースは話をした。それは耳をおおいたくなるほどひどい話で、アメリーは涙を流した。

まるで頭の中の暗幕が急に払いのけられたかのようにここへ連れてこられたときの記憶がはっきり蘇った。ダニエラ・ラウターバッハは水とビスケットになにか薬物を混入していたに違いない。だからそれを口にしたあと眠ってしまったのだ。だがその前の記憶はすっかり取りもどした。ダニエラが電話をかけてきて、駐車場で会いたいといった。親しげで、なにか心配ごとがあるようだった。そしてティースの具合がよくないので、いっしょに来てくれないかと頼まれた。アメリーはふたつ返事でダニエラの車に乗り込み……そしてこの地下室で目を覚ました。廃屋や浮浪者収容施設やベルリンの路上で、これまでもひどいことをさんざん見たつもりでいたが、人間がここまで残酷になれるとは万が一にも思っていなかった。退屈で面白くもない牧歌的な聚落《しゅうらく》アルテンハインに、優しそうな仮面をかぶった無慈悲で残酷な怪物たちが住んでいたのだ。もしこの地下室から生きて出られたら、アメリーは二度とだれも信用しないつもりだ。どうしてこんな恐ろしいことが人間にできるのだろう。あの愛想のいい隣人が息子になにをしているか、ティースの両親はどうして気づかなかったのだろう。無実の若者が十年間も刑務所に入れられて、真犯人がのうのうと暮らしているのに、村人はどうして黙って見ていることができるのだろう。闇の中ではたっぷり時間があった。ティースは村で起こった恐ろしい出来事をすべて話してくれた。それはとんでもない数に上った。ダニエラがティースを殺す気になるのも無理はない。そして女医はそれを実行に移したのだ。アメリーは愕然とした。女医に限って抜かりのあるはずがない。アメリーたちがここにいることをだれにも気づかれないように手を打ったはずだ。仮に居場所がわかったとしても、もう手遅れだ。

*

オリヴァーは頬杖をついて、空っぽのコニャックグラスを見つめた。ダニエラ・ラウターバッハにまんまと騙されるとは。彼女の夫がシュテファニーを殴り殺したのは、逆上してのことだった。だがその行為を冷静に隠し、薬と脅迫でティースを何年も黙らせていたのはダニエラだった。そして彼女は、トビアスが刑務所に投獄され、その両親が地獄に堕ちるのを見て見ぬふりをしたのだ。オリヴァーは、一年以上開けずに戸棚に置いてあったもらい物のレミーマルタンのボトルをつかんだ。こういう強い酒は嫌いだが、今は酒を飲みたい気分だ。今日はまる一日なにも食べていない。コーヒーをがぶがぶ飲んだだけだ。十五分ほどでもう三杯目だ。それを一気に飲み干すと、顔をしかめた。コニャックのおかげで胃の中がじりじりと熱くなり、血の流れが速くなって、緊張がほぐれた。電話機の横に飾ってある額入りのコージマの写真に目がとまった。もう何年も彼女はそうやってオリヴァーに笑いかけてきた。今朝、彼女はオリヴァーを待ち伏せして、売り言葉に買い言葉でひどいことをいうよう挑発した。だがオリヴァーはもうそのことを怒っていなかった。自分が我を忘れたことの方を悔いていた。すべてを台無しにしたのは彼女の方だが、自分にも非があると感じていた。自分の結婚生活は完璧だと思っていた自分に怒りを覚えていた。なんて思い上がっていたのだろう。コージマが若い男になびいたのは、オリヴァーに男としての魅力がなくなったからだ。そばにいることに飽きて、コージマ自身と同じように冒険を求める男を探しだしたということだ。そのことに気づいてみると、意外にも自尊心を回復することができた。オリヴァーが四杯目を飲み干したとき、ドアをノックする音がした。

「どうぞ」

ニコラがドアを開けて、顔をのぞかせた。

「お邪魔かしら?」

「いいや。入ってくれ」オリヴァーは親指と人差し指で鼻の付け根をもんだ。ニコラは部屋に入ると、ドアを閉めて近くにやってきた。

「ラウターバッハ大臣の不可侵権は剥奪されたわ。裁判所はフォン・ブレドウの逮捕令状をだすそうよ」ニコラはデスクの前に立って、オリヴァーを見つめた。「なんてこと。ひどい顔をしているじゃない。今回の事件はそんなにきつかった?」

どう答えたらいいだろう。疲れていて、気の利いた返事をする心の余裕がなかった。いまだにニコラの本音がどこにあるのかわからない。本心から訊いているのだろうか、それともオリヴァーの失敗や挫折に乗じてクビにしようという腹だろうか。

「余計な騒動に振りまわされたからな」オリヴァーはそういった。「ベーンケにハッセ。それにピアとわたしに関するくだらない噂」

「根も葉もない噂なんでしょう?」

「当たり前だ」オリヴァーは椅子の背もたれに寄りかかった。うなじに痛みが走って顔をしかめた。ニコラがコニャックを見た。

「もう一客グラスある?」

「戸棚にある。下の段の左だ」

ニコラは振り返って戸棚を開けると、グラスをだしてオリヴァーのデスクの前にある来客用の椅子にすわった。オリヴァーは彼女のグラスにワンフィンガー分、自分のグラスにはなみなみと注いだ。ニコラは眉をひそめただけで、なにもいわなかった。オリヴァーは乾杯といって、一気に飲み干した。

「本当になにがあったの?」ニコラには鋭い観察眼があるし、オリヴァーのことをよく知っていた。だいぶ昔の話になるが。コージマと知り合い、結婚する前、ふたりは二年間つきあっていた。いまさら隠しごとをしてもはじまらない。住所変更をすれば、すぐわかることだ。

「コージマに男ができた」オリヴァーはできるかぎり平気なふりをした。「しばらく前から怪しいと思っていたんだ。三日前に彼女が白状した」

「あらまあ」オリヴァーの不幸を喜んでいるようには聞こえなかった。だが、慰めの言葉をかけてくれるわけでもなかった。しかしそんなことはどうでもいいことだ。ボトルをつかむと、オリヴァーはまたグラスにコニャックを注いだ。ニコラは黙ってオリヴァーを見ていた。彼は飲んだ。空腹にアルコールが効いてくる。人間が酒飲みになる状況がどういうものか、しみじみわかった気がした。コージマのことが意識の向こうに消えた。それと同時にアメリー、ティース、ダニエラのことも忘れた。

「警官失格だ」オリヴァーはいった。「上に立つ資格もない。わたしの後任を探したほうがいい」

「冗談じゃないわ」ニコラがきっぱりいった。「去年ここに着任したときは、そんなことも考えたわ。それは認める。でもこの一年半、あなたの仕事ぶりと部下の扱い方を見ていて、あなたみたいな首席警部をもう二、三人欲しいと思っているくらいよ」

オリヴァーはそれに答えず、またコニャックを注ごうとした。だがボトルは空だった。空き瓶をゴミ箱に捨てると、コージマの写真も放り込んだ。オリヴァーが顔を上げると、ニコラの鋭い目と目が合った。

「もう帰ったほうがいいわね」ニコラは時計に視線を向けながらいった。「もうすぐ真夜中よ。さあ、家に送っていくわ」

「家なんてない。両親のところにいるんだ。おかしいだろう?」

「ホテルよりましね。さあ、来なさい。立つのよ」

オリヴァーは動かず、じっとニコラの顔を見つめた。もう二十七年以上も前のことだ。ひと晩じ
彼女にはじめて出会ったときのことを思いだした。突然、大学時代、友だちのパーティで
ゅう、数人の男友だちと小さなキッチンでビールを飲んでいた。パーティに女子学生が数人来ていることは意識していなかった。当時は初恋の相手にふられたばかりだった。そしてトイレの前でニコラと出会った。彼女は彼の頭の先からつま先まで見つめて言い寄った。オリヴァーはホストに別れのあいさつもせず、そのまま彼女といっしょにそこを去った。あのときもオリヴァーは酒に酔っていて、失恋したばかりだった。いきなり体が熱くなり、腰のあたりが煮えたぎる熔岩のようになった。

「きみが欲しい」オリヴァーは、当時ニコラがいった言葉を荒っぽい声でそのまま繰り返した。

「セックスする気はない?」

ニコラははっとしてオリヴァーを見つめ、口元に笑みを浮かべた。

「いいわよ」ニコラもはじめて言葉を交わしたときのオリヴァーの返事を忘れていなかった。

「その前にちょっとトイレに行かせて」

二〇〇八年十一月二十三日（日曜日）

「シャツとネクタイ、昨日と同じですね」会議室に入ってきたオリヴァーを見て、ひとり先に来ていたピアがいった。「髭も剃ってないし」

「きみの観察眼には恐れ入る」オリヴァーはすげなくいうと、コーヒーメーカーの方へ行った。

「突然の家出で洋服ダンスの中身をさらってこなかったんだ」

「そうですか」ピアはニヤリとした。「ボスは塹壕の中にいても毎日、洗い立ての服を着る方だと思っていました。それともわたしのアドバイスに従ったということですか？」

「変な想像をしてほしくないな」オリヴァーは何食わぬ顔でコーヒーにミルクを少し入れた。ピアがいいかえそうとすると、カイ・オスターマンがドアのところにあらわれた。

「なにか悪い知らせか？」オリヴァーはたずねた。カイはまずボスを見て、それからピアにもの問いたげな視線を向けた。ピアは肩をすくめた。

「トビアス・ザルトリウスが昨日の夜、父親に連絡してきました。彼はスイスの病院にいます」カイは答えた。「アメリー、ティース、ダニエラの三人についてはなにもわかっていません」

カイのあとからカトリーン・ファヒンガーが入ってきて、ニコラ・エンゲルとスヴェン・ヤンゼン警部がつづいた。

「おはよう」ニコラはいった。「助っ人を連れてきたわ。ヤンゼン警部には当面、捜査十一課で働いてもらいます。オリヴァー、いいわね」

「ええ、結構です」オリヴァーは、ピアの指名で昨日テアリンデン邸に同行した窃盗課の刑事にうなずくと椅子にすわった。他の者たちも席についた。では失礼、といってニコラはドアの方へ歩いていき、そこでもう一度向き直った。「ふたりだけで話がしたいんだけど」

オリヴァーは立ち上がると、ニコラのあとから廊下に出て、ドアを閉めた。

「ベーンケが停職処分を不服として抗議し、病気療養の申請をしたわ」ニコラは声を押し殺していった。「法律顧問はアンデルス弁護士事務所の弁護士よ。どこにそんな金があったのかしらね？」

「こういう案件なら、アンデルスは無償でもやるさ」オリヴァーは答えた。「新聞の見出しに出ることが第一だから」

「まあ、様子を見るとしましょう」ニコラはオリヴァーを見つめた。「それからもうひとつ。もっといいタイミングで伝えたかったんだけど、どこかで耳にするかもしれないのでいっておくわ……」

オリヴァーはじっとニコラを見た。自分の停職処分だろうか、それともエンゲルが連邦刑事局長に抜擢されたのだろうか。手の内を見せないところは、いかにもエンゲルらしい。

「昇進おめでとう」ニコラはそういって、オリヴァーを驚かせた。「オリヴァー・フォン・ボーデンシュタイン第一首席警部。給与ランクも一段階アップよ。ご感想は？」

ニコラは期待に満ちた顔をして微笑んだ。

「色ごとでのし上がったとでもいえばいいかな？」オリヴァーがそう答えると、ニコラはニヤリとして、すぐにまたまじめな顔にもどった。

「昨日の夜のこと、後悔しているの？」

オリヴァーは首をかしげた。

「そういうつもりはないさ。きみの方は？」

「後悔するわけがないでしょう。温め直しは普通、口に合わないんだけど」

オリヴァーはニヤリとした。ニコラは立ち去ろうとした。

「そうだ、署長……」

ニコラは立ち止まった。

「もしよかったら……また温め直しませんか？」

ニコラもニヤリとした。

「考えておくわ、首席警部。じゃあ！」

オリヴァーは、姿が見えなくなるまでニコラを見送り、それからドアノブに手を置いた。思いがけないことだが、幸福感の中、胸の疼《うず》きを感じた。仕返しに今度はオリヴァーの方が浮気をした。しかも相手はコージマが毛嫌いしているニコラだ。だが胸が疼く理由はそれだけではなかった。オリヴァーはこの瞬間、いままでになく自由な気がしたのだ。この一週間すっかり落ち込んで、自分をあわれみ、涙腺をゆるませたが、昨晩、思いがけない可能性に気づき、未来が開ける思いがした。これまでコージマの虜《とりこ》になっていたという感覚はないものの、結婚が破綻《はたん》したからといって人生は終わりではないとようやく気づいたのだ。いや、その逆だ。五十歳近い年齢でもう一度人生をやり直せるなんて、だれにでもできることではない。

＊

アメリーは、足こそ氷のように冷たかったが、体じゅう汗でびっしょりだった。ティースの体が沈まないように全身の力で支えていた。棚のてっぺんがすでに四十センチ近く水に沈み、水の流れに逆らって、ティースをじっとすわらせておくのも困難なほどだった。幸い棚は壁にネジで固定されていた。さもなければとっくの昔に倒れていただろう。アメリーは肩で息をしながら、こわばった筋肉をほぐそうとした。右手でティースを抱き、左手を天井に当てていた。天井と水面のあいだはせいぜい五十センチ。それ以上はない。

「ティース！」アメリーはささやいて、彼を軽く揺すった。「目を覚まして、ティース！」

ティースは反応しない。彼をこれ以上高く引っ張り上げるのは無理だ。体力の限界だった。しかしあと二、三時間もすれば、ティースの頭は水に浸かってしまうだろう。アメリーはあきらめかけていた。なんて冷たいの！　溺れ死ぬのだけはいやだ。タイタニック号沈没の光景が何度も脳裏に浮かぶ。あの映画を五、六回は見ている。そのたびに、レオナルド・ディカプリオが水底に沈んでいくところで号泣した。北大西洋の水はこの澱《よど》んだ水と変わらない冷たさだったに違いない！

唇をふるわせながら、アメリーはティースを励まし、揺すって腕をつねった。起きて！「死にたくない」アメリーはすすり泣いた。疲れ切って頭を壁にもたせかけた。「死にたくないよ、くそっ！」

あまりの寒さに体が麻痺して、考える力もなくなった。アメリーは水の中で必死になって足踏みした。しかしそれもやがてできなくなるだろう。眠ってはだめだ！ 今ここで手を離したら、ティースは溺れる。そして自分自身も。

＊

クラウディウス・テアリンデンは執務机に載せてあった書類からしぶしぶ目を上げた。オリヴァーとピア・キルヒホフが執務室に入ってきたのだ。

「息子は見つかったかね？」クラウディウスは立とうともせず、露骨に迷惑だという顔をした。だが近づいてみると、まったく動じていないというのは嘘で、この数日でさすがに相当まいっていることに、ピアは気づいた。血色が悪く、目の下に隈ができている。不安を忘れるために日々の仕事に逃避しているのだろう。

「いいえ」オリヴァーは申し訳なさそうにいった。「残念なことです。しかし息子さんを精神病院から誘拐した犯人がわかりました」

クラウディウスがけげんそうにオリヴァーを見た。

「グレーゴル・ラウターバッハがシュテファニー・シュネーベルガー殺害を自白しました」オリヴァーはつづけた。「その妻ダニエラが、彼の経歴に傷をつけまいとして、犯行をもみ消したのです。そして息子さんが事件を目撃していたことを知って、息子さんを脅し、何年にもわたって必要のない向精神薬で治療しつづけたのです。どうやらアメリー・フレーリヒと息子さんの存在が自分たちにとって危険だと考えて、今回の行動に出たようです。ダニエラがふたりに危害を加えたと、わたしたちはにらんでいます」

クラウディウスはオリヴァーを見つめた。顔が石のようにこわばっている。

「シュテファニーを殺したのはだれだと思っていました?」ピアが質問した。クラウディウスはメガネを取ると、顔を手でふき、大きく息を吸った。

「本当にトビアスがやったと思っていた」クラウディウスはしばらくして認めた。「グレーゴルがあの娘といるのを見て逆上したと思ったんだ。ティースがなにか見たに違いないと気づいてはいたが、あの子はなにも話してくれないので、なにを見たのか、わたしにはわからなかった。もちろんこれでいくつか合点がいった。だからダニエラはいつもティースのことを気にかけていたわけか」

「しゃべったら精神病院に放り込むと、ティースを脅していたようです」ピアはいった。「しかしダニエラも、ティースがシュテファニーの遺体を温室の地下室に隠したことまでは知らなかったようです。ダニエラはそのことをアメリーから知ったに違いありません。そこで彼女は温室に放火したのでしょう。燃やしたかったのは絵ではなく、白雪姫のミイラだったのです」

「なんてことだ！」クラウディウスは椅子から立ち上がると、窓辺に立って外を眺めた。自分がどんな薄氷の上を歩いているか気づいていたのだろうか。オリヴァーとピアは彼の背後で視線を交わした。クラウディウスはこれからさまざまな罪の責任を取らなくてはならなくなる。まずは大がかりな贈賄《ぞうわい》事件。グレーゴル・ラウターバッハが卑怯にも自分の罪を軽くする引き替えにばらしたものだ。クラウディウスはまだそのことを知らない。しかし沈黙ともみ消しで重大な罪に問われるという覚悟はしているようだ。

「ルツ・リヒターが昨日、自殺未遂をしました。息子を逮捕しようとしたときのことです」オリヴァーが沈黙を破った。「彼は十一年前、真相を隠しとおすために一種の自警団を村にこしらえたようです。リヒターの息子とその友人たちがエッシュボルン空軍基地跡地の燃料貯蔵槽に放り込んだとき、ラウラ・ヴァーグナーはまだ生きていたそうです。それなのに、リヒターは燃料貯蔵槽の蓋を土で埋めてしまったのです」

「トビアスが出所したとき、彼はふたたび自警団を招集して、トビアス襲撃の音頭を取りました」ピアが付け加えた。「あれはあなたの指図ですか？」

クラウディウスは振り返った。

「違う。そんなことはするなとはっきり釘を刺した」クラウディウスはかすれた声で答えた。

「トビアスの母を歩道橋から突き落としたのはマンフレート・ヴァーグナーでした」ピアはさらにいった。「真実をいわないように息子のラースさんに強要していなければ、すべては起こらずに済んだのですよ。息子さんはまだ生きていたでしょうし、ザルトリウス家は崩壊しなかったでしょう。ヴァーグナー家だって、いつか立ち直ったかもしれません。ふたつの家族が味わった苦悩。あれはすべて、あなたに責任があることはわかっていますね。もちろんあなたの家族だって、あなたが卑怯なことをしたばかりに地獄を見たのですよ！」

「なぜわたしなんだ？」クラウディウスは啞然としてかぶりを振った。「わたしは被害を最小限にとどめようとしただけだ！」

ピアは絶句した。この男は自分のやったことを正当化し、何年間も自分を欺いてきたのだ。

「もっと大きな被害というのは？」ピアは皮肉を込めてたずねた。

「村の共同体が壊れそうになったんだ」クラウディウスは答えた。「わたしの一族は、何百年とはいわないまでも、少なくとも数十年にわたってこの村に大きな責任を負ってきた。わたしはその責任を担う必要があったんだ！　若い連中が馬鹿な真似をした。彼らは酒に酔っぱらっていた。そしてあの娘が彼らを挑発した」

クラウディウスははじめこそ自信なげだったが、しだいに強い口調で胸を張っていった。

「わたしは、トビアスがシュテファニーを殺したと思ったんだ。どっちにせよ刑務所送りは免《まぬが》れないと。どうせ裁かれるのなら、ひとつもふたつも同じじゃないか。その代わり彼の四人の友人が罪を免れられる。だからわたしは彼の家族に資金的援助をし、面倒を見て……」

「いいかげんにしたまえ！」とオリヴァーがさえぎった。「あなたはラースが罪を免れることを考えていただけじゃないか！　ラースが殺人事件に関わったことがマスコミに知られでもしたら、自分の名に傷がつくと思ったんだろう。他の若者や村人など、あなたにはどうでもよかった。あなたは〈黒馬亭〉をひらいて〈金鶏亭〉から客を奪い、ザルトリウスのところのコックまで引き抜いた。それだけ見ても、ザルトリウス家のことを歯牙にもかけていなかったことがわかる」

「それにあなたはその状況を冷酷にも利用した」ピアがそのあとを引き取った。「アルベルト・シュネーベルガーは会社を手放す意思がなかったのに、あなたは彼が途方に暮れているのをよいことに猛烈な圧力をかけ、会社を売却させたでしょう。あの不幸な事件で得をしたのはあなただけ。いろんな意味でね！」

クラウディウスは下唇を突きだし、敵意をむきだしにしてピアを見た。

「しかしあなたの目論見ははずれた」ピアはひるむことなくいった。「アルテンハインの村人はあなたの指示どおりに動かず、勝手なことをやりだした。そこへアメリーがあらわれ、過去を掘り起こそうとした。まさか村人の半数近くを追い詰めることになるとは考えもせずに。あなたには、トビアスが舞いもどってから起こりはじめた雪崩《なだれ》を止める力などとっくになかった」

クラウディウスの表情が曇った。ピアは腕組みして、にらみを利かせた彼のまなざしを眉ひとつ動かさず受け止めた。ピアは彼の痛いところを正確に突いたのだ。

「アメリーとティースが死んだら」ピアはすごみを利かせた。「その責任はあなたひとりに取ってもらうわよ！」

「ふたりの居場所に心当たりはないかな？」オリヴァーが質問した。「ダニエラの居場所は？」

「知らない」クラウディウスは食いしばった歯のあいだから声を絞りだすようにいった。「知るわけがないだろう、まったく癪《しゃく》に障る」

＊

低くたれこめた薄墨色の雲。タウヌス地方は雪になりそうだ。この二十四時間で気温が十度近く下がった。今度の雪は残りそうだ。ピアは、数人の歩行者からにらまれてもかまわず、ケーニヒシュタインの歩行者天国に車を乗り入れた。上の階にラウターバッハ・クリニックが入っている宝石店の前で車を止めた。

「先生の居場所はわかりません」医療助手はオリヴァーに答えた。「電話も通じないんです」

「でもミュンヘンでの医学会には行っていませんね。わたしたちは、ラウターバッハ先生が行方をくらましたとにらんでいます」オリヴァーはいった。「先生はふたりの人間の失踪に関わっていて、わたしたちが追っていることを知っているようなのです」

医療助手は目を瞠《みは》ってかぶりを振った。

「そんな、まさか！　先生のところで十二年間働いてきました。先生に限って人に危害を加えることなんてありえません。だって、わたし、先生のことをよく知っているんです」

「先生と最後に会ったか、話したのはいつですか？　この数日おかしなことはありませんでしたか。それから何回くらいクリニックを空けることがありましたか？　ヴィースマイヤーさん、よく考えてください！　先生は用意周到ですが、なにか手がかりを残しているかもしれないのです。これ以上事態を悪化させないために、あなたの協力が必要なんです」

直接名前をいったことと、オリヴァーの切羽詰まった声が功を奏した。ヴァルトラウト・ヴィースマイヤーは眉根を寄せて必死に考えた。

「そういえば、先生は、シャイトハウアー夫人の邸《やしき》を案内するはずの予定を急にキャンセルしました。変だなと思いました」医療助手はしばらくしてからいった。「あの古い邸を買いたいという人を、先生は何ヶ月も前から探していまして、やっと興味を抱いた人が木曜日にデュッセルドルフから訪ねてくることになっていたんです。それなのに、その人と不動産屋にキャンセルの電話をするようにいわれました。あれは奇妙でした」

「その邸というのは?」

「緑小路にある、ヴォーク谷が見渡せる古いお邸です。シャイトハウアー夫人は長年、先生の患者だったんです。遺産相続人がいなくて、四月に亡くなったとき、莫大なお金をある財団に寄付し、邸を先生に遺贈したんです」医療助手はそれから困惑気味に笑った。「先生は反対の方がよかったみたいですけど」

＊

「ヘッセン州文化省の報道官は、グレーゴル・ラウターバッハ文化大臣が個人的理由で退陣することを発表しました……」とラジオのニュースでアナウンサーがいった。ピアはエルミュール通りから緑小路に曲がったところだった。真新しい邸の前をいくつか通り過ぎ、どん詰まりに鋳鉄製の大きな門があった。

「州内閣官房からはいまのところ公式の発表はありません。報道官は……」

「ここだ！」オリヴァーは、ピアが車を止めるなりシートベルトをはずして外に出た。門は鎖と真新しい南京錠で締めてあり、邸は屋根しか見えなかった。

ピアは門の格子を揺すってから左右に視線を向けた。塀の高さは二メートルあり、てっぺんに鉄製の槍の穂先がずらっと並んでいる。

「錠前屋と応援を呼ぼう」オリヴァーは携帯電話をだした。ダニエラ・ラウターバッハが邸にいたとしても、黙って縄にかかるはずがない。

ピアはそのあいだに塀伝いに少し歩いてみたが、棘のある植物におおわれた小さな門しかなく、そこも施錠されていた。数分後、錠前屋が到着し、ケーニヒシュタイン署から来た二台のパトカーが手前の通りで停車して、巡査たちが歩いてやってきた。

「この邸は数年前から空き家です」巡査のひとりが知っていた。「シャイトハウアー夫人はクローンベルクの薔薇《ばら》館に住んでいました。四月に死んだときは九十歳を超えていました」

「それであの女医がこの邸を遺産相続したというわけね」ピアはいった。「そういう幸運に恵まれる人もいるのよね」

錠前屋は南京錠を開けて帰ろうとしたが、オリヴァーはもう少し待機してくれるよう引き留めた。

粉雪が降りはじめた。オリヴァーたちは砂利道を歩いて下った。谷の向こうの古城が雲に包まれ、世界がそこで途切れているかのようだ。パトカーが一台ゆっくりと追い越していき、玄関の前で止まった。玄関のドアも施錠されていた。錠前屋はさっそく作業に入った。

「なにか聞こえない？」山猫なみに目と耳がいいピアがいった。オリヴァーも聞き耳を立てたが、邸の前にそびえるモミの木にそよぐ風の音しか聞こえず、首を横に振った。ドアが開いて、さっそく薄暗い大きな玄関ホールに足を踏み入れた。人が住んでいる様子がなく、空気が淀《よど》んでいた。

「だれもいないみたいだな」オリヴァーは肩すかしをくらった気がした。ピアはわきをすり抜けて照明のスイッチを押した。いきなりバチッとスイッチから火花が散った。ケーニヒシュタイン署のふたりの巡査が銃を抜いた。

オリヴァーは心臓が飛びだすかと思った。

「ただのショートです」ピアはいった。「ごめんなさい」

オリヴァーたちは部屋を順繰りに見ていった。家具には白い布がかけてあり、高窓の鎧戸《よろいど》も閉まっている。オリヴァーは玄関ホールの左に位置する大広間を横切った。寄せ木張りの床が歩くたびにミシミシ鳴った。オリヴァーが、虫に食われ湿気を吸ったビロードのカーテンを開けたが、外光はほとんど差し込まなかった。

「やっぱりなにか聞こえるわ」ピアが大広間のドアのところから声をかけた。「みんな、ちょっと静かにして！」

巡査たちが口をつぐんだ。今度はオリヴァーにも聞こえた。地下室で水の流れる音がしている。オリヴァーは大広間を出て、ピアといっしょに、玄関ホールの大きく湾曲した階段の下にあるドアに向かった。

「だれか懐中電灯を持っていない？」そうたずねて、ピアはドアを開けようとしたが、びくともしなかった。巡査のひとりがペンライトをピアに差しだした。

「鍵がかかっていないのに、どうして開かないわけ？」ピアはしゃがんで、ドアの下の方をペンライトで照らした。「これ見て！　ドアの隙間にシリコンが充塡《じゅうてん》してあるわ。どういうこと？」

ケーニヒシュタイン署の巡査が膝をつきポケットナイフでシリコンを切り取った。ピアが揺すると、ドアが勢いよく開き、水音が大きくなった。その瞬間、五、六体の黒い影がピアのわきをかすめて飛びだし、家の奥へ姿を消した。

「ネズミだ！」オリヴァーが飛びすさり、背後の巡査に激しくぶつかった。巡査は床に転びそうになった。

「そんなことでうろたえないでください」巡査がぶつぶついった。「足、踏んでるんですが」

ピアはふたりの遣り取りを無視した。気持ちはまったく別のところに行っていた。

「どうして地下室のドアをシリコンなんかで密閉していたのかしら？」そういいながら、ピアはペンライトで下を照らしながら階段を下りていった。そして十段ほど下りたところで、足に根が生えたかのように立ち止まった。

「なんてこと！」ピアが叫んだ。足首まで氷のように冷たい水に浸かっていた。「水道管破裂よ！　それでさっきショートしたんだわ。配電盤が地下にあったのね」

「水道局に電話を入れます」署の巡査のひとりがいった。「本管を止めないと」

「消防にも連絡を入れて」

オリヴァーは他にもネズミがいないか目をキョロキョロさせながらいった。「行こう、ピア。ラウターバッハはいない」

だがピアは聞かなかった。頭の中で警鐘が打ち鳴らされていた。家は無人で、ダニエラの所有だ。しかも、家を買うかもしれない客の案内をキャンセルしている。だがそれは、ここを隠れ家にするためではなかった！　どのみち靴もパンツも濡れてしまった。ピアはそのまま階段を下りた。水がゴボゴボいっていて、身を切るような冷たさだった。

「なにをしてるんだ？」オリヴァーが呼びかけた。「上がってこい！」

ピアはかがんで、闇の奥をペンライトで照らした。水面は地下の天井まであと十五センチくらいのところまで来ている。ピアはもう一段下りて、手すりをしっかりにぎりしめた。すでに腰まで水に浸かっていた。

「アメリー！」ピアは歯をガチガチいわせながら叫んだ。「アメリー？　そこにいるの？」

ピアは息をつめて耳を澄ました。あまりの寒さに目から涙が出た。そして突然、体をこわばらせた。感電したかのようにアドレナリンが急激に体を駆けめぐった。

「助けて！」規則正しく聞こえる水音にまじって声がした。「助けて！　あたしたちはここよ！」

ピアはタバコを吸いながら、じっとしていられず玄関ホールを歩きまわっていた。パンツも靴もびしょ濡れなのに、そのことが気にならないほど興奮していた。

＊

オリヴァーは、水浸しの地下室に入れるようになるまで、雪の降る中、邸の前で待った。ネズミの大群とひとつ屋根の下にいるかもしれないと考えただけで耐えられなかったのだ。

水道局が本管を止め、ケーニヒシュタインの消防団がありったけのホースで地下室の水を荒れ果てた庭園に排出し、非常用発電機で照明もともされた。救急車はすでに三台待機し、警察が敷地全体を封鎖していた。

「水が外に流れでないように、すべての採光口にものが詰め込まれ、シリコンで密閉されていました」消防団が報告した。「信じられません」

しかし事実なのだ。オリヴァーとピアには、だれがやったかはっきりわかっていた。

「中に入れます！」へそのところまで防水ズボンをはいた消防団員がいった。

「わたしも入るわ！」ピアはタバコを寄せ木張りの床に投げて踏み消した。

「だめだ。ここにいろ！」オリヴァーが玄関から叫んだ。「病気になるぞ！」

「ゴム長靴をはいたほうがいい」消防団長が振り返っていった。「待っていてください。今取ってきます」

五分後、ピアは三人の消防団員とともに膝の高さまで水のたまった地下室の中を歩いた。手持ちのサーチライトの光に照らされながら、ピアたちは次々とドアを開けていき、ついに探していた部屋を見つけた。ピアは差しっぱなしの鍵をまわして、ドアを押し開けた。ギギッときしみながらドアが開いた。心臓がドキドキした。そしてサーチライトの光の輪の中に青白い顔の薄汚れた少女が浮かび上がるのを見て、膝から力が抜けるほどほっとした。アメリーは目をしばたたいた。ピアは二段ある階段を下り、地下室の床よりもさらに低くなっている部屋につまずきながら入ると、泣きじゃくるアメリーを抱きしめた。

「落ち着いて」ピアはそうつぶやいて、アメリーのボサボサの髪をなでた。「大丈夫よ、アメリー。もう怖いことはないわ」

「でも、でもティースが」アメリーが叫んだ。「なんだか……死んじゃったみたいなの！」

＊

捜査官たちの安堵の仕方といったら尋常ではなかった。アメリー・フレーリヒは八日間ケーニヒシュタインの古い邸の地下室に閉じ込められながら、さしたる怪我もなく無事に生き延びた。疲労困憊《こんぱい》し、脱水症状を起こし、ガリガリにやせてしまったが、ひどい経験をしたわりには身体的に無傷で済んだ。彼女とティースは病院へ搬送された。ティースの方は体調が芳《かんば》しくなかった。もともと身体的に虚弱だったうえ、薬のひどい禁断症状に苦しんでいた。オリヴァーとピアは課内での打ち合わせを済ませてから、ふたりが入院したバート・ゾーデン病院へ向かった。そこのロビーでふたりはハルトムート・ザルトリウスと息子のトビアスと出会った。

「リタが意識を取りもどしまして」ハルトムートはいった。「少しだけど話ができました。だいぶ回復したようです」

「それはよかったわね」ピアは微笑んで、一気に老けた感じのトビアスを見た。目の下に隈ができ、具合が悪そうだ。

「どこにいたんですか？」オリヴァーはトビアスの方を向いた。「心配したんですよ」

「スイスの山小屋です。ナージャに置き去りにされたようで」ハルトムートが代わりに答えた。

「倅《せがれ》は近くの村まで雪の中を歩いたんです」

ハルトムートはトビアスの腕を取った。

「ナージャがそんなことをするとは夢にも思いませんでした」

「フォン・ブレドウを逮捕しました」オリヴァーはトビアスにいった。「ラウターバッハ大臣も、シュテファニー・シュネーベルガーを殴り殺したことを自供しました。じきに名誉回復が行われ、あなたは無罪となります」

トビアスはどうでもいいというように肩をすくめた。失われた十一年と家族の崩壊は名誉が回復しても取りもどせるものではない。

「ラウラは、燃料貯蔵槽に投げ込まれたときまだ生きていたそうです」オリヴァーはつづけた。「投げ込んだ三人は良心がとがめて助けだそうとしたらしいのですが、ルツ・リヒターがそれを止めて燃料貯蔵槽の蓋を土で埋めたのです。さらにリヒターは村に自警団のようなものをこしらえて、みんなに箝口令を敷いたのです」

トビアスは反応しなかったが、父親の顔から血の気が引いた。

「ルツが？」

「ええ」オリヴァーはうなずいた。「息子さんの襲撃を先導したのもリヒターでした。家の落書きや脅迫状もあの夫婦がやったことです。ふたりは真実が明るみに出ないよう手を尽くしたのです。息子が逮捕されたとき、リヒターは自分の頭を銃で撃ちました。目下のところ昏睡状態ですが、命に別状はないでしょう。いずれ裁かれることになります」

「それでナージャは？」ハルトムートはささやいた。「なにもかも知っていたのですか？」

「そういうことになります」オリヴァーは答えた。「彼女は、ラウターバッハがシュテファニーを殴り殺したときの目撃者です。ラウラを燃料貯蔵槽に投げ込むよう仲間に指示したのも彼女でした。彼女は息子さんに有利な証言ができたのに、口をつぐんでいたのです。十一年ものあいだ。だから息子さんが出所したとき、アルテンハインにもどらないように画策したのです」

「だけどなぜだ？」トビアスの声はかすれていた。「理解できない。か……彼女は俺の帰りを待っているって何度も手紙で……」トビアスは黙って首を横に振った。

「ナージャはあなたを愛していたのです」ピアが答えた。「しかしあなたは知らずにそれを何度もはねつけた。そこでラウラとシュテファニーを憎んでいたのです。まさかあなたが有罪になるとは思っていなかったのでしょう。しかしそうなったとき、彼女はあなたの帰りを待ち、自分のものにしようと心に誓ったのです。そこにアメリーが登場しました。ナージャはあの娘をライバル視したのです。しかも過去の事件について手がかりをつかんだため、彼女は危険人物になったのです。ナージャは警官に変装してフレーリヒ家に隠してあったティースの絵を探しにもいきました」

「ああ、知ってる。でもなにも見つからなかったといってた」トビアスはいった。

「いいえ、見つけたのです」オリヴァーは答えた。「絵はすべて廃棄したそうです。それを見られたら、彼女が嘘をついていることがばれてしまうと思ったそうです」

トビアスは呆然としてオリヴァーを見つめた。ナージャの嘘と偽りがどれほど手の込んだものだったか実感したのだろう、ごくりとつばを飲み込んだ。そのまましゃがみ込んでしまいそうだった。

「アルテンハインの住民には、真実を知る者もいました」ピアがいった。「クラウディウス・テアリンデンも、息子のラースと自分の名を汚さないために見て見ぬふりをしたのです。それでも良心がとがめて、あなたとご両親に援助の手を差し伸べたということらしいです」

「いやそれは真実の一面でしかない」トビアスがさえぎった。こわばっていた顔に生気がもどり、トビアスは父に視線を向けた。「ようやくすべてのからくりが見えてきた。あいつが欲しかったのは権力と、そして……」

「なんですか？」

トビアスはただ黙ってかぶりを振った。

ハルトムートはふらっとよろめいた。隣人や友と思っていた者たちの本当の顔を知ったショックでよろめいた。村人たちが口をつぐみ、嘘をつき、自分たちの都合で彼の生き甲斐、結婚、評判、つまり全人生を台無しにしたのだ。ハルトムートは壁際のプラスチック製の椅子にすわり込み、両手で顔をおおった。トビアスは隣にすわって父の肩に腕をまわした。

「しかしいい知らせもあります」オリヴァーはそのとき、どうしてピアとこの病院へやってきたのか思いだしていった。「われわれはアメリー・フレーリヒとティース・テアリンデンのところへ行くところなのです。今日の昼、ケーニヒシュタインのある邸の地下室でふたりを発見しました。ふたりを誘拐してそこに監禁したのはラウターバッハ先生でした」

「アメリーは生きてるのか？」トビアスは感電したかのようにパッと背筋を伸ばした。「元気にしている？」

「ええ。いっしょにどうぞ。あなたに会えたら、アメリーは喜ぶでしょう」

トビアスは少しためらってから腰を上げた。ハルトムートが顔を上げておずおずと笑みを浮かべた。だがその顔はすぐにまた憎悪にゆがんだ。いきなり立ち上がると、ピアがびっくりするほどの勢いで、ちょうど病院のロビーに入ってきた男に向かっていった。

「やめろ、おやじ！　やめろ！」トビアスの声がしてはじめて、ピアはその男がクラウディウス・テアリンデンであることに気づいた。妻やフレーリヒ夫妻といっしょだった。子どもの病室へ行くところのようだ。ハルトムートはクラウディウスの喉を絞めた。クリスティーネとフレーリヒ夫妻はそのかたわらで凍りついていた。

「この豚野郎！」ハルトムートは罵声を吐いた。「おまえのせいで俺の家族は！」

クラウディウスは顔を真っ赤にして、両腕を必死に振りまわし、襲ってきた相手を蹴った。

オリヴァーがあいだに割って入ろうとした。ピアも駆けよろうとしたが、そのときトビアスに激しくはね飛ばされ、バルバラ・フレーリヒとぶつかって床に転んでしまった。トビアスが父の腕をつかんで離そうとしたその瞬間、クラウディウスが死にものぐるいでハルトムートを突き飛ばした。立ち上がったピアは、ハルトムートが後ろに倒れ、非常扉に頭からぶつかるのをスローモーションのように見た。トビアスは悲鳴をあげて父のところに飛んでいった。またたく間にあたりが血の海になった。ピアははっと我に返った。バルバラが首に巻いていたショールを奪い取って、みるみる広がる血の海にひざまずき、激しい出血を必死で止めようとした。空色のショールがハルトムートの後頭部から流れだす血で真っ赤になった。痙攣《けいれん》したハルトムートの喉の奥からゴボゴボ音がした。

「医者を呼べ！　早く！」オリヴァーが叫んだ。「なんてことだ。医者はどこだ？」

クラウディウスは喉に両手を当て、目をむきながらゲホゲホ咳き込み、床をはっていた。

「わざとじゃない」クラウディウスは必死に弁明した。「事故だ……」

遠くで足音と悲鳴が聞こえた。ピアのジーンズも両手も上着も血に染まった。白い靴と足が視界に入った。

「どくんだ！」だれかが叫んだ。ピアは後ろにさがって顔を上げた、オリヴァーと目が合った。

手遅れだった。ハルトムートは絶命していた。

＊

「どうしようもなかったんです。あっという間の出来事で」

ピアは放心状態になりながらかぶりを振るしかなかった。全身が震え、オリヴァーが血に染まった手に持たせたコーラもまともに持っていられないほどだった。

「自分を責めるな」オリヴァーは答えた。

「そうはいっても。トビアスは？」

「さっきまでいたはずだが」オリヴァーがあたりを見回した。ロビーは封鎖されたのに、それでも人がうようよしていた。警官たち、呆然としている医師たち。白いつなぎを着た鑑識官たちが、ハルトムートの遺体を亜鉛製の棺《ひつぎ》に収めた。トビアスの父を救うにはすべてが手遅れだった。クラウディウスに突き飛ばされたハルトムートは運の悪いことにガラスドアを割り、後頭部をざっくり切ってしまったのだ。もはやだれにも助けようがなかった。

「ここにいてくれ」オリヴァーはほんのちょっとピアの肩に手を置いて立ち上がった。「トビアスの様子を見てくる」

ピアはうなずき、乾いてべとついた両手の血を見た。それから上体を起こして深呼吸した。胸の鼓動が少し静まると、冷静に考えることができるようになった。クラウディウスの姿が目にとまった。背中を丸めて椅子にすわり、どこか遠くを見ている。警官がひとりついて、事情聴取をしていた。ハルトムートの死は事故だった。それは疑いようがない。クラウディウスは自衛しただけで、殺意はなかった。だがそれでも彼の肩にどれだけの罪の重みが載っているか、ピアは理解した。若い女医がピアの前にしゃがんだ。

「鎮静剤を差し上げましょうか？」女医は心配そうにたずねた。

「いいえ、大丈夫です」ピアは答えた。「どこかで手を洗えませんか？」

「どうぞこちらへ来てください」

ピアは足をふるわせながら女医についていった。そのあいだもトビアスの姿を捜したが、どこにも見あたらない。どこへ行ったんだろう。父の死を目の前で見させられるとは。ピアはどんな危険な状況でも比較的冷静な判断ができるが、トビアスを襲った運命には深く心を揺さぶられた。彼は次から次へと大事なものを失っていく。

＊

「トビー！」アメリーはベッドから体を起こし、信じられないというように微笑んだ。監禁されていたあいだ夜も昼も何度トビアスのことを考えたかしれない。頭の中でトビアスとしゃべり、再会するときの様子をいろいろ想像した。彼の温かい碧い目を思い描いたおかげで気が変にならずに済んだのだ。そして今そのトビアスが目の前にいる。うれしくて胸が大きく高鳴った。「見舞いに来てくれるなんてうれしいわ！　わたし……」

薄暗がりの中、トビアスの凍りついた表情に気づいて、アメリーの笑みが消えた。トビアスは病室のドアを閉め、心許ない足取りでアメリーに近づくと、ベッドの足元のあたりで立ち止まった。トビアスはぞっとする表情をしていた。死んだように血の気がなく、目が充血している。アメリーは、なにかとんでもないことが起こったのだと気づいて小声でたずねた。

「どうしたの？」

「おやじが死んだ」トビアスはかすれた声でささやいた。「ついさっき……下の……ロビーにテアリンデンの奴があらわれたんだ……それでおやじが……そして……」

トビアスは口をつぐんだ。息が荒くなり、拳を口に当て、懸命に自分の気持ちを抑えようとしている。

だがはかない試みだった。

「神様」アメリーは呆然と彼を見つめた。「でもどうやって……いえ、どうして……」

トビアスは顔をしかめて身をかがめた。唇が震えていた。

「おやじはあの、豚野郎にかかっていったんだ」消え入るような声だった。「そしたらあいつが……おやじをガラスドアに突き飛ばして……」

トビアスの言葉が途切れ、頬のこけた顔が涙でびしょびしょになった。アメリーは掛布をはねのけ、トビアスに手を差し伸べた。トビアスがどさっとベッドの縁《ふち》にしゃがみ込み、アメリーの手に誘われるようにして彼女の胸元に顔を押しつけ、体を震わせながら激しい嗚咽《おえつ》を漏らした。アメリーは彼を強く抱きしめた。

アメリーは喉が詰まった。トビアスがやるせない思いを伝えられる相手はもはや自分しかいないのだ。

＊

トビアスは病院から姿を消した。オリヴァーは両親の家にパトカーを向かわせたが、彼はそこにも姿をあらわさなかった。

クラウディウス・テアリンデンは妻とともに帰宅した。ハルトムート・ザルトリウスの死に直接の責任はない。あれは事故、不幸な偶然が重なってしまったのだ。

オリヴァーは時計に視線を向けた。今日、コージマは母を訪ねているはずだ。ロートキルヒ伯爵邸でのブリッジの夕べは何十年もつづく伝統だ。署にもどる前に家へ衣類を取りにもどっても顔を合わせずに済む。体が汚れ、汗をかいている。たっぷりシャワーを浴びたかった。

やはり家に明かりがついていなかったので、オリヴァーはほっと家の中を見回した。なにもかもいつもどおりだ。胸が痛くなるほど懐かしい。だがもうここは我が家ではない。感傷に浸るのをやめ、二階のベッドルームに上がった。照明をつけてオリヴァーははっと息をのんだ。窓辺の安楽椅子にコージマがすわっていたのだ。オリヴァーは心臓が飛びだしそうになった。

「どうしてこんなに暗くしているんだ？」オリヴァーはそれしか言葉が見つからなかった。

「静かに考えたかったからよ」コージマは急に明るくなったので目をしばたたかせ、立ち上がると、身を守るように安楽椅子の後ろにまわり込んだ。

「今朝はかっとしてしまってすまなかった」オリヴァーは少しためらってからいった。「さすがに我慢できなくなってね」

「もういいわ。悪いのはわたしだし」コージマは答えた。ふたりは黙って顔を見合わせた。やがて黙っているのが耐えられなくなった。

「服を取りにきただけだから」オリヴァーはそういってベッドルームから出た。二十五年ものあいだずっと連れ添った相手になにも感じないなんて。自己欺瞞《ぎまん》、それとも魂の自衛本能だろうか。あるいはコージマへの気持ちはとっくの昔に冷めていたのだろうか。この数ヶ月、何度も言い争い、少しずつ愛情の欠片《かけら》がはがれていった。

オリヴァーは自分を冷静に分析していることに驚いた。廊下にある造りつけの物置を開け、そこに並んでいるスーツケースを見た。それはコージマが世界を旅するときに使っているものだ。それを持っていく気はしない。そこで、コージマが使いづらいといって、ほこりをかぶったままになっている真新しいハードシェルスーツケースをふたつ引っぱりだした。ゾフィアの部屋の前を通ったとき、ふと足を止めた。少し顔を見ていくことにして、スーツケースを置き、部屋に入った。ベッド脇の小さなランプがともっていた。ぬいぐるみに囲まれたゾフィアは親指をくわえてすやすや眠っていた。オリヴァーは末娘を見つめてため息をついた。ベッドの上にかがみ込むと、手を伸ばして、ゾフィアの温かい顔にそっと触れた。

「ごめんな」オリヴァーはささやいた。「だけど、おまえのためだからといっても、こればかりは無理だ」

＊

大きな血の海にしゃがみ込んだ女刑事の姿を、トビアスは一生忘れないだろう。だれよりも早く、彼は父の死を感じた。石になったかのように立ち尽くした。なにも聞こえず、感覚も麻痺し、医師や救急隊員や警官にわきへ押しのけられた。あまりに驚愕することがつづき、心の中には感情をしまう場所がなくなった。浸水した船の沈没を防ぐために最後の隔壁を閉じるのと似ている。

トビアスはアメリーといっしょに病院を抜けだした。だれひとり、彼を止める者はいなかった。暗いアイヒヴァルト通りを横切った。寒さに体がしびれ、ようやくまともに考えることができるようになった。ナージャ、イェルク、フェーリクス、おやじ。みんな、彼を見捨てるか、裏切るか、失望させるかした。もうだれも頼れない。灰色一色の無力感に真っ赤にはじけた怒りの斑点が浮かんだ。一歩足を前にだすたびに彼の人生を踏みにじった人々への憤《いきどお》りがふくらんでいき、息ができなくなって、あえぎながら足を止めた。心は復讐を叫んでいる。自分と自分の両親を苦しめたすべてのものに仇《あだ》をなせと。トビアスにはもう失うものはなかった。本当になにもなかった。だがバラバラになった糸がしだいに頭の中でよりあわさり、突然ひとつの意味をなした。父が死んだ今、クラウディウス・テアリンデンとダニエラ・ラウターバッハの秘密を知る者は自分だけだと突如気がついたのだ。二十三年前、父親があのふたりの偽装工作に手を貸したことを思いだし、トビアスは両の拳を固めた。

トビアスは七、八歳の頃、食堂の隣の部屋でよく夜を過ごした。あのときは母が出かけていたので、だれも彼を寝かしつけようとしなかった。ソファでうたたねして、ふと目を覚ますと、真夜中だった。起き上がって足音を忍ばせながらドアに近づき、大人たちの話を盗み聞きした。もちろんなんの話かわからなかった。〈金鶏亭〉で毎晩のように夕食をとっていたヘルベルト・フックスベルガー公証人がクラウディウス・テアリンデンとふたりだけで食堂のカウンターにすわっていた。

いつもは品のいいフックスベルガーが泥酔していた。

「それがなんだっていうんだ?」そういって、クラウディウスは父に、公証人のグラスに酒を注ぐように合図した。「兄貴にはもう関係のないことだろう。死んじまったんだから」

「いや、あれが公《おおやけ》になれば、大変なことになる!」フックスベルガーは呂律《ろれつ》がまわらなかった。

「公になるわけがないだろう? 兄貴が遺書を変更したなんて、だれも知らないんだから」

「いや、いや、いや! そうはいかん」フックスベルガーがいった。

「じゃあもっと上乗せしよう。二倍だす。十万だ。どうだ?」

トビアスは、テアリンデンが父に目配せするのを見た。フックスベルガーがうなずくまで、そんな遣り取りがつづいた。

「いいだろう。だがあんたはここにいてくれ。あんたがわしの事務所に入るところを人に見られたくない」

こうしてトビアスの父がフックスベルガーといっしょに店を出た。クラウディウスはそのままカウンターにすわっていた。数年後、父親の仕事部屋の金庫を漁って保険の証券を探したとき、たまたま一通の遺書を見つけることがなかったら、この夜の大人たちの遣り取りがなんだったのかわからずじまいだっただろう。そのときはヴィルヘルム・テアリンデンの遺書が父のところにあることに首をひねったものの、はじめて手に入れた自分の車の方に気持ちが向いていて、そのままにしてしまった。それから何年ものあいだ、トビアスはそのことを、頭の片隅に追いやって忘れていた。だが父の死を目の当たりにしたショックで頭の中の秘密の部屋が開き、なにもかもが脳裏に蘇ったのだ。

「どこへ行くの？」

アメリーの声に、トビアスは現実に引きもどされた。アメリーに視線を向けると、彼女の手に手を重ねた。心が温かくなった。彼女の黒い瞳が心配そうに彼を見つめる。顔じゅうのピアスといかれた髪型を無視すれば、とっても美人だ。シュテファニーよりも美しいくらいだ。トビアスがまだ清算することがあるといったとき、アメリーは、いっしょに病院から抜けだすことをためらわなかった。横柄でつっぱっているのは恰好だけだ。はじめて教会で出会ったとき、トビアスはすでにそのことを見抜いていた。人に裏切られつづけてきたトビアスは、アメリーの欲のないまっすぐなところと、駆け引きをしないところに感心していた。

「ちょっと家に寄って、それからクラウディウスと話をする」トビアスは答えた。「そのあいだきみは車にいるんだ。きみになにかあったら大変だから」

「あの豚野郎のところにあなたをひとりでは行かせられないわ」アメリーはいった。「あたしたちがいっしょにいれば、いくらあいつでも、なにもできないでしょう」

これだけ悲惨な目にあっているのに、トビアスはふっと笑みを浮かべることができた。アメリーは勇敢でもあった。霧や闇の中でひと筋の道を照らしてくれるロウソクのような小さな希望の光が心の中にともった。これからやろうとしていることが終わったら、もしかしたらトビアスにも希望が見いだせるかもしれない。

＊

コージマはさっきいたところから一歩も動いていなかった。安楽椅子の後ろに立ったまま、オリヴァーがスーツケースを開けて、衣類を詰める様子をじっと見ていた。

「ここはあなたの家よ」コージマがしばらくしてからいった。「出ていくことはないのに」

「だけどそうと決めたんだ」オリヴァーは彼女を見なかった。「ここはわたしたちのうちだった。だがもうここに住みたくない。ボーデンシュタイン家の古い御者の家に住むことになった。しばらく前から空き家だった。これがベストの解決法さ。きみが旅に出ているあいだ、うちの両親かクヴェンティンとマリー＝ルイーゼがゾフィアの世話をしてくれる」

「ずいぶんとんとん拍子に決めたのね」コージマは棘のある言い方をした。「あなたは終止符を打ったというわけね」

オリヴァーは嘆息した。

「それはわたしじゃない。きみの方じゃないか。わたしはきみの決断を尊重しただけだ。これまでずっとそうしてきたようにな。そしてわたしは新しい状況に順応しようとしているのさ。きみは別の男を選んだ。わたしにはどうすることもできない。だけど、そのことに目をつむって生きていくことにしたんだ」

オリヴァーは、ニコラと一夜を明かしたことを打ち明けようかと一瞬迷った。オリヴァーが元彼女だったニコラといっしょに働いていると知ってから、コージマはニコラのことをよくいわない。だがそんな低次元なことをしてもはじまらない。

「アレクサンデルとわたしはいっしょに働いているけど」コージマがいった。「彼を選んだ覚えはないわ」

オリヴァーはスーツケースにシャツを重ねて入れた。

「でも彼との方がうまくいくんじゃないかい」オリヴァーは顔を上げた。「コージマ、どうしてなんだ？　きみは人生にそんなに冒険が必要なのか？」

「いいえ、そんなことはないわ」コージマは肩をすくめた。「うまく説明できないの。でも彼を選んだわけじゃない。アレックスとは間の悪いときに出会っちゃったのよ。マヨルカ島の一件で腹を立てていたときで」

「それで、そいつとベッドに入ったってわけか。わたしに腹を立てていたから」オリヴァーはかぶりを振って、スーツケースのひとつを閉じた。そして上体を起こした。「すばらしいね」

「オリヴァー、お願いだからなにもかも台無しにしないで」コージマは哀願するような声でいった。「わたしが悪いのはわかっているわ。本当に申し訳ないと思っている。でもわたしたちを結びつけるものもいっぱいあるじゃない」

「いや、わたしたちを切り離すものの方が多い。きみのことはもう信用できないんだ、コージマ。信用できない相手とはいっしょに暮らしたくないし、暮らせない」

オリヴァーはコージマをそこに残してバスルームに入った。ドアを閉め、服を脱いでシャワーを浴びた。熱い湯に当たると、凝《こ》った筋肉が弛緩し、緊張がほぐれた。脳裏には昨夜のことが浮かんだ。そしてこれから自分の人生にやってくる無数の夜を思い描いた。いままでは目を覚ますたびに、コージマは地球のどこにいるのだろう、元気だろうか、危険な目や事故にあっていないだろうか、別の男と寝ていないだろうかと思い悩んできたが、もうそんな心配をせずに済むのだ。そういうことを考えても胸が痛まず、深い安堵感を覚えている自分に驚いた。オリヴァーはもうコージマの決めたとおりに生きる必要がないのだ。そしてこの瞬間、だれにも自分の生き方を決めさせはしないと固く心に誓った。

*

手遅れでありませんようにと彼は祈った。車の中で待つこと十五分。黒塗りのベンツが走ってきて、テアリンデン工業の門の前で止まった。門が自動で横にスライドした。ブレーキライトが消え、車は門の奥に消えた。

「いまだ！」トビアスがささやいた。ふたりは車から飛びだし、駆け足で門が閉まる直前に中にすべり込んだ。守衛所はもぬけの殻だった。夜間の警備は監視カメラだけで、警備員はずいぶん前から置いていないということを、工場で働いている旧友のミヒャエルから聞いていた。いや、働いていた、だったとトビアスは頭の中で訂正した。ミヒャエルはいまイェルク、フェーリクス、ナージャともども留置場の中だ。

敷地にはうっすらと雪が積もっていた。ふたりはクラウディウスの車が残したわだちを黙ってたどった。トビアスは少し歩みを遅くした。にぎっているアメリーの手が氷のように冷たい。彼女は監禁されていたあいだにやせ細り、こんな冒険をする体力など本来ならあるはずがないのに、それでもついてくるといって聞かなかった。建物の角を曲がると、本社ビルの一番上の階に明かりがともっているのが見えた。玄関の前にオレンジ色の常夜灯に照らされた黒いベンツが止まっていた。トビアスとアメリーは外灯のない駐車場を横切って、本社ビルの玄関にたどりついた。

「ドアが開いてる」アメリーがささやいた。

「ここで待っていてくれないか」そういって、トビアスはアメリーを見た。彼女の目が頰のこけた青白い顔にやけに大きく見える。彼女はきっぱり首を振った。

「いやよ。いっしょに行く」

「わかった」トビアスは大きく息を吸ってから、アメリーをぎゅっと抱きしめた。「ありがとう、アメリー。感謝するよ」

「いいってこと」アメリーはつっけんどんに答えた。「入りましょう」

トビアスは笑みをこぼしてうなずいた。ふたりは大きなエントランスホールを横切ると、エレベーターの前を通って階段室に入った。そこの入口も施錠されていない。クラウディウスは泥棒が入ることを恐れていないようだ。

五階まで上がったとき、息の切れたアメリーは、手すりに寄りかかって呼吸を整えた。トビアスが重たいガラスドアを押すと、ガタンと音がした。彼ははっと身をこわばらせ、小さなフットライトの淡い光しかない薄暗い廊下に聞き耳を立てた。ふたりは手に手を取って廊下伝いに進んだ。トビアスは興奮した。心臓があばら骨を叩いているような気がした。少ししてぴたっと足を止めた。廊下の奥に半開きのドアがあり、そこからクラウディウスの声が聞こえる。

「……急がせろ。これ以上雪が激しくなったら離陸できなくなるかもしれない」

トビアスとアメリーはチラッと顔を見合わせた。クラウディウスは電話で話しているようだ。トビアスたちはいいタイミングで来たようだ。どうやらクラウディウスは飛行機で高飛びする気らしい。ふたりはさらに歩を進めた。突然別の声が聞こえた。アメリーがぎょっとして、トビアスの手をつかんだ。

「どうしたの？」ダニエラ・ラウターバッハの声だ。「なにをぐずぐずしているのよ」

ドアが大きく開け放たれて、明るい光が廊下に差した。トビアスはあわてて背後の事務室のドアを開け、アメリーを闇の中に押し込み、自分も心臓をドキドキさせながら隣に立った。

「くそっ、あいつ、ここでなにをしてるの？」アメリーはかっとしてささやいた。「あたしとティースを殺そうとした女よ！　テアリンデンは知っているはずなのに！」

トビアスは緊張しながらうなずいた。どうやったらふたりをここに釘付けにできるか必死に考えた。ふたりが高飛びして、行方をくらますなんて、絶対に許せない。ひとりだったら、このままあいつらに声をかけたいところだが、アメリーを危険にさらすわけにはいかない！　トビアスはデスクに視線を向けた。

「デスクの下に隠れるんだ」トビアスは小声でいった。アメリーは首を縦に振らなかったが、トビアスは有無をいわせなかった。アメリーがデスクの下にもぐり込むのを待って、受話器を取り、耳に当てた。外から差し込むかすかな光しかなかったので、電話機がよく見えない。勘を頼りにボタンを押した。うまくいった！　外線に通じた。トビアスは震える指で一一〇番にかけた。

＊

開いた金庫の前に立つと、いまだに痛みの残る喉元を手でさすりながら前を見つめた。病院での一件以来、頭が混乱している。いまにも心臓が喉から飛びだし、床に転がりそうな気がした。短時間にせよ酸欠になったせいだろうか？　狂ったように飛びかかってきたザルトリウスにものすごい力で喉を絞められ、目の前に星が飛んだ。ほんの数秒、これで一巻の終わりだと思ったほどだ。いままであんな暴力を受けたことがなかった。〝死の恐怖〟はこれまで中身のないうつろな言葉でしかなかったが、死を目の前にするというのがどういうものか今日よくわかった。あの狂った男の万力のような手からどうやって逃れたのか覚えていないが、気づいたときにはもうザルトリウスが血の海に沈んでいた。恐ろしいことだ。まったく恐ろしいことだ！　クラウディウスはいまだにショックから立ち直れていなかった。

クラウディウスはダニエラに視線を向けた。彼女はクラウディウスの執務机の下にもぐって、真剣な表情でコンピュータ本体の蓋《ふた》をネジ止めしていた。別のものと交換したハードディスクはすでにスーツケースのひとつに収まっている。クラウディウスはその必要はないと思っていたが、ダニエラはそのことに固執した。そのコンピュータには、警察が興味を持ちそうなデータが山のように入っている。なにもかも計画とは違った展開になってしまった。ラウラ・ヴァーグナー殺人事件にラースがからんでいることを隠そうとした、あれが大きな過ちだった。まさかあれで墓穴を掘るとは。そのときどきのささいな決断から別の決断を迫られ、嘘に嘘を重ね、やがてその糸がからまり、全貌が見えなくなった。その結果、本筋でないところで悲しむべき、そして避けがたい障害が生じてしまった。あの愚民どもがちゃんということを聞いていればなにも起こらなかったものを。まさか自力でなんとかしようとするとは！　だがトビアスの出所が作りだした小さな亀裂はまたたくまに大きな穴になり、黒々とした奈落が口を開けた。盤石だったクラウディウスの人生、習慣、日々の決まりごと、そのすべてがあれよあれよというまに渦にのみこまれてしまった。

「どうしたの？　なにをぐずぐずしているのよ？」

ダニエラの声で、クラウディウスは我に返った。ダニエラは息んで立ち上がると、クラウディウスをさげすむように見つめた。彼は自分の喉元に手を当てていることに気づいて、背を向けた。ダニエラはいつかすべてが水泡に帰すと思っていたに違いない。彼女の逃亡計画は水も漏らさぬ完璧さで、綿密に立てられていた。クラウディウスはそれを知って、冷や水を浴びせられた。ニュージーランド！　そんなところへ行ってどうしろというのだ？　ここ、この村、このビル、この社長室こそが彼の人生の中心だ！　最悪の場合、数年ムショ暮らしをすることになったとしても、ドイツを去りたくない。身元を隠し、見知らぬ地に潜伏するなんて、考えただけでぞっとする。虫酸《むしず》が走る。ここだからこそ一廉《ひとかど》の人物でいられるのだ。みんなに名を知られ、尊敬を集められるのだ。いずれ騒ぎは収まるだろう。ニュージーランドに行ったのでは、無に等しい存在になってしまう。名もなき逃亡者。いつまでも永遠に。

大きな社長室に視線を泳がせた。これが見納めだろうか。我が家に足を踏み入れることも、両親や先祖の墓を詣でたり、見慣れたタウヌス山地を眺めることもできなくなるのか。情けなくなり、目に涙が浮かんだ。先祖が築いてきたものをさらに大きくするためどれだけ心血を注いできたことか。それをすべて置き去りにするほかないとは。

「ほら、クラウディウス、早くしなさいよ！」ダニエラの鋭い声がした。「雪がどんどん激しくなってるわ！　出発しないと！」

クラウディウスはここに残してもかまわない書類をすべて金庫にしまった。そのとき、拳銃を入れたケースに手が触れた。

ここを去るくらいなら死んだ方がましだと思った。

クラウディウスは身をこわばらせた。どうしてそんな思いに駆られるのだろう。これまで自殺をする卑怯者の気が知れなかった。しかし死が目の前にちらついている今になってみると、話はまったく違っていた。

「ここには他にもだれかいる？」ダニエラがたずねた。

「いいや」クラウディウスはかすれた声でそういうと、拳銃のケースを金庫からだした。

「変ね、外線がつながっているんだけど」ダニエラは執務机の真ん中に置いてある電話機をのぞきこんでいた。「内線番号二十三」

「それは会計課だ。もうだれもいないはずだが」

「ビルに入ったあと施錠した？」

「いいや」クラウディウスはケースを開けてベレッタを見つめた。

＊

オペル動物園のレストランは超満員だった。薄暗くて、暖かく、人の声でうるさかった。ピアにはちょうどよかった。クリストフとふたりで窓際の席にすわっていた。クローンベルクや遠くに見えるフランクフルトの夜景に目もくれず、ピアはおいしそうなにおいのする、完璧にグリルされたステーキを見つめていた。それなのに胃が受け付けない。

ピアは病院からまっすぐ帰宅し、服を洗濯機に投げ込み、ボイラーにためた湯がなくなるまでたっぷりシャワーを浴びた。それでもまだ体が汚れている気がしてならなかった。死体には慣れっこだ。だが自分の腕の中で人が死ぬのはさすがにたまらない。しかも顔見知りで、数分前に話をし、深く同情したばかりだ。ピアはぶるっと身震いした。

「家に帰るかい？」クリストフがたずねた。黒い瞳に心配そうに見つめられて、ピアは自制心を失いそうになり、懸命に涙を堪《こら》えた。トビアスはどこへ行ってしまったのだろう。自暴自棄になっていなければいいが！

「ううん、大丈夫よ」ピアは無理に微笑んでみせた。しかし血の滴るステーキを見て吐き気を催し、皿を遠ざけた。「ごめん、雰囲気が台無しね。本当にしょうもないわ」

「気持ちはわかるよ。でも仕方がなかったんだろう？」クリストフは前屈みになって手を差しだし、ピアの頬に触れた。「あっという間の出来事だったと自分でいっていたじゃないか」

「ええ、もちろん。馬鹿よね。わたしにはなにもできなかった。まるでなにもできなかったのよ。だけどそれでもね……」ピアは深いため息をついた。「こういうことがあると、つい自分の仕事を呪いたくなっちゃうの」

「ほら、元気をだして。家に帰って、赤ワインでも開けて、それから……」

ピアの携帯電話が鳴ったので、クリストフは口をつぐんだ。ピアは待機中だった。

「それから、のあとがどんな言葉か聞きたかったわ」ピアが元気なく微笑むと、クリストフは意味ありげに目を細めた。ピアは携帯電話に出た。

「トビアス・ザルトリウスが七分前に一一〇番通報してきました」指令センターの当直がピアにいった。「アルテンハインのテアリンデン工業ビルにいます。ラウターバッハ先生がいるとのことです。すでにパトカーを向かわせました……」

「なんてこと」ピアがさえぎった。頭に血が上った。ダニエラ・ラウターバッハがクラウディウスのところでなにをしているのだろう。それにどうしてトビアスがそこに？　復讐しようとしているのだろうか。あれだけひどい目にあったのだから、トビアスは時限爆弾も同じだ。ピアは興奮した。「現場に向かっているパトカーに、警光灯をつけず、サイレンも鳴らすなと伝えて。それからボーデンシュタイン首席警部とわたしを待つように！」

「どうしたんだい？」クリストフがたずねた。ピアは簡単に説明しながら、携帯電話でオリヴァーを呼びだした。幸いボスはすぐに出た。クリストフはよく知っているレストランのオーナーを呼んで、あとで食事代を払うといった。

「わたしの車で送っていこう」クリストフはピアにいった。「きみとわたしの上着を取ってくるから三秒待ってくれ」

ピアはうなずくとすぐ外に出て、レストランの前にできた雪の吹きだまりの中で待った。気が気でなかった。トビアスはなぜ一一〇番通報をしたのだろう。なにかあったんだろうか。手遅れにならなければいいが！

＊

「くそっ」トビアスはかっとして声を漏らした。クラウディウスとダニエラが社長室を出てきて、スーツケースやアタッシュケースを持ってエレベーターへ向かった。ふたりを足止めするにはどうしたらいいだろう。警察はいつになったら来るんだ。くそっ、くそっ！　事務机の下にもぐり込んでいるアメリーの方を見た。

「ここにいるんだ」彼の声は緊張のあまりかすれていた。

「どこへ行くの？」

「警察が来るまで、あいつらを引き留めなくちゃ」

「だめよ、お願い。やめて、トビー！」アメリーは事務机の下からはいだした。外から差し込む淡い光の中、彼女の目だけが異様に大きく見える。「お願い、トビー、無茶はしないで！　怖いわ！」

「あいつらを逃がすわけにはいかない！　わかってくれ！」トビアスは語気を強めていった。

「ここにいろ、アメリー！　約束してくれ！」

アメリーは唾を飲み込み、体に腕をまわしてかすかにうなずいた。トビアスは深呼吸すると、ドアノブに手を置いた。

「トビー！」

「なに？」

アメリーはトビアスのところにやってきて、彼の頬に触れた。

「気をつけて」アメリーはささやいた。目が涙で濡れている。トビアスはアメリーを見つめた。ほんの一瞬、このまま彼女を腕に抱いてキスをしていたくなった。だが彼をここへと突き動かした復讐への意志が勝った。クラウディウスとダニエラを逃がしてなるものか。それだけは絶対にいやだ！

「すぐもどる」トビアスはつぶやいた。他のすべての気持ちを振り切って、廊下に飛びだし一気に走った。エレベーターはすでに下へ向かっていた。トビアスは防火扉を開けて、三、四段飛ばしで階段を駆けおりた。エントランスホールに下りたのは、ちょうどふたりがエレベーターから出たときだった。

「待てっ！」トビアスは叫んだ。ホールに彼の声が響く。ふたりは感電したようにビクッとして振り向き、トビアスを唖然として見つめた。クラウディウスはスーツケースを下ろした。トビアスは全身に震えを感じた。このまま飛びかかって、ふたりを殴り飛ばしたい衝動に駆られたが、今は気持ちを抑えなければならない。

「トビアス！」最初に気を取り直したのはクラウディウスだ。「あ、あ、あんなことになってすまない。本当だ。信じてくれ。あんなことをする気は……」

「やめろ！」トビアスは怒鳴りつけ、ふたりから目を離さずにぐるっと半円を描くようにまわり込んだ。「愚にもつかない嘘八百はもう聞きたくない！　すべて、あんたの責任だ！　あんたとそこにいる……ずるがしこい魔女のな！」

トビアスは断罪するようにダニエラを指差した。

「おまえらは人のよさそうな顔をして、最初から本当のことを知っていた！　それなのに俺が刑務所に入るのを黙って見ていた。そしてあとはどうでもいいってことか！　だけど、そうはさせない。俺は警察を呼んだ。もうすぐここに来る」

クラウディウスとダニエラがチラリと顔を見合わせたが、トビアスはそれを見逃した。

「おまえらについて知っていることを洗いざらいしゃべってやる。話すことは山ほどあるんだ！　おやじは死んで、なにもいえなくなったが、おまえらが昔なにをしたか俺は知ってるんだからな！」

「落ち着きなさい」ダニエラは優しく微笑んだ。その笑みで世間をずっと欺いてきたのだ。

「なんの話なの？」

「あんたの最初の夫のことさ」トビアスは近づいてふたりの前で立ち止まった。冷たい褐色の瞳が彼の目を食い入るように見つめた。「ヴィルヘルムのことさ。ヴィリおじさん、クラウディウスの兄貴、そしておじさんの遺書のこと！」

「あらそう」ダニエラは目をそらさずに微笑んだ。「警察がそんなものに興味を持つかしら？」

「遺書は偽造されたんだ。本物の遺書はフックスベルガー公証人がおやじに渡した。クラウディウスがフックスベルガーを酔わせて、十万マルク払う約束を取りつけたあとにな」

ダニエラの顔が凍りついた。

「ヴィリおじさんは不治の病にかかっていた。だけど、あんたが弟とくっついて騙していることが気にくわなかったんだ。そこで、死ぬ二週間前、遺書を書き換えて、あんたらふたりにはなにも遺さないことにした。そして自分の運転手の娘をたったひとりの遺産相続人に指名した。一九七六年五月、クラウディウスが手をつけて、身ごもった子を中絶させたことを死ぬ直前に知ったからだ」

「そんなでたらめ、おまえのおやじがいったのか？」クラウディウスが口をはさんだ。

「いいや」トビアスはダニエラから視線をそらさずにいった。「その必要はなかった。フックスベルガーから渡された遺書を、おやじはいいつけにそむいて燃やさなかったのさ。大事に取ってあったんだ」

トビアスはクラウディウスを見た。

「おやじがアルテンハインから出ていけないようにしたのは、そのためだったんじゃないのか？　おやじがすべてを知っていたからだ。本当は会社も邸もあんたのものじゃなかった。先生、あんたも、家と現金をもらえるはずがなかったんだ。遺書によれば、ヴィルヘルム・テアリンデンの元運転手クルト・クラーマーの娘が遺贈されることになっていた……」トビアスは息をはずませた。「残念ながらおやじは遺書を公にする勇気を持ち合わせていなかった……」

「そうね、それはじつに残念なことだわ」ダニエラはいった。「それで思いだしたわ」

クラウディウスとダニエラは階段室に背を向けていたので、ドアから出てきたアメリーが見えなかった。だが、トビアスの気が一瞬それたのを見逃さなかった。ダニエラはクラウディウスが腕に抱えていたケースをつかんだ。あっと思ったとき、トビアスは拳銃の筒先をつきつけられていた。

「あんたのおかげであの恐ろしい夜のことをすっかり思いだすことができたわ。クラウディウス、あなたは覚えているかしら。ヴィルヘルムがいきなりベッドルームのドアを開けて、わたしたちにこの銃口を向けたのよね……」ダニエラはトビアスに微笑んだ。「いいヒントをくれてありがとうね、このうすら馬鹿」

一瞬の迷いもなくダニエラは引き金を引いた。耳をつんざく銃声が夜のしじまを切り裂いた。トビアスは激しい衝撃で、胸がはじけるのを感じた。呆然とダニエラを見つめた。ダニエラはすでに背を向けていた。彼の名を呼ぶアメリーの悲鳴が聞こえた。なにかいおうとしたが、息ができない。膝が折れ、どさっとくずおれた。トビアスは御影石の床に自分が倒れたこともわからなかった。まわりが真っ暗になり、死んだように静かになった。

＊

テアリンデン工業の敷地にどうやって入るか相談しているところだった。門の横手からヘッドライトをつけた黒塗りの車がかなりの速度で近づいてきた。

門が音もなく横にスライドした。

「奴よ！」ピアがみんなに合図した。二台のパトカーが行く手をふさいだので、ベンツのハンドルをにぎっていたクラウディウスは急ブレーキを踏むしかなかった。

「奴ひとりだ」オリヴァーがいった。ピアが拳銃を構えて、窓ガラスを下ろすよう、クラウディウスに合図した。ピアの指示で、他の警官たちが銃を抜いて車の周囲を囲んだ。

「なんのご用でしょう？」クラウディウスはたずねた。両手でハンドルをにぎりしめ、カチカチに固まってすわっている。凍てつく寒さなのに、顔は汗でびっしょり濡れていた。

「降りろ。すべてのドアとトランクルームを開けろ」オリヴァーが命令した。「トビアス・ザルトリウスはどこだ？」

「知るわけないでしょう」

「ラウターバッハ先生は？　車から降りろ！」

クラウディウスは動かず目をむいている。パニックに陥《おちい》っているようだ。

「降りるわけにはいかないのよ」スモークガラスでよく見えない後部座席から声がした。

オリヴァーが少しかがむと、ダニエラ・ラウターバッハが後部座席にいるのが見えた。そしてテアリンデンの後頭部に押し当てられた拳銃も。

「すぐに道をあけなさい。さもないと、こいつを撃ち殺す」ダニエラが怒鳴った。オリヴァーは、全身から汗が噴きだすのを感じた。ダニエラは本気だ。銃を手にしては、もうあとに引けない。きわめて危険な状況だ。ベンツは数メートル走ると、自動的にドアがロックされる。そのためオリヴァーも、車の反対側にいる警官たちも、ドアを開けて、女医を取り押さえることができない。

「彼女は本気だと思います」クラウディウスはかすれた声でささやいた。

クラウディウスの下唇は震えている。相当のショックを受けているようだ。オリヴァーは必死に考えた。逃げることはできないはずだ。この雪では、冬タイヤをはいていても、ベンツのSクラスでは時速百二十キロをだすのがいいところだろう。

「わかった」オリヴァーはいった。「その前にトビアスの居場所を聞かせてもらう」

「パパといっしょに天国じゃないかしら」ダニエラがクラウディウスの代わりにそういって、せせら笑った。

＊

オリヴァーの車とパトカーが一台、黒塗りのベンツを追って工業団地から国道八号線に向かった。ピアは無線で応援を要請し、救急車を会社に向かわせた。クラウディウスの車は国道を右折し、四車線の国道を高速道路へ向かって南下した。バート・ゾーデンでパトカーが二台、追っ手に加わった。数キロ進んだところでさらに三台。さいわい道は混んでいなかった。渋滞に巻き込まれでもしたら、状況が悪化する。まさかダニエラが走行中に運転手を撃ち殺すことはないと思うが。オリヴァーはバックミラーを見た。警光灯をともしたパトカーはすでに十台を超え、三車線をブロックして、一般車が紛《まぎ》れ込まないようにしている。

「市内に向かっていますね」ベンツがエッシュボルンの三叉路で右に曲がるのを見て、ピアがいった。公用車内での喫煙禁止を無視して、ピアはタバコに火をつけた。無線機からさまざまな声が聞こえる。フランクフルト警察にも情報が伝わっている。クラウディウスが本当に市内に入ったときに備えて、交通規制を進めているはずだ。

「空港へ行くつもりかもしれないぞ」オリヴァーは声にだして考えた。

「それだけは勘弁してほしいわ」トビアスについての情報を待っていたピアはぽつりといった。オリヴァーはピアの緊張した青白い顔をチラッと横目で見た。なんて一日だ！　先週からつづいていた捜索がティースとアメリーの発見で一段落したと思ったのも束の間、事態が急変した。ニコラのベッドで目を覚ましたのは、本当に今朝のことだろうか。

「市内に向かっている！」ピアが無線機に向かって叫んだ。クラウディウスは高速道路五号線に入らず、ヴェストクロイツを直進したのだ。「なにを考えているんでしょう？」

「市内でわれわれをまくつもりだ」オリヴァーはそう推測した。ワイパーが高速で動いている。雪は激しい雨に変わっていた。クラウディウスの車は法定速度をはるかに超えて走っている。

おそらく赤信号も無視するだろう。歩行者がひかれないことを祈るのみだ！

「現在、見本市会場付近、右折してフリードリヒ・エーベルト・アンラーゲ方面に向かっている」ピアが無線機に向かっていった。「時速は少なくとも八十キロ。交通規制を求む！」

オリヴァーは運転に集中した。雨に濡れた路面が道ばたに停車している車の赤いブレーキランプとパトカーの青色警光灯を反射している。横道はすべて封鎖されていた。

「メガネがいるな」オリヴァーはそうつぶやいて、アクセルを踏み込んだ。クラウディウスはすでに赤信号を三つ無視した。ダニエラはなにを考えているんだ。どこへ行こうとしているんだ。

「ねえ、先生はもしかして……」そういいかけて、ピアが叫んだ。「曲がって！　右よ！　右折したわ！」

テアリンデンは共和国広場で速度を落とすことも、ウィンカーをつけることもなくマインツ街道に曲がった。オリヴァーもハンドルを右に切った。オペルは左方向にすべり、路面電車にぶつかりそうになった。オリヴァーは歯を食いしばった。

「危機一髪だった。どこへ行った？　見あたらないぞ！」

「左よ、左！」ピアは、正面に見える旧警察本部で何年も働いていたのに、興奮していて通りの名前が思いだせなかった。ピアはオリヴァーの顔の前で手を振った。「あそこに曲がったわ、あそこよ！」

「どこだ？」無線機から声が響いた。「どこにいる？」

「オットー通りに曲がった」オリヴァーが答えた。「見えた。いや、違う。くそっ！」

「他のパトカーは駅へ向かうように！」ピアは無線機に向かって叫んだ。「われわれを振り切るつもりだと思う！」

ピアは身を乗りだした。

「右、左、どっちだ？」オリヴァーは左折してポスト通りに入り、中央駅の北側に出た。右から車が進入してきたので急ブレーキをかけた。罵声を吐きながらアクセルを踏み、勘を頼りに左折した。

「びっくりだわ」ピアは通りから目をそらさずにいった。「そんな下品な言葉を知っているなんて！」

「わたしにも子どもがいる」オリヴァーはそういって、車の速度を落とした。「車がどこかに見えるか？」

「何百台も止まっていますから」ピアがぼやいた。窓ガラスを下ろして、闇に目を凝らした。前方に青色警光灯をつけたパトカーが数台止まっている。どしゃぶりなのに、立ち止まって様子を見ている野次馬がいる。

「あそこです！」ピアがいきなり叫んだので、オリヴァーはびくっとした。「あそこ！　駐車場から出てきました！」

本当だ！　黒塗りのベンツが目の前にあらわれたかと思うと、バーゼル通りで一気に速度を上げた。オリヴァーは引き離されないようにするのがやっとだった。猛烈な速度でバーゼル広場を横切り、平和橋を渡ったオリヴァーは神に祈った。ピアは現在地を無線で伝えつづけた。ベンツはパトカーの車列を引き連れながら、時速百二十キロでケネディアレー通りを疾走した。パトカーが数台、ベンツの前についたが、停車させようとはしなかった。

「やはり空港へ向かっています」ピアはニーダーラート競馬場付近でいった。と、そのとき、クラウディウスは三車線ある路面を斜めに走って、左側に車線変更し、路肩に乗り上げ、そのまま路面電車の線路上でUターンした。

ピアにはもう、クラウディウスがどういう風に方向を変えたか口で説明することができなかった。前方を走っていたパトカーはすでに空港通りに入っていたため、方向転換ができない。だがオリヴァーは大きくハンドルを切ってイーゼンブルク林道に曲がり、ベンツにくらいついた。直線の道路で、クラウディウスは一気に加速した。オリヴァーも負けじとアクセルを踏んだ。突然、目の前にブレーキランプがともり、ベンツがローリングして対向車線に飛び込んだ。オリヴァーは車がスリップしないようにしながら急ブレーキを踏んだ。ラウターバッハはこんなスピードで走っているときに人質を射殺したのか。

「後輪がパンク！」ピアが状況を把握して叫んだ。「これでもう立ち往生するしかないでしょう！」

事実、クラウディウスは狂ったような運転をやめ、左ウィンカーをつけてオーバーシュヴァインシュティーゲ林道に曲がると、時速四十キロで森を抜け、線路を越えて、数百メートル先の林間駐車場で停車した。オリヴァーも車を止めた。ピアは車から飛びだすと、後続のパトカーに、ベンツを包囲するよう合図し、また車に乗り込んだ。オリヴァーは無線で全員車にとどまるよう指示した。ダニエラはまだ拳銃を持っている。無理をして警官の命を危険にさらしたくなかったのだ。それにもうすぐ機動特殊部隊《MEK》（刑事警察所属の特殊部隊。要人警護や機動性を要する凶悪犯罪に対処する）が到着するはずだ。そのときベンツの運転席側のドアが開いた。オリヴァーは息をのんで上体を起こした。クラウディウスが車から降りてきた。少し足下がふらついている。開けたドアに手をついて振り返り、それから両手を上げた。ヘッドライトに照らされて、彼はそこから動かなかった。

「どうなってるんだ？」無線機からそんな声が聞こえた。

「テアリンデンが停車して、車から降りた」オリヴァーはいった。「全員降車しろ」

そしてピアにうなずき、ふたりは車を降りて、クラウディウスに近づいた。ピアはいつでも発砲できるようにベンツに銃口を向けた。

「撃たないでくれ」クラウディウスはそういって腕を下げた。ピアは神経が切れそうだった。ベンツの後部ドアを開け、内部に銃口を向けた。緊張が一気に解け、全身の力が抜けた。後部座席はもぬけの殻だった。

*

「彼女が突然、社長室にあらわれ、拳銃でわたしを脅したんです」クラウディウスは訥々《とつとつ》と語った。機動特殊部隊《MEK》の隊員輸送車の中の細長いテーブルについて肩を落としている。顔が青ざめて、ひどいショックを受けているようだ。

「つづけて」オリヴァーがうながした。クラウディウスは片手で顔をなでようとして、手錠につながれていることに気づいた。ニッケルアレルギーはどうなったのよ、と思いながら、ピアは冷ややかに彼を見ていた。

「き、金庫を開けるようにいわれました」クラウディウスは声をふるわせながらいった。「それからどうなったのかよく覚えていません。エントランスホールでトビアスがいきなり立ちふさがったんです。女の子がいっしょでした。トビアスは……」

「女の子？」ピアがたずねた。

「あの娘です……ええと……名前はなんでしたっけ」

「アメリー？」

「ええ。そうです、そういう名前でした」

「わかったわ。つづけて」

「ダニエラがトビアスを容赦なく撃ち殺したんです。それから車に乗るようにいわれました」

「アメリーはどうなったの？」

「わかりません」クラウディウスは肩をすくめた。「なんだかもうわけがわかりません。わたしはそのまま走っただけです。命令されたとおりに」

「ラウターバッハは中央駅で降りたんだな」オリヴァーはいった。

「はい。右折しろ！　左折しろ！　わたしはいわれたとおりにしただけです」

「わかった」オリヴァーはうなずいてから身を乗りだし、鋭い口調で詰め寄った。「だがわからないのは、あなたはどうして駅で車を降りなかったかだ！　なぜあんな危険なカーチェイスを街中で演じたんだ？　事故を起こすとは思わなかったのか？」

ピアは下唇をかんで、クラウディウスから目を離さなかった。オリヴァーがピアに視線を向けた瞬間、クラウディウスは過ちを犯した。ショックを受けている人間が絶対にしないこと、つまり腕時計を見たのだ。

「でたらめね！」ピアが怒鳴りつけた。「芝居を打ってるだけでしょ！　時間稼ぎね！　ラウターバッハはどこへ行ったの？」

クラウディウスはそれからまだ数分のあいだ猫をかぶりつづけたが、ピアも手をゆるめなかった。

「まいった」クラウディウスはとうとう根負けした。「いっしょに高飛びするつもりだったんだ。飛行機は二十三時四十五分に離陸する予定だ。急げば捕まえられるんじゃないかな」

「高飛びってどこへ？　あなたたち、どこへ逃げるつもりだったの？」ピアは、クラウディウスの肩をつかんで揺さぶりたくなる気持ちをぐっと抑えた。「白状しなさい！　ラウターバッハは人を撃ったのよ！　そういうのを殺人というの。いいかげんに本当のことをいわないと、あなたも同罪よ！　さあ、どうなの？　ラウターバッハが乗る飛行機の便名は？　名前は？」

「サンパウロ行き」クラウディウスはそうささやいて目を閉じた。「名前はコンスエラ・ラ・ロカ」

「わたしは空港へ向かう」オリヴァーは隊員輸送車の外に出ていった。「きみはテアリンデンへの取り調べをつづけてくれ」

*

ピアはうなずいた。アルテンハインへ向かったパトカーからまだなんの情報も入ってこないので、ピアは気が気ではなかった。アメリーは大丈夫だろうか。女医はあの娘まで撃ったのだろうか。そばにいた巡査に、アメリーの所在を確かめるように頼んで隊員輸送車にもどった。

「どうしてこんなことをしたの？」ピアはたずねた。「あなたの息子のティースはダニエラに薬漬けにされて、死にかけたというのに！」

　クラウディウスは一瞬、目を閉じた。

「あんたにはわからないさ」元気なくそういうと、クラウディウスは目をそむけた。

「じゃあ、説明して。どうしてダニエラがティースを虐待したのか教えてもらいたいわね」

　クラウディウスは目を開けてピアを見つめた。一分が経ち、二分が過ぎた。

「わたしはダニエラを愛してしまったんだ。兄が彼女をはじめて家に連れてきたときにな」クラウディウスがいきなりいった。

「あれは日曜日だった。一九七六年六月十三日。一目惚れさ。だが彼女は一年後、兄と結婚した。性格がまったく合わないのに。夫婦生活は最悪だった。ダニエラは仕事で大成功し、兄は日陰者の立場に置かれた。そのせいで彼女を殴るようになった。家政婦などがいる前でもな。

一九七七年の夏、彼女は流産した。一年後にまた流産。そして三度目もだ。跡継ぎの欲しかった兄は怒って、彼女を責めた。わたしの妻が双子を生んだのが止《とど》めだった」

ピアは黙って聞いた。クラウディウスの話に口をはさまないようにした。

「ダニエラは離婚すればよかったんだ。ところが数年後、兄が癌を発症した。末期だった。そういう状況で、彼女は兄を捨てることができなかったんだ。兄は一九八五年五月に死んだ」

「あなたたちにとってはずいぶん都合がよかったわね」ピアは皮肉をいった。「でも、それだけじゃ、あなたが彼女の逃亡を助けた説明にはならないわ。ダニエラはアメリーとティースを誘拐して、地下室に閉じ込めたのよ。わたしたちが偶然発見しなかったら、ふたりとも溺死していたでしょう。地下室に水を流したのは彼女なのよ」

「なんの話だ？」クラウディウスはキツネにつままれたような顔をした。

ピアははっとした。クラウディウスはダニエラがしたことを本当に知らないのかもしれない。彼が息子を見舞いに病院へやってきたときにあの悲劇が起こり、事件のあらましをまだ説明していなかった。ティースも父親に話すはずがない。ピアはダニエラが起こしたアメリーとティースへの殺人未遂事件を詳しく説明した。

「信じられない」クラウディウスは愕然として、何度もそうつぶやいた。

「でも、そうなのよ。ダニエラはティースを殺そうとしたの。彼女の夫がシュテファニーを殴り殺すところを見たから。そしてアメリーもティースを通してこの秘密を知ったから生かしておけなくなったのね」

「神様！」クラウディウスは両手で顔をおおった。

「どうやらあなたは愛人を見損なっていたようね」ピアは首を横に振った。

クラウディウスは前を見つめた。

「わたしはなんてとんまなんだ。すべてわたしの責任だ！　アルベルト・シュネーベルガーに引っ越しを勧めたのもわたしだ」

「シュネーベルガーがどうしたというの？」

「ティースはシュテファニーに夢中になってしまったんだ。四六時中あの娘を追いかけて、あるときあの娘がグレーゴルといるところを見てしまった……まあ……そのことは知っているよな。ティースは暴れて、グレーゴルに襲いかかった。それでティースを精神病院に入れるしかなくなったんだ。あの事件が起こる一週間前に、ティースは家に帰ってきた。あの子は落ち着いていた。薬が奇跡的に効いた。そしてティースは、グレーゴルがシュテファニーを殴り殺すところを見てしまったんだ」

ピアは息をのんだ。

「グレーゴルが逃げだそうとしたとき、そこにティースがあらわれた。あの子はいつものようにぼんやり立ってグレーゴルを見つめ、なにもいわなかった。グレーゴルはパニックになって家に駆け帰り、赤ん坊のように泣きじゃくった」クラウディウスの言葉はさげすむような口調に変わっていた。「ダニエラから電話をもらって、わたしたちはザルトリウスの納屋で落ち合った。ティースは死んだシュテファニーの横にしゃがんでいた。わたしは遺体をどこかに隠すのが一番いいと思った。そのとき思いついたのが、温室の下の古い防空壕だった。しかしティースを家に帰そうとしてもうまくいかなかった。あの子はシュテファニーの手をしっかりつかんで放さなかったんだ。そこでダニエラが一計を案じて、シュテファニーを見守るようにあの子にいった。それは不確実要素ではあったが、うまくいった。この十一年間。だがそれもアメリーがあらわれるまでだった。あのなんにでも首を突っ込む知りたがり屋がなにもかも台無しにしてしまったんだ」

クラウディウスとダニエラは、ラウラとシュテファニーを見舞った運命をなにもかも知っていて、ずっと黙っていたのだ。こんな恐ろしい事実を知りながら、よく生きてこられたものだ。

「それじゃ」ピアはたずねた。「だれがアメリーとティースを誘拐したと思っていたの?」

「ナージャだ」クラウディウスは力なく答えた。「グレーゴルがシュテファニーを殴り殺した夜、わたしは納屋で彼女を見たが、だれにもいわずにいたんだ」

クラウディウスは深いため息をついた。

「後日、そのことで彼女と話をつけた。あの娘は物わかりがよかった。わたしが古い友人を通してテレビ局に紹介してやるというと、事件のことは口が裂けても人に漏らさないと約束した。あの娘はアルテンハインを出ていった。ずっとそうしたいと思っていたんだ。そして女優として大成功した。そうして村は落ち着きを取りもどし、すべてがうまくいっていた」クラウディウスは目をこすった。「あのままみんなが決められた動きをしていれば、なにも起こらなかったのに」

「人間はチェスのコマではないわ」ピアは鋭い口調でいった。

「そんなことはない」クラウディウスはいいかえした。「たいていの人間は、他の人間がいやなことを肩代わりして、自分にできない決断を下してくれることを歓迎するものさ。だれかが全体を見渡し、必要とあれば糸を引く。そしてそのだれかが、わたしなんだ」

クラウディウスは不敵な笑みを浮かべた。どこか誇らしげでさえあった。

「それは違うわ」すべてのつながりがわかったピアはにべもなくいった。「それはあなたじゃないわ。ダニエラ・ラウターバッハよ。あなたは彼女のチェスでは、彼女のいいなりに動くただのポーンよ」

クラウディウスの笑みが凍った。

「うちのボスが彼女を空港で捕まえるよう祈るのね。さもないと、新聞の大見出しをひとりで飾り、死ぬまで刑務所暮らしになるでしょうよ」

＊

「唖然だな」カイ・オスターマンは首を振りながらピアを見た。「間違いでなければ、アルテンハインの村の半分はトビアスの母の所有になるぞ」

「そういうことになるわね」ピアはうなずいた。テーブルには三ページにわたるヴィルヘルム・ユリウス・テアリンデンの遺書が載っていた。一九八五年四月二十五日付けで公証人の印が押してあり、妻ダニエラ・テアリンデン、旧姓クローナーと弟クラウディウス・パウル・テアリンデンは遺産相続人から削除されていた。その遺書が入っていた分厚い封筒は、トビアスを乗せた救急車に乗り込む前にアメリーが警官に預けたものだ。トビアスは九死に一生をえた。ダニエラが撃った弾にはたいして貫通力がなかったのだ。それでもトビアスは大量の血を流し、緊急手術は成功したものの、まだ予断を許さない状況だ。

「ヴィルヘルム・テアリンデンの遺書をハルトムート・ザルトリウスが保管していたとはね」ピアはいった。「これが作成されたのって死ぬ二週間前よ」

「ヴィルヘルムは、そのときようやくふたりに騙されていることに気づいたのかもしれないな」

「ふうむ」ピアは欠伸《あくび》を堪えた。時間の感覚がない。死ぬほど疲れているのに気が高ぶっている。トビアスの一家は許しがたい陰謀と金銭欲と支配欲の犠牲になったのだ。だがハルトムート・ザルトリウスが遺書を保管していたおかげで、トビアスとその母は今後、少なくとも経済的には困らない。

「さあ、もう家に帰りなよ」カイはピアにいった。「報告書はあとでまとめればいい」

「ハルトムート・ザルトリウスはどうして遺書を公にしなかったのかしら？」ピアはたずねた。

「そのあとどんな目にあうか怖かったんだろう。あるいは彼自身、同じ穴のむじなだったのかもな。この遺書を手に入れたのは、明らかに不法なやり方だったわけだから。それに村のしがらみというやつがある。俺にも身に覚えがあるよ」

「どういうこと？」

カイはニヤリとして立ち上がった。

「朝の三時半から身の上話を聞きたいのかい？」

「三時半？　やだ……」ピアは伸びをした。「フランクが奥さんに逃げられたことは知っていたの？　それとアンドレアスが文化大臣と友だちだってことは？」

「フランクのことは知っていた。アンドレアスのことは知らなかった」カイはそう答えると、コンピュータを終了させた。「どうしてそんなことを訊くんだ？」

「さあ、どうしてかしら」ピアは肩をすくめた。「同僚とは家族よりも長い時間いっしょにいるのに、お互いのことをぜんぜん知らなかったりするのよね。なんでかなと思って」

ピアの携帯電話が鳴った。クリストフ専用の呼び出し音だ。彼は下の駐車場でピアを待っている。息んで腰を上げると、ピアはハンドバッグを手に取った。

「本当に考えちゃうわ」

「こんな時間に哲学することもないだろう」カイがドアのそばでいった。「なんなら明日、俺の人生をたっぷり聞かせてやるよ」

ピアはニヤリとした。

「本当に洗いざらい？」

「ああ」カイは照明のスイッチを消した。「隠すことなんてなにもないからな」

＊

ホーフハイムからウンターリーダーバッハへの短いドライブのあいだ、疲れ切ったピアは目をつむった。クリストフが車から降りて門を開けたことにも気づかなかった。クリストフに優しく肩を揺すられ、頰にキスをされて、ピアははっとして目を開けた。

「家まで抱いていこうか？」クリストフがいった。

「やめておくわ」ピアは欠伸をしてからニヤリとした。「そんなことをして、あなたがヘルニアにでもなったら大変。来週ずっと家畜の餌を自分で運ばなくちゃならなくなるもの」

ピアは車から降りると、足を引きずりながら玄関のドアへ向かった。犬たちがうれしそうに吠えて、ピアのまわりに群がった。上着とブーツを脱ぐと、ピアは違法建築の件を思いだした。

「さっきは聞きそびれちゃったけど、どうなった？」ピアはたずねた。クリストフはキッチンの明かりをつけた。

「先行きは明るくない」クリストフはまじめな顔で答えた。「前もいったとおり、家も納屋も建築許可を受けていなかったが、遠距離送電線のせいで事後の申請も認められそうにない」

「そんな！」ピアは足下をすくわれた気がした。ここはピアの家だ！　こんなにたくさんの動物を抱えてどこへ移れというのだ。ピアは悄然としてクリストフを見つめた。「それで？　これからどうなるの？」

クリストフはピアのところへやってきて、腕に抱いた。

「撤去命令は撤回されないだろう。申し立てをすれば、撤去の時期を引き延ばすことはできる。だけど未来永劫は無理だ。それに他にもちょっと問題がある」

「もうやめて」ピアは泣きそうになってつぶやいた。「今度はなんなの？」

「将来ここに高速道路の出入口が作られる予定で、ヘッセン州は土地の徴用権を持っている」クリストフは答えた。

「やってくれるわ。それじゃ、土地まで失うってこと？」ピアはクリストフから離れて、食卓についた。犬が一匹、鼻を押しつけてきた。ピアは呆然としながらその頭をなでた。「文無しかあ！」

「それは違う。よく聞いてくれ」クリストフは向かいにすわると、ピアの両手をにぎった。「いい知らせもあるんだ。きみは一平方メートルあたり三ユーロでこの土地を買ったんだよね。州政府は一平方メートルあたり五ユーロ支払うことになっている」

ピアは驚いて顔を上げた。

「どうしてわかったの？」

「蛇の道は蛇さ」クリストフは微笑んだ。「ちょっと耳寄りな情報を手に入れた」

ピアもつられて微笑んだ。

「あなたのことだから、新しい農場を見つけたんでしょう」

「どうやら見抜かれているな」クリストフはうれしそうに答え、それからまじめな顔になった。「じつは以前うちの動物園が世話になった獣医が、タウヌスにある馬専用動物病院を手放すつもりだというんだ。しばらく前にうちの動物園で新しい動物を検疫するための施設を探していたとき、その動物病院を訪ねたことがある。検疫所には向かなかったけど……きみとわたしときみの動物たちには夢のような場所さ。今日、鍵を預かってきた。きみさえよければ、あとで見にいきたいと思うんだけど、どうかな？」

ピアは彼の褐色の瞳を見つめた。突然、胸の奥から温かい幸福感がわきあがるのを感じた。家を撤去され、白樺農場《ビルケンホーフ》を去ることになっても、もうひとりではない。クリストフがついている。ヘニングには絶対に期待できないことだ。あいつだったら、きっと背中を見せるだろう。

「ありがとう」ピアは小声でいうと、クリストフに手を差しだした。「ありがとう、あなた。あなたは最高だわ」

クリストフはピアの手を取ると、自分のざらざらした頰に当てた。

「きみといっしょに暮らすためだ、当然のことさ」クリストフは微笑みながらいった。「当分つきあってもらうよ」

ピアは喉がしめつけられた。

「絶対に別れたくないわ」そうささやいて、ピアも微笑んだ。

二〇〇八年十一月二十四日（月曜日）

朝五時を少し過ぎた頃、オリヴァーは病院を出た。トビアスが麻酔から覚めるまでベッドのわきでじっと見守っているアメリーを見て、胸が熱くなった。オリヴァーはコートの襟を立てて、覆面パトカーの方へ歩いた。ぎりぎりのところでダニエラ・ラウターバッハを逮捕した。彼女は南アメリカ行きではなく、オーストラリア行きの飛行機に乗っていた。

オリヴァーは物思いに沈みながら病院の裏にまわった。降り積もったばかりの新雪が、踏みしめるたびにキュッキュッと鳴った。エッシュボルン空軍基地跡地でラウラ・ヴァーグナーの白骨遺体を発見したのがもう何ヶ月も前のような気がする。これまでいつも冷めた目で事件を見つめてきた。まるで人ごとのように。だが今回は自分も事件に巻き込まれた気がしてならなかった。オリヴァーの考え方が、なにか変わった。これまでのような感覚で事件に向かい合うことは、もう二度とないだろう。オリヴァーは車の前で足を止めた。なんだか静かでのんびりした人生の川をたゆたっていたのに、いきなり滝に遭遇し、激流に巻かれながら、それまでとはまったく違う方へ帆を張って向かっているような、そんな感じだ。不安ではあるが、胸が躍る。

車に乗ってエンジンをかけると、ワイパーが雪を払うのを待った。昨日コージマと別れるとき、時間が取れれば朝食をいっしょにとって、静かにこれからのことを話そうと約束した。驚いたことに、彼女への怒りはすっかり影をひそめ、冷静に話ができそうな気がしていた。駐車場から出ると、ケルクハイム方面に向けてリーメスシュパンゲ通りを走った。そのとき病院の敷地内で着信できなかったショートメールの着信音が鳴った。オリヴァーは携帯電話をポケットからだし、メールのボタンを押した。午前三時二十一分に折り返し電話を求めるメール。知らない電話番号だ。呼び出し音が鳴った。

「もしもし？」知らない女性の眠そうな声。

「ボーデンシュタインです」オリヴァーはいった。「早朝から申し訳ありません。折り返し電話を求めるメールと電話番号があったので、急用かと思いまして」

「ああ、おはようございます」女性は答えた。「病院にいるティースを姉といっしょに見舞いました。それであなたにお礼がいいたかったものですから」

オリヴァーはようやく、電話の相手がだれかわかった。そして胸が高鳴った。

「なんのお礼でしょうか？」

「ティースの命を救ってくれたことです」ハイディ・ブリュックナーはいった。「そして姉のことも。あなたが義理の兄とラウターバッハ先生を逮捕したところをテレビで見ました」

「ああ、まあ」

「ええと、その」ハイディは困ったような声でいった。「あなたにいいたかったのは、それだけなんです。この数日、大変だったでしょうから……きっとお疲れですよね……」

「いえ、いえ」オリヴァーはすかさずいった。「頭は冴えています。ただずっとなにも口にしていなかったので、これからどこかで朝食をとろうと思っていたところでした」

ちょっと間があいた。これで電話を切るのが、オリヴァーはちょっと残念だった。

「朝食、少しならおつきあいしたいですね」ハイディがいった。オリヴァーには、彼女の笑みが見えるようだった。そして自分も微笑んだ。

「ではどこかでコーヒーなどごいっしょしませんか？」オリヴァーはそう誘ってから、声がうわずっていないことを祈った。内心はときめいていた。指の先でも胸の鼓動が感じられるほどに。なにかいけないことをしている、そんな気分だ。魅力的な女性と最後にデートしたのはいつのことだろう。

「いいですね」ハイディがそう答えたので、オリヴァーはほっとした。「でもあいにく家に帰っていまして。今ショッテンなんです」

「ハンブルクでなくてよかった」オリヴァーはニヤリとして彼女の返事を待った。「あなたとコーヒーが飲めるなら、ハンブルクへでも喜んで車を走らせますが」

「では家にお寄りください。フォーゲルスベルク通りを来てください」ハイディがいった。前方を除雪車が走っていたので、オリヴァーは速度を落とした。コージマの待つケルクハイムへ行くなら、あと一キロで国道八号線に右折しなければならない。

「そのあたりはあまり明るくないのです」名刺をもらっていたから住所はわかるのに、オリヴァーはいった。「フォーゲルスベルク通りじゅうを捜すのはちょっと」

「そうですね。それは時間のむだです」ハイディは笑った。

「シュロス小路一九番地。旧市街です」

「わかりました。それなら見つかります」オリヴァーは答えた。

「ではのちほど。気をつけて来てください」

「そうします。では」オリヴァーは電話を切るとため息をついた。これでいいのだろうか？署では膨大な書類が、家ではコージマが待っている。除雪車がまだ前方をノロノロ走っている。

右折すればケルクハイム。

仕事はあとでもできる。コージマとの話し合いも後回しだ。オリヴァーは大きく息を吸うと、左折のウィンカーを入れ、高速道路へ向かった。

謝辞

最初の思いつきから本ができあがるまでは、興奮はするけれど、長い道のりだ。夫ハラルドの理解に感謝する。そして本が成立するさまざまな段階で試し読みや役に立つ助言をしてくれる姉のクラウディア・コーエンと妹のカミラ・アルトファーター、姪のカロリーネ・コーエン、ジモーネ・シュライバー、アンネ・プフェニンガー、ヴァネッサ・ミュラー＝ライト、ズザンネ・ヘッカーにも感謝する。クリスタ・タボールとイスカ・ペラーのすばらしい協力もありがたいと思っている。

法医学上の問題についてアドバイスしてくれたフランクフルト法医学研究所所長のハンスユルゲン・ブラッケ教授にも感謝する。

オリヴァー、ピアの同僚といえるホーフハイム刑事警察署捜査十一課の刑事たちにも感謝の気持ちを表したい。ペーター・エーム警視、ベルント・ベーア第一首席警部、ヨッヘン・アドラー上級警部、そしてなによりアンドレア・シュルツェ警部のおかげで、刑事警察の仕事をリアルに描くことができた。

アルテンハイムの人々にもお礼をいいたい。事件の舞台にしたことを悪く思わないでくれるといいのだが。登場人物も事件もすべてわたしの想像の産物であることを保証しておく。

また編集者のマリオン・ヴァスケスとクリスティーネ・クレスに心から感謝を捧げたい。マリオンは本書を書くように勇気づけ、わたしの執筆につきあってくれた。クリスティーネ・クレスは最後の仕上げを手伝ってくれた。ふたりとの共同作業はわたしにとって大きな喜びだった。

最後に本書を愛し、わたしに書きつづける元気をくださっているすばらしい読者のみなさん、そして書店員のみなさんすべてにお礼をいいたい。

二〇〇九年十一月、ネレ・ノイハウス

本書は小説である。
本書で描かれる人物や事件はフィクションである。
存命の人物、亡くなった人物、あるいは過去の出来事に類似していても、
それは意図したものではなく、偶然である。

解説

福井健太

英米小説を中心とする翻訳ミステリ界において、ドイツ小説の紹介がようやく本格化してきた——そんな印象を抱いているミステリファンは多いはずだ。ミステリが文化を映すものだとすれば、多彩な国々のそれが伝わることは、新鮮な刺激との出逢いをもたらしてくれる。これはエンタテインメントとしても効果的に違いない。

もちろん訳書が無かったわけではなく、エーリヒ・ケストナー『エーミールと探偵たち』はジュヴナイルの名作として読み継がれてきた。『朗読者』で知られるベルンハルト・シュリンクの〈ゼルプ三部作〉を経て、セバスチャン・フィツェックの諸作、フランク・シェッツィング『深海のYrr』などが人気を得たことも記憶に新しい。ドイツ語圏に視野を広げれば、オーストリアには『最後の審判の巨匠』『夜毎に石の橋の下で』のレオ・ペルッツや、二〇一三年に『夏を殺す少女』が上梓されたアンドレアス・グルーバーがいる。スイスの戯曲家フリードリッヒ・デュレンマット（半世紀前に『嫌疑』『約束』が邦訳済み）の『失脚／巫女の死』は、二〇一三年度版「このミステリーがすごい！」第五位に選ばれた。トルコ生まれドイツ育ちのアキフ・ピリンチは〈雄猫フランシス〉シリーズの『猫たちの聖夜』『猫たちの森』で好評を博している。しかし——ドイツ・ミステリ大賞（DKP）やフリードリヒ・グラウザー賞（ドイツ推理作家協会賞）などを擁するドイツ語圏のミステリが、成熟度に見合った扱いを受けてきたとは言えないだろう。

いずれにせよ確かなのは、ドイツミステリの邦訳史において、フェルディナント・フォン・シーラッハが重要な位置を占めていることだ。著名な弁護士でもあるシーラッハは、実在の事件を題材にしたデビュー作『犯罪』で絶賛を浴び、同書は一二年度版「このミステリーがすごい！」および一一年度版「週刊文春ミステリーベスト10」の第二位に輝いた。第二作『罪悪』および初長篇『コリーニ事件』の高評価も含めて、日本の出版社と読者がドイツミステリに関心を持つきっかけになったことは疑いない。

その追い風を受けて一二年に邦訳されたのが、ネレ・ノイハウス『深い疵《きず》』である。ノイハウスは一九六七年ミュンスター生まれ。十一歳の時にタウヌス地方へ転居。大学では法学とドイツ文学を専攻し、馬術競技で知り合った夫との結婚を機に中退。夫のソーセージ工場を手伝いながら、余技としてミステリや児童文学を書いたという。二〇〇五年に初の長篇ミステリ *Unter Haien* を自費出版し、さらに〈刑事オリヴァー&ピア〉シリーズの *Eine unbeliebte Frau* と *Mordsfreunde*（いずれも自費出版）が注目を浴びたことで、〇九年にその三冊が大手から刊行された——という経歴を持つ「ドイツミステリの女王」だ。シリーズ第三作『深い疵』は一二年度版「IN★POCKET　文庫翻訳ミステリーベスト10」の〝読者が選んだベスト10〟で第二位の票を集めたが、第四作にあたる本書『白雪姫には死んでもらう』はそれに勝るとも劣らない逸品である。

舞台は〇八年十一月のドイツ。空軍基地跡地の燃料貯蔵槽から白骨が発見され、十一年前の少女連続殺人の被害者であることが判明した。その犯人として(冤罪を主張しながらも)状況証拠で有罪判決を受けたトビアス・ザルトリウスは、刑期を終えて故郷の村に戻るものの、父親は弱味に付け込まれて財産を奪われていた。村人たちの怒りはトビアスの身内にも向けられ、離婚していた母親が何者かに歩道橋から突き落とされる。ホーフハイム刑事警察署のオリヴァー・フォン・ボーデンシュタイン首席警部とピア・キルヒホフ警部は、トビアスの身が危険だと察し、村の閉鎖性に戸惑いながらも真相を探っていく。半年前に隣家に引き取られた少女アメリー・フレーリヒは、トビアスに好意を抱き、関係者から十一年前の事件にまつわる証拠を手に入れるが……。

歴史の暗部をフックに活かした前作とは異なり、本作では小さな村のサスペンスが描かれている。村人たちはトビアスへの害意を隠すことなく、彼の母親を襲った犯人を全員で庇《かば》おうとする。彼らの組織化された正義の閉鎖性と排他性は、たとえば横溝正史の描く集落にも通じるものだ。情報提供者の特殊性、終盤に発見されるもの、あるいは黒幕の手口などを鑑《かんが》みるに、本作の演出は探偵小説ファンにも親しみやすいはずである。

もう一つの大きな特徴として、登場人物たちの奥行きにも触れておこう。入り組んだ事件の構造が少しずつ明かされるたびに、様々な人間が強い思惑を秘めていたことが見えてくる。彼らが接触と交錯を繰り返すことで、一連の物語を通じて無数のドラマが演じられる。これは村のコミュニティだけではなく、同僚に悩まされるオリヴァーとピアにも言えることだ。さらにオリヴァーは家庭問題を抱えており、捜査に専念できる状況にはいない。この造型の巧さはノイハウスの持ち味だろう。

本作の見所は他にもある。タイトルに掲げられた「白雪姫」は殺された少女の渾名《あだな》であると同時に、プロットの底流を成すモチーフでもある。グリム童話『白雪姫』（起源はドイツのヘッセン州地方の民話）の小道具やキャラクターを念頭に置いて読めば、著者がそれらを再構築したことが解るはずだ。ここで詳細は述べないが、一八一二年刊の『グリム童話』初版において、王子が死体愛好家だったことには留意すべきかもしれない。

ちなみに〈刑事オリヴァー&ピア〉シリーズは累計三五〇万部を超えるベストセラーを記録しており、二十か国以上での翻訳が決まっている（本作もドイツ国内で百万部を突破した）。『深い疵』の訳者あとがきには「このシリーズが日本でも市民権を得られたら、ぜひ一作目から紹介していきたいと思っている」とあるが、前作の好評ぶりや本作のクオリティの高さからも、今後の展開には期待できるはずだ。まずは *Eine unbeliebte Frau* と *Mordsfreunde* の邦訳を楽しみに待ちたい。

最後に著作リストを挙げておこう。#は〈刑事オリヴァー&ピア〉シリーズ。既訳は『深い疵』と本書の二冊。他の邦題は『深い疵』の訳者あとがきに準拠している。

Unter Haien（『鮫の群れの中で』）自費出版（〇五）→一般販売（〇九）→新版（一二）

Eine unbeliebte Frau（『いけすかない女』）自費出版（〇六）→一般販売（〇九）

Mordsfreunde（『殺人サークル』）自費出版（〇七）→一般販売（〇九）

Tiefe Wunden（『深い疵』）（〇九）

Schneewittchen muss sterben（『白雪姫には死んでもらう』）（一〇）※本書

Wer Wind sät（『風に種を蒔《ま》く者』）（一一）

Elena-Ein Leben für Pferde（一一）

Charlottes Traumpferd（一二）

Böser Wolf（一二）

訳者紹介　ドイツ文学翻訳家。主な訳書にイーザウ〈ネシャン・サーガ〉シリーズ，「緋色の楽譜」，フォン・シーラッハ「犯罪」「罪悪」，キアンプール「この世の涯てまで、よろしく」，ノイハウス「深い疵」，クッチャー「濡れた魚」他多数。

検印
廃止

白雪姫には死んでもらう

2013年5月31日　初版
2013年7月5日　再版

著　者　ネレ・ノイハウス

訳　者　酒《さか》寄《より》進《しん》一《いち》

発行所　（株）東京創元社
代表者　長谷川晋一

162-0814/東京都新宿区新小川町1-5
電　話　03・3268・8231-営業部
　　　　03・3268・8204-編集部
URL　http://www.tsogen.co.jp
振　替　00160-9-1565
旭印刷・本間製本

ISBN978-4-488-27606-5　C0197